KB162377

흰옷을 입은 여인 2

The Woman in White

국립중앙도서관 출판시도서목록(CIP)

흰옷을 입은 여인. 2 / 윌리엄 윌키 콜린스 지음 ; 이주현
옮김 -- [고양] : 현대문화, 2014
  p. ;   cm -- (세계명작시리즈)

원표제: Woman in white
원저자명: William Wilkie Collins
ISBN 978-89-7428-391-9 04840 : ₩12000
ISBN 978-89-7428-389-6 (세트) 04840

영국 소설[英國小說]

843.4-KDC5
823.8-DDC21   CIP2014001047

흰옷을 입은 여인 2

The Woman in White

윌리엄 윌키 콜린스 지음 │ 이주현 옮김

차례

프레더릭 페어리 씨가 이어가는 이야기

※ 페어리 씨의 이야기와 이어지는 또 다른 이야기들이 입수된 경위가 나중에 등장하게 될 또 다른 이야기의 주제가 된다는 점을 염두에 두고 읽기를 바란다.

아무도 나를 가만히 놓아두지 않는다는 건 내 삶의 큰 불행이다. 나는 그들에게 묻는다. 왜 날 괴롭히는 거요? 그러면 그들은 제대로 대답도 못하면서 계속 나를 괴롭힌다. 친척들, 친구들, 심지어 낯선 자들까지 모조리 합세해서 나를 괴롭히기로 작정한 것 같다. 내가 그들에게 뭘 어쨌는데?

나 자신에게 묻고, 심지어 내 하인 루이스에게도 하루에 쉰 번은 물어본다. 내가 무슨 짓을 했기에 이러는 거 같나? 그러나 우리 둘 중 누구도 대답하지 못한다. 세상에, 이런 혀를 찰 노릇이 다 있나!

최근에 나를 가장 괴롭힌 골칫거리는 바로 이 글을 써달라고 부탁받은 일이다. 나처럼 신경쇠약에 찌든 인간이 어떻게 글을 쓸 수 있단 말인가?

내가 완강히 거절하자 돌아온 이야기는 이랬다. 내 조카딸과 관련해 아주 심각한 상황이 벌어졌고, 그것이 내가 경험한 일들과 연관이 있는 만큼 내가 그 사건들을 기록할 적임자라는 것이다. 게다가 내가 이 역할에 최선을 다하지 않을 시에는 결과가 어찌될지 아무도 모른다는 협박까지 쳤다. 내 신경쇠약이 더 심해질 일이 생길지도 모른다는 것이다.

사실상 협박할 필요도 없다. 이미 처참한 건강 상태와 가족 문제로 무너질 대로 무너진 내게는 더 이상 반항할 기력조차 없기 때문이다. 누구든 마음만 먹으면 내 상황을 이용해 나를 꼼짝 못하게 만들 수 있다.

어쨌든 나는 내가 기억할 수 있는 것들은 모조리 짜낼 것이다. 그 기억들을 쓸 수 있는 한 힘을 다해서 쓸 것이다. 기억 못해서 못 쓰는 부분이 있다면 루이스가 대신 떠올려서 정리할 것이다. 루이스는 머저리이고 나는 환자다. 서로 엇갈려 이리저리 해매면서 난장판을 부릴 게 눈에 선하다. 세상에 이런 창피한 꼴이라니!

나더러 날짜들을 기억하라고 한다. 맙소사! 내 생전에 이런 일은 처음이다. 이걸 어떻게 시작해야 하나?

그래서 루이스에게 물었다. 그런데 이 녀석은 내 생각만큼 멍청하지 않았다. 적어도 한두 주 전의 날짜는 기억하고 있었던 것이다. 나는 그 아이 이름을 기억했고, 날짜는 루이스가 6월 말이나 7월 초쯤이라고 했다. 그 아이의 이름은 내 보기에는 몹시 천박한, 페니인가 그랬다.

6월 말인가 7월 초인가, 늘 그랬던 것처럼 나는 의자에 몸을 기대고 작품들에 둘러싸여 있었다. 나는 그것들을 내 주변의 야만인들의 예술적 심미안을 드높여주기 위해 수집해 왔다. 말하자면 내가 가진 그림과 판화, 주화들을 사진으로 찍어서 주변에 전시해 두었는데, 머지않아 그것들을 공개할 예정이었다. 적어도 이런 예술품들로 예술에 문외한인 이 사회를 위해 뭔가 할 수 있는 사람이라면, 그는 잔인하게도 건강이나 가족 같은 골칫거리 때문에 일을 방해받아서는 안 된다. 그런데 아니었다. 내 경우에는 이게 전혀 먹혀들지 않았다.

아무튼 그랬다. 그날 나는 보석 같은 예술품에 둘러싸여 조용한 아침을 소중하게 보내고 있었다. 그런데 호출용 종을 울리지도 않았는데 루이스가 나타났다. 당연히 무슨 정신 나간 짓이냐고 물어보고 싶었다. 하지만 내게 고요한 아침은 절대적인 생명과 같았기 때문에 되도록 욕설을 꾹 참았다. 욕을 하는 건 아무리 하인에게라도 신사답지 못하니까. 그런데 그날 루이스는 내 질문에 환한 미소로 답했다. 그 미소가 내 고요를 깨뜨렸기에 욕을 하지 않을 수 없었다. 그래, 어쨌든 그래서 욕을 했다.

경험상으로 볼 때 이런 엄격한 태도는 천민 출신들의 정신을 번쩍 차리게 만드는 효과가 있다. 루이스도 내 욕지거리에 정신이 든 것 같았다. 그는 너무도 순종적이라 입가의 웃음기를 지우고 말하기를 바깥에서 한 여자가 나를 기다리고 있다고 했다. 게다가 그날 따라 유난히 수다스럽게 느껴질 정도로 '그 여자의 이름은 페니'라고 자상히도 덧붙였다.

"페니가 누구야?"

"글라이드 부인의 하녀입죠, 주인나리."

"글라이드 부인의 하녀가 왜 나를 보려는 거야?"

"편지를 가지고 왔습니다, 나리."

"받아서 가져와."

"나리 외에는 누구에게도 줄 수 없다고 고집을 부립니다, 나리."

"누가 보낸 편진데?"

"할콤 아가씨입니다, 나리."

그 이름을 듣자마자 나는 포기하고 말았다. 그녀에 관해서라면 무조건 포기하는 게 몸에 좋다는 걸 익히 알고 있기 때문이다. 이번에도 내가 양보하겠다, 사랑하는 마리안!

"글라이드 부인 하녀를 들여보내. 잠깐! 혹시 그 아이, 소리 나는 신발 신었나?"

이 질문은 꼭 해야 했다. 삐걱거리는 소리는 늘 하루를 망치게 한다. 비록 만나보겠다는 부분에서는 양보했지만, 그 아이가 삐걱대는 소리로 나를 괴롭힌다면 그 부분은 결코 양보할 수 없었다. 인내에도 한계가 있는 법이다.

루이스가 단호하게 신발 소리는 안 난다고 말했다. 나는 들여보내라고 손짓했고, 루이스가 그녀를 안으로 들여보냈다.

굳이 이것까지 말할 필요가 있을까? 그 아이가 방에 들어오자마자 긴장해서 입을 손으로 가리고 콧구멍으로만 숨을 내쉬었다는 걸 말이다. 이제 막 여자가 되려는 계집애에게, 그것도 신분이 낮은 계집애에 대해서까지 얘기할 필요는 없겠지.

여기 이 꼬마 계집애를 좀 볼까? 일단 신발에서는 소리가 나지 않는다. 그런데 왜 시중드는 젊은 하인들은 죄다 손에 땀이 차 있는 걸까? 또 왜 다들 코는 납작하고 양 볼은 단단할까? 그리고 얼굴은 하나같이 만들어지다 만 것 같지? 특히 눈가 언저리 부분이 그랬다. 그러나 나는 내 자신, 아니 그 어떤 대상에 대해서도 오래 생각할 기력이 없다. 그래도 이 분야의 전문가가 있다면 묻고 싶다. 왜 이들은 이렇게 천편일률적으로 생겨먹었지?

"할콤 아가씨가 보낸 편지를 가지고 왔다고? 편지를 탁자 위에 놓아라. 아무것도 건드리지 말고. 할콤 아가씨는 잘 있느냐?"

"네, 나리."

"글라이드 부인은?"

아무 대답이 없었다. 젊은 계집아이는 점점 얼굴이 일그러졌다. 급기야 울기 시작했던가? 확실히 눈가에서 물기를 보긴 했다. 그런데 눈물인가, 땀인가? 루이스는 눈물이라고 생각하는 듯했다. 루이스는 이 여자와 같은 부류니까 더 잘 알겠지. 그래, 눈물이라고 해두자.

나는 눈물은 딱 질색이다. 눈물은 과학적으로 보면 분비물에 불과하다. 분비물 자체는 몸에 좋을 수도 나쁠 수도 있다. 하지만 눈물이 대체 무슨 이익을 가져오는지 나는 그걸 모르겠다. 내 분비물은 비틀어서 쥐어짜야 나올까 말까 해서인지 몰라도, 아무래도 난 이 부분에 선입견이 있는 것 같다.

그러나 나는 되도록 성의를 보이려고 눈을 지그시 감은 채 루이스에게 말했다.

"무슨 의미인지 알아보도록."

루이스는 노력했다. 젊은 계집아이도 노력했다. 그렇게 노력한 결과 두 사람은, 계속 이러면 나리께서 심기가 불편해지실 거라는 정도까지는 의견 일치를 본 것 같았다. 정말 기특하기도 했다. 기분이 좋았다. 나는 종종 기분이 가라앉을 때 그 젊은 계집애를 불러보자고 루이스에게 말하곤 했다. 그런데 루이스는 이상하게도 불편해하는 것 같았다. 불쌍한 늑대 같으니!

내 조카딸의 하녀가 눈물을 흘리는 이유를 굳이 내 스페인 하인의 거친 영어를 빌려 이 지면에서 설명해야 할까? 그런 건 불가능하다. 내가 직접 느끼고 받은 인상을 전하는 게 낫지 않을까? 그렇다고 인정해 주었으면 좋겠다.

그녀는 내게 말을 시작했다(비록 루이스의 입을 통해 전달되었지만). 그녀 집주인이 그녀를 집에서 내쫓았다는 것이다(이것 봐라. 대체 무슨 말이야? 그녀가 해고당한 게 내 잘못인가?). 그리고 집밖으로 쫓겨나자마자 여인숙으로 잠자러 들어갔단다(내가 여인숙을 운영하기라도 하나? 나한테 그 말을 왜 하는 거지?). 그런데 6시에서 7시 사이에 할콤 아가씨가 작별인사를 하러 왔단다. 편지 두 통을 가지고 왔는데, 한 통은 나에게, 한 통은 런던의 신사에게 보내는 편지였단다(난 런던 신사가 아냐? 그놈의 런던 신사는 집어치우라고!). 그래서 편지는 가슴 안에 고이 넣었단다(내가 이 계집아이의 가슴과 무슨 상관이 있단 말이지?). 그러다가 할콤 아가씨가 떠나서

11

다시 슬픔에 잠기고, 감히 잠들 시간까지 아무것도 먹을 생각조차 없었단다. 그러다 9시가 다가오자 갑자기 차 한 잔 해야겠다는 생각이 들었단다(슬퍼서 차 한 잔 마신다는 이 천박한 감정 변화에 내가 무슨 책임을 져야 한단 말인가?).

막 그녀가 차를 데우고 있을 때(이 말은 루이스가 전해준 말인데, 루이스는 이게 무슨 말인지 잘 안다면서 더 설명하려고 했지만 나는 그의 말을 자르고 야단을 쳤다), 문이 열려서 놀라 나자빠질 뻔했단다(나자빠진다는 건 그녀의 표현인데, 이번에는 나뿐만 아니라 루이스조차 말뜻을 못 알아들었다). 여인숙에 백작부인과 백작이 몸소 모습을 나타낸 것이다. 이때 그녀가 내 여동생의 직위를 언급하자 나는 기분이 상당히 좋아졌다. 불쌍한 동생은 외국인과 결혼한 한심한 여자였다.

다시 얘기로 돌아가서, 문이 열리고 백작부인과 백작이 대기실에 모습을 나타내는 바람에 이 젊은 계집아이는 화들짝 놀라 벌떡 몸을 일으켰단다. 얼마나 놀랐기에 화들짝 했을까.

얘기를 계속하기 전에 조금 쉬어야겠다. 몇 분간 눈을 감고, 루이스가 약용 향수로 내 병약한 머리를 다시 회복시켜줘야 계속 얘기를 할 수 있을 것 같다.

백작부인이라…….

아무래도 안 되겠다. 얘기는 계속할 수 있지만 앉아서는 힘들겠다. 누워서 문장을 구술하는 편이 낫겠다. 루이스는 비록 발음은 거칠지만 영어를 알고 글을 쓸 수 있으니까. 이렇게 누워서 말하니 얼마나 편한가.

백작부인과 백작은 페니에게 자기들이 왜 갑자기 여인숙으로 왔는지를 설명하기 시작했다. 할콤 양이 깜박 잊고 못한 말을 전하러 왔다는 것이다.

그래서 어린 하녀는 그게 무슨 말일지 애타게 기다렸는데 한사코 백작부인이 차를 한 잔 마시라고 하더라는 것이다. 그러기 전에는 말하지 않겠다는 것이다(그 고집이 어디 갈까!). 이처럼 백작부인은 놀라울 정도로 자상하고 친절했다(내 여동생과는 완전히 딴판이군!). 그리고 이렇게 말하더라는 것이다.

"이 가여운 것, 넌 지금 차가 몹시 마시고 싶겠지. 용건은 좀 있다가 말할 테니 천천히 마셔라. 어서, 어서. 그래도 불편하고 어색하다면 나랑 같이 마시도록 하자. 내가 차를 끓일 테니 그냥 있어도 된단다."

어쨌든 백작부인은 고집을 부려가며 차를 권했고, 몸소 차를 끓이는 과분한 친절까지 보였단다.

그런데 하녀 아이는 그 차를 마시고 5분쯤 뒤에 실신했다. 난생처음으로 말이다. 난 지금 그녀가 한 말 그대로 말하는 중인데, 루이스 말로는 이 하녀 아이가 그 말을 하며 눈물을 보였다고 한다. 그러나 나는 누운 채로 눈을 감고 있어서 그 모습을 보지 못했다.

어디까지 얘기했더라? 아, 그렇군. 그 계집아이는 백작부인과 차를 마신 후 기절했다고 했다. 내가 그녀의 의사라도 된다면 이 부분에 상당히 관심을 가졌겠지만, 그게 아니니 지루함만 더할 뿐이다. 약 30분 후 의식이 돌아와서 보니 주위에는 아무도 없고 집주인만 있더라고 했다. 백작부인이 더는 여관에 있을 시간이 없다면서 집주인에게 돌봐달라고 부탁하고 갔다는 것이다. 그리고 하녀 아이는 집주인의 부축을 받아 잠자리까지 갔다고 한다.

혼자 있게 되자 그녀는 서둘러 가슴을 더듬었다(이 말을 또 하게 돼서 정말 분통이 터진다). 그리고 두 통의 편지가 안전하게 있는 걸 확인했지만 이상하게도 그게 구겨져 있어서 내심 불안했다고 한다.

그녀는 밤새 어지럼증을 느꼈지만 아침이 되자 여행을 떠날 만큼 회복할 수 있었고, 몹시 거슬리는 그 런던 신사에게 편지를 부친 뒤 나에게도 편지를 전하러 이렇게 왔다고 한다.

여기까지가 있었던 사실이다. 비록 그녀는 또렷하게 뭐라 할 수는 없지만 뭔가 마음이 불편하고 충고를 구하고 싶은 것 같았다. 이 부분에서 다시 루이스는 그녀가 분비물을 보였다고 주장했다. 정말 그랬는지는 모르겠으나 내게도 이 부분이 상당히 중요하기에 거듭 강조하겠다. 나는 급기야 성질이 나서 눈을 부릅뜨고는 내뱉었다.

"도대체 뭐 때문에 징징대는 거냐?"

내 조카딸의 얼뜨기 하녀는 아무 말도 못하고 나를 바라만 볼 뿐이었다.

"왜 그러는지 알아보도록 해. 그리고 나에게 전달하도록."

나는 루이스에게 명령했다. 루이스는 나름대로 노력해서 내 말을 통역하려고 했다. 하지만 얼마 안 가 혼란의 나락에 떨어졌고 그 젊은 하녀 아이도 마찬가지로 횡설수설하기 시작했다. 그걸 보면서 어느 순간부터 내가 즐거움을 느꼈는지는 기억할 수 없다. 다만 그것이 상당히 재미있어서 두 사람을 그대로 혼돈 속에 내버려 두었다.

그리고 더는 재미를 못 느낄 즈음 가볍게 정신을 차리고 즉각 두 사람을 그 나락에서 끄집어 올렸다. 그리고 얼마 안 가 나는 왜 저 어린 여자아이가 저토록 안절부절못하고 분비물과 당혹감으로 쩔쩔 매는지 금방 이유를 알 수 있었다.

그것은 방금 나에게 묘사한 일련의 사건들로 인해 할콤 아가씨가 깜빡 빠뜨린 말을 백작부인에게 듣지 못해서였다. 그 빠뜨린 말이 여주인에게는 무척 중요한 것이었을지 모른다는 생각에 지금껏 시달리고 있는 것이다. 하지만 퍼시벌 경이 무서워서 밤늦게 블랙워터 파크에 갈 엄두는 안 나고, 할콤 아가씨가 신신당부한 열차를 놓쳐서는 안 되니 여인숙에 계속 머무를 수도 없었던 것이다.

결국 하녀 아이는 자기의 뜻하지 않은 기절이 여주인에게 또 다시 불행한 일을 가져올까봐 걱정돼서 내게 간곡하게 묻는 것이었다. 다시 말해 할콤 아가씨의 추가 전언을 편지로 보내달라는 요청을 담은 편지를 나더러 써달라는 것이다.

"제가 어떻게 처신해야 좋을지 나리께서 말씀해 주시면 한없는 영광일 것입니다, 나리."

젊은 계집아이가 내게 물었다.

"여기서 모든 걸 멈추는 게 좋겠구나."

나는 하녀가 알아들을 수 있게끔 말을 가려서 했다.

"더 문제를 일으키지 말고 그냥 내버려두는 게 좋아. 됐지? 더 할 말 있느냐?"

"나리, 편지를 써달라는 요청이 제 주제를 넘는 짓이라면 당연히 더는 하지 않겠습니다. 그런데 애타는 마음을 누를 길이 없습니다. 만에 하나 제 여주인께 불상사라도 일어나면……."

계급 낮은 족속들은 대체 자리를 언제 떠야 하는지에 대해 별 개념이 없다. 그래서 필히 윗사람들이 정리정돈을 해줘야 한다. 나는 그녀가 여기에 너무 오래 있었다는 생각이 들어서 딱 두 단어로 정리해 주었다.

"잘 가거라!"

그때 그녀의 몸 안에서인지 밖에서인지 무슨 삐걱 소리가 났다. 그녀를 바라보고 있던 루이스가 하녀 아이가 절을 할 때 난 소리리고 말해 주었다. 이상하지 않은가. 신발에서 나는 소린가, 코르셋에서 나는 소리인가, 아니면 뼈가 부딪치는 소리인가?

루이스 생각에는 코르셋의 심지가 꺾이면서 나는 소리 같았다고 한다. 녹신 남사에게 이 무슨 환장할 소린가!

혼자가 되자마자 나는 곧바로 잠이 들었다. 정말 잠이 고팠던 차였다. 다시 눈을 떴을 때는 친애하는 마리안의 편지가 보였다. 만일 티끌만치라도 그 내용을 짐작했더라면 손끝으로도 안 건드렸을 것이다. 그런데 방 안에는 나 혼자였고, 무심결에 덥석 그것을 쥐고 말았다. 그리고 내용을 읽는 순간부터 나는 온종일 불안에 시달려야 했다.

나는 천성적으로 매우 온화한 성품의 소유자다. 누구라도 웬만하면 용서해 주고, 누구에게도 무례한 짓을 하지 않는다. 하지만 말했듯이 인내에도 한계가 있다. 마리안의 편지를 내려놓고 생각해 보니, 나는 외롭고 상처받은 남자가 분명했다.

이 점만은 분명히 밝혀야겠다. 사회 전 계급을 막론하고 결혼한 부류들이 미혼 독신자에게 취하는 태도만큼 이기적인 게 없다. 나는 그저 사려 깊고 사심 없이 안 그래도 넘치는 인구에 내 가족의 머릿수까지 보태고 싶지 않았을 뿐이다. 즉 나까지 결혼해서 온 집안을 남녀노소 아수라장으로 만들 생각이 없었다.

그런데 이런 내 마음도 모르고, 이 결혼한 친척들은 한 마디로 자기 가족밖에는 모르는 족속들이다. 이들이 결혼 문제에 대해 왈가왈부하면 결혼 안 한 처녀와 총각들은 그 문제를 묵묵히 들어주어야 한다. 적어도 내 반만큼이라도 타인에 대한 배려가 있다면, 집안에 일만 터지면 무턱대고 내게 기대는 버릇 정도는 삼가야 마땅하지 않은가! 진작 결혼이라도 했다면 이들이 지금처럼 무작정 나만 못살게 굴지는 않았을 것이다. 혼자 사는 몸이라고 일만 터지면 권리 행사하듯 내게 해결해 달라고 법석을 떠는 것이다.

내 경우는 신중하게 독신으로 남았다. 하지만 내 가련한 형 필립은 경솔하게도 결혼을 해버렸다. 결국 그가 죽으면서 무슨 짓을 했던가? 자기 딸을 내게 맡겼다. 물론 그 아이는 아주 예쁘고 귀엽지만 나로서는 엄청 무거운 짐이다. 독신이라는 이유로 왜 내가 이 아이를 짊어져야 한단 말인가? 결국 이 아이를 짊어지면서 내 결혼은 아예 꿈도 꾸지 못하게 된 게 아닌가. 솔직히 결혼에 대해 달콤한 꿈 같은 걸 꾼 적도 없지만 그래도 결혼 안 했다는 게 이토록 시달릴 만한 이유란 말인가.

그래도 나는 최선을 다했다. 형제의 뜻에 따라 말할 수 없는 시달림 속에서 이 아이를 결혼까지 시켰다. 그런데 이제는 두 사람 사이에 문제가 있다고 한다. 그리고 안 좋은 결과가 생겨났다. 그들과 사이 안 좋은 게 나라도 되나? 왜 내가 그 나쁜 결과에 말려들고, 또 그들의 이익에 따라서 허둥대야 하지? 내가 결혼했나? 내가 틀어졌나? 내가 왜 뒤치다꺼리를 해야 하지? 그런데 조카는 지금 그 이야기를 아주 태연하게 내게 전달하고 있다. 왜 내가 그 사실을 귀 기울여 들어야 하지? 그래, 내가 결혼만 했어도 이러지는 않았겠지. 왜 결혼한 사람들은 자신들밖에 모르는 거지? 불쌍한 독신남! 불쌍한 인간!

마리안의 편지가 내게는 일종의 협박이었다는 걸 굳이 말해 봐야 뭐하겠는가? 죄다 날 협박하고 싶어 안달들이다. 마리안은 리머리지 가를 조카딸과 자신의 불행을 감싸기 위한 은신처로 바꾸어놓지 않으면 이미 헌신을 다하고 있는 있는 내 머리 위로 온갖 불행들이 떨어질 것이라고 경고했다. 그런데도 나는 머뭇거리고 있다.

말했듯이 나는 되도록이면 마리안과 다투지 않고 그녀의 뜻에 응하는 식으로 소란을 차단해 왔다. 하지만 이번에는 너무 터무니없고 일방적인 요구라 무작정 응해 줄 수 없다. 만일 내가 리머리지 가를 피신처로 만들어 조카를 받아들인다면, 그래서 퍼시벌 글라이드 경이 아내를 숨겼다며 씩씩대면서 찾아와 문을 발로 차기라도 한다면, 왜 이런 짓을 하냐고 으르렁거리기라도 하면, 그때는 어떻게 하지?

나도 이런 복잡한 문제에서 꽉 막힌 사람은 아니다. 다만 내게도 근거가 필요하다. 그래서 나는 마리안에게 평소처럼 정중한 태도로 간곡하게 편지를 썼다. 먼저 마리안 혼자 여기로 오면 안 되겠냐고, 와서 우선 둘이서 진지하게 상의해 보자고 말이다. 그래서 그녀가 내 걱정을 완벽하게 덜어준다면 두말하지 않고 내 사랑하는 조카딸을 진심으로 받아들이겠지만, 그러지 않으면 나도 어쩔 수 없다.

그런데 이 타협안도 문제가 없지는 않다. 자칫하면 불같은 성격의 마리안이 편지를 받자마자 쳐들어와서 문을 박차고 고래고래 고함을 치며 내 혼을 쏙 빼놓을지도 모른다. 그렇다고 반대 경우에는 퍼시벌 경이 씩씩거리며 문을 박차고 그 우렁찬 목소리로 내 간을 철렁하게 만들지도 모른다. 만일 그렇다면 나는 마리안의 야단법석 쪽이 좋다. 거기에는 어느 정도 적응되어 있으니까.

그래서 결국은 편지를 부쳤다. 어찌했건 이걸로 시간을 좀 벌게 되었다. 그런데 내가 지금 무슨 얘기를 하다가 여기까지 왔나?

내가 완전히 기진맥진해 있을 때(마리안의 편지를 받고 내가 완전히 맥이 빠졌다고 말했던가?), 이럴 때는 원래대로 회복하려면 최소 사흘은 필요하다. 하지만 나는 그 사흘을 평온하게 누릴 수 없었다. 사흘 째 되는 날 전혀 알 수 없는 자로부터 편지 한 통이 날아들었기 때문이다.

그는 자신을 길모어 씨의 동업자라고 소개하면서 이 문제와 관련해 일을 진행하고 있다고 썼다. 우리의 고집불통 길모어 씨가 또 다른 고집불통 길모어를 만들어놓고 떠났구나. 아무튼 이 양반 말에 의하면, 며칠 전에 할콤 양으로부터 편지를 받았는데 놀랍게도 아무것도 쓰여 있지 않은 백지였다고 했다. 그걸 보자 아주 수상해서(자신의 민감한 법리적 판단 본능으로 볼 때 아마 편지가 조작되었을 가능성이 높다는 걸 느꼈다고 했다) 곧장 할콤 양에게 편지를 썼지만 아무 답장도 못 받았다는 것이다.

분별력 있는 사람이라면 이럴 때 차근차근 일의 순서를 정해가면서 천천히 기다렸다가 정 안 되면 다시 편지를 써서 그 집안에 알아보면 될 일이다. 그런데 그는 왜 내게 이런 편지를 보낸단 말인가? 왜 다들 나를 못 잡아먹어서 몸이 근질근질한 걸까?

어쨌든 그는 내게 아는 게 없냐고 편지로 물었다. 한심하기는. 내가 뭐 아는 게 있을 법하단 말인가? 자기만 놀라면 될 것을 왜 나까지 놀라게 만드는 거지? 나는 하는 수 없이 하트라이트 씨를 쫓아낼 때처럼 그럴싸한 나무람과 예의를 지킨 답장을 썼다. 내 편지가 먹혀들었는지 그 뒤로는 변호사로부터도 아무 편지가 없었다.

사실 변호사의 편지 건은 아주 대단한 사건은 아닌 것 같다. 진짜 놀랄 만한 상황은 그 다음에 벌어졌다. 마리안으로부터 아무 답장도 없고 여기로 온다는 암시조차 없었다. 이 뜻밖의 무소식은 나로서는 너무 달콤한 평온이었다. 나는 결혼한 내 친지들이 다시 화해했거니 믿고(실제로 그렇게 추측도 했다) 즐겁고 편안한 마음으로 돌아갔다.

나는 닷새 동안 독신의 축복이 선사하는 절대적인 고요와 평화 속에서 기력을 회복했고, 엿새째 되자 다시 이전 생활로 돌아갈 수 있었다. 예술품을 정리하고 사람을 불러 사진을 찍게 하고 동전을 닦고 매만지면서 감미로운 혼자만의 시간에 흠뻑 빠져 있었다. 그때였다. 루이스가 또 내 허락도 없이 방문을 열고 들어왔다. 손에는 명함이 들려 있다.

"또 젊은 계집아인가?"

그때까지만 해도 나는 여유가 넘쳤다.

"이제 더는 안 보겠어. 내 건강 상태는 젊은 계집과는 맞지 않아."

"이번엔 신사 분입니다, 나리."

신사라고? 그렇다면야 경우가 다르지? 어디 명함 좀 볼까?

오, 하느님 맙소사! 내 한심한 여동생의 외국인 남편, 포스코 백작이었다.

* * * * *

내가 그 명함을 봤을 때 기분이 어땠는지를 꼭 말해야 할까? 그럴 필요는 없겠지. 여동생이 외국인과 결혼한 마당에 그 외국인이 내게 바랄 게 뭐가 있겠나, 딱 한 가지 말고는? 돈 빌려달라고 왔겠지. 그래서 나는 말했다.

"루이스, 자네 생각은 어때? 5실링을 주면서 가라고 하면 갈 것 같나?"

내 말에 루이스가 갑자기 쭈뼛거렸다. 이 녀석이 왜 이런 반응을 보이나 의아스러웠다. 그러자 루이스는 단호하게 말했다. 내 여동생의 외국인 남편은 아주 굉장한 옷차림을 하고 있고, 상당한 재력가로 보인다고 말이다.

이 말에 나는 이 첫 느낌을 수정하지 않을 수 없었다. 루이스의 반응이 이 정도라면 필시 돈 문제는 아니다. 그렇다면 역시 다른 친지들과 마찬가지로 자기 결혼 문제를 내게 떠넘기려고 온 것이다. 마치 내가 전당포 주인처럼 보이는 모양이군. 왜 모두들 내 등에 짐을 지우지 못해 안달이지?

"용건을 말하던가?"

"포스코 백작께서 여기 오신 이유는 할콤 아가씨가 블랙워터 파크를 떠날 수 없어서 대신 오신 것이라고 합니다, 나리."

무슨 뚱딴지같은 소리야? 또 마리안이라니! 아, 천벌을 받을 골칫덩어리!

"안으로 모셔."

나는 풀이 죽어서 말했다.

백작과의 첫 대면은 정말이지 간담을 서늘하게 만들었다. 너무 덩치가 커서 처음부터 기가 죽을 정도였다. 아니, 몸까지 덜덜 떨릴 정도였다. 틀림없이 쿵쿵대며 걸어올 것 같았다. 주변에 널린 내 보물 같은 예술품들을 건드려서 바닥에 떨어뜨리면서 말이다.

그러나 그는 그러지 않았다. 그는 아주 근사한 여름 정장을 입었고 몸가짐은 진중하고도 차분했다. 미소는 매력 그 자체였다. 그의 첫인상은 몹시 기분이 좋았다. 나중에 밝혀지겠지만 백작이 좋은 첫인상을 가지고 있다고 말한 내 통찰력은 사실 믿을 만한 게 아니었다. 그럼에도 나는 천성적으로 솔직한 사람이다. 그래서 내가 받은 첫인상을 그냥 인정하겠다.

"저를 먼저 소개할까 합니다, 페어리 씨."

그가 나지막하게 말했다.

"전 지금 블랙워터 파크에서 오는 길입니다. 또한 제가 포스코 백작부인의 남편이라는 점을 밝히게 된 것에 무한한 행운과 감사를 전하고자 합니다. 처음이자 마지막으로 부탁드리건대 저를 낯선 이방인으로 대하지 마시고 편하게 대하셔도 됩니다. 자리에 그냥 앉아만 계십시오."

"정말 고맙습니다."

내가 반색을 했다.

"일어나서 인사를 드려야 하는데 몸이 영 그렇습니다. 리머리지에서 이렇게 뵙게 돼서 아주 기쁩니다. 앉으시지요."

"오늘 많이 편찮으신 것 같습니다."

백작이 말했다.

"늘 이렇지요. 저는 인간 옷을 입고 인간 모습을 한 신경 다발에 불과합니다."

"저도 젊었을 때는 꽤 많은 분야에 관심이 있었지요."

덩치만큼 도량 넓은 그 남자가 말을 받았다.

"그중에서도 신경 분야에 유독 관심이 컸습니다. 괜찮으시다면 제안 하나 드려도 될까요? 이건 지극히 간단하면서도 심오한 제안입니다. 다름이 아니라 이 방 안의 조명을 좀 손봐드려도 될까요?"

"물론입니다. 불빛이 절 침범하지 않는 이상 어떤 식으로든 괜찮습니다."

그가 창문으로 걸어갔다. 저 모습 좀 봐, 불쌍한 마리안과 비교하면 하늘과 땅 차이구나. 움직임 하나하나가 저렇게 섬세할 수 있다니!

"빛은……."

환자의 마음을 편안히 해주는 밝고도 믿음직한 목소리로 그가 말했다.

"생명에서 가장 핵심적인 역할을 합니다. 생명을 일깨우고, 자양분을 공급하고, 보호막이 되어주지요. 빛이 없으면 꽃이 시드는 것처럼 말입니다. 자, 보시죠. 페어리 씨께서 앉아 계신 곳에 이렇게 가리개를 칠 것입니다. 그리고 여기, 페어리 씨께서 앉아 계시지 않은 곳은 이렇게 가리개를 올려둡니다. 강한 빛이 들어오죠? 이건 생명에 활기를 주는 빛이니 직접 쬘 수는 없더라도 방 안으로는 받아들이세요. 자고로 빛은 신의 지혜이자 은덕입니다. 또한 신의 섭리이기도 하지요. 나름의 조건으로 신의 뜻을 기꺼이 받들듯이 처음엔 힘드시더라도 빛의 은덕을 누리십시오."

아주 진지하면서도 확신에 찬 목소리였다. 나도 모르게 그의 흡인력에 빨려들고 있었다.

"제 얼굴이 어두운 게 보이십니까?"

그가 제자리로 가서 불쑥 말을 꺼냈다.

"페어리 씨의 면전에서 어두운 표정을 보여서 죄송합니다."

"글쎄요, 무슨 말씀이신지요. 이유를 여쭤도 될까요?"

"처음 이 방에 들어왔을 때 귀하의 방에 온갖 진귀한 예술품들이 가득한 걸 보고 무척 놀랐습니다. 게다가 귀하의 얼굴에서 예민한 감수성과 살아 숨쉬는 연민을 읽고 더 깊은 인상을 받았습니다. 그래도 말씀드려야겠죠?"

만일 내게 기력이 있었다면 즉시 몸을 일으켜 고개를 숙여 인사했을 것이다. 그러나 힘이 없어서 대신 환한 미소로만 답했다. 이 정도만 해도 내 뜻을 전하는 데 무리가 없을 것이다.

"제 생각을 계속 말씀드리겠습니다. 저는 지금 높은 지성과 감성으로 충만한, 저와 동일한 감성을 가지신 분을 앞에 모시고 있습니다. 이렇듯 섬세하신 예술혼을 가지신 분께 감히 우울한 가정 문제를 전하게 되어 참으로 내키질 않습니다. 아니, 이미 실례를 무릅쓰고 그렇게 해버렸으니 저로서는 혼란스럽군요."

나는 의문이 들기 시작했다. 이 사람이 지금부터 내 신경을 괴롭히려는 건가? 그래, 그럴 것 같다. 어쩔 수 없다.

"지금 이 자리에서 꼭 그 즐겁지 않은 얘기를 해야 합니까?"

나는 은근히 시간을 끌었다.

"영국식으로 말하자면, 포스코 백작님. 그냥 넘어갈 수 없습니까?"

백작은 엄숙하고 굳은 표정으로 한숨을 쉬면서 고개를 저었다.

"제가 반드시 들어야 하는 내용입니까?"

그가 어깨를 으쓱거렸다(내 방에 들어온 후로 처음 보이는 이국적인 몸짓이었다). 그러면서 불쾌하게 느껴질 정도로 꿰뚫어 보는 눈빛으로 나를 바라보았다. 순간 내 본능이 눈을 감으라고 소곤거렸고, 나는 거기에 따라 눈을 감았다.

"부디 부드러운 표현으로 말씀해 주시면 좋겠군요. 누가 죽었나요?"

"죽다니요?"

백작이 외국인 특유의 불필요한 과장을 섞어 맹렬하게 외쳤다.

"페어리 씨! 죽음을 말씀하시고도 그처럼 평온함을 잃지 않는 그 영국식 태도가 제게는 너무 낯설군요. 대체 제가 무슨 짓을 하고 무슨 말을 했기에 저를 부고 따위나 전하러 온 사람으로 보시는 겁니까?"

"내 사과드립니다. 백작께서 제게 뭐라 했다거나 어떤 행동을 했다는 뜻이 아닙니다. 단지 저는 이런 경우가 닥치면 항상 최악의 상황을 염두에 둡니다. 그래야 어느 정도 충격을 완화할 수 있으니까요. 아무튼 최악의 상황은 아니라니 더할 나위 없이 좋군요. 그럼 누가 아픈가요?"

나는 눈을 뜨고 그의 얼굴을 바라보았다. 이 사람, 들어올 때부터 저렇게 얼굴이 노랬나? 아니면 갑자기 저렇게 변한 걸까? 알 수 없었다. 루이스한테 물어보면 되겠지만 그는 마침 자리에 없었다.

"누가 아픈가요?"

내가 다시 물었다. 여전히 느긋한 내 영국식 태도가 그를 당황스럽게 만들고 있는 것을 확인하면서 말이다.

"그것도 제가 가져온 나쁜 소식 중에 하나입니다. 페어리 씨, 아픈 사람이 있습니다."

"저런, 안됐구먼. 누가 아픈 거지요?"

"진심으로 슬픈 일이지만, 할콤 양이 아프답니다. 제가 말씀드리지 않았더라도 어느 정도 예상하셨을 겁니다. 요청하신대로 할콤 양이 직접 찾아오지도 않았고, 답장도 보내지 않았으니까요. 인자하신 마음으로 그녀에게 무슨 일이 일어났는지, 혹시 병이 난 건 아닌지 우려하지는 않으셨는지요?"

다른 때 같으면 내 인자한 마음이 그런 우울한 추측까지 했을 거라는 데 의심의 여지가 없었다. 하지만 당시에는 내가 처한 상황이 워낙 다급해서 그 생각을 미처 하지 못했다.

나는 체면을 세우느라 그랬노라 답하면서도 속으로는 큰 충격을 받았다. 대체 그토록 건강하기 이를 데 없던 마리안이 무슨 이유로 아파 누워 있단 말인가? 나는 그녀가 병든 게 아니라 사고가 난 것이라고 추측할 수밖에 없었다. 말에서 떨어졌거나, 계단을 헛짚어 굴러 떨어졌든가 하는 사고 말이다.

"많이 아픈가요?"

"아주 심각합니다. 그러질 않길 바라지만, 위급하다고 하는 게 맞을 겁니다. 공교롭게도 늦은 밤에 비를 흠뻑 맞았습니다. 감기가 너무 악화돼서 지금은 최악의 상황으로 번져 열병에 걸리고 말았습니다.”

열병이라는 말을 듣는 동시에, 나는 지금 내 앞에서 그 말을 전하고 있는 이 자 역시 블랙워터 파크에서 막 왔다는 사실을 떠올렸다. 차라리 기절하는 게 나을 지경이었다.

“이럴 수가! 전염병입니까?”

“지금까진 아닙니다.”

그가 밉살스러울 정도로 태연하게 말했다.

“하지만 전염병으로 번질지도 모릅니다. 그러나 제가 블랙워터 파크를 떠날 때만 해도 그런 재앙은 없었습니다. 지금껏 저는 큰 근심을 품고 계속 이 병을 지켜봤습니다. 정기적으로 병을 관찰하는 의사를 옆에 두고 그를 돕기도 했지요. 사견이지만 이 열병은 비전염성인 것만은 확실합니다. 제가 마지막으로 봤을 때까지는 말입니다.”

사견이라고! 지금까지 이렇게 확신으로 가득 찬 사견을 들어본 적이 없다. 나는 그가 혈서로 맹세한다 해도 믿지 않을 것이다. 그걸 믿기에는 그의 피부가 너무 노랗지 않은가! 그는 마치 걸어 다니는 전염병 덩어리 같다. 발진티푸스를 몰고 다니는 사람 말이다. 붉은 열병 균으로 발 디디는 양탄자마다 빨갛게 물들이는 거인 말이다.

나는 본능적으로 조급해져서 빠른 속도로 결정을 내렸다. 그를 1초라도 빨리 이 방에서 쫓아내기로 했다.

“환자인 제 상황을 충분히 이해해 주시리라 봅니다.”

내가 맥없이 말했다.

“조금만 말을 길게 해도 이 고약한 신경이 저를 못견디게 만드는 군요. 그러니 여기 방문하신 목적이 뭔지 곧바로 말씀해 주시겠습니까?”

나는 이 노골적인 암시로 인해 그가 중심을 잃고 허겁지겁 죄송하다는 말과 함께 이 방을 빠져나가리라 기대했다. 그러나 틀렸다. 반대로 그는 오히려 의자에 더 단단히 자리를 잡았다. 더 완고하고, 묵직하고, 자신감 넘치는 모습으로 말이다. 그는 두 손가락을 들더니 또 한 번 불쾌감을 일으키는 속내를 꿰뚫는 눈빛으로 나를 노려보았다. 이걸 어쩌나? 나는 언쟁을 할 힘이 없었다. 당신들은 내 입장을 나의 반에 반이라도 이해하는가? 말로 이 심정을 어찌 다 전한단 말인가. 그럴 수 없을 것 같다.

"제가 여기 온 목적은……."

그는 내 말은 아랑곳없이 말하기 시작했다.

"이 손가락이 말하고 있는 것처럼 두 가지입니다. 첫째, 퍼시벌 글라이드 경과 글라이드 부인 간의 불화를 지극한 슬픔으로 전하고자 왔습니다. 저는 퍼시벌 경과는 오랜 벗이고, 글라이드 부인과는 인척 관계입니다. 또한 저는 블랙워터 파크에서 일어난 모든 일의 목격자입니다. 이 세 가지 이유로 저는 지금의 상황을 제 나름의 권위와 신용, 유감을 다해 말씀드리고자 합니다.

존경하는 페어리 씨, 글라이드 부인의 보호자이신 당신께 말씀드립니다. 할콤 양이 여기로 보낸 편지 내용은 한 치의 과장도 없습니다. 확신시켜 드리건대 그 대단한 여인의 제안만이 주인어른을 세상의 풍문거리에서 벗어나게 할 수 있을 겁니다. 부부가 잠시 떨어져 지내면 지금의 어려운 상황을 무사히 넘기는 데 큰 도움이 될 것이니, 그야말로 아주 평화로운 해결책으로 보입니다. 지금은 두 사람을 별거시켜야 합니다. 그래서 이후 두 사람 사이의 불화가 진정되면, 제가 직접 퍼시벌 경을 설득해 여기로 데려올 것을 약속드립니다.

글라이드 부인은 순수하고, 상처를 입었습니다. 또한 제 의견을 덧붙이자면 글라이드 부인의 그 순수함 때문에 두 사람 사이에 불

26

화가 생겼습니다. 부인께서 남편과 한 지붕 아래에 있는 한은 더더욱 심해질 겁니다. 이제 예의와 존중의 마음으로 부인을 받아줄 곳은 여기밖에 없습니다. 그러니 문을 열어주실 것을 간곡히 부탁드립니다."

뻔뻔스럽기는! 저 아래로부터 결혼 문제라는 엄청난 해일이 나를 향해 덮쳐오고 있었다. 그리고 저 커다란 덩치에 홍역 균이 겹겹이 우글거리는 작자가 내게 와서는 같이 그 폭풍을 뒤집어쓰자고 권하고 있다.

나는 필사적으로 그럴 수 없다고 말하려고 했다. 그때 백작이 손가락 하나를 내렸다. 나머지 하나가 남아 있었던 것이다. 그는 그 자세로 멈춘 채 아무 경고 없이 사납게 나를 깔아뭉개고, 조심하라는 한 마디 없이 인정사정없이 밀어붙였다.

"이제 여기 온 두 번째 목적을 말씀드리겠습니다."

그가 말문을 다시 열었다.

"할콤 양이 병 때문에 실행하지 못한 일에 대한 것입니다. 저는 세상 물정을 잘 아는 나이입니다. 그러다 보니 본의 아니게 다른 집안 문제에 여러모로 관여하곤 했지요. 물론 그 가족들의 부탁 때문이었지만 말입니다. 얼마 전 할콤 양이 페어리 씨께서 보내신 편지에 대해 조언을 요청하더군요. 저 역시 여러 면에서 귀하만큼 동정심이 많은지라, 편지를 읽는 순간 왜 페어리 씨께서 글라이드 부인을 맞이하기 전에 할콤 양을 먼저 보자고 하셨는지 이해할 수 있었습니다. 부인을 받아들이면 그 남편이 어떤 행동을 할지 염려하시는 심정, 백번 옳으십니다. 저도 동감합니다. 또한 이렇게 복잡미묘한 일을 편지로만 해결해서는 안 된다는 말씀에도 전적으로 동감합니다. 여기까지 제가 왔다는 자체가(이 짓은 정말 못할 짓입니다만) 제 말의 진정성을 증명하는 것임을 알아주십시오.

퍼시벌 경에 대해 할콤 양보다 많이 아는 제가 확신하건대 퍼시벌 경은 결코 이 근처에 얼씬도 않을 것이고, 이곳과는 연락조차 않을 것입니다. 그의 아내가 여기 있는 한은 말입니다. 그는 현재 매우 복잡한 상황에 처해 있습니다. 글라이드 부인을 이곳에 머물게 해서 그에게 문제를 처리할 여유를 주십시오. 제가 약속드리건대 그는 자유를 얻자마자 골치 아픈 개인 문제를 해결하기 위해 유럽 대륙으로 건너갈 것입니다.

제가 드리는 말씀이 잘 전달되었는지요? 네, 그렇군요. 별달리 추가로 질문할 건 없으십니까? 있으시다면 제가 성의껏 답변해 드리겠습니다. 제가 왜 여기 있겠습니까? 질문하십시오, 페어리 씨. 마음이 개운해질 때까지 마음껏 질문하십시오."

설령 질문할 마음이 있었다 해도 이 작자가 이미 너무 많은 말을 해버린지라 혼란스러울 뿐이었다. 백작은 내가 질문 하나를 던지면 지금보다 더 많은 말로 언제든 나를 쓰러뜨릴 태세였다. 나는 나를 보호하는 차원에서 그것을 사양했다.

"너무 고맙습니다."

나는 되도록 빨리 이 세균 덩어리와 떨어지고 싶었다.

"몸이 몹시 피곤해지고 있습니다. 이런 상태에서는 모든 걸 있는 그대로 받아들일 수밖에 없겠군요. 제발 그렇게 하도록 하지요. 서로 충분히 이해했으니까요. 네, 너무 고맙게 생각합니다. 이런 일에 부득불 개입하시게 만들어서 신세를 졌습니다. 나중에 몸이 좋아지면, 그래서 다시 한 번 뵐 기회가 있다면……."

순간 그가 자리에서 일어났다. 나는 그가 나가려는 줄 알았다. 그런데 아니었다. 본격적으로 말을 시작하려는 것이다. 열병을 더 번지게 하려고 아주 작정을 했다. 여러분이라도 알아주기 바란다. 다른 곳도 아니고 내 방에서 저러다니!

"아직 드릴 말씀이 있습니다."

전염병이 말했다.

"떠나기 전에 마지막으로 한 말씀만 더 드리겠습니다. 아주 급한 문제입니다. 할콤 양이 다 나을 때까지 기다려서 글라이드 부인을 모셔오는 것은 너무 늦습니다. 지금 할콤 양은 블랙워터 파크에서 경륜 있는 의사와 노련한 간호사, 꼼꼼한 관리인의 간호를 받고 있습니다. 제 아내가 곁에서 도와주고 있다는 건 말할 필요도 없겠지요. 한 가지는 꼭 알아주십시오. 이제 와서 의료진을 바꿔서는 안 됩니다. 그리고 하나 더 아셔야 합니다. 할콤 양의 열병 때문에 글라이드 부인의 건강 상태까지 나빠지고 있다는 점입니다. 지금 글라이드 부인은 언니가 열병에 걸렸다는 불안과 충격 때문에 거의 중환자가 돼서는 아무것도 못하고 침대에만 누워 지내고 있습니다. 이러니 부부 사이도 갈수록 악화되는 거지요.

블랙워터 파크에 글라이드 부인을 방치해 두는 건 사실상 할콤 양이 아무리 빨리 완쾌된다 해도 때늦은 후회가 될 것입니다. 그러면 페어리 씨나 이 가족 모두가 사람들 입방아에 오르내리게 되겠지요. 진심으로 말씀드리건대 그것만은 피해야 합니다. 글라이드 부인을 더 오래 그곳에 머물게 해서 페어리 씨께 감당하기 벅찬 일이 벌어지지 않기를 바랍니다. 부인께 지금 당장 여기로 오라고 편지를 쓰셔야 합니다. 귀하의 자애롭고 영예로우며 피치 못할 이 의무를 지금 바로 실행하십시오. 그래야 나중에 비난과 후환으로부터 벗어나실 수 있을 겁니다. 살아온 제 경험으로 간곡히 전하는 말씀입니다. 그렇게 하시겠습니까?"

나는 그를 말없이 쳐다볼 뿐이었다. 일단 그의 자신감 넘치는 설득력에 놀랐고, 동시에 어서 빨리 종을 울려 루이스를 불러서 이 작자를 방에서 쫓아내야겠다는 생각이 들었다. 혹시 이런 생각마저 들켜버린 건 아닐까? 나는 가급적 이런 마음을 내색하지 않고 그를 바라보려고 애썼다. 설마 내 생각을 읽었을 리 없지! 그런데 도대체 이 작자는 찰거머리가 아닌가! 머리에 신경이 조금이라도 박혀 있나! 완전히 철통같은 인간이 아니고서야 이렇게 내 신경이 말라비틀어지는 걸 모를 수 있단 말인가.

"망설이시고 계십니까?"

찰거머리가 다시 꿈틀거렸다.

"페어리 씨 마음을 이해합니다! 반대하실 만도 합니다. 제가 그 뜻을 왜 헤아리지 못하겠습니까. 병약한 글라이드 부인 혼자 먼 길을 여행하는 게 마음에 걸리시는 거겠지요. 아시다시피 부인은 지금 하녀도 없고, 블랙워터 파크에도 영국의 이쪽 끝에서 저쪽 끝까지 뒷바라지를 해줄 마땅한 하녀가 없지요. 그게 또 다른 반대의 이유겠지요, 맞습니까? 더군다나 부인께서 이곳으로 오시는 도중에 런던에서 편하게 쉴 수도 없지요. 부인께 런던은 낯선 곳이고 대중호텔을 이용하기도 어려우니까요, 맞지 않습니까? 제가 귀하의 그 깊은 마음을 어찌 모르겠습니까? 하지만 한편으로는 그런 염려는 놓으셔도 될 것 같습니다. 괜찮으시다면 마지막으로 제 의견을 들어보시지요.

처음 영국으로 퍼시벌 경과 함께 왔을 때, 저는 런던 근처에 집을 구하려 했지요. 그런데 그 목적이 이제 이루어졌습니다. 거의 여섯 달에 걸쳐 존 우드라는 지역에 아담하고 근사한 집을 장만하게 되었으니까요. 이 사실을 알려드리게 돼서 참 다행이라고 생각됩니다.

자, 제가 생각하는 계획을 말씀드리겠습니다. 글라이드 부인은 먼저 런던으로 오게 됩니다(아주 짧은 여행이지요). 그러면 제가 역에서 그녀를 맞이할 것입니다. 그리고 제 집으로 모시고 와서 충분히 휴식을 취하게 해야지요. 그 집은 부인의 고모 집이기도 하니까요. 그렇게 몸이 회복되면 제가 다시 부인을 역으로 안내할 겁니다. 그런 뒤 그녀는 여기까지 열차를 타고 오게 되고, 부인의 하녀를 시켜(지금 이 집에 살고 있지요) 부인을 역 마구간까지 마중을 나가 모셔오게 하면 이제 부인께서는 얘기된 대로 이 편안하고 예의와 헌신으로 충만한 곳에, 귀하의 지극한 환대와 연민과 보호가 가득한 이곳에 마침내 도착하게 되는 겁니다.

자, 이제 제 두 번째 제안을 허물없이 말씀드리겠습니다. 진지하게 충언하건대 지금 당장 불쌍하고 가련한 글라이드 부인께 어서 이곳으로 오라는 편지를 쓰십시오. 그 편지는 제가 전하지요. 때늦은 후회는 불행만 키우게 되니, 제 집과 귀하의 집으로 초대한다고 한시라도 빨리 편지를 쓰십시오."

그는 그 역겨운 손을 내게 휘젓고는 그 손으로 전염병 걸린 가슴을 쿵쿵 치며 웅변조로 말했다. 마치 내가 국회에서 법안 제출을 받는 의장이라도 되는 것처럼 말이다. 뭔가 조치를 취해야 했다. 루이스를 불러서 어서 집 안을 소독하라고 말해야 할 것 같았다.

이런 다급한 상황에서 다행히 머리를 스치는 묘안이 떠올랐다. 돌멩이 하나로 무례한 새 두 마리를 한꺼번에 잡는 방법이었다. 나는 일필휘지로 편지를 써서 백작의 넌더리나는 웅변, 그리고 생각만 해도 몸서리쳐지는 글라이드 부인의 성가신 문제들을 한 방에 제거하기로 마음먹었다. 그래, 이 불길하기 짝이 없는 외국인의 제안을 냉큼 받아주자. 어차피 로라가 이 초대를 받아들일 가능성은 거의 없었다. 아무리 설득하고 강요해도 언니가 아파 누워 있는데 혼자서 올 것 같은가? 천부당만부당하신 말씀! 그 기막힌 언니에 대한 집착이 나를 이 지긋지긋한 덩치 큰 전염병 찰거머리로부터 벗어나게 하다니! 저 철통같은 무신경한 인간으로부터 나를 구해 주다니!

나는 행여 내 마음을 들킬까봐 재빨리 행동했다. 안간힘으로 몸을 일으켜 필사적으로 필기도구들을 움켜쥐었다. 그리고 젖 먹던 힘까지 짜서 펜을 손에 쥐고 거침없이 써내려갔다. 마치 숙련된 사무실 서기들이 양식을 채우듯이 단번에 말이다.

사랑하는 로라에게

제발 오거라. 언제든 어서 오거라. 오는 도중 런던의 고모 댁에 들러서 휴식을 가져라. 마리안이 아프다는 소식을 들으니 가슴이 미어지는구나.

— 너게 영원한 애정과 관심을 가지는 삼촌이

나는 이 편지를 손을 뻗어 백작에게 건네고는 다시 의자 속으로 무너졌다. 그리고 말했다.

"제발 이제 그만하시지요. 나는 완전 기력이 다했소. 더 이상은 힘들군요. 아래층으로 내려가서 조금 쉬고 점심을 드시지요. 모든 일에 행운과 신의 가호가 깃들길 바랍니다. 그럼, 잘 가십시오."

그러나 이 남자는 다시 일장연설을 시작했다. 정말 끝을 모르는 사람이었다.

나는 눈을 지그시 감고 되도록 아무 말도 듣지 않으려 했다. 그럼에도 수많은 말의 파편들이 귀를 때렸다. 끝도 없이 말하는 내 여동생의 남편은 이 면담 결과에 대해 축하를 보내고 있었다. 자신의 자비심, 그리고 내 동정심에 대해서도 엄청난 말의 향연을 베풀었다. 내 비참한 건강을 개탄하고, 처방전을 써주겠다고 했다. 거듭 거듭 빛의 중요성을 강조하며 잊지 말라고 당부했다. 또한 내가 친절하게 권한 휴식과 점심식사도 받아들였다. 그리고 이틀 또는 사흘 뒤면 글라이드 부인이 올 것이라고 말해 주었다. 또한 이번처럼 서로 괴로운 일이 아닌 다른 일로 다시 만나게 되는 영광을 달라며 작별인사를 고했다. 그 외에도 많은 말을 했지만 생각만으로 대신하겠다. 그리 기억나는 것도 없지만.

얼마 후 그의 연민 가득한 목소리가 점점 귓전에서 멀어져갔다. 그렇게 덩치 큰 사람인데도 발소리를 전혀 들을 수 없었다. 그는 자신의 소음을 철저하게 감추는 비범하고도 불쾌한 능력을 가지고 있었다. 언제 문을 열고 닫았는지조차 모르겠다. 얼마간의 정적이 흐른 뒤 나는 용기를 내서 눈을 떴다. 그는 사라지고 없었다.

루이스를 부르기 위해 종을 흔든 뒤 자리를 침실로 옮겼다. 향신료를 탄 미지근한 물은 나를 위해서, 엄청난 훈증 소독은 나의 서재를 위해서였다. 만족스럽게도 별 탈은 없었다. 나는 늘 자던 짧은 잠에 빠져들었다. 땀에 젖은 채 몸을 으스스 떨면서 잠에서 깨어났다.

제일 먼저 궁금한 것은 백작이었다. 정말 그를 확실히 쫓아냈나? 그랬다. 그는 오후 열차를 타고 떠났다. 점심은 먹었나? 먹었다면 뭘 먹었을까? 과일 파이에 크림이 전부란다. 세상에 이런 남자가 다 있나! 그 큰 덩치에 밥통은 주먹만 하다니!

더 써야 하나? 그러지 않아도 될 것 같다. 내 생각에는 이 정도면 내게 할당된 양은 다했다고 본다. 그 이후 일어난 충격적인 상황들은 다행히도 내 면전에서 일어난 게 아니니까.

정말 간청하건대 제발 앞으로는 나처럼 나약하고 쓰러지기 일보 직전의 사람에게 이런 감당 못할 일들을 안겨주지 않기를 바란다. 나도 나름대로 최선을 다했다. 내가 예측 못한 개탄스러운 재앙에 대해 솔직히 내게 무슨 책임이 있는가.

나는 지금 그 일로 산산조각 나 있다. 누구보다도 고통스럽게 신음하고 있다. 내 하인 루이스는(이놈은 생각이 모자라서 그렇지 정말 내 분신이다) 내가 이 일로 결코 회복되지 못할 거라고 생각하고 있다. 내 말을 받아 적으면서 내가 손수건으로 눈물을 훔치는 것을 바라본다. 나 스스로를 합리화시키는 건지는 몰라도 아무튼 거듭 말한다. 나는 기력이 완전히 소진되었고 비탄에 잠겨 있다. 이제 된 거겠지?

엘리사 마이컬슨 부인에 의해
계속되는 이야기

1

내게 주어진 요청은 할콤 아가씨의 병의 경과와 그 사이 글라이드 부인이 런던으로 떠나게 된 경위를 명확하게 진술하는 것이다.

내가 이런 요청을 받게 된 이유는 진실을 알려면 내 증언이 필요했기 때문이다. 영국국교회에 종사했던 성직자의 미망인으로서(뜻하지 않은 불운으로 이런 직업에 종사하게 되었지만 말이다), 나는 철저히 진실만이 인생의 최고 미덕이라고 배워왔다. 그래서 이 요청을 달갑게 받아들였다. 그렇지 않았다면 골치 아픈 남의 가정 문제에 자청해서 펜을 들 이유도 없었을 것이다.

당시에 나는 비망록이 없었다. 그래서 정확히 무슨 요일, 며칠이었는지는 자신 있게 말하기가 어렵다. 하지만 할콤 아가씨의 심각한 병이 발생한 날짜가 6월 15일, 아니면 10일 무렵이라는 건 확실하다. 블랙워터 파크는 아침식사 시간이 늘 늦었다. 어떤 때는 10시가 다 되어 먹을 때도 있었다. 한번도 9시 30분 이전에 먹은 적이 없었다.

지금 언급하려는 그날 아침, 평소라면 제일 먼저 내려왔을 할콤 아가씨가 보이지 않았다. 다른 가족들은 식탁에서 15분 정도 기다리다가 결국 하녀를 보내 그녀를 살펴보라고 했다. 잠시 후 하녀가 겁에 질린 표정으로 황급히 내려왔다. 나는 계단에서 그녀와 마주쳤고, 즉각 무슨 일이 벌어졌는지 알기 위해 아가씨 방으로 향했다.

가여운 할콤 아가씨는 나를 알아보지도 못했다. 멍한 정신으로 손에 펜을 쥔 채 방 안을 서성거리고 있었는데, 몸이 불덩이였다.

글라이드 부인이(나는 더 이상 퍼시벌 경을 윗사람으로 모시고 있지 않다. 따라서 마님이라는 호칭 대신 그녀의 이름으로 호칭해도 결례가 아닐 것이다) 제일 먼저 방으로 들어왔다. 그녀는 심하게 충격을 받았고, 낙심해서는 그저 두 손을 모으고 부들부들 떨 뿐 아무 도움도 되지 못했다. 곧이어 나타난 백작과 백작부인이 그나마 가장 도움이 되고 친절했다.

백작부인과 나는 함께 그녀를 침대에 눕혔다. 백작은 구급상자를 가져오라고 말한 뒤 자리에 앉아서 기다렸다. 그리고 상자를 가져오자 능란한 솜씨로 약을 조제해서 먹이고, 의사가 도착하기 전에 응급 처치로 냉각 크림을 만들어 불덩이 같은 할콤 아가씨의 머리에 발라주었다. 의사를 부르는 일은 퍼시벌 경이 했다. 그는 마부를 급히 보내서 가장 가까이 있는 오크 로지에 사는 도슨이라는 의사를 불렀다.

도슨 씨는 채 한 시간도 안 돼서 도착했다. 그는 마을의 명의로서 존경과 덕망을 받고 있는 연로한 분이셨다. 그런 그가 아가씨의 병이 심각하다고 말하자 우리는 모두 놀라서 입을 다물지 못했다.

백작은 붙임성 있게 의사와 의견을 나누었는데 상당한 의학적 지식이나 용어를 구사하는 듯했다. 심지어 도슨 씨조차도 예의를 갖추며 경청할 정도였다. 그는 백작에게 그 의견이 의학계에 몸담았던 경험에서 나온 것이냐고 물었다. 그러자 백작은 그 분야에 개인적으로 관심이 많아서 혼자 연구하고 실험했다고 털어놓았다. 그러자 의사는 단도직입적으로, 비전문가와는 함께 일해 본 경험이 없을 뿐더러 그럴 의사도 없다고 말했다. 그러자 백작은 미소를 머금은 채 얘기를 끝냈다.

백작은 내려가기 전에 자신은 온종일 보트 창고에 있을 생각이니 필요하면 그리로 사람을 보내라고 말했다. 왜 그런 날 집을 비우고 보트 창고로 가는지 이유는 말하지 않은 채, 저녁식사 시간인 저녁 7시까지 집을 비웠다. 짐작하건대 거추장스럽지 않게 자리에서 물러나 있으려는 듯했다. 그는 항상 그렇게 배려하는 태도를 고수해왔으니까. 정말 그만큼 사려 깊은 마음의 소유자도 찾기 힘들 것이다.

할콤 아가씨는 상태가 점점 안 좋아졌다. 밤이 되자 열이 오르락내리락하더니 아침이 되자 더 심해졌다. 근처에서는 아가씨를 제대로 돌봐줄 만한 간호사를 찾기 힘들어서 할 수 없이 나와 백작부인이 교대로 간호했다. 글라이드 부인은 어리석게도 한사코 아가씨 곁을 떠나지 않으려 했다. 곁에서 계속 흐느끼기만 해서 방해만 될 뿐이었다.

물론 세상에 부인처럼 다정하고 온화한 여인도 없었다. 그녀는 실로 한 점 티 없는 순백의 영혼이었다. 하지만 그런 상황에서는 그런 순백의 영혼도 별 소용이 없었다. 그녀는 울다가 공포에 질렸다가를 거듭한 나머지 더는 병실에 머물 수 없을 지경이 되었다.

퍼시벌 경과 백작이 오전에 병세를 살피기 위해 찾아왔다. 퍼시벌 경은 아내는 심신의 고통에, 아가씨는 열병에 시달리고 있는 탓에 마음이 괴로웠던지 불안하고 초조한 모습이었다. 반면 백작은 본래의 평정심을 찾아가고 있었다. 그는 한손에는 밀짚모자를 들고 다른 손에는 책을 들고 있었다. 듣자하니 그날도 호숫가로 나가서 책을 읽겠다고 했다.

"퍼시벌, 여기서 담배 연기 피우지 말게나. 아픈 사람이 있을 때는 집 안이 조용해야 하네. 자네는 나름대로 나가서 일을 보고 나는 나대로 호숫가로 가겠네. 공부에 집중하려면 혼자 있어야 하거든. 자, 나가자고. 그럼 수고하시오, 마이컬슨 부인."

정확히 말하자면 퍼시벌 경은 평소에도 그다지 공손하지 않은 사람인 데다 마음의 평정을 잃어서인지 백작과는 달리 나갈 때 인사치레조차 하지 않았다. 그때뿐만 아니라 한 여인이 아파 몸져누워 있을 때와 비슷한 다른 어려운 상황에서도, 관리인엔 내게 제대로 대해준 사람은 백작 하나였다. 그는 진정으로 귀족다운 사람으로서 이 집에서 그의 배려심이 미치지 않는 사람이 없었다.

심지어 그는 글라이드 부인의 하녀인 페니에게조차 소홀하지 않았다. 페니가 일전에 퍼시벌 경에게 쫓겨났을 때, 그는 내게 카나리아 새 묘기를 보여주던 와중에도 페니가 저렇게 무방비로 나가서 되겠냐고 지극한 관심을 보였다. 하룻밤 지낼 거처도 없이 내보내서는 안 된다며 서둘러 페니가 간 마을로 내려가 잘 곳을 마련해 줄 정도였다. 귀족 출신 사람들은 어릴 때부터 받은 교육 덕인지 몰라도 이처럼 빈틈없는 격식과 예의범절을 지녔다.

내가 이런 세세한 이야기를 하는 이유는 다른 게 아니다. 일부 사람들이 백작의 품성을 폄하하려고 들어서다. 그러니 공정한 평가를 위해서라도 내 증언이 필요할 것이다.

어려운 처지에 놓인 하녀에게 지극한 도리를 다하고, 비천한 이들에게도 최소한의 덕을 베풀 줄 아는 귀족은 감히 폄하되어서는 안 될 인물이다. 그는 타고난 도덕률과 엄격한 원칙을 기준으로 자신을 엄하게 다스릴 줄 아는 지성인이다.

이것은 결코 내 사견이 아니라 있는 그대로의 사실을 말하는 것뿐이다. 나는 전 생애에 걸쳐 '타인을 심판하지 말라. 그러면 심판당하지 않을 것이다.'라는 성경 구절에 복종해 왔다. 사랑했던 남편이 했던 최고의 설교 중 하나도 바로 이 구절에 대한 것이었다. 나는 그 설교에 깊은 감동을 받아서 남편이 죽고 난 뒤에 그 교본을 직접 제본해서 가까이 두고 틈날 때마다 읽곤 했다. 읽으면 읽을수록 그 글귀는 마음의 양식이 되고 영혼을 정화시켜 주었다.

할콤 아가씨는 차도가 없었다. 둘째 날에는 오히려 첫날보다 심해졌다. 도슨 씨는 정신없이 치료에 전념했고, 나와 백작부인은 교대로 정성을 다해 아가씨를 간호했다. 글라이드 부인은 꿈쩍 않고 침대 곁에 앉아서 고집을 부렸다. 부인의 건강이 걱정스럽다고, 잠시 쉬라고 해도 요지부동이었다. 그럴 때마다 대답은 하나였다.

"내가 있을 곳은 언니의 침대 옆이에요. 아프건 아프지 않건 상관없어요. 저는 눈앞에 언니가 있어야 그나마 견딜 수 있어요."

자정 무렵 나는 평소의 업무들을 처리하기 위해 아래층으로 내려갔다. 그리고 한 시간 뒤쯤 다시 병실로 돌아오는데 현관에서 홀로 들어오는 백작을 보았다. 한눈에 봐도 그는 무척 기분이 좋아 보였다. 순간 서재에 있던 퍼시벌 경이 서재 문 밖으로 얼굴을 내밀고 소리쳤다.

"그 여자 찾았소?"

백작은 커다란 얼굴에 환한 미소를 가득 머금었지만 퍼시벌 경의 질문에 대답하지는 않았다. 그때 퍼시벌 경이 몸을 돌려 계단으로 다가오는 나를 보고는 불쾌하고 화난 표정을 지어 보였다.

"서재로 들어와서 얘기하게."

경이 백작에게 말했다.

"여자들이 들끓는 집에서는 다들 시도 때도 없이 계단을 오르내리니까."

"이런 친구를 봤나."

백작이 나를 보며 겸손하게 말했다.

"지금 마이컬슨 부인은 아주 힘든 일을 하고 계시지 않은가. 제발 부인의 헌신적인 정성에 감사하는 마음을 가지게나. 환자는 어떤가요, 마이컬슨 부인?"

"아직 차도가 없답니다."

"저런, 저런!"

백작이 탄식했다.

"피곤해 보이군요. 간호하느라 힘드실 텐데 도움이 필요할 때인 것 같습니다. 제가 힘이 되어드리지요. 내일 아니면 모래 아침 제 아내가 런던에 갔다가 밤늦게 돌아올 겁니다. 마침 런던에 지금은 일을 쉬고 있는 아주 노련하고 성실한 간호사가 있다고 하는군요. 제 아내가 단단히 믿고 있는 간호사라니 저도 안심입니다. 그 간호사가 오면 마이컬슨 부인께서는 간호에서 손을 떼고 집안일로 돌아가셔도 될 겁니다. 한 가지 당부드릴 점은 간호사가 새로 온다는 사실을 도슨 씨께는 비밀로 해달라는 겁니다. 워낙 의심이 많으신 분이라 미리 말씀드리면 그리 좋아하지 않으실 겁니다. 그러니 간호사가 직접 와서 소개할 때까지 비밀을 지켜주세요. 막상 오면 거부할 만한 별다른 명분이 없을 테니까 말이죠. 글라이드 부인도 안심하시게 될 겁니다. 글라이드 부인께도 제 마음과 관심을 전해 주세요."

나는 황송한 마음으로 백작에게 고마움과 감사를 전했다. 도중에 퍼시벌 경이 그의 덕망 높은 친구에게(이런 세속적인 표현을 써서 마음이 편치 않지만, 사실 전달을 위해서는 어쩔 수 없다) 더는 서재에서 혼자 기다리게 하지 말라고 고함을 치는 바람에 백작과 내 대화는 거기에서 끊겼다.

나는 위층으로 올라갔다. 여자들이란 어쩔 수 없는 존재다. 아무리 단단한 신조나 원칙을 가졌을지언정 결국은 변변치 않은 호기심 때문에 그 원칙을 저버리곤 한다. 부끄러운 일이지만, 순간 나역시 호기심 때문에 내 원칙을 저버리고 말았다. 아까 퍼시벌 경이 던진 질문은 뭘 의미하는 걸까? 무얼 찾고 있었다는 말이지? 백작이 아침부터 홀로 사색에 잠겨 산보를 나가면서 만나려고 했던 사람은 누구지?

퍼시벌 경의 말에서 추측할 수 있는 것은 그 사람이 여자라는 것 뿐이었다. 물론 나는 백작이 부도덕한 행위를 했으리라고는 결코 생각지 않았다. 단지 궁금한 건 백작이 정말 그 여자를 찾았냐는 것뿐이었다.

하던 이야기를 계속하자면, 그날 밤만 해도 할콤 아가씨는 별다른 차도가 없다가 다음날부터 약간 호전되는 기미를 보였다. 그리고 그 다음날 아침, 백작부인은 누구에게도 알리지 않고 조용히 런던으로 가는 열차를 타기 위해 집을 나갔다. 백작이 평소와 다를 바 없는 세심함으로 부인을 기차역까지 배웅했다. 그렇다고 간호를 나 혼자 떠맡은 건 아니었다. 한시도 언니 곁을 떠나지 않고 있는 글라이드 부인이 나와 교대로 아가씨를 간호했다.

그날 기억나는 가장 유쾌하지 않은 불상사는 의사와 백작 간에 생긴 또 한 번의 마찰이었다. 백작은 기차역에서 돌아오자마자 아가씨의 차도를 살피기 위해 병실로 올라왔다. 글라이드 부인과 도슨 씨는 환자와 함께 있었기 때문에 나 혼자 백작을 맞이하려고 방 밖으로 나갔다. 백작이 처방과 병의 징후를 진지하게 물어서, 나는 현재 진행되는 치료가 '생리 식염수 투여'라고 불리는 치료이며, 아가씨는 지금 쉴 새 없이 열이 올라 몸이 허약하고 탈진 상태에 빠져 있다고 말해 주었다. 내가 말하는 사이 도슨 씨가 방문을 불쑥 열었다.

"수고하십니다, 선생."

백작이 품위 있는 태도로 의사 앞으로 걸어가 점잖게 발길을 가로막았다.

"오늘도 차도가 없는지요?"

"오늘은 결정적인 차도가 있습니다."

"여전히 이런 열병에 별 효과 없어 보이는 처방만 고집하시는 것 같군요."

"전 제 전문적인 경험을 바탕으로 처방을 내리고 있습니다만."

의사가 단호하게 대답했다.

"제가 왜 선생님의 그 넓으신 경륜과 해박하신 지혜를 모르겠습니까? 저는 지금 선생님께 조언 같은 걸 하려는 게 아닙니다. 단지 여쭤볼 뿐이죠. 사실을 말하자면, 선생께서는 런던과 파리 같은 곳에서 크게 발전하고 있는 과학의 진원지에서 멀리 떨어져 계십니다. 혹시 열에 대한 탈진을 회복시킨다고 과학적으로 증명된 브랜디나 와인, 암모니아나 키니네에 대해서는 들어보셨습니까? 최고의 과학적 권위를 가진 그 새로운 치료법 말입니다, 모르십니까?"

"전문가가 그런 질문을 했다면 기꺼이 답하겠소이다."

그는 나가달라는 듯 방문을 열면서 말했다.

"하지만 귀하는 전문가가 아니니 정중히 답변을 사양하지요."

백작은 그 오만불손하고도 무엄한 말에 한쪽 뺨을 얻어맞고도 행동하는 신앙인처럼 즉각 다른 뺨을 내밀었다.

"수고하십시오, 도슨 선생."

만일 남편이 지금까지 살아 있어서 백작과 알게 되었다면 두 사람은 얼마나 서로를 존경하며 지냈을까.

백작부인은 그날 밤 늦게 열차 편으로 돌아왔다. 그녀 곁에는 런던에서 온 간호사가 서 있었다. 그녀는 루벨 부인이라고 했다. 외모와 서투른 영어에서 외국인이라는 것을 금방 알 수 있었다. 나는 평소 외국인을 상당한 온정으로 대해 왔다. 그들은 우리만큼 축복과 풍요를 누리지 못했으며 대부분 불행한 천주교의 가르침을 받고 자랐다. 내게는 엄격한 계율과 행동 지침이 있었다. 이것은 죽은 남편으로부터 이어받은 것인데, 그것은 내가 대우받기를 바라는 만큼 나 역시 상대에게 그것을 베풀어야 한다는 것, 내가 당하지 않은 것을 남이 당하게 해서는 안 된다는 것이었다.

이 두 가지 이유 때문에 이런 말을 내 입으로 해서는 안 되겠지만, 아무튼 기록자의 의무로서 말하자면 루벨 부인은 작고 깡마르고 교활해 보이는 사람이었다. 쉰 줄에 들어선 나이에 피부는 흑갈색이고 회색 눈은 경계심으로 가득 차 있었다. 그녀가 입은 드레스는 단조로운 검은색 비단 옷이었지만 나이나 신분에 어울리지 않게 비싸 보였고 옷매무새에는 불필요할 정도로 치장이 많았다. 물론 누군가 나한테 이런 말을 하면 나도 기분이 좋지 않을 것이다. 따라서 이것은 내 입이 아닌 기록자의 입으로 말하는 것임을 거듭 밝힌다.

또한 그녀의 태도는 불쾌감을 유발한다고는 말할 수 없지만, 눈에 뜨이게 조용하고 타인과 거리를 두는 듯했다. 또한 불안한 듯 끊임없이 주변의 눈치를 살피고 말을 아꼈는데, 그게 겸손함 때문인지, 블랙워터 파크에서 자신의 불확실한 위치 때문인지, 아니면 둘 다 때문인지 확실히는 알 수 없었다. 또한 그녀는 저녁식사 자리에도 참석하지 않았다(이상하지 않은가? 그렇다고 의심할 필요는 없겠지?). 심지어 내가 정중하게 내 방에서 같이 식사하자고 부탁했는데 그조차 거절했다.

그리고 백작은 또 한 번, 내일 아침 도슨 씨가 루벨 부인을 허락하기 전까지 그녀에게 간호를 시키지 말아달라는 주문을 해왔다. 그래서 그날 밤, 나는 밤새 한숨도 못 자고 간호를 해야 했다.

글라이드 부인은 이상하게도 새 간호사가 언니를 간호하는 것을 내키지 않아 했다. 귀한 가문에 교육까지 받은 사람이 저토록 외국인에게 편협한 반감을 가지고 있다는 것에 나는 충격을 받았다. 그래서 감히 한 말씀을 올렸다.

"마님, 제 당돌한 생각으로는 신분이 낮다고 해서 그 사람을 너무 성급하게 판단해서는 안 된다고 봅니다. 더군다나 외국인일 경우에는 더욱 그렇고요."

그러나 글라이드 부인은 내 말에 동의하는 것 같지 않았다. 그저

42

한숨을 쉬며 침대 시트 위에 놓인 언니의 손에 입술을 맞추기만 했다. 절대적 안정이 필요한 환자에게 적절한 행동은 아니었다. 그러나 가여운 글라이드 부인은 간호에 대해서는 아무것도 아는 게 없었다. 이런 말을 하게 돼서 유감이지만 전혀 도움이 되지 않았다.

다음날 아침, 병실로 오는 길에 의사가 그녀와 직접 면담을 할 수 있도록 루벨 부인을 할콤 아가씨의 응접실로 안내했다. 나는 혼수상태에 빠져 있는 할콤 아가씨를 글라이드 부인에게 맡기고 병실을 나왔다. 혹시라도 의사와 면담 전에 루벨 부인이 불안해하거나 자신감을 잃고 안절부절못할까 걱정이 되어서였다.

그런데 전날 밤과 달리 그녀는 무척 편안하고, 이미 의사의 허락을 다 받은 것처럼 만족스런 표정을 짓고 있었다. 언뜻 창밖을 쳐다보면서 시골의 정취에 푹 빠져 있는 것 같기도 했다. 어떤 사람은 그걸 뻔뻔한 오만함이라 말할지 모르겠지만, 내게는 나름의 다부진 각오, 자기 자신을 다스리려는 자제심의 표출로 보였다.

도슨 씨가 우리가 있는 방으로 오는 대신, 내가 먼저 도슨 씨의 호출을 받았다. 나는 이 상황이 무척 의아스러웠지만 루벨 부인은 조금도 아랑곳 않는 태도였다. 조금도 흔들리지 않고 창밖을 내다보면서 내가 그녀를 홀로 두고 방을 나가는데도 눈길조차 주지 않았다. 나보다 더 평온한 모습이었다.

도슨 씨는 아침식사 식당에서 홀로 나를 기다리고 있었다.

"새로 온 간호사 말이오, 마이컬슨 부인."

도슨 씨가 말문을 열었다.

"네, 선생님."

"내가 알기로 이 간호사는 그 늙은 뚱보 외국인의 아내가 런던에서 데려온 사람이더군요. 도대체 무슨 꿍꿍이가 있어서 내 일에 일일이 간섭하는지 모르겠소. 하여간 그 늙은 뚱보 외국인은 가짜 돌팔이라는 점만 알아두시오."

나는 그 난감하기 이를 데 없는 무례한 언사에 커다란 충격을 받았다.

"백작님께 그런 말씀을 하시다니 듣기 민망합니다, 선생님."

"저런! 몰라도 한참을 모르는군. 그런 직함을 가진 가짜들이 어디 한둘인 줄 아시오? 도처에 백작들이 수두룩하오. 알기나 합니까?"

"높은 직위에 계신 분이 아니라면 어찌 퍼시벌 경 나리의 친구가 되었겠습니까?"

"그만합시다. 부르고 싶은 대로 부르시오. 그건 그렇고 간호사 말인데, 난 일찌감치 반대했소."

"보시지도 않고요?"

"그렇소. 안 봐도 뻔하지 않소. 그녀가 업무 경험이 풍부한 뛰어난 간호사일지는 몰라도 여하간 내가 뽑은 사람은 아니오. 그래서 이 집안의 주인인 퍼시벌 경에게 내 의견을 말했소. 그런데 내 말을 받아들이지 않더군요. 어차피 내가 뽑았어도 결국은 런던에서 온 낯선 이가 아니겠냐고 말이오. 일단 아내의 고모가 고생해서 런던까지 가서 데려왔으니 적어도 시험은 해봐야 한다고 했소. 그 말에도 일리가 있어서 더는 이의를 달지 않았소. 하지만 그 여자가 부적절하다고 판단되면 언제라도 해고하겠다고 말했고, 승낙도 받았소. 이건 주치의로서 당연한 권리이기에 퍼시벌 경도 그걸 받아들인 거요. 자, 마이컬슨 부인, 이제 부인에게 달렸소. 며칠 동안 이 간호사를 유심히 살펴주시오. 만일 내가 처방한 약 이외에 다른 약을 환자에게 투여하는지 철저히 감시해 주시오. 부인이 좋아하는 그 외국인 귀족나리는 최면제를 비롯해서 환자에게 온갖 엉터리 약을 실험하고 싶어서 안달이 나 있으니까요. 그러니 그 사람이 직접 데려온 이 간호사는 필경 그의 지시에 따를 가능성이 아주 높소. 무슨 말인지 알겠소? 그러면 이제 가봅시다. 그래도 간호사와 인사는 하고 침실로 가야겠지."

우리가 갔을 때 루벨 부인은 여전히 바깥 풍경에 넋이 나가 있었다. 그녀는 의사와 차분히 인사를 나누고 의사의 날카로운 질문이나 의심쩍은 눈초리에도 태연함과 여유를 잃지 않으며 서투른 영어로 차분하게 답했다. 그녀의 느긋함이 괘씸했던지 의사는 작심한 듯 집요하게 질문을 퍼부어 쩔쩔매게 만들려 했지만, 그녀는 그럴수록 더 단호하게 간호 업무에 대한 질문에 조금의 실수도 하지 않고 답했다. 정말이지 대단했다. 이전에도 말했듯이 남들은 뻔뻔한 자신감이라고 말할지 모르겠으나, 그것은 내가 보기에는 다부진 통제력의 소산이 틀림없었다.

우리는 모두 침실로 향했다. 루벨 부인은 환자를 유심히 살피고 글라이드 부인에게는 극진한 예의를 보였다. 또한 방에 들어서자마자 망설이지 않고 의자를 가지고 와서 한쪽 끝에 앉아 지시를 기다렸다. 글라이드 부인은 이 낯선 외국인을 보고 놀라서 당황한 것 같았지만 잠에 빠진 할콤 양을 괴롭힐까봐 입을 열지 않았다. 오직 도슨 씨만 속삭이는 목소리로 지난밤의 경과를 물었고, 여느 때와 다름없었다는 내 말을 듣자 방을 나갔다. 글라이드 부인도 그를 따라서 나갔는데 아무래도 간호사 이야기를 하려는 것 같았다.

나는 방 안에 루벨 부인과 단둘이 남았다. 나로서는 이 과묵한 외국 여인이 자기 본분 이외의 엉뚱한 짓은 절대 하지 않을 것이라는 확신이 들었고, 그녀가 보는 앞에서 여느 때보다 훨씬 헌신적으로 환자를 보살폈다. 또한 며칠 동안 도슨 씨가 한 말을 잘 기억하면서 두 눈을 부릅뜨고 루벨 부인의 행동거지 하나하나를 감시했다. 불시에 조용히 방으로 들어와 행동에 수상한 부분이 있는지 살폈다.

하지만 그녀의 행동에 이상한 부분은 조금도 없었다. 글라이드 부인도 나만큼 그녀를 예의주시했지만 아무 문제도 찾지 못한 듯했다. 쓸데없이 약병을 만지작거리거나 백작이나 백작부인과 대화하는 모습도 없었다. 그저 의심을 불식시킬 만한 노련한 솜씨로 환자를 간호하고 신중하게 다룰 뿐이었다.

불쌍한 환자는 기진맥진한 상태와 깊은 혼수상태를 번갈아 오갔고, 간간히 닥쳐오는 고열 때문에 끙끙 앓았다. 루벨 부인은 괜히 동요해서 불필요한 처치를 하는 적도 없었고, 갑자기 낯선 사람처럼 침대 옆에 갑작스럽게 나타난다거나 해서 환자를 불편하게 만들지도 않았다.

외국인이건 영국인이건 남을 존중하는 자는 그 자신도 존중을 받게 된다. 나는 사심 없는 마음으로 루벨 부인에게 그 영광을 돌리고 싶었다. 그녀는 유달리 말이 없고 다른 사람의 격의 없는 충고조차도 들으려 하지 않았다. 그건 결점이라면 결점이었지만 도슨 씨나 나나 글라이드 부인에게 흠 잡힐 행동이라고는 일체 하지 않았다.

그 다음 여기에 적을 만한 중요한 사건은 백작이 불시에 자리를 비웠던 일이다. 업무 때문에 런던에 가야 했기 때문이다. 루벨 부인이 온 지 나흘째 되던 날, 백작은 떠나면서 할콤 아가씨 문제와 관련해서 아주 진지하게 자기 의견을 피력했다.

"좋으시다면 며칠 더 도슨 씨를 믿어보시지요. 하지만 그때도 지금처럼 별 차도가 없다면 런던에서 다른 치료진이 와야 할 겁니다. 그러면 이 고집불통 의사도 내 충고를 받아들이지 않을 수 없을 것입니다. 도슨 씨께는 결례지만 어떻게 해서든 할콤 양을 살려야 하지 않겠습니까. 이 말씀 진심으로, 제 명예를 걸고 드리는 것이니 명심하시기 바랍니다."

정말 내가 보기에도 백작은 지극한 연민과 헌신을 담아 말하고 있었다. 그러나 가엾은 글라이드 부인은 그런 애틋한 충고에 오히려 안절부절못하는 모습이었다. 감사는커녕 백작과 같이 있다는 것 자체에 거부감을 느끼는 듯했다. 그녀는 백작에게 간신히 잘 다녀오시라는 말을 꺼내고는 그가 자리를 뜰 때까지 아무 말도 하지 않앗다. 그리고 백작이 나가자 얼굴 가득 어두운 그림자를 드리우면서 내게 말했다.

"오, 마이컬슨 부인, 이제 정말 어떡하면 좋지요. 언니가 저렇게 사경을 헤매고 있으니 제게 힘이 되어줄 사람이 아무도 없어요. 도슨 씨가 잘못하고 있다고 보세요? 그분은 오늘 아침에도 두려워할 건 아무것도 없고, 다른 의사를 부를 필요도 없다고 신신당부하셨어요."

"제가 마님이라면 주저 않고 백작님의 충고를 따르겠습니다."

이 말을 듣자 글라이드 부인이 갑자기 실망의 빛을 보이며 내게서 등을 홱 돌렸다. 도무지 이해할 길이 없었다.

"백작의 충고라니……!"

부인이 혼잣말로 중얼거렸다.

"오, 하나님, 어쩌면 좋아요. 충고랍니다!"

내 기억으로 백작은 거의 일주일이나 블랙워터 파크를 떠나 있었다. 퍼시벌 경은 여러 면에서 그의 공백을 느끼는 것 같았다. 그는 집안의 질환과 우환으로 침울한 모습이었다. 가끔씩 눈에 띨 정도로 초조한 얼굴로 집 안팎 구석구석을 왔다 갔다 정신없이 돌아다녔다. 할콤 아가씨에 대해 꼬치꼬치 캐묻는가 하면 글라이드 부인의 상태에 대해서도 노심초사 챙겨 물었다. 그야말로 두 사람에 대한 걱정으로 가득 찬 모습이었다. 예전의 욱 하던 성질은 거의 볼 수 없고 마음도 상당히 부드러워진 것 같았다. 만일 죽은 내 남편 같은 친절한 성직자가 퍼시벌 경의 곁에 있었다면, 두 사람은 고결한 도덕심으로 깊은 교감을 나누었을 것이다.

아래층에 말벗이라곤 퍼시벌 경밖에 없었음에도 백작부인은 퍽이나 경에게 소홀했다. 아니면 경이 백작부인에게 소홀했을지도 모른다. 모르는 사람이 이들의 모습을 봤다면 서로 말을 하지 않으려고 작정했다고 여길 정도였다. 그래서는 안 되지만, 아무튼 상황이 그렇게 되어 백작부인은 손수 점심을 차려먹고 저녁 무렵이 되면 딱히 할 일이 없는데도 위층으로 올라와 루벨 부인의 간호하는 모습을 지켜보곤 했다.

퍼시벌 경도 혼자 저녁을 먹곤 했다. 마부 윌리엄은 종종 내가 듣는 데서도 다음과 같은 말을 흘리곤 했다. 주인나리가 식사량은 반으로 줄고 주량은 두 배로 늘었다고 말이다. 나는 하인들이 쓸데없는 말을 하는 걸 탐탁찮게 여겨서 그럴 때마다 따끔하게 야단을 쳤다.

그 며칠 사이에 할콤 아가씨의 상태가 눈에 띄게 좋아졌다. 그러자 도슨 씨에 대한 믿음도 되살아났다. 그는 상당히 흡족해했고 당당한 자신감을 내비쳤다. 심지어 글라이드 부인에게는 자신이 감당 못할 정도로 병세가 다시 악화되면 손수 다른 의사를 부르겠다고 말할 정도였다.

우리들 중에 유일하게 도슨 씨를 믿지 못하는 사람은 백작부인뿐이었다. 그녀는 내게 넌지시, 도슨 씨의 말은 도저히 믿을 수가 없으며 그의 손에 할콤 아가씨를 맡겨두는 게 영 불안하다고 말했다. 그리고 자신이 믿는 사람은 오로지 남편뿐이며, 남편이 빨리 돌아오기를 학수고대하고 있다고 했다. 그러면서 남편은 사흘 후 돌아온다고 했다. 두 사람은 매일 아침마다 서신을 주고받는데 결혼한 부부 사이의 존중심이 돋보이는 모습이었다.

백작이 집을 비운 지 사흘째 되는 저녁이었다. 할콤 아가씨에게 심각한 변화가 일어났다. 루벨 부인도 그 변화를 감지했다. 하지만 우리는 거실 소파에 기진맥진 쓰러져 잠든 글라이드 부인에게는 차마 그 말을 전할 수가 없었다.

도슨 씨는 평소보다 늦은 시간에 저녁 왕진을 왔다가 아가씨를 보는 순간 눈빛이 변했다. 애써 내색을 감췄지만 그의 얼굴에는 당황하고 놀라운 기색이 뒤섞여 있었다. 그는 자기 집에 사람을 보내서 약상자를 가져오도록 했다. 방에는 전염병 예방을 위해 소독약을 뿌렸고, 집 안에 자신이 머물 방을 마련하라고 지시했다.

"열병이 전염병으로 번진 건가요?"

내가 그에게 소곤거렸다.

"그런 것 같소."

그가 굳은 표정으로 대답했다.

"내일 오전이 돼야 더 정확하게 알 수 있을 것 같습니다."

도슨 씨의 엄명에 따라 나는 글라이드 부인에게는 상황이 악화되었다는 사실을 철저히 비밀로 했다. 또한 글라이드 부인도 매우 허약한 상태라 그날 밤 병실 출입을 막았다. 영문을 모르는 글라이드 부인은 당연히 기를 쓰고 들어가려 했지만 도슨 씨가 단호하게 막았다. 정말로 슬픈 광경이었다. 의사의 권위에 승복한 글라이드 부인은 결국 방 안으로 들어오지 못했다.

다음날 오전 11시 무렵에 남자 하인 중에 하나가 런던으로 출발했다. 런던 도심에 사는 다른 의사에게 보내는 편지를 지참하고 말이다. 편지 내용은 이 편지를 받자마자 최대한 빨리 다른 의사 한 명과 함께 와달라는 것이었다. 그렇게 하인이 떠난 지 약 30분 뒤에 백작이 돌아왔다.

백작부인은 나름의 책임을 다하느라 백작을 환자에게 안내하려고 했다. 내 보기에 그다지 부적절한 일은 아니었다. 그는 이미 결혼한 남자에 나이로 따져도 아가씨의 아버지뻘이 아닌가. 게다가 글라이드 부인의 고모부였다. 그럼에도 도슨 씨는 한사코 그의 출입을 막았다. 하지만 환자가 감당 못할 지경에 놓여 더는 자기도 손을 쓸 수 없게 된 상황이다 보니, 결국 백작이 들어오는 것에 이렇다 할 저항을 할 수 없었다. 더는 백작을 뿌리칠 자신감이 없었던 것이다.

불쌍한 할콤 아가씨는 아무도 알아보지 못했다. 마치 모두를 적으로 보는 듯했다. 방금만 해도 방 주변을 두리번거리던 눈길이 백작에게 가서 닿았다. 순간 그녀는 난생 처음 보는 공포에 질린 눈빛을 보내며 얼어붙었다. 나는 그 눈빛을 죽을 때까지 잊지 못할 것이다.

백작은 환자 옆에 앉자마자 맥박을 재고 관자놀이에 손을 대서 열을 재면서 그녀를 뚫어져라 바라보았다. 그런 뒤 얼굴을 돌려 도슨 씨를 보는데 그 얼굴에는 분노와 경멸의 빛이 강하게 뒤섞여 있었다. 도슨 씨는 그만 할 말을 잃고 백짓장처럼 하얗게 질린 얼굴로 서 있었다. 백작은 그 다음으로 나를 바라보았다.

"언제부터 이런 상태가 되었소?"

나는 그에게 시간을 말해 주었다.

"그때 이후로 글라이드 부인도 이 방에 있었습니까?"

나는 아니라고 대답했다. 어젯밤 도슨 씨가 그녀의 출입을 통제했고, 오늘 오전에도 계속 못 들어오게 했다고 말했다.

"부인과 루벨 부인은 사태가 어떻게 흘러가고 있는지 알고 있습니까?"

나는 알고 있었다고 대답했다. 아무래도 전염병일 것 같다고 말하려 하자 그가 내 말을 막았다.

"발진티푸스입니다."

나와 백작 사이에 질문과 답변이 오고가는 동안 도슨 씨는 어느 정도 충격에서 회복된 듯 평소의 단호한 모습으로 백작에게 말을 걸었다.

"발진티푸스라니, 지금 무슨 말을 하는 겁니까? 이런 식으로 내 업무를 방해하는 건 용납할 수 없소. 내가 있는데 그런 식으로 질문하는 것도 마찬가지요. 나는 지금까지 최선을 다해……."

그때 백작이 의사의 말을 막았다. 말이 아닌 침대를 손으로 가리키면서 말이다. 순간 도슨 씨는 참담함을 느끼는 동시에 울분이 차

오르는 것 같았다.

"나는 나름대로 최선을 다하고 있습니다."

그가 거듭 말했다.

"런던으로 급히 의사를 부르러 보냈습니다. 의사가 오는 대로 이 열병의 성질에 대해 의논할 겁니다. 그러나 그 외의 다른 사람과는 얘기하지 않겠습니다. 다시 말씀드리건대 이 방에서 나가주시오."

"내가 이 방에 들어온 건 순수한 인간애 때문입니다. 만일 그 새로운 의사가 늦게 도착하면 나는 다시 이 방으로 들어올 것입니다. 다시 한 번 경고하지만 이것은 발진티푸스가 분명합니다. 이 무서운 병을 키운 건 바로 선생의 터무니없는 고집과 독단입니다. 만일 이 불쌍한 여인이 죽기라도 한다면 모든 게 선생의 오진 때문임을 법정에서 똑똑히 밝힐 것입니다."

백작이 말을 마치고 나가려 하자 도슨 씨가 백작의 말에 뭐라고 답하려 했다. 그때 갑자기 거실로 통하는 문이 열렸다. 문 앞에 글라이드 부인이 서 있었다.

"방으로 들어갈 거예요!"

그녀가 보기 드문 단호함으로 소리쳤다. 백작은 그녀를 제지하지 않고 오히려 자리를 내주었다. 이해하기 힘든 장면이었다. 그는 내가 본 남자 중에 가장 용의주도하고 신중한 사람이었다. 그런데 그런 인물이 지금은 기본적인 사실 하나를 망각하고 있었다. 글라이드 부인이 전염성을 가진 열병에 노출될 수도 있다는 점이었다. 그는 글라이드 부인의 느닷없는 부르짖음에 잠시 정신이 나간 것 같았다.

반면 놀랍게도 도슨 씨는 자신의 입장을 확고부동하게 고수했다. 부인이 방 안으로 걸음을 옮기자 즉각 가로막고 선 것이다.

"정말 뭐라고 말씀드려야 할지 송구스럽지만 지금은 안 됩니다. 전염병으로 변했을지 모르는 상황입니다. 그러니 확인 절차가 끝날 때까지 방에 들어오시면 안 됩니다."

그녀는 잠시 안으로 들어오려고 안간힘을 쓰다가 갑자기 팔을 늘어뜨리며 앞으로 쓰러졌다. 기절한 것이다. 나와 백작부인이 그녀를 부축해 그녀의 방으로 옮겼다. 이후 백작은 먼저 밖으로 나가서 복도에서 기다렸고, 나는 다시 나와서 백작에게 그녀가 깨어났다고 말해 주었다.

나는 글라이드 부인의 요청에 따라 도슨 씨에게 가서 부인이 당장 보고 싶어 한다는 말을 전했다. 의사는 급히 병실을 떠나 부인에게로 가서 마음을 진정시켜 주었다. 몇 시간만 지나면 런던에서 의사들이 도착할 것이라고 안심시켰다.

퍼시벌 경과 백작은 아래층에서 함께 기다리다가 간간이 초조한 마음에 하인을 보내서 상황을 알아보게 했다. 몇 시간이 엄청난 무게로 더디게 지나갔다. 마침내 5시에서 6시 사이에 다행스럽게도 의사가 도착했다.

그는 도슨 씨보다 젊었고 매우 진지하고 결단력 있어 보였다. 도착하자마자 병실로 직행해 이런저런 질문을 던졌는데, 이상하게도 도슨 씨보다는 나와 루벨 부인에게 주로 질문을 던졌다. 그런 광경을 보자 직감적으로 백작의 의견이 처음부터 끝까지 옳았다는 느낌이 들었다. 의사는 한참 후에야 입을 열었다.

"발진티푸스입니다. 이건 의심의 여지가 없습니다."

그때 조용하게 있던 루벨 부인이 가느다란 팔을 팔짱 낀 채 의미심장하게 웃으며 나를 바라보았다. 백작이 이 방에 있었다면 얼마나 자신감 넘치는 얼굴이 되었을까. 그의 의견이 옳았다는 것을 전문적인 의사로부터 확인받았으니 말이다.

그는 우리에게 몇 가지 필요한 조치들을 일러주고는 닷새 후에 다시 오겠다고 말했다. 그런 다음 도슨 씨와 단둘이 얘기를 하기 위해 나갔다. 그는 할콤 아가씨의 회복 가능성에 대해서는 일체 언급하지 않았다. 그런 걸 자신 있게 말할 만한 상태가 아닌 게 분명했다.

닷새가 근심 속에서 느릿느릿 지나갔다. 백작부인과 나는 루벨 부인이 쉴 수 있도록 교대로 간호했다. 할콤 아가씨의 상태는 시간이 흐를수록 악화되어 한시도 눈을 뗄 수 없게 만들었다. 끔찍한 시련의 시간들이었다. 글라이드 부인은 언니의 병을 알게 되자 놀라운 속도로 기운을 되찾았다. 마치 다시 태어난 것처럼 평소의 연약하고 나약한 모습 대신 다부지고 결의에 찬 여인으로 돌변했다. 믿기지 않을 정도였다.

그녀는 두 눈으로 직접 언니의 상태를 봐야겠다고, 단 몇 분만 있겠다고, 절대 침대 가까이 가지는 않겠다고, 그러니 방에 들어가게 해달라고 말했다. 도슨 씨도 마지못해 그 청을 받아들였다. 내 생각에는 이 문제로 더 왈가왈부하는 자체가 부질없다는 걸 그도 잘 알고 있는 듯했다.

글라이드 부인은 하루도 거르지 않고 언니 방을 찾아왔다. 그리고 믿기지 않을 정도로 약속을 잘 지켰다. 그 모습을 보니 남편의 임종 말기에 겪었던 고통이 되살아나서 몹시 울적했다. 이 부분은 더 쓰고 싶지 않다. 그보다는 백작과 도슨 씨 사이에 아무 충돌도 일어나지 않았다는 것을 말하는 게 낫겠다. 백작은 직접 찾아오는 대신 대리인을 시켜서 환자의 상태를 묻곤 했다. 그리고 퍼시벌 경과 줄곧 아래층에서 머물면서 함께 지냈다.

그렇게 닷새 후 다시 이곳을 방문한 젊은 의사는 우리에게 약간의 희망을 인거주었다. 발진티푸스의 기미가 포착되고 나면 통상 열흘은 지나야 병의 진로를 제대로 알 수 있다는 것이다. 그리고 자기는 그 동안 세 번 정도 왕진을 올 거라고 했다.

우리는 열심히 간호를 하며 그날을 기다렸다. 그 사이 집안에도 별 일이 없었다. 단 하나, 백작이 어느 날 아침 런던에 갔다가 그날 밤 다시 돌아온 일을 빼고는 말이다.

열흘 째 되던 날, 우리는 신의 가호를 받았다. 집안의 모든 우환과 염려가 일시에 사라졌다. 런던의 의사는 아주 결의에 찬 모습으로 이렇게 말했다.

"환자는 이제 안전합니다. 죽을 고비를 완전히 넘겼습니다. 더는 의사도 필요하지 않습니다. 환자에게 필요한 건 오로지 세심한 간호와 보살핌뿐입니다. 당분간은 말입니다. 자, 이제 거의 끝났으니 며칠 후에 뵙지요."

나는 그날 남편의 설교 교본을 펼쳐 읽었다. 〈병자의 회복을 위한 기도문〉이 그 어느 때보다도 벅찬 영혼의 감동을 안겨주었다. 그런데 이 기쁜 소식이 글라이드 부인에게는 오히려 감당하기 힘든 소식이었던 것 같다. 이 소식을 듣자 그녀는 갑자기 몸을 가누지 못하더니 우울함에 빠져 한동안 방에 누워서 지내야 했다. 나는 그녀에게 휴식과 마음의 평정, 그리고 맑은 공기가 절대적으로 필요하다고 강조했다.

그런데 이렇게 글라이드 부인이 칩거한 바로 다음날, 도슨 씨와 백작 사이에 다시 한 번 심각한 충돌이 벌어졌다. 이번 충돌은 매우 심각해서 결국 도슨 씨가 집을 떠나고 말았다. 나는 그 현장에 없었지만 어렵지 않게 경과를 들을 수 있었다. 논쟁의 내용은 바로 할콤 아가씨의 회복에 필요한 영양 보급 문제였다. 아가씨가 결정적인 고비를 넘기고 회복기에 접어들면서 당연히 도슨 씨는 예전의 권위와 위엄을 회복하려 했다. 그런데 이해 못할 부분은 그 존경스러웠던 백작의 갑작스러운 태도 변화였다. 그토록 존경심을 불러일으키던 백작의 통제력이 급격히 무너진 것이다.

그는 병명을 정확히 맞춘 쪽은 자신이라며 줄곧 도슨 씨를 괴롭히고 조롱했다. 그런 상황에서 도슨 씨로서는 참을 때까지 참은 셈이었다. 어쨌든 결과적으로 환자는 나았고, 마침내 도슨 씨는 참다 못해 퍼시벌 경에게 이 사실을 경고했다. 이제 환자가 회복기에 들었으니 일차적으로 자신의 소임은 끝났고 마지막까지 환자의 완쾌를 위해 최선을 다할 생각이지만, 한 번만 더 백작이 자신을 무시하면서 계속 참견하려 들면 더는 이곳에 남지 않겠다고 말한 것이다. 그런데 본의는 아니었겠지만 퍼시벌 경의 모호한 답변이 도슨 씨의 뇌관을 건드렸다. 그는 그날로 바로 짐을 싸서 떠났고, 다음날 진료 청구서를 보내왔다.

결국 우리는 의사 없이 환자를 간호하고 뒷바라지를 하는 꼴이 되고 말았다. 런던의 의사가 말했듯이 사실상 지금 환자에게 필요한 건 의사가 아닌 만큼 간호와 보살핌만으로도 문제는 없었다. 그럼에도 의사가 지켜보는 가운데 간병을 하는 것과 없는 상태에서 간병을 하는 것 사이에는 큰 심리적 차이가 있었고, 이왕이면 마무리까지 의사의 지시와 지원을 받는 게 최상이라는 생각을 지울 수가 없었다.

퍼시벌 경은 만일 아가씨의 병이 재발하면 언제라도 주변의 새로운 의사를 부르면 되지 않느냐는 태도였다. 자주 그래왔듯이 사소한 일들은 백작이 해결할 수 있으며, 굳이 새 의사를 불러서 회복 중인 환자에게 불필요한 부담을 줄 필요는 없다는 것이다. 이 결론에는 나름의 상당한 이유와 타당성이 있긴 했다. 하지만 나는 그게 환자에게 나쁜 영향을 미칠 것이라 생각했다. 게다가 이제 겨우 마음의 안정을 되찾고 있는 글라이드 부인에게 할콤 아가씨가 의사도 없이 간호를 받고 있다는 사실을 알려서 고민거리를 안겨주는 것도 바람직하지 않았다.

나는 내내 마음 한구석의 찜찜한 기분을 지울 길이 없었다. 지금껏 규율과 원칙을 신조로 여기고 살아온 만큼 선의의 거짓도 엄연한 거짓이라고 생각했다. 시간이 갈수록 그 찜찜하고도 막연한 죄의식이 계속 가슴에 쌓여 결국 나를 짓누르기 시작했다.

같은 날, 엎친 데 덮친 격으로 두 번째로 당황스러운 일이 일어났다. 이 사건으로 인해 나는 놀라움을 금치 못했을 뿐 아니라 죄의식도 이중으로 무거워졌다.

그날 퍼시벌 경이 나를 서재로 불렀다. 서재에는 퍼시벌 경과 백작이 함께 있었다. 내가 들어가자마자 백작은 자리를 떴다. 곧이어 입을 딱 벌리게 만들 만한 퍼시벌 경의 말들이 시작되었다.

"부인도 방금 전에 내린 결정에 대해 알아야 할 것 같아서 불렀소. 오래전에 말했어야 했는데 환자가 생겨서 미루었던 거요. 간단히 말하자면, 여기에서 일하던 식솔들을 즉시 내보내야 할 것 같소. 할콤 양이 회복되면 글라이드 부인과 할콤 양은 여기를 떠날 겁니다. 두 사람에게는 새로운 환경과 신선한 공기가 필요하니까 말이오. 그리고 백작과 백작부인도 머지않아 런던의 새 거주지로 떠나게 될 거요.

물론 부인은 계속 이 집에서 일하게 되겠지만, 여러 상황을 감안할 때 다 떠나고 나면 일거리가 많지 않으니 불필요한 하인들은 다 정리할까 합니다. 여기에는 경제적인 문제도 걸려 있소. 부인은 나름대로 집안일에 최선을 다해 주고 있지만, 사실 비용 지출 문제가 보통 심각한 게 아닙니다. 줄일 수 있는 건 다 줄여야 할 상황이오. 말도 다 팔고 가급적이면 빨리 모든 하인들을 정리할 생각이오. 알다시피 난 일을 어중간하게 하는 사람이 아니잖소? 내일 이맘때쯤 필요 없는 사람을 죄다 정리할 생각이오."

나는 거의 얼이 빠진 상태로 그의 말을 들었다.

"나리 말씀은 통상적인 한 달의 유예 기간도 안 주고 여기 있는 하인들을 내보내겠다는 뜻인지요?"

나는 설마 하는 마음으로 물었다.

"그렇소. 아마 얼마 안 가서 집이 텅 비게 될지도 모르오. 그럴 경우 하인들이 빈둥대면서 월급 받고 밥이나 축내는 꼴은 보기 싫소."

"나리께서 여기 계시는 동안 식사는 누가 만들죠?"

"마가렛 포처가 할 수 있으니 그 여자는 있게 하시오. 더 이상 파티도 없을 텐데 누가 더 필요하겠소?"

"나리께서 말씀하신 그 아이는 하인 중에서 가장 모자라는 아입니다, 나리……."

"하라는 대로 하시오. 청소는 마을에서 사람을 불러서 잠깐 시키고 보내는 식으로 하고. 나는 지금 당신을 내 경제적 결정을 행동으로 옮겨달라고 부른 거지, 이의를 제기하라고 부른 게 아니오. 그러니 포처를 제외하고 모든 게을러빠진 하인들을 다 내보내시오. 그래도 그 아인 힘이 장사잖소. 쓸모가 있소."

"다시 한 번 이런 말씀을 드려서 죄송하지만 내일 당장 하인들을 내보내시겠다면 적어도 한 달의 유예 기간 대신에 한 달 분의 임금은 주셔야 합니다."

"정 그렇다면 지불하시오! 다만 한 달 동안 방에서 놀고먹은 건 한 달치 급료가 아니고 뭐란 말이오!"

마지막 말은 내 저택 관리 업무에 대한 심각한 모독이었다. 나는 이런 식으로 책임을 전가하는 퍼시벌 경의 비열한 행동을 곧이곧대로 받아들이기 힘들었다. 하지만 굳이 그것을 방어할 수는 없었다. 힘없는 할콤 아가씨와 글라이드 부인에 대한 종교인의 의무감 때문이었다. 내가 갑작스레 사라질 경우 두 여인이 받게 될 충격을 떠올리자 차마 자리를 박차고 짐을 꾸려 떠날 수가 없었다. 나는 곧바로 의자에서 일어났다. 더 이상 그와 이 문제를 얘기한다는 자체가 내게는 모욕이었다.

"마지막 말씀을 듣고나니, 저로서는 더 드릴 말씀이 없겠군요. 분부대로 이행하겠습니다."

나는 최대한 냉정하게 격식을 갖춰 고개를 숙여 보이고는 방을 빠져나왔다.

다음날 하인들이 무리를 지어 집을 떠났다. 마부들은 퍼시벌 경이 직접 내보냈다. 마부와 함께 말들도 한 마리만 빼고는 모두 런던으로 보냈다. 마지막 남은 사람은 나와 마가렛 포처, 그리고 정원사뿐이었다. 정원사는 자기 오두막집에 살면서 정원 일과 더불어 마지막으로 남은 말 한 마리를 보살피게 되었다. 모두가 떠나버린 낯설고 외로운 분위기, 여전히 몸져누워 있는 여주인, 아이처럼 무기력해진 할콤 아가씨, 의사는 의견 대립으로 사라진 상황, 이 모든 것들이 내 마음을 무겁고 불안하게 만들었다. 나는 평소 모습을 유지할 수가 없었다. 마음 깊이 빌고 빌었다. 제발 두 여인을 빨리 쾌유시켜 달라고, 그리고 나도 그 즉시 블랙워터 파크를 떠나게 해달라고……

2

그 다음 일어난 사건들은 너무 기괴하기 짝이 없어서 내게 신앙심이 없었더라면 반드시 미신에라도 매달렸을 것이다. 나로 하여금 블랙워터 파크를 떠나고 싶게 만들었던 뭔가 불길한 느낌은 내가 이 집을 떠난 뒤에 현실로 나타났다. 내가 집을 비운 건 아주 잠시였는데, 그때 우연의 일치라고 하기에는 너무도 믿기 어려운 일이 벌어졌다. 내가 잠시 집을 비우게 된 경위는 다음과 같았다.

하인들이 모두 떠난 지 하루인가 이틀 뒤에 퍼시벌 경이 다시 나를 불렀다. 이 집에 계속 남게 되었다는 사실에 받아들이기 힘든 치욕을 느꼈음에도, 나는 악은 선으로 갚아야 한다는 평소의 소신 덕에 그럭저럭 잘 버티고 있었다. 나는 늘 그랬듯이 그에게 공손함과 예의를 갖췄다. 사실 이런 상황에서 자신을 억누르고 참을성 있게 본연의 모습을 유지하는 건 여간 힘든 일이 아니었다. 그럼에도 잘 단련된 기독교적인 규율을 갖춘 나로서는 그런 희생도 충분히 감내할 수 있었다.

방에 들어서니 다시 한 번 퍼시벌 경이 백작과 함께 앉아 있었다. 그런데 이번에는 백작도 자리에 남아서 퍼시벌 경의 입장을 거들었다.

이번에 내 주의를 끈 내용은 두 여인의 건강에 절대적으로 필요한 여행과 관련된 이야기였다. 퍼시벌 경은 두 여인이 올 가을을 컴벌랜드에 있는 리머리지 가에서 보내게 될 예정이라고 말했다. 프레더릭 페어리 씨의 초청이라고도 덧붙였다. 그런데 거기 도착하기 전에(이 순간 백작이 말을 이어받았다) 이왕이면 좀 더 온화한 휴양지에서 시간을 보낼 기회를 주는 게 좋겠다고 했다. 영국 서남부에 토키라는 해양 휴양지가 있는데 거기로 가서 따뜻한 공기에 심신을 녹인 뒤 리머리지로 가는 게 바람직하지 않겠냐는 것이다.

문제는 그 휴양지에서 안락하고 좋은 시설을 갖춘 숙소를 찾는 일이었다. 백작은 그런 장소를 물색하는 일에는 경험 많은 사람이 적격인 만큼, 두 여인을 위해서 내가 그 일을 수행해 줄 수 있겠냐고 정중하게 물었다. 먼저 그곳을 찾아가서 숙소를 물색하고 예약을 해달라는 것이다.

나 같은 지위의 사람이 이런 겸손한 제안을 거부하는 건 사실상 불가능했다. 나는 고작 간접적인 항변이나 하고 말았다. 하인들도 모두 떠나고 마가렛 포처만 남은 상황에서 나마저 떠나면 집안 살림이 무척 불편해질 것이라고 말이다. 이 말에 퍼시벌 경은 아주 득의만만하게, 환자들을 위해서라면 그 정도 불편은 감내할 수 있다고 공언했다. 나는 두 번째 생각을 말했다. 그곳을 잘 아는 중개인에게 예약을 부탁하는 편지를 보내는 건 어떻겠냐고 말이다. 그러자 백작은 눈으로 보지도 않고 숙소를 선택하는 건 경솔하다고 반박했다. 또한 백작부인이 갈 수도 있지만 조카가 저렇게 아파 누워 있는데 고모로서 자리를 뜰 수가 없다고도 했다. 게다가 백작과 퍼시벌 경도 함께 처리해야 할 업무가 있어 블랙워터 파크를 떠나지 못하니 결국 믿고 맡길 만한 사람은 나밖에 없다고 했다. 결국 나는 글라이드 부인과 할콤 아가씨를 위해서 봉사하겠다고 승낙하고 말았다.

그렇게 해서 나는 다음날 오전에 떠나게 되었다. 하루 이틀 정도 토키에 머물면서 적합한 숙소를 알아보고 예약을 끝낸 뒤 편한 시간에 귀가할 예정이었다. 백작은 내가 체크해야 할 사항들을 적은 메모를, 퍼시벌 경은 내가 쓰게 될 돈의 한도를 적은 수표를 건넸다. 메모를 읽자마자 떠오른 생각은 도대체 영국 해변 휴양지 어디에 이런 요건을 갖춘 숙소가 있겠냐는 것과 설사 찾게 되더라도 이런 조건으로는 대여가 가능할 리 없다는 점이었다. 나는 이런 어려움을 두 사람에게 말했다. 답변을 맡은 퍼시벌 경은 이 어려움을 잘 이해하지 못하는 것 같았다. 나는 이 문제를 가지고 시시비비를 따질 입장이 아니라서 더는 말하지 않았다. 하지만 시작부터 결과가 뻔한 임무라는 것은 너무 확실했다.

나는 애써 마음의 평정을 얻기 위해 그나마 호전되고 있는 할콤 아가씨의 방에 들어갔다. 아가씨의 얼굴에는 지독한 근심이 완연했다. 회복과 동시에 아프기 전의 마음 상태로 돌아가는 것 같아서 불길했다. 확실히 아가씨의 회복은 예상했던 것보다 빨랐다. 심지어 글라이드 부인에게 메시지를 전해 달라는 여유까지 보였다. 자신은 건강하게 잘 지내고 있으니 너무 무리해서 이 방으로 올 필요가 없다는 내용이었다. 이제 아가씨는 부인의 건강을 먼저 챙길 정도로 본래의 모습으로 돌아오고 있었다.

나는 루벨 부인에게 아가씨를 맡긴 채 방을 나왔다. 루벨 부인은 여전히 사람들과 거리를 두는 무덤덤하고도 냉담한 표정으로 주변 사람은 아랑곳하지 않았다. 떠나기 전에 글라이드 부인의 방문을 노크하니 백작부인이 나타났다. 그녀는 글라이드 부인을 간호하고 있던 중이었다. 백작부인 말로는 글라이드 부인은 여전히 아무 차도 없이 허약하고 의기소침한 상태라고 했다.

내가 마차에 몸을 싣고 집을 나섰을 때 백작과 퍼시벌 경이 나란히 길을 따라 문지기 초소로 걸어가는 것이 보였다. 나는 두 사람에게 절을 하고 집을 벗어났다. 이제 하인이라고는 단 한 사람, 마가렛 포처만 남아 있었다.

이제 독자들도 나와 같은 심정일 것이다. 그 상황은 이상한 것 그 이상이었다. 의심스럽다고 말하는 게 정확할 것이다. 다시 한 번 여러분의 양해를 구한다. 내 입장에서는 달리 어찌할 도리가 없었음을 부디 이해해 주시기를.

토키에서의 내 임무 수행은 예상대로 전개되었다. 메모가 요구하는 조건을 구비한 숙소는 한 군데도 없었다. 어디에 물어봐도 대답은 한결같았다. 심지어 애써 찾아낸 곳마저도 허락된 비용이 너무 적어서 대여가 불가능하다는 답만 돌아왔다.

나는 일을 마친 뒤 다시 블랙워터 파크로 돌아와 문 앞에서 나를 맞이한 퍼시벌 경에게 적합한 숙소를 찾는 데 실패했다고 전했다. 그는 다른 일에 몰두하고 있었는지 내 보고 따위는 귀담아듣지도 않았다. 도리어 내 말이 끝나기가 무섭게, 내가 자리를 비운 그 짧은 사이에 놀랄 만한 일이 벌어졌다고 말했다.

어느새 포스코 백작과 백작부인은 그들의 새로운 보금자리인 런던의 존 우드로 떠나고 없었다. 나는 그들이 갑작스레 떠난 이유는 듣지 못했다. 생뚱맞게 백작이 떠나면서 유별나게 나를 칭찬하더라는 말만 전해 들었을 뿐이다. 나는 단도직입적으로 글라이드 부인은 누가 간호하고 있냐고 물었다. 경의 답에 의하면 마가렛 포처라고 했다. 그리고 아래층 일은 마을 사람에게 맡기려 한다고 말했다.

정말 기가 막힐 노릇이었다. 안주인의 병간호 같은 세심하고 숙련이 필요한 일을 그런 천한 하녀에게 맡기다니.

나는 황급히 부인의 병실로 올라가다가 복도에서 마가렛 포처를 만났다. 그녀가 하녀 노릇을 제대로 했을 리 없겠지만, 다행히도 글라이드 부인은 하녀의 손길이 필요하지 않을 정도로 많이 회복돼서 그날 오전에는 침대 바깥으로 나올 수 있었다고 했다. 다음에는 할콤 아가씨에 대해 물었다. 내 질문에 하녀는 시무룩하고 어눌한 어투로 궁상만 떨 뿐 좀체 무슨 말을 하는지 이해할 수가 없었다. 차라리 질문 같은 걸 하지 말 걸 싶었다. 나는 글라이드 부인의 방으로 직접 가보는 게 좋겠다는 판단이 섰다.

방에 들어서서 마주친 글라이드 부인은 눈에 띠게 건강을 회복한 모습이었다. 여전히 허약하고 지쳐 있었지만 도움 없이도 자리에서 일어나 느리게나마 방 안을 거닐 수 있을 정도였다. 약간 피곤할 뿐 별다른 병세는 없는 듯했다. 내가 자리를 비운 짧은 시간에 비하면 상당히 빠른 회복 속도였다.

글라이드 부인은 나를 보자 할콤 아가씨가 무척 걱정된다고 말했다. 그것은 루벨 부인이 얼마나 글라이드 부인에게 신경 쓰지 않았는지를 여실히 말해 주고 있었다. 나는 글라이드 부인의 방에 머물면서 부인에게 옷을 입혀주었고, 그런 뒤 함께 할콤 아가씨 방으로 가기 위해 방을 나섰다가 복도에서 퍼시벌 경과 마주쳤다. 그는 마치 우리를 막으려고 일부러 거기에서 기다리고 있었던 듯했다.

"어디 가는 거요?"

그가 글라이드 부인에게 말했다.

"언니 방에요."

글라이드 부인이 대답했다.

"미리 말해 주는 게 조금이라도 실망을 덜어줄 수 있겠군. 이제 그 방에 당신 언니는 없소."

"없다니요!"

"없소. 어제 백작 부부와 함께 여길 떠났소."

글라이드 부인은 이 놀라운 소식에 몸을 가누지 못하고 벽에 기댔다. 삽시간에 얼굴이 창백한 두려움으로 뒤덮였다. 그녀는 그저 얼이 나간 눈빛으로 남편을 바라볼 뿐이었다. 나 역시 너무 놀라 할 말을 잃고 말았다. 나는 겨우 정신을 가다듬고 그 소식이 사실이냐고 물었다.

"지금 농담할 때가 아니잖소."

"몸도 좋지 않은데, 나리! 마님께 한 마디 기별도 없이 떠나셨다고요?"

그가 대답하기 전에 다시 정신을 차린 글라이드 부인이 말했다.

"있을 수 없는 일이에요!"

그녀가 남편 쪽으로 한두 걸음을 옮기면서 공포에 질린 외마디를 크게 내뱉었다.

"의사 선생님은 뭘 했지요? 언니가 떠났을 때 도슨 씨는 어디 계셨지요?"

"도슨 씨는 진작 여길 떠났지."

퍼시벌 경이 당연하다는 듯이 말했다.

"그 양반은 자발적으로 여길 떠났소. 그것만 봐도 당신 언니가 여행을 할 만큼 회복되었다는 것 아니겠소? 날 왜 그런 눈으로 보는 거요! 내 말이 믿기지 않으면 직접 가서 확인해 보면 될 거 아니오!"

부인이 정말 그렇게 할 태세로 걸음을 뗐다. 나도 그녀의 뒤를 쫓았다. 할콤 아가씨 방에는 방을 정리하느라 정신없는 마가렛 포처 외에는 아무도 없었다. 다른 방과 의상실도 텅 비어 있었다. 퍼시벌 경은 그때까지 복도에 서 있었다. 우리가 모든 방을 죄다 확인하고 자리를 뜨려는 순간, 글라이드 부인이 애절한 목소리로 속삭였다.

"제발 곁에 있어줘요. 제발요, 마이컬슨 부인!"

내가 미처 대답할 틈도 없이 부인이 퍼시벌 경에게로 가서 말을 걸었다.

"대체 무슨 영문이죠? 도대체 어쩌자고 이러는 거죠?"

"무슨 영문이라니!"

그가 버럭 소리를 질렀다.

"어제 오전에 당신 언니는 스스로 몸을 일으켜 옷을 입을 수 있을 정도로 회복되었소. 그리고 백작 부부와 함께 런던으로 가고 싶다기에 그렇게 해주었을 뿐이오."

"런던으로요?"

"그렇소. 리머리지로 가는 도중에 잠시 머물기 위해서요."

글라이드 부인이 내게 몸을 돌려 도움을 요청했다.

"부인이 언니를 마지막으로 봤지요? 있는 그대로 말씀해 주세요. 언니가 여행을 떠나도 괜찮을 만큼 건강했나요?"

"제가 볼 땐 그렇지 않았습니다, 마님."

이 말에 퍼시벌 경은 질세라 즉각 내게 얼굴을 돌렸다.

"부인, 당신이 여기를 떠나기 직전에 간호사에게 한 말 기억나시오? 할콤 양이 많이 좋아졌다고 그랬소, 안 그랬소?"

"그 말은 했습니다, 나리."

내 말을 듣자 그는 즉시 글라이드 부인에게 말했다.

"지금 마이컬슨 부인이 한 말을 냉정하게 객관적으로 생각해 보시오. 만일 할콤 양이 움직이기 어려울 정도로 몸이 성치 않았다면, 우리 중에 누군가 억지로 당신 언니를 쫓아내기라도 했단 말이오? 게다가 이 집에는 그녀를 돌봐줄 사람이 셋이나 있었소. 백작과 백작부인, 그리고 간호사 루벨 부인까지 말이오. 간호사까지 만일을 대비해서 함께 갔단 말이오. 어제 마차 한 대를 통째로 가지고 가면서 뒷좌석에 침실까지 만들어서 갔소. 오늘 포스코 백작과 루벨 부인이 당신 언니를 컴벌랜드로 데려갈 거요."

"왜 언니 혼자만 리머리지로 가고 나는 여기 남은 거죠?"

퍼시벌 경의 말을 끊으며 글라이드 부인이 말했다.

"왜냐면 당신 삼촌이 당신 언니를 먼저 보길 원했기 때문이오. 당신 언니가 아프기 전에 마지막으로 받았던 삼촌 편지를 잊었소? 당신도 직접 읽었잖소. 기억 못할 리가 없을 텐데?"

"그건 기억해요."

"그런데 왜 당신 언니가 먼저 떠난 걸 가지고 그리 놀라는 거요? 당신도 리머리지로 돌아가고 싶어 했고, 그래서 당신 언니가 삼촌의 허락을 얻기 위해 떠난 거 아니오, 안 그렇소?"

글라이드 부인의 두 눈에 마침내 눈물이 가득 찼다.

"언니는 한 번도 나한테 인사 없이 그냥 떠난 적이 없어요."

"이번에도 당연히 작별인사를 하려고 했소."

퍼시벌 경이 퉁명스럽게 맞받았다.

"그런데 당신이 알았다면 떠나는 걸 막지 않았겠소? 눈물로 애걸복걸하지 않았겠소? 그게 맘에 걸려 말하지 않고 간 거요. 그래도 더 나한테 따지고 싶은 거요? 정 그렇다면 아래층 식당으로 내려오시오. 정말 사람 환장하게 만드는군. 난 와인이나 한잔 할 거요."

그가 덜렁 자리를 떴다. 대화하는 내내 퍼시벌 경의 태도는 평소와 달랐다. 글라이드 부인과 다를 바 없이 불안하고 초조해 보였다. 오늘처럼 금방 안색이 변하고 쉽게 평정심을 잃는 설 본 적이 없었다. 나는 글라이드 부인을 달래서 방으로 돌려보낼 생각이었다. 그러나 부질없었다. 그녀는 복도 한가운데에 우두커니 서서 공포 속을 헤매고 있었다.

"언니에게 무슨 일이 생긴 게 분명해!"

그녀가 탄식했다. 나는 그녀를 달래려고 갖은 애를 다 썼다.

"생각해 보세요, 마님, 할콤 아가씨는 놀라운 기력을 가지고 계시잖아요. 다른 여자들이라면 할 수 없었을 일도 아가씨니까 시도해 볼 수 있는 거예요. 아무 일도 없을 거예요. 전 그렇게 믿어요, 마님."

"언니한테 가야겠어요!"

글라이드 부인이 여전히 고통에 짓눌린 얼굴로 말했다.

"똑똑히 내 눈으로 언니가 잘 있는지 확인할 거예요. 가요, 같이 퍼시벌 경에게 가요."

나는 망설였다. 나까지 나서면 분명 둘 사이에 끼어든다는 인상을 줄 것 같았다. 그러나 글라이드 부인은 내 의사를 밝히기도 전에 내 팔을 꽉 쥐고는 거의 끌다시피 나를 아래층으로 이끌었다. 그나마 남아 있던 기력마저 소진되어 내게 몸을 기댄 채 말이다. 내가 식당 문을 열어주었다.

퍼시벌 경은 와인 병을 앞에 놓고 식탁 한쪽에 앉아 있다가 우리가 안으로 들어가자 잔을 단숨에 들이켰다. 나는 그가 나를 화난 눈으로 노려보고 있는 걸 깨닫고 내가 이 자리에 있게 된 이유를 말하려고 했다.

"당신은 이 일에 무슨 비밀이라도 있다고 생각하는 거요?"

그가 느닷없이 소리쳤다.

"아무것도 없소. 아무것도 감춘 게 없소. 당신뿐만 아니라 누구에게도 비밀 같은 것 없소!"

그는 별안간 엉뚱한 큰소리를 해대더니 다시 잔을 채웠다. 그런 후 글라이드 부인에게 뭘 원하느냐고 물었다.

"언니가 여행을 떠날 수 있을 정도로 건강하다면 저도 마찬가집니다."

그 어느 때보다도 단호한 태도로 글라이드 부인이 말했다.

"제가 원하는 건 언니가 정말 괜찮은지 확인하는 것입니다. 그래서 오후 기차로 떠나려고 합니다."

"당신은 내일까지 기다려야 해요. 만일 저쪽에서 거절하지 않는다면 가도 괜찮소. 설마 거절당할 리야 있겠소? 그러니 오늘 밤 포스코 백작에게 편지를 쓰겠소."

그는 이 말을 하며 와인 잔을 들어 올려 빛에 비친 술을 자세히 살폈다. 그는 말하는 내내 글라이드 부인을 한 번도 쳐다보지 않았다. 저렇게 배경 좋은 가문의 지위 높은 신사가 이토록 불손하게 굴다니! 나는 그 모습에 큰 충격을 받았다.

"왜 군이 포스코 백작에게 편지를 써야 하죠?"

깜짝 놀란 표정으로 부인이 물었다.

"정오 열차로 당신이 간다는 걸 알려주기 위해서요. 당신이 런던에 도착하면 그가 역에 마중을 나올 거요. 그런 후 당신을 존 우드에 있는 당신의 고모 댁에서 하루 묵게 할 거고."

내 팔을 감싸 쥐고 있던 글라이드 부인의 손이 부들부들 떨렸다. 왜 그러는지 이유는 알 수 없었다.

"포스코 백작이 나를 만날 필요는 전혀 없어요. 심지어 런던에 묵지도 않을 거예요."

"그렇게 해야 할 거요. 어차피 하루 만에 컴벌랜드에 가는 것도 힘들잖소? 그러니 런던에서 하루 밤을 쉬시오. 나는 당신 혼자 호텔에서 묵는 것도 반대요. 포스코 백작이 당신 삼촌에게 당신을 자기 집에서 하루 묵게 하겠다고 벌써 말했고, 당신 삼촌도 쾌히 승낙했소. 자, 여기 있소. 여기 당신에게 보낸 삼촌 편지가 있소. 오늘 오전에 바로 주려고 했는데 깜빡했소. 읽어보시오. 삼촌이 뭐라고 했는지 말이오."

글라이드 부인은 편지를 잠시 읽더니 곧 내 손에 넘겨주며 잦아드는 목소리로 말했다.

"읽어주세요. 혼자는 못 읽겠고요."

그것은 편지라기보다는 일종의 쪽지에 가까웠다. 너무 짧고 성의 없어서 당황스러울 정도였다. 내용은 대략 이랬다.

사랑하는 로라에게, 언제라도 오고 싶으면 오거라. 네 고모 집에서 하루를 쉬었다 오려무나. 마리안이 아프다니 안됐구나.

—사랑하는 삼촌, 프레더릭 페어리

"난 거기 안 갈 거예요. 절대로 런던에서 묵지 않아요."

내가 그 짧은 편지를 다 읽기도 전에 글라이드 부인이 필사적으로 저항했다.

"포스코 백작에게 편지 쓰지 말아요. 정말로, 제발 쓰지 말아요!"

그가 다시 잔을 채우기 위해 병을 들었다. 그런데 다른 생각을 했는지 잔 옆으로 술을 흘리고 말았다.

"오늘따라 영 되는 일이 없구먼."

그가 유난히 낮고 일그러진 목소리로 얼버무렸다. 그리고는 다시 잔을 가득 채워서 단숨에 들이켰다. 언행으로 보건대 술기운이 서서히 그를 지배하고 있는 것 같았다.

"포스코 백작에게 제발 편지 쓰지 말아요!"

글라이드 부인이 줄기차게 부르짖었다.

"왜 안 되는지 이유나 들어볼까?"

우리 두 사람이 깜짝 놀랄 정도로 화를 내며 퍼시벌 경이 소리쳤다.

"런던 그 어디가 당신 삼촌이 선택한 당신 고모 집보다 편안하겠소. 마이컬슨 부인에게 물어보시오."

사실 그 계획은 적절하고 온당했기에 반대할 명분이 없었다. 나는 글라이드 부인에게 큰 연민을 느끼면서도 그녀의 포스코 백작에 대한 편견에는 동의할 수 없었다. 이 정도 지위와 품격을 갖춘 귀부인이 외국인에게 지나칠 정도의 혐오나 편견을 가진다는 것이 의아했다.

하지만 삼촌의 편지도, 퍼시벌 경의 울화통도 글라이드 부인에게 전혀 영향을 미치지 못했다. 부인은 여전히 런던에 머무는 것을 완강히 거부했다. 여전히 포스코 백작에게 편지를 쓰지 말라고 기를 쓰며 버텼다.

"그만해!"

그가 우리에게 등을 휙 돌리며 말을 잘랐다.

"당신이 이성적으로 판단하지 못하겠다면 내가 알려줄 수밖에 없겠군. 이미 일정은 정해진 거요. 그걸로 끝이라고. 당신은 당신 언니가 한대로 따라하기만 하면 돼!"

"언니가요?"

글라이드 부인의 눈이 휘둥그레졌다. 부인은 반복해서 말했다.

"언니가 포스코 백작 집에서 잤다고요?"

"그렇소. 지난 밤 포스코 백작 집에서 머물렀소. 거기서 쉬었단 말이오. 그러니 당신도 그렇게 해요. 당신 삼촌의 뜻을 따르란 말이오. 당신 언니가 그랬듯이, 당신도 내일 밤은 거기서 머물게 될 거요. 사사건건 나한테 터무니없이 그러지 말라고! 끝끝내 당신을 보내는 내 심정을 후련하게 만들어야겠소?"

그는 자리에서 벌떡 일어나 열려 있는 창문을 넘어 베란다로 나갔다.

"마님, 제가 한 말씀을 드려도 될까요?"

내가 소곤거렸다.

"나리를 기다리지 마시고 지금 돌아가지요. 나리께서 술이 많이 취하셨는지 너무 흥분하신 것 같군요."

부인은 맥없고 멍한 태도로 내 말에 따랐다. 무사히 이층까지 올라온 나는 갖은 애를 써서 부인을 달래고 위로했다. 삼촌께서 쓴 편지는 분부의 뜻이 담겨 있을 뿐 아니라, 나중을 위해서라도 그 뜻에 따라야 한다는 점을 상기시켜 주었다. 부인도 그 부분은 인정했고, 덧붙여 삼촌 입장에서는 그럴 수밖에 없었을 것이라고 순순

69

히 시인했다. 그럼에도 할콤 아가씨에 대한 불안한 근심, 도저히 설명이 불가능한 런던에 대한 거부는 연유를 짐작할 수 없었다. 나는 그녀가 백작의 인격을 이런 식으로 무시하는 것이 다소 불만스러웠기에 나름대로 정중함을 갖추고 의사를 피력했다.

"언짢으시더라도 한 말씀을 드려야겠습니다. 성경에도 나왔듯이 사람은 무릇 행동으로 평가해야 합니다. 백작께서 할콤 아가씨의 쾌유를 위해 얼마나 헌신적으로 봉사했는지 보셨다면 마님도 그분의 인품과 덕망을 짐작하실 수 있을 것입니다. 심지어 도슨 씨와의 불화도 모두 아가씨에 대한 염려 때문이었지요."

"무슨 불화를 말하는 거죠?"

글라이드 부인이 갑자기 관심을 보이며 눈을 크게 떴다.

나는 왜 도슨 씨가 본의 아니게 이 집을 떠나게 되었는지 자세히 말해 주었다. 그러고 나니 마음의 큰 짐 하나를 내려놓은 기분이었다. 왜인지는 몰라도 퍼시벌 경이 한사코 이 문제를 글라이드 부인에게 말하지 말라고 당부했기 때문이다.

순간 글라이드 부인이 자리를 박차고 일어났다. 내가 해준 말에 충격을 받은 표정이었다.

"이럴 수가! 이럴 수가! 어떻게 이런 일이!"

그녀는 방 안을 빙빙 돌면서 당황하고 있었다.

"백작은 도슨 씨가 언니가 여행을 떠나는 걸 절대 허락하지 않으리란 걸 알았던 거예요. 고의로 도슨 씨에게 모욕감을 줘서 나가게 한 거라고요."

"마님, 그럴 리가! 설마 그럴 리가 있겠습니까!"

나는 부인의 말에 고개를 내저으며 항변했다.

"마이컬슨 부인!"

부인이 매몰차게 밀어붙였다.

"나는 이제 그 어떤 말도 믿을 수 없어요. 절대 언니는 자청해서

70

백작 집에 머물 사람이 아니에요. 부인은 내가 백작 그 사람에 대해 어떤 공포심을 가지고 있는지 알기나 하세요? 퍼시벌 경이 어떤 말로 날 협박하건, 삼촌의 편지가 아무리 대단하건, 나는 추호도 백작의 집에서 먹고 씻고 잠을 청할 마음이 없어요. 하지만 언니와 지금 이렇게 떨어져 있으니 어쩔 수 없잖아요? 아무리 싫은 백작의 집이라 해도 언니를 따라가야죠."

이 말을 듣자 문득 머리를 스치는 게 있었다. 퍼시벌 경의 설명을 보면 지금쯤 할콤 아가씨는 이미 컴벌랜드로 떠났을 것이다. 나는 이 사실을 부인에게도 상기시켜 주었다.

"그 말도 믿을 수가 없군요."

부인이 허둥대며 대답했다.

"언니는 아직 그 남자 집에 있을지도 몰라요. 제 예감이 틀려서 언니가 정말 컴벌랜드로 갔다면, 나는 결코 내일 저녁을 백작 집에서 보내지 않을 거예요. 언니 다음으로 제게 소중한 분이 지금 런던에 살아요. 나나 언니가 베시 부인 얘기하는 거 들은 적 있죠? 어떻게 해서든 그분께 편지를 써서 그분 집에서 잘 거예요. 어떻게 그분 집으로 가야 할지는 잘 모르겠어요. 하지만 언니가 백작 집에 없다는 사실만 확인하면 무슨 수를 써서라도 빠져나올 거예요. 제가 부인에게 당부하고 싶은 건 이겁니다. 제가 베시 부인에게 부칠 편지가 꼭 오늘 밤 런던에 전달되게 해주세요. 퍼시벌 경의 편지가 포스코 백작에게 전달되는 것처럼 말이에요. 아래층의 우편물 가방은 믿지 못할 사연이 있어요. 비밀을 지켜주시고 제 부탁을 들어주실 수 있나요? 제가 드리는 마지막 부탁일 거예요."

나는 망설였다. 짐짓 부인이 그간 너무 오래 언니의 병마와 쇠약 증세에 시달린 나머지 정신까지 이상해진 건 아닌가 하는 의심이 들었다. 그러나 나는 그녀의 절박한 표정에 전염되어 부탁을 들어주지 않을 수 없었다. 단언컨대 그간 할콤 아가씨로부터 훌륭한 분이라고 여러 차례 들었던 베시 부인이 아닌 다른 사람에게 보내는 편지였다면 절대 그 부탁을 들어주지 않았을 것이다.

그리고 지금 나는 하나님께 감사드린다. 이후 일어난 사건들로 볼 때, 이때 부인의 부탁을 냉정히 거절하지 않았던 게 얼마나 다행인가. 나는 글라이드 부인이 마지막으로 청한 그 부탁을 들어준 것이 지금도 뿌듯하다.

나는 그날 저녁 부인이 쓴 편지를 손에 쥐고 직접 마을로 내려가 우편함 안에 넣었다.

그날의 대화 이후로 퍼시벌 경의 모습은 보지 못했다. 나는 부인의 부탁을 받고 부인의 바로 옆방에서 두 방을 잇는 문을 열어둔 채 잠자리에 들었다. 넓은 저택의 삭막함과 텅 빈 외로움이 그날따라 무척 두려웠던 차에, 옆에 누군가 있다는 것이 그렇게 마음 놓일 수 없었다.

부인은 늦게까지 잠자리에 들지 않았다. 편지들을 꺼내서 읽고 태우고, 서랍장에서 아끼는 물건을 꺼내서 정리하느라 부산했다. 다시는 블랙워터 파크로 안 돌아올 사람처럼 보였다. 그녀는 잠자리에 누울 때까지 몹시 괴로운 모습이었다. 심지어 잠자리에 들고 나서도 여러 번 소리를 질렀다. 어느 때는 자기 울음 소리에 놀라서 벌떡 침대에서 일어나기까지 했다. 슬프고 감당하기 힘든 꿈을 꾸고 있는 것 같았다.

하지만 무슨 사연인지는 말해 주지 않았다. 사실 내게는 그런 걸 들을 자격도 없었다. 지금 그게 다 무슨 소용이랴. 정말 부인에게 미안한 마음뿐이다. 가슴에 손을 얹고 그녀에게 평생 미안할 뿐이다.

다음날 날씨는 맑고 눈부셨다. 식사를 마친 퍼시벌 경이 이층으로 올라와서 글라이드 부인에게 11시 45분에 정문 앞에 마차를 대기시켜 놓을 것이라고 말했다. 런던행 기차는 우리가 탈 역에 그 20분 뒤에 멈출 것이라고도 말했다. 덧붙여 자신은 급히 나가야 하며, 되도록이면 부인이 떠나기 전에 오겠다고 했다. 하지만 예기치 않은 일이 생길 경우에는 내가 역까지 마중을 나가 부인이 제시간에 열차를 타도록 돕기로 했다.

말하는 내내 퍼시벌 경은 불안하고 초조해 보였다. 잠시도 서 있지 않고 방 안을 이리저리 서성거렸다. 부인의 눈길은 퍼시벌 경을 따라 움직였다. 반면 퍼시벌 경은 한 번도 부인 얼굴을 쳐다보지 않았다.

그의 말이 끝나자 부인은 알았다고 짤막히 답했다. 그가 나가려고 문으로 가는 순간, 글라이드 부인이 손을 뻗어 그를 멈추게 했다.

"이게 우리의 마지막일지도 모릅니다."

부인이 분명한 목소리로 말했다.

"어쩌면 영영 못 보게 될지도 모르죠. 그러니 지금 서로를 용서하도록 해요."

순간 그의 얼굴이 백짓장처럼 하얗게 질렸다. 벗겨진 이마에는 식은땀이 흘렀다.

"갔다가 올 거요."

그는 말했다. 그러고는 마치 아내의 작별인사가 자기 영혼이라도 앗아갈까 두려운 얼굴로 황급히 문을 향해 걸어갔다.

지금까지 퍼시벌 경을 좋아한 것도 아니었다. 하지만 아내를 이런 식으로 보내는 그 태도를 보면서 그 동안 이 집에서 밥 먹고 자고 일하며 지냈던 내 자신이 원망스러울 정도였다. 나는 부인에게 몇 마디 위로와 격려의 성경 구절을 말해 주고 싶었지만, 급히 빠져나가는 남편을 바라보는 부인의 부릅뜬 눈초리를 보고는 할 말을 잃고 말았다.

마차는 정해진 시간에 도착했다. 부인의 말이 옳았다. 마지막 순간까지 퍼시벌 경을 기다렸지만, 그는 끝내 나타나지 않았다. 내가 잘못한 것도 없는데 왠지 마음 한 구석이 편치 않았다.

"이제 마음대로 하셔도 되는 것 아닌가요?"

마차가 정문 대기실을 지나서 들어오고 있을 때 내가 말했다.

"런던으로 가시는 건, 마님께서 내린 결정이시니까요."

"난생 처음 겪는 이 이별의 고통에서 벗어날 수 있다면 어디든지 갈 거예요."

부인의 고통과 번뇌가 내게까지 전염되었다. 나는 분위기를 바꿔 보려고 말했다.

"런던에서 일이 잘 풀리시면 짧게나마 편지로 알려주시면 좋겠어요."

"그렇게 해볼게요."

"인간은 누구나 짊어져야 할 십자가가 있답니다, 마님."

편지를 쓰겠다는 약속을 한 뒤에 말없이 생각에 잠긴 글라이드 부인에게 내가 말했다. 그녀는 대답이 없었다. 자기 생각에 너무 깊이 빠져서 내 말을 듣지 못하는 것 같았다.

"지난밤 제대로 주무시지 못한 것 같아서 걱정이네요."

내가 재차 얘기를 꺼냈다.

"그래요, 심한 악몽에 시달렸어요."

"그랬나요, 마님?"

나는 응당 그녀가 악몽에 대해 몇 마디라도 할 줄 알았다. 아니었다. 그 다음 말은 또 다른 질문으로 이어졌다.

"어제 베시 부인께 보낸 편지는 직접 부쳤죠?"

"네, 마님."

"어제 퍼시벌 경이 포스코 백작이 역에서 나를 마중할 거라고 했나요?"

"그랬습니다, 마님."

그녀는 내 말을 듣자 깊은 한숨을 쉬었다. 그러더니 더는 아무 말도 하지 않았다.

기차역에 도착해 보니 열차 도착 시간이 겨우 2분 남짓 남아 있었다. 마차를 몰았던 정원사가 짐을 나르는 동안, 나는 표를 끊었다. 기차역에서 글라이드 부인을 다시 봤을 때 기차 경적 소리가 들렸다. 부인은 가슴에 손을 얹었다. 마치 갑작스런 공포의 기습에 가슴이 죄는 것처럼 보였다.

"부디 나와 같이 가주세요!"

기차표를 건네는데 부인이 내 손을 꽉 잡으며 말했다. 만일 조금만 시간 여유가 있었더라도, 그때 느낀 심정을 하루 전에만 느꼈더라도, 아마 나는 퍼시벌 경에 대한 그 어떤 두려움도 불사하고 부인과 동행했을 것이다. 그러나 기차가 막 들어오는 순간에 부인이 건넨 부탁은 너무 뜻밖이었다. 이미 그 부탁을 들어주기에는 늦은 순간이었다.

부인도 그걸 알았는지 더는 요구하지 않았다. 열차가 승강장으로 들어왔다. 부인은 정원사에게 선물을 건네며 아이들에게 전해 주라고 했다. 그리고 열차에 오르기 전에 내 손을 순박하고 진실한 마음으로 꼭 움켜쥐었다.

"나와 언니에게 다른 친구들이 없었을 때, 부인은 우리에게 너무 친절하게 대해 주셨어요. 내가 살아 있는 한 절대 이 고마움 잊지 않을게요. 안녕히 계세요. 신의 가호가 있기를!"

이 말을 건네는 부인의 목소리에 나도 모르게 눈물이 솟구쳤다. 마치 영영 이 세상을 떠나는 사람의 작별인사 같았다.

"안녕히 가세요, 마님."

나는 부인을 힘겹게 기차 안으로 안내하고는 기분을 바꿔주려고 노력했다.

"안녕히 가세요. 조만간 다시 볼 거예요. 제 모든 애정을 담아서 행복을 기원합니다!"

객실 안에 자리를 잡는 순간 부인은 머리를 세차게 흔들며 몸을 부르르 떨었다. 객차의 문이 닫혔다.

"꿈을 믿나요?"

창문에 대고 부인이 속삭였다.

"어젯밤 꿈은 전에는 한 번도 꾸지 않았던 꿈이었어요. 그 공포가 아직도 떠나질 않아요."

내가 미처 대답을 하기 전에 경적 소리가 울렸다. 그리고 기차가 서서히 움직였다. 부인의 슬픔으로 얼룩진 창백한 얼굴이 나를 바라보고 있었다. 마지막이었다. 부인이 창문 너머로 애절하면서도 엄숙한 얼굴로 나를 바라보았다. 그녀는 천천히 손을 흔들었다.

나는 그 후로 다시는 부인을 보지 못했다.

그날 오후 5시 정도였을까, 집안일로 정신없다가 잠시 시간이 났다. 나는 방 안에 앉아 남편의 설교집을 읽으며 마음을 가라앉히려고 했다. 그런데 내 생애 처음으로 설교집의 그 경건하고 힘이 넘치는 글귀들이 마음으로 전해지지 않고 단어들끼리 계속 부딪쳤다.

혼란스러웠다. 글라이드 부인과의 작별은 예상보다 큰 슬픔을 몰고 왔다. 도저히 글귀가 눈에 들어오지 않아 마지못해 책을 놓고 정원을 산책하기로 했다. 내가 알기로 퍼시벌 경은 아직 도착하지 않았다. 집이 텅 비어 있으니 홀로 정원을 거닐어도 될 것 같았다.

저택 모퉁이를 돌아 정원으로 들어서는데 저쪽에서 낯선 사람이 걷고 있는 모습을 보였다. 나는 소스라치게 놀랐다. 등을 내 쪽으로 돌린 그 사람은 여자였다. 보아하니 꽃을 꺾고 있는 것 같았다. 내가 조심스럽게 다가가자 여자는 내 발소리를 듣고 고개를 돌렸다. 순간 혈관 속의 피가 차갑게 얼어붙었다. 정원의 낯선 여자는 루벨 부인이었다!

나는 몸을 움직일 수도, 입을 열 수도 없었다. 그녀는 손에 꽃다발을 쥐고 평소처럼 담담한 모습으로 내게 다가왔다.

"어쩐 일이시죠, 부인?"

그녀가 태연하게 물었다.

"어떻게, 여기에!"

나는 거칠게 숨을 몰아쉬며 간신히 입을 열었다.

"런던에 가지도 않았다니! 컴벌랜드에도 안 가고!"

루벨 부인은 득의만만한 미소를 지으며 꽃향기를 맡았다.

"이제 아셨나요? 저는 블랙워터 파크를 떠난 적이 없답니다."

나는 다시 말을 하려고 가쁜 숨을 크게 몰아쉬며 용기를 냈다.

"할콤 아가씨는 어디 있는 거지요?"

그녀는 이번에는 아주 노골적으로 나를 비웃는 얼굴이 되었다. 그녀는 이렇게 답했다.

"할콤 양도 마찬가지로 블랙워터 파크를 떠난 적이 없지요."

기가 막혀 숨까지 막혀왔다. 순간적으로 몇 시간 전에 헤어진 글라이드 부인의 모습이 떠올랐다. 단 몇 시간 전에만 이 사실을 알았더라도, 정말 내 모든 걸 걸고 부인을 위해 무엇이든 했을 것이다.

루벨 부인은 마치 내 다음 말을 기다리는 것처럼 꽃다발만 가지런히 매만지고 있었다. 하지만 나는 더는 말할 힘조차 없었다. 지치고 허약한 글라이드 부인의 모습만 머릿속을 맴돌았다. 부인도 내가 방금 알게 된 사실을 런던에 가서 알게 될 것이라고 생각하니 소름이 끼쳤다. 말없이 서 있던 루벨 부인이 꽃다발에서 살짝 고개를 옆으로 돌렸다.

"퍼시벌 경이 말을 타고 돌아오시네요, 부인."

그녀가 퍼시벌 경을 바라보았다. 나도 그의 모습을 보았다. 그는 채찍을 사납게 휘둘러 꽃들을 후려치면서 정원을 가로질러 다가오더니, 내 얼굴을 볼 수 있는 거리에서 걸음을 멈추고 채찍으로 자기 장화를 내리쳤다. 그런 후 거칠게 웃음을 터뜨렸다. 그 웃음 소리가 얼마나 크고 흉측했던지 주변 나뭇가지에 앉아 있던 새들이 일제히 후드득 까무러치듯 날아올랐다.

"자, 마이컬슨 부인,"

그가 입을 열었다.

"마침내 다 알게 되셨군요. 그렇지요?"

나는 아무 대꾸도 하지 않았다. 그가 루벨 부인에게 고개를 돌렸다.

"정원에는 언제 나왔소?"

"약 삼십 분 전에 나왔습니다. 글라이드 부인이 런던으로 떠나면 자유롭게 행동해도 좋다고 하셨으니까요."

"잘했소. 나무라는 게 아니라 그저 물어본 것뿐이오."

그는 잠시 기다렸다가 다시 한 번 내게 말을 건넸다.

"도저히 믿기질 않나 보군요?"

그가 빈정거렸다.

"날 따라와서 직접 보시던지."

그가 정원을 돌아서 나를 저택 정면으로 안내했다. 나는 그를 따라갔고, 루벨 부인은 나를 따라왔다. 철문을 지나치자 그가 걸음을 멈추고 채찍을 들어 사용하지 않는 건물을 가리켰다.

"저기요! 저기 일층이요. 오래된 엘리자베스 여왕 침실 알지요? 거기 가장 좋은 침대에 할콤 양이 누워 있소. 안내해 주시오. 열쇠 가지고 있지요? 어서 안으로 데리고 가서 이번은 거짓말이 아니란 걸 눈으로 확인시켜 줘요."

여기까지 오는 몇 분의 시간 동안 나는 다시 마음을 가라앉혔다. 이 위급한 순간에 뭘 해야 하지? 지금까지 원칙을 지키며 살아온 사람으로서, 나름대로 교양 있는 집안에서 걸맞은 교육을 받은 여자로서 내가 할 일은 하나였다. 잔인한 속임수로 우리 두 사람을 기만한 이 소름끼치는 인간의 집을 한시라도 빨리 떠나는 것이었다.

"잠시 나리와 사적으로 몇 마디 나누고 싶군요. 그런 다음 여기 루벨 부인과 함께 할콤 아가씨가 계신 방에 들어갈까 합니다."

나는 이 말과 함께 옆에 있는 루벨 부인에게 눈짓을 했다. 그러자 그녀는 경박하게 꽃다발 향기를 킁킁대더니 한참을 머뭇거리다가 저택 출입구 쪽으로 향했다.

"말해 보시오."

퍼시벌 경이 날카롭게 쏘아붙였다.

"뭔데 그러시오?"

"블랙워터 파크에서 제가 맡고 있던 일을 그만두겠습니다."

내가 말했다. 나는 직설적으로 처음 한 마디에 내 뜻을 명확히 담겠다고 작심했다. 그는 험악한 눈빛으로 나를 바라보더니 두 손을 승마용 외투 주머니에 거칠게 찔러 넣고 말했다.

"이유는? 이유를 말해 보시오."

"제가 어찌 감히 경의 집안일에 대해 이렇다 저렇다 할 수 있겠습니까? 다만 제가 여기 계속 남는 건, 저 자신이나 글라이드 부인에 대한 도리가 아닐 겁니다."

"그래, 그렇게 의심에 찬 눈초리로 나를 노려보는 건 나에 대한 도리이고?"

그가 포악하게 소리를 질렀다.

"뭐라고 하려는지 알겠군. 당신은 내가 아내를 위해서 선의의 거짓말을 한 걸 두고 저급하고 치졸하다고 생각하는 게지. 지금 글라이드 부인에게 좋은 공기와 환경의 변화가 필요하다는 건 다 알고 있는 사실이오. 하지만 당신도 알다시피 할콤 양이 여기에 있는 한 내 아내가 여기서 한 걸음이라도 옮기겠소? 결국 그녀를 위해, 그녀의 건강을 위해 마지못해 한 거짓말인 걸 모르겠소? 내가 숨길게 뭐가 있소? 가려거든 맘대로 하시오. 널린 게 관리인이오. 여기오고 싶어 안달인 사람들이 얼마나 많은 줄 모르시오? 가고 싶다면가시오. 단 나나 이 집안에 대해 허튼 소리를 했다가는 가만두지않을 거요. 오로지 있는 사실만, 진실만을 말하시오. 그러지 않으면어떤 화가 미칠지 모르니까. 당신 두 눈으로 직접 할콤 양을 보시오. 얼마나 훌륭한 보살핌을 받고 있는지 똑똑히 보시오. 단 이 점만은 분명 기억해 두시오. 의사도 글라이드 부인이 가능한 한 빨리신선한 공기를 마시면 좋겠다고 했던 말! 반드시 그 말을 명심하시오. 그 외에는 나에 대해 뭐라고 하건 실컷 지껄일 대로 지껄여 보시지!"

그는 거침없이 폭언을 퍼부었다. 걸음을 이리저리 옮기면서 채찍을 휘둘렀다. 그러나 그의 그 어떤 말도 내 결심을 꺾지 못했다. 그럴수록 그가 전날 내 면전에서 글라이드 부인에게 했던 사악한 행동만 또렷이 떠올랐다. 그럴수록 언니를 찾기 위해 불편한 몸을 이끌고 길을 떠난 글라이드 부인에 대한 염려와 애처로움만 밀려들었다.

당연히 나는 이런 생각을 얼굴에 드러내지는 않았다. 그를 자극해 봤자 득 될 게 없었다. 그렇다고 순순히 침묵으로 일관할 수도 없었다. 나는 가급적 감정을 억누르며 조용히 대답했다.

"제가 나리를 모셨을 때, 저는 분수를 지켜 감히 나리의 일에 개입하지 않았습니다. 여기를 떠나더라도 제 일이 아닌 문제는 언급하지 않는 게 도리일 겁니다."

"언제 떠날 거요?"

그가 대뜸 내 말을 자르며 물었다.

"붙잡고 싶은 마음은 추호도 없소. 당신이 떠난다고 해서 내가 조바심 낼 거라고 생각 마시오. 이 문제에 관한 한 나는 처음부터 끝까지 공정하고 숨길 게 없소. 언제 떠나고 싶소?"

"한시라도 빨리 나리를 편하게 해드리고 싶군요."

"나를 편하게 하니 마니 그런 건 상관없소. 나도 내일 아침이면 떠나고 없을 테니까. 당신 급료는 오늘 저녁에 계산해 주겠소. 혹시 나 말고 다른 사람의 편의가 걱정된다면 아마 할콤 양 걱정을 하는 게 나을 거요. 루벨 부인의 계약 기간은 오늘까지요. 루벨 부인도 이제 다시 런던으로 가야 하지 않겠소? 당신마저 가버리면 이 집 안에 할콤 양을 돌봐줄 사람이 없어지는 셈이지."

정말 싫었다. 나는 진심으로 이런 상황이 일어나지 않기를 바랐다. 하지만 글라이드 부인과 할콤 아가씨가 서로 떨어져 있는 이 절박한 상황에서 할콤 아가씨만 남겨두고 떠날 수는 없었다.

결국 나는 퍼시벌 경과 합의를 보았다. 내가 여기 남아서 루벨 부인을 대신해 아가씨를 맡게 되면 루벨 부인은 즉시 여기를 떠나야 하며, 그런 다음 다시 도슨 씨를 불러 계속 환자를 치료하도록 해달라는 조건을 걸었다. 또한 할콤 아가씨가 완전히 회복돼서 내가 이곳을 떠나게 되면, 떠나기 일주일 전에 퍼시벌 경의 변호사에게 그 사실을 통보하기로 했다. 그러면 변호사가 나서서 내 후임자를 찾게 될 것이다.

이 합의는 오래 걸리지 않았다. 이야기가 끝나기 무섭게 퍼시벌 경이 훌쩍 자리를 떠났다. 이제 더 낯설게만 보이는 루벨 부인만 문 앞에서 느긋하게 나를 기다리며 앉아 있었다. 내가 저택까지 다다르는 길을 반도 걷지 않았을 때, 반대편으로 걸어가던 퍼시벌 경이 갑자기 걸음을 멈추고 나를 불렀다.

"왜 여길 떠나려고 하는 거요?"

지금까지 계속 이야기를 해놓고 뜬금없는 질문을 던지니 뭐라고 답변하기가 어려웠다.

"명심하시오! 나는 당신이 왜 떠나려는지 이유를 모르겠소. 나중에 다른 곳에서 이런 질문을 받으면 왜 그랬는지 그 이유를 댈 수 있어야 할 것이오. 도대체 뭐요? 가족들이 모두 뿔뿔이 흩어져서요? 그게 이유요?"

"그 이유가 틀렸다고는 할 수 없지요, 나리."

"좋소, 그게 내가 바라는 답이오. 사람들이 캐물으면 지금처럼만 하시오. 가족들이 전부 흩어져서 당신도 일을 그만두게 되었다고 말이오."

그는 이렇게 말하고는 내 대답을 듣기도 전에 휙 돌아서서 황급히 걸음을 옮겼다. 그의 태도는 그의 말만큼이나 이상했다. 그 기이한 언행이 나에 대한 일종의 경고라는 걸 인정하지 않을 수 없었다.

내가 문 앞에 도착하자 그간 무덤덤하던 루벨 부인도 참을성이 바닥났는지 야윈 어깨를 으쓱거리며 소리쳤다.

"드디어 오셨네요!"

그녀는 나를 그 아무도 살지 않는 건물로 데려가더니 복도 끝자락에 있는 문을 열쇠로 열었다. 그 문은 엘리자베스 시대 풍의 방들과 연결되어 있었고, 물론 나도 그 방들에 대해서는 잘 알고 있었다. 다른 문을 통해 여러 차례 와봤기 때문이다. 하지만 그 문만큼은 내가 블랙워터 파크에 사는 동한 한 번도 사용한 적이 없는 문이었다.

루벨 부인은 세 번째 방에서 걸음을 멈추더니 내게 복도로 통하는 문 열쇠와 함께 그 방의 열쇠를 건네주었다. 그러면서 이 방에서 할콤 아가씨를 만날 수 있을 거라고 말했다.

안으로 들어가기 전에 루벨 부인에게 오늘 부로 당신 임무가 끝났다고 말하는 게 나을 것 같았다. 그래서 차분한 어조로 지금 이 순간부터 아가씨는 나 혼자 돌보게 될 것이라고 말했다.

"정말 잘됐군요, 부인."

루벨 부인이 기다렸다는 듯이 대답했다.

"이제 떠날 수 있겠군요."

"오늘 떠날 건가요?"

나는 확인 차 물었다.

"이제 부인이 일을 전담하시게 되었으니 전 삼십 분 후에 떠날 겁니다. 퍼시벌 경께서 친절을 베풀어 주셔서 언제든 정원사를 불러 마차를 이용할 수 있게 됐거든요. 짐은 벌써 꾸려놨습니다. 그럼 이만."

그녀는 가볍게 머리를 숙여 인사하더니 복도를 따라서 오던 길을 돌아갔다. 입으로는 노래를 흥얼대고 손으로는 꽃다발로 경쾌하게 장단을 맞췄다. 천만다행한 심정으로 말하는데, 그것이 이 여자를 본 마지막이었다.

할콤 아가씨는 잠들어 있었다. 턱없이 높고 낡아빠진 구식 침대에 누운 아가씨를 보자 애처로움이 밀려들었다. 어디로 보나 마지막으로 봤을 때보다 상태가 악화된 것 같지는 않았다. 방은 음울하고 먼지로 가려져 어두웠지만, 그나마 뒤뜰로 향하는 창문을 활짝 열어둬서 신선한 공기가 들어오고 있었고, 그나마 편하게 지낼 수 있는 모든 시설들이 마련되어 있었다. 결국 퍼시벌 경의 모든 잔혹한 속임수들은 글라이드 부인 혼자의 몫이었다. 적어도 지금까지 그가 할콤 아가씨에 행한 죄악이라고는 이렇게 남모르는 장소에 은폐시킨 것밖에는 없는 것 같았다.

나는 곤히 잠든 아가씨를 깨우지 않으려고 몰래 방을 나와서 도슨 씨를 부르기 위해 정원사를 찾았다. 루벨 부인을 기차역까지 배웅하고 돌아오는 길에 도슨 씨 집에 들러 나를 빨리 방문해 달라는 메시지를 전해 달라고 부탁했다. 나는 도슨 씨가 이의 없이 와주리라 확신했다. 또한 백작만 없다면 흔쾌히 이 집에 남아 우리와 함께 하리라는 사실도.

예정된 시간에 정원사가 돌아와서 결과를 말해 주었다. 루벨 부인은 열차를 타고 갔고, 이어서 도슨 씨 집으로 가서 내 메시지를 전했다는 것이다. 그런데 도슨 씨는 지금 몸이 좋지 않아서 가능하면 내일 오전에 오겠다고 했다는 것이다.

말을 마친 정원사가 자리를 막 떠나려고 할 때, 나는 만약의 사태를 대비해 저녁식사를 마치고 다시 여기로 와달라고 부탁했다. 빈 침실 중에 한 곳에 머물면서 필요할 경우 소리쳐 부를 수 있을 정도의 거리에 있어 달라고 했다. 정원사는 내 마음을 금방 읽었다. 이 황량한 집 안에, 더군다나 가장 외지고 삭막하기 그지없는 이 방에서 나 홀로 지내는 게 몹시 힘들 것임을 알아차린 것이다. 그래서 8시에서 9시 사이에 다시 이곳으로 오겠다고 약속했다.

그는 약속 시간에 맞춰서 와주었다. 나는 지금도 그때 정원사를 부른 것이 얼마나 다행이었나 생각한다. 그날 밤 퍼시벌 경이 폭발했을 때, 만일 정원사가 제때 그를 진정시키지 않았다면 무슨 일이 일어났을지 모른다.

퍼시벌 경은 그날 저녁 내내 불안하고 흥분한 상태로 집 안과 정원을 부산하게 돌아다녔다. 홀로 저녁을 먹으면서 와인을 과하게 마셔댄 것이 틀림없었다.

그날 밤 나는 복도를 오가면서 저택의 새 건물 쪽에서 고래고래 고함을 치는 퍼시벌 경의 목소리를 들었다. 정원사가 그 소리를 듣고 즉시 달려갔다. 나는 얼른 통로로 향하는 문을 닫았다. 그 소리가 할콤 아가씨를 깨울까 두려워서였다.

정원사는 삼십 분이 족히 넘어서야 돌아왔다. 그의 말로는 퍼시벌 경이 완전히 정신을 놓았다고 했다. 내 예측과는 달리 술에 취한 게 아니라 원인 모를 공포와 광란에 빠져 있다고 했다. 정원사가 복도에서 이리저리 걷고 있는 주인을 발견했을 때, 그는 광분과 흥분에 사로잡혀서 단 일 분도 더는 집 안에 머물지 못할 상태였다고 한다. 그는 정원사를 보자마자 욕설과 협박을 내지르면서 당장 말과 마차를 대령시키라고 했다. 그리고 십오 분 뒤 정원으로 나와 마차를 타고 큰 소리로 호령을 쳐서 문지기 초소 문을 순식간에 열더니, 우레 같은 마차 바퀴 소리로 고요한 밤의 정적을 뒤흔들며 종적을 감추었다고 한다.

정확히 기억할 수는 없지만 그 하루나 이틀 후 퍼시벌 경이 타고 나갔던 마차가 집에 도착했다. 마차를 몰고 온 사람은 이곳에서 가장 가까운 마을인 놀스베리의 오래된 여인숙의 마부였다. 그는 퍼시벌 경이 자신의 여인숙에 묵었다가 다음날 기차를 타고 떠났는데 어디로 갔는지는 모른다고 했다. 퍼시벌 경의 그 다음 소식은 누구로부터도 듣지 못했다. 지금 글을 쓰고 있는 이 순간에도 나는 그가 어디에 있는지 모른다. 그가 도주하는 범죄자처럼 이 집에서 나간 뒤로는 한 번도 얼굴을 본 적이 없다. 살아생전 다시는 그와 만나지 않기를 간절히 기도할 뿐이다.

이 슬픈 가족사에 대한 내 증언도 이제 끝으로 달려가고 있다. 할콤 아가씨가 어떻게 깨어났고, 내가 옆에 있다는 걸 깨달은 아가씨가 내게 어떤 이야기를 했고 내가 뭐라고 답했는지 상세히 언급하는 건 지금 내 역할이 아니다.

다만 이 자리에서 확실하게 말할 수 있는 것은 아가씨도 자기가 어떻게 이 낯선 방으로 옮겨졌는지 기억하지 못한다는 사실이다. 그때 아가씨는 깊은 잠에 빠져 있었다고 한다. 또한 그렇게 잠에 빠진 게 자연스럽게 진행된 깃인지, 누군가 잠들게 만들었는지는 알 수 없다고 했다. 다만 내가 토키로 떠나고 하인들도 모두 떠난 사이, 오로지 먹고 마시고 잠만 잘 줄 아는 마가렛 포처 혼자서는 아가씨를 몰래 여기로 옮기기 어려웠을 것이다. 또한 방을 정리하면서 발견한 사실인데, 이곳에는 환자와 은둔하는 데 필요한 모든 물품들이 미리 구비되어 있었다. 예를 들어 불을 피우지 않고도 물이나 수프를 끓일 수 있는 장비 등이다. 또한 루벨 부인은 할콤 아가씨의 질문에는 일체 답을 피하면서도 그녀를 불친절하고 소홀하게 대하지는 않았다. 즉 루벨 부인에게 양심적으로 책임 지울 수 있는 부분이라곤 사악한 사기 행각에 자신을 팔았다는 것뿐, 그 외에는 별달리 원망할 게 없었다.

할콤 아가씨가 동생이 런던으로 떠났다는 사실을 알고 얼마나 큰 충격을 받았는지, 그리고 블랙워터 파크로 얼마나 빨리 더 큰 슬픔이 들이닥쳤는지, 내가 이 부분들을 자세히 말할 입장이 아니라는 것에 안도감까지 느낀다.

이 시간들은 생각만 해도 나를 괴롭게 하고, 글을 쓰는 지금도 괴로움을 주는 슬프고도 슬픈 시간이다. 나는 내 신앙의 위로가 아가씨 마음속에 자리 잡을 수 있도록 각별히 정성을 쏟았지만 그럼에도 아가씨의 마음까지의 거리는 너무 멀기만 했다. 하지만 이제는 내 기도가 마침내 아가씨의 품에 닿았으리라 믿는다. 나는 아가씨가 완쾌될 때까지 한 번도 곁을 떠나지 않았다.

이 슬픔으로 가득한 집에서 나를 싣고 간 열차는, 또한 아가씨를 싣고 간 열차이기도 했다. 우리는 런던에서 억누르기 힘든 슬픔 속에서 헤어졌다. 나는 이슬링턴에 사는 친척집에 머물기로 했고, 아가씨는 컴벌랜드의 페어리 씨 집으로 갔다.

이제 이 고통스러운 글을 마치기 전에 몇 가지만 더 덧붙이고자 한다. 이 부분은 내가 쓴 것이라기보다는 일종의 의무감이 나를 시켜 구술했다고 하는 편이 옳겠다.

먼저 내 개인적인 확신에서 기록하고 싶은 말인데, 내가 언급한 이 사건들로 인해 백작이 비난받지 않기를 바란다. 듣기로는 그에 대해 무시무시한 의심이 제기되고 그의 행동에 대한 몇 가지 심각한 해석들이 난무했다고 한다. 그럼에도 나는 백작의 결백만큼은 믿어 의심치 않는다. 퍼시벌 경이 나를 토키로 보낼 때 옆에서 거들긴 했어도, 그것은 그가 정황을 잘 알지 못하는 이방인이라 그랬을 것이다. 또한 루벨 부인을 블랙워터 파크로 끌어들이는 일에 공모했더라도 그것은 그의 잘못이라기보다는 불행일 것이다. 그는 단지 집주인의 친구로서 아무것도 모르는 입장에서 그 사기 행각을 돕고 실행에 옮겼을 뿐이다. 나는 도덕성을 옹호하는 차원에서, 근거와 까닭 없이 백작의 행위를 비난하는 것에는 진정으로 반대한다.

두 번째, 나는 글라이드 부인이 블랙워터 파크를 떠난 정확한 날짜를 기억하지 못하는 내 무능력을 진심으로 개탄한다. 그 비극적인 여행의 정확한 날짜를 기억하는 것이 아주 중요하다고 한다. 그래서 그것을 기억해 내려고 애썼지만 끝끝내 그러지 못했다. 내가 고작 기억하는 건 그때가 7월의 하순 무렵이었다는 것뿐이다. 따로 기록하지 않는 이상 사실상 지나간 날짜를 정확히 기억해 내는 건 무척 어려운 일임을 다들 알 것이다. 더군다나 글라이드 부인이 떠날 무렵 발생한 일련의 충격적이고 혼란스러운 사건들로 인해 내 기억력은 더 심하게 마모되었다. 그때 내가 비망록을 가지고 있었다면 얼마나 좋았을까. 그날의 슬픈 글라이드 부인의 얼굴만큼이나 생생하게, 그날의 날짜를 생생히 알고 있었다면 얼마나 좋았을까. 열차 창문을 통해 생애 마지막으로 애처롭게 나를 바라보던 그 얼굴만큼이나 그 마지막 날짜도 정확히 기억했더라면!

여러 화자들에 의해 계속되는 이야기

포스코 백작의 시중을 들었던 요리사, 헤스터 핀혼의 진술
(증인의 구술 증언에서 발췌)

부끄럽지만 나는 일자무식에다 문맹이다. 나는 평생 일만 하고 살아왔지만 나름대로 좋은 품성을 가꿔왔다. 나는 어떤 사건을 사실과 다르게 말하는 것은 사악한 행동이자 죄라고 생각하는 만큼 이 점을 충분히 자각하면서 진술할 것이다. 내가 아는 모든 걸 있는 그대로 말할 것이니, 내 증언을 받아 적는 분께서 내 말을 잘 이해해서 제대로 기록해 주시기 바란다. 또한 내 지식이 짧다는 것도 헤아려 주시기 바란다.

지난 여름 나는 내 잘못은 아니었지만 일터를 잃었다. 그러다가 평범한 요리사였던 나는 존 우드 포레스트 가(街) 5번지에서 사람을 찾고 있다는 소식을 듣고 그곳을 찾아갔다.

집주인의 이름은 포스코로, 그는 백작이고 그 안주인은 영국인 백작부인이었다. 내가 들어갔을 때 그 집에는 어린 하녀 한 사람이 가사를 돌보고 있었다. 그 하녀는 단정하지도 청결하지도 않았지만 악의라고는 없어 보였다. 그 집의 하인은 그녀와 내가 전부였다.

어느 날, 우리가 집 안으로 들어갔을 때였다. 주인어른과 안주인이 도착했는데, 주인어른이 도착하자마자 우리를 일층에서 불렀다. 시골에서 손님이 온다는 것이다. 그 손님은 안주인의 조카라고 했다. 그래서 우리는 이층 안쪽에 손님 침실을 준비해 두었다. 또한 안주인은 내게 그 글라이드 부인(손님 이름이었다)께서는 건강이 좋지 않으니 요리에 각별히 신경을 써야 한다고 당부했다.

내가 기억하는 한 그녀는 그날 오기로 되어 있었다. 그러나 아무래도 내 기억력을 너무 믿어서는 안 될 것 같다. 사실 그날인지 아닌지 확실하지 않다. 이런 말을 해서 유감이지만 나 같은 사람에게 날짜 같은 건 중요한 관심사가 아니다. 오직 일요일만 제외하면 날짜에는 전혀 신경 쓰지 않고 반평생을 살았다. 나는 일하는 사람이지 학자가 아니니까.

아무튼 내가 기억하는 건 글라이드 부인이 왔다는 것과 그녀가 집에 도착한 날 우리 모두 적잖이 놀랐다는 점이다. 주인어른이 어떻게 그 손님을 집으로 모셔왔는지는 모르겠다. 어쨌든 주인어른이 손님을 데려온 것은 내 기억으로 오후쯤이었던 것 같다. 하녀가 대문을 열어주고 그들을 거실로 안내했다. 그리고는 주방으로 돌아와서 나와 채 얘기를 나누기도 전에 집 안이 불시에 시끄러워졌다. 이층에서는 요란한 소리가 그치지 않았고, 거실 종은 미친 듯 울렸으며, 안주인의 도움을 청하는 목소리가 크게 들렸다.

하녀와 나는 급히 이층으로 올라갔다. 글라이드 부인이 하얗게 질린 얼굴로 소파 위에 누워 있었다. 양손을 움켜쥐고 고개는 한쪽으로 축 늘어져 있었다. 안주인 말로는 갑작스런 공포감 때문에 그렇다고 했다. 주인어른 말로는 발작을 일으키는 것이라고 했다.

나는 이웃들을 잘 알았기 때문에 즉시 밖으로 뛰어나와 의사를 찾았다. 근처에 가장 가까이 있는 구드릭 씨와 가스 씨였다. 두 의사는 공동으로 병원을 운영하고 있었는데 주변에서 평판이 좋았다.

다행히 구드릭 씨가 병원에 있어서 나는 그와 함께 급히 집으로 돌아왔다.

그러나 이미 의사가 손을 쓸 수 있는 상태가 아니었다. 그 가련하고 불쌍한 부인은 또 다시 발작을 일으켰고 그 상태로 한참을 있었다. 마침내 그녀는 완전히 탈진해서 갓난아기처럼 축 늘어졌다.

우리는 곧장 그녀를 침대로 옮겼고 의사가 다시 병원으로 가서 약을 가지고 왔다. 그리고는 청진기 한쪽을 부인의 가슴에 대고 다른 한쪽을 귀에 댄 후 신중하게 귀를 기울였다. 그런 후 안주인에게 다급히 말했다.

"매우 심각한 상황입니다. 되도록 빨리 글라이드 부인 친지 되시는 분들께 연락을 취하셔야 하겠습니다."

내 안주인이 의사에게 물었다.

"심장병인가요?"

"그렇습니다, 가장 치명적인 경우입니다."

의사는 안주인에게 뭐가 문제인지를 분명히 밝혔겠지만, 나로서는 그게 무슨 뜻인지 알 리 없었다. 단 한 가지는 분명히 알아들었는데, 자기는 물론이고 지금 상태로는 다른 의사의 치료도 별 소용없을 것이라는 말이었다.

그 나쁜 소식에 대해 안주인은 오히려 주인어른보다 침착하게 대응했다. 내 주인어른은 몸집이 크고 뚱뚱했으며 어딘가 이상해 보이는 노신사였다. 그는 항상 새들과 쥐들을 데리고 다니며 같이 놀았는데, 마치 귀여운 아이들과 얘기하듯 그 동물들에게 말을 건네곤 했다. 아무튼 그는 상황을 알게 되자 몹시 상심한 것 같았다.

"이런, 가여운 글라이드 부인! 이럴 수가!"

그는 점잖은 신사라기보다는 무대 위의 배우처럼 두 손을 비틀어 흔들면서 침실로 향했다. 안주인이 의사에게 회복 가능성은 얼마나 되냐고 물었다. 의사는 반반이라고 잘라 말했다. 이 말에 주인어른은 제정신을 잃어서 우리를 긴장하게 만들다가, 이내 냉정을 되찾고 뒤뜰로 나가더니 시시한 꽃다발 몇 개를 만들어 와서는 나더러 침실에다 골고루 놓아달라고 했다. 침실을 화사하게 보이게 해달라는 것이다. 그게 마치 무슨 효력이라도 발휘할 것처럼 말이다.

내 생각에 주인어른은 때때로 마음이 여려질 때가 있었고 나쁜 사람은 더더욱 아니었다. 그는 놀랄 정도로 사람 기분을 잘 맞춰주는 탁월한 말솜씨를 가진 데다 유쾌하고 마음을 사로잡는 몸가짐을 지녔다. 나는 주인어른이 안주인보다 훨씬 마음에 들었다. 안주인은 무척 냉정하고 딱딱한 분이었기 때문이다.

저녁 시간이 되자 글라이드 부인이 조금씩 정신을 차렸다. 아까만 해도 발작하느라 기력을 너무 소진해서 손발조차 움직이지 못했다. 그런데 이제는 움직임도 있고 방 안과 우리 모습까지 돌아보기 시작했다. 몸만 성했다면 참 고왔을 부인이었다. 부드러운 머리카락이며 푸른 눈동자며, 모든 것이 말이다.

부인과 함께 밤을 지낸 안주인의 말에 의하면 글라이드 부인은 밤새 또 한 번 발작에 시달렸다. 나는 그저 자러 가기 전에 뭐 해줄 게 없나 침실에 들렀다. 그때 부인은 혼잣말을 하고 있었는데, 무슨 말인지도 모르겠거니와 거의 실성한 것처럼 보였다. 누군가와 몹시도 말을 하고 싶은데 그 사람과 떨어져 있는 것 같았다. 그 이름을 처음에는 알아들을 수가 없었다. 그리고 부인이 두 번째로 중얼대고 있을 때, 주인어른이 방문을 두드렸다. 그는 자상히도 이것저것 여러 질문들을 했고 손에는 또 한 아름 꽃다발을 들고 있었다.

다음날 아침 다시 방으로 들어갔을 때, 부인은 다시 탈진해서 의식을 잃고 반 실신 상태가 되어 잠들어 있었다. 구드릭 씨는 이날은 동료인 가스 씨와 함께 왔는데, 절대 환자의 안정을 방해해서는 안 된다고 누누이 강조했다. 그리고는 안주인을 구석에 앉혀놓고 여러 질문들을 던졌다. 과거 부인의 건강 상태가 어땠는지, 누가 그녀를 간호했는지, 이제껏 이러한 비참한 심신 상태로 오래, 그리고 깊이 고통 받았는지 등등.

그 마지막 질문에, 내 기억으로는 안주인이 "그렇습니다."라고 답한 것 같다. 이 말을 듣자 구드릭 씨는 동료를 바라보며 고개를 끄덕였고, 가스 씨도 동의하듯 고개를 끄덕였다. 두 의사는 부인의 병이 마음의 고통과 관련이 있다고 생각했던 모양이다. 사실 척 보기에도 부인은 허약하기 짝이 없었다. 불쌍한 여인이구나 싶었다. 금방 쓰러질 것처럼 힘이라고는 거의 남아 있지 않았다.

그날 오전 늦게 글라이드 부인이 깨어났다. 잠에서 깬 부인은 날카롭게 주변을 둘러보았다. 그녀는 놀랄 정도로 상태가 회복되어 있었다. 하지만 부인이 낯선 사람을 보면 부담을 느낄 것 같아서 나와 하녀는 그녀의 방 안에 들어가는 게 금지되었다.

부인의 회복 사실을 우리에게 알려준 사람은 다름 아닌 주인어른이었다. 그는 이 사실에 무척 고무된 모습이었다. 그는 커다랗고 가장자리에 주름이 진 챙이 달린 커다란 흰 모자를 쓰고 외출하기 전에 정원에서 부엌 창문을 바라보았다.

"안녕하시오, 주방 아주머니."

그가 말했다.

"글라이드 부인이 훨씬 좋아졌습니다. 제 기분이 어떤지 아시겠지요? 이제 기분도 좋고 하니 햇살을 듬뿍 맞으며 여름 산책이나 할까 합니다. 뭐 부탁하실 것 있습니까? 시장 볼 것 같은 거요. 지금 뭘 만들고 있습니까? 저녁식사는 과일 파이입니까? 그렇다면 껍질을 되도록 두껍게 해주십시오. 바삭바삭하게 말입니다. 입안에서 씹히고 사르르 녹는 맛이 가히 일품 아닙니까?"

이런 식이었다. 그는 나이가 예순이 넘었다. 그런데 아직도 파이 껍질을 좋아했다. 생각만 해도 웃음이 날 일 아닌가.

의사가 정오 전에 다시 들렀다. 글라이드 부인이 양호한지 직접 상태를 볼 참인 듯했다. 그는 우리로 하여금 부인에게 말을 걸지도 말고 이야기도 듣지 말라고 했다. 안정과 휴식, 그것이 최우선이었다. 되도록 많이 자고 쉬도록 하라고 신신당부했다.

부인은 내가 와도 그다지 말하고 싶어 하지 않는 것 같았다. 깊은 밤만 제외하고 말이다. 하지만 그때는 무슨 소리를 하는지 알아들을 수가 없었다. 심신이 너무 고갈되어 제대로 말할 수 없는 것 같았다. 부인을 보고 난 구드릭 씨의 얼굴 표정은 주인어른만큼 밝지 않았다. 아래층으로 내려와서도 별 말이 없었다. 오후 5시 무렵에 다시 온다는 말만 하고 다시 떠났다.

그 무렵이었을 것이다(아직 그때까지 주인어른은 외출에서 돌아오지 않았다). 침실에서 요란하게 종소리가 울리더니 안주인이 부리나케 밖으로 뛰어나왔다. 그리고 어서 의사를 모셔 오라고 소리쳤다. 부인이 실신한 것이다. 내가 급히 보닛 모자와 숄을 걸치고 나가려는데 때맞춰 구드릭 씨가 막 집으로 들어오고 있었다. 나는 구드릭 씨를 안으로 모시고 나도 따라갔다.

"방금 전만 해도 평소와 다를 바 없었어요."

안주인이 문 앞에서 의사에게 정황 설명을 시작했다.

"잠에서 깨더니 유달리 이상한 태도로 주변을 둘러봤죠. 그러더니 느닷없이 흐느껴 울더니 이렇게 기절했어요."

구드릭 씨가 방으로 들어가 글라이드 부인을 지그시 내려다보았다. 얼굴 표정이 점차 심각하게 변하더니 손을 환자의 가슴 위에 놓았다. 안주인은 그의 얼굴만 뚫어져라 바라보았다.

"설마 죽은 건 아니지요?"

안주인이 속삭였다. 머리부터 발끝까지 온몸을 부르르 떨고 있었다.

"운명하셨습니다."

의사가 아주 조용하고 무거운 목소리로 말한다.

"어제 진찰할 때, 이럴 수도 있겠다고 짐작은 했습니다만."

의사가 말하는 동안 안주인은 침대에서 뒷걸음질치면서 계속 몸을 떨고 있었다.

"죽었다니!"

안주인은 혼잣말을 한다.

"이렇게 갑자기 죽다니! 너무 일찍! 백작께서는 뭐라 하실까!"

구드릭 씨는 안주인에게 아래층으로 내려가서 안정을 취하라고 조언했다.

"밤새 한숨도 못 주무셨지 않습니까. 신경이 너무 곤두서 있습니다. 그러니 이 사람이……."

그가 나를 가리키며 말한다.

"이 사람이 여기를 지킬 겁니다. 제가 적절한 지원을 요청할 때까지요."

안주인은 의사의 지시를 따랐다.

"백작께 뭐라고 말해야 할지를 생각해야겠어요. 뭐라 말해야 충격을 덜 받으실지 말이에요."

안주인은 그렇게 말하면서 방을 나갔다.

"여기 주인어른은 외국인이시지요?"

안주인이 방을 나가자 의사가 내게 물었다.

"그분이 사망신고 절차를 잘 아실까요?"

"글쎄요, 나리."

내가 말했다.

"제 생각에는 잘 모르지 않으실까 싶은데요."

구드릭 씨는 잠시 생각에 잠겼다가 다시 말했다.

"보통 이런 일은 제가 직접 처리하지 않습니다만, 이 경우에는 제가 하는 게 이 댁 분들의 불편을 덜어줄 수 있을 것 같군요. 삼십 분 안에 관청으로 가겠소. 내가 하면 쉽게 끝날 겁니다. 그러니 당신 주인어른께 내가 이 일을 처리하겠다고 말씀드려주겠소?"

"네, 나리."

나는 말했다.

"정말이지 감사하는 마음으로 말씀드리겠어요."

"또 적당한 사람을 보낼 때까지 이 방에 있어주세요."

"그럼요, 선생님."

내가 말했다.

"그때까지 이 불쌍한 부인 곁에 있겠습니다. 제가 따로 해야 할 일은 없나요?"

"없어요."

의사가 말했다.

"아무것도 없어요. 이 부인은 이미 여기 오기 전부터 많은 고통을 겪었던 것이 분명하오. 내가 왔을 때는 이미 손쓰기 늦은 상황이었던 거요."

"그랬군요……. 우리도 어차피 한 번은 이렇게 죽겠죠, 선생님?"

그는 아무 말도 하지 않았다. 더 이상 말하고 싶지 않은 표정이었다. 그가 말했다.

"그럼, 이만."

그리고 그는 떠났다. 그때부터 나는 약속대로 사람이 올 때까지 침대 곁을 지켰다. 찾아온 사람은 제인 굴드라는 여자로 존경스러운 품격을 지닌 여인이었다. 그녀는 자기가 뭘 해야 할지를 잘 알았고, 한창 때 이런 일을 많이 했다고만 할 뿐 더는 말이 없었다.

주인어른이 이 소식을 듣고 어떤 반응을 보였는지는 현장을 보지 않았으므로 나도 잘은 모른다. 다만 확실한 건 그가 엄청 큰 충격을 받았다는 것뿐이다. 그는 한쪽 구석에 앉아 두툼한 두 손을 무릎 아래로 늘어뜨린 채 고개를 푹 숙이고, 두 눈은 허공에 멈춰 있었다. 글라이드 부인의 갑작스런 죽음에 넋이 나가서 슬픔조차 못

느끼는 것처럼 보였다.

안주인은 장례식에 필요한 모든 일을 챙기고 있었다. 아마 상당한 돈이 들어갔을 것이다. 관만 해도 아주 고급이었다. 듣기로 죽은 부인의 남편은 해외에 있다고 했다. 내 안주인은 죽은 부인의 고모였으므로 컴벌랜드에 있는 친척들과 장례에 대해 결정을 본 모양이었다. 부인을 생모 무덤 옆에 묻기로 말이다.

장례는 순조롭게 진행되었다. 주인어른은 직접 매장에 참석하겠다며 시골로 내려갔다. 깊은 슬픔에 빠진 크고 엄숙한 얼굴과 느릿느릿한 걸음과 챙 넓은 모자를 쓴 모습은 무척이나 존엄해 보였다. 결론적으로, 내게 던져진 질문에 답하자면 이렇다.

첫째, 나와 동료 하녀는 주인어른이 글라이드 부인에게 직접 약을 먹이는 모습을 결코 본 적이 없다.

둘째, 내가 아는 한, 내 양심을 걸고 한 번도 주인어른이 글라이드 부인과 단둘이 있는 모습을 본 적이 없다.

셋째, 글라이드 부인이 여기 온 첫날 내 안주인이 말해 준 급작스러운 발작의 원인이 무엇이었는지는 모른다. 그 원인에 대해서는 한 번도 나와 하녀에게 말해 준 적이 없다.

대필자가 이상 언급한 내용을 내가 보는 앞에서 직접 읽어주었다. 나는 여기에 덧붙일 말도 뺄 말도 없다. 주 예수를 섬기는 신앙인의 이름으로 나는 말한다. 이 모든 것은 진실이라고.

—헤스터 핀혼과 마크

의사의 진술

이하 언급된 사망 사건이 발생한 소관구의 등록담당관 귀하.

환자가 아래와 같이 사망했음을 신고하면서 증언합니다. 나는 향년 스물한 살의 글라이드 부인을 진료한 의사로, 1850년, 7월 25일 목요일에 그녀를 마지막으로 보았고, 같은 날 그녀는 존 우드 포레스트 가 5번지에서 죽었습니다. 사인은 동맥류 이상 비대증이며 아직 이 병의 원인에 대해서는 의료진들도 정확히 밝혀내지 못하고 있습니다.

—알프레드 구드릭

제인 굴드의 진술

나는 의사 구드릭 씨의 의뢰로 앞에서 언급된 장소에서 숨을 거둔 부인의 유해 처리를 위해 온 사람이다. 나는 하녀 헤스터 핀혼이 관리했던 시신을 확인하고 그 옆에 머물면서 무덤에 묻히기까지의 과정을 염두에 두고 염을 했다. 시신은 내 면전에서 관에 놓였고, 관에 못을 박는 것도 직접 보았다. 나는 이 일들이 끝나기 전에 미리 보수를 받았고, 관이 실려서 나갈 때 그 집을 떠났다. 내 성품의 진실성에 대해 확인하고자 한다면 구드릭 씨에게 알아보기 바란다. 그는 기꺼이 내 진실성을 증명해 줄 것이다.

—제인 굴드

묘비의 진술

로라를 기억하며, 여기 영면한 이는 글라이드 부인, 햄프셔의 블랙워터 파크 출신 퍼시벌 바트 글라이드 경의 아내이자 작고하신 리머리지 가의 고(故) 필립 페어리 경의 영애. 리머리지 교구에서 1829년 3월 27일 출생. 1849년 12월 22일에 결혼했으며, 1850년 7월 25일 주님 품으로 돌아갑니다.

월터 하트라이트의 진술

1850년 초여름, 나는 살아남은 동료들과 함께 거친 밀림 지대인 중앙아메리카에서 빠져나와 고국으로 향했다. 연안에 도착해 런던으로 가는 배를 탔지만, 그 배가 멕시코만에서 좌초되고 말았다.

나는 그 좌초된 배에서 살아남은 몇 안 되는 생존자 중 한 사람이었다. 죽음으로부터 세 번째 벗어나는 순간이었다. 풍토병으로부터, 인디언들의 습격으로부터, 그리고 물에 의한 죽음으로부터……. 지금껏 이 세 번의 죽음이 덮쳐왔지만 세 번 다 나를 지나쳤다.

남은 생존자들은 리버풀로 향하는 미국 배에게 구조되었다. 그 배는 항구에 1850년 10월 13일에 도착했고, 우리는 오후 늦게 배에서 내렸다. 그리고 그날 밤 나는 런던에 도착했다.

이 글은 내가 겪은 모험이나 방랑에 대한 것이 아니다. 내가 고국과 친구들을 떠나서 모험과 위험의 길을 선택한 이유는 앞에서 다 언급했다. 나는 자발적으로 유배를 선택하면서 진심으로 빌고 기도했다. 반드시 다른 사람이 되어 고국에 돌아오게 되기를.

나는 삶의 풍랑 속에서 스스로를 강하려 단련시켰다. 극단과 위험이라는 엄혹한 시간 속에서 의지를 굳게 하는 법을, 심장을 단호하게 하는 법을, 그리고 무엇에도 의지하지 않는 독립심을 배웠다.

처음에는 그저 암담한 미래로부터 도망치기 위해 고국을 떠난 것이었다. 그리고 이제는 그 미래와 당당히 맞서기 위해 다시 돌아왔다. 물론 그러려면 상당한 인내가 필요하다는 것도 잘 알고 있다. 나는 과거가 남긴 최악의 참담함과는 결별했지만, 그 달콤했던 시절의 슬픔은 끝끝내 떨쳐내지 못했다. 단 한 번도 그 인생의 쓸쓸한 낙담으로부터 벗어날 수 없었다. 다만 그 슬픔을 견디는 법만 익혔을 뿐이다. 배가 나를 싣고 고국을 떠날 때도 로라 페어리는 내 가슴에 살아 있었고, 다시 배에 실려 고국의 떠오르는 아침 해를 바라봤을 때도 그녀의 얼굴이 바다 가득 찬란하게 떠오르고 있었다.

이처럼 내 마음이 내 사랑을 따라 흘러가고 있으므로, 내 펜도 그렇게 적어가고 있을 것이다. 나는 아직까지도 그녀를 로라 페어리라고 적고 있다. 그녀를 남편 성으로 생각하거나 부르는 건 내게는 힘겨운 일이다.

이 장에서 특별히 언급할 말은 없다. 만일 내게 글귀를 쓸 용기와 힘이 있다면 이제 두 번째 이야기를 시작할 수 있을 것 같다.

아침이 밝아오자 맨 처음 든 생각은 어머니와 여동생 생각이었다. 지난 몇 개월 동안 소식도 없다가 갑작스럽게 나타난 내 모습에 두 사람이 놀랄지 모른다는 생각이 들었다. 그래서 먼저 무사히 귀환했다는 것을 알리는 게 나을 것 같았다. 그래서 햄스테드 별장으로 먼저 편지를 쓰고, 한 시간 뒤에 집으로 출발했다.

반가운 해후의 기쁨과 눈물 뒤에 서서히 옛 시절의 평온이 집안을 다시 채워가고 있을 때, 나는 어머니의 얼굴에서 뭔가 마음을 억누르는 무거운 비밀의 낌새를 알아차렸다. 나를 지긋한 애정으로 바라보는 그 눈빛 속에는 사랑 그 이상의 비애가 녹아 있었고, 내 손을 온화하게 붙잡는 자상한 손에는 연민이 서려 있었다.

아들과 어머니 사이에는 비밀이 없는 법이다. 어머니는 어떻게 내 삶의 희망이 무너졌는지를 알고 있었고, 왜 내가 당신 곁을 떠나지 않으면 안 됐는지도 잘 알고 있었다. 용기를 내서 혹시 할콤양에게서 온 편지는 없었는지, 어떤 소식이라도 들은 게 없는지 물어보고 싶었다. 그러나 어머니의 표정을 보자 질문을 던질 용기를 잃고 고작해야 조심스럽게 이렇게 말할 뿐이었다.

"제게 하실 말씀이 있으신 거죠, 어머니?"

그 말에 앞에 앉아 있던 여동생이 벌떡 일어나서 훌쩍 방을 나갔다. 어머니는 소파에 앉아 있던 내게 가까이 다가오시더니 팔로 내 목을 감싸 안았다. 그 자애로운 두 팔은 떨리고 있었고, 고운 얼굴에서는 두 줄기 눈물이 주르륵 흘러내렸다.

"월터……."

어머니가 속삭였다.

"아들아! 너를 보니 내 가슴이 미어지는구나. 아, 내 아들! 너에게 미처 말하지 못한 게 있구나."

나는 머리를 어머니의 가슴에 묻었다. 그리고 이어지는 이야기를 묵묵히 듣고만 있었다.

* * * * *

돌아온 지 사흘째 되던 10월 16일이었다. 나는 계속 가족들과 함께 있었다. 내가 느끼는 슬픔을 되도록이면 가족들에게 보이지 않기 위해 애를 썼다. 단지 내 귀향에 대한 행복만 나누려고 노력했다.

나 역시 엄청난 충격을 받고도 그것을 순응하고 받아들이려 노력하는 남자들의 행동들을 해볼 만큼 해봤다. 가슴 속 슬픔을 체념으로 부드럽게 다독이려고 갖은 애를 썼다. 하지만 부질없었다. 눈물도 나를 달래주지 못했고, 여동생의 애처로움과 어머니의 애정도 내 찢어진 가슴을 달래줄 수 없었다.

그러다가 사흘째 되는 날, 결국 나는 마음을 털어놓고 말았다. 어머니로부터 그녀의 죽음을 전해 들었던 날, 그렇게 하고 싶었던 말이 이윽고 입술 사이로 흘러나왔다.

"잠시 혼자 좀 다녀오겠어요, 그녀를 처음 본 곳에 다시 한 번 가보고, 그녀가 누운 무덤가에 무릎을 꿇고 기도라도 해야 마음이 풀릴 것 같아요."

나는 여행을 떠났다. 로라 페어리의 무덤가로 향하는 여행을.

그렇게 나는 그 황량한 역에 도착했다. 그날은 고요하고도 평화로운 가을 오후였다. 나는 익숙한 그 길을 따라 걸어갔다. 기울어가는 햇살이 옅은 구름 사이로 희미하게 빛나고 있었다. 공기는 따스하고 잠잠했다. 저물어가는 한 해의 절기 탓인지 텅 빈 시골길의 평화로움에 짙은 그림자가 드리워져 애잔함이 가득했다.

마침내 황무지에 다다랐다. 나는 다시 한 번 그 언덕배기에 섰다. 길을 따라 걸으면서 앞으로 난 길을 바라보았다. 저 멀리 친근한 정원이 보이고, 널찍한 반원 모양의 진입로, 높고 흰 리머리지 가의 벽도 보였다. 지난 몇 달 동안 겪었던 아슬아슬한 죽음의 고비들도 결국 내 마음의 어느 것 하나 지우지 못했다. 여기를 떠난 것이, 그리고 이렇게 다시 돌아온 것이 불과 하루 사이의 일만 같았다. 저 앞에서 손짓하면 당장 그녀가 나를 마중 나올 것만 같았다. 햇빛을 가리는 밀짚모자를 쓰고 단정하게 입은 치마를 펄럭이면서, 손에는 가지런히 준비한 스케치북을 들고 말이다.

오, 죽음이여, 네가 독을 품었구나, 오, 무덤이여, 네가 영광을 가져갔구나.

나는 고개를 돌려 옆을 보았다. 그러자 골짜기 아래 회색 교회가 눈에 들어왔다. 내가 몰래 숨어서 흰옷의 여인을 기다렸던 정문, 황막한 묘지를 둥글게 감싸고 있는 언덕들, 돌 틈 사이로 흐르는 차디찬 개울물, 모든 것이 그대로였다. 이제 어머니와 땀을 함께 묻은 무덤 머리맡에는 희고 깨끗한 대리석 십자가가 세워져 있었다.

나는 한 번 더 낮은 돌계단을 가로질러 무덤으로 다가갔다. 그리고 모자를 벗고 신성한 바닥을 만졌다. 고결하고 신성한 흙, 존경과 비애가 가득한 그 땅을.

그러다가 십자가가 솟은 단상 앞에 멈춰 섰는데, 내가 선 자리 가장 가까운 곳에 새롭게 새겨진 비문이 눈에 들어왔다. 또렷하고 잔인한 검은 글자가 그녀의 삶과 죽음을 읊고 있었다. 나는 비문을 읽으려고 했다. 그러나 고작해야 이름까지 읽을 수 있을 뿐이었다.

"로라를 기억하며······."

눈물로 얼룩진 상냥하고 푸른 두 눈, 힘없이 길게 늘어뜨린 고운 머리카락, 자기를 두고 떠나는 나를 안타까워하던 순진한 이별의 말들.

아, 이렇게 끝날 줄 알았더라면 왜 찢어지는 마음을 움켜쥐고 그냥 떠났나. 마음에 곱게 품고 떠났던 그 기억들을 이렇게 고스란히 간직한 채 돌아올 줄, 그것도 이렇게 그녀의 무덤가에 다시 오게 될 줄 누가 알았겠는가.

나는 다시 한 번 비문을 읽으려고 노력했다. 비문 끝에는 그녀가 세상을 떠난 날짜가 적혀 있었다. 그리고 그 위에는 몇 줄의 문장이 있었는데, 내 추억을 어지럽히는 이름도 포함되어 있었다.

나는 무덤 주변을 돌았다. 더는 아무 글귀도 없었다. 나와 그녀 사이에 놓인 길 위에 버티고 서서 우리를 가로막는 그 어떤 사악한 글귀도 더는 없었다. 나는 무릎을 꿇고 앉았다. 두 손과 머리를 넓고 하얀 돌 위에 기대고 땅 위로 지친 두 눈을 가져갔다. 마음 속으로 그녀에게 다시 밖으로 나오라고 외쳤다.

오, 내 사랑, 내 하나뿐인 사랑이여! 내 말을 정말 못 듣고 있습니까! 다시 어제가 되었습니다. 당신의 고운 두 손이 내 손을 잡았던 어제, 내가 당신의 깊숙이 숨겨진 사랑을 비로소 읽고 울면서 떠났던 바로 그 시간 말입니다! 내 사랑이여! 내 하나뿐인 사랑이여! 어서 일어나 내게 와주시오!

* * * * *

시간이 흐르면서 침묵만 무거운 어둠처럼 내려앉았다. 그때 육중한 침묵을 가르며 스쳐가는 산들바람 소리 같은 것이 들렸다. 묘지의 풀밭 위를 스치며 지나가는 소리였다. 곧이어 그 소리가 점점 내 쪽으로 가까이 다가왔다. 마침내 나는 그것이 바람 소리가 아닌 발자국 소리라는 것을 깨달았다. 그 발자국 소리는 내 가까이에서 멈추었다. 나는 고개를 들었다.

구름은 사라졌다. 기울어가는 햇살이 부드럽게 언덕들을 감쌌다. 오후의 마지막 순간은 차갑고 청명했고, 죽음이 모여 있는 적막의 골짜기 속에서 정지해 있었다. 그리고 차갑고 깨끗한 가을 햇살을 받으면서 내 두 눈은 보았다. 두 명의 여인을.

그들은 무덤 쪽을 바라보며 내게 시선을 두고 있었다. 몇 걸음 더 걸어오다가 다시 멈추었다. 얼굴은 베일로 가려서 볼 수 없었다. 한 여인이 베일을 들어올렸다. 그리고 적막한 저녁 햇살 속에서 나는 마리안 할콤 양의 얼굴을 보았다.

너무 변했다. 마치 세월의 갈퀴가 온통 그녀만 할퀴고 지나간 것처럼 참담한 얼굴이었다. 커다랗고 휑한 두 눈이 공포에 잔뜩 짓눌려서 나를 응시하고 있었다. 얼굴은 비참하게 느껴질 정도로 수척했고, 안쓰러울 정도로 표정은 굳어 있었다. 오직 고통과 공포와 슬픔만이 낙인처럼 새겨져 있었다.

　나는 그녀 쪽으로 한 걸음을 옮겼다. 그녀는 움직임도, 말도 없었다. 그때 그 옆의 베일에 가려진 또 다른 여인이 가늘게 흐느꼈다. 나는 그 자리에 멈춰 섰다. 내 안의 생명들이 우르르 가라앉고, 뭐라 말할 수 없는 두려움이 온몸을 덮쳐왔다.

　그때 그 베일을 쓴 여인이 동행인의 곁을 떠나 내 쪽으로 천천히 다가왔다. 그러자 홀로 선 채로 할콤 양이 내게 말했다.

　"꿈이야! 이건 꿈이야!"

　익히 들어왔던 목소리였다. 공포에 젖은 눈과 피폐한 얼굴과 달리 그 목소리는 전혀 변하지 않았다. 끔찍한 적막 속에서 울부짖는 그 목소리는 차라리 부드럽게 느껴질 정도였다. 그녀는 주저앉아 무릎을 꿇더니 두 손을 움켜쥐고 하늘을 향해 올렸다.

　"하느님! 그에게 힘을 주소서! 하느님, 바로 지금 이 사람을 도와주소서!"

　베일 속의 여인이 계속 나를 향해 걸어왔다. 천천히 그리고 조용히 다가왔다. 나는 그녀를 바라보았다. 나를 위한 기도 소리가 더듬거리며 꺼졌다. 그러자 갑자기 겁에 질린 절규가 터져 나왔다. 어서 거기서 떠나라는 절규였다.

　그러나 나는 이미 베일을 쓴 여인에게 몸과 영혼을 사로잡힌 뒤였다. 그녀는 무덤 한쪽에 자리를 잡고 섰고, 우리는 묘비를 사이에 두고 서로를 마주보았다. 묘비 가까이 서 있는 그녀의 치마가 묘비의 검은 글씨를 스쳤다. 할콤 양의 절규가 더 크게 들려왔다. 그녀는 여전히 소리치고 있었다.

　"얼굴을 돌려요! 그녀를 보면 안 돼요! 오, 하나님, 저 사람을 구해 주세요!"

　그녀가 베일을 들어올렸다.

"로라를 기억하며, 여기 영면한 이는 글라이드 부인⋯⋯."

그 로라 글라이드 부인이 비문 옆에 서서 무덤 너머로 나를 바라보고 있었다.

—2부 끝—

월터 하트라이트가 이어가는 이야기

1

이제 새로운 페이지를 열고자 한다. 이 진술은 앞선 시간으로부터 일주일쯤 지난 시점이다. 이 일주일은 상세히 기록하지 않는 편이 나을 것 같다. 이때를 생각하면 마음이 무너지고 눈앞이 캄캄하고, 정신까지 혼미하기 때문이다. 이런 기록을 남겨야 하는 상황에서 내 정신 상태가 그래서는 안 될 것이다. 이 혼란스러운 이야기의 실타래를 결국 내 손으로 풀어야 하는 이 시점에, 내 정신이 그처럼 혼미해서는 안 되는 것이다.

모든 것이 삽시간에 뒤바뀌었다. 새로운 삶의 목적이 세워지고, 인생의 희망과 공포, 투쟁과 관심사, 희생들, 이 모든 것들이 일시에 전혀 새로운 길로 접어들었다. 이것들이 지금 내 눈앞에 펼쳐져 있는 길이다. 산꼭대기에서 갑작스럽게 펼쳐진 전경처럼 전혀 새로운 길.

지난 진술에서 나는 내 이야기를 리머리지 교회의 고요한 어둠 속에서 끝마쳤다. 그리고 이제 일주일이 지났다. 런던 거리의 소음과 혼잡 속에서 내 이야기는 다시 시작될 것이다.

가난한 동네를 가로질러 뻗어 있는 이 런던 거리는 북적대고 초라했다. 이 거리에 있는 집들 중에 일층에 조그만 신문 가판대를 열어둔 집이 있다. 이 집은 세를 놓았는데 그 이층과 삼층은 살림이 궁색한 사람들이 머물고 있다.

나는 가명을 사용해서 그 방들을 빌렸다. 삼층에 있는 두 개의 방들 중에 하나는 작업실로, 다른 방 하나는 침실로 쓰기로 했다. 그리고 같은 가명으로 빌린 이층에는 내 누나와 여동생으로 알려진 나와 마찬가지로 가명을 사용하는 두 여인이 살고 있다.

지금 나는 싸구려 잡지에 들어가는 삽화와 판화를 그리는 일로 입에 풀칠을 하고 있다. 내 누나와 여동생도 삯바느질을 해서 생계를 돕는다.

이 보잘것없는 거주지와 보잘것없는 직업, 그리고 우리의 꾸며진 관계와 가명들은 런던의 복잡한 생활 속에 우리를 철저하게 감추기 위한 도구들이다. 우리는 더 이상 공개되고 알려진 사람들이 아닌 만큼 인구 통계에도 잡히지 않는다. 나는 도와줄 친지나 친구조차 없는, 그저 묘연하고 알 길 없는 그런 인물일 뿐이다.

마리안 할콤 양도 이제는 신분이 없다. 손수 일을 해가며 생계를 꾸려가는 내 손위 누이일 뿐이다. 다른 사람들이 보기에 우리 두 사람은 대담하게 신분을 속이면서 사기 행각을 벌이는 이의 하수인이나 대리인에 불과하다. 글라이드 부인이 살아 있다고 주장하며 그 신분과 이름을 사칭하고 그 인물을 연기하는 미친 앤 캐서릭의 공모자들인 것이다.

이상이 지금 우리가 처한 상황이다. 또한 이런 상황에서 시작될 내 진술은 아주 긴 여정을 이어가게 될 것이다.

이성과 법의 눈으로 보자면, 또한 친지들과 친구들의 판단으로 보자면, 문명사회에서 공인된 모든 형식들에 비추어 보자면 '로라 글라이드 부인'은 분명 리머리지의 교회 마당 어딘가에 어머니와 묻혀 있다. 그러나 살아 있는 사람의 명부에서는 지워진 필립 페어리의 딸이자 퍼시벌 글라이드 경의 아내인 그녀는, 여전히 그의 언니를 위해 살아 숨쉬고 있다. 나를 위해서도 마찬가지이다. 하지만 나머지 다른 모든 사람들에게 그녀는 죽은 사람이다. 그녀를 버린 삼촌에게도, 그녀를 알아보지 못한 리머리지의 하인들에게도 그녀는 죽은 사람이었다. 또한 그녀의 재산을 남편과 고모에게 영도한 권위 있는 법률가들에게도, 그녀는 살아 있지 않은 사람이다. 내가 여자들의 술책과 속임수에 넘어갔다고 믿는 내 어머니와 여동생에게도 그녀는 역시 죽은 존재였다. 사회적으로나 도덕적으로나 법적으로나 모든 면에서 그녀는 죽은 사람이었다.

그러나 아직까지 그녀는 가난과 은둔 속에서나마 살아 있었다. 보잘것없는 그림 교사와 힘을 합쳐 일생일대의 결투를 벌이기 위해, 그리하여 이 세계에서 잃어버린 자신의 자리를 되찾기 위해서 살아 있다.

나는 앤 캐서릭과 그녀가 너무 닮았다는 사실에 이미 큰 충격을 받은 바 있었다. 그렇다면 그녀가 내게 얼굴을 드러내는 순간, 일말의 의심도 하지 않았을까?

그렇다. 그녀의 죽음을 기록한 묘비 옆에 서서 그녀가 나를 향해 베일을 들어올렸을 때, 내 마음에는 그 어떤 의심의 그림자도 어른거리지 않았다.

그날 석양이 지기도 전에, 그녀를 향해 비정하게 닫힌 고향집의 모습이 우리 시야에서 사라지기도 전에, 우리 둘 사이에는 리머리지 가에서 마지막으로 내가 건넨 고별사가 찬란하고도 선명하게 떠올랐다. 내가 그날을 다시 상기시켜 주자 그녀는 또렷하게 어느 하나 놓치지 않고 그 모든 것을 생생하게 기억해 냈다.

"어쩌다 제 모든 영혼과 힘과 열정을 바쳐 아가씨를 잠시라도 행복하게 해드리고 슬픔에서 벗어나게 해드릴 기회가 있다면, 그날 아가씨를 가르쳤던 이 불쌍한 그림 선생을 기억해 주시겠습니까?"

훗날 벌어진 고통과 공포를 거의 잊어버린 그녀는 그 말들을 온전히 기억하고 있었다. 그리고 그 말을 했던 한 남자의 가슴에 순수한 믿음으로 가득 찬 머리를 내맡겼다. 그녀는 내 이름을 부르며 말했다.

"그들은 내가 모든 걸 잊게 만들려고 온갖 짓을 다했지요. 그래도 난 언니와 당신을 잊지 않았어요."

그녀가 그 말을 하는 순간, 오래전 그녀에게 사랑을 바쳤던 나는 이제 내 생명까지 그녀에게 바치기로 결심했다. 그리고 신에게 감사했다. 그녀에게 바치게 될 목숨이 나의 것이라는 사실에 대해.

그렇다. 마침내 때가 왔다. 수만 리 떨어진 곳에서 밀림과 거친 산야를 지나서, 옆에서 나보다 더 힘센 동료들이 죽어 쓰러졌던 그곳에서 세 번이나 죽을 고비를 넘기고, 기어코 이 순간이 왔다. 어두운 길을 뚫고 미래로 나를 안내했던 신의 손이 마침내 나를 이 순간으로 이끌어온 것이다.

그녀는 버림받고 모든 걸 빼앗긴 채 온갖 고통을 겪은 탓에 지독하게 변하고, 아름다움은 시들고, 마음은 먹구름으로 가득 찬 채 세상의 지위를 강탈당했다. 살아 있는 사람들 사이에서 존재 자체가 지워졌다. 내가 그토록 약속했던 헌신, 내 마음과 영혼과 모든 힘을 다 바치겠다는 맹세는 이제 그녀의 발치에 일말의 후회 없이 놓이게 될 것이다.

드디어 그 순간이 왔다. 그녀가 겪었던 재앙으로 인해 마침내 그녀는 내 것이 되었다. 떠받들고 지키고 가슴에 품고 회복시켜야 할 나의 책임이 되었다. 아버지와 오빠로서 사랑하고 명예를 지켜줘야 할 존재가 된 것이다. 이제 모든 희생과 위험을 무릅쓰고 그녀의 정당성과 권리를 입증하고, 모든 잃어버린 권리와 지위와 명예를 되찾아줘야 한다. 아무리 부질없는 희망일지라도 끝까지 붙잡고 고위층과 권력에 맞서 싸워야 한다. 중무장한 속임수들과 난공불락의 책략들과 부딪쳐 싸워야 한다. 목숨을 건 이 기나긴 전쟁 중에 내 빈약한 명성은 무너질 것이며, 안타까운 죽음을 겪어야 할지도 모른다.

2

지금까지 내 입장을 정리했으니, 이제 내 행위의 동기를 납득할 수 있을 것이다. 이제 마리안과 로라의 이야기가 시작될 것이다.

나는 이 두 사람의 이야기를 그대로 대화체로 기술하는 대신 직접 꼼꼼히 정리하고 요약해서 설명할 것이다. 대화체로 기술하면 지나치게 산만해질 수 있고, 그럴 시 예상치 못한 의혹만 불러일으킬 것이다. 또한 이에 관한 내 법적 조언자의 지도 또한 받아들이기로 한다.

아무튼 나는 여러분이 충분히 알기 쉽고 이해할 수 있도록 진실을 왜곡하지 않는 범위 내에서 진술하겠다는 뜻을 이 자리에서 밝힌다. 마리안에 대한 이야기는 블랙워터 파크에서 관리인과 헤어진 그 시점에서 출발한다.

* * * * *

글라이드 부인이 그곳을 떠난 뒤, 관리인은 할콤 양에게 글라이드 부인이 집을 떠났다는 사실을 알려주었다. 또한 어떤 경위로 떠나게 되었는지도 설명해 주었다. 그리고 며칠 뒤(마이컬슨 부인은 비망록이 없었으므로 정확한 날짜를 말해줄 수 없었다) 런던의 백작부인으로부터 편지가 날아들었다. 글라이드 부인의 갑작스런 사망 소식이었다.

편지에서 백작부인은 글라이드 부인이 죽은 날짜를 밝히지 않고 있었다. 그 편지를 먼저 손에 쥔 마이컬슨 부인은 망설였다. 즉시

110

이 편지를 들고 할콤 양에게 가야 할지, 아니면 얼마간 건강이 나아질 때까지 기다릴 것인지를 말이다.

그녀는 도슨 씨와 상담하고 나서야(도슨 씨는 본인의 건강 문제로 며칠 늦게 블랙워터 파크로 왔다) 그의 권유를 받아들여 그가 보는 앞에서 할콤 양에게 그날, 아니면 그 다음날 이 사실을 알려주었다.

여기서 글라이드 부인의 갑작스런 죽음에 그 언니가 얼마나 충격을 받았는지를 설명하는 건 불필요한 일일 것이다. 그저 할콤 양이 그 소식을 듣고 이십 일 가까이 아무것도 할 수 없었다는 사실만 언급하겠다.

그러나 이십 일 후 그녀는 몸을 추스르고 관리인과 함께 런던까지 여행을 떠나게 되었다. 두 사람은 그곳에서 헤어졌다. 마이컬슨 부인은 후일을 생각해 혹시 필요할지 모를 서신 통로를 위해 할콤 양에게 자기 주소를 알려주었다.

관리인과 헤어진 할콤 양은 곧장 길모어 씨와 카일 씨 사무실로 향했다. 길모어 씨는 부재중이라 카일 씨와 상담을 하기 위해서였다.

할콤 양은 카일 씨에게 자기 생각을 털어놓았다. 마이컬슨 부인에게도 말하지 않았던 그녀만의 생각이었다. 아무리 생각해도 글라이드 부인이 죽게 된 상황을 이해할 수 없으며 의심을 떨치기 힘들다고 말이다. 일전에 할콤 양에게 도울 수 있는 데까지 돕겠다고 호의를 밝힌 바 있는 카일 씨는 이 말을 듣자 흔쾌하게 이 어렵고 미묘한 사건을 가능한 한 철저한 조사해 보겠다고 약속했다.

다른 주제로 넘어가기 전에 이와 관련한 이야기를 확실히 해두겠다. 백작이 이 사건과 관련해 카일 씨에게 적극적인 편의를 제공했다는 점이다.

카일 씨는 백작의 집을 방문했다. 할콤 양이 글라이드 부인의 질병에 대해 알려지지 않은 세부적 부분들을 요청해서 그것을 알기

111

위해 찾아왔다고 말이다. 그 말에 포스코 백작은 성심성의껏 응하겠다고 답했다. 그리하여 카일 씨는 담당 의사였던 구드릭 씨와 두 하녀와 면담을 시작했다. 언제 글라이드 부인이 블랙워터 파크를 떠났는지 확인할 방법이 없는 이상, 구드릭 씨와 두 하녀, 거기에 자발적으로 동참한 백작과 백작부인의 증언들은 전혀 의심의 여지가 없었다.

결국 카일 씨는 동생을 잃은 슬픔이 너무 커서 할콤 양의 판단력이 흐려졌을 것이라는 결론을 내렸다. 그래서 할콤 양에게 편지를 썼다. 본인의 판단으로 보건대 그녀가 제기한 의심은 그 근거가 지극히 빈약하다고 말이다. 그렇게 길모어 씨 동업자의 조사는 끝이 났다.

한편 리머리지 가로 돌아온 할콤 양은 가능한 모든 추가적인 정보를 모으기 시작했다.

페어리 씨는 조카딸의 사망 소식을 여동생인 백작부인의 편지를 읽고 알게 되었다. 이 편지에도 사망 날짜 등 구체적 날짜는 적혀 있지 않았다. 그는 죽은 조카딸을 어머니의 묘지 옆에 묻는 게 좋겠다는 여동생의 제안에 동의했다.

이어서 포스코 백작이 유해를 싣고 나머지 일행과 함께 장례식에 참석하기 위해 컴벌랜드로 왔다. 장례는 7월 30일에 치러졌다. 동네 사람들 모두가 죽음을 애도하기 위해 장례식에 참석했고, 다음 날 비문이 묘비 한쪽에 새겨졌다.

장례식 날과 그 다음날, 포스코 백작은 정식 귀빈으로 리머리지 가에 초대를 받았다. 하지만 페어리 씨의 사정 때문에 두 사람의 만남은 이루어지지 못했다. 두 사람은 편지로 의사소통을 했는데, 포스코 백작은 여기에 페어리 씨의 조카딸의 병과 죽음에 대한 세부적인 부분을 설명했다. 이 편지에도 이미 알려진 사실 외에 특별히 새로울 건 없었다. 그렇지만 한 가지 주목할 만한 사실 하나가 추신에 적혀 있었다. 앤 캐서릭(페어리 씨 역시 할콤 양으로부터 그녀와 관련한 이야기를 충분히 들었을 것이다)에 관한 언급이었다.

문제의 추신에 적힌 내용은 다음과 같았다: 앤 캐서릭이 블랙워터 파크 인근에서 붙잡혔고 다시 정신병원으로 옮겨져 전임 의사들에게 맡겨졌다는 것이다.

이것이 추신의 첫 번째 내용이었고, 두 번째 내용은 앤 캐서릭이 너무 오래 방치되어 정신병이 극도로 악화되었다는 경고였다. 즉 그녀를 사로잡았던 환각, 퍼시벌 글라이드 경에 대한 비정상적인 증오와 원한이 여전히 남아 있는 데다 심지어 그것이 새로운 형태로 발전했다는 내용이었다. 그녀의 동료 환자들과 간호사들의 추측에 따르면, 이 불행한 여인의 퍼시벌 경에 대한 마지막 복수는 경의 사망한 부인 행세를 해서 퍼시벌 경을 괴롭히는 것이라고 했다. 또한 이 계획은 글라이드 부인과 비밀스럽게 만나면서 고인과 자신이 놀라울 정도로 닮았다는 사실을 알게 되면서 더 확고해졌을 것이라고 했다.

마지막으로 개탄할 일은 이 여자가 또다시 탈출할 가능성을 배제할 수 없으며, 글라이드 부인이 죽고 없는 지금은 부인의 친척들에게 접근할 가능성이 농후하다고 했다. 그러니 만일 이 여자와 접촉하게 될 경우 미리 대비하라는 차원에서 이 글을 쓴다고 했다.

이렇게 적힌 추신 내용은 리머리지 가에 도착한 할콤 양에게도 전달되었다. 뿐만 아니라 글라이드 부인이 입었던 옷가지들과 여러 다른 유품들도 함께 포장되어 도착되었다. 백작부인이 손수 수습한 유품들이었다.

이상이 9월 초 할콤 양이 리머리시에 도착했을 무렵의 상황들이다.

할콤 양은 얼마 안 가 병이 재발해서 방에서 나오지 못하는 처지가 되었다. 혹독한 정신적 고통이 육체적인 나약함으로 번진 것이다. 그러나 약 한 달 뒤 병세가 호전되자마자 그녀는 다시 의혹으로 휩싸인 동생의 죽음에 모든 생각을 집중하기 시작했다.

그녀는 그 사이 퍼시벌 글라이드 경에 대한 어떤 소식도 듣지 못했다. 그때 백작부인의 편지가 날아들었다. 아주 정중하고 사려 깊은 마음을 담은 병세를 묻는 염려의 편지였다. 그러나 할콤 양은 이 편지에 답장을 하는 대신, 사설탐정을 통해 존 우드의 집과 거기 사는 사람들의 일거수일투족을 감시하도록 했다.

그럼에도 의심 가는 부분은 발견되지 않았다. 다음 감시의 대상은 루벨 부인이었다. 그녀는 약 여섯 달 전에 남편과 함께 프랑스 리옹을 떠나 런던에 도착해서 레스터 광장 근처에 집을 얻었다. 그곳은 1851년에 기술박람회를 보려고 대거 몰려들게 될 외국인 관광객들을 받을 목적으로 새롭게 꾸민 집이었다.

이웃들을 탐문했지만 이 부부에 대한 나쁜 소문 같은 건 없었다. 그들은 조용한 사람들이었고, 지금까지 집세도 정직하게 지불해 왔다.

마지막 탐문 대상은 퍼시벌 글라이드 경이었다. 그는 파리에 정착해서 영국과 프랑스 친구들의 작은 모임에서 교류하며 조용한 생활을 보내고 있었다.

모든 노력이 수포로 돌아갔음에도 할콤 양은 결코 포기하지 않았다. 그녀가 다음으로 결심한 행동은 다시 정신병원에 감금되어 있을 앤 캐서릭을 찾아가는 것이었다. 사실 앤 캐서릭은 오래전부터 할콤 양에게 있어 강한 호기심의 대상이었다. 게다가 이번에는 그 호기심이 더 증폭되었다. 첫째, 정말 앤 캐서릭이 글라이드 부인의 이름을 사칭하고 다녔는지 확인하고 싶었다. 두 번째는 만일 사칭하고 다녔다면 그 의도가 무엇이었는지 알고 싶었다.

페어리 씨에게 보낸 백작의 편지에 정신병원 주소는 적혀 있지 않았지만, 그런 것 따위는 할콤 양을 난처한 입장에 빠뜨리지 못했다. 그녀가 누구인가. 내가 리머리지에서 앤 캐서릭을 만났을 때, 앤 캐서릭이 정신병원 위치를 말해준 적이 있지 않았는가. 그녀의 일기장에는 당시 나로부터 들은 모든 세부사항들과 함께 정신병원 위치까지 빠짐없이 적혀 있었다. 그녀는 일기장을 뒤져서 그 정신병원이 어디에 있는지 어렵지 않게 찾아냈다. 또한 백작의 편지는 할콤 양의 짐작에 쐐기를 박아주는 든든한 받침대가 되어주었다. 결국 그녀는 10월 11일 홀로 정신병원으로 떠났다.

그녀는 11일 밤을 런던에서 보냈다. 처음에는 글라이드 부인의 오랜 가정교사였던 베시 부인의 집에서 묵을 계획이었다. 하지만 그녀는 베시 부인이 자신을 보고 죽은 제자 생각에 슬픔이 복받칠까 걱정이 되었다. 그래서 베시 부인의 결혼한 여동생이 추천해 준 근처 하숙집에서 지내기로 했다. 그리고 다음날 그녀는 런던에서 멀지 않은 런던 도심 북부에 위치한 그 정신병원으로 향했다.

그녀는 어렵지 않게 병원 원장에게 안내되었다. 처음에는 원장도 환자와의 면담 요청을 완강히 거절했다. 그러나 그녀가 백작의 편지를 보여주고 여기 언급된 '할콤 양'이 자신이라고 밝힌 뒤, 자신은 작고한 글라이드 부인의 가장 가까운 친척이며 죽은 동생을 위해 앤 캐서릭의 정신 상태를 알아보는 건 가족의 일원으로서 당연히 해야 할 도리이자 권리라고 말하자 더는 반대하지 못했다. 덕망 높은 집안의 부탁을 거절하는 건 예의에 어긋날 뿐 아니라 한사코 거절해서 높은 집안 사람들로부터 불필요한 악평을 듣고 싶지 않았을 것이다.

그 면담에서 할콤 양은 원장이 퍼시벌 경이나 백작과 한패는 아닌 것 같다는 느낌을 강하게 받았다. 한사코 만류했음에도 결국은 환자와의 면담을 허용했다는 것이 증거였다. 또한 공모자였다면 쉽게 하지 못할 자백까지 순순히 했다는 것도 또 다른 이유였다.

예를 들어 소개가 끝나고 면담을 하던 도중에 원장은, 앤 캐서릭을 다시 받아들이면서 7월 27일 포스코 백작으로부터 필요한 절차와 위임장을 정식으로 받았다고 말했다. 또한 백작이 퍼시벌 경이 서명한 경위서와 정신이상 증명서도 함께 제출했다고 말했다. 또한 환자를 다시 받아들이면서 그녀에게 몇 가지 흥미로운 변화를 감지했다고도 했다. 다만 풍부한 경험으로 보건대 이런 변화는 전례가 없지는 않다고 했다. 미친 사람들은 갑자기 외향적이나 내성적이 될 수 있고 상태가 악화되거나 호전되면서 외모도 달라진다고 했다. 그는 이런 상황을 감안하고 있다고 밝혔다. 그럼에도 덧붙이기를, 그녀가 병원을 탈출하기 전 모습과 다시 잡혀온 후의 모습에서 미묘한 변화를 여러 차례 감지하고 당황했다는 것이다. 그 차이는 워낙 복잡하고 미묘해서 설명이 불가능하다고 했다. 물론 환자의 키나 체형, 살결과 머리카락과 눈의 색깔, 얼굴의 윤곽들이 확실히 바뀌었다고 할 수는 없었다. 다시 말해 그 변화란 눈에 비친 변화가 아닌 느낌으로 감지되는 변화라고 말하는 게 정확하다는 것이다. 요약하자면 앤 캐서릭 건은 처음부터 일종의 수수께끼였는데 지금은 그 수수께끼가 한층 더 미궁에 빠졌다는 것이다.

물론 원장의 이런 말들이 할콤 양에게 앞으로 일어날 일에 대해 일말의 암시를 준 것이라고는 할 수 없을 것이다. 하지만 그녀는 이 말에 완전 넋이 나갔다. 그녀는 적잖은 시간을 보내고서야 마음의 평정심을 되찾았고, 결국 원장의 안내를 받아서 환자들이 있는 병동으로 향할 수 있었다.

수소문 끝에 앤 캐서릭이 병동에 딸린 정원에서 산책을 하고 있다는 보고가 들어왔다. 간호사 중에 하나가 나서서 할콤 양을 안내하겠다고 했다. 원장은 당장은 같이 가지 않고, 다른 환자를 잠시 돌본 후에 합류하겠다고 했다.

간호사는 꽤 멀리 떨어진 곳까지 그녀를 이끌었다. 그곳은 아담하게 잘 가꿔놓은 공간이었다. 그곳에서 간호사는 잠시 두리번거리더니 잔디가 깔린 산책로로 들어섰다. 길 양옆으로는 관목들이 줄을 서서 그늘을 드리우고 있었다. 산책로를 반쯤 걸어갔을까. 맞은편에서 두 여자가 걸어오고 있었다. 간호사가 그들을 가리키며 말했다.

"저기 앤 캐서릭이 있네요. 옆에 있는 여자는 간호사이죠. 간호사에게 물어보면 다 말해 줄 거예요."

이렇게 말하며 간호사는 업무를 보기 위해 돌아갔다. 할콤 양은 두 여인 쪽으로 걸어갔고, 그들도 그녀 쪽으로 걸어왔다. 약 열 걸음 정도 떨어진 거리에서 서로 마주보았을 때, 두 여인 중에 한 사람이 별안간 걸음을 멈추었다. 그리고는 이 낯선 외지인을 뚫어지라 바라보더니 간호사의 손을 뿌리치고 순식간에 달려와 할콤 양의 품에 덥석 안겼다. 할콤 양은 그녀가 자기 동생임을 본능적으로 알아차렸다. 죽은 자가 살아 있다는 것을 알아차린 것이다.

운 좋게도 할콤 양이 자기 동생을 확인한 순간 주변에는 간호사 외에는 아무도 없었다. 간호사는 젊은 여인이었는데 처음에는 너무 놀라 어쩔 줄을 몰라 했다. 그러나 얼마 안 가 그녀는 할콤 양에게 절대적으로 필요한 사람이 되었다. 놀라운 사실에 충격을 받은 할콤 양은 잠시 정신을 잃었음에도 신선한 공기와 그늘 속에서 의식을 가다듬으면서 타고난 기력과 정신력을 다시 굳게 했다. 불쌍한 동생을 위해서라도 정신을 똑바로 차려야 한다는 걸 알고 온전하게 자신을 통제할 수 있는 상태로 돌아왔다.

할콤 양은 간병인에게 그녀의 시야 안에 있을 테니 둘만의 시간을 달라고 부탁했다. 어찌된 영문인지 물어볼 시간도 없었다. 그저 가여운 동생에게 결코 흔들려서는 안 된다는 당부, 어떻게든 여기서 나가게 해주겠다는 확신을 전하는 것만으로도 시간이 모자랐다. 언니의 지시에 따르면 이곳에서 나갈 수 있을 것이라는 희망은 글라이드 부인의 마음을 진정시키고 앞으로 뭘 해야 할지 알게 하는 충분한 힘이 되었다.

다음으로 할콤 양은 자신이 지닌 모든 금붙이들을(1파운드 금화를 포함해서) 간병인에게 주었다. 그리고 조만간 단둘이 이야기를 나눌 수 있겠냐고 물었다.

간호사는 처음에는 놀라워하고 불신에 찬 눈초리였다. 하지만 할콤 양이 딱 부러지게 지금처럼 어수선한 상황에서는 물어볼 수 없는 질문 몇 개만 할 것이며 절대로 업무에 저촉되는 일을 요구하지 않겠다고 말했다. 그러자 간호사는 마음 놓고 돈을 받은 뒤 다음날 3시에 보는 게 좋겠다고 말했다. 그 시간이면 환자들의 식사 시중을 든 뒤 삼십 분 정도 몰래 빠져나올 수 있다고 했다. 장소는 병동을 둘러싸고 있는 벽돌담 바깥의 북쪽이 좋겠다고 했다.

바로 그때 원장이 나타나는 바람에 할콤 양은 그 말에 동의한다는 뜻으로 고개만 끄떡이고, 동생에게는 다음날 다시 소식을 듣게 될 것이라고 귀엣말로 전했다.

원장은 방문자의 불안한 상태를 즉시 알아차렸다. 할콤 양은 난생 처음 앤 캐서릭이라는 여자와 만나서 마음이 심란하다고 둘러대면서 곧바로 자리를 떴다.

정신병원을 나오고 나자 비로소 그녀는 정신을 가다듬을 수 있었다. 단 하나의 생각만 머릿속에 강하게 자리 잡았다. 신분과 정체를 확인하고 법적인 절차를 밟아서 글라이드 부인을 구해내는 건 비록 성공한다 해도 너무 오랜 시간이 걸렸다. 시간이 지체되면 동생은 그 시간을 견디지 못할 게 틀림없었다. 정신병원에 감금된 자신의 처지에 대해 저렇게 안절부절못하는 모습만 봐도 확실했다.

런던으로 돌아오자 할콤 양은 결심했다. 법적으로 이 문제를 해결해서는 안 되며, 공개적이어서도 안 된다고 생각했다. 결국 간호사를 통해 동생을 몰래 탈출시키는 것밖에 방법이 없었다.

그녀는 곧장 자신이 고용한 주식중개인에게 가서 보유한 모든 증권을 팔았다. 700파운드 조금 안 되는 돈이 나왔다. 그녀는 필요하다면 전 재산을 걸겠노라 결심하고, 다음날 그 현금을 은행 수표로 바꿔서 약속 장소로 향했다.

간호사가 벌써 나와서 기다리고 있었다. 할콤 양은 매우 신중해야 했다. 본론으로 들어가기 전에 상황을 살피려고 예비적인 질문부터 했다. 그 결과 할콤 양은 이 간호사가 놀랍게도 예전에 앤 캐서릭을 담당했던 간호사였음을 알아냈다. 그녀는 비록 본인 잘못은 아니었지만 그 탈출 사건으로 한 번 쫓겨났다고 했다. 그래서 만일 가짜 앤 캐서릭이 다시 한 번 탈출하게 되면, 그때는 정말 영락없이 쫓겨나게 되는 건 물론 다시 복귀할 생각도 말아야 한다는 것이다.

그녀가 이 자리에 유달리 집착하는 이유가 있었다. 결혼할 약혼자가 있었던 것이다. 그녀와 약혼자는 돈을 벌 때까지 직업을 가져야 했고, 사업을 시작하려면 적어도 200파운드에서 300파운드는 모아야 했다. 그래서 그때까지 간호사 직업을 꼭 지켜야 한다는 것이었다. 간호사 수입은 괜찮은 편이니 알뜰하게 절약하면 두 해 뒤쯤에는 새 인생을 시작할 수 있을 거라고 했다.

이 말에 귀가 번쩍 뜨인 할콤 양은 말했다. 지금 앤 캐서릭이라고 불리는 그녀는 사실 그녀와 가장 가까운 사람이며 치명적 착오로 인해 지금 정신병원에 감금되어 있다고. 그녀가 두 사람을 구해 준다면 그것이야말로 신의 말씀을 따르는 선한 행동일 것이라고. 그리고 그녀의 입에서 반론이 나오기도 전에 주머니에서 100파운드짜리 은행 수표 네 장을 꺼내서 보여주면서 말했다. 위험을 무릅쓰고 도와준 것, 직장을 잃는 것에 대한 보답으로 이것을 줄 것이라고.

간호사는 의심에 가득 찬 표정으로 머뭇거렸다. 할콤 양은 다시 한 번 확고하게 밀어붙였다.

"당신의 행동은 훌륭한 거예요. 크게 상처 입고 불행에 빠진 여인을 구하는 거룩한 행동입니다. 이 보상에는 당신의 결혼을 위한 몫도 있습니다. 그녀를 여기까지 안전하게 데리고 와주세요. 그러면 그녀를 인도하기 전에 이 자리에서 이 돈을 드리겠어요."

"지금 하신 말씀을 편지로 써주실 수 있나요? 제 약혼자가 이 돈을 어디서 구했는지 물으면 제가 보여줄 수 있게요."

"내가 직접 쓰고 서명까지 한 편지를 가지고 올게요."

할콤 양이 즉각 확신을 주었다.

"그럼, 하겠어요."

간호사는 결심한 듯 말했다.

"언제요?"

"내일요."

그렇게 다급하게 이루어진 두 사람의 약속 내용은 다음과 같았다. 할콤 양은 내일 이른 아침에 다시 이곳으로 와서 나무 뒤에 몸을 숨기고 기다리는 것이다. 반드시 북쪽 담벼락 근처의 조용한 곳에서 말이다.

간호사는 언제 나올 수 있을지를 확실하게 말하지 않았다. 무엇보다 신중하게 일을 진행하는 게 최우선이니 그때그때 상황을 봐야 했고, 그러면 정확한 시간을 말하기가 어려웠다. 두 사람은 이처럼 서로 확언을 나눈 뒤에 헤어졌다.

다음날 할콤 양은 약속한 편지와 돈을 가지고 10시 전에 다시 그 자리에 나왔다. 한 시간 반 정도로 기다린 끝에 간호사가 글라이드 부인을 한 팔로 감싸고 조용히 귀퉁이를 돌아서 나타났다. 만나자마자 할콤 양은 편지와 400파운드를 그녀의 손에 쥐어주었다. 그리고 두 자매는 다시 하나가 되었다.

간호사는 정말이지 기지가 넘치는 여자였다. 글라이드 부인에게 자기 숄과 보닛 모자와 베일을 입혀서 데리고 나온 것이다. 할콤 양은 탈출이 발각되었을 때 어떻게 그 추격을 따돌릴지를 간병

인에게 설명했다. 바로 거짓 정보를 흘리는 것이었다. 이제 간호사
는 다시 병원으로 돌아가 다른 간호사들이 듣는 자리에서, 요즘 앤
캐서릭이 요즘 유난히 런던에서 햄프셔까지 얼마나 걸리는지 자꾸
묻는다고 큰 소리로 말해야 했다. 그리고 피할 수 없는 마지막 순
간까지 기다렸다가 앤 캐서릭이 사라졌다고 놀란 표정으로 소리쳐
야 했다. 원장도 앤이 햄프셔에 대해 자주 물었다는 사실을 전해
들으면 자연스럽게 이렇게 짐작할 것이다. 앤 캐서릭이 블랙워터
파크로 가서 자신이 글라이드 부인이라고 계속 주장할 것이라고
말이다. 그러면 추적도 십중팔구 그쪽 방향에서 시작될 것이다.

간호사는 이 제안에 기꺼이 동의했다. 심지어 매우 흡족한 표정
까지 지었다. 왜냐하면 이 제안은 그녀가 순진한 표정만 유지하면
탈출에 공모했다는 일체의 의심까지 불식시킬 수 있는 제안이었다.
그렇게 되면 책임을 지게 되어도 최악의 경우 직장만 잃으면 됐다.

그녀는 의심을 사지 않기 위해 황급히 병원으로 돌아갔다. 덕분
에 할콤 양도 지체 없이 동생을 데리고 런던으로 올 수 있었다. 자
매는 그날 오후 칼라일에서 기차를 타고 별 어려움 없이 무사히 리
머리지에 도착할 수 있었다.

할콤 양은 리머리지로 돌아오는 열차 안에서 동생으로부터 과거
의 일들을 자세히 들으려 했다. 하지만 동생의 혼란스럽고 희미해
진 기억력은 생각보다 문제가 심각했다. 그 가공할 음모들이 좀처
럼 윤곽이 잡히지 않았다. 동생의 이야기는 산발적이었고 모순이
보이고 연결도 띄엄띄엄했다. 하지만 어쩔 수 없이 그 내용을 이
자리에서 빈약하나마 적어야 할 것 같다. 리머리지 하우스에서 일
어난 그 다음날의 사건을 말하려면 우선 지금까지의 진술이 끝나
야 하기 때문이다.

글라이드 부인이 블랙워터 파크를 떠난 뒤 일어난 일련의 사건들

에 대한 기억은 그녀가 런던 역에 도착했을 때로 거슬러 올라간다. 그녀는 런던에 도착한 정확한 날짜를 기록하는 것을 잊고 말았다. 이 때문에 이 중요한 날짜는 결국 그녀의 기억 속에서도, 마이컬슨 부인의 기억 속에서도 끝끝내 밝혀지지 못한 채 미궁으로 남고 말았다.

그녀는 역에 도착하는 순간 자신을 마중 나온 포스코 백작을 발견했다. 짐꾼이 객차 옆에 서 있었다. 그날따라 열차는 유난히 만원이어서 짐 찾기가 쉽지 않았다. 다행히 포스코 백작을 수행하고 있던 남자가 그녀의 짐을 찾는 데 성공했다. 짐에 그녀의 이름이 적혀 있었기 때문이다.

그녀는 백작과 단둘이 마차를 타고 출발했는데, 마차 종류에는 별 신경을 쓰지 않았다. 역을 떠나면서 그녀가 처음 던진 질문은 할콤 양에 대한 것이었다. 그러자 백작은 그녀에게 할콤 양이 아직 컴벌랜드로 떠나지 않았다고 답했다. 다시 생각해 보니 할콤 양이 성치 않은 몸으로 곧바로 떠나는 것보다는 며칠 쉬었다 떠나는 게 낫겠다는 판단이 들었다는 것이다.

그래서 글라이드 부인은 두 번째로, 할콤 양이 지금 백작의 집에 있냐고 물었다. 그런데 그녀는 이 질문에 대한 답변을 기억해 내지 못했다. 딱 하나 확실히 기억하는 건 백작이 당장 그녀를 할콤 양이 있는 곳으로 데려가 주겠다고 말했다는 것뿐이었다.

글라이드 부인은 런던에 대해 아는 바가 없었다. 마차가 어느 방향으로 가고 있고 거기가 어디쯤인지도 알지 못했다. 그저 확신할 수 있는 건 마차가 계속 도로 위를 달렸다는 점, 정원이나 숲은 한 번도 지나지 않았다는 점뿐이다.

글라이드 부인이 또 하나 자신하는 부분이 있었다. 마차가 광장 뒤편의 작은 도로변에 멈췄다는 것이다. 그 광장은 꽤나 북적대고 가게도 많았고, 공공건물도 많았다고 했다. 이 사실로 볼 때, 포스코 백작이 그녀를 자기 자택이 있는 존 우드 교외로 데려가지 않았다는 건 확실한 것 같다.

그들은 어떤 집으로 들어가 이층인지 삼층인지에 위치한 어느 구석진 방으로 올라갔다. 하녀가 문을 열어주었고, 홀에서 검은 턱수염을 한 외국인이 분명한 남자가 그들을 맞이했다. 그 남자는 정중한 예의로 두 사람을 위층으로 안내했다. 글라이드 부인이 다시 질문을 던지자, 백작은 할콤 양이 이 집에 있으며 곧바로 글라이드 부인의 도착 사실을 알게 될 거라고 당당하게 답했다.

잠시 후 백작과 외국인 남자는 자리를 떴고 방 안에 그녀 혼자만 덩그러니 남았다. 그 거실은 변변한 가구조차 없는 초라한 곳이었고, 창문은 건물 뒤쪽을 향해 나 있었다.

집 안은 이상할 정도로 조용했다. 계단 오르내리는 소리 하나 들리지 않았다. 들리는 소리라고는 방바닥 밑으로 들려오는 남자들의 건조하고 둔탁한 대화 소리뿐이었다.

얼마 안 돼 다시 백작이 나타났다. 지금 할콤 양이 잠이 들어 깨우기 곤란하니 잠시 기다리라는 것이다. 동시에 어떤 영국인 신사가 나타났는데, 백작의 말로는 자기 친구이니 잠시 함께 있어도 괜찮겠냐고 했다.

서로 통성명도 하지 않은 그 이상한 소개 후, 그녀는 그 낯선 남자와 방에 단둘이 남게 되었다. 그는 완벽한 교양인이었지만, 아주 이상한 질문들을 던져서 그녀를 당혹스럽게 만들었다. 질문 도중에 그녀를 쳐다보는 눈빛도 당혹스럽기 그지없었다.

잠시 후 그 남자가 나가고, 또 다른 영국인이 방으로 들어왔다. 그도 사기를 백작의 또 다른 친구라고 소개하더니 야릇한 눈빛으로 그녀를 쳐다보며 이상한 질문들을 던졌다. 그녀의 기억으로 그는 한 번도 그녀의 이름을 부르지 않았다. 그러다가 그도 처음의 남자처럼 방을 나갔다.

이쯤 되자 글라이드 부인은 무섭기도 하고 언니 걱정도 되고 해서 차라리 아래층으로 내려가 그 집 안의 유일한 여자인 하녀에게 자기를 보호해 달라고 청하는 게 낫겠다는 생각이 들었다. 그렇게 마음을 먹고 자리에서 막 일어나는데 백작이 다시 방 안으로 들어왔다.

백작이 들어오자 글라이드 부인은 대체 언제까지 언니를 기다려야 하느냐고 재촉했다. 처음에는 우물거리던 백작이 마침내 망설이는 태도로 사실 할콤 양은 앞서 말했던 것처럼 건강한 상태가 아니라고 답했다.

이 말을 듣자 글라이드 부인은 앞서 두 낯선 남자들과의 면담으로 인한 묘한 감정과 불안까지 겹쳐서 갑자기 머리가 어지러워졌고 백작에게 물 한 잔을 요청했다. 그러자 백작은 아래층을 향해 물 한 병과 약을 가져오라고 말했다. 물병과 약을 가지고 나타난 사람은 검은 턱수염의 남자였다. 글라이드 부인이 물 한 모금을 마시는데 이상한 맛이 났다. 그것이 어지러움을 더 부채질했다. 그녀는 본능적으로 백작이 쥐고 있는 약병을 낚아채서 냄새를 맡았다. 순간 머리가 걷잡을 수 없이 빙빙 돌기 시작했다.

의식을 잃기 직전 그녀가 마지막으로 기억하는 장면은 그녀가 놓친 약병을 백작이 잡아 그녀의 코에 들이밀고 있는 모습이었다.

이 시점부터 그녀의 기억은 뒤죽박죽이었다. 그 기억들은 부서진 유리 조각처럼 어지럽게 널려 있어서 아무리 조각을 맞추려 해도 소용없었다.

그녀의 생각으로는 자기는 그날 저녁쯤 그곳을 떠나 블랙워터 파크를 떠날 때 가기로 작정했던 베시 부인의 집으로 갔다고 한다. 거기에서 차를 마시고 베시 부인의 지붕 아래에서 그날 밤을 보냈다는 것이다. 하지만 언제, 어떻게, 누구와 백작이 데리고 간 그 집에서 빠져나왔는지는 전혀 기억하지 못했다. 단지 베시 부인의 집에 있었던 건 틀림없다고 강변했다. 더 기막힌 건, 그녀의 옷을 벗겨주고 잠자리에 들도록 도와준 사람이 루벨 부인이었다는 진술이었다. 다만 그녀는 베시 부인의 집에서 어떤 대화를 나눴는지, 루벨 부인 외에 다른 누구를 보았는지, 왜 하필 루벨 부인이 베시 부인의 집에서 그녀를 돌보게 되었는지는 하나도 기억하지 못했다.

다음날 오전에 일어난 일에 대해서도 역시 기억이 모호했다. 몇 시에 떠났는지는 당연히 모르고 단지 포스코 백작과 루벨 부인과 함께 마차를 타고 베시 부인 집을 떠났다는 것만 희미하게 기억난다고 했다. 그런데 왜, 언제 그곳을 떠났는지는 기억하지 못했다. 마차가 어느 쪽으로 갔는지, 어디에서 내렸는지, 백작과 루벨 부인이 줄곧 곁에 있었는지도 기억하지 못했다.

바로 이 지점에서 그녀의 슬픈 기억은 완전히 어둠 속에 갇히고 말았다. 실오라기 같은 단서조차 없었다. 하루 동안인지 아니면 그 이상이었는지도 모르겠고, 제정신으로 돌아와보니 자기가 생면부지의 여자들에 둘러싸인 생전 처음 보는 곳에 있더라는 것이다. 그곳은 정신병원이었다. 그녀는 처음으로 이곳에서 자신을 "앤 캐서릭"이라고 부르는 소리를 들었고, 음모의 마지막 강렬한 느낌표가 찍히는 것처럼 직접 자기 눈으로 앤 캐서릭의 옷을 입은 자기 모습을 발견했다.

정신병원에서의 첫날 밤, 담당 간호사는 그녀가 입고 온 속옷 하나하나에 붙어 있는 이름표들을 보여주었다. 짜증 섞인 목소리도 친절하지 않은 목소리도 아닌 사무적인 목소리로 이렇게 말했다.

"당신 옷에 적힌 당신 이름을 잘 보세요. 이제 더 이상 글라이드 부인이라고 우겨서 우리를 골치 아프게 하지 말아주세요. 부인은 죽어서 무덤에 묻힌 사람이지만 당신은 살아서 이렇게 심장이 뛰고 있죠. 이제 제발 당신의 옷을 똑똑히 보세요. 아주 선명한 글씨로 적혀 있죠? 저기에 우리가 보관해 온 당신의 옛 물건들도 있잖아요? 봐요, '앤 캐서릭'이라고 아주 또렷이 적혀 있지요."

정말이었다. 리머리지에 도착한 그날 밤, 할콤 양은 동생이 입고 있었던 리넨 속옷에 그 이름이 적혀 있는 것을 발견했다.

이상이 서로 앞뒤가 맞지 않음에도 불구하고, 컴벌랜드로 돌아오는 여행 중에 이들이 세심하게 추려낸 유일한 기억들이다. 할콤 양은 정신병원에서의 일들에 대해서는 동생에게 가급적 묻지 않으려 했다. 당시 글라이드 부인의 심신으로는 그 불행한 시간들을 되살리는 일 자체를 감당할 수 없었기 때문이다.

정신병원 원장이 진술했듯이, 글라이드 부인은 처음 입원한 7월 27일부터 구출된 10월 15일까지 상당한 기간 동안 갇혀 있었다. 그 동안 그녀는 앤 캐서릭의 정체성을 조직적으로 강요당했고, 온전한 정신은 모조리 무시되었다. 그런 상황에서 그녀의 정신력은 서서히 균형을 잃었을 것이고, 체력도 조금씩 마모되었을 것이다. 생각만 해도 몸서리칠 만한 시련이었음이 분명했다. 누구인들 그런 고통을 겪은 이후 조금도 변하지 않을 수 있겠는가.

15일 늦은 저녁 리머리지에 도착했을 때, 할콤 양은 현명하게도 글라이드 부인이 죽지 않고 살아 있다는 주장을 다음날로 미루기로 결심했다.

다음날 아침, 할콤 양은 제일 먼저 페어리 씨에게 갔다. 혹시 벌어질지 모를 사태에 대비해서 온갖 경고와 준비의 말들을 다 해준 뒤 앞으로 일어난 일들을 털어놓았다.

페어리 씨는 얼마간 충격에 휩싸여 넋을 잃었다. 그러다가 다시 정신을 차리고 던진 한 마디는 할콤 양이 앤 캐서릭이라는 미친 여자의 수작에 완전히 넘어갔다는 것이었다. 그는 포스코 백작이 사전에 보내 온 편지를 언급하면서, 할콤 양 스스로도 앤 캐서릭과 동생이 판에 박은 듯 닮았다고 말하지 않았냐고 지적했다. 그러면서 자기는 단 일 분 일 초도 그 미친 여자와 만나고 싶은 마음이 없다고 했다. 미친 여자를 자기 집 안에 들여놓는 것 자체가 집안 망신에다 미친 짓이라는 것이다.

할콤 양은 방을 나와서 잠시 울분을 가라앉혔다. 생각 끝에 내린 결론은 인간의 도의에 입각해서라도 페어리 씨로 하여금 조카딸을 보도록 해야 한다는 것이었다. 미친 여자라고 문전박대하기 전에 단 한 번이라도 말이다.

결국 그녀는 일언반구도 없이 글라이드 부인을 그의 방으로 데려갔다. 미리 상황을 예측한 페어리 씨는 하인 둘을 문 앞에 세워둔 차였다. 그러나 할콤 양은 하인들의 완강한 제재에도 불구하고 동생의 손을 붙잡고 방 안으로 들어갔다.

비록 잠시였지만 그 사이 일어난 광경은 그야말로 처참했다. 할콤 양도 어찌할 수가 없었다. 간단히 말해 페어리 씨는 매우 단호한 어조로 잘라 말했다. 자기 방에 들어온 여자는 전혀 모르는 여자라고. 생김새나 태도 어디를 봐도, 지금 리머리지 묘지에 잠들어 있는 조카딸의 죽음에 대해 의심을 불러일으킬 만한 부분은 없다고 했다. 또한 저녁까지 이 집에서 저 여자를 내쫓지 않으면 경찰을 불러서 법적 조치를 취하겠다고 했다.

페어리 씨의 이기심과 게으름, 버릇처럼 굳어진 무관심으로 볼 때, 그가 조카딸을 알아보고도 시치미를 떼고 있는 것 같지는 않았다. 할콤 양은 부질없는 짓인 줄 알면서도 그가 편견과 충격으로 인해 올바른 인지 능력을 잃었다는 점을 인정하고, 일의 자초지종을 설명하려고 애를 썼다.

그런데 하인들에게 동생을 알아보겠냐고 물었을 때도 마찬가지였다. 앤 캐서릭과 글라이드 부인이 닮았다는 걸 익히 알고 있던 하인들은 여러모로 그녀가 자기 주인인지 앤 캐서릭인지 분간하지 못했다.

그제야 할콤 양은 절감했다. 정신병원에 갇혀 지내면서 외모와 행동에 생긴 변화들이 애초에 생각했던 것보다 훨씬 심각하다는 것을 말이다. 사악한 속임수로 인해 이제 동생은 태어나고 자란 이곳에서 그토록 오랜 세월 함께 지낸 사람들에게조차 잔인하게 거부당하고 있었다. 그렇다고 완전히 포기할 단계는 아니었다.

예를 들어 페니도 있었다. 페니는 공교롭게도 그날은 집을 비웠지만 이틀 후 돌아오기로 되어 있었다. 먼저 페니에게서 동생의 정체성을 인정받으면 될 것이었다. 그녀는 다른 어느 하인들보다 그녀의 여주인과 오랫동안 가까이 알아왔고, 마음으로 교감을 나눈 사이였기 때문이다.

또 하나, 건강이 좀 더 회복되고 마음이 가라앉을 때까지 글라이드 부인을 리머리지 가나 마을 어디에서 은밀하게 보살필 수도 있었다. 그러다가 신뢰할 만한 기억이 되살아나게 되면 그 어떤 가짜도 감히 흉내내지 못할 그녀만의 확신과 통찰력으로 과거에 벌어진 사건들과 거기에 연루된 사람들을 언급하면 되는 문제였다.

그러나 그녀가 자유를 다시 찾게 된 과정과 정황들이 결국 이 가능성들을 실현 불가능하게 만들었다. 정신병원의 추격자들은 처음에는 햄프셔로 향했겠지만, 그 다음은 당연히 컴벌랜드로 몰려올 것이 틀림없었다. 도망자를 찾고 있는 이들은 기별만 받으면 불과 수 시간 만이라도 리머리지 가로 들이닥칠 수 있었다. 게다가 지금 페어리 씨의 마음 상태를 감안해 즉각 써먹을 수 있는 이 지역 당국의 힘과 권위를 마음껏 이용해서 두 사람의 은둔처를 쉽게 덮칠 것이다.

다시 말해 동생의 안전을 고려해 볼 때 여기 남아서 정체성을 주장하기보다는 한시바삐 빠져나가는 것이 급선무였다. 태어나고 자랐음에도 이제는 그녀에 가장 위험한 곳이 되어버린 이 고향에서 말이다.

가장 현명한 선택은 주저 없이 런던으로 돌아가는 것이었다. 거대한 도시에서라면 그들의 모든 흔적들을 빠르게 지우고 증발해 버릴 수 있기 때문이다.

아무 준비도 필요 없었고 다정하게 작별인사를 나눌 사람도 없었다. 참담하기 이를 데 없는 16일 오후, 두 자매는 그들의 안녕을 기원해 주는 단 한 마디의 따뜻한 말도 없이 세상 속으로 외롭게 걸어갔다. 그리고 영원히 돌아오지 못할 리머리지 가에 등을 돌렸다.

그러나 교회 마당 위 언덕을 지나는데 글라이드 부인이 한사코 어머니의 무덤을 마지막으로 보고 싶다며 고집스럽게 굴었다. 할콤 양은 동생의 고집을 꺾으려 했지만, 그녀는 요지부동이었다. 초점이 흐려졌던 눈빛이 갑자기 환한 빛으로 이글거리고 시들었던 손가락에 힘이 넘치기 시작했다. 그때까지만 해도 언니의 팔을 무기력하게 잡고 있던 손가락에도 힘이 들어갔다.

나는 믿는다. 바로 그때 신의 손이 그들의 발길을 돌리게 했다고. 신의 손길이 이 가엾고도 세상에서 가장 순결하고 고통 받는 영혼을 목격하고 그 순간 어떤 장면을 만들어 주리라 결심했다고.

두 여인은 무덤가로 발길을 돌렸고, 그 발걸음이 비로소 우리 셋의 운명을 하나로 묶어주었다.

3

여기까지가 우리가 알고 있는 과거의 이야기이다. 이 이야기를 듣고 나자 자연스레 두 가지 결론이 나왔다. 먼저 이 음모의 정체가 무엇인지 어렴풋이나마 눈에 그려볼 수가 있었다. 일들이 어떤 식으로 도모되었는지, 이 무모하고도 복잡한 범죄를 숨기기 위해 상황이 어떻게 조작되었는지 말이다.

세부적인 내용들은 여전히 미궁에 빠져 있었지만, 흰옷을 입은 여인과 글라이드 부인의 유사성이 어떻게 이 사악한 범죄에 이용되었는지는 명백하게 밝혀졌다.

앤 캐서릭은 포스코 백작 집에서 글라이드 부인으로 둔갑한 것이 분명했다. 더불어 글라이드 부인이 정신병원에서 죽은 앤 캐서릭의 자리를 대신했다는 것도 틀림없었다. 이 바꿔치기는 너무 교묘하게 진행돼서 무고한 사람들까지 공범자로 만들었다. 즉 의사와 두 하녀는 말할 것도 없고 병원 원장까지도 공범자가 되어버린 셈이다.

두 번째 결론은 첫 번째 결론에서 도출된 것이다. 우리 셋은 포스코 백작이나 퍼시벌 경으로부터 조금의 자비도 기대할 수 없었다. 아마 이 음모가 성공하자 두 남자는 3만 파운드라는 거금을 쥐었을 것이다. 한 사람에게는 2만 파운드, 다른 사람에게는 아내를 통해 1만 파운드가 떨어진 것이다. 게다가 이 범죄를 완전범죄로 만들면 그 이익에 다른 이익까지 거머쥐게 된다. 그래서 완전범죄를 위해서라면 어떤 짓이라도 서슴지 않을 것이고, 어떤 희생도 마다하지 않을 것이며, 무슨 속임수이든 행하려 들 것이다. 희생자가 숨어 있는 곳을 찾아내서 그 희생자를 친구들로부터 떼어내기 위해서 말이다. 분명 그들은 할콤 양과 나로부터 그녀를 떼어내기 위해 두둑한 돈으로 온갖 짓을 일삼을 것이 뻔했다.

시시각각 닥쳐오는 위기감이 나로 하여금 지금의 은둔처를 찾도록 했다. 나는 런던의 동쪽 끝을 선택했다. 여기는 한가롭게 거리를 어슬렁거리거나 주변을 돌아볼 여유가 없는 곳이었다. 나는 그중에서도 가장 가난하고 북적대는 곳을 택했다. 오로지 먹고살기 위해 하루하루를 힘겹게 사는 사람들일수록 주변에 이사 온 낯선 외지인을 신경 쓸 틈이 없었기 때문이다.

이것이 일차적으로 바랐던 부분이지만, 굳이 그것이 아니라도 우리 거주지는 아주 요긴했다. 여기에서는 적어도 내 손으로 하루하루 버는 돈으로 생활할 수 있었다. 덕분에 우리는 미래에 실현하게 될 목적을 위해 잔돈 한 푼까지 모을 수 있었다. 사악한 범죄를 바로 잡을 그날을 위해서 말이다. 나는 이제 그 범죄의 처음부터 마지막 순간까지를 확실히 파악하고 있었다.

일주일 동안 나와 할콤 양은 앞으로 어떻게 살아가고 행동할지를 논의하고 결론을 내렸다.

우리가 사는 집에는 다른 숙박인들이 없었다. 또한 우리는 상점을 지나치지 않고도 집 안팎을 드나들 수 있는 방법을 알고 있었다. 최소 현재 상황에서 내가 정한 규칙은 이랬다. 두 사람이 외출을 할 때는 반드시 내가 동행해야 한다는 것과 내가 집에 없을 때는 누구도 집으로 들어오게 해서는 안 된다는 것이었다.

이렇게 규율을 정한 다음, 나는 알고 지내던 친구를 찾아갔다. 그는 목판화 제작자로 일감이 많은 친구였다. 나는 그에게 일자리를 청했다. 아울러 사정이 있어서 그러니 내 신분은 철저히 익명으로 해줄 것도 당부했다.

그는 내가 빚쟁이들에게 쫓기는 신세라고 단정했다. 그리고 대부분이 그렇듯이 의례적인 동정을 표하면서 나를 도와주겠다고 약속했다. 나는 그의 오해를 바로잡지 않았고, 그가 추천한 일감도 아무 조건 없이 받아들였다. 그는 내 경험과 근면성을 잘 알고 있었다. 나는 그가 원하는 우직함과 기술을 가지고 있었다. 벌이는 시원찮았지만 먹고살기에는 부족함이 없었다.

이런 생활에 대해 확신이 서자 나와 마리안은 가진 재산을 합쳤다. 그녀는 200파운드 내지 300파운드가 남아 있었고, 내게도 영국을 떠나기 전에 내 스승의 작품을 팔면서 받은 돈이 그 정도 있었다. 그렇게 400파운드 이상이 모아졌다.

우리는 이 돈을 은행에 넣었다. 아무도 도와주지 않는다면 내가 직접 나서서 비밀스러운 탐문과 조사를 해야 하는데 그때 소요되는 비용으로 쓸 예정이었다. 우리는 일주일 생활비를 단 한 푼까지 계산했다. 그렇게 해서 로라를 위해 쓰는 돈 외에는 거의 은행에 예치한 목돈에 손을 대지 않기로 했다.

아마 근처에 믿을 만한 사람이 있었다면 집안일은 하녀를 고용할 수도 있었지만, 첫날에 마리안이 말했다. 집안일은 자신의 몫이고 자신의 권리라고.

"여자의 손이 무슨 일에 가장 적합하겠어요?"

그녀가 단호하게 말했다.

"내 이 두 손도 분명히 아침부터 저녁까지 움직일 수 있을 거예요."

앞으로 내민 그녀의 양손은 떨리고 있었다. 신분을 감추기 위해 입은 싸구려 드레스의 소매를 걷어 올리면서 드러난 여윈 양팔이 슬프고 참담한 과거를 말해 주고 있었다. 그래도 꺼뜨릴 수 없는 정신력만큼은 여전히 그녀 안에서 빛을 발하고 있었다. 곧 그녀의 두 눈에 눈물이 가득 고이더니 양 볼을 타고 흘러내렸다. 그녀는 힘껏 눈물을 훔쳐냈다. 그리고는 옛날의 그 활달했던 모습으로 내게 미소를 지었다.

"내 용기를 의심하지 말아요, 월터."

그녀가 하소연하듯 말했다.

"우는 건 내가 아니라 내 안의 나약함이에요. 내가 못한다면 집안일이 이 나약함을 극복하게 해줄 거예요."

그녀는 약속을 지켰다. 저녁에 만나 그녀가 쉬기 위해 앉았을 때 그 잔잔하고 커다란 검은 눈동자가 지난 시절의 신실함과 견고함으로 나를 향해 빛나고 있었다.

"나는 아직 완전히 쓰러지지 않았어요. 아직은 집안일을 할 만큼 쓸모가 있거든요."

내가 대답하기도 전에 그녀가 잔잔한 목소리로 속삭였다.

"그리고 내 몫의 위험을 감당할 만큼의 쓸모도 있고요. 만일 때가 오면 이 말 잊지 말아요!"

그리고 마침내 때가 왔을 때, 나는 그 말을 잊지 않고 기억했다.

10월 말쯤이 되자 어느새 우리는 이 생활에 익숙해졌다. 우리의 거처는 사람들로부터 철저히 고립된 무인도와도 같았다. 거리에 출렁이는 인파와 거대한 도로들은 우리에게는 광활하게 펼쳐진 망망대해와 다름없었다.

생활에 적응이 되자 잠시간의 여유도 찾을 수 있었고, 그럴 때마다 내 생각은 오로지 하나의 지점에 머물렀다. 어느 날 포스코 백작과 퍼시벌 경과 한판 대결을 벌이게 된다면 나를 보호하기 위해 뭘 해야 할지 하는 준비였다.

나는 로라의 정체성을 증명하겠다는 일체의 희망을 접었다. 만일 그녀에 대한 우리의 사랑이 조금만 작았거나, 그 사랑으로 인해 우리 가슴 깊이 새겨진 본능이 객관적 관찰과 이성의 저울질에 약간이라도 흔들렸다면, 아마 우리조차 그녀를 보는 순간 그녀의 정체성을 의심했을지 모른다.

과거에 겪은 공포와 고통 탓에 로라의 외모는 끔찍하리만치 앤 캐서릭과 닮은꼴이 되고 말았다. 리머리지에서 미술 교사로 있었던 때, 내가 그녀와 앤 캐서릭의 닮은 외모를 언급한 적이 있었을 것이다. 당시 내가 말한 내용은 이랬다. 언뜻 볼 때는 충격적일 정도로 닮았지만, 세부적으로 파고들면 아주 중요한 부분들에서 차이가 난다고 말이다. 당시만 해도 두 여인을 나란히 세워두고 식별하라고 하면, 누구나 쉽게 두 사람을 구별했을 것이다.

그런데 지금은 그렇게 단정적으로 말할 수 없게 되었다. 비록 지나치는 생각이긴 하지만, 저 슬픔과 고통이 그녀와 내 미래라고 생각할 때마다 얼마나 나 스스로를 보잘것없다고 책망했던가. 그러나 진짜 문제는 과거에 겪었던 그 고통과 슬픔이 그녀의 젊음과 아

133

름다움을 앗아갔다는 점이었다. 그리하여 한때 환상 속에서나 보고 치를 떨었던 두 여인의 끔찍하게 닮은 모습이 지금은 현실이 되어 버린 것이다.

그녀의 얼굴은 이 부인 못할 사실의 명확한 증거였다. 낯선 사람이건, 안면만 있건, 우리와는 다른 식으로 그녀를 바라보는 친구들이건, 만일 정신병원에서 빠져나온 첫날에 그녀를 봤다면 그녀가 진짜 로라 페어리가 맞는지 고개를 갸우뚱거렸을 것이다. 그들의 의심은 전혀 나무랄 것이 아니다.

우리에게 남아 있는 단 하나의 기회가 있긴 했다. 그것은 신분을 사칭하는 사람은 감히 알지 못할 사건과 사람들을 그녀의 기억에서 되살리는 것이었다. 하지만 그 서글픈 노력마저 수포로 돌아갔다. 마리안과 내가 그녀에게 암시한 모든 사소한 추억거리들, 그녀의 약해지고 흔들리는 능력들을 되살리려고 시도했던 온갖 방법들은 오히려 그녀를 괴롭고 견디기 힘든 과거로 내몰기만 했다.

그렇다고 전혀 희망의 빛이 없는 것도 아니었다. 우리는 그녀에게 리머리지에서의 사소한 추억거리를 계속 상기시켰다. 내가 처음 그림을 가르쳐줬을 때의 기억을 떠올리게 하고, 우리가 헤어질 무렵 그녀가 내게 건네준 뒤 항상 품고 지내온 여름별장의 스케치 같은 것들을 보여주자 그 추억들이 작은 희망의 꽃망울을 돋게 만들었다. 잔잔하면서 조용하게 함께 거닐던 산책들이며 마차 여행의 기억들이 그녀의 기억 속에서 움트기 시작한 것이다.

그녀의 수척하고 가련한 두 눈이 새로운 호기심으로 나와 마리안을 바라보기 시작했다. 우리는 그 휘청대는 기억들을 더 소중히 가꾸면서 꺼지지 않도록 돌봤다. 나는 로라에게 우리가 처음 만났을 때 그녀가 들고 있던 것과 똑같은 스케치북을 사주었다.

그리고 다시는 오지 않을 줄 알았던 시간이 찾아왔다. 나는 매일같이 최대한 일을 빨리 마치고 시간을 내서 그녀의 더듬거리는 붓과 가냘픈 손을 이끌며 그녀 옆에 앉아 그림을 가르쳤다. 그러자 조금씩 그녀의 내면에 텅 비어 있던 자리에 새 생명이 자리를 잡아 가기 시작했다. 그녀는 그림을 감상하고, 그림에 대해 의견을 말하고, 참을성 있게 연습해 보려고 애썼다.

나는 더 힘을 내서 불씨를 살렸다. 그러자 희미한 옛 추억의 잔잔한 기쁨이 그녀의 입가에서 맴돌기 시작했다. 그림 실력이 조금씩 늘수록 해맑은 눈빛이 아지랑이처럼 피어났다. 과거 속에 묻혀버린 줄만 알았던 그 행복감과 생명력이 다시 소생하고 있었다.

우리는 이런 소박한 방법으로 그녀를 되살리려고 노력했다. 날씨가 좋을 때면 조용하고 고풍스러운 근처 광장으로 데리고 나갔다. 거기에는 그녀를 혼란스럽게 만들거나 놀라게 할 만한 것들이 아무것도 없었다. 그러면 은행 예치금을 조금 꺼내서 로라에게 와인을 사서 먹였고, 먹고 싶어 하는 건강식도 먹여주었다. 저녁이 되면 간단한 카드 놀이를 했고, 내 고용주에게서 빌린 그림책도 보여주었다.

이런 노력들로 인해 우리는 점차 그녀로 하여금 마음을 평화롭게 다스리고 꾸준히 마음의 평정을 잡아가도록 만들었다. 한시도 게을리 하지 않는 애정과 관심으로 희망을 불러일으키려 했다. 그녀를 세상에 자유롭게 내놓고 싶은 마음이 굴뚝같았지만, 만에 하나 그녀를 다시 고통과 슬픔 속으로 빠뜨려 모든 것이 물거품이 되게 하지 않으려면 그녀를 은둔과 격리 상태 안에서 돌볼 수밖에 없었다. 때문에 낯선 사람과 만나게 하거나 이방인과 다름없는 이웃을 만나게 해서 괜한 위기를 자초하지 않는 편이 나았다. 그 어떤 희생이 따르더라도, 아무리 긴 시간과 노력이 우리를 탈진 상태까지 내몬다고 해도, 그녀 안에 깊이 자리 잡은 비정상적인 상태를 노력을 강요하거나 인식하도록 만들지 않고 서서히 걷어내야만 했다.

또한 마리안과 나는 그녀의 명예 회복을 위한 조치가 강구되어야 한다는 것에도 이견이 없었다. 함께 상의한 결과, 우리는 가급적이면 많은 정보들을 수집하기로 했다. 이 증거들을 가지고 우리가 믿을 만하다고 확신하는 카일 변호사에게 도움을 구하기로 했다. 무엇보다 중요하고 급한 것은 거짓된 사실을 바로잡는 일이었다. 즉 그에게 합법적으로 우리가 접근할 수 있는 범위 내에서 법적인 구제가 가능한지를 상담하고 그 방법을 알아내야 했다. 나는 작으나마 누군가의 도움을 받을 가능성이 남아 있는 이상, 로라의 모든 삶을 나 혼자 짊어져서 로라를 위기에 빠뜨려서는 안 된다는 판단을 내렸다.

증거 확보를 위해 가장 먼저 착수한 일은 블랙워터 파크에서 작성한 마리안의 일기를 읽는 것이었다. 거기에는 나에 대한 글도 있었기 때문에 마리안은 내가 직접 읽지 않는 편이 좋을 거라고 말했다. 따라서 그녀가 읽어주고 나는 낭독을 따라가며 필요한 부분을 옮겨 적었다. 나는 이 작업을 늦은 밤 시간 외에 달리 할 틈이 없어서 꼬박 사흘 밤을 새워서 마리안이 알려주는 모든 사실들을 확보했다.

다음 차례는 다른 사람들로부터 가능한 한 많은 증거들을 확보하는 작업이었다. 물론 의심을 사서는 안 됐다. 나는 제일 먼저 베시 부인에게 갔다. 로라의 말대로 로라가 여기에 머물렀는지 알아보기 위해서였다.

이때는 베시 부인의 노쇠함을 고려하고 또한 우리의 안전도 고려해서 우리에게 닥친 상황은 말하지 않기로 했다. 나는 베시 부인과의 면담 내내 로라를 "작고한 글라이드 부인"이라고 칭했다.

베시 부인의 대답은 내가 일찍이 느꼈던 불안감만 더 확고하게 만들었다. 분명히 로라가 이 집에서 하룻밤 묵고 싶다는 편지를 보내오긴 했지만, 부인 말로는 집 근처에도 오지 않았다는 것이다.

이런 사실로 볼 때 내가 두려워했던 것처럼 지금 로라는 자신의 원하는 바를 실제 기억과 왜곡시켜 뭉뚱그릴 정도로 위험한 상태에 놓여 있었다. 그녀 자신은 인식하지 못하고 있는 자기모순들은 결국 이런 교묘한 장치들이 빚어낸 결과였다. 이것은 시작부터 낭패를 낳았고, 우리의 진실과 반하는 치명적 흠이 되고 있었다.

두 번째로 나는 베스 부인에게 로라가 블랙워터 파크에서 베시 부인에게 쓴 편지를 보여줄 수 있겠냐고 물었다. 베시 부인은 봉투를 오래전에 버렸다며 내용물만 보여주었다. 편지에는 날짜나 요일도 없이 이런 내용만 적혀 있었다.

사랑하는 베시 아주머니에게

전 지금 몹시 어렵고 힘든 상황에 놓여 있어요. 내일 아주머니 집으로 가서 하룻밤을 묵게 될지도 몰라요. 편지로는 무슨 일인지 밝힐 수 없답니다. 이 편지가 발각될까 두려워서 정신을 집중할 수가 없어요. 제발 저를 위해서 집에 계셔주세요. 마음껏 부둥켜안고 모두 말씀드릴게요. 그럼 이만.

—당신의 로라가

여기에는 도움이 될 만한 내용은 전혀 없었다. 집으로 돌아오자마자 나는 마리안에게 마이컬슨 부인에게 편지를 써보라고 했다. 혹시 포스코 백작에 대해 의심이 가거나 이상한 부분은 없었는지 생각해 보고, 진실을 바탕으로 사건 경위를 있는 그대로 말해 달라는 내용으로 말이다.

답장은 일주일 후에 왔는데, 나는 그 답장을 기다리는 동안 존 우드 가의 의사를 만나러 갔다. 나를 할콤 양이 보낸 사람이라고 소개하면서 이전에 변호사 카일 씨에게 말한 것 말고 좀 더 소상히 병에 대해 말해 줄 수 있겠냐고 물었다.

또한 구드릭 씨의 도움을 받아 사망증명서 사본 한 통을 얻고 시신 처리를 맡았던 제인 굴드 부인과도 면담을 가졌다. 또한 그녀를 통해 또 다른 사람과도 면담할 수 있었는데, 백작 집의 하녀였던 헤스터 핀혼이라는 여자였다. 그녀는 최근 안주인과의 불화로 그 집을 나와 굴드 부인이 아는 이웃들과 살고 있었다. 이렇게 해서 나는 이전에 언급된 바 있는 관리인과 의사, 제인 굴드와 헤스터 핀혼의 진술을 얻을 수 있었다. 그들의 진술은 한 글자도 고치지 않고 이미 밝혀진 대로이다.

이렇게 모아진 진술들을 가지고, 나는 이 정도면 카일 씨를 충분히 만나도 괜찮겠다는 결론을 내렸다. 이에 마리안이 변호사에게 편지를 써서 나를 소개했고, 비밀리에 내가 언제 어디서 구체적으로 만나면 좋을지 알려달라고 요청했다.

나는 아침이 되자 평소처럼 로라를 데리고 산책을 나갔다. 다녀와서는 로라가 차분히 그림을 그릴 수 있도록 준비를 해주었다. 그런데 내가 방을 나가려고 일어나자 그녀가 뜻밖에도 근심어린 표정으로 나를 올려다보았다. 오래된 습관인, 뭔가를 불안하게 만지작거리는 손가락이 눈에 들어왔다. 로라는 탁자 위의 붓과 연필을 초조하게 만지작거렸다.

"저한테 벌써 지쳐버리신 건 아니시죠?"

그녀의 목소리가 떨렸다.

"저한테 싫증이 나서 떠나려는 거 아니죠? 꼭 나을게요. 정말 노력하고 있어요. 비록 옛날보다 창백하고 야위고 그림이 서툴어도 옛날처럼 절 좋아해 주실 거죠?"

그녀의 말하는 투와 몸짓은 마치 어린아이가 응석을 부리는 것 같았다. 나는 조금 더 자리에 머물렀다. 그리고 과거 그 어느 때보다 지금의 그녀야말로 내게 소중한 존재라고 말했다.

"다시 꼭 옛날의 당신으로 돌아오도록 노력해 봐요."

나는 차라리 그녀에게보다는, 그녀에게서 어렴풋이 비치는 희망의 빛에게 용기를 주었다.

"나와 마리안 언니를 위해서라도 꼭 회복해야 해요."

"그럴 거예요."

그녀가 그림 쪽으로 몸을 돌리며 혼잣말을 했다.

"꼭 해낼 거예요. 나를 너무 좋아해 주는 두 사람을 위해서라도 꼭 그럴 거예요."

그녀가 별안간 다시 고개를 들었다.

"너무 오래 있다가 오시면 안 돼요! 당신이 여기서 날 도와주지 않으면 난 그림을 오래 그릴 수가 없어요, 월터."

"금방 돌아올게요, 내 사랑. 얼마나 잘 그렸는지 어서 와서 보고 싶군요."

나도 모르게 목소리가 약간 떨렸다. 그날이 가기 전까지 절대적으로 필요할 마음의 평정을, 그 순간 나는 잃고 말았다. 급기야 나는 억지로 방을 나와야 했다.

나는 문을 열고 마리안에게 계단으로 나오라고 손짓했다. 조만간 공개적으로 길거리로 나서기 전에 그에 뒤따를 수 있는 결과들을 그녀도 알아야 했다.

"짐작컨대 몇 시간 뒤에는 돌아올 겁니다. 예전처럼 누구도 안으로 들어오게 해서는 안 됩니다. 그런데 혹시라도 무슨 일이 일어나면……."

"무슨 일이 일어날 수 있죠?"

그녀가 황급히 말을 끊었다.

"제발 말해 줘요, 월터, 만일 위험이 도사리고 있다면 저도 거기에 대비해야지요."

"딱 하나 위험이 있습니다."

내가 힘주어 말했다.

"로라가 탈출했다는 소식을 듣고 퍼시벌 글라이드 경이 런던으로 돌아왔을지도 모른다는 겁니다. 당신도 알다시피 예전에 나는 런던을 떠나기 전에 줄곧 누구에게 감시를 당했습니다. 그러니까 나는 그 사람 얼굴을 몰라도, 그 자는 내 얼굴을 알지도 모르지요."

그녀가 내 어깨에 손을 올리고 근심 어린 눈빛으로 나를 바라보았다. 이미 그녀는 우리를 옭죄어오고 있는 위험을 이해하고 있었다.

"물론 이 런던에서 퍼시벌 경에게든 그의 일행들에게든 이렇게 빨리 발각당할 리는 없어요. 그렇다고 가능성을 완전히 배제해서도 안 되지요. 그럴 경우, 오늘 내가 돌아오지 못한다고 해도 절대 당황해서는 안 돼요. 로라가 내가 없다고 안달하더라도 침착하게 달래야 합니다. 또한 감시당할 리 없다 해도 누가 나를 미행하지는 않는지 돌아오는 길에 단단히 조심하겠소. 좀 늦는다거나 내가 안 돌아온다고 해서, 절대로 걱정해서는 안 됩니다."

"안 하겠어요."

그녀는 단호했다.

"결코 당신을 도와줄 사람이 여자 한 명밖에 없다는 걸 후회하게 만들지 않을게요."

그녀가 말을 멈추더니 나를 잠시 더 기다리게 했다.

"조심해요."

다시 그녀가 내 손을 꼭 쥐고 당부했다.

"조심해요!"

나는 그녀를 떠났다. 그리고 변호사의 문에서 새로이 펼쳐지는 어두운 의혹의 길을 향해 발걸음을 옮겼다.

4

챈서리 레인 도로변에 있는 길모어 씨와 카일 씨의 사무실로 가는 도중에 눈에 띌 만한 상황은 벌어지지 않았다. 그런데 카일 씨에게 전할 명함을 직원의 손에 건네는데 미처 생각하지 못한 사실이 하나 떠올라 잠시 후회했다.

마리안의 일기로 볼 때, 분명히 포스코 백작은 마리안이 블랙워터 파크에서 카일 씨에게 보낸 첫 번째 편지를 읽었을 것이다. 또한 두 번째 편지는 아내를 통해 가로챘을 것이다. 그렇다면 백작은 변호사의 주소를 벌써 알고 있을 것이다. 또한 할콤 양이 로라를 정신병원에서 구출한 뒤 조언이나 도움이 필요할 때 틀림없이 카일 씨에를 찾으리라는 점도 분명히 알 것이다. 그렇다면 백작이나 퍼시벌 경이 제일 먼저 감시망을 펼칠 곳도 바로 이 첸서리 레인의 변호사 사무실일 것이고, 이전에 내가 런던을 떠날 때까지 나를 감시했던 사람이 이번에도 나를 감시한다면 내가 여기 도착했다는 사실도 즉시 알려질 게 뻔했다.

물론 나는 여기까지 오면서, 특히 이 사무실로 들어오기 직전까지 경계의 끈을 놓지 않았다. 하지만 이런 위험들은 그때서야 비로소 깨달았다. 이제 와서 잘못된 판단을 바꾸려 해봤자 엎질러진 물이었다. 약속 장소를 사무실이 아닌 다른 곳으로 잡았어야 했다고 후회해 봐야 소용없었다. 내가 할 수 있는 최선은 그저 사무실을 나갈 때 당황하지 않고, 집으로 곧장 가는 대신 다른 길로 돌아 미행의 눈초리를 따돌리는 것뿐이었다.

몇 분 뒤에 나는 카일 씨의 개인 집무실로 안내를 받았다. 그는 얼굴에 핏기라곤 없고 마른 체격에 조용하고 침착한 사람이었다. 눈매는 주의 깊었고 목소리는 낮았으며 태도는 신중했다. 내 판단으로 볼 때 그는 낯선 사람에게는 결코 자신의 감정을 드러내지 않고 전문가적인 판단력 또한 쉽게 흐트러지지 않는 사람인 것 같았다. 실로 그만큼 적합한 인물을 찾기도 힘들 것이다. 만일 이런 사람이 어떤 결정을 내렸는데 그 결정이 우리에게 유리한 것이라면, 그때부터는 확실한 승기를 잡을 수 있을 것 같았다.

"본론에 들어가기에 앞서 말씀드릴 게 있습니다."

내가 먼저 입을 열었다.

"아무리 이 얘기를 짧게 한다 해도 시간이 좀 걸릴 것 같습니다."

"제 시간은 할콤 양에게 속해 있습니다."

그가 답했다.

"그녀의 관심사가 그 어떤 것이건, 저는 직업적으로도 인간적으로도 내 동업자의 역할을 그대로 수행할 것입니다. 제 동업자가 일선에서 물러나기 전에 제게 신신당부한 부탁입니다."

"길모어 씨는 영국에 계신가요?"

"안 계십니다. 친척들과 독일에 계시지요. 건강은 많이 회복되었지만 아직 업무에 복귀하려면 시간이 더 필요할 것 같습니다."

본론으로 들어가기에 앞서 이런 얘기들을 주고받는 동안, 그는 앞에 놓인 서류들을 뒤지더니 밀봉된 편지를 찾아냈다. 나는 그가 그 편지를 내게 건넬 것이라고 생각했다. 그런데 그는 마음을 바꾼 듯한 얼굴로 다시 편지를 탁자 위에 올려놓고는 의자에 앉아 조용히 내 말을 기다렸다.

나는 더 이상의 인사치레를 거두고 곧장 본론으로 들어가서 지금까지 일어난 사건의 경위를 소상하고 알아듣기 쉽게 그에게 전달했다.

내 진술은 뼛속까지 철두철미한 변호사인 그조차도 직업적인 냉정함을 잃고 놀라게 만들었다. 그는 진술을 마치기 전까지 믿기지 않는다는 표정을 감추지 않고 몇 차례나 끼어들었다. 그러나 나는 끝까지 맥락을 잃지 않고 할 말을 다 한 뒤에 질문을 던졌다.

"어떻게 생각하십니까, 카일 씨?"

그는 너무 신중한 나머지 갑작스러운 질문에 선뜻 답변하지 못했다. 우선 마음의 평정부터 찾으려는 듯했다.

"제 의견을 밝히기 전에 먼저 문제를 명확히 하기 위해 몇 가지 질문부터 드리지요."

그의 질문은 날카롭고 의심으로 가득 차 있었다. 역시 내 말을 액면 그대로 받아들이기 힘든 모양이었다. 그는 나를 피해망상증 환자로 보는 듯했다. 만일 할콤 양의 소개만 아니었어도 나를 음흉한 사기 행각이나 저지르려는 자로 여겼을 것이다.

"제가 거짓말을 한다고 생각하십니까, 카일 씨?"

그의 질문이 끝났을 때 내가 물었다.

"당신의 강한 확신으로 보건대 당신이 진실을 말했음은 인정합니다."

그가 입을 열었다.

"저는 할콤 양을 누구보다도 존경합니다. 따라서 그분께서 이 일을 맡긴 분께도 마찬가지의 존경을 품는 게 당연합니다. 정 원하신다면 예의를 갖추고 정중히 말씀드리지요. 글라이드 부인의 정체성이 분명해졌다는 것까지는 인정하겠습니다. 그리고 이제 당신은 법적인 의견을 얻고자 하고 있습니다. 따라서 저는 한 사람의 변호사로서, 변호사의 입장으로서 말씀드리는 게 의무입니다. 하트라이트 씨, 말씀하신 건은 소송을 진행할 만한 어떤 근거도 없습니다."

"아주 단호하게 단정하시는군요, 카일 씨."

"쉽게 말씀드리지요. 글라이드 부인의 사망 증거는 너무 명백하고 완벽합니다. 증거들을 볼까요? 먼저 글라이드 부인의 고모입니다. 부인의 고모는 부인이 백작의 집에 왔다가 갑자기 몸져누웠고, 그러다가 사망했다고 증언했습니다. 그 다음은 의료진의 사망증명서입니다. 그 증명서에는 어떤 의심도 없는 단순한 병사(病死)라는 기록이 적혀 있습니다. 리머리지의 장례식도 엄연한 사실 증거입니다. 묘비명에 또렷이 여기에 언제 누가 죽어 묻혔다고 적혀 있습니다. 이게 바로 당신의 말이 허공에 외치는 망상에 불과하다는 걸 입증하고 있습니다. 아니면 지금 리머리지에 죽어 묻힌 사람이 글라이드 부인이 아니라고 입증할 만한 증거가 있으십니까? 지금까지 말씀하신 내용 중에 중요한 부분들만 짚어보지요. 결정적인 내용만 말입니다. 자, 할콤 양이 모처의 정신병원을 찾아갔습니다. 거기서 어떤 여성 환자를 만났지요. 그 환자는 모두가 앤 캐서릭이라고 부르고 있는 글라이드 부인과 너무나 닮은 여인입니다. 한때 그 정신병원을 탈출했던 환자이고 알려진 바로는 지난 7월에 다시 입원했지요. 다들 앤 캐서릭이 다시 입원한 걸로 알고 있고 말입니다. 알려진 바로는 앤 캐서릭을 다시 병원으로 데려온 신사 양반이 페어리 씨에게 이렇게 주의를 주었다고 합니다. 그녀가 죽은 조카딸 행세를 하고 다니는 건 정신착란 증세라고 말입니다. 그러니 조심하라고 말입니다. 모두들 알기로 그 여자 환자는 병원 어디에서 그랬는지는 모르지만, 아무튼 자신이 글라이드 부인이라고 거듭 주장했습니다. 제가 말한 이 모든 일들은 사실입니다. 있는 그대로의 사실이지요. 이 모든 게 사실이 아니라고 주장할 만한 증거가 있으십니까? 할콤 양이 그 환자가 동생이라는 걸 알았다고요……? 사건이 끝난 뒤에 그런 주장은 아무 의미가 없거나 모순일 뿐입니다. 할콤 양은 그녀가 동생이라는 걸 안 뒤에 정신병원 원장에게 그 사실을 주장했습니까? 그래서 법적인 수단에 입각해서 동생을 구했습니까? 아닙니다. 그녀는 몰래 간호사에게 돈을 줘서 환자를 탈출시켰습니다. 환자를 이렇게 모호하게 데리고 나와서 페어리 씨에게 갑니다. 그렇다면 페어리 씨는 그녀를 알아봤나요? 단 일 초라도 무덤에 묻힌 조카딸에 대해 의문을 품었습니까? 아니었지요. 하인들이 그녀를 알아봤습니까? 그것도 아닙니다. 마을에 머물면서 마을 사람들에게 그녀의 정체를 확인받기라도 했습니까? 아닙니다. 그냥 은밀하게 런던으로 돌아왔지요. 그러던 중에 당신도 그녀를 알아보기는 했습니다. 하지만 당신은 그녀의 친척도, 심지어 가족들이 알고 지내는 친구나 오랜 지인도 아닙니다. 하인들이 당신의 의견을 반박하고, 페어리 씨가 할콤 양의 주장을 반박하고 있습니다. 거기에다 당신이 말하는 그 글라이드 부인은 스스로 모순에 빠져 있습니다. 예를 들어 런던의 어느 집에서 하룻밤을 보냈다고 주장했는데, 당신이 추적한 바로는 그 집 근처도 가지 않았습니다. 당신이 인정했듯이 그녀는 당시 방향과 시간 감각을 유지할 상태가 아니었다고 칩니다. 그저 혼미한 상태였다고요. 그래서 그녀 스스로 말할 수 없었다고 말입니다. 이 모두는 시간 관계상 사사로운 문제는 제쳐놓고 몇 가지만 추려서 말씀드린 것입니다. 자, 이제 질문을 드리겠습니다. 만일 이 문제가 법정까지 가서 배심원들 앞에 놓이게 된다면, 그래서 증거를 제시하라는 요구를 받게 된다면 어떤 증거를 제시하실 겁니까?"

나는 대답하기 전에 우선 스스로를 추슬러야 했다. 제삼자의 시각에서 마리안과 로라의 이야기가 고스란히 내 앞에 드러난 것은 이번이 처음이었다. 우리의 길 앞에 놓인 치명적인 장애물이 거대한 모습으로 우리 앞에 우뚝 버티고 서 있었다.

"물론……."

나는 가까스로 입을 열었다.

"당연히 변호사님께서 말씀하신대로 이 여러 사실들이 우리의 입장과 정반대라는 걸 인정합니다만……."

"인정은 하지만 그 사실들을 모두 해명해서 진실을 밝히겠다는 말씀인가요?"

카일 씨가 말을 끊었다.

"그에 대해서라면 제 경험을 동원해서 결론을 말씀드리겠습니다. 표면으로 드러나는 명확한 사실과 그 이면의 길고긴 해명 사이에 어떤 하나를 택해야 한다면, 배심원들은 모두 표면상의 사실을 취합니다. 예를 들어 당신이 말하는 글라이드 부인은 지금 어떤 집에서 잤다고 주장합니다. 그런데 사실은 그렇지 않은 걸로 드러났습니다. 당신은 이 점을 글라이드 부인의 마음 상태가 불안했기 때문이라고 하면서 형이상학적인 결론을 유도합니다. 당신이 틀렸다는 건 아닙니다. 단지 제 말은 배심원들이 당신의 결론에 대해 근거 불충분을 주장할 것이고, 글라이드 부인의 신빙성 없는 말보다는 있는 그대로의 사실을 받아들일 거라는 점입니다."

"그런데 제 말은……."

나는 지푸라기라도 잡고 싶은 심정으로 목소리를 높였다.

"비록 힘든 일이라는 건 알지만, 어떻게든 추가 증거를 확보하는 게 가능하지 않을까요? 저와 할콤 양에게 몇 백 파운드가 있는데……."

그가 나를 거의 측은하다는 얼굴로 바라보며 고개를 저었다.

"문제의 본질을 당신 자신의 관점으로 보셔야 합니다, 하트라이트 씨. 비록 퍼시벌 글라이드 경과 포스코 백작에 대한 당신의 생각이 옳다 하더라도, 물론 저는 거기에 동의 못합니다만, 아무튼 그 사실을 입증하는 일은 상상 이상으로 어려울 겁니다. 소송을 이끌어 내는 데만 해도 엄청난 난관이 있습니다. 어느 하나 만만하게 이의 제기 없이 넘어갈 리가 없습니다. 그리 되면 몇 백 파운드가 아니라 수 천 파운드를 퍼부어도 그 결과는 우리 쪽으로 기울지 않을 겁니다. 특히 서로가 닮았다는 사실 때문에 정체성 확인에 대한 질문들이 나올 텐데, 그게 아마도 가장 힘든 부분이 될 겁니다. 지금 우리가 토론하고 있는 여러 복잡한 문제들로부터 그 하나만 따로 떼어놓고 봐도 그게 가장 힘들 겁니다. 이 범상치 않은 사건에서 그 어떤 한 줄기 희망의 빛을 기대한다는 것 자체가 무리입니다. 어찌어찌 어렵게 법률적 허가를 얻어서 무덤을 파서 사체를 검시한다고 해도, 그래서 당신이 법정에 세울 여인이 진짜 글라이드 부인이라고 주장한다 해도, 그건 단지 그녀가 글라이드 부인과 너무 닮았다는 사실만 더 확고히 할 뿐입니다. 그 외에는 아무것도 기대하기 어렵습니다. 요약컨대, 이건 소송 자체가 성립되지 않습니다. 단연코 논란의 여지가 없는 사실입니다."

나는 여전히 이 사건이 충분히 소송거리가 된다고 믿고 있었기 때문에 입장만 조금 바꿔서 다시 간곡히 요청했다.

"정체를 밝히는 것 말고 우리가 찾아낼 수 있는 다른 증거는 없겠습니까?"

"지금 현재로는 없습니다."

그의 태도는 견고했다.

"모든 증거 중에 가장 간단하고 확실한 것은 날짜를 대조해서 입증하는 것인데, 그것 역시 능력 밖의 일입니다. 만약 당신이 의사의 사망 진단 날짜와 글라이드 부인이 런던에 도착한 날짜가 불일치한다는 것만 입증할 수 있다면 지금까지와는 전혀 다른 양상이 펼쳐지겠지요. 만일 그것만 입증된다면 한번 해보자고 말씀드릴 수도 있습니다만."

"입증될 수도 있습니다, 카일 씨."

"만일 그렇게만 되면 충분한 소송의 근거를 가지게 되는 겁니다. 지금 그 증거를 확보할 가능성이 있다고 자신하신다면, 말씀해 보세요. 제가 조언드릴 게 있나 본격적으로 궁리해 보겠습니다."

나는 잠시 생각에 잠겼다. 저택 관리인은 아무 도움이 되지 못했다. 현재로서는 로라도 도움이 안 됐다. 마리안도 마찬가지로 그 일과는 거리가 멀었다. 모든 경우에서, 날짜를 정확히 밝혀줄 유일한 인물은 오직 퍼시벌 글라이드 경과 포스코 백작밖에 없었다.

"지금은 날짜를 확인할 만한 마땅한 방법이 없습니다. 아직까지는 그 날짜를 확실히 아는 사람이라고는 포스코 백작과 퍼시벌 글라이드 경뿐입니다."

카일 씨의 딱딱하게 굳은 표정이 처음으로 누그러지면서 얼굴에 옅은 미소가 떠올랐다.

"그들이 저지른 행위에 대해 당신은 완고하게 확신하고 있습니다. 그러니 그들의 협조를 바란다는 건 어불성설이겠지요? 만일 그들이 거액의 돈을 손에 쥘 목적으로 그런 음모를 저질렀다면, 어떤 경우에서라도 자진해서 사실을 실토할 리 만무하겠지요?"

"그들은 어쩔 수 없이 고백을 강요당하게 될 수도 있습니다, 카일 씨."

"누가 강요한단 말입니까?"

"제가요."

우리는 둘 다 자리에서 벌떡 일어났다. 그는 아까보다 흥미가 담긴 눈으로 나를 뚫어지게 바라보았다. 내 말에 상당히 놀라워하는 모습이었다.

"아주 단단히 작정하셨군요."

그가 내게서 눈을 떼지 않고 말했다.

"제가 상관할 바는 아니지만, 개인적인 사정이 있으신 게 틀림없군요. 제가 이 자리에서 드릴 수 있는 말씀은 훗날 법정이 열릴 경우 최선을 다해 당신을 돕겠다는 말뿐입니다. 더불어 한 가지 분명히 해둘 게 있습니다. 법정이란 늘 돈과 관련되어 있습니다. 비록 당신이 글라이드 부인의 생존을 입증하더라도 부인의 재산을 되찾는 건 불가능할 겁니다. 그 외국인은 재판이 열리기 전에 영국을 떠날 가능성이 높고, 퍼시벌 글라이드 경의 경우 너무 당황하고 겁에 질린 나머지 그 재산을 다른 사람에게 위탁할 게 뻔합니다. 이 점을 당연히 알고 계시겠지만……."

그 순간 나는 그의 말을 막았다.

"부탁인데 글라이드 부인의 재산 문제에 대해서는 말씀하지 않으셨으면 합니다. 나는 부인의 재산에 관한 부분은 예전에나 지금이나 아는 바가 전혀 없습니다. 그녀가 그걸 빼앗겼다는 것만 제외하고 말입니다. 말씀대로 제가 이 일에 집착하는 데는 다분히 개인적인 이유가 있습니다. 하지만 지금 이 순간은 물론 앞으로도 그 개인적인 동기가 결코 돈 문제와 얽히지 않기를 진심으로 바라고 있습니다."

그가 내 말을 끊고 해명을 하려 했다. 하지만 그가 나에 대해 돈과 관련한 의심을 품고 있다고 생각하자 흥분하지 않을 수 없었다. 나는 그의 말을 자르고 무뚝뚝하게 내 말만 이어갔다.

"제가 글라이드 부인을 위해서 감히 하고자 하는 이 일의 개인적인 동기에 돈은 아무 상관이 없습니다. 그녀는 잔인하게도 자기가 태어나서 자란 집에서 이방인으로 쫓겨났습니다. 그녀가 이 세상 사람이 아니라는 거짓말이 묘비에 또렷이 새겨져 있습니다. 그리고 이런 음모를 꾸민 두 남자는 아무 처벌도 받지 않고 잘 지내고 있습니다. 그래서는 안 되는 것입니다. 그녀의 고향집은 다시 그녀를 따뜻하게 환대해야 합니다. 그 거짓 장례식에 참석했던 사람들의 면전에서 말입니다. 거짓된 묘비 기록도 집주인이 지시해서 지워야 합니다. 법정의 재판관들은 그들을 못 잡겠지만, 반드시 저만은 그 둘로부터 자백을 받아낼 것입니다. 나는 이제 오로지 그 목적을 위해 내 목숨을 걸 것입니다. 신의 가호를 간절히 바라지만, 어쨌든 혼자서 이 일을 시작할 것이고 꼭 해내고 말 겁니다."

카일 씨가 책상으로 돌아가서 입을 굳게 다물었다. 그의 얼굴에는 고통의 기색이 서려 있었다. 그 표정은 내가 이성이 아닌 환상에 빠져 있다는 경고와 같았다. 이제야 자기 조언도 더는 소용없다는 것을 알겠다는 얼굴이었다.

"우리 견해가 서로 다르다는 걸 잘 알고 있습니다."

내가 입을 다시 열었다.

"이제 향후 어떤 결과가 나올지 지켜봐 주시기 바랍니다. 그리고 이 문제에 보여주신 관심과 배려에 진정으로 감사의 마음을 전합니다. 지금까지 해주신 말씀으로 볼 때 법적 구제가 전혀 불가능하지 않다는 걸 알게 된 것만으로도 큰 수확입니다. 비록 법적인 증거도 법률 비용으로 쓸 충분한 돈도 없지만 그건 차차 방법이 있을 겁니다."

나는 허리를 굽혀 인사를 하고 문으로 걸어갔다. 그때 그가 나가려는 나를 불러 세웠다. 그리고 면담 맨 처음에 내게 줄까 말까 망설였던 편지를 건네주었다.

"이 편지가 며칠 전에 도착했습니다. 이걸 할콤 양께 전해 주십시오. 그리고 현재로서는 충고의 말 외에는 달리 도움이 되지 못해 유감이라고도 전해 주십시오. 물론 제 충고는 그녀에게도 별 소용이 없겠지만요."

그가 말하는 동안 나는 편지를 바라보았다. 할콤 양에게 보내는 편지, 길모어 씨와 카일 씨의 변호사 사무실에서 보내는 편지였다. 필체는 처음 보는 것이었다. 방을 나가며 나는 마지막 질문을 던졌다.

"혹시 아실까 싶어 여쭤봅니다. 퍼시벌 글라이드 경이 아직 파리에 있습니까?"

"런던으로 돌아왔습니다."

카일 씨가 얼른 말했다.

"어제 그의 변호사를 만나서 들은 얘기입니다."

그 말을 듣고 나는 즉시 밖으로 나왔다. 사무실에서 나오면 괜히 발걸음을 멈추고 두리번거려 눈길을 끌지 않아야 했다. 나는 홀본의 광장들 중에 가장 한산한 쪽으로 걷다가 갑자기 걸음을 돌려 뒤로 쭉 뻗은 포장도로가 있는 곳으로 들어섰다.

광장 모퉁이에서 두 남자가 나와 동시에 걸음을 멈추었다. 순간적인 직감으로 나는 다시 걸음을 돌려 그들 쪽으로 향했다. 내가 가까이 가자 둘 중 한 사람이 움직이기 시작하더니 광장에서 길로 통하는 모서리를 타고 돌았다. 나머지 한 사람은 그대로 서 있었다. 나는 지나치면서 그 얼굴을 슬쩍 보았다. 역시 그들이었다. 내가 런던을 떠날 때 나를 감시했던 일행 중에 하나였다. 본능을 따랐자면 아마 걸음을 멈추고 그 자리에서 그에게 말을 걸고 때려눕혔을 것이다. 하지만 그럴 경우 어떤 결과가 나올지 생각해야 했다. 만일 공개적인 장소에서 폭행 사건을 일으켜 소란을 피우거나 그래서 유치장 신세라도 지게 된다면, 그것은 퍼시벌 경에게 고스란히 무기를 내다바치는 꼴이나 다름없었다. 그러니 머리를 굴려 약삭빠르게 행동하는 쪽이 나았다.

나는 두 번째 남자가 걸음을 옮긴 거리로 들어가서 그를 지나쳤다. 그리고 입구에서 기다렸다. 그의 얼굴은 낯설었지만 혹시 나중을 위해서라도 얼굴 생김새를 파악해야 했다. 나는 다시 걸음을 북쪽으로 옮겼고, 큰 길에 도착하자 서쪽으로 방향을 틀었다. 두 남자는 계속해서 나를 따라왔다.

나는 마차 정류장에서 약간 떨어진 곳에서 다시 걸음을 멈추었다. 거기서 텅 빈 이륜마차가 우연히 내 앞을 지나주기를 기다렸다. 몇 분 후 빈 마차가 오자 나는 재빨리 마차 안으로 뛰어들어 마부에게 멈추지 말고 하이드 파크 쪽으로 급히 가달라고 했다. 내 뒤의 감시자들이 탈 만한 마차는 오지 않고 있었다.

나는 그들이 다급하게 건너편 길로 건너가서 나를 쫓아서 달리는 걸 보았다. 하지만 나는 그들보다 한참 앞서 있었다. 마차를 멈추고 내렸을 때 그들의 모습은 보이지 않았고, 하이드 파크를 횡단하면서 텅 뚫린 거리에 다다르자 확실히 그들을 따돌렸다는 확신이 섰다.

이윽고 집 쪽으로 발걸음을 향했을 때는 이미 시간이 많이 흘러 어둠이 내려앉고 있었다.

집 안에 들어서니 좁은 거실에서 마리안 혼자 나를 기다리고 있었다. 마리안은 내가 오면 그녀가 그린 그림을 보여주겠다며 달래고 나서야 로라를 쉬게 할 수 있었다고 말했다. 로라가 그린 희미하고 작은 보잘 것 없는 그림이 탁자 위에 두 권의 책을 등받이 삼아서 반듯하게 놓여 있었다. 약하게 방을 밝히고 있는 촛불 하나가 그림을 비추고 있었다. 그림 자체는 빈약했지만 그것이 의미하는 우리의 인연이 강렬하게 내 마음을 뒤흔들었다. 나는 의자에 앉아 그림을 보면서 속삭이는 어투로 마리안에게 그날의 일을 말해 주었다. 방 사이의 벽이 너무 얇아서 심지어 로라의 숨소리까지 들리는 바람에 크게 말할 수 없는 형편이었다.

변호사와 나눈 이야기를 들려줄 때만 해도 마리안은 그럭저럭 마음의 평정을 유지하고 있었다. 그러나 나를 쫓아온 두 남자와 퍼시벌 경이 런던으로 돌아왔다는 말에 얼굴이 괴로움으로 일그러졌다.

"나쁜 소식이네요, 월터. 제일 끔찍한 소식이에요. 이야기 다 한 거예요?"

"줄 게 있어요."

나는 카일 씨가 전해 달라고 당부한 편지를 건네주었다. 그녀는 주소를 보자마자 즉각 그 필체를 알아보았다.

"누가 쓴 편지인지 알겠습니까?"

"너무 잘 알죠. 포스코 백작이에요."

그녀가 답하고는 편지를 뜯었다. 편지를 읽는 동안 안색이 점점 붉어졌다. 그걸 다 읽고 나에게 건네줄 때 그녀의 두 눈은 노기로 번득이고 있었다. 편지에는 이렇게 적혀 있었다.

이렇게 다시, 존경해 마지않는 위대한 마리안 씨에게 내 위대함을 알리고 경의를 표하게 돼서 영광이군요. 존경하는 귀하를 위하는 충심에서 다음 두 단어로 위안을 전합니다.

아무것도, 두려워 마십시오!

이제 귀하의 현명한 이성을 발휘해 모쪼록 은둔하시기를 바랍니다. 진정으로 존경하는 여인이여, 더는 위험한 생각을 거두시기 바랍니다. 이제는 조용히 물러나는 게 최선입니다. 평온한 가정에서 평온하게 지내는 것이야말로 신선한 공기 같은 축복이 아닐까요? 푹 누리십시오. 그 어떤 인생의 거친 풍파도 은둔의 계곡만큼은 감히 할퀴지 못할 겁니다. 친애하는 여인이여, 그 계곡에 깊이 머물러 계십시오.

반드시 그래야 합니다. 장담컨대 그렇게만 하시면 아무것도 두려워하실 게 없습니다. 그 어떤 재앙도 귀하의 이성을 건드리지 못할 겁니다. 이성은 우리에게 얼마나 유용한 것입니까. 그 무엇도 귀하를 괴롭히지 못할 겁니다. 귀하와 함께 은둔한 여인 또한 누구도 쫓지 않을 겁니다. 그녀는 이제 당신의 품속에서 새로운 은신처를 발견했군요. 그 얼마나 훌륭한 은신처입니까! 그녀가 새삼 부럽군요. 그녀를 거기 남겨두도록 하지요.

아버지의 마음으로, 마지막 온정의 경고 한 마디 드릴까 합니다. 이런 말을 할 정도로 제가 귀하께 존경심을 품고 있다는 것을 부디 헤아려 주시기 바랍니다.

더 이상 일을 만들지 마십시오. 더는 관심을 거두십시오. 아무도 위협하려 하지 마십시오. 당부컨대 제 손에 피를 묻히게 하지 마십시오. 아시다시피 저는 행동하는 위인입니다. 전 지금 귀하를 위해 무척이나 자제하고 있습니다. 내 에너지와 능력을 오로지 귀하를 위해 마지막까지 억누르고 있습니다.

만일 귀하 곁에 경솔한 친구가 있다면, 그의 섣부른 욕구를 달래주세요. 만일 하트라이트 씨가 영국으로 돌아온다면 결코 그와 만나서는 안 될 것입니다.

전 제 길을 담담히 갈 뿐입니다. 내 뒤로는 퍼시벌 경이 따라옵니다. 그런데 만약 그 길을 하트라이트라는 자가 가로막는다면 안타깝게도 그를 제거할 수밖에 없습니다.

이 편지에 적힌 유일한 사인은 첫 글자로 보이는 F뿐이었다. 이니셜 주변은 복잡한 장식 선으로 치장해 놓았다. 나는 심한 경멸감을 느끼며 편지를 탁자 위에 내던졌다.

"당신을 위협하려는 게 분명합니다. 다시 말해 그 자신이 두려워하고 있다는 증거지요."

내가 덤덤하게 읊조렸다. 그러나 그녀는 타고난 여성으로서, 나처럼 이 편지를 무덤덤하게 받아들이지 못했다. 그녀는 오만하기 짝이 없는 자상함으로 채색한 이 글귀들에서 감당하기 힘든 모욕을 느끼는 것 같았다. 탁자 너머 나를 바라보는 그녀의 두 손이 무릎 위에 단단히 쥐어져 있었다. 그 옛날의 불처럼 타오르는 기질이 다시 한 번 두 뺨과 눈에서 환하게 이글거렸다.

"월터."

그녀가 떨리는 목소리로 속삭였다.

"만일 그 두 인간을 당신 손아귀로 잡게 된다면, 그래서 둘 중 하나를 어쩔 수 없이 살려둬야 한다면, 백작은 안 됩니다."

"이 편지를 잘 보관하겠소. 그때가 오면 당신의 말을 기억하도록 말입니다."

내가 편지를 내 수첩 속에 넣는데, 그녀가 나를 유심히 쳐다보았다.

"그때가 오다니요?"

그녀가 내 말을 되풀이했다.

"어떻게 그렇게 미래를 확신하시죠? 당신은 오늘 카일 씨의 사무실에서는 실망만 느꼈고 미행까지 당했잖아요?"

"오늘 날짜는 세지 않을 겁니다. 오늘은 다른 사람에게 내 대신 일해 달라고 부탁한 날이니까요. 날짜는 내일부터 셀 겁니다."

"왜 내일부터죠?"

"내일부터는 내가 직접 행동에 돌입하는 날이니까요."

"어떻게요?"

"첫 차를 타고 블랙워터 파크로 가서 밤에 돌아올 겁니다."

"블랙워터 파크로요?"

"그렇소. 카일 씨와 헤어진 뒤로 많이 생각했습니다. 그의 의견 중에 하나가 내 생각과도 맞아떨어져요. 로라가 런던으로 떠난 날짜를 반드시 알아내야 한다고 말입니다. 음모를 진행하면서 그들이 소홀했던 한 가지 빈틈, 로라가 살아 있다는 걸 증명할 유일한 증거가 바로 그 날짜입니다."

"그렇다면."

마리안이 마침내 내 생각을 읽었다.

"의사의 사망증명서가 나온 뒤에도 사실은 로라가 블랙워터 파크를 떠나지 않았다는 걸 증명하겠다는 말인가요?"

"그렇소."

"당신은 어떤 이유로 로라가 그 사망신고 날 이후에 런던으로 떠났다고 믿는 거죠? 로라는 자기가 언제 런던에 도착했는지 아무 말도 안 했잖아요?"

"하지만 정신병원 원장이 당신에게 로라는 7월 27일에 입원했다고 하지 않았습니까? 아마 백작은 로라를 다루는 데 상당한 어려움이 있었을 거요. 이리저리 빼돌리면서 반항하는 걸 잠재우려고 약을 쓰고, 아무튼 무척 힘들었겠지요. 그러니 하루 이상 로라를 데리고 있는 게 벅찼을 겁니다. 그렇다면 로라는 7월 26일에 런던으로 떠났다는 결론이 나오고, 그날은 사망증명서에 적힌 날짜보다 하루 뒤입니다. 그 사실만 입증하면 퍼시벌 경과 백작을 몰아세울 확실한 증거를 확보하는 셈이 됩니다."

"맞아요, 이제 알겠어요! 그런데 어떻게 그 증거를 확보하죠?"

"마이컬슨 부인의 진술로 볼 때 두 가지 방법이 있지요. 하나는 의사인 도슨 씨에게 물어보는 겁니다. 그는 로라가 떠난 후 언제 자기가 블랙워터 파크에서 다시금 당신을 치료하게 되었는지를 기억하고 있을 겁니다. 두 번째는 퍼시벌 경이 홀로 나가서 밤을 지

155

낸 여인숙을 탐문하는 겁니다. 그가 홀로 나갔던 그날이 바로 로라가 런던으로 떠난 날이지요. 불과 몇 시간 차이로 벌어진 일이니까요. 그것만 알면 날짜를 확보할 수 있소. 충분히 해볼 만한 가치가 있습니다. 그래서 내일 하기로 결심했습니다."

"만일 일이 잘못되면 상황이 더 복잡해질지도 몰라요. 물론 최선의 결과를 기대해야 하겠지만, 혹시 블랙워터 파크에서 당신을 도와줄 사람은 생각해 보셨나요?"

"나를 도와줄 수 있고, 또한 도와줄 수밖에 없는 두 사람이 런던에 있습니다. 바로 퍼시벌 경과 백작이오. 보통 사람들은 날짜를 잊을 수도 있지만 그들은 죄인입니다. 죄인은 자기가 죄를 저지른 날짜를 잊지 못하는 법이지요. 다른 곳에서 증거를 확보하는 데 실패한다면 어떻게든 그 둘의 입으로 실토하게 만들 겁니다."

내가 말하는 동안 마리안의 얼굴에 여자들 특유의 분노가 떠올랐다.

"백작부터 실토하게 하세요."

그녀가 흥분을 감추지 않고 속삭였다.

"저를 위해서라도 백작부터 시작해 주세요."

"로라를 위해서 성공 가능성이 높은 사람부터 해야 하오."

내가 단호하게 대답했다. 그러자 그녀는 붉게 달아오른 얼굴빛을 누그러뜨리더니 고개를 끄덕였다.

"맞아요, 당신 말이 옳아요. 제 부탁이 너무 옹졸했군요. 참도록 애쓰겠어요. 지금 상황에서는 더 잘 참아야겠죠. 그런데 백작만 생각하면 이 못된 성질이 자꾸 되살아나요."

"그의 차례도 반드시 올 겁니다. 하지만 명심해야 합니다. 현재까지는 아직 그의 약점을 찾지 못했다는 겁니다."

나는 그녀가 마음을 추스를 때까지 기다렸다가 결정적인 말을 던졌다.

"하지만 마리안, 우리 둘 다 퍼시벌 경의 약점은 잘 알고 있지 않소."

"그 비밀 말이군요."

"그래요, 바로 그 비밀입니다. 그것이야말로 그를 확실히 흔들 무기요. 그가 어쩔 수 없이 자신의 안락한 삶에서 제 발로 걸어서 나오게 만들 수 있지요. 그의 정체와 흉악한 행동들이 탄로 나는 것이야말로 우리에게는 강력한 무기가 되지요. 백작이 무슨 짓을 계획했건 퍼시벌 경은 돈 이외의 또 다른 목적으로 백작의 음모에 동의했어요. 퍼시벌 경이 백작에게 했던 말, 분명히 들었지요? 아내가 자기 인생을 충분히 망칠 수 있을 만큼 자신에 대해 많은 것을 알고 있다고 말이오. 앤 캐서릭의 비밀이 밝혀지면 자기는 설 자리를 잃고 폐인이 될 거라는 말을 분명히 들었지요?"

"그럼요, 틀림없이 들었어요."

"그러니 마리안, 만일 다른 곳에서 증거를 찾지 못한다면 그 비밀을 알아야 합니다. 낡은 미신 하나가 여전히 내게서 떠나지 않고 있어요. 다시 말하지만 흰옷의 여인은 아직도 우리 세 사람에게 살아 있는 영향력을 미치고 있습니다. 결말은 이미 약속된 것이지요. 그 결말이 점점 다가오고 있고요. 그리고 앤 캐서릭은 무덤에 죽어서 누워 있는 이 순간에도 그 결말로 향하는 길을 가리키고 있어요."

5

햄프셔에서 진행한 내 첫 번째 조사는 다음과 같았다.

나는 런던에서 일찍 출발한 덕에 그날 오후 도슨 씨 집을 방문할 수 있었다. 하지만 그를 만난 결과는 썩 만족스럽지 않았다. 그의 노트에는 분명히 그가 할콤 양을 다시 진료하기 시작한 날짜가 적혀 있었다. 하지만 그 날짜로부터 거슬러서 로라가 떠난 날짜를 정확히 추론하는 게 쉽지 않았다. 마이컬슨 부인의 도움이 없이는 알아내기 불가능했는데, 언급했듯이 그녀의 기억력은 크게 기대할 만한 것이 못 되었다. 누구라도 그랬겠지만, 그녀는 도슨 씨가 진료를 다시 시작한 날짜와 로라가 떠난 날짜 사이의 간격을 기억해 내지 못했다. 물론 그녀는 로라가 떠난 바로 다음날 할콤 양에게 로라와 헤어지게 된 상황을 말해 주었다고 확신하고 있었다. 하지만 그녀는 안주인이 런던으로 떠난 뒤 얼마나 시간이 흘러 백작부인으로부터 사망 날짜가 적히지 않은 편지가 도착했는지는 정확히 계산하지 못했다. 더 문제를 꼬이게 만든 건 도슨 씨조차 병이 나서 몸이 아팠던 차라 평소 하던 기록을 손놓고 있었다는 점이다. 즉 그는 블랙워터 파크의 정원사가 마이컬슨 부인의 메시지를 전달한 날짜를 적어두지 못했다.

나는 도슨 씨로부터는 의미 있는 증거를 찾지 못하리라 판단하고, 다음 차례로 퍼시벌 경이 놀스베리에 도착한 날짜를 알아보기로 했다.

결과는 절망적이었다! 놀스베리에 도착했을 때 그 여인숙은 문이 굳게 닫힌 채 각종 청구서만 문에 덕지덕지 붙어 있었다. 사실 기차역에서부터 느낌이 좋지 않은 소문을 듣긴 했다. 철도가 들어선 뒤 역 주변에 들어선 새로운 호텔들이 그 지역 숙박업계를 장악했다는 소문이었다. 결국 그 문제의 여인숙도 두 달 전부터 문을 닫았다고 했다. 여인숙 주인은 가재도구들을 모두 챙겨 마을을 떠나버렸다. 그의 소재를 파악하려고 무척 애를 썼지만, 주변 사람들로부터 얻은 정보조차 제각각 달라서 큰 도움이 되지 않았다.

런던으로 가는 막차 시간까지는 몇 시간이 남아 있었다. 나는 놀스베리 역에서 마차를 타고 다시 블랙워터 파크로 향했다. 정원사와 지금 거기에 살고 있는 사람들로부터 정보를 캐기 위해서였다. 만일 그들로부터도 별다른 정보를 얻지 못하면 아무 소득 없이 마을로 돌아가야 했다.

나는 블랙워터 파크에서 약 1마일 떨어진 곳에 내린 뒤 마부로부터 가는 길을 물어서 저택까지 혼자 걸어갔다. 도로에서 오솔길로 접어드는 시점에, 한 남자가 여행용 가방을 들고 내 앞을 걸어 부지런히 저택 쪽으로 향하고 있는 것을 보았다. 그는 작은 키에 남루한 검은 옷을 입고 두드러지게 큰 모자를 쓰고 있었다.

나는 직감적으로 그가 변호사 사무원이라는 것을 눈치 챘다. 그래서 걸음을 멈추고 그와 거리를 두었다. 그는 내 인기척을 눈치채지 못했는데 뒤를 돌아보지 않았다. 그리고 곧 내 시야에서 사라졌다. 얼마 후 내가 정문을 통과했을 때 그의 모습은 보이지 않았다. 저택 안으로 들어간 것이 틀림없었다.

저택 안에는 여자만 둘 있었다. 한 사람은 나이 든 여인이었고, 다른 한 명은 마리안의 얘기로 미루어 볼 때 마가렛 포처가 틀림없었다.

나는 먼저 퍼시벌 경이 계시냐고 물었다. 없다는 말이 돌아왔다. 나는 그가 언제 여길 떠났냐고 다시 물었다. 두 여자 모두 여름에 떠났다고만 답했다. 마가렛 포처는 멍한 미소와 고갯짓 외에는 얼을 세 없어 보였고, 그나마 늙은 여인 쪽이 나아 보였다.

나는 그녀를 설득해 퍼시벌 경이 떠날 때 어떤 태도를 보였는지 알아보려 했다. 그리고 거기에서 어떤 느낌을 받았는지도. 그러자 그녀는 그 주인나리가 자기를 소리쳐 깨운 일과 다짜고짜 욕설을 퍼부은 것을 기억해 냈다. 하지만 그 일이 일어난 날짜를 기억하는 것은 그녀 스스로도 인정했듯이 능력 밖의 일이었다.

그들이 머무는 숙소를 떠나 멀지 않은 곳에서 일하고 있는 정원 사를 만났다. 처음 말을 건넸을 때는 상당히 나를 경계했지만 내가 마이컬슨 부인을 거명하고 공손한 태도를 보이자 그제야 마음을 놓고 기꺼이 대화에 응해 주었다. 다만 그 대화 내용도 그날 행한 탐문들과 마찬가지로 소득 없이 끝났다. 주인나리가 어느 날 밤 훌 쩍 떠났고, 그 날짜는 7월 중순 경이나 아니면 하순경이라는 게 정 원사의 말 전부였다.

그와 대화를 나누는 동안, 아까 봤던 검은 옷을 입고 커다란 모자 를 쓴 남자가 집에서 나오는 게 보였다. 그는 약간 떨어진 곳에서 우리를 살피면서 서 있었다. 아까부터 그가 블랙워터 파크에서 뭘 하고 있는 건지 의심이 들긴 했다. 더군다나 정원사도 그를 전혀 모른다는 것을 알고 나서는 의심이 더 커졌다. 나는 그 자리에서 그 의심을 해소하려고 했다. 이방인으로서 내가 그에게 다가가 던 질 수 있는 말은 뻔한 것이었다. 이 저택이 방문자를 허락하고 있 느냐는 질문이었다. 나는 즉시 그에게 다가가 이 질문을 던졌다.

그의 얼굴 표정이나 태도를 보니 내가 누구인지 알고 있는 게 분 명했다. 게다가 나를 성나게 만들어 한바탕 싸움을 걸려는 의도가 노골적이었다. 만일 내가 그의 거만하고 당돌한 대답에서 이런 기 미를 간파하지 못했다면 진짜 불상사가 벌어졌을 것이다.

그러나 나는 그에게 최대한 공손하게 답했다. 본의 아니게 간섭 을 해서 죄송하다고 하자, 그는 내 행동이 '불법 침입'이라고 말했 다. 아무튼 나는 머리를 숙이고 그 자리를 떠났다.

예상한 대로였다. 내가 카일 씨의 사무실을 나섰을 때 그 사실을 즉시 퍼시벌 경에게 보고된 것이 분명했다. 검은 옷의 남자가 블랙 워터 파크로 급파된 것도 그 때문일 것이다. 내가 블랙워터 파크와 그 주변을 탐문할 것을 예상하고 말이다. 만일 그 남자에게 조금의 빌미라도 줬다면 그는 그걸 십분 이용해서 나를 어떻게 해서든 유치장으로 보내려고 했을 것이다. 그렇게 하면 최소 며칠은 마리안과 로라와 떨어지게 할 수 있기 때문이다.

나는 런던에서도 그랬듯이 블랙워터 파크에서 기차역까지 까는 동안도 감시를 예상하며 움직였다. 하지만 이번에는 정말 미행을 당하고 있는지 아닌지 알 길이 없었다. 검은 옷의 사내가 내가 모르는 방법으로 나를 미행하고 있을지도 몰랐다. 하지만 기차역까지 가는 길이나 저녁에 런던 기차역에 도착할 때까지 그의 모습을 이 눈으로 보지는 못했다.

나는 걸어서 집으로 왔다. 곧장 가지 않고 주변 길가를 빙빙 돌았다. 가장 한산하고 인적 드문 곳에서 여러 번 걸음을 멈추고는 재빨리 뒤를 돌아보며 주변을 점검했다.

나는 이 방법을 중앙아메리카 오지에서 익혔다. 일행을 뒤쫓는 침입자들을 따돌리기 위해서였다. 그런데 이것을 다시 써먹게 되다니, 그것도 이 문명의 대도시 런던에서.

내가 없는 동안 마리안에게 별 일은 없었던 듯했다. 그녀는 나를 보자 애타는 심정으로 결과를 물었다. 그리고 내가 태연하게 아무 소득이 없었다고 말하자 내 담담함에 놀라는 표정을 지었다.

진실을 말하자면, 나는 내 탐문 결과에 대해 전혀 풀죽지 않았다. 그 탐문은 일종의 의무 절차일 뿐 크게 기대한 것도 아니었다. 차라리 싸워야 할 대상이 하나로 좁혀졌다는 사실에 위안마저 느낄 정도였다. 이제 남은 것은 나와 퍼시벌 글라이드 경과의 일대일 대결뿐이었다. 그때까지 일의 전개 과정에서 좀 더 고결한 동기들과 결부되었던 나만의 동기라는 것은 사실 복수심에 불과한 것인지도 몰랐다. 로라를 불행의 나락으로 떨어뜨린 장본인, 나와 로라를 헤어지게 한 악당과 드디어 한판 대결을 벌인다고 생각하니 오히려 기운이 나고 힘이 솟았다.

이처럼 내가 복수심을 극복하지 못했다는 것을 인정한다. 하지만 내 선의에 대해서는 정직하게 털어놓을 수 있다. 나는 그간 한 번도 나와 로라가 미래에 맺게 될 관계라던가, 퍼시벌 경을 손아귀에 넣었을 때 그로부터 되찾을 수 있는 사적인 배당금에 대해서는 의식적으로도 무의식적으로도 생각해 본 적이 없다. 즉 나는 단 한 번도 이런 식의 혼잣말을 한 적이 없다.

"만일 내 계획이 성공하면, 그로부터 그녀를 가져와서 내 품에 영원히 묶어두겠다."

나는 한 번도 로라를 이런 생각을 품고 바라본 적이 없다. 이전과는 달라진 그녀의 모습을 보면서 내가 느끼게 된 사랑은 아버지나 오빠가 느낄 법한 동정과 연민의 사랑이었다. 신 앞에서 맹세컨대 바로 이것이 내 가슴 가장 깊은 곳에 담아둔 감정이었다. 더 이상의 소원은 없었다. 오로지 그녀가 회복되고, 다시 생기를 되찾아 행복해지고, 예전에 그랬듯이 나를 바라보고 대화할 수 있기를 바랄 뿐이다. 내가 바라는 미래의 가장 벅찬 행복과 소원은 바로 거기까지였다.

지금 이 글은 느닷없는 감상에서 나온 것이 아니다. 지금 적고 있는 이 글은 머지않아 끝날 것이고, 이제 사람들은 이 글을 통해 내 행동의 옳고 그름을 판단할 것이다. 그날이 올 때를 대비해서 내 마음의 악과 선을 적절히 알리는 쪽이 옳을 것이다.

햄프셔에서 돌아온 다음날 아침, 나는 마리안을 위층의 내 작업실로 데리고 가서 그간 생각해 놓은 계획을 펼쳐 보였다. 그것은 퍼시벌 글라이드 경의 가장 공격하기 쉬운 허점을 찾아내겠다는 계획이었다.

그 비밀로 향하는 길은 우리가 아직 헤아리지 못하고 있는 수수

162

께끼, 바로 흰옷을 입은 여인의 수수께끼를 반드시 통과해야 했다. 그러려면 먼저 앤의 어머니인 캐서릭 부인의 도움이 필요했다. 또한 캐서릭 부인을 설득해서 이 수수께끼와 관련한 행동이나 말을 캐낼 수 있을지 여부는 또한 클레먼츠 부인에게 달려 있었다. 그녀로부터 캐서릭 부인이 살았던 지역과 그 가족사에 얽힌 이야기를 얼마나 확보할 수 있느냐가 중요했다.

곰곰이 생각한 끝에 우리는 먼저 앤 캐서릭의 충실한 친구이자 보호자였던 클레먼츠 부인과 면담을 가지는 것으로 새로운 탐문을 시작해야 한다고 확신했다. 그렇다면 첫 번째 관문은 그녀를 어디서 어떻게 찾는가였다.

나는 마리안이 어떻게 해서든 이 문제의 실마리를 풀어줄 수 있으리라 기대했다. 예상대로 그녀는 리머리지 근처 농장인 토드 코너로 편지를 쓰면 어떻겠냐고 제안했다. 지난 몇 개월 사이에 클레먼츠 부인과 토드 코너 사이에 서신 왕래가 없었는지 물어보겠다는 것이다. 어떤 연유로 앤 캐서릭과 클레먼츠 부인이 헤어지게 되었는지 우리로서는 아는 바가 없었다. 하지만 일이 그렇게 된 이상 클레먼츠 부인이 행방이 묘연해진 앤을 수소문하기 위해 그녀의 발길이 머물 만한 곳을 모조리 뒤졌으리라는 것쯤은 어렵지 않게 짐작할 수 있었다. 마리안의 제안을 듣는 순간 좋은 예감이 들었다. 그녀는 그날 곧바로 토드 부인에게 편지를 썼다.

답장을 기다리는 동안, 나는 마리안으로부터 퍼시벌 글라이드 경의 가족 관계나 그의 어릴 때 이야기와 관련된 모든 정보를 숙지했다. 이 부분에 대해 마리안은 남들에게서 들은 얘기를 전하되 거기에 이성적인 근거를 실어주었다.

퍼시벌 경은 외아들이었다. 그의 아버지 펠릭스 글라이드 경은 태어날 때부터 불구였고, 어릴 때부터 고통 속에서 철저히 외부와 단절된 채 자랐다. 그의 유일한 기쁨은 음악뿐이었으므로 결혼도 비슷한 취향을 가진 여자와 했다. 그녀는 매우 수준 높은 연주자였다고 한다.

퍼시벌 경의 아버지는 젊은 나이에 유산을 물려받았고, 아내와 함께 블랙워터 파크의 주인이 된 뒤에도 바깥출입을 하지 않았다. 그들을 꼬드겨서 은둔처에서 걸어 나오도록 하는 사람도 없었다. 단 한 사람, 비극적인 재앙을 몰고 온 교구목사를 제외하고 말이다.

목사는 최악의 참견꾼으로 과도한 열정이 문제였다. 물론 순수한 동기로 그들에게 접근했다고는 하지만 결국 문제만 일으켰다. 그는 펠릭스 경이 과격한 혁명론자이자 무신론자로 낙인 찍혀 대학을 그만두게 되었다는 얘기를 듣고서는 그를 교회로 끌어들여 건전한 설교를 듣도록 하는 것을 자신의 신성한 임무라고 믿었다.

그러나 그의 간섭은 방향이 빗나갔고 그로 인해 펠릭스 경으로부터 격렬한 분노를 샀다. 결국 목사는 차마 귀로 듣지 못할 치욕적이고 거친 비난을 받고 쫓겨나야 했다. 그 비난이 얼마나 거칠었는지 이 이야기를 들은 이웃 교인들이 펠릭스 경의 무례함에 항의하는 글을 보내고, 심지어 그의 장원 내에 거주하는 이들조차 과감하게 영주에게 자신들의 불쾌함을 전할 정도였다.

그러나 펠릭스 경은 땅에 대한 집착이나 영지에 대한 의무감 같은 게 없었다. 또한 자기 땅에서 먹고사는 누구에게 애정을 품어본 적도 없었다. 결국 이 사태로 말미암아 그는 누구도 블랙워터 파크에 간섭할 수 없게 해야 한다면서 그곳을 떠났다. 그리고 런던에 잠시 머문 뒤 아내와 대륙으로 건너가 다시는 영국으로 돌아오지 않았다. 그는 프랑스와 독일을 번갈아 오가면서 지냈는데, 거기에서도 자기의 불구에 민감했던 나머지 외부와는 접촉을 피했다.

이처럼 타국에서 태어난 아들 퍼시벌은 가정교사의 교육을 받으면서 자랐다. 어머니가 먼저 그를 남겨두고 세상을 떴으며, 그 몇 년 뒤에 아버지마저 사망했는데 1825년 아니면 1826년의 일이었을 것이다.

그 동안 퍼시벌 경은 영국에 한두 번 다녀간 적이 있었다. 그러나 작고한 페어리 씨와의 친분은 부친상 이후에 생긴 것이었다. 두 사람은 얼마 안 가 가까운 사이가 되었지만 그 시절 퍼시벌 경이 리머리지 가를 방문한 적은 거의 없었다고 했다.

한편 작고한 페어리 씨의 동생인 프레더릭 페어리 씨는 일행들 모임에서 퍼시벌 경을 한두 번 보고 인사를 나눴을 뿐, 그때나 그 이후로나 더 이상의 교분은 없었다고 했다. 즉 페어리 가문에서 퍼시벌 경이 가깝게 지낸 사람은 유일하게 로라의 아버지뿐이었다.

이것이 마리안으로부터 들은 퍼시벌 경에 대한 이야기의 전부였다. 목표로 다가가는 데 쓸 만한 정보는 없었지만, 그래도 미래에 중요하게 될지 모를 일말의 가능성에 대비해 이 내용을 일일이 기록했다.

토드 부인의 편지가 우리 부탁대로 약속한 날짜에, 우리가 사는 주소지에서 얼마 떨어진 우체국에 도착해 있었다. 그간 줄곧 불리하게 전개되던 상황들이 그때부터 유리한 방향으로 돌아가기 시작했다. 토드 부인의 편지에는 우리가 찾던 정보의 첫 항목이 들어 있었다.

편지에 적힌 바에 의하면, 예상대로 클레먼츠 부인은 토드 코너로 편지를 보냈다. 먼저 제대로 감사의 뜻도 표하지 못하고 불시에 토드 코너를 떠나게 되었던 것에 유감을 표했다. 그리고는 앤 캐서릭이 행방불명되었다는 소식을 전하면서 만일 앤 캐서릭이 리머리지 근처에서 발견되면 꼭 자신에게 알려달라고 간곡히 부탁했다. 그리고 클레먼츠 부인과 언제든 연락할 수 있는 주소도 적어 놓았다.

그 주소가 지금 마리안의 손에 들어와 있었다. 그곳은 우리가 사는 곳에서 도보로 삼십 분 남짓 떨어진 곳이었다. 나는 쇠뿔도 단김에 빼라는 격언대로 행동하기로 했다. 다음날 아침 곧바로 클레먼츠 부인을 만나기 위해 출발한 것이다. 본격적인 탐문의 첫 걸음이었다.

내가 그토록 기다렸던, 그리고 이 글을 읽는 여러분들도 궁금하게 여겼던 이야기들이 이제 비로소 시작된다.

6

나는 토드 부인이 알려준 대로 그레이 하숙 지역 근처의 잘 꾸며진 거리에 위치한 하숙집으로 향했다. 노크를 하자 클레먼츠 부인이 직접 문을 열어주었다. 그녀는 나를 기억하지는 못하는 것 같았다. 그저 무슨 일로 왔냐고 물었다.

나는 내가 리머리지 교회 묘지에서 흰옷을 입은 여자와 만났고, 그녀와 대화를 나누던 중 부인도 나를 봤다는 사실을 상기시켰다. 그리고 조심스레 앤 캐서릭이 정신병원에서 빠져나가는 데 도움을 준 장본인이라고도 말했다(이것은 앤 캐서릭 스스로 말한 부분이기도 했다). 이 정도가 클레먼츠 부인에게 신뢰를 얻기 위해 내가 할 수 있는 전부였다. 이 말을 하자 그녀는 내게 거실로 들어오라고 했다. 나에게서 앤 캐서릭에 대한 소식을 들을 수 있을 것인지 크게 기대하는 눈치였다.

낯선 사람에게 이 음모의 구체적인 내용을 말하는 것도 위험했지만, 그렇다고 세부적인 사실을 말하지 않고 전체적인 진실을 알아낼 수도 없는 노릇이었다. 그래서 나는 가능하면 그녀가 헛된 희망을 품지 않도록 최선을 다했으며, 내가 찾아온 목적은 앤 캐서릭의 실종에 책임이 있는 사람들을 찾아내기 위해서라는 점을 전달했다. 덧붙여 나는 절대로 앤을 추적할 사람이 아니고, 이미 그녀는 이 세상 사람이 아니라고 믿고 있다는 점도 말해 주었다. 또한 내 목적은 그녀를 납치한 것으로 보이는 두 남자를 법의 심판대 위에 올리는 것이라고 말했다. 그 두 남자는 앤은 물론, 나와 내 절친한 두 사람에게도 감히 인간으로서 범할 수 없는 죄를 지었고 우리를 고통의 나락으로 내몰았다고 말했다. 이렇게까지 설명한 다음 클레먼츠 부인도 내 관점에 동의하는지, 그리고 내 목표를 달성하기 위해 부인이 알고 있는 정보들을 공유해 줄 수 있겠는지 모든 걸 전적으로 그녀의 판단에 맡긴다고 말했다.

가련한 부인은 처음에는 너무 당황하고 긴장해서 내가 무슨 말을 하고 있는지 잘 이해하지 못했다. 그저 앤을 도와준 사람이니 뭐든지 성실하게 답해 주겠다고 말했다. 그리고 마음이 혼란스러워서 낯선 사람에게 뭘 어디부터 말해야 좋을지 모르겠다며 도리어 어떻게 얘기를 시작하는 게 좋겠냐고 내게 물었다.

경험상 생각을 정리하는 데 익숙하지 않은 사람에게 뭔가를 얻어 내는 가장 좋은 방법은 복잡한 회상을 피하고 사건 발생 처음부터 시작하는 것이었다. 그래서 먼저 리머리지를 떠난 뒤 무슨 일이 일어났는지부터 물었다. 그렇게 한 걸음 한 걸음씩 본래의 목적지인 앤의 사라진 시점으로 접근하기 시작했다. 내가 부인에게서 들은 내용은 아래와 같다.

토드 코너 농장을 떠난 그날, 그들은 더비까지 먼 여행을 했다. 거기에서 앤을 위해 일주일 동안 머무른 뒤 런던으로 갔고, 당시 클레먼츠 부인이 살던 하숙집에서 한 달 이상을 지냈다. 하지만 집과 집주인과 관련된 어떤 문제 때문에 본의 아니게 다른 곳으로 거주지를 옮겨야 했다.

그리고 그 무렵 클레먼츠 부인도 런던이나 그 근교에 있다가는 외출할 때 발각될지도 모른다는 앤의 공포를 급기야 이해하게 되었다. 결국 부인은 앤을 데리고 영국에서 가장 외진 곳으로 가기로 결심했다. 영국 동부에 위치한 링컨셔에 있는 그림스비라는, 작고 한 부인의 남편이 젊은 시절을 쭉 보낸 고향마을이었다.

그 도시에 정착해 살고 있는 남편의 친척들은 덕망 높은 지역 토박이들이었다. 그들은 클레먼츠 부인에게 늘 자상했다. 클레먼츠 부인은 거기보다 나은 곳이 없다는 결론을 내리고 남편 친구들의 조언을 구하기로 결정했다. 게다가 앤도 한사코 자기 어머니가 살고 있는 웰밍헴에는 가지 않겠다고 거부하던 차였다. 거기에서 정신병원으로 옮겨졌을 뿐 아니라 언제든 퍼시벌 경이 찾아와서 그녀를 찾아낼 수 있기 때문이었다. 그녀의 반대가 너무도 완강해서 클레먼츠 부인도 어쩔 수 없었다.

그림스비에 있을 때 앤에게 심각한 징후가 나타났다. 신문에 게재된 글라이드 부인의 결혼 소식을 읽은 직후의 일이었다. 앤을 진료한 의사는 그녀가 심장에 치명적인 이상이 있다고 진단했다. 질병은 오래 지속되면서 그녀를 몹시 허약한 상태로 만들었다. 일정한 간격을 두고 병이 재발을 거듭해서 결국 그들은 그림스비에서 반년을 보내야 했다. 더 오래 머물 수도 있었지만, 앤의 갑작스런 결심, 당장 글라이드 부인과 만나야 한다는 결심이 그곳을 떠나게 만들었다.

물론 클레먼츠 부인은 온 힘을 다해 그 무모하고 위험한 행동을 막으려고 했다. 앤은 왜 그래야 하는지 구체적인 설명도 하지 않았다. 그저 자기 명줄이 다했고, 죽기 전에 글라이드 부인을 만나 꼭 전해야 할 이야기가 있다는 게 설명의 전부였다. 어떤 위험을 무릅쓰고라도 반드시 만나야 한다고 했다. 결심이 워낙 단호해서 부인이 내켜하지 않는다면 자기 혼자서라도 가겠다고 주장했다. 또한 의사와 상담한 결과 지나치게 의지를 꺾는 것도 치명적인 발작을 일으킬 수 있다고 했다.

의사의 충고를 듣고 나니 클레먼츠 부인도 어쩔 수 없이 그녀의 의견에 따를 수밖에 없었다. 그래서 다시 한 번 위험과 어려움을 각오하고 앤이 자신의 길을 가도록 허락했다.

그런데 런던에서 햄프셔로 가는 도중에 우연히 누군가와 동석을 했는데 그가 블랙워터 파크에 대해 잘 알고 있어서 그로부터 지역의 정보를 자세히 얻을 수 있었다. 이렇게 해서 그들은 퍼시벌 경이 사는 곳에서 멀지도 않고 위험하지도 않은 샌던이라는 큰 마을에 머무르기로 했다. 이 마을에서 블랙워터 파크까지는 5킬로미터 정도 떨어져 있었다. 그러니까 앤이 호숫가에 모습을 나타났을 때 앤은 직접 걸어서 이 거리를 오갔던 것이다. 두 사람은 처음 며칠은 남의 눈에 띄지 않고 샌던에서 약간 떨어진 한 선량한 미망인의 오두막에서 지냈다. 그녀는 두 사람에게 침대를 내주었고 클레먼츠 부인은 주인의 언행을 단속하기 위해 노력했다. 그렇게 일주일은 조용히 흘러갔다.

한편 부인은 앤에게 글라이드 부인에게 우선 편지부터 보내는 게 어떻겠냐고 말했지만, 앤은 일전의 익명의 편지가 실패로 끝난 만큼 이번에는 직접 말하겠다고 고집을 부렸다. 게다가 혼자 가겠다고 단호하게 동행을 거절했다. 그럼에도 부인은 앤이 호숫가로 갈 때마다 몰래 뒤를 따라갔다. 물론 들키지 않게 약간의 거리를 두었기 때문에 보트 창고까지는 접근하지 못했으므로 거기에서 벌어진 일도 목격하지 못했다.

그런데 먼 길을 걸어서 오가기를 여러 차례 하던 중에 결국 앤은 그림스비에서 얻은 병이 심하게 재발해 침실에서 꼼짝도 못하고 누워 지내게 되었다. 클레먼츠 부인은 경험으로 보건대 이런 시급한 상황에서는 마음의 고통을 진정시키는 것이 가장 시급한 조치라고 생각했다. 그래서 이 착한 부인은 다음날 앤을 대신해 호숫가로 왔다. 앤은 글라이드 부인이 나타날 거라고 장담했고, 클레먼츠 부인은 글라이드 부인을 만나면 이 샌던의 오두막집으로 데려올 생각이었다.

그런데 전나무 숲 끝에 다다랐을 때 클레먼츠 부인이 만난 사람은 글라이드 부인이 아닌, 손에 책을 든 키 크고 뚱뚱한 나이 든 신사인 포스코 백작이었다.

백작은 한순간 그녀를 유심히 바라보더니 여기에서 누구를 만나기로 했냐고 물었다. 그리고는 부인이 미처 대답도 하기 전에 자신은 글라이드 부인의 전언을 가지고 누군가를 기다리는 중인데, 자기 앞에 서 있는 사람이 글라이드 부인이 말했던 인상착의와 일치하는지는 확신할 수 없다고 말했다.

이 말을 듣자 부인은 그에게 자기가 온 이유를 다 말해 버렸다. 그런 뒤 부디 글라이드 부인의 말을 전해서 앤의 고통을 덜어주는 데 도움을 달라고 간청했다. 백작은 아주 흔쾌하고 친절하게 그 요청에 응했다.

그는 이 전언이 매우 중요하다고 말했다. 앤과 친구 분이 어서 런던으로 돌아가길 바란다는 내용이었다. 얼마 후면 퍼시벌 경이 두 사람을 곧 찾아낼 것이기 때문이다. 또한 글라이드 부인도 곧 런던으로 갈 예정이니 먼저 가서 주소를 알려주면 보름 남짓 후에 그들을 찾아갈 것이라고 했다.

덧붙여서 그는 자기도 직접 앤 캐서릭에게 경고의 말을 전하려 했는데 앤이 낯선 얼굴을 보고 너무 놀라서 미처 전할 기회가 없었다고 말했다. 클레먼츠 부인은 예상치 못한 소식을 듣고 놀라서 이렇게 말했다. 자기도 앤을 데리고 빨리 런던으로 돌아가고 싶지만, 앤이 아주 지독한 병에 걸려서 옴짝달싹 못하는 처지라고 말이다.

이 말을 듣자 백작은 의사를 불렀냐고 물었다. 부인은 부르려고 했지만 자신들의 위치가 노출될까 두려워서 못 그랬다고 말했다. 그러자 백작은 다행히 자기도 의사이니 괜찮다면 직접 가서 임시 처방이라도 해주겠다고 했다. 클레먼츠 부인은 글라이드 부인의 중요한 전언을 가져온 사람이라면 믿어도 괜찮겠다는 생각에 감사히 그 제안을 받아들여 백작과 함께 오두막으로 돌아갔다.

그들이 도착했을 때 앤은 잠들어 있었다. 백작은 그녀의 모습을 보고 깜짝 놀라는 얼굴이었다. 아마 글라이드 부인과 꼭 닮은 모습 때문이었을 것이다. 그러나 가련한 클레먼츠 부인은 백작이 앤의 심각한 상태에 충격을 받았다고만 생각했다. 백작은 앤을 깨우지 않았다. 증상에 대한 몇 가지 질문을 던지고 환자의 얼굴을 보면서 맥박을 가볍게 재본 게 다였다.

샌던은 식료품과 약을 파는 상점이 있는 제법 큰 마을이었다. 이후 백작은 그 상점에서 처방전을 쓰고 약을 지었다. 그리고 조제한 약을 오두막으로 가져왔다. 그의 말에 의하면 이 약은 매우 강력한 자극제로서 앤이 잠에서 깨어나서 런던으로 여행하는 몇 시간 동안 피로를 견딜 수 있을 정도라고 말했다. 또한 이 약을 다음날까지 정해진 시간에 복용해야 하며, 그러면 사흘째 되는 날에는 여행을 할 수 있을 정도로 충분히 기력을 되찾을 것이라고 했다. 덧붙여 자신은 그 사흘째 되는 날에 블랙워터 파크 기차역에서 그들을 만나 배웅하겠다고 약속했다. 두 사람은 꼭 정오 열차로 떠나야 하며, 만일 당신들이 역에 나타나지 않으면 앤의 건강이 악화된 걸로 생각하고 곧장 오두막으로 오겠다는 자상한 배려까지 보였다.

우려했던 일은 일어나지 않았다. 약효가 얼마나 좋았는지 앤은 곧 기력을 되찾았다. 또한 런던에서 글라이드 부인을 만나게 될 것이라고 말하자 더 기운이 솟는 듯했다.

드디어 약속한 날짜와 시간이 다가와서(기껏해야 두 사람은 햄프셔에 고작 일주일 정도 머무른 셈이었다) 두 사람은 역으로 갔다. 백작이 두 사람을 기다리고 있었다. 백작은 어떤 나이 든 여인과 대화를 나누고 있었는데 차림새를 볼 때 역시 런던으로 가는 모양이었다. 백작은 특유의 친절함과 공손함으로 그들을 따뜻이 맞이하고 몸소 객차

안까지 짐을 들어주었다. 그리고 재차 클레먼츠 부인에게 런던에 도착하는 즉시 글라이드 부인에게 주소를 알려달라고 부탁했다. 나이 든 여인은 그들과 같은 객차에 탑승하지 않아서 런던에 도착했을 때는 모습을 볼 수 없었다.

런던에 도착한 클레먼츠 부인은 그럴듯한 하숙집을 찾아 거처를 정하고 곧장 글라이드 부인에게 자기들 거주지를 알리는 편지를 썼다. 그런데 보름이 지났지만 아무 소식이 없었다. 그 즈음 기차역에서 봤던 노부인이 마차를 타고 그들을 방문했다. 듣자하니 글라이드 부인의 지시로 왔다고 했다. 글라이드 부인은 지금 런던의 한 호텔에 머무르고 있으며 앤과의 만남에 앞서 클레먼츠 부인을 먼저 보고 싶어 한다고 전했다. 클레먼츠 부인은 기꺼이 그러겠다고 답했는데(함께 있던 앤도 그렇게 하라고 부인을 재촉했다) 기껏해야 삼십분 정도만 집을 비우면 됐기 때문이다.

결국 부인과 그 귀부인(백작부인이었던 게 분명하다)은 마차를 타고 떠났다. 그런데 마차를 탄 지 얼마 안 돼 귀부인이 잠시 마차를 가게 앞에서 멈췄다. 깜빡 잊고 사지 않은 물건이 있으니 몇 분만 기다려 달라는 것이다. 하지만 그녀는 그렇게 마차에서 내린 뒤 다시 나타나지 않았다.

얼마를 기다리다가 뭔가 조짐이 이상하다는 걸 느낀 부인은 마부에게 곧장 하숙집으로 돌아가자고 말했다. 그리고 삼십 분 이상 지난 뒤에 도착해 보니 앤이 사라져 있었다. 그에 대한 정보는 하숙인들을 시중들던 하녀에게서 들은 게 전부였다.

그날 하녀는 어떤 길거리의 소년에게 문을 열어주었다. 소년은 이층에 거주하는 젊은 여자에게 전해 달라며 편지를 건네주었다. 이층은 클레먼츠 부인이 묵고 있는 방이었다.

그래서 하녀는 편지를 전하고 아래층으로 내려왔는데 오 분 뒤에 앤이 보닛 모자와 숄을 걸치고 집을 나서더라는 것이다. 그 편지는 앤이 가지고 나간 게 분명했다. 방에는 어떤 편지도 없었다. 따라서 어떤 내용이 앤을 밖으로 이끌었는지 알 길이 없었지만, 매우 강력한 유인의 힘을 가진 내용이었던 게 틀림없었다. 왜냐하면 그간 앤은 자발적으로 혼자 런던 길거리로 나간 적이 한 번도 없었기 때문이다. 만일 앤이 이렇게 혼자서도 바깥에 나갈 것이라고 생각했다면 부인은 결코 삼십 분이라도 앤을 홀로 두고 나가지 않았을 것이다.

여러 생각 끝에 클레먼츠 부인은 제일 먼저 정신병원에 가야겠다고 생각했다. 앤이 다시 거기에 갇혔을지 모른다는 두려움이 강하게 밀려왔다. 부인은 바로 다음날 정신병원으로 향했다. 정신병원의 위치는 앤이 말해 준 적이 있었다. 그러나 거기서 들은 대답은 (그녀가 면회 신청을 부탁한 날짜는 미루어 보건대 가짜 앤 캐서릭이 입원하기 하루나 이틀 전일 것이다) 그런 사람이 다시 입원한 일은 없다고 했다.

그래서 부인은 그 다음으로 웰밍헴에 있는 캐서릭 부인에게 편지를 써서 혹시 딸 소식을 들었냐고 물었다. 답장에는 그렇지 않다는 내용이 적혀 있었다. 그 답장을 받고 부인은 앞이 캄캄해졌다. 어디서, 어떻게, 무엇을 해야 할지 막막할 따름이었다. 그리고 부인은 그때부터 지금까지 무엇 때문에 앤이 사라졌고 결국 앤에게 어떤 일이 일어났는지를 전혀 모르고 있었다.

7

지금까지 클레먼츠 부인이 들려준 이야기는 비록 내가 몰랐던 것들임에는 분명하지만 사실상 서론에 불과한 것들이었다. 확실한 건 앤 캐서릭을 런던에서 제거해 클레먼츠 부인과 갈라놓은 장본인이 백작 부부였다는 점이다. 그렇다면 두 사람의 행동 중에 어떤 부분을 사법적으로 처벌할 수 있을지 곰곰이 생각해 볼 가치가 있었다.

하지만 지금은 그것보다 중요한 게 있다. 내가 클레먼츠 부인을 방문한 건 퍼시벌 경의 비밀을 알아내는 첫 실마리를 찾기 위해서였다. 하지만 아직까지는 나를 그 목적지로 이끌어주는 언급을 듣지 못했다.

여기서 나는 그녀가 집중하고 있는 부분을 살짝 틀어서 다른 사건들과 경우들, 특정 시간들에 대한 그녀의 기억을 되살려야 할 필요성을 느꼈다. 나는 곧바로 다음의 주제들로 넘어가면서 내 목적을 단도직입적으로 말하는 대신 간접적으로 시사했다.

"이런 참변을 당했으니 저도 부인께 조금이나마 도움이 되고 싶군요."

나는 화제를 돌렸다.

"그런데 제가 할 수 있는 거라곤 부인의 쓰라린 심정을 똑같이 나누는 것뿐입니다. 캐서릭 양이 설령 부인의 친딸이었다고 해도 그 이상의 자상함과 헌신을 보여줄 수 없었을 겁니다."

"그리 대단할 것도 없어요."

부인이 담담하게 되뇌었다.

"그 불쌍한 아이는 내 자식이나 다름없습니다. 갓난아이 때부터 제가 키웠거든요, 선생. 물론 키우는 게 힘들기는 했지만, 직접 옷을 만들어 입히고 걸음마를 가르치지만 않았어도 이렇게 가슴이 찢어지진 않았을 겁니다. 전 늘 그랬죠. 제가 박복해서 자식이 없다는 걸 아신 하늘이 그 아이를 보내주셨다고 말이에요. 이제 그 아이를 잃고 나니 옛 기억들이 밀려오는군요. 이렇게 나이를 먹었는데도 그 아이를 생각하면 눈물을 멈출 수가 없어요. 정말입니다, 선생!"

나는 부인이 마음을 추스를 때까지 기다렸다. 앤의 어린 시절에 대한 이 선량한 부인의 기억 속에서 내가 그토록 찾아 헤매던 빛을 발견할 수 있을까?

"앤이 태어나기 전부터 캐서릭 부인을 아셨습니까?"

내가 먼저 운을 떼었다.

"그리 오래는 아닙니다, 앤이 태어나기 넉 달 전쯤에 알게 되었지요. 당시 우리는 자주 보긴 했지만 그렇게 친하진 않았지요."

그녀의 목소리는 어느 정도 진정되어 있었다. 그녀가 가슴을 찢는 아픔 속에서도 그것을 억누르고 무의식적으로 희미한 과거를 더듬어가고 있다는 게 큰 다행으로 느껴졌다.

"이웃 사이였습니까?"

나는 기억의 불씨를 최대한 살리기 위해 질문을 계속했다.

"네, 옛 웰밍헴의 이웃 지간이었죠."

"옛 웰밍헴이라니요? 그렇다면 햄프셔에 웰밍헴이 두 개라는 말씀인가요?"

"이십삼 년 전만 해도 그랬지요. 약 30킬로 떨어진 강 근처에 살기 좋은 새 도시를 지은 거죠. 그래서 규모 작은 옛날 웰밍헴은 초라하게 죽은 도시가 되고, 대신 그 새 도시가 지금 사람들이 웰밍헴이라고 부르는 곳이 되었지요. 그래도 옛날 교구 교회는 여전히 그 자리에 있습니다. 집들은 사라지고 주변 모든 게 폐허가 되었어도 교회는 여전하지요. 저는 오래 산 죄로 그 모든 게 그처럼 슬프게 변해가는 걸 목격했지만, 제가 젊었을 때만 해도 그 교회는 참 예쁘장하고 좋은 곳이었답니다."

"부인께서는 결혼 전부터 거기에 사셨습니까?"

"그렇지 않아요. 전 노퍽 출신이에요. 그렇다고 제 남편의 고향도 아니지요. 말씀드렸듯이 제 남편은 그림스비 출신이고 거기서 도제 생활을 했지요. 그런데 남쪽에 있던 친구들이 거기서 사업장 문을 연다는 소식을 듣고 사우샘프턴에서 사업을 시작했지요. 사업이라고 하기에는 작은 규모였지만 남편은 소박한 분이라 은퇴한 후에도 먹고 살기 충분할 만큼 돈을 모아서 옛 웰밍헴에 정착했답니다.

우리가 결혼하고 나서부터는 거기서 살았지요. 비록 젊은 부부는 아니었지만 우리는 정말 행복했답니다. 이웃 부부였던 캐서릭 씨네보다도요. 캐서릭 씨는 저희보다 일이 년 늦게 아내와 함께 옛 웰밍헴에 살기 시작했지요."

"그렇다면 부군께서는 그 전부터 그들과 알고 지내셨던 겁니까?"

"부인하고는 모르는 사이였고, 캐서릭 씨와는 잘 아는 사이였습니다. 우리 부부에게 캐서릭 부인은 낯선 사람이었어요. 캐서릭 씨는 한 신사 분의 도움으로 웰밍헴 교회에서 사환 일을 맡게 되었고, 그 덕에 우리와 이웃이 되었답니다. 그는 갓 결혼한 아내를 데리고 왔어요. 얼마 후 들은 얘기로는 그 부인은 사우샘프턴 근처의 바넥 홀에 살던 한 귀족 가문의 안주인을 모시던 하녀였다더군요. 캐서릭 씨는 처녀 시절 캐서릭 부인이 지나칠 정도로 콧대가 높아서 결혼도 어렵게 했지요. 몇 번이나 청혼을 했는데 계속 그 청혼을 뿌리쳤거든요. 그런데 그가 결국 결혼을 포기할 즈음 갑자기 그녀가 태도를 돌렸다고 해요. 결혼하자고 직접 찾아왔답니다. 무슨 이유나 그럴듯한 핑계도 없이 말이죠. 제 남편은 입버릇처럼 그때 따끔하게 버릇을 고쳐놨어야 했다고 말했지요. 하지만 캐서릭 씨는 아내를 너무 좋아했고, 그럴 수 있을 만한 인물도 아니었어요. 그는 결혼 전이나 하고난 뒤나 한 번도 그녀에게 싫은 소리를 못했지요. 그는 쉽게 감정에 휘둘리는 기분파라서 감정이 이끄는 대로 이리 쏠렸다 저리 쏠렸다 했지요. 아마도 캐서릭 부인보다 훌륭한 여자를 만났더라면 더 기분이 좋아서 둥둥 떠다녔을 겁니다. 선생, 난 누굴 험담하는 걸 좋아하지 않지만 그 여자는 정말이지 매몰찼어요. 가혹하리만치 자기 식대로 사는 여자였지요. 허례허식으로 똘똘 뭉친 여자라고나 할까요? 남편은 자나 깨나 그녀에게 친절하게 대할 생각뿐인데도 그녀는 사람들 눈은 신경도 안 쓰고 노골적으로 남편을 업신여겼어요. 그들 부부가 처음 우리 집 근처로 이사를 왔을 때 제 남편은 뭔가 예감이 안 좋다고 했는데, 그 말이 맞았어요. 우리랑 이웃이 된 넉 달 만에 끔찍한 스캔들이 일어나서 가정이 풍비박산 나고 말았지요. 잘못은 두 사람 모두에게 있었어요. 둘 다 똑같이 잘못했지요."

"남편과 아내 말씀이십니까?"

"오, 아뇨, 선생님! 캐서릭 씨를 말하는 게 아니에요. 그분은 오히려 동정 받아야 할 쪽이지요. 제 말은 그의 아내와, 그 뭐랄까……."

"그 소문의 주인공 말입니까?"

"그래요, 선생님. 좋은 가문에서 태어나고 자란 신사라면 더 좋은 모습을 보여줘야 했는데. 선생님도 그 사람을 알고 계시지요? 우리 가여운 앤은 너무 잘 알고 있는 사람이지요."

"퍼시벌 글라이드 경 말인가요?!"

"맞아요, 퍼시벌 글라이드 경입니다."

가슴이 두근대기 시작했다. 거의 실마리를 손에 쥔 것 같은 기분이었다. 하지만 돌이켜보건대 고작 그 정도로 비밀 열쇠라도 찾은 것처럼 흥분했던 걸 생각하면 지금도 쓴웃음이 난다.

"그렇다면 그때 퍼시벌 경이 이웃에 살았던 겁니까?"

나도 모르게 침착성을 잃고 서둘러 물었다.

"아니요, 선생. 그는 이방인이었지요. 아버지가 죽은 지 얼마 되지 않았을 때라더군요. 그때는 그가 상중이었던 걸로 기억합니다. 그 사람은 강가 근처 여인숙에 숙박했지요. 그 여인숙도 그 뒤로 철거되었지만요. 그는 그 여인숙에 머물면서 낚시를 하곤 했는데, 처음 왔을 때는 그리 눈에 띄는 인물이 아니었죠. 왜냐하면 영국 각지에서 신사들이 그 강가로 낚시를 하러 왔거든요."

"앤이 태어나기 전에 그 사람이 마을에 나타났나요?"

"그렇습니다, 선생. 앤은 1827년 6월에 태어났고, 그 사람은 4월 말경인가 5월 초쯤 왔지요."

"완전히 낯선 인물이었습니까? 그러니까 캐서릭 부인에게나 마을 사람에게나 모두에게 처음 보는 얼굴이었습니까?"

"처음엔 다들 그렇게 생각했지요. 그런데 소문이 터지고 나서는 그렇게 믿는 사람이 없었죠. 두 사람이 전부터 알고 지냈다는 수군거림을 돌았지요. 어제 일처럼 생생하군요. 어느 날 밤 캐서릭 씨가 우리 집 정원에 들어와서는 자갈 한 움큼을 창문 쪽으로 던져서 우리를 깨웠어요. 남편에게 나와서 얘기 좀 하자고 하더군요. 두 사람은 현관 앞에서 오랫동안 얘기를 나눴어요. 위층으로 다시 올라왔을 때 남편은 부들부들 떨고 있었어요. 그리고 침대 모서리에 앉더니 이렇게 말하는 겁니다.

'리지! 내가 당신한테 그랬지? 그 여자 나쁜 여자라고 말이야. 내가 말했잖아? 결국 일을 낼 여자라고. 결국 일이 터졌어. 캐서릭이 뭘 찾아낸 줄 알아? 온갖 레이스 손수건이며 고급 반지 두 개에 새 금시계, 팔찌를 그 여자 서랍장에서 찾았다는군. 귀부인이 아니고서는 언감생심 꿈도 못 꿀 물건들이지. 그런데 그 여자는 그 물건들이 어디서 났는지 그 여잔 입을 꽉 다물고 있다고 하는군.'

'캐서릭 씨는 그게 훔친 물건이라고 생각하나요?'

내가 말했죠.

'아냐. 물건을 훔치는 것도 나쁘지만 그 여자는 그보다 더 큰 죄를 저질렀어. 이 동네에서 그런 물건을 훔칠 기회라도 있었겠어? 설령 있다 해도 그럴 여자는 아니지. 그건 선물이야, 리지. 손목시계 안에 그 여자 이름의 머리글자가 새겨져 있었다는군. 거기다가 캐서릭은 직접 두 눈으로 아내가 상중인 남자와 몰래 만나고 시시덕거리는 걸 봤다고 해. 그 퍼시벌 글라이드 경이라고 알지? 이 말, 절대 입 밖에 내선 안 돼. 캐서릭에게도 단단히 일러두었어. 눈과 귀는 크게 뜨고 감시하되 확실한 증거를 잡을 때까지는 하루 이틀 조용히 기다려야 한다고 말이야.'

'제 생각엔 두 분 다 틀리신 것 같군요. 여기서 편하게 살고 있고 평판도 좋은 캐서릭 부인이 퍼시벌 글라이드 경처럼 전혀 낯선 남자와 교제한다는 건 아무래도 있을 법하지 않아요.'

'여보, 과연 그 사람이 그 여자에게 전혀 낯선 사람일까? 당신은 캐서릭과 그 여자가 어떻게 결혼하게 되었는지를 잊었군 그래. 캐서릭이 그렇게 애걸복걸하면서 청혼했는데도 냉정히 거절했지. 그리고는 어느 날 난데없이 자기 발로 찾아와서 결혼하자는 여자가 있다고? 여보, 자고로 세상에는 사악한 여자들이 한둘이 아니오. 자기를 진심으로 사랑하는 남자를 자신의 사악한 정체를 숨기기 위해 이용해 먹는 여자들도 있게 마련이지. 진심으로 말하는데 그 여자들이야말로 나쁜 부류들 중에서도 가장 사악한 여자들이오. 어디 두고 보면 알게 되겠지.'

제 남편이 '두고 보면 알겠지.'라고 말했는데, 정말 고작 이틀 뒤에 그걸 알게 되었지요."

클레먼츠 부인은 말을 잇기 전에 잠시 쉬었다. 순간 나는 내가 찾았다고 생각한 실마리가 진짜 중요한 단서이긴 한 건지 의문이 들었다. 남자의 배신과 유혹에 힘없이 끌려 다니는 여자와 관련된 흔해빠진 이야기가 진정 퍼시벌 글라이드 경이 평생 안고 살아온 그 공포를 해명하는 열쇠가 될 수 있을까?

"그래요, 선생. 캐서릭 씨는 제 남편 말대로 기다렸어요."

다시 클레먼츠 부인의 이야기가 시작되었다.

"그러나 말씀드렸듯이 오래 기다릴 필요는 없었지요. 그 다음날 곧바로 아내와 퍼시벌 글라이드 경이 교회 제의실에서 단둘이 다정하게 붙어서 속삭이는 걸 캐서릭 씨 눈으로 보고 말았거든요. 그들은 제복을 갈아입는 제의실이야말로 밀회 장소로 적합하다고 여겼던 것 같아요. 아무튼 두 남녀가 거기에 있었어요. 퍼시벌 경은 짐짓 놀라고 당황한 표정으로 자기를 변호했는데, 불쌍한 캐서릭 씨는(이전에 그가 기분에 좌우되는 성격이라는 걸 말씀드렸지요?) 결국 품위를 깎아 먹는 욱하는 성질을 못 참고 퍼시벌 경에게 폭력을 썼어요. 퍼시벌 경은 소동이 일어난 걸 알고 몰려온 이웃들 앞에서 엉망진창이 되도록 맞았지요. 이 모든 상황은 저녁까지 계속됐고, 제 남편이 캐서릭 씨 집에 갔을 때 이미 그는 집을 떠나고 없었어요. 아무도 그가 떠나는 걸 보지 못했고, 이후로 아무도 다시는 그를 보지 못했어요. 그는 그때서야 왜 아내가 자신과 결혼했는지 알았고, 그로 말미암아 감당할 수 없는 비참한 기분과 낙담에 빠진 거지요. 특히 마을 사람들이 보는 앞에서 퍼시벌 글라이드 경에게 난폭한 행동을 퍼부은 뒤라 더 그랬을 거예요. 교구목사는 다음날 그가 다시 돌아오기를 바라면서 신문에 광고까지 냈지요. 마을에서 쌓아온 입지와 친구들을 잃어서는 안 된다고요. 하지만 누군가 말했던 것처럼 그는 워낙 자존심 세고 기백이 강해서 이웃들을 다시 대면하기 어려웠을 거예요. 그런데 제 생각은 달라요. 그 양반은 그저 감정이 너무 예민해서 그런 치욕스러운 기억을 억누르며 살 수 없었던 거예요. 제 남편은 처음에는 그가 영국을 떠났다는 소식을 들었고, 두 번째로 그가 미국에 정착해서 잘 살고 있는 소식을 들었지요. 제가 아는 바로는 그 사람은 지금 미국에서 살고 있어요. 하지만 그 오래된 마을의 사람들, 특히 누구보다 사악하기 이를 데 없는 그의 아내는 다시는 그를 볼 수 없었습니다."

"퍼시벌 경은 어떻게 됐습니까? 계속 마을에서 살았나요?"

내가 황급히 물었다.

"아닙니다. 마을이 너무 들썩여서 더는 있을 수 없었지요. 들통이 난 그날 밤 그는 캐서릭 부인과 심한 말다툼을 했다는군요. 그리고 바로 다음날 자기 발로 마을을 빠져나갔지요."

"그러면 캐서릭 부인은 어떻게 됐습니까? 설마 손가락질을 당하면서까지 마을에 남아 있지는 않았겠죠?"

"남았어요, 선생. 그 여자는 마을 사람들의 입방아를 철저히 무시할 수 있을 정도로 지독하고 무정한 여자였죠. 그 여자가 뭐라고 지껄인 줄 아세요? 자기는 너무 억울하다는 겁니다. 자신은 끔찍한 실수의 희생양이고 우연히 그 자리에 있었을 뿐인데 동네 사람들이 자기를 죄 지은 여자라고 모함하려 했다는 겁니다. 제가 거기 살 때까지 그 여자도 그 동네에 살고 있었지요. 그리고 제가 거길 떠난 뒤 새 마을이 지어졌는데, 사람들이 그 마을로 이주할 때 당당히 같이 이주했다더군요. 마지막까지 마을 사람들의 정나미를 떨어지게 할 심보라도 가진 것처럼 말이죠. 지금도 그 여자는 거기서 살고 있답니다. 아마 죽을 때까지 살면서 마을 사람들의 비위를 상하게 하려고 작정을 한 모양입니다."

"그런데 무슨 벌이로 지금까지 살 수 있었습니까? 남편이 그래도 도움을 줬습니까?"

"물론입니다. 선생. 제 남편에게 보낸 두 번째 편지에서 그가 말했어요. 그래도 아내는 자기 성을 따르고 살고 자기 집에서 사는 여자가 아니냐는 겁니다. 비록 죄 많은 여자라도 길에서 굶어죽게 해서는 안 된다는 겁니다. 그래서 얼마간의 돈을 대줄 수 있으니 아내가 분기별로 런던의 모처로 와서 수당을 받아가도록 하겠다고 했지요."

"그녀가 그 돈을 받았습니까?"

"단 한 푼도 안 받았어요. 말하길 자신이 100살까지 살아도 캐서릭이라는 이름에는 티끌만치도 구애 받지 않겠다고 했어요. 또 그 말을 지금까지도 지키고 있지요. 제 남편이 죽고 나서 남편의 물건들이 제게 넘어왔는데, 거기에는 캐서릭 씨 편지도 있었어요. 그래서 그걸 읽고 나서 캐서릭 부인에게 편지를 썼죠. 당신에게 남겨진 돈이 있으니 언제든 필요하면 알려달라고요. 그런데 답장이 가관이었어요. 영국에 있는 모든 사람들이 자기가 굶주리고 있다는 걸 알게 돼도 캐서릭 씨와 그의 친구들에게게만은 그 사실을 알려주지 않겠다고요. 그건 제 편지에 대한 답장이었고, 덧붙여 만일 캐서릭 씨가 다시 편지를 쓴다면 제발 그에게도 자기 뜻을 전해 달라더군요."

"부인 보시기에 그녀한테 돈이 좀 있었던 것 같습니까?"

"있을 리가 없지요. 들은 바로는 정말 딱하게도 퍼시벌 글라이드 경에게서 돈을 받아서 산다는군요."

그 마지막 말이 끝나면서 나는 잠시 질문을 멈췄다. 정리할 시간이 필요했다. 만일 지금까지 들은 얘기를 그대로 받아들인다면, 직접적이든 간접적이든 그 비밀로 접근하는 길은 여전히 막혀 있는 게 분명했다. 그러면 내 목적도 또 한 번 명백하고 처참하게 실패한 셈이었다.

그런데 그 진술 중에 순순히 받아들이기에는 앞뒤가 맞지 않는 부분이 있었다. 그것은 그 표면 아래에 숨겨진 무언가를 암시하고 있었다.

무엇보다도 이해할 수 없는 건, 어떻게 불륜을 저지른 교회 사환의 아내가 그 치욕스러운 추문 후에도 자청해서 자기 죄를 낱낱이 아는 이들과 같이 살기로 작정했느냐는 것이다. 진술에 의하면 결백을 주장하기 위해서라지만 썩 납득할 만한 이유로 보기 어려웠다. 차라리 그곳을 떠날 수 없었던 어떤 사연이 있었다고 추정하는 쪽이 더 자연스러웠다.

그렇다면 그녀의 의지와 상관없이 그녀를 억지로 웰밍헴에 살게 만들 만큼 큰 위력을 가진 인물은 누구일까? 두말할 필요도 없이 그녀가 경제적으로 의탁한 사람일 것이다. 그녀는 남편의 도움을 뿌리쳤고, 나름의 재산도 없었으며, 의지할 친구 하나 없는 타락한 여자로 낙인찍힌 인물이었다. 이야기에서 지적되었듯이 퍼시벌 글라이드 경 말고 다른 버팀목이 있었을까?

이런 추측들을 논리적으로 정리하면서, 동시에 나는 마음속에 나를 비밀의 길로 안내할 강력한 원천이라고 늘 생각했던 한 가지 사실, 즉 캐서릭 부인이 그 비밀을 알고 있다는 사실을 상기했다. 그리고 어렵지 않게 다음과 같은 결론에 도달했다. 즉 퍼시벌 경이 자기 이익을 위해 그녀를 웰밍헴에 반강제적으로 살도록 만든 것이다.

그 이유는 간단했다. 그녀는 평판이 지극히 나빠 그 마을에서 마음 터놓고 이야기 할 이웃이 아무도 없었기 때문이다. 즉 부주의하게 비밀을 털어놓을 위험을 원천봉쇄할 수 있는 곳이 바로 웰밍헴이었다. 수다를 떨고 온갖 얘기를 주고받을 친구가 단 한 명도 없으니 말이다.

그렇다면 대체 그는 뭘 숨기려고 했던 걸까? 캐서릭 부인과의 부도덕한 관계로 도덕적 상처를 입을 것을 염려해서? 그건 아니었다. 그건 마을 사람들도 이미 아는 사실이었기 때문이다. 그렇다면 자기가 앤 캐서릭의 생부라고 의심을 받을까봐? 그 역시 아니었다. 그 풍문이 떠돌아다닐 곳도 어차피 웰밍헴 안이었기 때문이다. 아무리 마을 사람들과 똑같은 입장에서 생각해 봐도, 그렇게 숨기고 감춰야 할 탄로 나면 인생이 끝장날 정도의 비밀은 없었다.

그렇다면 이 사환의 아내와 상중의 신사가 은밀하게 바짝 붙어 나눈 속삭임에 그 비밀의 단서가 있는 건 아닐까? 이 경우 겉으로 보이는 상황과 드러나지 않은 진실이 서로 다른 방향을 향하고 있는 건 아닐까? 다시 말해 캐서릭 부인의 말대로, 그녀는 끔찍한 실수의 피해자일 뿐인데 마을 사람들이나 캐서릭 씨가 오해한 건 아닐까? 설령 그 주장이 거짓이라 해도 혹시 캐서릭 부인의 죄악과 퍼시벌 경을 연결시킨 결론이 이떤 오류에 근거한 것은 아닐까? 다시 말해 그건 퍼시벌 경이 사람들 눈을 속이기 위해 교묘히 파놓은 덫이 아닐까? 흔해빠진 부적절한 관계를 자초해서 진짜 위험한 비밀을 덮으려 했던 것은 아닐까?

여기에 바로 비밀을 푸는 열쇠가 숨겨져 있었다. 이것이야말로 지금까지 들었던 별 의미 없는 사실들의 표면 아래 깊숙이 숨겨진 진실의 통로인 것이다.

다음으로 궁금한 건 캐서릭 씨가 정말 아내의 외도를 확신했느냐는 점이다. 클레먼츠 부인의 말대로라면 의문의 여지가 없었다. 그리고 여러 정황으로 봐도 별 이의를 제기하기 어려웠다. 캐서릭 부인은 결혼 전에 알려지지 않은 어떤 이와의 관계 때문에 자기 이름을 더럽히게 되었고, 평판을 회복하기 위해 결혼한 것이 분명했다.

여기서 세세히 언급할 필요는 없으나 시간과 장소 등의 정황 등을 꼼꼼히 살펴보면 앤은 캐서릭 씨의 성을 물려받긴 했으나 그의 딸이 아니라는 사실은 명확했다. 조사의 다음 목표는 과연 앤이 소문대로 퍼시벌 글라이드 경의 친딸일까 하는 문제였다. 이 점은 사실상 내 입장에서 결론을 내리기가 어려웠다. 고작 해볼 수 있는 건 이 두 사람의 생김새를 비교해 보는 것뿐이었다.

"퍼시벌 경이 마을에 있을 때 그를 자주 보셨지요?"

"네, 선생님. 너무 자주 봤죠."

"앤이 그와 많이 닮았었나요?"

"닮은 데가 전혀 없었답니다."

"그렇다면 어머니를 많이 닮았나요?"

"어머니와도 닮지 않았어요. 캐서릭 부인은 얼굴이 검고 둥글었지요."

짐작컨대 앤은 자기 어머니도 아버지도 닮지 않았다. 얼굴 생김새로 막연히 진위를 판단해서는 안 된다는 것쯤은 나도 알았다. 그런데 바로 그 때문에 얼굴이 닮았는가, 아닌가도 소홀히 할 문제는 아니었다.

그렇다면 옛 웰밍햄에 오기 전의 두 사람의 관계를 정확히 파악해서 진실을 밝힐 수 있지 않을까? 나는 이 점을 염두에 두고 다음 질문을 던졌다.

"퍼시벌 경이 마을에 왔을 때, 그 전에는 어디 있었는지 들었습니까?"

"못 들었어요. 누구는 블랙워터 파크에서 왔다고 하고, 누구는 스코틀랜드에서 왔다고 했지만, 누구도 자신 있게 말하지는 못하더군요."

"캐서릭 부인은 마을에 오기 바로 전까지 바넥 홀에서 일했었나요?"

"네."

"거기서 얼마나 일했지요?"

"삼사 년쯤 될 거예요. 확실히는 모릅니다."

"그러면 당시 바넥 홀의 주인이 누군지 들은 적은 있습니까?"

"들었지요. 던슨 소령이었지요."

"캐서릭 씨나 부인께서 아는 분들 중에 혹시 퍼시벌 경이 던슨 소령의 친구였다는 사실을 들은 적이 있었나요? 아니면 퍼시벌 경을 바넥 홀 근처에서 본 사람이 있었습니까?"

"제가 아는 한 캐서릭 씨는 확실히 아는 게 없었고, 다른 사람들도 그 부분은 잘 몰랐던 걸로 기억합니다."

미래에 벌어질 일을 대비해 나는 던슨 소령의 이름과 주소를 메모했다. 이제 나는 퍼시벌 경이 앤의 생부라는 소문에 강한 거부감을 느끼기 시작했다. 거기에다 퍼시벌 경과 캐서릭 부인이 나눈 밀담은 남편의 명예에 먹칠을 할 만한 치욕스러운 불륜과는 아무 관련이 없다는 쪽으로 마음이 기울었다. 하지만 클레먼츠 부인에게 어떤 질문을 던져야 이 추정을 확인할 수 있을지 막연했다. 그래서 겨우 던진 질문은 앤의 어릴 적 이야기를 듣는 것이었다. 거기서 나온 사실을 토대로 내 감정을 논리화시키는 수밖에 없었다.

"제가 아직 듣지 못한 부분이 있습니다. 어떻게 해서 그 모든 죄악과 불행에서 태어난 아이가 클레먼츠 부인의 손에 맡겨지게 되었냐는 것입니다."

"당장 그 갓난아이를 돌봐줄 사람이 아무도 없어서였어요. 그 못된 어머니는 자기 아이를 증오하는 것 같았지요. 마치 아이 때문에 자기 처지가 이렇게 됐다는 듯이 말이죠. 그것도 아기가 태어난 그 날부터 말이에요! 그 꼴을 보니 아이가 한없이 애처로워 보이는 겁니다. 그래서 결국 제가 제 자식처럼 키우자고 결심한 거죠."

"그때부터 앤을 완전히 부인이 맡아 키웠나요?"

"완전히는 아니었죠. 캐서릭 부인이 뜸하게 한 번씩 심술과 변덕을 부렸거든요. 왜 자기 아이를 내가 키우느냐, 내 아인 내가 키울 테니 앞으로는 볼 생각하지 말라고 말이에요. 하지만 그래봤자 며칠이나 가겠어요. 다시 예전으로 돌아갔지요. 그럴 때마다 불쌍한 꼬마 앤은 항상 제게로 돌아왔고 그때마다 기쁜 표정을 지었죠. 함께 놀 친구 하나 없어서 어둡고 적막한 집이었지만 제 집을 좋아했어요. 앤과 제가 가장 오래 떨어져 지낸 건 캐서릭 부인이 앤을 리머리지로 데려갔을 때입니다. 그 무렵 저는 남편을 잃고 너무 큰 슬픔에 빠져서 앤이 집에 없는 게 다행이라고 생각했어요. 그때 앤은 열 살인가 열한 살쯤이었어요. 비록 배우는 건 더디고 다른 애들처럼 명랑하지는 않았어도 얼마나 예뻤는지 몰라요. 저는 아이 엄마가 앤을 데리고 돌아올 때까지 기다렸지요. 그리고 앤과 함께 런던에서 살겠다고 말했어요. 솔직히 말씀드리면 남편도 죽었지, 마을도 변했지, 너무 상실감이 커서 더는 거기 살아야 할 이유가 없었지요."

"그래서 캐서릭 부인이 흔쾌히 승낙했나요?"

"아뇨. 그녀는 북부에서 더 독하고 매정한 사람이 되어서 돌아왔지요. 사람들 말로는 퍼시벌 경의 허락을 얻어서 리머리지에 갈 수 있었는데, 기껏 가서는 병들어 죽어가는 언니만 수발들고 왔다더군요. 그 언니가 재산이 좀 있다는 소문을 들어서 그리 했는데, 사실은 장례식 치르기도 어려울 정도로 무일푼이었다는군요. 그런 상황이었으니 얼마나 지독하게 변해서 돌아왔겠어요. 어쨌거나 그녀는 제 말에는 대꾸조차 하지 않았어요. 앤과 나를 갈라놓아서 우리 둘을 슬프게 만들고 그걸 보면서 즐기는 것 같더군요. 고작 제가 할 수 있었던 건 앤에게 제 주소를 알려주고, 언제든지 오고 싶거나 고달플 때 찾아오라고, 나는 늘 너만을 기다리고 있겠다고 말해 주는 것뿐이었죠. 그런데 불행히도 세월이 너무 흘러 앤이 제게 온 건 정신병원을 탈출하고 나서였습니다."

"부인도 아시겠지만, 왜 퍼시벌 경이 그녀를 감금했던 걸까요?"

"제가 아는 건 앤이 말해 준 게 다입니다. 그 불쌍한 것이 처량하게도 혼잣말처럼 그 얘기를 하곤 했지요. 어머니가 퍼시벌 경의 엄청난 비밀을 알고 있고, 자기에게도 그 비밀을 말해 줬다고요. 제가 햄프셔를 떠난 지 한참 뒤의 일이라고 했어요. 그러다가 결국 퍼시벌 경이 앤도 그 비밀을 안다는 걸 눈치 채고는 앤을 정신병원에 가둔 거지요. 그런데 그 비밀이 뭐냐고 물으면 말을 못하는 거예요. 만일 자기 어머니가 마음만 먹으면 언제든 그 비밀로 퍼시벌 경을 파멸시킬 수 있다는 정도가 앤이 말한 전부예요. 아마 제 생각에 캐서릭 부인도 그 정도만 이야기하고 더는 말하지 않았을 겁니다. 장담컨대 만일 걔가 정말 그걸 알았다면 틀림없이 저한테 다 말했을 테니까요. 제 보기에 그 불쌍한 아이는 자기가 진짜 그걸 안다고 착각 속에 빠졌던 게 분명해요. 그 가여운 것이."

나도 그런 생각을 한두 번 했던 게 아니었다. 이전에 나는 마리안에게 보트 창고에서 포스코 백작이 앤과 로라가 단둘이 얘기를 나누는 걸 방해했을 때, 정말로 앤이 로라에게 중요한 비밀을 말하려던 참이었는지 의문이 든다고 말한 바 있다. 정신적 고통이 너무 심해서 막연한 추측에 불과한 것을 잘 알고 있는 것처럼 여기는 환각 상태에 빠졌을지 모른다는 생각을 떨쳐버릴 수가 없었던 것이다. 어쩌면 그녀는 무심결에 어머니가 흘린 말을 혼자서 근거도 없이 조작해서 실제인 것처럼 굳게 믿고 있었을지도 모른다. 또한 퍼시벌 경의 경우는 아내가 자기 비밀을 다 알고 있다고 믿었던 것처럼 두려움으로 인한 과대망상 때문에 앤이 어머니를 통해 모든 것을 알게 되었다는 잘못된 믿음을 가졌을 수 있다.

시간이 흘러 아침 시간도 거의 지나갔다. 더 이상 부인과 대화를 나누는 것은 의미가 없을 것 같았다. 내가 알고자 했던 앤 캐서릭의 가족 사항, 기타 그녀와 연관된 특이한 세부 내용은 이미 다 들었다. 이것들은 분명히 뜻밖의 소득으로서 앞으로 나아갈 길에 훌륭한 정보가 될 것이다.

나는 그렇게 마음의 결론을 내리고 자리에서 일어났다. 클레먼츠 부인에게 기꺼운 마음으로 많은 사실을 알려주셔서 진심으로 고맙다는 감사의 뜻을 전했다.

"제가 너무 꼬치꼬치 캐물은 건 아닌지 송구스럽습니다. 너무 많은 질문에 답해 주셔서 어찌할 바를 모르겠습니다."

"천만에요. 선생께는 기꺼이 말씀드릴 수 있는 데까지 말씀드려야지요."

부인이 말을 멈추고 나를 수심에 젖은 눈빛으로 응시했다.

"그런데 선생도 앤에 대해 좀 더 말씀해 주셨더라면 좋았을 텐데 아쉽네요. 이 집에 들어오실 때 선생님 얼굴에서 뭔가를 느꼈습니다. 그래서 선생께서 앤의 소식을 말씀해 주실 거라고 기대했지요. 그 애가 살았는지 죽었는지도 모르고 지내는 것이 제게는 얼마나 힘든 일인지 아마 모르실 거예요. 생사라도 확인된다면 어떤 슬픔이든 참고 견딜 겁니다. 선생께서 다시는 앤을 볼 수 없을 거라고 하셨지요. 하나님이 정말로 앤을 하늘로 데려가신 건가요?"

이런 호소에 침묵을 지키는 것을 도리가 아니었다. 여기서 입을 다물면 그것은 더없이 잔인하고 무심한 행동이 될 것이다.

"그 사실에 추호의 의심도 가지고 있지 않습니다."

나는 조심스럽게 입을 열었다.

"이제 앤이 이승의 고통에서 벗어났다고 단언할 수 있습니다."

가련한 부인은 몸을 주체하지 못하고 의자에 풀썩 주저앉아 얼굴을 가렸다.

"오, 선생, 어떻게 아시는 거죠? 누가 말해 줬나요?"

"아무도 말해 주지 않았습니다. 지금으로서는 앤이 죽은 것이 분명하다는 말씀밖에 드릴 게 없습니다. 하지만 가급적 빠른 시일 내에 확실한 사실들을 알려드리겠습니다. 약속드리지요. 마지막 순간에 앤은 정성 어린 보살핌을 받았습니다. 그토록 시달렸던 마음의 병 때문에 죽은 것이 확실합니다. 이 점 또한 사실을 확인하는 즉시 알려드리겠습니다. 오래 걸리지는 않을 겁니다. 머지않아 앤이 조용한 시골 교회 앞마당에 묻혔다는 것도 알게 되실 겁니다. 부인도 흡족해하실 만큼 평화로운 곳입니다."

"죽었다고요!"

클레먼츠 부인이 소리쳤다.

"내가 이렇게 살아서 그 아이가 죽었다는 소식을 듣고 있다니요. 내가 그 아이에게 처음으로 드레스를 만들어 입혔지요. 그 아이에게 첫 걸음마도 가르쳤습니다. 그 아이가 처음으로 엄마라고 부른 사람도 저랍니다. 그런데 저만 이렇게 남아 있다니! 앤은 사라지고 나만 남았다니! 선생님, 정말인가요?"

부인이 얼굴을 가린 손수건을 거두고 나를 바라보며 처음으로 울먹였다.

"정말 좋은 곳에 편안하게 묻혔는지요? 제가 제 친자식에게 했을 법한 장례식도요?"

나는 거듭 그렇다고 확인시켜 주었다. 그녀는 내 대답에 형언할 수 없는 만족감을 느끼고 있는 듯했다. 그 어떤 것으로도 채울 수 없는 위안을 내 대답에서 얻고 있었다.

"앤이 변변치 못하게 죽어갔다면 제 가슴은 무너져 내렸을 겁니다. 그런데 선생께서는 어떻게 이 모든 사실을 알고 있는지요? 누가 말해 주었지요?"

나는 다시 한 번 부인에게 차후에 설명을 드릴 테니 지금은 참아 달라고 부탁했다.

"곧 다시 부인을 뵙게 때가 있을 겁니다. 부인의 마음이 진정되시면 다시 몇 가지 질문을 더 드려야 하니까요. 하루 이틀 뒤에 말이죠."

"저를 위해서라도 너무 오래 기다리게 하지는 말아주세요, 선생."

부인이 말했다.

"제가 조금이라도 도움이 되고 있다면, 제가 슬퍼서 눈물 흘리는 것 따위는 개의치 말아주세요. 지금 당장 묻고 싶은 게 있으시면 상관치 마시고 말씀해 주세요."

"그러시다면, 마지막 질문 한 가지만 더 드리겠습니다."

나는 그냥 질문하기로 마음먹었다.

"제가 알고 싶은 건 웰밍혬에 사는 캐서릭 부인의 주소입니다."

내 말에 너무 놀란 나머지 부인은 한동안 죽은 앤에 대한 슬픔조차 잊어버린 듯했다. 흐르던 눈물은 멈추고 얼이 빠진 채 나를 멍하니 쳐다보았다.

"세상에나, 선생."

그녀가 하소연했다.

"캐서릭 부인한테 뭘 원하는 겁니까?"

"바로 이겁니다, 클레먼츠 부인."

나는 목청을 가다듬었다.

"퍼시벌 글라이드 경과 그녀 사이에 벌어진 그 비밀스런 만남의 정체를 캐려는 겁니다. 제 생각에는, 당시 두 남녀의 밀회에 드러나지 않은 비밀이 분명히 있을 겁니다. 부인이나 마을 사람들이 본 것 이상의 진실이 아직 밝혀지지 않았다는 겁니다. 지금까지 아무도 모른 채 지냈던 그 비밀을 알아야겠습니다. 그래서 캐서릭 부인을 보러 가겠다는 겁니다. 반드시 밝혀내야 합니다."

"부디 다시 한 번 생각하세요."

부인은 감정을 억누르지 못하고 자리에서 일어나 내 팔에 손을 얹으며 말했다.

"그 여자는 잔인한 사람입니다. 선생은 저만큼 그녀를 잘 알지 못해요. 제발 다시 생각해 보세요."

"걱정해 주시는 마음은 충분히 알고 있습니다, 클레먼츠 부인. 그렇지만 무슨 일이 있어도 꼭 만나서 알아내야 합니다."

부인이 나를 근심 가득한 표정으로 살펴보았다.

"단단히 결심하신 거로군요."

그녀가 체념한 듯이 목소리를 낮추었다.

"주소를 알려드리죠."

나는 수첩에 주소를 받아 적었다. 그런 다음 작별인사를 하기 위해 부인의 손을 잡았다.

"머지않아 소식을 전하겠습니다. 약속드린 것들을 꼭 빠른 시일 내에 알려드리겠습니다."

클레먼츠 부인이 한숨을 지으며 못 믿겠다는 듯 고개를 내저었다.

"늙은이의 말도 때때로 들으면 좋을 때가 있지요."

그녀가 다시 한 번 읊조렸다.

"웰밍헴으로 가기 전에 꼭 다시 한 번 생각하세요."

8

클레먼츠 부인을 만나고 집에 돌아왔을 때, 나는 로라의 변한 모습에 큰 충격을 받았다.

오랜 고통과 시련의 손아귀가 할퀴고 간 뒤에도 남아 있었던 마음의 고요와 인내심이 마침내 그녀로부터 떠나버린 것이다. 마리안이 아무리 진정시키고 달랬음에도 그림 도구는 탁자 위에 아무렇게 어질러져 있고, 그녀는 두 눈을 부릅뜨고 바닥만 노려보고 있었다. 두 손은 무릎 위에서 불안하게 비틀면서 안절부절못하는 모습이었다. 내가 문을 열고 들어서자 마리안이 참담한 얼굴로 로라를 내려다보면서 내게 속삭였다.

"좀 어떻게 해봐요."

그리고는 방을 떠났다.

나는 빈 의자에 앉아서 로라의 움켜쥔 두 손을 부드럽게 풀어 살며시 쥐었다.

"무슨 생각을 하는 거죠, 로라? 나에게 말해 줄 수 있어요? 어서 말해 봐요."

그녀는 몹시 힘든 표정으로 두 눈을 올려서 나를 바라보았다.

"전 불행해요. 정말이지 저는⋯⋯."

그녀는 말을 멈추고 몸을 천천히 앞으로 기울이며 내 어깨에 머리를 기댔다. 나는 어깨에서 가슴 한가운데로 전해져 오는 그 어찌할 수 없는 무기력감을 온몸으로 전해 받고 있었다.

"어서 말해 봐요."

나는 부드럽게 재차 물었다.

"왜 불행한지 나에게 말해 줘야지요."

"저는 쓸모가 없어요. 두 사람에게 짐만 되잖아요."

지치고 절망작인 한숨을 내쉬며 그녀가 대답했다.

"당신은 일을 하고 돈을 벌어요, 월터. 언니는 당신을 돕고 있고요. 그런데 어째서 제가 할 일은 없는 거죠? 결국 당신은 저보다 언니를 더 좋아하게 될 거예요. 그럴 거예요. 전 아무짝에도 쓸모없으니까요. 제발, 절 어린애 취급하지 말아요!"

나는 그녀의 얼굴을 손으로 들어 이마를 뒤덮은 머리를 정리해 주고 이마에 입맞춤을 했다. 내 가련하고 시든 꽃, 나의 상처투성이 길 잃은 누이.

"당신도 우리를 돕게 될 거예요. 내 사랑, 이제 오늘부터 우리를 돕게 되는 거요."

그녀가 이 말에 두 눈을 크게 뜨고 들뜬 얼굴로 나를 뚫어져라 쳐다보았다. 단 몇 마디에 그 시들었던 생명이 끓어오르는 것을 보자 가슴이 아팠다. 나는 자리에서 일어나 흩어진 화구들을 정리해서 그녀 곁으로 옮겨 놓았다.

"당신도 알다시피 난 그림을 그려서 돈을 벌어요."

내가 다정하게 말을 시작했다.

"이제 당신도 그림 연습을 힘들여 했고 실력도 많이 늘었으니 나처럼 일을 시작하고 돈을 벌기로 해요. 자, 이 작은 스케치부터 최선을 다해서 잘 그려야 하오. 다 그리면 내가 이걸 가지고 나가겠어요. 내 그림을 사는 사람이 당신의 그림도 살 거요. 당신 손으로 번 돈은 당신이 가지게 될 거고, 마리안이 내게 그러는 것처럼 당신에게도 종종 가계를 꾸려가는 데 도움을 달라고 할 겁니다. 당신이 마리안과 내게 얼마나 필요한 사람인지 생각해 보시오. 그래서 하루가 저물 때까지 얼마나 행복한 시간을 보내게 될지 느껴봐요, 로라."

로라는 얼굴이 빨갛게 익더니 금방 환한 미소를 지었다. 비록 잠깐이었지만 옆에 놓인 연필을 다시 집어들 때는 마치 옛 시절의 로라를 보는 듯했다.

나는 로라의 마음 안에서 피어나기 시작한 새로운 힘과 의욕을 실행으로 옮겨놓았다. 그녀가 나와 언니를 만족시켜 주고 있다는 것을 스스로 느끼도록 해주면서 말이다.

내가 이 사실을 마리안에게 전했을 때, 그녀도 마찬가지로 그 사실을 알고 있었다. 로라가 우리 사이에서 중요한 역할을 하고 싶어 한다는 것을, 스스로를 가치 있는 존재로 여기고 싶어 한다는 사실을.

그날부터 우리는 희망에 넘치는 행복한 미래를 기약하는 로라의 새로운 야심을 조금씩 부추겼다. 그 미래가 아득한 먼 훗날이 아닌 가까운 장래에 있다는 걸 느끼게 해주려고 노력했다.

그녀가 그림을 그리면 일단 내가 가져갔다. 그러면 마리안이 그 그림을 받아 로라가 모르는 곳에 몰래 숨겼다. 그러면 나는 매주 내가 번 돈 일부를 로라 몫으로 떼어두었다. 그리고 그 서툴고 보잘것없는 그림을 누군가 사가면서 지불한 돈이라고 말해 주었다. 그 그림을 산 사람은 오로지 나뿐이었다. 때때로 우리의 순수한 거짓 때문에 어려움을 겪을 때도 있었다. 그녀가 자기 지갑에게 돈을 꺼내 생활비로 내놓겠다고 우길 때였다.

나는 로라가 그때 그린 그림들을 지금도 잘 간직하고 있다. 그 그림들은 값을 매길 수 없는 나만의 보물이자 내가 살아 있는 한 절대 사라지지 않을 추억들이다. 내 마음에서 단 한 번도 떨어지지 않을, 내 애정이 단 한 순간도 잊지 못할 귀한 추억과 우정과 역경의 기념물들이다.

하찮은 일에 너무 깊이 빠져 있었나. 아직 내 진술이 도달하지 못한 행복한 순간을 벌써 기대하는 건 아닐까? 이제 다시 돌아가야 할 것 같다. 그 의문과 두려움의 날들로 말이다. 오로지 살기 위해 싸웠던 그날로, 살을 에는 살벌한 긴장이 가득했던 그날로 돌아가야 한다.

지금 나는 잠시 사건의 전개를 멈추고 쉬고 있다. 만일 이 글을

읽는 누군가도 마찬가지로 잠시 휴식을 취했다면 결코 시간 낭비
는 아닐 것이다.

나는 마리안과 앞으로의 계획과 클레먼츠 부인에게서 알아낸 사
실들에 대해 이야기를 나누었다. 그녀 역시 웰밍헴으로 캐서릭 부
인을 만나러 가겠다는 내 계획에 강하게 반대했다.

"그건 안 돼요, 월터."

그녀가 대뜸 반발했다.

"당신은 아직 캐서릭 부인의 신뢰를 얻을 만큼 그녀에 대해 충분
히 알고 있지 않아요. 더 안전하고 더 쉬운 방법이 있는데 어째서
그런 극단적인 방법을 써야 하죠? 당신이 저한테 로라의 여행 날짜
를 아는 사람은 이 세상에 단 둘뿐이라고 말했던 것 기억나죠? 퍼
시벌 경과 백작뿐이라고 그랬죠? 그런데 저나 당신이나 깜빡한 게
있어요. 그 날짜를 알고도 남을 또 한 사람의 인물을 빠뜨렸어요.
누구냐고요? 바로 루벨 부인이죠. 퍼시벌 경으로부터 그 날짜를 알
아내는 것보다는 그녀에게서 자백을 받아내는 게 훨씬 쉽고 덜 위
험하지 않을까요?"

"더 쉽겠지요."

내가 찬찬히 대답했다.

"그렇지만 우리는 지금 루벨 부인이 이 음모에 어디까지 개입했
고 어디까지가 그녀의 역할이었는지 모르고 있소. 다시 말해 그녀
도 퍼시벌 경이나 백작만큼 그 날짜를 또렷이 기억하고 있을지 확
신할 수가 없지요. 이제 와서 루벨 부인에게 시간을 낭비할 수는
없소. 퍼시벌 경을 공격할 고삐를 분명히 쥐고 있는 상황에서 그것
만 밝혀내면 모든 게 풀리는데 다른 곳에 시간과 여력을 소비할 필
요가 없어요. 마리안, 혹시 내가 다시 햄프셔에 가는 것을 지나치게
심각하게 받아들이는 것 아니오? 내가 퍼시벌 글라이드 경을 상대
할 수 없으리라 생각하는 겁니까?"

"퍼시벌 경이 당신의 적수나 될 수 있겠어요?"

그녀가 야무지게 대꾸했다.

"이제 그는 백작의 음흉하고 사악한 도움 없이 당신의 공격에 저항해야 하니까요."

"무슨 일이 있었습니까?"

나는 짐짓 놀라며 물었다.

"난 백작의 통제에서 벗어나고 싶어 하는 퍼시벌 경의 고집과 성질을 누구보다 잘 알아요."

그녀가 망설이지 않고 말했다.

"그는 정확하게 당신과 일대일로 맞서려고 할 거예요. 일전에 블랙워터 파크에서 그랬듯이 말이죠. 백작이 개입할 즈음이 되면 이미 퍼시벌 경은 당신 수중에 놓여 있겠죠. 그렇게 되면 백작도 신상에 위협을 받게 될 테고, 월터, 만일 그렇게 되면 백작은 자기를 지키려고 온갖 수단과 방법을 가리지 않을 거예요."

"그 전에 그의 무기를 제거하면 됩니다."

내가 못을 박았다.

"클레먼츠 부인의 진술을 살피면 그 역시 꼬투리를 잡을 만한 죄가 있어요. 게다가 우리 뜻에 따라 그를 곤경에 빠뜨릴 다른 수단들도 있지요. 마이컬슨 부인의 진술을 보면, 백작이 페어리 씨와 직접 의사소통을 해야 했던 이유가 나와요. 그때 나눈 대화를 살피면 그를 어려운 상황으로 밀어 넣을 증언들을 발견할 수 있을 겁니다. 마리안, 내가 없는 동안 페어리 씨에게 편지를 쓰시오. 백작과 나눈 대화를 소상하게 알려달라고 말이오. 또한 조카딸과 관련해서 알게 된 사실들도 모조리 알려달라고 하세요. 만일 당신이 보낸 편지에 성의를 보이지 않는다면 조만간 법정에서 진술해야 할 날이 올 거라고도 일러두고요."

"편지는 쓰겠어요, 월터. 그런데 정말 웰밍혬으로 가기로 작정한 거예요?"

"당연하지요. 내일과 모레는 일에 집중해서 우리가 쓸 일주일치 생활비를 마련할 겁니다. 그런 다음 떠날 겁니다."

사흘 뒤에 나는 떠날 준비를 마쳤다. 상당 기간 집을 비워야 할 경우를 대비해서 나와 마리안은 매일 서신왕래를 하기로 했다. 물론 만일을 위해서 가명으로 말이다. 매일 아침 편지를 받는다면 집에 아무 일이 없다는 의미가 된다. 반면 아침에 일어났는데 편지가 없다면 그날 아침 첫 열차로 런던으로 돌아오기로 했다.

로라에게는 그녀와 내 그림을 사줄 새로운 상인을 찾기 위해 어쩔 수 없이 지방에 잠시 다녀와야 한다고 말했다. 그렇게 로라는 아무 걱정 없이 일에 몰두할 수 있었고, 나는 그녀가 행복해하는 모습을 눈으로 보고 집을 나올 수 있었다. 마리안이 계단을 내려와 문 앞까지 나를 배웅했다.

"당신을 진심으로 걱정하는 두 사람을 여기 두고 떠난다는 사실을 꼭 명심하세요."

복도에 함께 섰을 때 그녀가 조용히 속삭였다.

"당신이 무사히 귀가하는 것에 우리의 모든 희망이 걸려 있다는 걸 한시라도 잊으시면 안 돼요. 만에 하나 여행 중에 일이 생기기라도 하면, 만일 당신과 퍼시벌 경이 만난다면……."

"어째서 우리가 만날 거라 생각하는 거죠?"

내가 말을 끊고 물었다.

"모르겠어요. 설명하기 어려운 두려움이 들고, 자꾸 그런 생각이 들어요. 그냥 웃어넘기죠, 월터. 하지만 부디 이성을 잃어서는 안 돼요. 만일 그 사람과 맞닥뜨린다 해도 절대로!"

"걱정 마시오, 마리안. 내 자제력을 믿어요."

이 말과 함께 우리는 헤어졌다.

나는 빠른 걸음으로 역으로 향했다. 가슴에서 희망의 불길이 타오르고 있었다. 이번 여행만큼은 결코 헛되지 않으리라는 강한 확신이 들었다. 날씨는 쌀쌀하고 청명했다. 나는 머리끝에서 발끝까지 단호한 결의가 솟고 있음을 온몸으로 느끼고 있었다.

승강장을 가로지를 때 혹시 아는 얼굴이 있나 사람들 사이를 살펴보는데, 문득 햄프셔로 출발하기 전에 변장을 하는 게 낫지 않을까 하는 생각이 들었다. 그러나 그 즉시 거부감이 들었다. 마치 내가 스파이나 밀고자라도 된 것 같은 기분이었다. 나는 그런 생각이 들자 곧바로 변장하려던 마음을 접었다.

물론 변장은 쉽게 할 수 있었지만 그 또한 위험했다. 만일 내가 집에서 변장을 했다면 금방 집주인에게 의심을 샀을 것이다. 집 바깥에서도 마찬가지였다. 매일 그곳을 지나다니는 사람들이 흔히 그렇듯이 사람들도 변장한 내 모습을 금방 알아차릴 것이다. 즉 변장은 내가 가장 피하고 싶어 하는 주목과 불신을 불러들이는 결과를 낳게 될 수도 있었다. 성격상 나는 지금 이대로가 편했다. 또한 성격상 마지막까지 지금 내 정체성을 유지할 것이다.

열차는 이른 오후에 나를 웰밍헴에 내려놓고 다시 떠났다.

아리비아의 광막한 사막도, 팔레스타인의 황량한 폐허들도 쇠락의 길로 접어든 영국의 이 시골 마을만큼 사람에게 황폐하고 삭막한 기분을 선사할 수 있을까?

나는 웰밍헴 거리의 멀쑥한 황량함, 가지런한 흉물스러움, 새침한 무기력 사이를 거닐면서 생각했다. 쓸쓸한 상점들에서 눈길을 보내오는 장사치들, 미처 완성되지 않은 구획 사이로 아무 희망도 없이 축 늘어져 있는 나무들, 인간의 온기로부터 생명력을 고대하는 빈 집들이 군데군데 있었다. 내가 본 생명체들과 사물들이 한결같은 목소리로 답하고 있는 것 같았다. 아라비아의 광막한 사막은

이 문명화된 황량함에 비하면 순진하고, 팔레스타인의 폐허도 우리의 현대적인 암울한 분위기에는 상대가 되지 않는다고 말이다.

나는 캐서릭 부인이 살고 있는 지역을 물어서 찾아갔다. 도착해 보니 작은 집들이 옹기종기 모여 있는 곳에 단층 건물 하나가 눈에 띄었다. 엉성한 철조망으로 둘러친 마당 한가운데 빈약한 잔디밭이 있고, 나이 든 유모와 두 아이들이 마당 한 구석에 서서 잔디밭에 줄로 매놓은 야윈 염소 한 마리를 바라보고 있었다. 집 앞의 포장도로 한쪽에는 두 명의 행인이 걸으며 대화를 나누고 있었고, 다른 쪽에선 아이 하나가 빈둥대는 작은 개의 목줄을 잡고 한가롭게 걷고 있었다.

멀리서는 피아노 소리가 울리고 있었으며, 뒤이어 더 가까운 곳에서 망치 때리는 소리가 들려왔다. 이 정도가 내가 그 광장에 들어섰을 때 여기가 사람 사는 곳이라는 걸 알려준 전부였다.

나는 곧바로 13번지, 캐서릭 부인이 사는 집으로 향했다. 안에 들어설 때 어떻게 소개해야 자연스러울지 생각조차 않고 문부터 두드렸다. 무엇보다 캐서릭 부인을 만나는 게 우선이었다. 그런 다음 관찰을 통해 어떻게 무슨 말을 꺼내야 가장 좋을지를 생각하기로 했다.

우울해 보이는 중년의 하녀가 문을 열었다. 나는 그녀에게 명함을 건네면서 캐서릭 부인을 만날 수 있는지 물었다. 하인은 명함을 가지고 거실로 향했고 곧이어 무슨 용건인지를 묻는 질문을 가지고 돌아왔다.

"부인의 따님과 관련된 일이라고 전해 주시오."

이것이 그 순간 가장 그럴싸하다고 생각한 구실이었다. 하녀는 다시 거실로 갔다가 또다시 돌아왔다. 이번에는 우울한 얼굴에 약간 어리둥절한 표정이 뒤섞인 채 안으로 들어오라고 했다.

나는 작은 방으로 들어갔다. 커다란 문양의 화려한 벽지가 먼저 눈에 들어왔다. 의자들, 탁자들, 장식장들, 그리고 소파 등 모두가 값싼 아교를 발라 번쩍번쩍 빛이 났다. 정확히 방 한가운데에 빨갛고 노란색으로 수놓은 모직 매트 위에 제일 큰 탁자가 있고, 그 위에 반듯하게 장식용 성경이 놓여 있었다.

창가 가까이에 있는 탁자 한편에 무릎 위에 뜨개질 바구니를 놓은 여인이 앉아 있었다. 그 발밑에는 눈빛이 흐리멍덩한 스패니얼 한 마리가 웅크리고 있었다.

그녀는 나이가 들어 보였다. 검은 망사 모자를 쓰고 검은 비단 가운 차림에 양팔에는 회색 빛깔의 긴 장갑까지 끼고 있었다. 은회색 머리카락은 묵직하게 얼굴 양옆으로 걸려 있고, 검은 두 눈은 엄하고 매섭게 정면을 노려보고 있었다. 얼굴형은 정사각형으로, 턱은 각지고 입술은 창백하면서도 두껍고 육감적이었다. 몸매는 억세고 단단해 보였다. 태도는 상대방을 압도할 정도로 차갑고 냉정했다. 그 여자가 바로 캐서릭 부인이었다.

"제 딸 문제로 오셨다고요."

불청객 입장에서 내가 먼저 입을 열기도 전에 그녀가 말을 던졌다.

"무슨 말씀을 하시려는지 궁금하군요."

목소리도 눈매만큼이나 저돌적이고 매정했다. 그녀는 의자를 손으로 가리킨 뒤 내가 앉는 모습을 샅샅이 관찰하듯이 뜯어보았다. 직감적으로 그녀로부터 소기의 성과를 얻으려면, 나도 이 여자와 똑같은 자세와 말투로 맞받아쳐야 한다는 것을 느낄 수 있었다.

"잘 아시겠지요."

내가 목소리를 낮추며 대답했다.

"따님께서 행방불명이라는 사실 말입니다."

"확실하게 알고 있습니다."

"혹시 행방불명이 사망 소식으로 이어질 수도 있다는 생각은 안

해보셨는지요?"

"했어요. 그 아이가 죽었다는 걸 말하려고 오신 건가요?"

"그렇습니다."

"어째서죠?"

그녀는 이 이상한 질문을 목소리나 얼굴 표정 하나 변하지 않고 담담하게 물었다. 아마 풀밭의 염소가 죽었다고 해도 이렇게 꿈쩍 않을 수는 없을 것이다.

"왜냐고요?"

내가 되물었다.

"지금 부인께서는 내가 왜 댁의 따님 사망 소식을 전하러 왔냐고 묻고 계신 겁니까?"

"그래요. 나나 내 딸에게 무슨 속셈이 있는 거지요? 내 딸을 어떻게 알게 되었소?"

"말씀드리지요. 따님께서 정신병원을 탈출한 날 밤 우연히 따님을 만났습니다. 따님이 안전한 곳으로 피신하는 데 도움을 주었지요."

"하지 말아야 할 행동을 했군요."

"부모 되시는 분의 입에서 그런 말을 들으니 이상하군요."

"부모니까 그렇게 말하는 겁니다. 그 아이가 죽었다는 건 어떻게 아셨죠?"

"제가 그 사실을 어떻게 알았는지는 말씀드릴 수가 없군요. 분명한 건 죽었다는 것입니다."

"제 집 주소는 또 어떻게 알아냈는지도 말씀하실 수 없나요?"

"클레먼츠 부인에게서 알아냈습니다."

"클레먼츠 부인은 어리석은 여자입니다. 그 여자가 댁더러 여기 가라고 하던가요?"

"그러지 않았습니다."

"그렇다면 다시 묻겠습니다. 여기 온 이유가 뭐지요?"

그녀는 내 답변을 듣고 말겠다는 의지가 단호했기에 나 역시 가장 쉬운 말로 대답했다.

"당연히 앤 캐서릭의 어머니께서 딸의 생사를 무척 알고 싶어 하실 거라고 생각했지요."

"그건 됐고."

그녀가 더 차가운 태도로 물었다.

"다른 목적은 없나요?"

나는 멈칫했다. 그 질문에 마땅한 대답이 단숨에 떠오르지 않았다.

"여기 온 다른 목적이 없으시다면."

그녀가 장갑을 세심하게 벗어서 접으면서 말했다.

"제가 드릴 말씀은 고맙다는 말뿐이군요. 더 이상 손님을 여기 머무르게 할 이유도 없고요. 딸의 사망 사실을 어떻게 알았는지 말씀해 주셨다면 더 흡족했을 텐데, 그 점이 아쉽네요. 그래도 그걸로 됐습니다. 이제 조문을 하러 가야겠군요. 보시다시피 저는 옷을 바꿔 입을 필요도 없지요. 이 장갑만 바꿔 낀다면 완전히 검은 옷이니까요."

그녀가 가운 주머니 안을 뒤져 검은색의 긴 장갑을 꺼냈다. 그리고 차돌처럼 차갑고 냉정한 태도로 장갑을 끼고는 그 손을 무릎에 얹었다.

"와주셔서 고맙습니다."

그녀의 태도는 당장 내가 여기 온 진짜 목적을 말하고 싶을 정도로 매몰찼다.

"다른 이유도 있습니다."

"아, 그러면 그렇지."

당연한 듯 그녀가 고개를 끄덕였다.

"따님의 죽음은……."

"무엇 때문에 죽었지요?"

"심장병입니다."

"그렇군요. 계속 말씀하세요."

"따님의 죽음이 제가 무척 아끼는 사람에게 말 못할 고통을 가하는 도구로 이용됐습니다. 제가 확실히 아는 바로는 두 남자가 그 일에 개입되었는데 그 가운데 한 사람이 퍼시벌 글라이드 경입니다."

"그랬군요."

나는 그 이름을 불시에 내뱉을 때 그녀가 당황하는가를 유심히 살폈다. 그러나 천만의 말씀이었다. 그 강철 같은 냉혹함은 요지부동이었다.

"아마 궁금하실 테지요."

내가 말을 이어갔다.

"따님의 죽음이 어떻게 다른 사람에게 큰 해악을 저지르는 도구가 되었는지 말입니다."

"궁금하지 않군요."

그녀가 끄떡도 않고 태연히 말했다.

"전혀 궁금하지 않습니다. 그 일은 손님 사정인 것 같은데요. 보아하니 저의 일에 관심이 있나 보신데, 저는 손님 일에 전혀 관심이 없답니다."

"그럼 이렇게 물어볼 수 있겠습니다."

나는 집요하게 물고 늘어졌다.

"제가 왜 부인의 면전에서 이런 말을 하고 있는지 말입니다."

"그래요. 그걸 묻고 싶습니다."

"이 말씀을 드리는 이유는, 퍼시벌 글라이드 경으로 하여금 자기가 저지른 사악한 죄의 죗값을 치르게 하겠다고 결심했기 때문입니다."

"손님의 결심과 제가 무슨 상관이 있지요?"

"이제 듣게 되실 겁니다. 그 목적에 반드시 필요한 것 중에 하나가 퍼시벌 경의 과거입니다. 부인은 그 부분을 잘 아시겠지요. 그 때문에 여기 왔습니다."

"어떤 부분을 알고 싶은 거지요?"

"옛 웰밍헴에서 부인의 남편께서 교회 사환으로 근무하고 계실 때 일어난 일입니다."

마침내 그녀를 자극하는 데 성공했다. 그녀가 나와의 사이에 쳐 놓은 감히 뚫지 못할 난공불락의 장벽 사이로, 나는 선명히 보았다. 그녀의 두 눈에서 끓어오르는 분노와 움켜진 두 손이 갈팡질팡하는 모습을 말이다. 그녀는 불안으로 떨리는 포갠 두 손을 풀더니 습관적으로 무릎 위의 옷을 쓸어내리기 시작했다.

"그 일에 대해 뭘 알고 있지요?"

"클레먼츠 부인이 말씀해 준 모든 것을 알고 있습니다."

일순간 두 눈에서 불길이 일고 부산한 두 손이 멈췄다. 참았던 울화가 터져 그간의 평정을 무너뜨릴 태세였다. 하지만 아니었다. 그녀는 끓어오르는 성미를 삭였다. 의자에 등을 기대고 넓은 가슴 위에 팔짱을 낀 채 냉소로 가득한 표정으로 나를 찬찬히 내려다보았다.

"아, 이제야 무슨 뜻인지 알겠군요."

억누르고 있는 화를 비웃음의 태도로 바꾸며 그녀가 말했다.

"손님께서는 퍼시벌 글라이드 경에게 개인적인 원한을 품고 있군요. 나는 그 원한을 풀어줘야 하고요? 지금 저보고 퍼시벌 경과 나에 대해 이 얘기 저 얘기 털어놓으라는 거군요, 그렇죠? 손님께선 지금 제 사생활을 야금야금 갉아 먹으려는 겁니다. 아마 이 외진 마을에서 고통에 시달리는 여자를 만나서는 손님 뜻대로 다룰 수 있는 여자를 찾았다고 생각하시는 겁니까? 마을 사람들의 입방아가 두려워 손님 묻는 대로 다 말해 줄 거라고 생각하시죠? 손님의 태도나 눈빛만 봐도 다 알겠어요. 알고말고요! 그게 재미있다는 겁니다. 하하!"

그녀는 잠시 말을 멈췄다. 그리고 더 단호하게 팔짱을 꽉 낀 채 혼자 웃기 시작했다. 강한 쇳소리가 섞인 거칠고 화가 잔뜩 난 웃음이었다.

"아마 내가 이 마을에서 어떻게 살아왔고 어떻게 행동해 왔는지 잘 모르시나보군요, 아무개 양반."

그녀는 말을 멈추지 않았다.

"벨을 눌러 고이 보내드리라고 말하기 전에 이 점은 알려드려야겠네요. 난 이 마을에서 낙인찍힌 여자로 살아왔지요. 지조를 잃은 여자의 모습으로 여기에 왔고요. 난 내 명예를 되찾고 말겠다고 선포했어요. 그리고 몇 년이 걸리긴 했지만 마침내 내 명예를 회복했습니다. 몸소 적진으로 들어가서 존경받던 유지들과 공평하고 정당하게 겨뤘지요. 만에 하나 아직도 나를 헐뜯는 자가 있다면 몰래 해야 할 겁니다. 함부로 나를 험담할 수도, 감히 하지도 못하지요. 미안하지만 댁이 나한테 다다르기에는 내 위치가 너무 높군요. 목사도 나한테 머리를 숙이니까요. 아, 그건 잘 모르시겠군요. 지금 당장 교회로 가보시지요. 그리고 나에 대해 알아보시죠. 아마 캐서릭 부인은 교회에 지정석이 있는 신자라는 말을 들을 겁니다. 난 그들과 똑같이 만기가 되면 교회 임차료를 내지요. 아니면 마을 동회로 가 보시죠. 서커스단이 우리 마을에 들어오지 못하게 해달라는 탄원서가 놓여 있을 겁니다. 서커스가 들어오면 우리의 도덕성을 무너뜨릴 거라는 탄원서지요. 그래요, 우리의 도덕성 말이죠! 오늘 오전 나도 그 탄원서에 서명을 했어요. 서점에 가보시죠. 매주 수요일 발행되는 목사의 설교 신문을 만들기 위해 기부를 한 사람들 명단이 아래에 적혀 있죠. 어렵지 않게 내 이름을 발견할 수 있을 겁니다. 지난 자선 설교 때 의사 댁 안사람은 겨우 1실링만 그 접시에 넣었지만, 난 3실링을 넣었지요. 헌금 접시를 든 교회 관리인인 소워드 씨가 나한테 공손히 절을 하더이다. 당신 어머니는 살아 계신가요? 저기 보이는 저 성경보다 더 훌륭한 성경을 가지고 계십니까? 나만큼 마을 사람들에게 잘 대해 주십니까? 수입만으로 사시나요? 전 수입만으로도 충분하지요. 오! 저기 광장에서 목사가 걸어오고 있네요. 보세요, 아무개 양반!"

그녀는 젊은 여자보다 날렵한 걸음으로 날듯이 창문으로 갔다. 그리고 목사가 지나갈 때까지 기다렸다가 정중하게 목례했다. 목사는 인사를 받자 예의바르게 모자를 벗어 답례를 했다. 캐서릭 부인은 의자로 돌아와서 앉더니 더 견고해진 냉소로 나를 노려봤다.

"자, 어때요? 낙인찍힌 여자가 이렇게 대접받고 있습니다. 이제 생각이 바뀌었습니까?"

스스로 자신의 입지를 밝히는 그 대담성과 자신의 위치를 웅변하는 놀라운 태도가 나를 적잖이 당황하게 만들었다. 나는 놀라움을 감춘 채 입을 다물고 있었다. 그렇다고 이 여자의 성질을 다시 한 번 건드리고 말겠다는 결심을 버린 건 아니었다. 이 잔혹한 여자에게 주체 못할 정도의 타격만 입힐 수 있다면, 스스로 맹렬한 성미를 드러내면서 내 손에 결정적인 단서를 던져줄 것이 분명했다.

"이제 생각이 바뀌었나요?"

그녀가 되물었다.

"처음 여기에 왔을 때와 마찬가지로 저는 부인이 쌓으신 이 마을의 지위에 대해 추호의 의심도 없습니다. 설사 할 수 있을지라도 그 지위에 손상을 가할 마음도 없고요. 제가 여기 찾아온 이유는 퍼시벌 글라이드 경이 나와 마찬가지로 부인에게도 적이기 때문입니다. 만일 내가 그에게 앙심을 품고 있다면, 부인도 마찬가지일 겁니다. 제 말을 반박하고 싶으시다면 반박하시고, 저를 믿지 못하시겠다면 그렇게 하십시오. 저에게 화가 난다면 화를 내십시오. 다 좋지만 한 가지, 부인께서 그에게 일정한 피해를 받았고 그것을 알고 계시다면, 부인은 이 영국의 그 어떤 여자보다도 강하게 저를 도와 그를 파멸시킬 수 있는 분입니다."

"혼자 파멸시키려면 그렇게 하세요."

그녀가 대꾸했다.

"그런 다음 여기 다시 오시지요. 그 다음에 내가 말하는 걸 들으시면 되겠군요."

그녀는 이 말을 아주 빠르고, 잔인하고, 단호하게 했다. 내 말이 오랜 세월 품고 있던 고통의 벌집을 건드린 것이다. 하지만 그것도 잠시였다. 그녀는 파충류처럼 잔뜩 웅크린 채 있다가 갑자기 와락 달려들었던 것처럼 다시 파충류처럼 몸을 사렸다. 금방 냉정한 모습으로 돌아와 의자에 싸늘하게 앉아 있었다.

"절 믿지 못하시겠습니까?"

나는 계속 들쑤시기 시작했다.

"못 믿겠군요."

"겁이 나십니까?"

"내가 그렇게 보이나요?"

"퍼시벌 글라이드 경을 두려워하시는 건 아닙니까?"

"내가요?"

그녀의 얼굴빛이 달아올랐다. 두 손도 다시 움직이기 시작해 가운을 쓸어내렸다. 이때를 놓쳐서는 안 됐다. 더 깊숙이 급소를 건드려야 했다. 나는 그녀에게 쉴 틈을 주지 않고 압박했다.

"퍼시벌 경은 높은 자리에 있는 권력자이지요."

나는 단단하게 물고 늘어졌다.

"그러니 부인께서 그를 두려워하시는 것도 지극히 당연합니다. 퍼시벌 경은 막강한 권세가 있는 준남작이고 거대한 영지의 영주이고, 대대손손 귀족 집안 출신······."

그녀가 갑작스레 웃음을 터뜨리는 통에 나는 놀라 쓰러질 뻔했다.

"맞아요."

그녀가 쓰라리고도 잔잔한 어조로 내 말을 되풀이했다.

"준남작에다 거대한 영토의 영주에다 대대손손 귀족 집안 출신이지요. 맞아요, 정말 그래요! 위대한 가문이죠. 특히 모친 쪽의 집안이 대단하죠."

그때는 그녀의 입에서 튀어나온 이 말을 따로 생각할 겨를이 없었다. 그저 조사를 마치고 나가면 다시 생각해 봐야겠다는 느낌뿐이었다.

"저는 지금 누구 집안을 이야기하고자 여기 온 게 아닙니다."

내가 계속 말했다.

"나는 퍼시벌 경의 모친에 대해서는 아는 바가 없습니다······."

"게다가 퍼시벌 경에 대해서도 별로 아는 게 없겠지요."

그녀가 날카롭게 잘랐다.

"너무 장담하지 않으시는 게 좋을 겁니다."

내가 응수했다.

"나는 분명히 그에 대해 아는 게 있고, 뿐만 아니라 많은 점들에 의심을 가지고 있지요."

"무슨 의심이지요?"

"일단 의심하지 않는 부분부터 말씀드리지요. 저는 그가 앤의 생부가 아니라는 것을 의심하지 않습니다."

그녀가 자리에서 벌떡 일어나더니 노기 띤 얼굴로 내게 다가왔다.

"감히 나한테 앤의 아버지에 대해 말하다니! 그 아이가 아버지가 누구다 아니다 지껄이다니!"

그녀는 폭발했다. 얼굴에는 부르르 경련이 일고 목소리는 격분으로 뒤흔들렸다.

"물론 부인과 퍼시벌 경 사이의 비밀이란 그런 비밀이 아니겠지요."

나는 한 번 문 부위를 놓지 않으려 했다.

"퍼시벌 경의 인생에 그림자를 드리운 그 수수께끼는 앤의 출생과 함께 일어난 것도 아니고, 앤의 죽음과 동시에 사라진 것도 아니지요."

그녀는 한 발짝 뒤로 물러났다.

"나가요!"

그녀는 문 쪽으로 단호히 손가락을 가리키며 말했다.

"부인의 마음에도 그의 마음에도, 아이에 대한 생각은 전혀 없었지요."

나는 마지막까지 그녀를 구석으로 몰기 위해 꿈쩍 않고 말을 뱉었다.

"교회 제의실에서 두 남녀가 밀회를 즐기다가 남편에게 들켰을 당시, 두 사람 사이에 애당초 불륜의 사랑 같은 건 없었지 않습니까."

순간 그녀는 문을 가리키던 손가락을 스르르 내렸고 얼굴의 노기도 사그라졌다. 나는 그녀의 얼굴 안에서 기회가 스쳐가는 것을 보았다. 그렇게 질기고 단단했던 단호하고 두려움 없고 냉담했던 여자가 저항하지 못할 그 어떤 공포에 질겁하고 있었다. 바로 '교회 제의실'이라는 그 짧은 한 마디에 말이다.

한동안 우리 두 사람은 서로를 빤히 쳐다보며 말이 없었다. 내가 먼저 말문을 열었다.

"그래도 절 못 믿으시겠습니까?"

그녀는 얼굴빛은 달라져 있었지만, 목소리는 다시 담담해져 있었고, 내 말에 답했을 때는 예전의 냉정함을 되찾았다.

"정말 믿지 않습니다."

"아직도 저보고 나가라고 하실 겁니까?"

"그래요, 나가요. 다시는 여기 오지 말아요."

나는 문 쪽으로 걸어갔다. 그리고 문을 열기 전에 잠시 기다렸다. 다시 그녀를 보기 위해 고개를 돌렸다.

"부인께서 전혀 생각지도 못한 퍼시벌 경에 대한 소식을 제가 전해드리게 될지도 모르겠군요. 그때 다시 오겠습니다."

"내가 생각 못힐 퍼시벌 경의 소식은 아무것도 없습니다. 단 하나만 제외하고는."

그녀가 말을 멈췄다. 창백한 얼굴이 흙빛으로 변했다. 그녀는 고양이가 살금살금 걷듯 조용하게 몸을 돌려 의자로 가면서 자기 얼굴빛을 숨겼다.

"그가 죽었다는 소식만 제외하면 말이지요."

다부진 입가에 조롱 섞인 미소를 보이며 그녀는 의자에 앉았다. 움직임 없는 두 눈에서 증오의 빛이 흘러나오고 있었다.

내가 나가려고 문을 열 때, 그녀가 갑자기 내 쪽으로 몸을 홱 돌렸다. 그 입가에 잔인한 미소가 번지고 있었다. 그녀는 야릇하고도 은밀한 관심을 품은 채 나를 머리끝에서 발끝까지 뜯어보았다. 얼굴 가득히 뭐라 형언하기 어려운 기대가 서려 있었다.

지금 마음속으로 내 젊음과 체력을 가늠하고 있는 걸까? 내 공격력과 자제력을 재보는 걸까? 나와 퍼시벌 경이 일대일로 겨루게 될 때 이런 요소들이 얼마나 나를 지탱해 줄지 가늠하고 있는 걸까? 그럴지도 모르겠다는 생각이 들자 더 이상 그녀와 함께 있기 싫어졌다. 기본적인 작별인사조차 나오지 않았다. 나나 그녀나 더 이상의 말은 없었고, 나는 그 방을 나왔다.

바깥문을 열었을 때, 아까 여기를 지나간 목사가 다시 되돌아와 골목길을 지나고 있었다. 나는 그에게 길을 내주려고 문 앞에서 기다리면서 캐서릭 부인의 집 거실 창문을 보았다.

집 주변이 너무도 조용해 캐서릭 부인도 지나가는 발자국 소리를 들은 모양이었다. 그녀는 목사를 기다리면서 다시 창문에 모습을 드러냈다. 내가 그녀에게 불러일으킨 어마어마한 공포와 두려움도, 오랜 세월 그녀를 단련시켜 온 사교생활에 대한 습관을 놓게 만들지는 못했다. 그녀는 내가 집을 나선지 일 분도 채 안 돼 다시 창가에 서 있었고, 의도적으로 목사가 그녀를 보지 않을 수 없는 자리, 다시 말해 인사를 하지 않을 수 없는 위치에 자리 잡고 있었다. 목사가 한 번 더 모자를 들어올렸다. 나는 창문 너머로 그 냉혹하고 무서운 얼굴이 반가운 자부심으로 부드럽고도 환하게 변하는 걸 보았다. 테 없는 검은 모자를 쓴 머리가 다시 예의 바르게 답례를 했다. 내 면전에서 하루에 두 번씩이나, 목사가 그녀에게 인사를 한 것이다!

9

나는 그 집을 떠나면서 캐서릭 부인이 자기 의지와는 상관없이 내가 한 걸음 더 나아가게끔 도와주었다고 확신했다. 광장을 빠져나가는 모퉁이에 접어들기 직전, 갑자기 내 뒤에서 문 닫는 소리가 들렸다.

나는 뒤를 돌아보았다. 작달막한 체구에 작은 검은 옷을 입은 남자가 문 계단에 서 있었다. 그 집은 캐서릭 부인네와 이웃하고 있었고 내가 선 위치에서 가장 가까운 곳이었다. 남자는 곧바로 가려던 방향으로 걸음을 옮겨 내가 멈춰 서 있는 모퉁이 쪽으로 걸어왔다. 나는 그가 일전에 블랙워터 파크에 갔을 때 내 앞을 걸어가던, 내가 집 안으로 들어가도 되냐고 물었을 때 나에게 시비를 걸었던 그 변호사 서기라는 걸 알아차렸다.

나는 서 있던 자리에 그대로 서 있었다. 그가 내게 말을 걸 것을 대비하면서 말이다. 그런데 놀랍게도 그는 내게 말을 걸거나 쳐다보지도 않고 곧장 황급히 걸어서 지나갔다. 예상치 못한 상황에 나는 호기심과 의구심이 동시에 일어 그에게서 시선을 떼지 않고 그가 눈치 채든 말든 뒤를 좇았다. 그는 한 번도 뒤를 돌아보지 않고 곧장 역으로 향했다.

기차가 막 떠나려던 참이라 늦게 도착한 두세 사람이 매표소에서 분주하게 표를 끊고 있었다. 나는 그들과 합류하면서 그 변호사 서기가 블랙워터행 표를 달라고 하는 소리를 정확히 들었다. 다행히도 내가 나왔을 때, 그는 먼저 열차를 타고 떠난 뒤였다.

방금 보고 들은 것으로 한 가지 사실을 짐작할 수 있었다. 그는 캐서릭 부인의 거주지와 인접한 집에서 빠져나왔다. 그렇다면 퍼시벌 경의 지시로 거기 묵고 있던 게 틀림없었다. 조만간 내가 캐서릭 부인과 이야기를 하기 위해 그곳을 찾아올 가능성을 염두에 두고 말이다. 분명히 그는 내가 집으로 들어가고 나오는 것을 보았을 것이다. 그래서 급히 첫차로 블랙워터 파크로 가서 내가 다녀갔다는 사실을 보고하려는 것이다.

당연히 그 보고는 퍼시벌 경이 직접 받을 것이다. 나의 일거수일투족을 죄다 알고 있으니 그는 내가 블랙워터 파크로 다시 돌아갈 경우에 대비해 그곳에서 나를 맞이할 준비를 하고 있을 것이다. 모든 상황들로 볼 때, 그와 만날 날이 며칠 남지 않은 것 같았다.

나는 결과가 어떻게 되건 눈앞의 목표물을 향해 우회하거나 머뭇거리지 않고 전진하겠다고 결심했다. 상대가 퍼시벌 경이건 그 무엇이건 말이다. 내가 햄프셔로 간다면 한 가지 무거운 중압감을 덜 수 있었다. 내 사소한 실수로 인해 그들이 로라의 은둔처를 알게 될지도 모른다는 부담감이었다. 웰밍헴에서라면 얼마든지 내 마음대로 행동하고 다닐 수 있었다. 비록 실수로 심각한 결과를 당해도 최소한 그 불행은 내게만 들이닥칠 것이다.

기차역에서 벗어났을 때는 이미 겨울밤이 내려앉고 있었다. 낮선 곳에서는 날이 어두워지면 의미 있는 탐문이 사실상 불가능했다. 따라서 나는 가까운 호텔로 들어가서 방과 저녁식사를 주문한 다음 마리안에게 편지를 썼다. 무사히 잘 지내고 있고, 전망도 밝은 편이라고 말이다. 집을 떠날 때 나는 그녀에게 내게 보낼(내일 오전에 받기로 되어 있는) 첫 편지의 주소지를 웰밍헴 우체국으로 하라고 일러두었다. 지금 보내는 편지에도 둘째 날 편지도 같은 주소지로 보내라고 당부할 참이었다. 그렇게 하면 혹시라도 편지가 도착한 날 내가 여기를 떠나게 돼도 우체국장에게 연락을 해서 손쉽게 편지를 전달받을 수 있을 것이다.

밤이 깊어가자 호텔의 간이식당도 텅 비었다. 마치 내 집처럼 고요한 그곳에서 그날 일어난 일을 곰곰이 반추했다. 특히 캐서릭 부인과의 만남과 대화에 생각을 집중했다.

생각의 시작은 옛 웰밍헴의 교회 제의실이었다. 그곳에서부터 캐서릭 부인이 한 말과 한 행동이 일제히 시작되었다. 클레먼츠 부인으로부터 제의실 이야기를 들었을 때 가장 의문스러웠던 건, 왜 퍼시벌 경이 하필 밀회 장소로 교회의 제의실을 택했냐는 점이었다. 그 의문이 아직도 사라지지 않고 남아서 캐서릭 부인과 말하는 중에 나도 모르게 그 말을 꺼내게 된 것이다. 다른 뜻은 없었다. 그 말을 던졌을 때만 해도, 그저 그녀가 당황하거나 화를 내며 대꾸하리라고만 짐작했다. 그런데 그녀의 얼굴이 공포에 짓눌린 백짓장처럼 굳자 나도 역시 큰 충격을 받았다. 오래전부터 나는 퍼시벌 경의 비밀이란 죄의 은닉일 것이며, 캐서릭 부인도 그 사실을 알 것이라고만 믿었다. 딱 거기까지만 짐작했을 뿐이다. 그런데 그녀의 공포 서린 발작을 다시 떠올려보니 그 범죄가 직간접적으로 제의실과 연관되어 있다는 느낌이 왔다. 그리고 캐서릭 부인 또한 단순한 목격자가 아닌 그 범죄의 공범이리라는 생각이 확신으로 굳어졌다.

그것은 과연 어떤 범죄였을까? 확실한 것은 그것이 위험한 동시에 경멸스러운 범죄일 것이라는 점이다. 그렇지 않다면 내가 퍼시벌 경의 가문과 지위를 운운했을 때 캐서릭 부인이 그렇게 깔보는 표정으로 내 말을 되풀이 했을 리 없었다. 그 말을 할 때 그녀의 얼굴에는 경멸의 빛이 완연하지 않았는가.

그렇다면 이렇게 정리가 된다. 그 범죄는 위험스럽고 모멸스러운 범죄이고, 그 범죄에 캐서릭 부인도 관련되어 있으며, 또한 교회 제의실과도 밀접한 관련이 있다는 것이다.

나는 여기에 기반을 두고 더 깊이 파고들었다. 캐서릭 부인이 퍼시벌 경에 대한 경멸을 굳이 감추지 않고 드러냈음을 돌이키자 자연스레 퍼시벌 경의 어머니에게로 생각이 옮겨갔다. 그녀는 퍼시벌 경의 대단한 가문에 대해 몹시 모멸에 찬 냉소로 이렇게 언급했다. "특히 모친 쪽 집안이 대단하다."고.

이건 무슨 뜻일까? 두 가지 해석이 가능했다. 퍼시벌 경 모친 집안이 변변치 못한 것을 반어적으로 비꼬았을 가능성이 있다. 두 번째는 그 모친의 명예가 퍼시벌 경과 캐서릭 부인만 아는 결함으로 손상되었을 가능성이다. 첫 번째 해석은 알아보면 될 일이다. 모친의 결혼등기부를 살펴보고, 그래서 처녀 때 이름과 모계 가족의 집안을 알아보면 된다. 더 깊숙한 내막을 캐기 전에 그것부터 반드시 알아봐야 했다.

한편, 두 번째 해석이 진실이라면 모친의 명예를 더럽힌 그 결함은 무엇이었을까? 나는 마리안이 내게 설명해 준 퍼시벌 경의 부모 이야기를 곰곰이 돌이키면서, 또한 두 사람이 평생 유별난 은둔 생활을 했다는 점을 상기하면서 자문해 보았다. 혹시 두 사람이 정식 결혼을 하지 않고 살았던 건 아닐까? 이 점 역시 문서로 작성된 결혼등기부를 보면 알게 될 것이다. 그렇다면 그 등기부는 어디에 있을까?

이전과 동일한 결론이 나왔다. 퍼시벌 경의 은밀한 범죄에 대한 유추의 궤도를 따라가자 의문은 그 등기부에 머물렀고, 그 등기부가 다름 아닌 교회 제의실에 있다는 결론에 도달했다. 그것이 어쩌면 결정적 비밀을 밝혀줄 단서일지도 몰랐다.

이상의 생각들이 캐서릭 부인과 나눈 대화의 결론이었다. 고려해야 할 사안들은 많았지만 모든 내용들이 또다시 하나의 지점으로 모아지고 있었다. 다음날 내가 해야 할 일도 자연스레 정해졌다.

다음날 아침은 구름 많고 하늘이 무겁게 깔려 있었다. 비는 오지 않았다. 나는 나중에 수습할 생각으로 가방은 호텔에 맡기고 웰밍헴 교회로 출발했다. 거리는 3킬로미터가 넘었고 점점 오르막길이 펼쳐졌다.

멀리 꼭대기에 교회가 보였다. 아주 오래된 낡은 건물이라 주변 부벽들이 부서져 여기저기 흩어져 있었다. 정면에는 보기 어색한 정육면체 탑이 세워져 있었다. 제의실은 교회 뒤편에 교회 건물과 분리되어 있었는데 지어진 시기는 비슷한 것 같았다. 교회 건물 둘레에는 간간이 클레먼츠 부인이 말했던 마을의 흔적이 남아 있었다. 새 도시가 들어서면서 주민들 대부분이 떠나버렸다는 그 마을이었다.

집들은 바깥벽까지 무너진 상태였다. 세월 속에서 홀로 썩이기는 집들도 있었지만, 몇몇 집들은 극빈층이 분명한 사람들이 살고 있기도 했다. 보기에 상당히 흉물스러운 풍경이었지만, 막 떠나온 현대식 도시에 비하면 그리 흉물스러운 것도 아니었다. 여기에는 그래도 사방이 탁 트인 초원이 있고, 비록 잎은 없었지만 나무들이 단조로움을 무디게 해주고, 보는 이로 하여금 여름날 그늘에서 푹 쉬고 싶다는 마음의 여유나마 선사하고 있었다.

나는 교회 사환의 거처를 가르쳐줄 사람을 찾기 위해 교회 건물의 후미에서 벗어나 스러진 오두막들을 지나쳤다. 그때 두 남자가 벽 뒤로 몸을 숨기고 내 뒤를 따라오고 있다는 것을 깨달았다. 사냥터지기 옷을 입은 건장한 남자는 처음 보는 얼굴이었다. 다른 한 남자는 런던에서 카일 씨의 사무실에서 나왔을 때 나를 뒤쫓은 사람이었다. 그날 나중을 대비해 그의 얼굴을 유심히 봤기 때문에 금방 정체를 알 수 있었다.

그들은 내게 말을 건네거나 하지는 않고, 일정한 간격을 유지한 채 따라왔다. 그들이 왜 지금 이 삭막한 교회에 있는지 이유는 뻔했다. 내가 예측한 대로 퍼시벌 경은 벌써 나를 맞이할 준비를 하고 있었다. 그는 어제 내가 캐서릭 부인을 만났다는 보고를 들었을 것이다. 그리고 두 남자는 내가 이곳 옛 웰밍헴에 올 것이라는 예상을 하고 교회 주변에서 망을 보고 있었던 것이다. 저 두 남자는 내 조사가 올바른 길을 가고 있다는 증거에 다름 아니었다. 저 둘이 나를 감시하러 하필이면 교회에 와 있다는 것만으로도 내 판단이 옳았다는 것을 알 수 있었다.

나는 걸음을 멈추지 않고 사람이 사는 어느 집에 도착했다. 인부 한 사람이 부엌이 딸린 채소밭에서 일을 하다가 내게 사환의 집을 알려주었다. 버려진 마을 변방에 외로이 떨어진 오두막이었는데 그리 멀지는 않았다.

사환은 집에 있었고 막 두꺼운 외투를 입으려던 참이었다. 그는 쾌활하고 입담 좋은 늙은이였는데, 자기가 살고 있는 마을을 몹시 깎아내렸으며, 한때 자기도 런던에서 살았다는 자부심이 컸다.

"일찍 와서 다행입니다. 십 분만 늦게 오셨어도 나는 집에 없었을 거요. 교회 일이라는 게 이 나이에는 벅차고 힘든 일이지요. 그렇지만 보시오. 내 두 다리는 이렇게 멀쩡합니다. 남자는 두 다리만 멀쩡하면 일은 얼마든지 할 수 있지요, 안 그렇소, 선생 양반?"

그는 이야기를 하면서 난로 뒤편 고리 위에 걸린 열쇠를 집어 들더니 오두막의 문을 잠갔다.

"집을 지킬 사람이 없어서 말이오."

그는 돌볼 식구가 없는 자유의 몸이라는 해방감을 한껏 뽐내듯이 말했다.

"제 마누라는 교회 묘지에 묻혀 있고, 아이들은 모두 결혼했지요. 여기는 무척 초라하지요, 그렇지요? 허나 교구는 무척 큽니다. 아무도 나만큼 교회 일을 잘 해내지 못할 거요. 이 일도 머리에 든 게 있어야 할 수 있지요. 나는 그나마 좀 배운 사람이오. 영국 여왕과도 대화할 수 있지요(영국 여왕이라니, 맙소사!). 그게 제가 여기 사람들과 다르다면 다른 점이지요. 런던에서 오신 것 같은데, 맞소? 나도 한때 런던에서 살았지요. 비록 이십오 년 전 일입니다만. 런던은 요즘 어떤가요, 선생 양반?"

그는 이런 식으로 나와 얘기를 주고받으면서 나를 뒤쪽의 제의실로 안내했다. 나는 두 감시자가 여전히 뒤쫓고 있나 보려고 주변을 두리번거렸지만 그들의 모습은 보이지 않았다. 이미 내가 교회 사환과 접촉한 걸 보고 동태를 살피려고 어딘가에 숨어 있는 게 분명했다.

제의실 문은 단단하고 오래된 참나무였고 크고 굵은 못들이 수없이 박혀 있었다. 사환은 크고 무거운 열쇠를 잠금 장치에 끼워 넣었다. 자신감 없는 태도로, 문 열기가 만만치 않다는 표정을 역력히 지으면서 말이다.

"부득이 이 길로 모셔오게 되었소."

그가 변명하듯 말했다.

"제의실에서 교회로 통하는 문은 제의실 안쪽에서 빗장으로 단단히 잠겨 있지요. 그렇지 않으면 교회를 통해 들어갈 수 있었을 텐데 말입니다. 여기 문은 열기가 보통 힘들지 않소. 보세요, 무슨 감옥 문처럼 엄청나지 않습니까? 겹겹이 막았지요. 새 것으로 바꿔야 하는데 말입니다. 교회 관리인에게 적어도 쉰 번 이상은 말했을 겁니다. 그때마다 하는 말이, '두고 봅시다.', 그러고는 한 번도 쳐다본 적이 없지요. 아, 여긴 버려진 땅입니다. 런던과는 천지차지요, 안 그렇소, 신사 양반? 여기 사람들은 죄다 잠들어 있어요. 여기는 시간마저 멈춘 곳이지요."

그는 몇 번 열쇠를 비틀고 돌리고를 거듭하더니 마침내 문을 열었다.

제의실은 바깥에서 본 것보다 훨씬 컸다. 칙칙하고 곰팡이 냄새가 풍기는 우울하고 낡은 방이었다. 천장은 낮고 서까래로 지탱하고 있었다. 방 안 양쪽 벽면은 둥근 아치형이고, 교회 내부와 가장 가까운 벽면에는 벌레 먹어 곧 쪼개질 것만 같은 무거운 나무 진열장들이 줄을 지어 세워져 있었다. 그중 한 곳에 안쪽은 고리가 나란히 박혀 있고, 그 못 위에 여러 벌의 성가복이 걸려 있었는데, 아랫도리 부분이 불룩하게 주름져서 불경스러운 모습이었다.

그 성가복 아래 마룻바닥에는 포장 상자 세 개가 있었다. 뚜껑이 반쯤 열려 있고 벌어진 틈새로는 온통 지푸라기들이 어지럽게 삐져나와 있었다. 그 뒤 한쪽 구석에는 더러운 서류들이 흩어져 있었다. 그중에 몇 개는 건축가의 설계도처럼 커다랗고 말려 있었고, 다른 서류들은 편지처럼 한데 뭉뚱그려져 아무렇게나 쌓여 있었다. 이 방은 한때는 측면에 달린 작은 창문을 통해 빛이 들어왔던 모양이지만, 지금은 그마저도 벽돌로 막혀 천장의 초롱불이 조명을 대신하고 있었다. 방 분위기가 원래 무겁고 음산한 데다 교회로 통하는 문마저 막혀 더 답답하기 짝이 없었다. 그 문 역시 단단한 참나무였는데, 맨 위에서 밑까지 완전히 빗장으로 봉쇄되어 있었다.

"좀 더 정돈을 할 만도 한데 말이죠, 그렇지 않소, 선생 양반?"

사근사근한 사환이 말했다.

"하지만 이렇게 후진 곳에서 우리가 할 게 뭐 있겠소? 저기 봐요, 저기 저 포장 상자들 말이오. 이 상자들은 런던으로 갈 것들인데 벌써 1년이 넘게 이렇게 버려져 있지요. 저기 꽁꽁 닫힌 문에 갇혀서 영영 이렇게 널브러져 있을 겁니다. 제 말은, 말씀드렸다시피 여긴 런던이 아니라는 겁니다. 여긴 시간마저 멈춘 곳이지요."

"저 상자에는 뭐가 들었습니까?"

내가 말을 잘라내듯 냉큼 물었다.

"교회 연단에서 나온 나무 조각상 몇 개, 성단소(聖壇所)에서 나온 판화 몇 개, 교회 위층에서 나온 성상 몇 개,"

사환이 줄줄이 열거했다.

"열두 사도의 나무 초상화들, 어느 것 하나 성한 게 없지요. 모두 부서지고, 벌레가 파먹고, 가장자리가 바스러져 가루가 되었지요. 조금만 건드리면 질그릇처럼 부서질 겁니다. 이 교회만큼 오래됐거나 어쩌면 그보다 더 오래됐는지도 모릅니다."

"그런데 왜 런던으로 보내려는 겁니까, 수선 때문입니까?"

"맞습니다, 선생 양반. 수선하려고요. 수선할 수 없는 건 좋은 나무에 본을 떠야 하지요. 하지만 보시오, 돈이 없어요. 저기 저 폐품들이 저렇게 썩어가면서 돈을 기다리는데, 기부금은 뚝 끊어지지 않았겠소? 1년 전에 모든 게 끝장났지요. 이 문제로 여섯 분의 신사들이 새 도시의 한 호텔에서 식사까지 했소. 서로 토론도 벌이고 결의문도 통과시켰지요. 그런 다음 수천 장의 복원 계획서를 뿌렸지요. 제가 보기에도 아주 그럴싸한 복원 계획서였습니다. 빨간 잉크 고딕체로 화려하게 장식된 안내문이었지요. 교회와 귀중품들을 복원하지 않는 건 부끄러운 짓이라고 주장하는 내용들이었소. 저기 있는 것들 미처 다 뿌리지 못한 안내문들입니다. 저기 건축가의 설계도면들이 있지요? 견적서도 있고요. 사람들이 격론을 주고받은 편지들도 있고요. 그런데 결국 분열로 끝나서는 저렇게 구석에 처박히는 신세가 되었습니다, 포장 상자 뒤에 보이지요? 처음엔 적으나마 제법 성금이 모였지요. 문제는 런던 아닌 곳에서 뭘 더 바라

219

느냐는 것입니다. 겨우 모은 돈으로 부러진 조각상들을 포장 박스에 보관하고 견적서들을 받고, 인쇄비 지불하고, 그러고 나니 거덜이 나고 말았지요. 저기 있는 것들은 보관할 곳이 없소이다. 새 마을에 사는 누구도 우리를 도와주려고 하지 않지요. 우린 버려진 곳에 사는 사람들이고, 여기는 먼지만 자욱한 제의실입니다. 누가 이걸 도와주겠소? 그게 궁금할 따름입니다."

나는 등기부를 빨리 찾고 싶은 마음에 노인의 넋두리를 마냥 들어줄 수 없었다. 그래서 도와줄 사람이 정말 없긴 하겠다고 맞장구를 치고는 여기 들어온 목적을 그에게 상기시켰다.

"아, 등기부, 미안합니다."

사환은 주머니에서 작은 열쇠 뭉치를 새로 꺼냈다.

"언제부터 찾으시려고?"

나는 마리안이 옛날 로라의 약혼식 얘기를 할 때 퍼시벌 경의 나이를 말해 주었던 것을 기억해 냈다. 그때 퍼시벌 경은 마흔다섯 살이라고 했다. 그렇다면 그때부터 지난 세월을 계산해서 추정하면, 퍼시벌 경은 1804년에 태어난 것이 틀림없었다. 그 날짜로부터 결혼등기부를 뒤진다면 넉넉하고도 남았다.

"1804년부터 찾고 싶습니다."

내가 대답했다.

"어떤 방향으로 찾으렵니까? 그때 이후입니까, 이전입니까?"

"그때 이전입니다."

그는 성가복이 걸려 있는 벽면 문 하나를 열더니 기름때 묻은 갈색 가죽으로 덮은 커다란 문서철을 꺼냈다. 나는 결혼등기부가 이렇게 허술하게 보관되고 있다는 것에 놀라지 않을 수 없었다. 진열장의 문은 휘어지고 듬성듬성 틈새가 벌어져 있었다. 게다가 열쇠나 자물쇠도 아주 흔하고 평범한 잠금 장치였다. 이 정도라면 내가들고 있는 지팡이로도 어렵지 않게 부술 수 있을 것 같았다.

"등기부를 이렇게 보관해도 안전합니까?"

내가 궁금한 듯 물었다.

"이런 중요한 서류들은 최소 좀 더 든든한 자물통과 철제 잠금 장치에 보관해야 하지 않을까요?"

"이런, 거 참 신기하구려!"

그가 펼쳤던 서류철을 열고 닫다가 기분 좋게 표지를 툭 치면서 말했다.

"수십 년 전 제가 젊었을 때 나이 든 주인께서 항상 하셨던 말씀이 그겁니다.

'왜 이 결혼등기부는 철제 금고에 보관하지 않지?'

제가 지금 들고 있는 이 장부 말이지요. 아마 그분한테 한 번만 더 그 말을 들었다면 백 번째 듣는 거였을 겁니다. 그분은 당시 변호사였는데 이 교회 제의실을 담당하고 계셨지요. 마음씨 좋고 자상한 늙은 신사였소. 아마 살아 숨 쉬는 사람 중에 가장 특이했던 분일 겁니다. 그분이 살아 계셨을 땐 놀스베리에 있는 그분 사무실에 이 등기부의 사본을 꼬박꼬박 보관했지요. 매번 새로운 등기부가 나오면 서신으로 받아서 꼭 사본을 만들어 보관했으니까요. 아마 상상도 못할 거요. 아니 세상에, 분기마다 정해진 날짜에 그 하얀 조랑말을 타고 여기로 와선 등기부를 일일이 챙기곤 했으니까요. 직접 눈과 손으로 꼼꼼히 점검했지요. '누가 알겠나?' 그분은 늘 이렇게 말씀하시곤 했습니다.

'여기 있는 등기부들이 언제 도난당하고 사라질지 누가 알겠나? 도대체 왜 철제 금고에 보관하지 않는 거지? 왜 사람들은 나만큼 이 등기부에 신경을 쓰지 않는지 모르겠네. 언제 한번 사고가 나야 내가 보관중인 사본의 진가를 알겠지'

그렇게 말하고 사본을 두 손에 꽉 쥐고는 마치 황제처럼 주변을 둘러보곤 했지요. 아, 정말이지 세상에서 그런 양반 만나기 쉽지 않을 겁니다. 런던에도 그 양반 적수는 없을 겁니다. 몇 년도라 그랬소, 네? 1800년하고 몇 년이요?"

"1804년입니다."

나는 마음속으로 장부를 다 뒤질 때까지는 이 말 많은 사환에게 말할 기회를 더는 주지 않으리라 다짐하면서 답했다.

사환이 안경을 끼고 정확하게 세 장 째마다 손가락에 침을 바르면서 등기부 페이지를 넘겼다.

"여기 있군요."

열린 장부를 다시 손으로 툭 치면서 그가 말했다.

"찾는 년도가 여기 있습니다."

퍼시벌 경이 몇 월에 태어났는지를 몰랐으므로 그해 1월부터 살피기 시작했다. 기록 장부는 구식이라서 모든 내용이 구획선 없는 빈 페이지에 손으로 써져 있었다. 한 내용이 끝나면 페이지를 가로질러 직선을 그어 구분을 지었다.

나는 1804년 첫 부분을 찾았다. '결혼'이라는 글자는 보지 못해서 거기서부터 다시 거슬러 페이지를 넘겼다. 1803년 12월, 그 다음 11월, 그 다음 10월, 그 다음……

아! 9월을 그냥 넘겨서는 안 된다. 그 해 그 달 첫머리 아래에서 '결혼'이라는 글자가 쓰여 있었다.

나는 주의 깊게 기록들을 살폈다. 내가 찾는 기록은 맨 아래에 있었는데 여백이 얼마 없어서 그 위의 결혼 기록보다 공간이 작았다. 그때 바로 이전의 결혼 기록이 내 눈길을 끌었다. 신랑 이름이 내 세례명과 같아서였다. 바로 이어지는 결혼 기록은 다음 페이지 상단에 있었는데, 다른 측면에서 유달리 눈에 띄었다. 공간도 많이 차지하는 데다 두 명의 형제가 동시 결혼했다는 기록이 적혀 있었기 때문이었다. 그리고 퍼시벌 경의 아버지인 펠릭스 글라이드 경의 결혼 기록은 이 두 형제의 유달리 양 많고 상세한 결혼 기록과 그 이전 페이지의 내 세례명과 같은 결혼 기록 사이의 몹시 협소한 공간에 깨알처럼 적혀 있었다. 그의 아내에 대한 기록도 다른 것들과 별반 다를 게 없었다. 이렇게 적혀 있었다.

"세실리아 제인 엘스터, 놀스베리 파크뷰코티지 출신, 작고한 패트릭 에스터 향사의 외동딸."

나는 이 기록을 수첩에 적었다. 적으면서도 내 다음 행로에 대한 의문과 낙담이 동시에 밀려들었다. 그 순간까지 손아귀에 쥐었다고 생각했던 비밀의 정체가 그 어느 때보다 멀리 사라지는 것만 같았다.

여기 이 제의실에서 내가 얻은 건 뭔가? 아무것도 없었다. 퍼시벌 경의 모친 명예를 더럽혔으리라 짐작했던 오점에 대해 뭘 알아냈는가? 내가 확인한 거라고는 그녀의 지위뿐이었다. 다시 시작되는 의문들, 다시 시작해야 할 막막하기 그지없는 앞날들이 눈앞에 끝없이 펼쳐졌다.

다음에는 뭘 해야 하지? 당장 해야 될 게 남아 있다면 그것은 '놀스베리의 엘스터 양'에 대해 조사하는 것이었다. 왜 캐서릭 부인이 퍼시벌 경의 모친을 경멸했는지 알아내서 실타래를 푸는 수밖에 없었다.

"원하시는 건 찾았소?"

내가 등기부를 닫자 사환이 물었다.

"네."

내가 답했다.

"그런데 하나 더 알고 싶은 게 있습니다. 1803년에 이 교회에 계셨던 목사님은 살아 계시지 않지요?"

"그렇지요. 그분은 내가 여기 오기 3, 4년 전에 돌아가셨지요. 그때가 벌써 27년이나 지났소. 제가 여길 맡게 된 건 말이지요, 선생 양반."

그의 말이 다시 물길을 만났다.

"내 이전 사환이 여길 떠나게 되어서요. 사람들 말로는 아내가 그를 집에서 내쫓았다는군요. 정확한 이야기는 모릅니다만, 아무튼 그의 아내는 지금도 저기 새 마을에서 살고 있지요. 완스버 씨라는 분이 이 일에 나를 추천해 주었는데, 그는 바로 방금 말한 제 늙은 주인의 아들이오. 누구보다 자유분방하고 즐겁게 사는 신사로, 사냥개를 몰고 말을 타고 다니지요. 손수 포인터 사냥개들도 키우고, 그렇게 즐겁게 살지요. 지금 여기 제의실 관리는 그가 하고 있습니다. 그의 아버지가 그랬듯이 말이오."

"예전 주인께서 놀스베리에 살았다고 말하지 않았습니까?"

나는 사환이 이 등기부 문을 열기 전에 나를 거의 탈진시키시다시피 수다를 떨며 말했던, 그 꼼꼼한 시골 교장 같은 이를 떠올리며 물었다.

"그럼요, 아버지 완스버러도 놀스베리에 사셨고, 아들 완스버러도 놀스베리에 살지요."

"지금 아들도 아버지처럼 제의실 관리를 맡고 있다고 말하셨죠? 그럼 제의실 관리자는 무슨 일을 하지요?"

"정말 모릅니까? 그러니 런던에서 오신 게 분명하군요. 아시다시피 모든 교구 교회는 제의실 사환과 교회 사환을 두고 있습니다. 교회 사환은 저랑 같은 일을 하지요. 물론 자랑은 아니다만, 제가 보통 교회 사환들보다는 많이 배웠다는 게 차이긴 하지만 말입니다. 그리고 제의실 사환은 변호사들이 맡는 별정직이지요. 제의실에 할 일이 있으면 그들이 도맡아 하게 되어 있죠. 런던에서도 마찬가지입니다. 영국의 모든 교구 교회에는 제의실 사환이 있습니다. 제 말 믿어도 됩니다. 제의실 사환은 곧 변호사지요."

"그렇다면 아들 완스버러 씨도 변호사란 말씀이군요?"

"그렇다마다요. 놀스베리 하이스트리트에 있지요. 아버지가 사용하던 오래된 사무실을 사용하고 있습니다. 제가 그 사무실 청소를 얼마나 많이 했는 줄 아시오? 참 그 어른, 하얀색 조랑말을 타고 업무를 보려고 거리를 총총 달리면서 만나는 사람마다에게 인사를 건네고, 기막히게 인기 많은 분이었지요. 그런 어른은 런던에서 일하셔야 했는데."

"여기서 놀스베리까지 얼마나 멀지요?"

"아주 먼 거리이오만."

그는 시골 사람들이 늘 그렇듯 한 곳에서 다른 곳으로 이동하는 게 얼마나 어려운지 아느냐는 표정으로 말했다.

"못해도 8킬로미터는 되오, 암!"

여전히 이른 오전 시간이었다. 걸어서 놀스베리까지 갔다가 다시 걸어서 웰밍헴까지 돌아갈 시간은 충분했다. 퍼시벌 경의 모친의 결혼 전 인물됨이나 지위를 알아보는 데 그 도시의 변호사보다 적합한 사람도 없을 것 같았다. 나는 곧장 거기로 떠나리라 결심하면서 제의실을 빠져나왔다.

"정말 감사하오, 신사 양반."

내가 그의 손에 작은 선물을 쥐어주자 사환이 말했다.

"정말 걸어서 놀스베리까지 갔다 오실 참이오? 하기야 괜찮지! 팔팔한 젊음인데, 뭘. 젊다는 게 얼마나 좋은 겁니까? 저기 길도 있겠다, 절대 길을 잃을 리도 없지요. 저도 같이 따라가고 싶소만. 이렇게 외진 곳에서 런던에서 오신 신사 양반을 만나니 정말 즐겁군요. 아무튼 잘 가시기 바랍니다. 그리고 다시 한 번 감사드리오."

우리는 헤어졌다. 교회를 떠날 때, 문득 뒤를 돌아보았다. 아까의 두 남자와 이번에는 또 다른 한 명도 보였다. 키가 작고 검은 옷을 입은 것으로 봐서 내가 전날 역까지 쫓아간 바로 그 사람이 분명했다.

세 명은 잠시 서서 얘기를 나눈 뒤 각자 흩어졌다. 검은 옷의 남자는 혼자 웰밍헴 쪽으로 향했고, 나머지 둘은 계속 서 있었다. 내가 움직이면 내 뒤를 밟을 것이 분명했다.

나는 되도록 나를 쫓는 두 사람을 모르는 척하려 했다. 특별히 내 심사를 거슬리게 만드는 것도 아니었다. 더군다나 차라리 그 둘 덕에 오히려 희망이 솟기까지 했다. 등기부를 보면서 느낀 실망감 때문에 나는 교회에서 두 남자를 처음 보였을 때 내렸던 결론을 잠시 잊고 있었다. 그들이 하필 이 버려진 웰밍헴 교회까지 와서 나를 미행하고 있다는 건 중요한 의미를 담고 있었다. 먼저, 퍼시벌 경이 내가 여기에 나타날지 모른다는 예측을 했다는 건데, 그렇다면 그것은 여기에 뭔가가 있다는 것을 의미했다. 교회 사환과 면담까지 예측했다는 것에는 더 깊은 의미가 담겨 있었다. 한 마디로 퍼시벌 경은 내가 여기 올 것이라고 미리 짐작하고 사람을 보낸 것이다. 저 텅 빈 제의실에 꽉 웅크리고 숨어 있는 뭔가가 분명 있었다. 등기부에 내가 미처 발견하지 못한 중요한 무언가가 있다는 뜻이다. 그렇지 않다면 퍼시벌 경이 사람을 이곳까지 보낼 리가 절대 없었다.

10

교회가 눈에 보이지 않게 되자 나는 빠른 걸음으로 놀스베리로 향했다.

길은 대부분 곧고 평탄했다. 뒤를 돌아볼 때마다 두 남자가 줄기차게 나를 따라오는 것이 보였다. 나와 일정한 거리를 유지하다가 한두 차례 바짝 쫓아왔다. 마치 나를 덮치려고 하듯이 말이다. 하지만 그러다가도 다시 걸음을 멈추고 둘이서 쑥덕대고는 다시 뒤로 물러나 예전의 거리를 유지했다.

저들이 내 시야 내에서 따라오는 것에는 어떤 목적이 있음이 분명했다. 두 사람은 어떻게 하면 그 목적을 확실히 수행할까 망설이는 것 같았고, 서로 이견도 있는 듯했다. 그 의도가 뭔지는 알 길이 없었다. 단 하나 놀스베리까지 도착하기 전에 불미스런 일이 벌어지리라는 강한 예감이 들었다. 그리고 그 예감은 곧 현실로 나타났다.

한적하고 급격하게 꺾어진 길로 접어들었을 때, 나는 경과한 시간으로 보건대 놀스베리에 거의 다 왔다는 결론을 내렸다. 그때 갑자기 내 뒤로 바짝 달려드는 두 사람의 소리가 들렸다.

내가 고개를 돌리기도 전에 런던에서 나를 미행했던 이가 내 왼쪽으로 급히 지나가면서 나를 난폭하게 밀었다. 나는 그들이 옛 웰밍헴에서부터 나를 줄곧 따라왔다는 데 상당히 곤두서 있었다. 그래서 불행히도 날쌔게 팔을 뻗어 그를 밀쳤는데 그것이 실수였다. 그는 곧바로 고함을 치며 도움을 요청했다. 그러자 사냥터지기 옷을 입은 남자가 오른쪽에서 불쑥 나타났다. 졸지에 길 한복판에서 나는 두 남자에게 샌드위치처럼 끼어버렸다.

이들이 올가미를 쳤구나 하는 확신, 내가 멍청하게 그 올가미에 걸려들었다는 짜증이 다행히도 두 남자와 소득 없는 결투를 벌이는 것을 말려주었다. 둘 중 몸집이 큰 쪽은 아무래도 내가 상대하기에는 벅찼다. 나는 가급적이면 쓸데없는 움직임으로 그들을 자극하지 않으려고 자제하면서 주변을 두리번거려 지나가는 사람을 찾았다.

이 모든 행동을 본 게 틀림없는 한 일꾼이 바로 옆 농토에서 일을 하고 있었다. 나는 그에게 마을로 안내해 달라고 소리쳤다. 하지만 그는 냉담하게 외면하더니, 하던 일을 밈추고 도로 뒤편에 있는 오두막으로 가버렸다. 동시에 두 사람 중에 나를 붙잡고 있던 사람이 나를 폭행죄로 고발하겠다고 엄포를 놓았다. 그것으로 이들의 저의가 확연히 드러났다. 그러나 그 시점에서 나는 이미 냉정과 기지를 회복했고 거기에 저항하지 않았다.

"이 손 놓으시오."

내가 담담히 말했다.

"그러면 마을까지 같이 가겠소."

사냥터지기 복장을 한 남자가 거칠게 내 요구를 거절했다. 그러나 몸집 작은 남자는 자기들의 불필요한 주먹질이 어떤 결과를 가져올지 짐작할 만큼 영리했다. 그가 사냥터지기 옷을 입은 남자에게 멈추라는 손짓을 보냈다. 나는 두 사람 사이에서 자유롭게 팔이 풀린 상태로 마을까지 걸어갔다.

모퉁이로 접어들자 놀스베리 마을이 한눈에 들어왔다. 길옆을 따라 지방 경찰관 한 명이 걸어가고 있었다. 그리고 두 사람은 경찰을 보자마자 나를 고발했다. 그러자 경찰은 지금 치안 판사가 시청에 있으니 시청으로 가서 그를 만나라고 말했다.

우리는 시청으로 갔다. 사환이 형식적으로 사건 경위를 물었다. 먼저 건드린 사람은 나였기 때문에 당연히 사태는 내게 불리했다. 만사가 늘 그렇듯이 과장과 왜곡이 나를 궁지에 빠뜨렸다. 치안 판사는 성질이 못되고 권력을 휘두르는 데 남다른 긍지와 묘미를 느끼는 작자였다. 우리에게 길에서나 아니면 주변에서 사건을 목격한 사람이 있는지 물었다. 놀랍게도 그들은 들판의 농사꾼이 봤다고 털어놓았다. 그들이 왜 농사꾼의 존재를 실토했는지는 이어지는 치안 판사의 설명을 듣고 알 수 있었다. 증인이 나타날 때까지 내게 구류를 명령한 것이다. 동시에 신원이 확실한 보석 보증인을 대면 보석으로 풀려날 수도 있다는 점도 시사했다. 만일 내가 그 마을 주민이었다면 아마 그도 나를 조건 없이 풀어주었겠지만 이방인인 내게는 필수적으로 보석 보증인이 필요했다.

그제야 이들의 모든 술책이 드러났다. 불청객인 데다가 보석 보증인도 구할 수 없는 낯선 마을에 나를 얼마간 붙잡아두려는 의도였다. 구류는 사흘 정도로, 사흘 뒤는 치안 판사가 다시 이 마을에 오는 날이었다. 문제는 이 사흘이, 내가 모든 일을 충분히 일사천리로 해치울 수 있을 만한 시간이라는 점이었다. 이 기간 동안 퍼시벌 경은 나를 옴짝달싹 못하게 만들어 골치 아픈 장애물을 제거할 수 있었다. 물론 그 동안 자신의 흔적을 없애기 위해 모든 수단을 동원할 것이다. 사흘이 지나면 나는 틀림없이 풀려나겠지만, 그때가 되면 증인이 나타나 봤자 아무 소용없는 일이 된다.

사흘 동안의 구류는 그 자체로는 사소한 일이었지만, 그로 인한 결과는 너무도 심각했고 위급했다. 나는 분노를 넘어 심한 좌절감에 빠졌다. 거의 필사적으로 이 기막힌 구금으로부터 벗어나려고 발악을 했다.

나는 급기야 필기구를 요청했다. 어리석게도 치안 판사에게 내 정체를 다 공개하고 내가 왜 여기 있으며, 왜 저들이 내게 시비를 걸었는지 은밀히 알려볼까 하는 생각을 했다. 이 시도가 얼마나 무모하고 경솔한지에 대해서는 첫 줄을 다 쓰는 순간까지만 해도 떠올리지 못했다. 그래봤자 퍼시벌 경을 도와주는 꼴이 된다는 걸 뻔히 알면서도 너무 절박해서 그런 오류 따위는 눈에 보이지도 않았다.

그러나 하늘이 무너져도 솟아날 구멍이 있는 법이다. 별안간 나도 모르게 퍼시벌 경에게 일격을 가할 묘안이 벼락처럼 뇌리를 때렸다. 단 몇 시간 내에 여기를 빠져나갈 수 있는 묘안이 신기루처럼 솟았다. 바로 오크롯지에 살고 있는 도슨 씨에게 내가 처한 입장을 전하고 도움을 청하는 것이었다.

기억하다시피 일전에 나는 블랙워터 파크로 처음 조사를 나왔을 때 도슨 씨와 만난 적이 있다. 그에게 할콤 양의 편지도 건네주었다. 그 편지에는 아주 간곡하게 나를 도와주면 감사하겠다는 내용이 적혀 있었다.

나는 도슨 씨에게 즉시 편지를 썼다. 그때 할콤 양의 편지 내용을 상기시킨 뒤, 당시 내가 위험하고 복잡한 일을 수행하게 되었음을 말했던 것도 상기시켜 주었다. 그때 나는 할콤 양의 가족 문제로 중요한 심부름을 하러 왔다고만 말했을 뿐 로라에 대해서는 입을 다물었다.

나는 그때와 마찬가지로 여전히 단어 선택에 신중을 기하면서 내가 왜 놀스베리에 있게 되었는지 침착하게 이유를 설명했다. 그리고 노골적으로 도와달라고 부탁하는 대신, 그가 그토록 돌보고 살리려 했던 여인이 절대적으로 신임하고 있는 나라는 사람의 존재 가치, 그를 방문했을 때 그가 베풀어준 환대에 늘 깊은 고마움을 지니고 있다고 말하는 간접 화법을 택했다.

나는 허락을 얻어 심부름꾼을 시켜 편지를 전달하게 했고, 즉시 도슨 씨를 여기로 태우고 올 마차도 함께 보냈다. 오크롯지는 블랙 워터에서 놀스베리 방향에 위치해 있었으며, 심부름꾼은 40분이면 족히 거기에 도착할 수 있고, 역시 40분이면 의사를 여기로 데리고 올 수 있다고 장담했다. 나는 그에게 만일 도슨 씨가 집에 없을 경우 그가 갈 만한 장소를 죄다 적어주면서 모두 찾아봐달라고 부탁했다. 그런 후 모든 인내심과 희망을 걸고 결과만 기다렸다.

심부름꾼이 떠난 시간은 오후 1시 30분이 채 되지 않은 시간이었고, 그가 다시 돌아온 시간은 3시 30분이 되지 않았다. 그는 도슨 씨와 함께 왔다.

도슨 씨가 벼랑 끝에 놓인 나를 구하기 위해 보인 정성과 노력은 기대 이상이었다. 요구되는 보석 조건들이 즉시 제공되었고 금방 보석 허가가 떨어졌다. 그리하여 나는 오후 4시도 안 되어 내 구세주인 이 친절한 노 의사의 따뜻한 손을 잡을 수 있었다. 나는 다시 놀스베리 거리에서 자유인이 되었다.

도슨 씨는 호의를 베풀어 하룻밤을 자기 집에서 보내는 게 어떻겠냐고 말했다. 나는 그러고 싶지만 시간이 나를 붙잡고 있어서 이 모든 은덕을 며칠 뒤로 미룰 수밖에 없다고 정중히 사양했다. 대신 가급적 빠른 시일에 방문해 은덕을 갚는 의미에서 모든 자초지종을 얘기하겠다고 말했다. 우리는 마음으로 오고가는 깊은 신의를 느끼며 악수를 하고 헤어졌다.

나는 헤어지자마자 지체 없이 하이스트리트에 있는 완스버러 씨의 사무실로 향했다. 모든 게 시간에 달려 있었다. 내가 풀려났다는 소식은 분명 밤이 되기 전에 퍼시벌 경에게 전달될 것이다. 만약 이 몇 시간 내에 그가 그렇게 두려워하는 사건의 핵심을 밝혀내지 못한다면, 그래서 그를 내 손아귀에 넣지 못한다면 지금까지의 온갖 노력이 물거품이 되고, 내가 설 땅도 사라지게 된다. 그의 파렴치하기 짝이 없는 성품과 이 지역에서 그가 장악하고 있는 위력으로 보나, 내 필사적인 탐문 때문에 그가 느낄 극도의 두려움으로 보나, 단 일분일초의 허비도 없이 어떻게든 그 비밀을 알아야 한다는 마음이 더 굳어졌다.

나는 도슨 씨를 기다리는 동안 만반의 준비를 해 놓은 상태였다. 이제 남은 건 그 준비들을 실천에 옮기는 것뿐이었다. 그러자 수다쟁이 교회 사환이 말해 줬던 얘기들이 새로운 의미로 되살아났다. 제의실에 머무르는 동안에는 깨닫지 못했던 새로운 의심들이 그때서야 마음을 사로잡았다.

놀스베리로 오는 내내 나는 완스브로 씨에게 그저 퍼시벌 경의 모친에 대해서만 물어볼 참이었다. 그런데 지금은 그것만이 아니었다. 지금 내가 절실히 원하는 건 옛 웰밍헴 교회 서류들의 사본을 점검하는 일이었다.

완스버러 씨의 사무실에 도착했을 때 다행히 그는 사무실에 있었다. 그는 명랑하고 홍조 띤 얼굴에 무척 너그러운 인상을 가진 이로, 변호사라기보다는 차라리 시골 신사가 어울려 보였다. 그는 내

231

요청에 한편으로는 놀라면서도 한편으로는 무척 기뻐하는 모습이었다. 그의 아버지가 사본을 보관해 왔다는 건 알고 있었지만, 자기조차도 살펴보지 않았던 것이다. 아버지가 돌아가신 뒤로는 누구도 사본을 보자는 사람이 없어서 다른 서류들과 뒤섞여 그저 보관되어 있다고 했다. 그런데 지금 아버지가 소중히 보관해 온 사본을 절실하게 청하는 사람이 나타났으니 결국 아버지의 소원도 이루어진 셈이었다. 나중에 필히 찾을 사람이 있을 것이라고 고집했던 아버지의 장담이 마침내 나로 인해 이루어졌으니, 이제 그의 아버지도 여한 없이 그 속박으로부터 벗어나게 된 셈이었다.

복사본이 있다는 걸 어떻게 알게 되었는지, 마을 사람 누구에게 들었는지 질문이 이어졌다. 나는 되도록 대답을 얼버무렸다. 지금 상황에서는 지나치게 조심스럽게 대답해서도 안 되었고, 마찬가지로 내가 벌써 제의실에서 원본을 봤다는 사실을 털어놓아 자칫 오해를 불러일으켜서도 안 되었다. 나는 그에게 중요한 가족 문제가 그 등기부에 달려 있다고 밝힌 뒤, 시간이 촉박하다고 잘라 말했다. 더는 자세히 밝힐 수 없는 문제라고만 했다.

나는 그날 우편으로 어떻게 해서든 런던으로 새롭게 알아낸 사실을 보내고 싶은 마음이 간절했다. 원본을 이미 봤으니 사본에서 내가 필요한 부분을 찾는 것은 어렵지 않을 것이 분명했다. 나는 더불어 차후에 등기부 원본이 필요할 경우에는 꼭 이 사무실을 통해서 찾겠다고 약속했다.

이렇게 설명하고 나자, 그는 더 이상의 질문 없이 사본을 찾아오라고 서기를 보냈다. 얼마 후 서기가 두꺼운 서류철을 들고 돌아왔다. 크기는 교회의 원본과 같았다. 차이라면 더 깔끔하게 제본되어 있다는 것뿐이었다.

나는 사본을 들고 빈 탁자로 향했다. 손은 떨렸고 머리는 뜨겁게 달아올랐다. 너무 흥분해서 그것을 펼치기 전에 내 표정을 사무실

안 사람들에게 억지로 숨겨야 할 정도였다.

내가 처음 페이지의 뒤를 펼치자 희미한 잉크로 다음과 같은 문구가 적혀 있었다.

웰밍헴 교구 교회의 결혼등기부 사본. 본인에 의해 작성됨. 이후 본인이 항목별로 원본과 대조했음

—(서명) 제의실 사환, 로버트 완스버러

이 문구 아래에는 다른 필적의 쓴 한 줄이 더해져 있었다.

1800년 1월 1일부터 1815년 6월 30일까지의 사본임.

나는 1803년 9월 기록을 찾기 위해 페이지를 넘겼다. 곧 나와 세례명이 같은 이름의 결혼 기록을 찾았다. 그리고 두 형제가 동시에 결혼한 기록도 보았다. 그리고 이 두 기록 사이, 맨 아래 좁은 공간에 적힌 기록은……?

놀랍게도 거기에는 아무것도 없었다! 교회 제의실의 원본에 적혀 있던 펠릭스 글라이드 경과 세실리아 제인 엘스터의 결혼 기록은 단 한 자도 보이지 않았다!

가슴이 거세게 요동쳤다. 마치 그 박동에 질식당할 것만 같았다. 나는 그것을 다시 보았다. 도저히 내 눈을 믿을 수 없었다. 정말 아무것도 없었다. 의심의 여지없이 거기에는 어떤 결혼 기록도 없었다. 다른 기록들은 원본과 똑같았다. 순서도 내용도 공간도 모두 같았다. 단 하나, 맨 아래 빈 여백이 모든 걸 말해 주고 있었다!

그렇다면 결혼식이 거행지고 사본이 복사된 1803년부터 퍼시벌 경이 옛 웰밍헴에 모습을 드러낸 1827년까지만 해도 교회 등기부에는 이 빈 공간이 남아 있었던 것이 틀림없었다. 물론 이 놀스베리

의 사본도 변조할 기회가 있었을 것이다. 그러나 원본이 더 중요했기에 원본이 보관된 옛 웰밍헴의 교회에서 문서 위조가 벌어진 것이다.

몸을 가누기 힘들 정도로 머리가 아찔했다. 기우뚱거리는 몸을 간신히 탁자에 기대고 몸을 가누었다. 그간 내가 퍼시벌 글라이드 경이라는 흉악한 작자에 대해 품었던 모든 의심들은 죄다 진실 근처에도 가지 못한 것들에 불과했다. 그가 실제로는 퍼시벌 글라이드 경이 아니며, 준남작이라는 직위도 가질 수 없는 신분으로 고작 블랙워터에서 일했던 극빈 노동자에 불과하리라는 가정은 상상조차 해본 적이 없었다.

나는 한때는 그가 앤 캐서릭의 아버지일지도 모른다고도 생각했다. 또 어떤 때는 그가 앤 캐서릭의 남편은 아닐까 하는 의심도 품었다. 그런데 그가 저지른 범죄는 내 모든 상상을 뛰어 넘어 저 멀리에 숨어 있었다.

이 보잘 것 없는 문서 위조 범죄가 만들어낸 죄의 크기, 그 방식의 무모함, 이 진실이 알려질 때 야기될 결과들에 대한 공포심으로 나는 아연실색했다.

이제 이 철면피 같은 인간이 왜 그렇게 안절부절못했는지 명백해졌다. 이 짐승보다 못한 인간이 왜 그리 비굴한 표리부동과 야만적인 폭력 사이를 갈팡질팡하며 날뛰었는지 확실히 알 수 있었다. 왜 이 막나가는 인간이 앤 캐서릭을 정신병원에 억지로 감금했는지, 왜 이 물불 가리지 않는 인간이 사악한 공모로 아내를 처참한 불행의 나락으로 떨어뜨렸는지, 이제 그 비밀이 만천하에 드러난 것이다.

문서 위조 범죄는 과거였다면 사형감이고, 지금도 평생을 외딴 오지로 추방할 만한 중죄였다. 이 범죄 사실이 밝혀지면 비록 그의 목숨까지는 못 거둬도, 그가 악랄하게 강탈한 그 모든 것들, 명예와 지위와 재산과 그 외의 모든 사회적 이름들은 충분히 숨통을 끊어 놓을 수 있었다.

이것이 그의 비밀이었다. 이것을 지금 내가 손에 쥐고 있다! 내 입에서 단 한 마디만 나오면, 그가 누리고 있는 집과 땅과 남작이 라는 작위는 영영 그에게서 멀어지게 될 것이다. 내 입에서 이 비밀이 나오는 날, 그는 이 세상에서 영원히 추방당해 이름도 없고 돈도 없고 친구 하나 없는 버림받은 폐인이 될 것이다. 그의 운명이 이제 내 말 한 마디에 달린 것이다. 이 사실을 지금쯤에는 나만큼 그도 잘 알고 있을 것이다!

이 마지막 생각이 내 흥분을 잠재웠다. 절체절명의 순간에 가장 중요한 건 신중함과 침착함이었다. 나뿐만 아니라 이 일과 관련된 모든 사람의 운명이 걸린 문제였으므로 단 하나의 실수도 허용해서는 안 됐다. 더군다나 퍼시벌 경이 이 사실을 알게 된 이상, 나를 무차별 공격해 올 것이 너무도 뻔했다.

지금 그는 일생일대의 위기에 봉착해 있었다. 그런 마당에 뭐가 눈에 보이겠는가? 오직 이 위기에서 벗어나기 위해, 아니 살아남기 위해, 그 무슨 짓을 못하겠는가.

나는 잠시 생각을 정리했다. 가장 먼저 해야 할 일은, 지금 발견한 증거물을 한 자도 틀림없이 잘 적어서 확실한 증거로 보관하는 일이었다. 그것도, 내게 어떤 불운한 사건이 일어날 때를 대비해 퍼시벌 경의 손이 닿지 못하는 곳에 말이다. 이 사본이야 완스버러 씨의 견고한 보관 창고에 안전하게 관리될 것이다. 하지만 제의실 원본은 내 눈으로도 목격했듯이 결코 안전하지 않았다.

여기까지 생각이 미치자 교회로 다시 돌아가 교회 사환에게 다시 한 번 요청을 해서 필요한 원본 부분을 따로 안전하게 보관해야 했다. 오늘밤 그 일을 마치고 나야 잠이 올 것 같았다. 당시에는 법적으로 확인된 서류가 필요하다는 것과 내가 임의로 뽑은 서류는 증거로서 효력이 없다는 사실을 알지 못했다. 하지만 내 행동을 철저히 비밀로 해야 했기 때문에, 누구에게 내 무지에 대한 자문조차 구할 도리가 없었다.

당장 시급한 건 일단 옛 웰밍헴으로 가는 것이었다. 나는 내 언행의 성급함에 대해 완스버러 씨에게 예의를 갖춰 미안함을 표했다. 그도 내 마음 상태를 이미 헤아리고 있었다. 나는 비용을 탁자 위에 놓고 하루 이틀 후에 편지를 쓰겠다고 약속하고는 사무실을 나왔다. 머리는 핑핑 돌고 가슴은 심하게 울렁거리고, 온몸이 뜨거웠다.

날은 어두워지고 있었다. 다시 미행을 당할지 모른다는 생각, 도로에서 공격당할지 모른다는 생각이 급습했다.

내가 가진 지팡이는 방어용으로는 어림도 없었다. 가는 도중 가게에 들러서 머리가 짧고 굵직한 튼튼한 시골에서 쓰는 곤봉 하나를 샀다. 이 단순한 무기라면 누가 덮쳐도 해볼 만했다. 만일 둘 이상이 덮친다면 그때는 내 두 발에 의지할 수밖에 없었다. 학창 시절 나는 학교에서 알아주는 달리기 선수였다. 비록 중앙아메리카의 모험을 겪은 뒤로는 내키지 않아 연습을 중단했지만 말이다.

나는 빠른 걸음으로 시내를 빠져나가 도로 가운데로 계속 걸어갔다.

가는 안개비가 내리기 시작했다. 길의 절반 정도를 걸어갈 때까지만 해도 미행을 당하고 있는지 알기가 어려웠다. 그런데 중간 지점을 지나 교회까지 3킬로미터 정도 남았겠구나 생각할 무렵, 내 옆으로 한 남자가 비를 맞고 뛰어가는 걸 보았다. 곧이어 길 옆 농장 문이 세게 닫히는 소리가 들렸다. 나는 곤봉을 단단히 쥐고 신경을 바짝 곤두세운 채 두 눈을 부릅뜨고 안개와 어둠 속을 유심히 살피며 계속 걸었다. 그렇게 10미터도 채 못 가 오른쪽 울타리에서 바스락거리는 소리가 들리더니 세 명의 남자가 갑자기 길 위로 나타났다.

나는 재빨리 인도 위로 올라섰다. 선두에서 나를 쫓던 두 명이 내 갑작스런 움직임에 엉거주춤 따라 움직였다. 세 번째 놈은 번개처럼 빨랐다. 동작을 멈추고 나를 향해 막대기를 내리쳤다. 하지만 정확히 겨냥하지 않은 일격이라 내 머리를 빗나가 어깨를 맞혔다.

나는 잽싸게 놈의 머리를 강타했다. 놈은 내 반격에 비틀거리며 돌진하는 두 명의 동료 쪽으로 넘어졌다.

이때였다. 나는 순간의 빈틈을 놓치지 않고 재빨리 도로 위로 나와서 힘껏 내달렸다. 뒤에 있던 둘이 나를 쫓아왔다. 둘 다 무척 빨랐다. 도로는 굴곡 없이 평평했다. 처음 5분은 놈들에게 따라잡힐 것 같았다. 캄캄한 어둠 속에서 먼 거리를 달리는 것은 위험했다. 도로 양쪽 끝은 어렴풋해 검고 희미한 테두리로만 보였다. 이런 속 도로 아무것도 안 보이는 이 공간을 무작정 달리다가는 별 것 아닌 장애물에 부딪쳐도 거꾸러질 것이 분명했다.

그렇게 조금 더 달리다 보니 도로의 굴곡이 변하는 느낌이 들었다. 모퉁이를 돌자 완만했던 도로가 내리막길이 되고, 다시 긴 오르막길로 변했다. 내리막길로 달릴 때는 거의 놈들에게 따라잡혔지만, 오르막길로 오르자 그들을 점점 멀리 따돌리기 시작했다. 그들의 빠르고 둔탁한 발소리가 귓전에서 점점 약해졌다. 들리는 발소리로 짐작컨대 그들을 상당히 따돌렸다는 것을 알 수 있었다.

나는 재빨리 도로를 벗어나 벌판으로 나갔다. 그곳은 어두워서 그들도 나를 보지 못하고 지나칠 가능성이 컸다. 나는 길가로 빠져 눈 대신 느낌으로 산울타리라고 짐작되는 곳에서 마침내 멈추고 호흡을 가다듬었다.

문은 닫혀 있었다. 담을 뛰어 넘으니 다시 벌판이었다. 등을 도로 쪽으로 돌린 채 멈추지 않고 벌판을 가로질렀다. 문 옆으로 그들이 지나가는 소리가 들렸다. 그러자 잠시 후, 한 사람이 돌아오라고 부르는 소리가 들렸다. 하지만 이미 그들이 무슨 짓을 하건 상관없을 정도로, 나는 그들이 보고들을 수 있는 범위를 벗어나 있었다. 나는 계속 벌판을 가로질렀고 벌판 끝에 다다라서야 거친 호흡을 고르느라 잠시 멈춰 쉬었다.

도로로 다시 돌아가는 건 무모한 짓이었다. 그래도 그날 밤에 어떻게 해서든 옛 웰밍헴에 가야 했다.

달빛도 별빛도 내 길을 밝혀주지 않았다. 내가 아는 거라고는, 놀스베리를 떠나면서 줄곧 등으로 바람을 맞고 있었으며, 그렇게 계속 등으로 바람을 맞으며 나아가면 최소한 완전히 엉뚱한 길로는 빗나가지 않을 거라는 추론뿐이었다.

나는 이 생각만 염두에 두고 계속 시골길을 가로질러 갔고, 산울타리나 도랑, 덤불처럼 어쩔 수 없이 돌아가야 하는 장애물 외에는 큰 장애물 없이 지나갔다.

얼마 후, 나는 갑자기 산중턱에 서 있었다. 앞의 땅은 급경사가 진 내리막길이었다. 나는 움푹 파인 곳의 밑바닥까지 내려간 뒤 산울타리를 비좁게 헤치고 나와서 가까스로 좁은 오솔길로 나올 수 있었다. 도로를 빠져나오고 나서는, 오른쪽으로 나왔으니 다시 방향을 잡을 생각으로 이번에는 왼쪽으로 돌아갔다. 그렇게 구불구불한 진흙길을 10분 정도 걷자 창가에 불을 밝힌 오두막이 눈에 들어왔다. 정원 문이 오솔길과 연결되어 있기에 길을 물으려고 곧바로 안으로 들어갔다.

그런데 문을 두드리기도 전에 갑자기 문이 벌컥 열렸다. 곧이어 한 남자가 손에 등잔을 들고 밖으로 뛰쳐나왔다. 그는 멈추어 서서 내게 등잔불을 비추었다.

순간, 우리는 둘 다 소스라쳤다. 내가 방향 감각도 없이 달려온 그곳은 마을의 변방, 마을의 제일 낮은 곳이었다. 바로 옛 웰밍헴에 돌아온 것이다! 그리고 등잔을 들고 서 있는 사람은 다름 아닌 바로 교회 사환이었다.

헤어진 지 불과 얼마 안 됐는데 내가 거기에 있자, 그는 의심과 어리둥절함이 뒤섞인 표정이었다. 불그스레한 두 볼은 벌겋게 상기되어 있었다. 그런데 그가 던진 첫 마디는 뚱딴지같은 소리였다.

"열쇠 어디 있소?"

그가 물었다.

"선생이 열쇠 가지고 있소?"

"무슨 열쇠 말입니까?"

내가 되물었다.

"전 지금 막 놀스베리에서 오는 길입니다. 무슨 열쇠를 말하시는 겁니까?"

"제의실 열쇠 말이오. 이런, 맙소사! 어쩌면 좋습니까? 열쇠가 사라졌어요! 알겠소?"

그가 안절부절못하고 등잔불을 흔들며 소리쳤다.

"열쇠가 없어졌어요!"

"어떻게요? 언제요? 열쇠를 가져갈 만한 사람은 누굽니까?"

"모릅니다요."

사환이 주변을 허겁지겁 둘러보며 말했다.

"저는 지금 막 돌아왔습니다. 아까 선생께 말했지 않소, 오늘 할일이 태산 같다고요. 분명 문을 잠그고 창문을 닫아났는데 다 열려있었소. 보세요! 누가 들어와서 열쇠를 가져간 겁니다."

그가 나를 창문이 활짝 열려 있는 여닫이 창 쪽을 비췄다. 사환이 몸을 돌리는 순간 초롱불의 빗장이 풀리고 바람에 촛불이 금방 꺼졌다.

"등잔불을 하나 더 가져오십시오.."

나는 서둘러 말했다.

"어서 같이 제의실로 가봅시다. 어서, 서둘러요!"

나도 그를 따라 집으로 황급히 들어갔다. 모든 것이 수포로 돌아가기 일보 직전이었다. 만일 그들이 끝내 원하는 대로 일을 처리하는 데 성공한다면, 그간 손에 쥔 것이나 다름없던 모든 게 한순간에 눈앞에서 사라지게 되는 것이다.

나는 교회로 가야 한다는 마음이 너무 앞서 사환이 등불을 켜는 잠시도 가만히 서 있지 못했다. 더는 못 기다리고 사환에게 등잔불을 들고 곧 따라오라고 말하고는 먼저 정원 문을 나와 오솔길로 들어섰다.

몇 걸음 걸었을까, 내가 가는 교회 방향에서 한 남자가 다가왔다. 그런데 그는 나를 보자 공손하게 말을 걸었다. 얼굴을 제대로 볼 순 없었지만 처음 보는 낯선 자였다.

"죄송합니다, 퍼시벌 경 나리⋯⋯."

나는 그가 더 말하기 전에 말을 막았다.

"어두워서 잘못 본 모양이신데, 전 퍼시벌 경이 아닙니다."

내 말에 남자는 즉각 뒷걸음질을 쳤다.

"제 주인나리인 줄 알았습니다."

그가 혼란스럽고 의심이 잔뜩 담긴 목소리로 말을 더듬었다.

"여기서 주인 분을 보기로 했습니까?"

"여기 오솔길에서 기다리라고 하셨지요."

이 말과 함께 그가 뒤를 돌아 물러갔다. 오두막을 보니 사환이 등잔불을 들고 집을 나오고 있었다. 나는 그의 팔을 잡고 더 빠른 걸음으로 걸었다. 말을 건 남자는 그냥 지나쳤다. 등잔불에 비친 모습으로 보아 제복을 벗은 하인인 것 같았다.

"저 사람은 누굽니까?"

사환이 물었다.

"열쇠에 대해 알던가요?"

"질문하고 대답을 기다릴 시간이 있습니까? 먼저 제의실부터 가봐야 합니다."

오솔길 끝에 이르기 전에는 낮에도 교회 건물이 보이지 않았다. 드디어 오솔길 끝에 이르러 교회로 향하는 작은 둔덕을 올랐을 때, 마을 아이 하나가 등잔불이 신기한지 우리에게 바짝 다가왔다. 소년은 곧 사환을 알아보았다. 그리고 끈질기게 사환의 옷을 잡아당기면서 말했다.

"할아버지, 저기요, 저기 저 위에 누가 있어요. 그 사람이 문을 열고 있는 소리를 들었어요, 성냥불로 불을 켜는 것도 봤어요."

사환이 몸을 부르르 떨더니 내게 몸을 기댔다.

"정신 차리십시오!"

나는 목소리에 힘을 줘서 그가 기운을 내도록 했다.

"아직 늦은 건 아닙니다. 놈이 누구든, 잡을 수 있어요. 등잔불 꽉 붙잡고 어서 저를 따라오세요."

그렇게 말하고 나는 혼자 재빨리 언덕 위로 올라갔다. 어둑한 밤하늘 아래 제일 먼저 형체를 보인 것은 교회 탑이었다. 제의실 쪽으로 에둘러 가는데 육중한 발자국 소리가 내 쪽으로 다가왔다. 하인이 교회까지 나를 따라온 것이다.

"나쁜 생각은 없습니다. 걱정마세요."

내가 몸을 돌리자, 그가 서둘러 말했다.

"전 단지 제 주인나리를 찾고 있을 뿐입니다요."

그의 목소리는 두려움으로 가득 차 있었다. 나는 신경 쓰지 않고 가던 길을 계속 갔다. 곧 제의실이 눈에 들어왔다. 제의실의 지붕 채광창에서 안에서 밝힌 불빛이 환하게 뿜어 나오고 있었다. 그 빛은 별 하나 없는 어둑한 하늘 아래 더욱 눈이 부셨다.

나는 마당을 가로질러 급히 문으로 갔다. 그런데 가까이 다가갈수록 수상한 냄새가 축축한 밤공기를 뚫고 새어 나왔다. 안에서 뚝뚝 부러지는 소리가 들리고, 천장 불빛이 더 크게 치솟았다. 나는 문으로 달려가 손을 댔다. 제의실이 불타고 있었다!

그때였다. 내가 미처 움직이거나 숨을 들이키기도 전에 안에서 문을 거칠게 두드리는 소리가 들렸다. 나는 기겁을 했다. 문 안에서 자물쇠를 마구 헤집는 열쇠 소리가 들렸고, 남자 목소리도 들렸다. 살려달라는 처절한 목소리가, 치솟는 불길보다 더 크게 울리는 비명소리가 들렸다.

나를 따라오던 하인이 뒷걸음질을 치며 몸을 떨더니 땅바닥에 무릎을 꿇었다.

"맙소사!"

하인이 소리쳤다.

"제 주인나리십니다!"

말이 끝나기 무섭게 사환이 도착했고, 동시에 다시 한 번, 마지막으로 자물쇠를 덜컥이는 소리가 들려왔다.

"하나님, 그의 영혼에 자비를 베푸소서!"

사환이 읊조렸다.

"죽은 거나 마찬가지입니다. 열쇠가 안에서 걸렸어요."

나는 문으로 돌진했다. 그 동안 내 모든 생각들을 지배했던 단 하나의 목적도 그 순간 사라졌다. 이 범죄자가 낳은 가혹한 상처, 이 인간이 무참히 짓밟고 유린한 사랑과 순수와 행복의 기억, 한시도 잊지 않았던 응징과 보복의 결심, 이 모든 것들이 한 순간의 꿈처럼 사라져버렸다. 눈앞에 떠오르는 것은 그가 처한 끔찍한 상황이 공포뿐이었다. 한 인간을 끔찍한 죽음에서 구해야 한다는 본능만 용솟음쳤다.

"다른 문으로 가요!"

나는 소리쳤다.

"교회 쪽 문으로 가시오! 이 문은 못 열어요! 잠시라도 머뭇거리다가는 죽습니다!"

살려달라는 절규도 더는 들리지 않았다. 마지막으로 열쇠 소리가 난 뒤로는 그 어떤 소리도 들리지 않았다. 그가 아직 살아 있다는 그 어떤 징후도 없었다. 오로지 들리는 건 불길에 부서지는 소리, 지붕 유리 파편들이 떨어지는 소리뿐이었다.

나는 주변의 두 사람을 둘러보았다. 하인은 일어나서 등잔불을 높이 들고 그저 문을 비추고만 있었다. 이 무시무시한 광경에 넋이 나가서는 마치 강아지처럼 내가 움직이는 대로만 졸졸 따라다니며 내 옆에 있었다. 사환은 묘비 한 구석에 웅크리고 앉아 떨면서 탄식하고 있었다. 둘 다 모든 걸 포기한 상태였다.

나 역시 어떤 조치를 취해야 할지 알 수 없었다.. 단 한 가지, 사람 목숨을 구하라는 본능만 나를 닦달하는 가운데 나도 모르게 하인을 붙들어 제의실 벽으로 밀기 시작했다.

"등을 굽히고 두 손으로 단단히 벽을 잡아요! 당신을 타고 지붕으로 올라가서 채광창을 부술 거요. 그래서 공기가 통하게 할 테니까!"

하인은 온몸을 떨고 있었지만 단단히 몸을 구부린 채 필사적으로 버텼다. 나는 입에 곤봉을 물고 그의 등을 타고 오르기 시작했다. 두 손으로 벽 난간을 붙잡고 지붕으로 올라갔다. 조급한 마음에 채광창을 열면 실내로 공기가 들어가는 대신 불길이 바깥으로 치솟을 수도 있다는 생각도 미처 하지 못했다.

나는 곤봉으로 채광창을 세게 내리쳤다. 불길에 금이 간 유리가 일격에 단번에 깨졌다. 그러자 불길이 굴에서 뛰어나오는 날짐승처럼 사납게 포효하듯 치솟았다. 내가 있던 곳에서 바람이 그 불길을 내게서 비켜가게 해주지 않았다면, 그 순간 내 노력도 내 목숨과 함께 끝장났을 것이다. 깨진 창문을 통해 검은 연기가 불길과 함께 위로 솟아오르는 순간 나는 지붕에 바짝 엎드렸다.

불길을 통해 바로 아래에서 나를 혼이 나간 듯 바라보고 있는 하인이 보였고, 묘비에서 일어나 어찌할 바를 모르고 두 손을 비틀고 있는 사환도 보였다. 몇 안 되는 마을 사람들, 초췌한 얼굴의 남자들과 공포에 질린 여자들이 교회 마당 멀리서 무리를 지어 이곳을 바라보고 있었다. 검은 연기와 붉은 불길이 뒤섞이면서 그들의 모습도 보였다 사라졌다를 반복했다.

그리고 바로 내 아래에 있을 그 남자! 이렇게 가까이 있으면서도 우리 손길이 닿지 않아 질식하고 불에 타서 죽어가고 있을 그 남자!

그 생각을 하자 나는 제정신을 잃어버렸다. 나는 지붕에서 손을 뻗어 몸을 낮춘 뒤 땅으로 뛰어내렸다.

"교회 열쇠!"

나는 사환에게 소리쳤다.

"저쪽에서 해봅시다. 교회 안에서 문을 부수고 열 수 있다면 살릴 수 있을지도 몰라요!"

"안 돼요, 안 돼!"

늙은 사환이 울부짖었다.

"교회 열쇠와 제의실 열쇠가 같이 묶여 있습니다. 저 안에 같이 있다고요! 오, 선생, 이미 때가 늦었소. 지금쯤 재가 되었을 겁니다!"

"시내에서도 이 불길이 보일 겁니다."

내 뒤에 있던 무리 속에 있는 한 사람이 말했다.

"마을에 소방 펌프가 있어요. 사람들이 교회를 구하러 올 겁니다."

나는 소리를 쳐서 그 남자를 찾았다. 그는 최소한 이성을 유지하고 있었다. 그래서 군중 밖으로 나와서 직접 설명해 달라고 했다. 그는 마을에서 소방차가 오려면 최소한 15분은 걸린다고 했다.

그러나 아무것도 하지 않고 기다려야 한다고 생각하니 두려웠다. 나는 이미 이성 따위는 버리고 없었다. 제의실 안에 갇혀 죽어가는 그 가엾은 인간은 쓰러져 의식은 잃었겠지만 아직 죽지는 않았을 것이라고 스스로 다독거렸다.

만일 저 문을 부수고 연다면 살릴 수 있지 않을까? 육중한 참나무의 위력도 익히 알고, 참나무에 무수히 박힌 대못들의 단단함도 알고 있었다. 정상적인 방법으로는 절대 이 문을 열 수 없다는 것을 나도 잘 알았다.

그래도 교회 가까이 허물어진 빈집에 큰 들보 같은 게 있지 않을까? 그걸로 저 문을 부순다면 어떨까?

이 생각이 채광창을 뚫고 나오는 불길처럼 순간적으로 뇌리를 스쳤다. 나는 시내의 소방 펌프를 운운했던 남자에게 도움을 청했다.

"당장 쓸 수 있는 곡괭이 있습니까?"

있었다. 그들은 가지고 있었다.

"도끼와 톱과 밧줄도요?"

있다! 있다! 있다! 나는 마을 사람들과 등잔불을 들고 같이 마을로 내려갔다.

"나를 도와주는 사람들 모두에게 5실링씩 드리겠소!"

이 말에 그들의 얼굴에 생기가 넘쳐흘렀다. 굶주린 배와 단돈 몇 푼에 대한 허기가 그들에게 활기와 동요를 불러 일으켰다.

"두 사람은 등잔불을 더 준비하세요! 또 두 사람은 도끼와 장비들을 챙겨요! 나머지는 나를 따라 해머가 될 만한 걸 찾아봅시다!"

그들은 흥이 나고 신이 났다. 아낙네들과 아이들이 양쪽으로 나뉘어 뒤따라갔다. 내 일행들은 나와 함께 무리를 이루어 교회로 가는 길가의 첫 집으로 들어갔다. 남은 사람이라곤 사환뿐이었다. 그만이 홀로 납작한 묘비 위에 서서 교회를 향해 흐느끼며 통곡하고 있었다. 하인은 계속 나만 졸졸 따라다니다가, 빈집의 문을 열고 들어서자 하얗게 질린 공포에 짓눌린 얼굴을 바짝 내 어깨 아래에 붙이고 있었다.

부서진 바닥 위에 서까래가 있었지만 너무 가벼웠다. 나무 들보 하나가 우리 머리 위를 가로지르고 있었다. 우리 손이나 도끼가 닿을 만한 거리였다. 그 들보는 무너진 벽의 끝과 끝 사이에 단단히 박혀 있었다. 우리는 양쪽에서 동시에 들보를 내려쳤다. 맙소사! 벽돌과 회반죽이 얼마나 단단히 들보를 붙들고 있는지!

우리는 계속 때리고 당기고 뜯어냈다. 이윽고 한쪽 끝이 벌어졌고 쿵 하는 소리와 함께 마침내 들보가 벽돌 덩어리와 함께 떨어졌다. 우리를 구경하던 아녀자들이 일제히 소리를 질렀다. 남자들도 함성을 질렀다. 그중 두 사람은 바닥에 넘어졌지만 다행히 다치지는 않았다. 나머지 다른 쪽도 함께 뜯어내 들보의 양쪽이 다 뜯어졌다. 우리는 들보를 메고 집을 나왔다.

이제 가는 것이다! 이제 문으로 돌진해야 한다! 불길에 휩싸인 하늘은 더 밝고, 불길은 더 거세게 치솟고 있었지만, 이대로 끝까지 문으로 직행해야 한다.

하나, 둘, 셋, 쾅! 이제 우리의 합심은 아무도 막을 수 없다. 이미 문이 반응을 보이고 있다. 자물쇠는 몰라도 문에 붙은 쇠붙이는 흔들리지 않았는가. 다시 하나, 둘, 셋, 쾅! 봐라, 비틀거린다. 불길이 문을 통해 새어나온다.

다시 한 번, 마지막으로 쾅!

문이 무너진다. 엄청난 우리의 괴력 앞에서 모두들 경외감에 싸여 아무 말이 없다. 우리는 시신을 찾는다. 성난 불길이 우리 얼굴과 살갗을 태운다. 위에도 아래에도 방 어느 곳에서도 활활 타오르는 불길 말고는 아무것도 보이지 않는다.

"어디 있어요?"

하인이 멍하니 불길을 보면서 속삭였다.

"이미 재가 되고 먼지가 됐어요."

사환이 말했다.

"책들도 모두 잿더미로 변했어요. 오, 선생! 교회도 곧 잿더미로 무너질 겁니다."

두 사람 외에는 아무도 말이 없었다. 두 사람이 말을 멈추었을 때 들리는 건 정적 속에 불꽃이 타오르고 갈라지는 소리뿐이었다.

들리는가. 멀리서 거칠게 덜커덕거리며 달려오는 소리, 그런 후 전속력으로 달려오는 말발굽 소리를, 그런 후 수백 명의 입에서 터져 나온 함성과 고함과 환호성 소리를.

소방 펌프가 마침내 온 것이다!

사람들이 일제히 불길을 빠져나와 언덕 꼭대기로 달려갔다. 늙은 사환도 그들을 따라갔지만 얼마 못 가 숨을 헐떡이며 묘비를 붙들고 서 버렸다.

"교회를 구해 주시오!"

그는 소방관들이 자기 말을 듣고 있는 것처럼 나직하게 울부짖었다.

"교회를 구해 줘요!"

유일하게 꿈쩍 않고 남아 있는 사람은 하인이었다. 그는 변함없는 멍한 눈빛으로 불길을 응시한 채 굳은 듯 서 있었다. 나는 그에게 말도 걸어 보고 팔도 흔들어 보았다. 하지만 그는 혼이 나가 버렸다. 단지 한 번 더 이렇게 중얼거렸을 뿐이다.

"주인님은 어디 있어요?"

10분 뒤에 소방 펌프가 위치를 잡았다. 마당 뒤에 있는 우물이 펌프에 물을 공급했다. 호스를 제의실 문까지 끌어당겼다. 나는 이제 누가 도움을 청한다 해도 남은 힘이 없었다. 의지의 힘도 사라지고, 기력도 고갈되었다. 그가 죽었다는 걸 깨닫게 된 순간 들끓던 생각들도 졸지에 멈추었다. 나는 망연자실한 채 무력한 존재가 되어 그저 타오르는 방만 바라보고, 또 바라보았다.

불길이 서서히 잡혔다. 환했던 불길이 시들고, 흰 연기가 수증기가 되어 피어올랐다. 검게 그을린 타다 남은 잔해들이 바닥에 붉고

247

검은 형체를 드러냈다. 모든 움직임이 일시에 정지되었다. 곧이어 소방관과 경찰들이 일제히 앞으로 나아가 문을 막고 섰다. 낮은 목소리로 의견들을 나누더니 이어 두 명이 무리에서 빠져 교회 밖으로 걸어 나왔다. 사람들이 갈라져서 길을 비켜주었다.

잠시 후, 커다란 전율이 군중 사이를 휘젓고 지나갔다. 무리 사이의 통로가 천천히 넓어졌다. 조금 전에 빠져나갔던 이들이 인근 폐가에서 문짝 하나를 들고 다시 구경꾼들을 뚫고 들어왔다. 이들은 그 문짝을 제의실까지 가져갔다. 경찰이 다시 문 앞을 봉쇄했다. 군중속의 사람들이 두 명씩 세 명씩 짝을 지어 무리를 빠져나와서는 경찰들 뒤에 서 있었다. 그렇게 듬성듬성 사람들은 보고 듣고 있었다.

제의실에서 흘러나온 이야기의 물결이 군중 속으로 흘러들어 입에서 입으로 전해졌다. 그 이야기들이 마침내 내가 서 있는 주변까지 흘러들었다. 나는 나지막하고 진지한 목소리로 반복되는 질문과 반복되는 답들에 둘러싸여 있었다.

"찾았대요?"

"그렇대요."

"어디서요?"

"문 옆에서 얼굴을 바닥에 대고 죽었다고 합디다."

"어느 문 말이오?"

"교회로 통하는 문이래요."

"그 문에 머리를 들이대고 얼굴은 바닥으로 향해 있었다는군."

"얼굴은 탔소?"

"아뇨."

"탔대요."

"아니래요. 탄 게 아니라 그을렸다는데?"

"누구래요?"

"왕족이라고 하네요."

"아니오. 왕족은 아니고 가문 있는 집안 정도? 기사 작위 정도겠지요."

"남작일 수도 있겠군요."

"그럴 수도 있지요."

"저 안에서 뭘 했답니까?"

"좋은 일은 아니라고 합니다. 틀림없어요."

"일부러 그랬대요?"

"스스로 불을 지르다니!"

"자기를 태우려던 게 아니라 제의실을 태우려 했대요."

"보기에 끔찍했소?"

"눈 뜨곤 못 볼 지경이라고 합니다!"

"얼굴은 괜찮았겠지요?"

"얼굴은 그리 흉하진 않았소만."

"아는 사람은 없대요?"

"한 사람이 있다고 합니다."

"누구요?"

"하인이라고 하던데요. 그런데 제정신이 아니랍니다. 경찰은 그를 못 믿겠는가 봐요."

"다른 아는 사람은 없고요?"

"쉬잇……."

책임자인 듯한 이의 우렁차게 울리는 목소리에 웅성거리던 소음이 일시에 멈췄다.

"이 사람을 구하러 했던 신사 분은 어디 계시오?"

"여기요, 경관 나리! 여기 이 사람입니다!"

수많은 얼굴들이 일제히 나를 바라보았다. 자동적으로 많은 손들이 서로의 몸을 밀쳐 길을 냈다. 경찰은 손에 등잔불을 들고 내게

다가왔다.

"괜찮으시다면 이쪽으로 가실까요?"

그가 조용히 말했다. 나는 뭐라고 말할 힘도 없었다. 그가 내 팔을 잡았을 때 뿌리칠 힘도 없었다. 나는 죽은 사람과는 일면식도 없다고 말하려고 했다. 나 같은 외지인에게 그의 신분을 확인하는 건 소용없는 짓이라고 말하려고 했다.

그런데 말이 목구멍에서 나오지 않았다. 나는 혼미했고 침묵했고 무기력했다.

"저 사람을 아시겠습니까?"

나는 빙 둘러싼 사람들 가운데 서 있었다. 그중 셋이 내 앞에 서서 등잔불로 바닥 쪽을 밝히고 있었다. 그들의 눈과 나머지 모든 눈들이 뭔가를 알아낼 수 있을까 고대하는 것처럼 나를 유심히 바라보고 있었다. 난 내 발 아래쪽에 뭐가 있는지 잘 알고 있었다. 그들이 왜 등잔불을 아래로 내리고 있는지 알고 있었다.

"이 사람 신분을 밝혀주실 수 있겠습니까?"

나는 서서히 아래를 바라보았다. 처음에는 조잡한 천 조각으로 된 옷더미만 눈에 들어왔다. 그 위로 툭툭 떨어지는 빗방울 소리가 공허한 정적을 뒤흔들었다.

서서히 옷더미를 따라 시선을 위로 옮겼다. 거기, 끝자락에 삭막하고 험상궂은 검은 형체가 노란 불빛에 밝혀져 눈에 들어왔다. 그의 죽은 얼굴이었다.

그렇게 해서 나는 처음이자 마지막으로 그의 얼굴을 보았다. 그렇게 신의 손길이 나와 그를 만나게 한 것이다.

11

워낙 사안이 중요했던지라 사건 조사는 다음날 오후에 급히 이루어졌다. 목격자 중 한 사람인 나도 조사에 호출되었다.

다음날 오전, 나는 가장 먼저 우체국을 찾았다. 아무리 돌발 상황이 벌어졌다 해도 두 여인이 안전한지 걱정하는 내 마음은 여전했다. 편지가 도착했다면 런던에 별 일 없다는 뜻으로 보면 될 것이다.

다행히도 마리안의 편지가 도착해 있었다. 런던에는 아무 일도 없는 것이다.

두 여인 모두 안전하게 잘 지내고 있었다. 로라는 사랑을 전하면서 내가 언제 오는지 애가 탈 지경이라며 오기 하루 전날 연락을 달라고 했다. 마리안은 로라가 혼자 힘으로 금화 한 닢에 가까운 돈을 모았는데, 그 돈으로 내가 돌아오는 날 근사한 저녁 만찬을 차려 귀가를 환영할 계획을 세웠다고 밝혔다.

햇살 따스한 오전, 사랑하는 두 사람의 평온하고도 애정 가득한 편지를 만끽하면서도 전날 밤 끔찍한 사건을 생각하니 모든 게 눈앞의 일처럼 생생히 떠올랐다.

편지를 읽은 직후 나는 직감적으로 내가 알게 된 진실을 로라에게 알려서는 안 된다고 생각했다. 다만 마리안에게는 사건의 모든 진상을 시간 순대로 소상하게 알려주었다. 만일 그녀가 용기 없고 나약하고 믿음이 덜 가는 여인이었다면 이렇게 자세히 알리지 않았을 것이다. 그러나 마리안이 누구인가. 나는 그간 내 눈으로 봐온 그녀의 참모습과 함께 했던 생활로 미루어 이 사실을 알릴 때 조금의 망설임도 없었다.

그러다 보니 자연스레 내용이 길어져 사건 조사에 출석할 시간이 다 되어서야 편지를 끝낼 수 있었다.

조사는 예상대로 처음부터 난항을 거듭했다. 사망자가 죽음에 이른 과정, 화재의 원인, 도난당한 열쇠 꾸러미, 불길이 일어난 시점에 맞춰 그곳에 외지인이 있게 된 경우 등 날카로운 질문이 이어졌다. 게다가 사망자의 정확한 신분조차 아직 확인되지 않고 있었다. 비록 넋 빠진 하인의 입에서 그가 주인이라는 말이 흘러나오긴 했으나 재판관은 선뜻 그의 말을 믿으려 들지 않았다. 다행히 법정에서 밤사이 놀스베리로 사람을 보내 퍼시벌 글라이드 경을 잘 알고 있는 사람들의 신병을 확보했다. 또한 오전에 미리 블랙워터 파크에도 사람을 보냈다. 이런 조치를 통해 검시관과 배심원들은 사망자의 신원 문제를 해결하고 하인의 주장이 사실임을 확신하게 되었다.

그러다가 여기에 쐐기를 박는 가장 확실한 물증이 나왔다. 바로 죽은 자가 차고 있던 손목 시계였다. 그 시계에는 글라이드 경의 사인이 새겨져 있었다.

다음 조사는 화재에 대한 것이었다. 하인과 나, 그리고 제의실에서 불을 켜는 모습을 목격했다는 소년, 이렇게 세 명이 목격자로 지명되어서 증인석에 섰다. 소년은 비교적 명쾌하게 자기가 본 상황을 잘 설명한 반면, 하인은 여전히 전날 밤의 충격에서 벗어나지 못한 탓에 증거로 채택될 만한 진술은 하지 못했다.

내 진술은 천만다행하게도 길 필요가 없었다. 나는 죽은 자를 몰랐다. 한 번도 본 적이 없다. 그가 옛 웰밍헴에 나타났다는 사실도 몰랐다. 그의 시체가 발견된 장소에 나는 없었다. 내가 진술할 수 있는 것이라고는 길을 물으러 사환의 집을 찾았다는 것, 열쇠 뭉치를 도난당한 걸 알고 도움을 주기 위해 그와 함께 교회로 갔다는 것, 그리고 화재를 목격했다는 것뿐이었다. 또한 제의실 안에서 문을 열어달라는 목소리, 엉켜진 자물쇠를 열려고 발악하는 소리를 듣고 본능으로 위기에 처한 사람을 구하기 위해 나름의 행동을 취한 것이 전부였다.

사망자와 친분이 있는 다른 증인들에게는 두 가지 질문이 던져졌다. 첫째, 왜 퍼시벌 경이 아직은 추정에 불과하지만 열쇠를 훔쳤는가, 둘째, 왜 화재가 난 그곳에 있었냐는 질문이었다. 검시관과 재판관은 내가 외지인에다 퍼시벌 경과는 안면이 전혀 없다는 점 때문에 나로부터 이 두 가지 의문의 해답을 얻기는 곤란하다는 판단을 내렸다.

증언이 끝나고 나자 내가 해야 할 일의 순서가 분명해졌다. 내가 이 자리에 나서서 자발적으로 사건을 진술하는 것은 별 의미가 없었다. 우선 내 주장을 뒷받침해 줄 결혼등기부 원본이 불에 타버렸기 때문이다. 둘째, 내 주장이 신빙성을 얻으려면 사건 진상을 판사에게 저들의 공모부터 시작해 모조리 밝혀야 했다. 그렇지 않는 이상 카일 씨의 말대로 물증도 증인도 없고 내 주장을 지원해 줄 사람도 없는 상황에서 괜히 법정의 비위나 거슬리게 할 뿐이었다.

그러나 이 글을 쓰는 지금은 사건 당시로부터 제법 시간이 흘렀고, 그때 내 진술을 가로막은 금기들이 더는 존재하지 않으므로 당시 내가 확신한 것들을 말할 수 있을 것 같다. 먼저 열쇠가 어떻게 도난당했는지를 시작으로 화재 발생, 그리고 그의 죽음에 대해 내가 갖고 있던 확신을 근거로 간략히 말해 볼까 한다.

내가 보석으로 풀려난 걸 알게 된 퍼시벌 경은 최후의 수단을 강구하기로 했다. 도로 위에서의 습격도 그중에 하나였다. 그 다음은 위조된 원본 등기부를 인멸해 자기 범죄를 입증할 결정적 증거를 없애겠다는 것이었다. 이 두 가지는 병백하다. 내가 만일 사본과 대조할 원본을 손에 쥐지 못하면 결국 확실한 증거를 제시할 수 없게 되고, 따라서 그를 옥죌 수도 없게 되는 것이다. 퍼시벌 경에게 이 증거물 삭제가 무엇보다 절박했던 것도 그 때문이다.

그래서 그는 아무도 모르게 제익실로 들어가야 했고, 혼자서 이 증거 인멸을 시행해야 했다. 다시 말해 혼자 제의실로 들어가 혼자 그 제의실을 나와야만 했다.

이렇게 추측해 보면 그가 왜 야밤까지 기다렸고, 열쇠를 훔치기 위해 사환이 없는 틈을 노려야 했는지에 대해서는 별 이의가 없을 것이다. 다만 제의실이 어두웠던 탓에 그는 찢어야 할 페이지를 찾느라 등잔불을 켰을 것이고, 불청객의 침입을 방지하려고 안에서 문을 걸어 잠갔을 것이다. 또한 내가 주변에 있을지도 모른다는 의심 때문이기도 했을 것이다.

사실 나는 그가 고의적으로 제의실에 방화를 해서 기록물 파괴하려고 했다고 생각지 않는다. 그것은 있을 수 없는 일이다. 불이 나는 순간 누군가 나타나 그를 구출한다면 그 등기부를 손아귀에 안전하게 움켜쥘 수 없기 때문이다. 잠깐만 생각해도 그럴 개연성이 추호도 없음을 알 수 있다. 제의실에 가득 쌓이고 널린 가연성의 물건들을 기억해 보라. 지푸라기들, 종이 서류들, 포장 상자들, 마른 나무, 낡고 벌레 먹은 문들, 이 모든 것들을 떠올리면 그가 성냥불을 켜서 불을 밝히려 했던 것이 실수였다는 점이 확실히 드러난다.

그는 불이 나자 먼저 불을 끄려고 했을 것이다. 여의치 않자 자물쇠가 잘못된 것도 모르고 문을 열고 나오려 했을 것이다. 그가 내게 소리를 질렀을 때는 이미 불길이 양쪽 문을 다 뒤덮고 있었음에 틀림없다. 모든 면에서 볼 때, 그는 연기와 불길에 휩싸인 채(연기와 불길은 방 안에서만 일어났으니) 더 이상 버티기 힘들었을 것이다. 그러다가 죽음으로 직행하는 혼절을 했던 게 분명하다. 시신이 발견된 바로 그 지점에서 쓰러졌을 것이다. 내가 공기를 통하게 하려고 채광창 지붕 위로 올라갔을 때, 그는 이미 죽어 있었을 것이다. 비록 그 후에 들보로 문을 부수고 들어갈 수도 있었지만 이미 늦었던 것이다. 그때쯤 이미 그는 죽음 저 멀리 생의 손이 닿지 못하는 너머로 가버린 후였던 것이다. 우리가 한 짓은 불길이 교회 건물로 번지는 결과만 낳았을 뿐이다. 지금은 복구되었지만 이로 인해 자칫 교회도 제의실과 같은 운명이 될 뻔했다. 나뿐 아니라 모두들, 우리가 빈집에 들어가 들보를 힘겹게 뜯어내기 한참 전에 이미 그가 죽었다고 확신하고 있었다.

이는 지금까지가 내가 추론한 모든 것들, 그 이상의 눈에 선한 확신들이다. 앞서 말한 것처럼 사건은 그렇게 끝이 났다. 그의 시신은 내가 말한 상태로 발견되었다.

조사는 하루 더 연정되었다. 하지만 법의 눈이 확실히 인정할 만한 해답은 나오지 않았다.

결국 더 많은 증인들이 필요하다는 쪽으로 가닥이 잡혔다. 런던에 있는 그의 변호사에게도 출석 명령이 전달됐고, 하인의 정신감정과 치료를 위해 의사도 배정되었다. 이 하인은 몽롱한 상태로 자기는 화재가 난 날 밤 오솔길에서 기다리라는 명령만 받았을 뿐 아무것도 모른다고 했고, 되풀이하는 말이라고는 죽은 사람이 자기 주인나리라는 것뿐이었다.

내 생각은 이랬다. (자기가 하고 있는 일이 범죄라는 것도 모르고) 하인은 화재가 나기 전날, 사환이 집에 있는지 없는지 살폈을 것이다. 그런 후 (제의실이 보이지 않는 곳에서) 교회 근처에서 도움을 청할 때까지 기다리라는 주인의 지시를 받았을 것이다. 내가 도로에서 안전히 빠져나와 그와 맞닥뜨리게 될 경우를 대비해서 말이다.

그러나 이 하인은 이런 해석을 뒷받침할 만한 어떤 증언도 내놓을 수 없었다. 의료진의 진단 결과, 이 가여운 남자는 정신력이 심하게 손상되어 이런 상태로는 그 어떤 중요한 진술도 나오기 힘들다는 결론이 나왔기 때문이다. 잘은 모르겠지만 아마도 그는 지금까지도 충격에서 벗어나지 못하고 있을 것이다.

나는 웰밍헴의 호텔로 돌아왔다. 몸과 마음은 지칠 대로 지치고 하루 동안 겪은 일로 기력이 떨어진 데다 심한 낙담에 빠져 있어서, 식당에서 꼬치꼬치 캐묻는 질문들을 못 견디고 식사도 먹는 둥 마는 둥 곧장 초라한 호텔방으로 돌아왔다.

그렇게 비로소 혼자만의 조용한 공간에 몸을 맡기고, 나는 누구의 방해도 없이 로라와 마리안을 생각했다.

조금만 주머니가 넉넉했다면 아마 당장 그날 밤, 내 따뜻한 두 여인이 기다리는 런던으로 돌아갔을 것이다. 하지만 나는 연정된 법정 심리에 발이 묶인 상태였다. 게다가 놀스베리의 치안 판사 앞에 보석 후 출두도 해야 했다.

당시 우리의 빈약한 금전 사정이 위협을 받고 있었다. 게다가 그 돈으로 아직 멀고 먼, 오히려 더 멀어진 미래의 그날까지 견뎌야 한다는 사실이 이등열차표 한 장마저도 자제하게 만들었다.

다음날이 밝았다. 법정에는 원할 때 출석하면 됐으므로 우체국부터 찾았다. 마리안으로부터 편지가 도착해 있었다. 아주 든든한 내용이 담긴 편지였다. 나는 그 편지 만큼이나 든든한 마음이 되어서는 옛 웰밍헴으로 향했다. 불탄 화재 장소를 환한 햇살 아래서 확인하고 싶었다.

그런데 거기 도착했을 때, 믿을 수 없는 변화가 눈에 띄었다. 이 세상은 수수께끼로 가득하다. 그 수수께끼 같은 세상 속을 사소한 의문들이 나란히 손잡고 걷는다. 아무리 가공할 재앙 앞에서도 이런 기묘한 아이러니들은 모습을 드러낸다.

교회에 도착해 보니 묘지의 짓밟힌 자국들만 전날의 화재와 죽음의 참담함을 말해 주고 있었다. 제의실 문 앞에는 널빤지들이 어지럽게 쌓여 입구를 막고 있었는데, 벌써 볼썽사나운 낙서들과 그림들이 마구 휘갈겨져 있었다. 아이들이 안이 잘 보이는 자리를 차지하려고 밀고 당기며 실랑이하고 있었다. 안에서 살려달라고 절규하는 비명을 들었으며, 공포에 질린 하인이 멍하니 무릎을 꿇고 앉았던 자리에는 하이에나 무리가 법석을 떨며 죽은 자가 남기고 간 고기를 가로채려고 아우성을 치고 있었다.

바닥에 쓰러진 육중한 문 위에는 일꾼들을 먹일 식사가 끈으로 묶인 대야에 담겨 있었고, 잡종 개 한 마리가 음식 쪽으로 다가오는 나를 막기 위해 크게 짖어대고 있었다.

서서히 진행되는 복구 작업을 어슬렁거리며 살피는 사환의 얼굴에는 한 가지 근심뿐이었다. 어떻게 하면 이 사태의 책임에서 벗어날 수 있을까 하는 것이었다.

어젯밤 뜯어낸 들보가 땅에 떨어질 때 공포 때문에 백짓장처럼 하얗게 질렸던 여자는, 지금은 전혀 다른 모습으로 이웃 아낙과 잡담을 하며 키득대고 있었다. 인간의 진지함은 이토록 금방 사라져버리는 것인가. 인간들이란 당할 때만 발악하고 그 후에는 저처럼 딴판으로 변하는가.

처음은 아니지만 이런 모습들을 보고 교회를 떠났을 때는 로라의 정체를 밝히고 그녀의 명예를 되찾겠다는 집념과 목표를 퍼시벌 경의 죽음으로 종결짓고 싶을 정도였다. 그는 사라졌고, 그가 사라지면서 내 노력과 희망도 함께 사라졌기 때문이다.

그러나 이번 실패를 고작 이렇게밖에 생각지 못하는 걸까? 만일 그가 살았다면 결과가 달라졌을까? 퍼시벌 경은 로라는 물론 다른 이들의 정당한 권리까지도 가차 없이 강탈했다. 그가 그런 범죄를 저질렀다는 걸 알고도 시장판이 끝났다고 그 비밀을 방치해도 된단 말인가? 퍼시벌 경이 내게 자백을 한 대가로 그 비밀을 침묵으로 묻어둔다고 치자. 그러면 땅의 진짜 소유주와 실제 인물인 남작은 영영 모든 걸 잃은 채 평생을 보내야 한다. 그럼에도 침묵해야 하는가?

절대 그럴 수 없었다. 설사 퍼시벌 경이 살아 있었다 해도, 로라의 권리를 되찾겠다며 내 마음대로 비밀을 감추거나 밝혀서는 안 되는 것이다.

이 진실은 더는 내가 좌지우지할 성질의 것이 아니었다. 인간이 가진 정직함과 명예로움으로 보건대 분명한 사실은 하나였다. 내가 이 어떤 진실을 밝혀 내 손아귀에 넣었다 해도, 그 진실이 내 것은 아니라는 점이다.

나는 당장 그 진실의 주인에게 미련 없이 가서 그 소유권을 넘기고 손을 털고 싶었다. 새 마음과 각오로 오랫동안 내 마음 속에 뿌리 박혀 있던 단 하나의 과제이자 목표를 위해 다시 신발 끈을 동여매고 싶었다. 이제 다시 머나먼 길을 향해 더 다부진 결의로 박차를 가해야 했다.

그렇게 마음을 다진 나는 이제까지보다 더 결의에 차고 자신감에 넘쳐서 웰밍헴으로 돌아왔다.

호텔로 돌아오는 길에 캐서릭 부인이 사는 집 광장 근처를 지나가게 되었다. 다시 그녀의 집을 방문해야 할까? 아니었다. 시간상 그녀도 그녀가 결코 예상하지 못했을 퍼시벌 경의 죽음을 그녀도 알게 되었을 것이다. 법정 조사에 관한 상세한 내용이 그날 아침 지방신문을 도배했기 때문이다. 그녀가 모르는 사실에 대해 굳이 말해 줄 필요도 없었고, 그녀의 입을 열고 말겠다는 의지도 시들해졌다. 죽었다는 소식 말고는 퍼시벌 경에 대해 알고 싶은 게 없다고 말했을 때 그녀의 얼굴에 은밀히 번지던 증오의 빛을 나는 지금도 기억했다. 그 말과 동시에 눈빛에 어려 있던 수상쩍은 관심도 떠올랐다. 그러자 내 마음 깊은 곳의 어떤 본능이 그녀와 다시 얼굴을 마주하는 것을 강하게 거부했다. 나는 광장에서 발걸음을 돌려 곧장 호텔로 돌아갔다.

몇 시간 뒤 식당에서 쉬고 있는 내게 종업원이 편지를 건네주었다. 거기에는 내 이름이 적혀 있었다. 수소문해 보니 어떤 여자가 놓고 간 편지라고 했다. 어스름이 깔리고 가스등이 켜지기 직전이었다. 그녀는 누군지 밝히지도 않고, 심지어 신분을 물어볼 틈도 주지 않고 사라졌다고 했다.

나는 편지를 개봉했다. 날짜도 서명도 없었다. 필체는 한눈에 봐도 꾸며서 쓴 것이 분명했다. 그런데 첫 줄을 다 읽기도 전에 나는 그 편지를 누가 썼는지 알 수 있었다. 캐서릭 부인이었다.

편지 내용은 다음과 같았다. 다음은 한 자 한 자, 정확히 그대로 옮겨서 적은 것이다.

캐서릭 부인에 의해 계속되는 이야기

선생, 온다고 하더니 약속을 지키지 않았군요. 대수로운 건 아닙니다. 나도 그 소식을 알고 있고, 그래서 안다고 이렇게 말씀드리는 겁니다. 혹시 나랑 헤어질 때 내 표정을 봤습니까? 선생의 얼굴을 보자 이런 생각이 문득 들더군요. 그에게 몰락할 날이 온 건 아닌가, 그 몰락을 위해 선택된 도구가 바로 선생이 아닌가 하고 말입니다. 역시 댁이었군요. 댁이 그 몰락을 가져오고야 말았군요.

듣자하니 그를 구하려고 애썼다니, 참 마음도 약하십니다. 만일 그를 구했다면 아마 선생은 나의 적이 됐을 겁니다. 어쨌든 실패했으니 선생을 내 친구로 받아들이려 합니다. 선생의 조사는 그가 놀라서 야밤에 그 제의실을 찾게 했겠지요. 당신도 모르는 사이에 비밀을 캐려는 당신의 의지가 내 32년간의 증오와 고통에 부응해 대신 복수한 것이라고 생각하고 있습니다. 당신이 의도한 것은 아니겠지만 어쨌든 이렇게 감사를 표합니다.

선생에게 많은 빚을 진 것 같습니다. 이 빚을 어떻게 갚을 수 있을까요. 내가 젊고 꽃다운 처녀였다면 기꺼이 이렇게 말할 겁니다. "이리 오세요! 괜찮으시다면 당신 손으로 내 허리를 감고 마음껏 키스를 해주세요."

선생을 위해서라면 이 이상도 해줄 수 있을 만큼, 당신을 무척이

나 좋아했겠지요. 나도 젊었을 때는 꽤 매력이 있었으니 20년 전이 었다면 선생도 내 호의를 기꺼이 받아들였을 겁니다. 그런데 지금은 이렇게 늙어버렸군요.

좋습니다! 선생의 궁금증을 풀어드리지요. 그걸로 내 빚을 갚겠습니다. 분명 선생은 내 개인사에 상당한 호기심을 가지고 있었지요. 선생이 나를 만나러 왔을 때 내가 은근히 내보였음에도 그 날카로운 안목으로도 눈치 채지 못한 내 과거의 일들 말입니다. 지금도 그걸 알아내지 못했을 거라고 사료됩니다. 선생에게 그걸 밝혀드릴 겁니다. 선생의 궁금증도 해소되겠지요. 내 고마운 은인에게 무엇이든 못해드리겠습니까.

27년 전이라면 아마 선생은 어린아이였겠지요? 당시 나는 옛 웰밍헴에 살았던 젊고 아름다운 여자였습니다. 당시 나는 미련스럽기 짝이 없는 남편을 옆에 두고 있다가(어떻게 알게 되었는지는 묻지 마십시오) 한 귀족 신사를 알게 되었습니다(이름은 알려고 하지 마시고요). 그 사람 이름은 사실 말할 수도 없습니다. 왜냐고요? 그건 그의 진짜 이름이 아니었으니까요. 그는 이름조차 없는 사람이었습니다. 지금쯤이면 선생도 내가 누굴 말하는 건지 잘 아실 겁니다.

아예 그가 어째서 내 환심을 얻으려 했는지 그 목적을 말씀 드리는 게 낫겠군요. 나는 본래부터 귀부인의 취향을 가지고 태어났지요. 그가 그걸 충족시켜 줬습니다. 달리 말하면, 나를 받들고 선물도 한 아름씩 안겨줬지요. 어떤 여자도 숭배와 선물 앞에서는 흔들릴 수밖에 없는 법이죠. 게다가 가지고 싶었던 그런 선물이라면 더더욱 그렇지요. 그는 내가 원하는 게 뭔지 잘 알고 있었지요. 대다수 남자들이 그렇듯이 말입니다. 또한 당연한 일이지만 그 선물에 대한 보답을 원했습니다. 이것도 남자들은 다 그렇지요? 그가 내게 뭘 원했을까요? 그야말로 사소한 것이었지요. 제의실 열쇠와 그 안의 진열장 문 열쇠였습니다. 그래서 내가 열쇠를 원하는 이유를 물었더니 그는 거짓말을 했지요. 얼렁뚱땅 감추려는 걸 보고 나는 그를 믿지 않았어요. 다만 여전히 선물이 좋았고, 더 많은 선물을 원했어요. 그래서 남편 몰래 열쇠를 빼돌려서 주었지요. 그러면서 몰래 그 사람을 지켜봤습니다. 한 번, 두 번, 세 번, 계속 감시했지요. 그리고 네 번째 되었을 때, 비로소 그가 뭘 하려고 하는지를 알고 말았지요.

사실 나라는 사람은 다른 사람 일에는 꼼꼼히 신경 쓰지 않아요. 그가 결혼등기부에 결혼 사실을 적어 넣었을 때도 그리 대단한 일로 여기지 않았습니다.

물론 나쁜 짓이란 건 알고 있었지요. 그렇다고 내게 해가 될 것도 없었습니다. 그게 소란을 피우지 않은 첫 번째 이유였습니다. 또한 나는 금시계와 시곗줄이 없었거든요. 그게 두 번째 이유였어요. 게다가 그 전날 그 사람이 열쇠를 넘겨주면 런던에서 최고급 금시계와 시곗줄을 사다주겠다고 약속했는데 그게 세 번째 이유겠지요.

만일 그때 그가 한 짓이 법에 어떻게 저촉되고, 형량이 얼마나 무거운지를 알았다면, 바로 그 자리에서 그의 죄를 다 까발렸을 겁니다. 하지만 나는 아무것도 몰랐습니다. 그저 금시계와 시곗줄에만 목말라 있었지요. 나는 조건을 하나 달았습니다. 내게 믿음을 달라고요. 즉 모든 사실을 내게 말해 줘야 한다고 했지요. 그뿐이었습니다. 지금 선생께서 내 사정을 알고 싶어 하는 것만큼이나 나 역시 당시에는 그의 개인적인 일이 궁금했습니다. 그는 내 조건을 받아들였습니다.

자, 이제 선생도 하나씩 알게 될 겁니다. 한마디로 말하자면, 이 내용은 모두 그 사람한테 들은 겁니다. 또한 이 얘기들은 그가 자발적으로 말한 게 아니라 어느 정도는 설득을 통해서, 또 다른 부분은 질문을 통해서 알아낸 것입니다. 그렇게 해서 나도 마침내 진실의 전모를 알 수 있었지요. 이것이 진실임을 확언합니다.

그도 다른 사람들과 마찬가지로. 자기 모친이 죽기 전까지만 해도 아버지와 어머니가 어떤 관계였는지 별로 아는 게 없었지요. 그런데 어머니가 죽자 그의 부친이 사실을 고백하면서 자식을 위해 할 수 있는 건 다해 주겠다고 약속했지요. 하지만 그는 약속과 달리 아무것도 해주지 않았을 뿐더러 유언마저 안 남기고 죽었지요. 아들은(누가 그를 원망할 수 있겠습니까?) 명석하게도 자기 힘으로 자기 것을 챙겼습니다. 영국으로 곧장 돌아와서는 자기가 그 땅의 주인이라고 공언하고 재산을 차지해버린 것이지요. 그의 아버지와 어머니가 부부가 아니라고 의심할 사람도, 그래서 그 아들이 주인이 아니라고 말할 사람도 아무도 없었으니까요. (진실 그대로 말하자면) 실제로 그 재산을 상속받을 권리가 있는 사람 사람은 먼 친척이었죠. 그러나 그는 그 재산을 가지겠다는 생각은 전혀 해본 적도 없고, 더군다나 그의 부친이 죽었을 때 배를 타고 먼 바다에 나가 있었지요. 그러니 당연히 그는 별 어려움 없이 그 재산을 손에 넣을 수 있었습니다.

그런데 문제는 그렇게 해서는 땅을 담보로 돈을 융통할 수 없다는 점이었습니다. 돈을 융통하려면 다음 두 가지가 확보되어야 했습니다. 그의 출생증명서와 부모님의 결혼증명서였지요. 그의 출생증명서는 별 어려움이 없었습니다. 외국에서 태어났으니 그 나라 형식에 맞춰 보관되어 있었지요. 문제는 부모님의 결혼증명서였습니다. 그가 옛 웰밍헴으로 와야 했던 것도 그 때문입니다.

사실 그는 놀스베리를 택할 수도 있었지요. 그의 모친이 부친을 만나기 전에 거기서 살았거든요. 당시 그녀는 처녀 때 이름을 사용했지만, 사실 그녀는 결혼한 여자였습니다. 아일랜드에서 결혼을 했고, 남편의 구박에 시달렸고, 남편이 끝내 그녀를 버리고 다른 여자와 함께 떠나버렸지요. 이 점은 확실하게 말씀드릴 수 있습니다. 펠릭스 경이 직접 아들에게 털어놓은 사실이니까요. 자기가 결혼을 하지 않은 이유를 아들에게 말해야 했던 거지요.

아마 이런 질문이 떠오를 겁니다. 그의 양친이 만난 건 놀스베리인데 왜 그곳에서 문서 조작을 하지 않고 이곳 교회에서 했어야 했냐고 말입니다. 그건 놀스베리의 교회 사환, 그러니까 양친이 결혼한 걸로 되어 있어야 할 1803년에 근무했던 그 교회 사환이 퍼시벌 경이 도착한 1827년에도 죽지 않고 버젓이 살아 있었기 때문입니다. 그러니 어쩔 수 없이 전직 사환이 죽고 없는 옛 웰밍헴을 택할수밖에 없었던 겁니다.

옛 웰밍헴은 놀스베리만큼이나 그의 목적을 달성하기에 딱 좋은 곳이었지요. 그의 부친은 모친을 놀스베리에서 데리고 나와서 우리가 살던 마을에서 얼마 떨어지지 않은 강가 오두막에서 살았습니다. 부친이 총각 시절에 워낙 외톨이 생활을 했기 때문에 사람들은 그가 결혼하고도 은둔 생활을 하는 걸 이상하게 여기지 않았습니다. 그에 대한 소문이 흉흉하지만 않았어도 아내와 함께 고립된 생활을 하는 것을 무척 의심했을 겁니다.

그렇지만 만사가 그렇듯이 자신의 추한 모습과 불구를 감추고 아내와 단둘이 격리된 생활을 하는데 누가 의심을 하겠습니까? 그의 부친은 그렇게 블랙워터 파크의 주인이 될 때까지 우리 동네에 살았습니다. 그렇게 23년인가, 24년인가 긴 세월이 흘렀습니다. 그리고 그렇게 오랜 세월이 흘러 교회 사환까지 죽은 마당에, 감히 누가 그의 비공식적인 결혼 사실에 대해 이러쿵저러쿵 하겠습니까?

그래서 그는 자기 목적을 실행할 장소로 우리 동네가 가장 적합하다고 결심하게 된 겁니다. 이 말을 들으면 놀라시겠지만, 그는 처음부터 결혼등기부를 조작할 생각은 아니었습니다. 순간적인 돌발행동이었지요. 어쩌다 보니 그렇게 되었다는 겁니다.

애당초 했던 생각은, 해당 연도 해당 월에 속하는 페이지를 찢어

없애는 것이었지요. 누구도 자기 부모의 결혼 사실을 의심하지 않으니 일단 파기한 뒤 변호사에게 결혼등기부를 복사해 오라고 시키면, 그걸 발견한 변호사가 해당 년도 해당 월 등기부가 없어졌다고 신고하면 문제가 없을 것이라고 자신했습니다. 그에게 돈을 빌려줄 대부업자가 이름과 재산에 대한 그의 권리 확인을 요구할 때 찢어져 사라진 장부만으로도 충분히 입증할 수 있다고 자신했지요.

그런데 결혼등기부를 보니 해당 연월 페이지 맨 아래에 여백이 있는 게 아니겠습니까. 그는 이걸 발견하고는 다시 생각을 바꿨지요. 아예 거기에 기록을 적어서 후환을 없애자고 마음을 먹은 것이지요.

내가 어리석었습니다. 그 이야기를 듣고 그에게 측은지심을 가지게 되었으니 말입니다. 이런 내 감정마저도 모두 그의 계산 안에 있던 거더군요. 나는 그가 닳고 닳은 사람이라고는 생각지 않았어요. 그의 부모가 결혼하지 못한 건 그의 잘못도, 그의 부모 잘못도 아니라는 생각이 들었지요. 내가 좀 더 사려 깊은 여자였다면, 금시계와 시곗줄에 눈이 먼 여자가 아니었다면, 그의 비행을 분명하게 지적했을 겁니다. 그런데도 나는 오로지 입을 다물고 그가 저지른 죄를 가려주었지요.

그는 결혼등기부와 비슷한 잉크 색깔을 내려고 시간과 노력을 들이고 필체를 흉내 내기 위해 연습했지요. 그리고 결국 성공했습니다. 무덤으로 들어간 그의 모친을 정숙한 여자로 만드는 데 말입니다.

여기까지는 그가 나에게 얼마나 많은 정성을 쏟았는지 굳이 부인하지 않겠습니다. 그는 인색함 없이 거액의 돈을 들여 내게 금시계와 시곗줄을 바쳤으니까요. 그것들은 명인들의 작품으로 봐도 봐도 감탄이 나오는 명품들이었습니다. 지금도 그 물건들을 가지고 있지요. 시계는 지금도 잘 돌아가고 있습니다.

일전에 클레먼츠 부인이 선생에게 모든 사실을 다 말해 줬다고 하셨지요? 그 일에 대해 시시콜콜 따져봤자 무슨 소용이 있겠습니까. 단지 나야말로 억울한 피해자라는 점만 짚어두려고 합니다. 내가 그와 은밀히 만나 정답게 지내는 관계라는 걸 알았을 때, 남편이 어떤 생각을 품었는지 당신도 잘 알고 있겠지요? 그런데 선생께서 모르는 부분도 있습니다. 그와 내 관계가 어떻게 끝이 났는지, 선생은 모르십니다. 이제 말씀드리지요. 그가 내게 어떻게 행동했는지 알게 될 겁니다.

일이 모두 끝났을 때, 나는 그에게 사정했습니다.

"부디 제 명예를 되찾아주세요. 제가 저지르지 않은 일에 대한 오명을 씻어달라는 겁니다. 남편에게 당신 비밀을 죄다 털어놓으라는 건 아니에요. 그냥 신사의 명예를 걸고 그가 틀렸다고, 내가 그가 생각하는 것 같은 일을 저지르지 않았다고만 말해 주시면 됩니다. 제가 당신을 위해 해줬던 일들을 생각해서라도 제발 제 오명만은 씻어주세요."

그러자 그는 구구절절 늘어놓으면서 내 요청을 단박에 거절했지요. 쉽게 말해 그의 요점은, 내 남편은 물론 이웃들 모두가 그렇게 믿도록 만드는 게 자기 의도였다는 겁니다. 그래야 그들이 진실을 알아내지 못한다는 거였지요. 저도 제 정신을 가진 인간이지요. 그래서 말했습니다. 정 그렇다면 내 입으로라도 진실을 말하겠다고요. 그의 대답은 짧고 명확했어요. 만일 입을 놀리면, 그 자신은 물론 나까지도 죽은 목숨이 될 거라고 말입니다.

일이 그렇게 되고 말았지요. 그는 내가 그를 돕게 될 때 어떤 위험을 감수해야 하는지 말해 주지 않은 채, 내 무지를 철저히 이용했지요. 선물로 나를 유혹했고, 이야기를 꾸며 내 관심을 끌었지요. 결국 나를 공범자로 만든 것입니다. 그도 이 모든 일들을 담담하게 인정했어요. 그리고 자기 범죄가 얼마나 무거운 것인지 말하는 동시에 그 범죄에 동조한 자에게도 얼마나 무시무시한 처벌이 따르는지를 말해 주는 것으로 나를 옴짝달싹 못하게 만들었지요. 듣기로는 당시 법은 지금보다 훨씬 가혹했다고 합니다. 살인자만 교수형에 처해진 게 아니라 여자 죄수도 감당하지 못할 형벌을 받아야했지요.

나는 그의 위협에 고스란히 당할 수밖에 없었습니다. 그는 정말 비열한 사기꾼입니다, 비겁한 건달입니다! 이제 왜 내가 그를 그토록 증오했는지 이해하시겠습니까? 그를 쓰러뜨린 갸륵한 젊은 신사의 호기심을 어째서 자진해서 충족시켜주려 하는지 이제 이해가 되십니까?

아무튼 계속하지요. 하지만 그 작자는 막무가내로 나를 절망의 나락으로 밀어넣을 만큼 어리석은 사람은 아니었습니다. 나는 궁지로 몰렸을 때 꼬리를 내리고 숨을 만한 위인이 아니거든요. 그도 그 점을 잘 알고 있었고, 그래서 내게 달콤한 제의를 했지요. 그를 도와준 것에 대해 충분한 대가와 내가 처한 고통에 상응하는 보상이 있어야 한다고 말입니다.

그는 매년마다 분기별로 내게 상당한 돈을 지불하겠다고 약속했는데, 참으로 야비하기 짝이 없는 약속이었지요. 두 가지 조건을 달았으니까요. 첫째, 그뿐만 아니라 나 자신을 위해서라도 입을 열어서는 안 된다는 것, 둘째, 그의 허락 없이는 웰밍헴에 꼼짝없이 눌러 살아야 한다는 것이었습니다. 내게 손 내밀 사람 하나 없는 그곳에서, 내가 어디 있는지 손바닥 보듯이 알 수 있는 그곳에서 지내야 한다는 겁니다. 정말 받아들이기 힘들었지만, 난 그 제안을 받아들였습니다.

달리 무슨 방도가 있었겠습니까? 애물단지 같은 딸이 곧 내 짐으로 얹히게 될 처지에, 홀로 버려진 몸으로 무슨 선택의 여지가 있었겠습니까? 나를 타락한 여자로 만들고 멀리 달아나 버린 머저리 같은 남편의 선처에 나를 던질 수 있었겠습니까? 차라리 죽는 편이 나았지요. 게다가 그 보상금이라는 돈의 액수도 상당했습니다. 내 신분에서 얻을 수 있는 집보다 좋은 집에서 지낼 수 있고, 나를 보면 눈길을 돌려버리는 여자들보다 더 멋진 양탄자를 밟으면서 살 수 있었지요. 그들의 도덕은 그들에게 무명옷을 입혔지만, 내 고독은 내게 비단옷을 입혀주었지요.

나는 그의 제안을 받아들였습니다. 그리고 혼신의 힘으로 그 제안을 이용해서 점잖은 체하는 이웃들과 대결했습니다. 그리고 결국 선생께서도 봤듯이 만족할 만한 수준까지 그들을 제압했습니다.

내 감히 추축하건대 이제 선생께서는 내가 어떻게 해서 그 비밀을 지금까지 지켜왔는지, 그리고 죽은 내 딸 앤이 어떻게 나와 그의 비밀을 알게 되었는지 궁금하시겠지요? 그렇습니다, 선생이 내게 해주신 게 크니 나도 선생의 호기심을 충족시켜드리지요. 지금부터 완전히 새로운 기분으로 적겠습니다. 다만 한 가지 점은 이해해 주셔야겠습니다, 하트라이트 선생.

선생께서는 내 딸의 어린 시절을 상당히 궁금해하셨는데, 그 내용은 차라리 클레먼츠 부인에게 물어보는 게 나을 겁니다. 그 부인이 나보다 내 딸의 어린 시절에 대해 더 잘 알고 있으니까요. 여기서 부득이하게 내가 딸아이를 지극히 사랑한 건 아니었다는 점을 밝힙니다. 걔는 처음부터 끝까지 내 우환이었지요. 머리까지 모자라서 더 골치 아팠고요. 선생은 솔직한 걸 좋아하니, 이 고백도 썩 불쾌하지 않으리라 생각합니다.

지나간 시시콜콜한 이야기 따위를 해봤자 무슨 소용이 있겠습니까? 나는 내 몫의 약속을 철저히 지켰고, 그에 따른 답례로 분기별로 꼬박꼬박 나오는 돈을 편안하게 누리고 즐겼지요.

때때로 외출도 했습니다. 단기간에 불과하고 당연히 내 군주이신 그의 허락을 받아야 했지만 말입니다. 그는 나를 지나치게 단속해서 쓸데없는 불화를 일으킬 정도로 바보가 아니었지요. 그는 내가 자기를 위해서가 아니라 스스로를 위해서 입을 단단히 다물 거라는 점을 십분 활용했습니다. 내가 웰밍헴에서 가장 멀리 떨어진 곳에서 오래 머문 건 바로 리머리지에 있을 때였습니다. 그곳에 내 이복 언니가 병으로 드러누워 죽을 날만 기다리고 있었지요. 듣기로는 유산이 꽤나 있다는 말을 듣고 귀가 번쩍했습니다. 만일의 경우를 대비해서라도 그 돈이 필요하다고 생각했지요. 세상일을 누가 장담하겠습니까? 그래서 언니의 병간호를 위해 오래 머물러야 했지요. 그런데 고생은 고생대로 하고 손에 쥔 건 하나도 없었습니다. 실제로 보니 언니는 무일푼이었던 겁니다.

거기에 갈 때, 앤도 데려갔습니다. 나도 여자다 보니 간혹 딸에 대한 애정이 나도 모르게 불쑥 솟을 때가 있었죠. 딸아이에 대한 클레먼츠 부인의 영향력을 시샘하는 마음에서 느닷없이 그러게 됐다는 건 굳이 부인하지 않겠습니다. 정말 클레먼츠 부인은 밥맛이었어요. 머리가 텅 빈 아무 생각 없는 여자였지요. 종일 단조로운 일만 하는 게 그녀의 일생이었지요. 나는 그 멍청한 여자를 골려줄 심산으로 앤을 뜬금없이 훌쩍 데려가곤 했습니다.

컴벌랜드에서 간병 중에 딸아이를 어떻게 해야 할지 몰라서 그냥 거기에 있는 학교를 보냈습니다. 그 학교가 있던 장원 소유주의 안주인은 페어리 부인이었는데, 어떻게 그런 평범하기 짝이 없는 외모로 영국 최고의 미남자를 낚아챘는지 지금도 의아스럽습니다. 그런데 이 부인이 놀랍게도 내 딸에게 극진한 애정을 표하는 게 아니겠습니까. 그 결과 앤은 부인의 사랑을 넘치게 받아 학교에서는 배운 게 없고, 리머리지 하우스에서 어리광과 투정만 부리는 응석받이가 돼버렸지요.

딸아이에게 부인이 해 준 요상한 짓 중에는 흰옷만 입도록 만든 것도 있었습니다. 다채로운 색을 좋아하고 흰색이라면 질색을 하던 나로서는 기가 막힐 노릇이었습니다. 그래서 리머리지에서 돌아오자마자 흰옷이라면 아예 근처에도 못 가게 했지요.

　그런데 이상하게도 딸아이는 아주 완강하게 대들었습니다. 대부분의 모자라는 아이들이 그렇듯이 노새 같은 생고집을 부리면서 한 번 머리에 박힌 건 지우려 들지 않았습니다. 그렇게 모녀지간에 싸움이 일어났지요.

　그런데 그 모습이 볼썽사나웠던지 클레먼츠 부인이 딸애를 데리고 런던으로 가겠다는 겁니다. 만일 부인이 흰옷만 입으려는 딸아이 편만 들지 않았어도 런던에 가겠다는 걸 반대할 이유가 있겠습니까? 그런데 눈치 없는 그 부인이 제 심사를 아주 뒤틀리게 만들었지요. 그래서 난 안 된다고 말했죠. 한번 말한 이상 나도 마음을 돌릴 명분이 없었고, 그래서 그냥 아예 못을 박았지요. 문제는 내 고집이 일으킨 결과였습니다. 결국 부인 혼자 떠나고 나랑 딸아이만 남게 되었고, 그 결과 처음으로 그 비밀 문제로 싸움이 벌어졌지요.

　당시는 새 마을에서 지낸지도 어언 몇 해가 흘러 세월과 더불어 내 오명도 많이 치유되었습니다. 서서히 마을 사람들에게서 좋은 평판도 얻게 되었고요. 이렇게 되자 나도 모르게 내 안에서 너그러운 마음이 허영기로 발산되기 시작했습니다. 딸아이가 불쌍해지더군요. 아무것도 모르는 순박하고 모자라는 아이가 흰옷만 좋아하는 것을, 이제 의젓한 부인 위치에 오른 마당에 너무 심하게 다루면 몹쓸 어미가 된다는 자책감이 나도 모르게 일었습니다. 그래서 흰옷도 입게 두고, 아이와 손잡고 교회에 나가서 기도도 해야겠다는 마음이 들었습니다. 그리고 아무 해를 끼칠 아이가 아니니, 세상에 하나뿐인 핏줄에게도 이 비밀을 알려줘도 되겠다는 마음마저 생겼지요.

　허영심이란 정말 무서운 마력을 가진 것입니다. 관대함과 사랑의 허울을 걸친 이 허영심이 결국 내게 어떤 결과를 초래할지 알면서도 이상하게도 속수무책이더군요. 교회에서 하나님 앞에 딸아이와 나는 하나라는 서약까지 했으니까요.

그래요, 일이 그렇게 됐지요. 심지어 내게 제왕 같은 존재인 그에게까지 딸아이에게 비밀을 털어놓고 싶다는 말을 편지로 전했으니까요. 얼마나 대단한 사랑의 허영심입니까? 그리고 딸아이를 앞에 놓고 주체할 수 없는 기분에 취해 그 비밀을 말하기 시작했지요. 사악하고 포악한 그 인간으로부터 자유로워지고 싶다는 말을 서슴지 않고 했지요.

그리고 그에게 잠시 여행을 다녀오고 싶다고 편지로 썼지요. 지금 생각해도 단단히 뭔가에 홀렸음이 틀림없습니다. 아니면 그 순간만은 진실과 사랑에 목말라서 정말로 구원을 애타게 찾았는지도 모르겠습니다.

내 편지가 그의 흉포한 본능을 얼마나 지극했을지는 상상이 가고도 남으실 겁니다. 그는 형언하기 힘든 거친 언사들을 써가면서 일체 외출을 불허한다고 썼지요. 나를 제정신이 아닌 완전히 이성을 잃은 망나니라고 적었습니다.

사실 마음만 먹으면 그를 황천길로 보낼 수도 있다고, 혀만 굴리면 그 사기꾼을 영원히 매장시킬 수 있다고 딸아이 앞에서 말했으니 그게 제대로 된 정신이긴 했을까요. 하지만 사실 딸에게 그 이상은 언급하지 않았습니다. 그러나 그렇게 말하고 나자 금방 아차 하는 마음이 들었고, 기어이 일을 저질렀구나 하는 후회가 밀려왔습니다. 나를 호기심 가득한 눈으로 응시하는 딸의 눈초리가 그렇게 몸서리치게 느껴진 때가 없었지요. 나는 그 정도만 말하고는 딸아이에게 방에서 어서 나가라고 말한 뒤 스스로를 진정시켰지요.

잘못을 깨우치고 나니 마음이 편할 리 있겠습니까? 그해따라 앤은 유달리 행동이 이상해지고 괴팍한 짓을 많이 했습니다. 어쩌다 이 아이가 마을을 돌아다니면서 내가 한 말을 뇌까리고 다니지는 않을까, 그래서 그의 이름을 사람들에게 누설하지는 않을까, 혹시나 캐기 좋아하는 사람들에게 붙들려 모조리 불지나 않을까, 그런 생각이 들자 난생 처음 몸과 마음이 불덩어리처럼 안절부절 달아올랐습니다. 내 신변에 벌어질 최악의 상황에 대한 두려움, 그 인간이 무슨 짓을 저지를까 하는 공포 때문에 치를 떨었지요. 그리고 바로 다음날, 결국 예상치 못한 일이 벌어지고 말았습니다.

그가 일언반구도 없이 불쑥 내 집으로 쳐들어온 것입니다. 그가 처음 내뱉은 말은 비록 무뚝뚝하긴 했지만 편지에 쓴 말들에 대해 진심으로 사과한다는 겁니다. 지나쳤다는 생각이 들어 직접 찾아왔고, 편지보다는 얼굴을 보고 사태를 수습하고 싶었다고 했습니다. 그리고 내가 딸과 함께 방 안에 있는 걸 보고는(요전날 일 때문에 딸아이를 혼자 두기가 겁이 났지요) 딸아이를 밖으로 내보내라고 하더군요. 두 사람은 전부터 사이가 좋지 않았습니다. 그는 내가 보는 앞에서는 자제했지만 툭 하면 딸아이에게 심한 말을 해댔지요.

"넌 나가 있어."

그가 얼굴을 쳐다보지 않고 딸아이에게 말했죠. 딸아이는 나갈 생각이 없다는 듯 잠자코 있었지요.

"내 말 안 들려? 나가라니깐!"

그가 고함을 쳤지요.

"좀 점잖게 말하면 안 되나요?"

얼굴이 빨갛게 달아오른 딸아이가 대꾸했지요.

"저 멍청이 좀 나가라고 하시오."

그가 내 쪽으로 고개를 돌리면서 호령했습니다. 딸아이의 이상한 점 중에 하나는, 스스로를 무척 고상하고 높은 인격을 가진 존재로 여긴다는 점이었습니다. 리머리지에서 돌아온 후부터는 더 심해졌지요. 그랬으니 '멍청이'라는 말에 발칵 눈이 뒤집혔을 수밖에요.

그리고 내가 말릴 틈도 없이 당당하게 그에게 다가갔습니다.

"당장 그 말 사과하세요."

딸아이는 눈에 보이는 게 없었어요.

"안 그러면 당신 비밀을 말해버리겠어요. 마음만 먹으면 내가 아저씨를 황천길로 보낼 수 있어요. 혀만 굴리면 아저씨 같은 사기꾼은 영원히 매장시킬 수도 있어요. 나는 비밀을 다 알고 있다고요!"

그건 내가 한 말이었습니다. 전날 내가 한 말을 그렇게 똑같이 되풀이하다니! 그의 면전에서 마치 자기가 하는 말인 양 그렇게 엄포를 놓다니!

그러자 그는 백짓장처럼 얼굴이 하얗게 질려서는 말을 잃더군요. 그는 정신을 차리고는……

아닙니다. 그가 정신을 차리고 내뱉은 그 부끄러운 말을 여기 적는 건 제 고결한 성품이 용납하지 않는군요. 지금 이 글을 쓰고 있는 펜은 영국 교구 신도조합 회원이 쓰는 펜이지요. 지금 이 펜은 매주 수요일마다 발행되는 '수요 설교집'에 기부하는 명망 높은 여자의 손이 쓰는 펜입니다. 그러니 부디 혼자 상상하세요. 영국에서 가장 잔혹하고 저질인 그 인간쓰레기 입에서 어떤 욕설과 거친 악담이 나왔는지 혼자 짐작하시도록 하세요. 그리고 어서 그 욕설이 끝난 지점도 함께 지나칩시다.

결국 그의 욕설이 끝난 지점은, 딸아이를 감금시켜서라도 자기 안위를 지키겠다는 결심의 지점과 같았습니다.

나는 일을 수습하느라 무던히도 애썼습니다. 그에게 말했지요. 지금 딸년이 한 말은 내 말을 앵무새처럼 되풀이한 것일 뿐이라고 말입니다. 그 이상은 말하지 않았으니 딸은 비밀에 대해 특별히 아는 게 없다고 말이지요, 그리고 딸년이 단순히 대들고 싶은 마음에 모르는 걸 알고 있는 척할 뿐이라고도 해명했습니다. 단지 심한 말에 기분이 상해서 그를 위협하고 보복하려고 했을 뿐이라고요. 경험으로 잘 알겠지만, 본래 머리 짧은 사람들이 흔히 저렇게 헛소리를 하는 법이지 않느냐고요.

그러나 모든 게 소용없었지요. 그는 내가 맹세한 단 한 마디도 믿으려고 들지 않았습니다. 그는 내가 딸에게 비밀을 다 털어놓았다고 확신하고 있었습니다. 딸아이를 가두는 것 외에는 일체 어떤 말도 듣지 않겠다는 겁니다.

그런 상황에서 나는 어미로서 해야 할 의무를 다하고자 했습니다.

"빈민 정신병원은 안 됩니다."

나는 단호하면서도 호소를 담아 말했지요.

"딸애를 빈민 정신병원에 보내지는 않을 겁니다. 정 그러시다면 개인 정신병원으로 보내세요. 전 어미로서의 도리도 있고, 마을에서 지켜야 할 인격도 있습니다. 개인 정신병원이 아니라면 어디에도 보내지 않을 겁니다. 최소 그곳은 이 마을 사람들도 종종 고통받는 친인척들을 보내는 곳이니까요."

이게 내가 한 말의 전부였습니다. 그나마 내 의무를 다했다고 생각하니 위로가 되더군요.

나는 비록 딸아이를 아주 귀여워한 건 아니었지만, 나름대로 그 아이에게 자부심이 있었습니다. 아직도 나는 그때의 내 단호함을 다행스럽게 여깁니다. 빈민 정신병원의 더러운 얼룩이 내 딸에게 뿌려지지 않았다는 사실에 말입니다.

이렇게 입장을 표명하고 동의를 구한 뒤에야(개인 정신병원에서 제공하는 편의시설들이 얼마나 괜찮은지 익히 들었기에 더 마음이 놓였지만) 솔직히 딸아이를 가둬서 얻게 될 이점들이 하나둘 마음에 들어오더군요.

첫째, 딸아이가 최상급 대우를 받고 지내게 된다는 점이었죠.(이 점에 대해서는 마을 사람들도 머리를 끄덕일 정도였지요) 거기서는 그야말로 귀부인 행세를 하면서 치료를 받으니까요. 둘째 이유는, 딸애가 쓸데없이 마을 여기저기 돌아다니면서 비밀에 대해 말하거나 내 경솔한 말을 제멋대로 퍼뜨리고 다니지 못할 것이라는 점이었죠.

단 하나 걔를 가둬서 잃을 게 있었지만 그래봤자 가벼운 거였습니다. 행여 억지로 가둬서 딸아이가 이 비밀에 대한 거짓허풍을 진짜처럼 믿게 되면 어쩌나 하는 것이었죠. 처음에는 자기를 함부로 취급하는 그에게 일종의 보복 심리로 떤 허풍이고, 그 허풍에 그가 움츠러들지 않을까 은밀한 쾌감을 느끼려 한 것인데, 정신병원에 갇히자 이제 필사적으로 그 비밀을 확신하고, 그 비밀을 어떡하든 캐내려는 불덩어리 같은 원한으로 사무치게 된 거지요.

정신병원에 끌려갈 때 딸아이는 발광과 발악이 절정에 달했고, 병원에 입원하자마자 필사적으로 몸부림을 쳤습니다. 그리고 어느 정도 진정이 되자 뭐라고 했는지 아세요? 자기가 그의 비밀을 알아서 정신병원에 감금당했다는 겁니다. 그리고 반드시 때가 오면 비밀을 밝혀서 그를 파멸시키고 말겠다고 했지요.

선생께서 별 생각 없이 딸아이의 탈출을 도와주었을 때도 아마 그 아이는 똑같은 말을 했을 겁니다. 지금은 고인이 되어 이름도 없어지고 더러운 성질도 없어진 한 남자와 결혼해 불행의 늪에 빠진 그 심성 고운 부인에게도 마찬가지였고요. 만일 선생이나 그 불쌍한 부인이 더 자세히 캐고 들면서 소상히 말해 보라고 했다면, 필경 그 아이는 갑자기 그 거만함을 잃고 얼이 빠져 혼란과 불안 속으로 빠져들었을 겁니다. 이 정도까지 글을 읽었다면, 내가 명백한 진실만을 적고 있다는 걸 알고 계시겠지요?

물론 걔는 비밀이 있다는 걸 알았습니다. 그 비밀에 누가 관련되어 있는지도 알았고요. 그 비밀이 밝혀지면 누가 고통을 입을지도 말입니다. 그러나 그뿐입니다. 그 이상에 대해 딸아이가 어떤 의미심장한 태도를 취했건, 낯선 자들에게 자기가 중요한 비밀을 알고 있다고 얼마나 거들먹거렸건, 죽을 때까지도 그 이상은 알지 못했을 겁니다.

이 정도면 충분한가요? 선생을 만족시키느라 꽤나 힘이 들었군요. 나나 내 딸에 대해서는 특별히 더 말할 게 없습니다. 딸에 대해서 말할 수 있는 거야, 그 아이가 병원에 감금되는 순간 골칫거리가 사라졌다고 말할 수 있지요.

일전에 내 딸아이가 어떻게 정신병원에 입원하게 됐는지 묻는 편지가 온 적이 있었습니다. 할콤 양인가 하는 분에게서 온 편지였는데, 그 편지는 지금도 보관하고 있습니다. 그녀는 이상할 정도로 그걸 궁금해 했는데, 아마 앵무새처럼 내 험담을 하는 이들로부터 나에 대한 나쁜 이야기들을 많이 들었던 것 같았습니다. 그래서 나는 그 편지에 적절하게 답했지요. 그리고 딸아이가 어슬렁거린다는 헛소문이 돌던 곳까지 몸소 찾아 그 아이가 불행한 짓을 못하게 막으려 했지요. 자, 이런 시시한 이야기들, 이제 선생께서 이미 다 들은 이야기인데 더 말해서 무슨 소용이 있겠습니까?

지금까지의 모든 글은 지극한 호의로서, 감사의 표시로서, 가능한 한 적을 수 있는 데까지 적은 것입니다. 그런데 마지막으로 선생께 한 마디 원망과 섭섭함을 표하지 않고서는 이 글을 마칠 수 없겠군요.

선생께서는 나와 면담 중에 안하무인으로 내 죽은 딸의 핏줄을 언급했지요. 특히 부계 쪽에 의심을 가지고 추궁했지요. 이건 도저히 신사로서 있을 수도 없고, 있어서도 안 되는 무례하기 짝이 없는 행동입니다. 만일 우리가 다시 만날 일이 생긴다면 더 이상 내 명예를 훼손하는 짓은 결코 용납하지 않겠습니다. (저와 친분이 깊은 이곳 교구 목사께서 즐겨 쓰는 표현에 따르자면) 웰밍헴의 도덕심은 그 따위 경솔한 대화에 오염되어서는 안 됩니다! 선생께서 앤의 아버지를 의심하는 건 내게 가할 수 있는 가장 천박한 행동입니다. 그럼에도 여전히 그 불경스럽기 짝이 없는 의혹을 품고 있다면, 내 선생의 신상을 위해 권고합니다. 당장, 그리고 영원히 그것을 그만두시라고 말입니다. 하트라이트 선생, 다른 무덤을 파면 무엇이 나올지 몰라도, 내 쪽 무덤을 파는 이상은 그 무엇도 더 얻을 수 없을 겁니다.

여기까지 읽고 나니 사과의 편지를 보내야겠다는 생각이 드나요? 사과하시겠다면 흔쾌히 받아들이지요. 반면 한 번 더 만날 것을 요청해 계속 이 문제로 고집을 부리시겠다면 그렇게 하세요. 그에 상응하는 대가를 받으면 되니까요. 혹시라도 이제 상황이 변해서 선생에게 차 한 잔 대접할 형편이 못 될 거라고 생각하십니까? 이제 무일푼이니 별 수 있냐고요? 천만의 말씀입니다. 나는 20년 동안 꼬박꼬박 빠짐없이 내 수당을 챙겼습니다. 제가 그 많은 돈을 생각 없이 다 썼을 것 같나요? 그래요, 죽을 때까지 편하고 귀한 몸으로 살 정도는 충분히 모았지요. 나는 이 웰밍헴을 떠나지 않을 겁니다. 여기에 살면 편한 게 한두 가지가 아니니까요. 보셨듯이 목사가 내게 정중하게 절을 합니다. 그는 결혼했는데, 그의 아내는 썩 고결한 여자가 못 되지요. 한 번 손을 봐야 할 것 같네요. 자선 사업에 본격적으로 뛰어들까 생각 중입니다. 그러면 그의 아내도 마지못해 내게 절을 안 할 수 없을 테니까요.

만일 선생께서 내 친구로 남겠다는 호의를 베푸실 경우, 우리 대화는 전적으로 일반적인 주제에 머물러야 할 겁니다. 이 편지에 관한 그 어떤 언급도 해봤자 소용없다는 걸 알아두세요. 이 편지를 내가 썼다는 것도 인정하지 않을 테니까요. 물론 그 증거들은 불길 속에 태웠지요. 그래도 만에 하나를 위해 철저해야 하겠지요.

이 점을 고려해서 편지에 아무 이름도 서명도 쓰지 않았습니다. 제 필체는 철저히 위조된 것입니다. 이 편지를 어째서 손수 선생에게 가져다주었냐고요? 역으로 추적돼서 제 집을 들킬 수 있으니까요.

선생께서는 이 점에 대해 괜한 불평은 하지 못할 겁니다. 이것 때

문에 내가 선생에게 최대한의 답례를 표하고자 제공한 이 정보의
내용들이 왜곡되는 건 아닐 테니까요.

차 마실 시간이 5시 30분입니다. 버터 토스트를 먹을 사람이 나
밖에 아무도 없군요.

월터 하트라이트가 이어가는 이야기

1

이 괴상한 편지를 읽고 나자 당장 그 자리에서 편지를 갈기갈기 찢어버리고 싶은 충동을 느꼈다. 처음부터 끝까지 뻔뻔스럽고 몰염치한 글귀들과 무슨 심보인지 모르겠지만 나를 그 참사와 계속 연관시키려는 극악한 심술에 당장 찢어버리고 싶은 심정이었다. 하지만 그런 충동과 함께 떠오른 어떤 생각이 가까스로 이걸 찢는 것을 미루도록 만들었다.

그 생각은 퍼시벌 경과는 아무 상관없었다. 캐서릭 부인이 내게 전한 내용들은 이미 내가 내린 결론과 별다르지 않았다. 그는 내가 생각했던 내용과 방식대로 범죄를 저질렀다. 캐서릭 부인이 놀스베리의 사본을 언급하지 않은 것도 그 확신을 더 강하게 만들었다.

다시 말해 퍼시벌 경은 사본이 존재하고 누군가 그 사본을 찾아낼 수 있다는 사실을 몰랐던 게 분명했다. 문서 위조에 대한 내 관심은 이것으로 종결된 셈이었고, 내가 편지를 보관하려는 이유는 나중의 쓸모를 위해서였다.

여전히 내 머리를 어지럽히는 수수께끼가 하나 있었는데, 바로 앤의 부친에 대한 의문이었다. 혹시 모를 순간에 이 증거를 다시 찾으러 나서게 될 때 캐서릭 부인의 글귀 몇 개는 다시 참조해 볼 만한 가치가 있었다. 나는 그 증거를 찾아내는 일을 단념할 수 없었다. 지금 페어리 부인의 무덤 속에 잠들어 있는 저 가련한 여인의 아버지를 찾는 일이 의무처럼 느껴지기까지 했다.

결국 나는 때가 오면 다시 꺼내기 위해서 편지를 다시 봉해 수첩 속에 고이 끼워 넣었다.

다음날은 햄프셔에서의 마지막 날이었다. 놀스베리의 치안 판사 앞에 출두하고 연기된 화재 심리에 참석하기만 하면 그날 오후나 저녁 기차로 런던으로 돌아갈 수 있었다.

다음날 아침 제일 먼저 해야 할 일은 늘 그랬듯이 우체국에 들르는 것이었다. 편지를 건네받는데 유별나게 가벼웠다. 나는 조바심에 급히 편지를 열었다. 편지라기보다는 작은 쪽지가 두 겹으로 접혀 있었다. 얼룩지고 급히 휘갈겨 쓴 글씨로 내용은 다음과 같았다.

가능한 빨리 돌아오세요. 부득이 거처를 옮겨야 했어요. 풀햄의 가워 가(5번지)로 오세요. 당신이 돌아오는 걸 계속 지켜볼게요. 너무 걱정하진 마세요. 우린 둘 다 안전하게 잘 있으니까요. 그래도 빨리 와야 해요.

—마리안

이 글을 읽자마자 본능적으로 포스코 백작이 드디어 일을 저질렀음을 깨달았다. 눈앞이 캄캄했다. 편지를 손에 쥔 채 숨조차 쉴 수 없었다. 도대체 무슨 일이 일어난 걸까? 내가 없는 틈에 백작이 무슨 수작을 부린 걸까?

마리안이 이 글을 쓴 건 하루 전이다. 그 사이 무슨 일이 일어났을지 몰랐다. 시간은 지금도 계속 흘러가고 있었고, 앞으로 무슨 일이 일어날지 몰랐다. 그런데 나는 이 멀고 먼 외진 곳에 법의 처분 하에 이중으로 발목이 묶인 채 있었다.

마리안에 대한 믿음이 없었다면 아마 법적인 의무 따위는 아랑 곳 않고 즉시 런던으로 갔을 것이다. 하지만 마리안은 내가 지상에서 유일하게 믿고 의지할 수 있는 튼튼한 버팀목이었다. 나는 그녀의 침착한 얼굴을 떠올리고 나서야 비로소 그 충동을 억누를 수 있었다.

가장 먼저 나를 가로막은 장애물은 화재 조사였다. 나는 정해진 시간에 법정에 출석했다. 그런데 형식상 절차였을 뿐, 다시 증인으로 세우지도 않았다. 이 불필요한 시간 낭비에 속이 부글부글 끓었지만 인내심을 잃지 않고 앉아 있었다.

퍼시벌 경의 런던 변호사인 메리먼 씨는 이 조사에 조금도 도움이 되지 않았다. 그가 한 말이라곤 이 사건에 큰 충격을 받고 몹시 놀랐으며, 이 미궁 같은 사건에 자기는 그 어떤 실마리도 줄 수 없다는 것이었다. 사건 심리 중간에 그가 의문점을 제시하고 검시간이 그것을 공식적으로 받아들였지만 결국 아무 소득이 없었다. 그렇게 무려 세 시간이나 걸린 조사 끝에 결국 판사는 이 사건을 사고로 인한 우연사로 판결내렸다.

그리고 덧붙이기를 열쇠가 어떻게 유출됐는지, 화재가 어떤 경위로 일어났는지, 사망자가 무슨 의도로 제의실로 들어갔는지 아무 증거도 없다는 것이다. 이렇게 사건은 종결되었다. 사망자의 법적 대리인만 시신 매장 문제로 남았고 나머지 관련자들은 모두 법정을 나왔다.

단 1분도 허비해서는 안 된다는 결심에 호텔로 돌아와 비용을 지불하고 놀스베리로 가는 이륜마차를 빌렸다. 내가 마차를 빌리는 걸 보고 내게 혼자 여행 중이냐고 물어본 신사 한 사람이 합석을 청했다. 나는 기꺼이 요청을 받아들였다. 마차를 타고 가면서 낯선 사람끼리 나누는 대화라고 해봐야 결국 그 지역에 대한 내용들이 전부일 것이다.

동행한 신사는 퍼시벌 경의 변호사를 어느 정도 알고 있는 사람이었다. 그와 메리먼 변호사는 작고한 퍼시벌 경의 업무와 유산 문제를 상의했다고 했다. 퍼시벌 경의 재정 궁핍은 이미 잘 알려진 사실이었던지라, 변호사도 모든 사실을 인정했다고 했다. 고인은 유서 없이 죽었고, 유언을 남겼다 해도 물려줄 재산이 없었다. 그래서 고인이 아내로부터 얻은 모든 재산은 빚쟁이들 손에 넘어갔다고 했다. 또한 (퍼시벌 경에겐 자식이 없었기에) 토지를 물려받을 상속자는 펠릭스 글라이드 경의 첫째 사촌의 장남인데, 예기치 않게 물려받은 그 재산이 차압 상태에 있긴 하지만 시간이 흐르면 다시 소유권이 넘어오게 될 거라고 했다. 게다가 상속자가 잘만 관리하면 죽기 전까지 충분한 부를 누릴 수도 있을 정도라고 했다.

오로지 런던으로 급히 돌아가야 한다는 일념에 사로잡혀 있었지만 이 정보는 그 자체로 흥미로웠다. 그리고 문서 위조에 대한 비밀은 입을 닫는 게 낫겠다고 결심했다. 퍼시벌 경에게 소유권을 빼앗긴 원래 주인이 다시 그것을 되찾게 되었으니 말이다. 덕분에 지난 23년간 토지에서 나온 소득은 이제 그의 몫이 되겠지만, 퍼시벌 경이 물 쓰듯이 다 써 버리고 죽은 탓에 다시 되찾아도 아무 소용없을 것이다. 따라서 내가 진실을 밝힌들 이득을 보거나 명예를 회복할 사람이 없었다. 그나마 내가 입을 다물면 사기 결혼을 당한 로라의 명예가 더 다치는 것도 피할 수 있었다. 그녀를 위해서라도 그 진실을 감추어야 했다. 또한 로라를 위해서 나는 그 재산 상속과 관련된 사람들의 본명을 밝히지 않겠다.

나는 놀스베리에 도착해 그 신사와 헤어져 곧장 시청으로 갔다. 예상했듯이 나를 고발하기 위해 출석한 사람은 아무도 없었다. 나는 요식 행위만 마치고 모든 짐을 벗어버리고 나왔다. 그때 누군가가 도슨 씨의 편지를 쥐어주었다. 지금은 직무상 자리를 뜨고 없으니 필요하면 언제라도 연락을 달라는 내용이었다. 나는 그에게 감사의 답장을 썼다. 그 동안의 호의를 절대 잊지 않을 것이며, 직접 인사를 한 뒤 떠나는 게 도리지만 사정상 급한 일로 얼굴도 못 뵙고 떠나는 것을 용서해 달라고.

30분 후, 나는 런던행 특급열차를 타고 질주했다.

2

풀헴에 도착해 가워 가로 들어섰을 때 시간은 9시에서 10시 사이였다.

로라와 마리안이 문 앞까지 나와서 나를 마중했다. 그렇게 다시 재회하고 나자 우리 셋이 얼마나 단단한 운명의 끈으로 묶여 있는지를 새삼 깨달았다. 단 며칠이었는데도 몇 달이 지난 것만 같았다. 마리안의 얼굴은 수척하고 근심으로 가득했다. 그녀의 얼굴을 보자마자 나는, 내가 없는 상황에서 그녀가 얼마나 모든 위험들을 홀로 안고 감내하느라 애썼는지를 금방 알 수 있었다. 또한 로라의 밝고 환한 표정을 보자 마리안이 얼마나 철저하게, 웰밍헴에서 일어난 끔찍한 사건과 이사를 하게 된 이유로부터 로라를 보호했는지 알 수 있었다.

로라는 이 이사가 단지 나를 깜짝 놀라게 만들어주려는 언니의 배려라고만 생각했다. 언니가 시끄럽고 소란스러운 곳에서 강과 숲과 녹지가 있는 이곳으로 이사해서 나를 기쁘게 해주려 했다고 신이 나서 말했다. 그녀는 온통 미래의 꿈으로 출렁이고 있었다. 앞으로 그릴 그림들, 자기 그림들을 사줄 사람들 이야기를 하며 행복해했다. 전혀 기대하지 않았던 모습이었다. 그리고 지갑이 꽉 차서 더는 동전을 넣을 수 없게 된 걸 자랑이라도 하듯 내게 지갑을 건네며 얼마나 무거운지 들어보라고 했다. 나는 로라의 모습을 보면 뿌듯했지만, 마리안이 겪은 모든 노고 앞에서는 고개를 숙일 뿐이었다. 그것은 마리안의 용기이자 사랑이었다.

로라가 자리를 비워 단둘이 남게 되자, 나는 먼저 내 마음에 가득한 감사와 존경을 표하려고 했다. 그러나 그녀는 내게 말할 기회를 주지 않았다. 자신이 여자라는 사실 자체를 완전히 잊고 많은 것을 양보하고 작은 것을 바라는 그녀는 모든 생각을 오로지 내게로 돌렸다.

"우편 마감 시간이 너무 임박해서 급하게 쓸 수밖에 없었어요. 많이 피곤하고 지쳐 보이는군요. 월터, 제 편지에 너무 놀란 건 아니겠죠?"

"처음엔 그랬지요."

내가 힘주어 말했다.

"곧 냉정을 되찾았습니다. 당신을 믿기 때문이오. 백작 쪽에서 무슨 수작을 부려서 여기로 이사 왔다고 생각했는데 맞나요?"

"제대로 짚었어요."

그녀의 눈에 힘이 들어갔다.

"어제 그 사람을 만났어요. 그가 말을 하기에 거기에 심하게 대꾸해 주었죠."

"대꾸했다고요? 그가 우리가 사는 곳을 알고 있었습니까? 집으로 왔어요?"

"네, 집으로 왔어요. 이층으로 올라오지는 않았죠. 그래서 로라는 그 사람을 보지 못했어요. 로라는 아무것도 몰라요. 어떻게 된 일인지 말해드릴게요. 이 생각이 맞기를 바라지만 이제는 위험한 상황은 다 끝났어요. 어제 거실에 있을 때였어요. 전에 살던 집 말이에요. 로라는 탁자에서 그림을 그리고 있었죠. 나는 서성대면서 물건을 정리하고 있었죠. 그러다가 창가 쪽을 지나면서 문득 밖을 내다봤는데, 바로 길 건너편에 백작이 있었어요. 어떤 남자가 그에게 말을 걸고 있었어요."

"그가 창가에 서 있는 당신을 봤소?"

"아뇨, 못 봤을 거예요. 너무 놀라서 얼른 몸을 숨겼으니까요."

"다른 남자는 누구였죠? 처음 보는 사람입니까?"

"낯선 사람은 아니었어요, 월터. 다시 정신을 차리고 숨을 고르고 나서야 그가 누군지 알았어요. 바로 정신병원 원장이었어요."

"백작이 우리 집 쪽을 손짓으로 가리켰소?"

"아뇨, 마치 길에서 우연히 만난 것처럼 얘기를 나누고 있었어요. 나는 커튼 뒤에 숨어서 계속 두 사람을 지켜봤지요. 만일 내가 그때 얼굴을 돌려서 로라가 내 표정을 보기라도 했다면, 아, 생각만 해도……. 천만다행이었죠. 로라는 그림에 흠뻑 빠져 있었거든요. 두 사람은 곧 헤어져서 각자 다른 방향으로 갔지요. 나는 백작이 다시 나타나기 전까지는 내심 두 사람이 길에서 우연히 만났기를 기대했어요. 그런데 백작이 다시 우리 집 맞은편으로 돌아와서는 명함 상자와 연필을 꺼내 뭔가를 적고는 우리 집 일층의 상점으로 건너왔어요. 나는 로라가 내 얼굴을 보기 전에 위층에 빠뜨리고 온 게 있다면서 급히 달려 나갔어요. 그리고 나오자마자 일층으로 내려가서 기다렸어요. 그가 올라오려고 하면 막을 생각이었죠. 그는 그러지 않았어요. 상점에서 일하는 여자아이가 문을 열고 복도로 들어왔는데 손에 금박을 씌운 커다란 명함을 쥐고 있었어요. 그 테두리는 으리으리하더군요. 거기에는 이렇게 적혀 있었죠. '친애하는 숙녀님' 기가 막힐 노릇이었어요. 아직도 그런 식으로 내게 존칭을 쓰는 그 악당의 뻔뻔함이란.

'친애하는 숙녀님, 한 마디만 올립니다. 우리 둘 다에게 매우 중요한 문제로 만나줄 것을 간곡히 부탁드립니다'

사람이 위기에 처하면 본능적으로 모든 걸 생각하게 마련이죠. 순간적으로, 백작 같은 인간이 나타난 그 상황에서 당신을 외진 곳에 홀로 두고 나도 혼자 있다는 게 얼마나 큰 실수인지 후회가 막심했죠. 그리고 본능적으로 느꼈어요. 그 요청을 뿌리치면, 그가 무슨 짓을 할까 열 배 이상 두려움에 사로잡혀 지낼 거라고 말이 에요.

'신사 분에게 상점에서 기다리시라고 말해 줄래?'

나는 가급적 부드럽게 말했어요.

'곧 뵙겠다고 말이야.'

나는 모자를 가지러 위층으로 뛰어 올라갔죠. 그의 우렁찬 목소리가 생각났어요. 절대 실내에서는 그와 말을 하지 않기로 다짐했어요. 심지어 상점에서도 로라가 그의 목소리를 들을까 두려웠지요. 나는 채 1분도 안 돼서 다시 복도로 내려갔어요. 거리로 나가는 현관문을 열었죠. 그가 상점에서 내 쪽으로 천천히 걸어왔어요. 상복을 차려 입고 부드럽게 머리를 숙이면서 소름 끼치는 미소를 머금고, 바로 그 인간이 거기 있었어요. 몇몇 한가한 아이들과 여자들이 그가 입은 빛나는 검은 양복과 황금 손잡이가 달린 긴 지팡이를 훑어보면서 그의 거대한 몸집을 구경하고 있었죠. 눈 안에 그가 들어오는 순간, 블랙워터 파크에서 겪었던 모든 공포의 장면들이 일시에 떠올랐어요. 순식간에 한 맺힌 저주가 온몸으로 번졌어요. 그 인간이 마치 몇 시간 전에 헤어진 친한 친구 사이라도 되는 듯이 말을 걸어올 때는 역겨움이 밀려오더군요."

"그가 뭐라고 했는지 기억합니까?"

"아, 차마 말 못하겠어요, 월터. 당신에 대해서 한 말은 말씀드릴게요. 하지만 내게 한 말은 정말이지 못하겠어요. 그가 편지에 썼던 몰염치한 무례한 언사보다도 심한 말이었어요. 그 자리에서 그 인간을 한 대 치고 싶어 손이 근질거릴 정도였어요. 마치 내가 남자라도 된 기분이었지요. 하지만 참았어요. 그 인간 앞에서 천천히 그 명함을 찢었더니 입을 다물더군요. 나는 한 마디도 않고 걸어갔어요. 로라가 볼까 두려워서 집에서 멀어져야 했지요. 그가 얘기를 좀 하자고 나를 계속 따라왔어요. 첫 번째 골목길로 접어들어서 내가 물었죠. 만나자는 용건이 뭐냐고요. 그는 두 가지를 원했죠. 먼저, 내가 원한다면 그동안 만나지 못했던 것에 대한 자신의 감회를 말하고 싶다는 거예요. 나는 듣고 싶지 않다고 잘라 말했죠. 두 번째는 편지에서 경고했던 내용이었어요. 내가 물었죠. 도대체 그런 말을 되풀이하는 이유가 뭐냐고요. 그는 머리를 숙이고 미소를 짓더니 설명하겠다고 했죠. 그가 한 말은 정확히 당신이 여길 떠날 때 내가 했던 말과 일치했어요. 기억해요, 내가 한 말? 퍼시벌 경은 당신과 관계된 일이라면 너무 완강하게 굴어서 친구의 충고를 받아들이지 않을 거라는 말이요. 그리고 백작이 퍼시벌 경과의 관계에 위협을 느껴 스스로를 지키기 위해 움직이기 전까지는 백작은 위험하지 않을 거라고도 했지요?"

"기억합니다, 마리안."

"그래요, 그게 현실로 다가왔어요. 백작은 충고를 했지만 거절당했죠. 퍼시벌 경은 당신에 대한 증오심에 사로잡혀 오로지 자기 고집과 힘만 믿었죠. 백작은 그냥 내버려뒀대요. 자기까지 위기에 빠질 경우를 대비해서 몰래 우리가 사는 곳을 알아내는 게 급선무였죠. 당신은 그간 미행을 당했어요, 월터. 맨 처음 햄프셔를 다녀오면서는 철도에서 약간 떨어진 곳에서 변호사 서기한테, 그 다음 집 앞에서는 백작이 당신을 미행했지요. 눈에 띄지 않으려고 어떻게 했는지는 말해 주지 않았어요. 아무튼 그렇게 우리는 발각됐어요. 그는 우리 사는 곳을 알아내자 행동을 멈췄어요. 퍼시벌 경이 죽었다는 소식이 귀에 들어오기 전까지는 말이죠. 당신에게 말했듯이 그때서야 그는 행동하기 시작했어요. 당신이 다음으로 처치할 상대를 공모자인 자신으로 정하고 다가올 거라고 믿었기 때문이죠. 그는 곧바로 런던의 정신병원 원장과 약속을 잡고 그를 데려왔죠. 도망친 환자가 숨어 있는 곳으로 말이에요. 결과가 어떤 식으로 나건

이 사실을 원장에게 밝히면, 당신을 끝없는 법적 투쟁과 어려움 속에 빠뜨릴 수 있다고 확신한 거죠. 감히 자기한테 접근 못하게 당신을 꽁꽁 묶어둘 속셈이었던 거예요. 여기까지가 백작이 스스로 내게 밝힌 내용들이에요. 그런데 마지막 순간 단 하나 그를 행동에 옮기지 못하도록 만든 게 있었는데……."

"그건 뭐였지요?"

"정말 인정하고 싶지 않군요, 월터. 하지만 해야겠지요. 바로 나였다고 하는군요. 이걸 입으로 말하고 있는 나 자신이 얼마나 수치스러운지, 지금 제가 어떤 기분인지 어떻게 말로 표현할 수 없을 정도에요. 그런데 이 철면피 같은 무뢰한의 마음에는 한 가지 약점이 있어요. 치가 떨리게도, 나에 대해 숭배심을 가지고 있다는 거예요. 난 내 자존심을 위해서라도 이 사실을 지금까지 애써 부인하려고 했어요. 하지만 이 작자의 표정이나 행동이, 드디어 이 수치스런 진실을 말하게끔 만들었네요. 나한테 말하는데 이 악마 같은 작자의 두 눈이 축축해지는 게 아니겠어요. 그랬어요, 월터! 그는 단언했죠. 그가 원장에게 집을 가르쳐주려는 순간, 로라와 떨어져 지내게 될 내 슬픔이 생각났다고 해요. 또한 로라가 탈출하는 데 결정적인 역할을 한 내가 법정에 끌려가서 당하게 될 고통이 떠올랐다고요. 그는 오직 나를 위해서 당신으로부터 시작될 최악의 상황을 기꺼이 무릅쓰겠다고 했어요. 그가 나한테 부탁한 건, 자신의 희생을 부디 순수하게 받아달라는 것과 나를 위해 당신으로 하여금 무모한 행동을 자제하게 해달라고 했어요. 이후로는 결코 이런 배려를 보일 수 없으니 그렇게 해달라고 했어요. 하지만 나는 그 따위 타협은 거절했어요. 차라리 내가 먼저 죽고 말죠. 다만 그가 한 말은 믿어야 해요. 집을 잘못 알았다고 사과하고 원장을 돌려보냈다는 그의 말이 사실이건 아니건, 한 가지는 확실해요. 난 내 눈으로 원장이 그를 떠나는 걸 봤어요. 그는 우리 쪽 창문은 물론 심지어

이 건물에조차 눈길도 주지 않고 떠났어요."

"믿어요, 마리안. 아무리 착한 사람도 영원히 선을 고집할 수 없고, 아무리 악한 사람도 영원히 악에 머물지 못하는 법입니다. 문제는 과연 그가 실제로 그 협박만큼 힘을 발휘할 수 있을까 하는 부분입니다. 퍼시벌 경도 죽었고, 캐서릭 부인도 모든 구속에서 벗어나 자유의 몸이 된 이상, 정신병원 원장 하나한테 기대어봤자 얼마나 우리를 위기에 빠뜨릴 수 있겠습니까. 그건 그렇고 얘기 계속해보시오. 그가 나에 대해서는 뭐라 했습니까?"

"마지막으로 당신 얘기를 했어요. 두 눈이 갑자기 밝아지며 굳어졌어요. 옛날에 봤던 깊이를 모를 정도로 사람을 끌어들이는 눈빛이었어요. 피도 눈물도 없는 매정함과 사기꾼의 빈정거림이 묘하게 뒤섞여서 속내를 알 수 없는 그런 표정 말이죠.

'하트라이트 씨에게 경고하십시오!'

그는 지금껏 한 말들 중에 제일 거만하게 말했어요.

'만에 하나 그가 나와 겨루겠다면, 그가 상대하는 남자는 두뇌가 여러 개인 데다 사회의 법률과 관습을 휘어잡고 있는 사람이라는 걸 말입니다. 애석하게 죽은 내 친구가 만일 내 충고를 받아들였다면, 심문의 대상은 내 친구가 아닌 바로 하트라이트 씨의 시신이었을 겁니다. 그런데 내 친구는 끝내 내 말을 듣지 않았지요. 보십시오! 나는 그를 잃어버린 것을 애도하고 있습니다. 마음으로는 내 영혼이, 몸으로는 이 장례용 모자로서 말이오. 모자에 달린 이 보잘 것없는 조의의 문상이 하트라이트 씨로 하여금 내 분별력을 명심하게 만들었으면 합니다. 그가 쓸데없이 내 감정을 건드리려 든다면 이것들은 하루아침에 악의로 변할 것입니다. 그가 지금 누리는 것에 만족하게 하도록 하십시오. 당신을 위해서나 그를 위해서나 그냥 모든 걸 묻어두는 것으로 만족하게 하십시오.. (경의와 더불어) 그에게 말해 주세요. 만일 나를 건드리면, 그는 포스코라는 인물과 겨루어야 한다고 말이오. 분명히 말해드리지요. 영국 식으로 말하자면 포스코는 질질 끄는 인물이 아닙니다! 친애하는 숙녀님, 그럼 이만.'

그의 차가운 회색 눈이 내 얼굴을 뚫어져라 바라보았어요. 그는 모자를 단호하게 벗은 뒤에 대머리를 숙여 인사하고 떠났어요."

"다시 돌아오지는 않았습니까? 더 한 말은요?"

"길모퉁이에서 몸을 돌리더니 손을 흔들었어요. 그리고 마치 연극이라도 하는 것처럼 손으로 가슴을 쳤어요. 그런 다음 사라졌어요. 집 건너편으로요. 나는 로라에게 뛰어갔어요. 안으로 들어서기도 전에, 어서 이 집을 떠나야겠다고 결심했죠. 그 집은 특히 당신도 없는 상태에서는 더 이상 안전한 장소가 아니었고, 백작이 이곳을 알게 된 이상 심지어 위험한 곳이기까지 했어요. 당신이 꼭 돌아올 거라는 확신만 들었어도 기다렸을 거예요. 그런데 아무것도 확신할 게 없었죠. 그래서 본능이 시키는 대로 즉각 실행에 옮겼어요. 당신이 떠나기 전에 그랬죠? 로라의 건강을 위해 더 조용하고 더 신선한 공기가 있는 곳으로 옮기면 좋겠다고요. 그 얘기를 로라한테 상기시켰죠. 우리가 먼저 이사를 해서 당신을 깜짝 놀라게 만들자고, 게다가 당신이 짐을 옮기는 수고를 덜어주자고 했죠. 그렇게 해서 나만큼 로라도 이사를 원하게 만들었어요. 당신 짐을 꾸리는데 로라가 도와줬어요. 그리고 당신의 새 작업실에 당신의 물건들을 손수 정리해 놓았지요."

"그런데 왜 이곳으로 옮긴 거지요?"

"런던에서는 아는 데가 없었어요. 그때 절실했던 건 가능하면 살던 집에서 멀리 떨어진 곳으로 가는 거였어요. 풀햄에 대해서는 조금 알고 있었죠. 옛날에 여기서 잠깐 학교를 다녔거든요. 사람을 보내서 아직도 그 학교가 있는지 알아봤더니 다행히 그대로 있더군요. 옛날에 내가 학생일 때 교장선생님이었던 분의 따님들이 대를 이어 학교를 운영하고 있었어요. 그들이 내 부탁 편지를 받고 이 집을 알선해 주었고요. 보낸 사람이 주소를 가지고 다시 왔을 때는 정확히 우편 마감 시간 직전이었죠. 어두워졌을 때 이사했거든요. 아무도 모르게 이곳으로 옮겼어요. 제 행동이 옳았나요, 월터? 당신의 신뢰에 금이 가는 행동을 하지는 않았겠지요?"

나는 느낌 그대로 그녀에게 따뜻한 감사의 마음으로 답해 주었다. 그런데 내가 말하는 도중에도 마리안의 얼굴에는 여전히 긴장이 가시지 않고 있었다. 내가 말을 끝내자마자 그녀가 던진 질문은 포스코 백작에 관한 것이었다.

나는 그녀가 포스코 백작을 이전과 전혀 다른 각도로 바라보고 있다는 것을 느낄 수 있었다. 그를 향해 타오르던 강한 분노나 항상 나를 분발하게 만들었던 복수를 재촉하는 응원도 찾아볼 수 없었다. 백작이 끔찍하게도 자신을 숭배하고 있다는 확신은 그녀로 하여금 백작의 가공할 만한 악랄함과 완벽하다 못해 천기에 가까운 악마의 솜씨에 더욱 치를 떨면서도 이전보다 훨씬 더 두려움을 느끼게 만들었다. 백작의 전언을 어떻게 생각하느냐고, 다음에는 뭘 어떻게 할 거냐고 묻는 그녀의 목소리는 힘이 없었고, 태도는 우왕좌왕했으며, 초조한 눈빛은 걱정으로 출렁이며 애타게 나를 바라보고 있었다.

나는 답했다.

"카일 씨와 면담을 한 게 불과 몇 주 전 일입니다. 그와 헤어질 때 내가 로라에 대해 마지막으로 했던 말은 이것입니다.

'그녀의 고향집은 다시 그녀를 따뜻하게 환대해 받아들여야 합니다. 그 거짓 장례식에 참석했던 사람들의 면전에서 말입니다. 거짓된 묘비의 기록도 집주인이 직접 지시해서 지워야 합니다. 법정의 재판관들은 그들을 못 잡겠지만, 그 두 사람은 반드시 내게만은 그 사실을 자백하게 될 것입니다. 나는 이제 오로지 그 목적을 위해 내 목숨을 걸 것입니다. 신의 가호를 간절히 바라지만, 어쨌든 혼자서 이 일을 할 것이고 꼭 해내고 말 겁니다'

이제 두 사람 중에 하나는 이미 인간의 손이 미치지 못하는 곳으로 가버렸소. 이제 나머지 한 사람만 남았습니다. 그러니 내가 할 일도 여전히 남아 있는 거요."

마리안의 두 눈이 다시 불타오르고, 얼굴색도 살아났다. 아무 말도 하지 않았지만 나는 그녀의 얼굴을 통해 그녀의 온 마음이 나의 감정과 공감하고 있다는 걸 직감적으로 느낄 수 있었다.

나는 말을 이었다.

"우리 앞에 놓인 상황이 그 어느 때보다 불투명하다는 걸 당신에게나 나 자신에게나 숨기고 싶지 않군요. 지금까지 겪은 건 앞으로 닥칠 일에 비하면 아무것도 아닐지도 몰라요. 하지만 마리언, 그 어떤 고통이 우리를 덮친다 해도 할 일은 해야지요. 나는 준비도 없이 백작 같은 사람과 겨룰 정도로 무모하지는 않습니다. 이미 오래전부터 인내를 배웠으니까요. 때를 기다릴 겁니다. 일단 그가 자기말이 제대로 효력을 발휘했다고 믿게 합시다. 우리에 대해 아무것도 모르게 하는 거요. 우리에 대해 어떤 얘기도 못 듣게 하는 겁니다. 그가 이제 안전해졌다고 확신할 때까지 충분히 시간을 줍시다. 내가 그를 잘못 파악한 게 아니라면, 자신감에 넘치는 자들은 자기가 이겼다고 쉽게 단정하는 경향이 있으니까요. 이게 바로 우리가 기다려야 하는 이유입니다. 그런데 더 중요한 이유가 있어요. 마리안, 내가 마지막 시도를 하기 전에 로라와 당신과의 관계에서 내 위치가 지금보다 강해져야 합니다."

그녀가 놀란 표정으로 내게 몸을 기울여왔다.

"어떻게 더 강해져야 한다는 거죠?"

나는 대답했다.

"때가 되면 말하지요. 아직은 아닙니다. 결코 그날이 안 올 수도 있습니다. 로라나 당신에게 떳떳하게 말할 그날이 올 때까지는, 당신에게나 로라에게나 침묵을 지킬 겁니다. 그 문제는 이 정도로 합시다. 당장 더 시급한 일이 있으니까요. 당신은 로라를 위해 남편이 죽음을 함구해 왔어요."

"그래요, 월터. 로라에게 그 사실을 말해 주려면 시간이 꽤 필요할 것 같아요."

"아니오, 마리안. 지금 말해 주는 게 나을 겁니다. 나중에 그 사실이 우리 모르게 그녀의 귀에 들어갈 수도 있습니다. 상세한 사실들은 잘라버리고 조심스럽게 요점만 말해 주도록 해요. 로라는 이 사실을 지금 알아야 합니다."

"지금 말한 이유 말고, 로라가 그 사실을 지금 알아야 할 또 다른 이유가 있는 거죠?"

"그렇습니다."

"지금은 밝힐 수 없다는 그 얘기와 관련된 건가요? 로라에게 죽을 때까지 말하지 못할 수도 있다는 그 말과도 관련이 있나요?"

그녀는 말을 마치고 의미심장한 얼굴로 생각에 잠겼다. 그렇다고 답하면서 나 역시 생각에 잠겼다.

그녀의 얼굴이 점점 창백해졌다. 그녀는 한동안 슬프고 주저하는 듯한 눈빛으로 나를 바라보았다. 그리고 고개를 돌려 우리의 모든 희로애락의 원인이 되는 사랑스러운 여인이 앉아 있던 빈 의자를 바라보았다. 그 눈에는 좀처럼 보지 못한 다정함이 가득했고, 다문 입술은 한결 부드러워졌다.

"이해할 것 같아요."

그녀가 넋두리처럼 중얼거렸다.

"로라나 당신을 위해서라도, 퍼시벌 경이 죽었다는 걸 말해야겠어요."

그녀가 한숨을 내쉬며 내 두 손을 꽉 쥐었다. 그리곤 느닷없이 잡은 손을 놓고는 방을 나갔다.

다음날, 로라는 그의 죽음이 마침내 그녀를 해방시켜 주었고, 그녀의 비운과 고난도 그의 무덤 속에 영원히 묻혔음을 알게 되었다.

더 이상 우리는 그의 이름을 거론하지 않았다. 그의 존재 자체를 철저하게 지워버렸다. 또한 우리 사이에 남아 있는 이야기도 암묵적 동의하에 더는 언급하지 않았다. 문제는 이야기하지 않으려고 할수록 그것이 더 생생히 우리 마음속에 어른거린다는 것이었다. 로라는 평소보다 초조해 보였다. 어떤 때는 그 시간을 기다리고 갈망하다가도, 어떤 때는 두려워했다. 그날이 다가오고 있다는 걸 그녀도 알고 있을까?

우리는 점차 평상시의 생활로 돌아왔다. 나는 그간 중단했던 작업을 다시 시작했다. 새로운 거처는 이전에 살던 불편하고 좁은 방들에 비해 생활비가 더 들었다. 전적으로 모든 게 내 두 손에 달렸다는 생각이 들 때마다 우리가 준비하는 그날에 대한 회의가 밀려들었다. 은행 잔고는 언제라도 비상사태가 닥치면 바닥날 것이 뻔했고, 그때는 먹고사는 하루하루가 급급해 기력을 소진하게 될지도 몰랐다. 현재 상황에서는 무엇보다 좀 더 안정되고 수익 높은 일자리가 필요했다. 그런 일이라면 기꺼이 내 힘을 헌납할 수 있었다.

그렇다고 이 힘든 생활이 내 몸과 마음이 집중해서 추구하는 단하나의 목표를 지연시키고 있다고 생각한다면 오산이었다. 몇 달이 지나도 한 번도 그 목표는 내 시야에서 벗어난 적이 없었다. 오히려 천천히, 아주 천천히 무르익고 있었다. 고백하자면 그 긴 기다림속에 아직도 할 일이 남았다는 사실이 고마운 동시에 다가올 난제들을 과연 해결할 수 있을까 하는 의문이 들었다.

무엇보다 주의해야 할 경계의 고삐는 백작의 행적에 대한 것이었다. 현재 가장 먼저 알아야 할 핵심 사안은 백작이 향후 영국에 계속 머물러 있을 것인가, 달리 말하자면 계속 내 접근 범위 내에 있는가 하는 것이었다.

이걸 알아내는 일은 그리 어렵지 않았다. 우연하게도 존 우드 가에 사는 지인이 백작의 집 주인이었던 것이다. 그에게 계약 기간이 끝나지 않았냐고 묻자 아니라는 답이 돌아왔다. 백작이 계약 기간을 6개월 더 연장시켰다는 것이다. 때는 12월 초였으니, 그렇게 된다면 백작은 6월까지 계속 이 집에 살게 되는 것이다. 이로써 백작이 도망갈지도 모른다는 염려는 일단 놓을 수 있게 되었다.

또한 의무감에서라도 클레먼츠 부인을 다시 만나지 않을 수 없었다. 돌아오면 꼭 앤 캐서릭의 죽음과 장례식에 관한 세부적인 사실들을 말해 주겠다고 약속했기 때문이다. 이제 상황이 변해서 부인에게 이 두 남자의 공모를 언급하지 않을 이유가 없었다. 오히려 부인이 내게 베풀어 준 고마움과 허심탄회한 대화를 생각할수록 한시라도 빨리 만나 사실을 알려주고 싶었고 약속을 지켰다. 하지만 굳이 이 자리에서, 부인에게 털어놓은 이미 다 아는 이야기들을 다시 얘기한들 유용하지 않을 것이다. 중요한 건 부인에게 앤의 이야기를 하면서, 앤의 부친에 대한 의혹이 더 증폭되었다는 점이다.

이건 그 자체로는 그리 중요하지 않은 문제일지 몰라도, 여러 가지를 함께 생각하면 아주 중요한 의문이었다.

나는 최근 들어 더더욱 이 의문을 밝혀야겠다는 결심이 강해졌다. 그래서 마리안의 동의를 얻어 바넥 홀(캐서릭 부인이 결혼하기 전 몇 년 동안 일했던 곳)의 주인인 던슨 소령에게 몇 가지 질문이 담긴 편지를 썼다. 보내는 사람 이름은 마리안으로 하고 집안 문제와 관련이 있어 쓰게 되었다는 핑계를 댔다. 그러나 편지를 쓸 때만 해도 그가 아직 살아 있는지 확신할 수 없었다. 단지 그가 살아 있고 이 편지에 기꺼이 답해 주리라는 기대만 가지고 썼다.

이틀이 지나 답장이 왔다. 그는 살아 있었고, 우리를 기꺼이 도와줄 마음이 있다는 내용을 적어 보냈다.

나는 편지를 쓰면서 그의 답변에서 내가 알고자 하는 내용이 자연스레 추론되리라 생각했다. 예상대로 그는 다음과 같은 내용으로 내 질문에 충실히 응해 주었다.

첫째는 '작고한 블랙워터 파크의 퍼시벌 글라이드 경'은 버넥 홀에 발도 들여놓은 적이 없었다. 주인이나 주인의 가족들 누구도 퍼시벌 경을 전혀 모른다고 했다.

둘째, '작고한 필립 페어리 씨'는 젊었을 때 주인과 절친한 사이라고 했다. 주인은 그를 지속적으로 집으로 초대할 정도였다고 했다. 기억을 새롭게 하기 위해 옛날 편지들과 서류들을 뒤져본 결과, 필립 페어리 씨가 1826년 8월에 버넥 홀에 머물렀다고 한다. 또한 사냥을 위해서 그해 9월에 와서 10월 초순까지 지냈다고 했다. 주인이 확신하기로는 그 뒤에 그는 스코틀랜드로 떠났고, 오랜 시간이 흐른 뒤에 다시 버넥 홀에 나타났을 때는 재혼한 남자의 신분이었다는 것이다.

사실 자체만 보면 그리 특별한 게 없었다. 하지만 마리안과 내가 그간 알아낸 모든 사실들을 종합해 볼 때, 이것은 상당한 의미를 담고 있었다.

자, 짚어보기로 하자. 필립 페어리 씨는 1826년 가을까지 버넥 홀에 머물렀다. 그리고 다 아는 사실이지만, 당시 캐서릭 부인이 거기에서 일하고 있었다.

첫째, 앤 캐서릭은 1827년 6월에 태어났다. 둘째, 앤 캐서릭은 유별나게도 로라와 빼닮았다. 셋째, 로라 역시 판에 박은 듯 아버지를 빼닮았다. 필립 페어리 씨는 젊었을 때 항상 스캔들을 몰고 다니던 미남이었다. 성격도 동생인 프레더릭과는 판이하게 달랐다. 그는 바람둥이 귀공자로 제멋대로 자라왔고, 특히 여자들에게 인기가 많았다. 누구와도 금방 친해지는 성격에 진중하지 못했으며, 충동적이고 인심 좋은 남자였다. 잘못에 관대했고, 삶의 원칙에는 체질적으로 느슨했다. 특히 여자 문제에 관해서는 못 말릴 정도로 도덕적 해이가 심해서 원성이 자자했다. 그게 바로 우리가 그에 대해 알고 있는 사실과 됨됨이였다. 그렇다면 뻔한 추론을 끌어내는 게 그리 어려운 일이란 말인가?

새롭게 밝혀진 사실이 비추는 빛으로 다시 읽어본 캐서릭 부인의 편지는 그녀의 의도와는 무관하게 미약하게나마 내 심증을 굳히는 데 보탬이 되었다. 그녀는 페어리 부인에 대해 이렇게 말하고 있었다. '그런 평범하기 짝이 없는 외모로 영국 최고의 미남자를 낚아챘는지' 지금도 의아스럽다고 말이다. 이 두 주장 모두 근거가 없으며 사실과도 달랐다. 나는 그녀의 질투에 찬 증오가 그녀로 하여금 굳이 편지에 이런 말을 쓰지 않아도 될 상황에서 페어리 부인을 무례하게 폄하하게 만들었다고 생각했다.

페어리 부인의 등장은 자연스레 다음과 같은 의문을 가져온다. 과연 그녀는 앤이 리머리지로 왔을 때, 그 아이가 누구의 딸인지 전혀 몰랐을까?

이 점에 대해서는 마리안이 적극적으로 증언해 주었다. 일전에 내게 말해 준 페어리 부인의 편지들, 앤이 로라를 너무도 빼닮았다는 내용, 이 낯선 소녀에게 남모를 애정을 지니게 되었다는 내용, 이런 점들로 미루어볼 때 의심의 여지없이 페어리 부인은 순수한 연민으로 앤을 좋아했던 것 같다. 게다가 더 생각해 보니 필립 페어리 씨조차 아내만큼이나 그 사실을 깊이 고민해 보지 않았으리라는 생각이 들었다. 또한 불명예스러운 결혼, 그 결혼의 목적이었던 모종의 은폐 기도 안에서 캐서릭 부인도 자기 자신의 명예를 위해 앤의 부친에 대한 진실을 함구했을 것이다.

이러한 추측이 머릿속을 떠다니는 가운데 성경 한 구절이 문득 떠올랐다.

'아비의 죄악이 그 자식에게 전해지나니!'

이 무섭고도 섬뜩하기 이를 데 없는 경고가 마음속에 불쑥 솟았다. 아버지로부터 난 두 딸이 그렇게 판에 박은 것처럼 닮지만 않았어도, 순진한 앤은 그처럼 범죄의 도구로 이용당하지 않았을 것이며, 로라도 무고한 희생자가 되지 않았을 것이다. 결국 아버지의 생각 없는 부정한 행동이 그 자식들에게 무자비한 고통의 사슬로 이어진 것이다.

이런저런 상념들이 지금 컴벌랜드 교외 무덤에 묻힌 앤 캐서릭을 생각나게 했다. 나는 페어리 부인의 무덤가에서 마지막으로 그녀를 만났던 지난 시간들을 생각했다. 그녀가 그 연약한 손으로 하염없이 묘비를 두드리던 모습이 떠올랐다. 자기를 애지중지해 주었던 페어리 부인을 향해 허공에 읊조렸던 그 비탄과 비애의 말들이 떠올랐다.

"아, 나도 죽어서 이 곁에 함께 누울 수만 있다면!"

그 말을 한 지도 벌써 1년이었다. 그 소원이 얼마나 잔혹하고 끔찍한 결과로 이뤄졌는가. 그녀가 호숫가에서 로라에게 말했던 그 소원이 마침내 어떤 모습으로 나타났는가.

"오! 부디 아가씨 어머니 곁에 함께 묻힐 수만 있다면! 죽지 않더라도 그 무덤에 나란히 누울 수만 있다면! 천사의 나팔소리가 무덤 속의 죽은 자들을 깨울 때 그분 옆에서 다시 잠을 깰 수 있다면!"

그 버려진 여인은 하나님의 손길을 좇아 그토록 원했던 곳으로 가기까지 얼마나 사악한 범죄와 공포를 겪어야 했는가. 이 얼마나 어이없고 기막힌 소원의 성취인가. 그녀가 원한 소원의 결말은 결코 이런 게 아니었을 것이다. 그러니 그녀도 그곳에 편히 쉬게 해야 한다. 쓸쓸한 주검의 벗과 함께 그녀도 잠들도록 해야 한다.

이렇게 내 삶에서 그랬던 것처럼 이 진술에서도 출몰했던 유령의 형상은 깊은 어둠 속으로 사라졌다. 그녀는 달 밝은 외로운 밤에 그림자처럼 내게 나타났듯이, 이제 또다시 그림자처럼 죽음의 고독 속으로 사라져버렸다.

3

넉 달이 흘러 4월이 왔다. 봄의 계절, 변화의 계절이었다.

우리는 겨울 내내 새로 이사한 집에서 평화롭고 행복한 시간을 보냈다. 나는 이 기간을 활용해 가급적 많은 일감을 얻어 생활에 필요한 비용을 넉넉히 벌 수 있었다. 그간 시달렸던 긴장과 걱정에서 벗어난 마리안은 놀랄 정도로 옛날 모습으로 돌아갔다. 기지를 되찾고 눈가에는 넘치는 활력이 되살아났다. 예전의 그녀의 모습을 다시 보는 건 내게 큰 즐거움이자 힘이었다.

언니보다 세상살이의 짐에서 거의 자유로운 로라는 금방 새로운 환경에 적응했다. 그녀에게는 적응 자체가 치료였다. 실제보다 훨씬 나이 들어 보이던 수척한 얼굴과 초췌한 표정이 말끔히 가시고 다시 옛날의 순수함과 고운 온기가 얼굴에 완연해졌다. 그녀를 처음 봤을 때 느꼈던 그 중요한 매력들이 되살아난 것이다.

단 하나, 여전히 로라와 마리안, 그리고 나를 안타깝게 만든 것은 두 남자가 만들어낸 상처의 흔적이 여전히 로라에게 흉터처럼 남아 있다는 점이었다. 그녀는 블랙워터 파크를 떠난 뒤 리머리지 묘지에서 나와 재회하기까지의 시간에 대해 조금이라도 말하려 치면, 금방 평소의 활발함과 다정함을 잃고 몸조차 가누지 못했다. 온몸을 부르르 떨며 안절부절못했다. 기억은 다시 바람에 떠도는 낙엽처럼 헤매고, 말은 횡설수설로 가득 찼다. 치유하기에는 너무 깊은 고통의 흔적이었다.

그러나 그 외에 모든 면에서는 거의 모든 것이 본래의 모습으로 돌아오고 있어서, 밝아 보이는 날에는 완벽하게 옛날의 로라를 보는 듯했다. 이 행복한 변화는 당연히 우리 둘 사이에도 자연스러운 결과를 가져왔다. 마침내 긴 혼수상태에서 깨어나 컴벌랜드에서 나눴던 기억이 둘 사이에 새록새록 떠올랐다. 그것은 우리가 나눴던 사랑의 추억들이었다.

우리는 점점 이상할 정도로 어색하게 서로를 대하기 시작했다. 그녀가 슬픔과 고통 속에서 헤맸을 때는, 언제나 자연스럽게 아침에 만나거나 밤에 헤어질 때 입을 맞추곤 했다. 그런데 이제는 그 입맞춤을 할 수 없게 되었다. 손을 잡을 때도 마찬가지로 떨렸다. 마리안이 없을 때면 시선도 오래 나누지 못했고, 단둘이 있을 때 주고받는 말도 금방 침묵으로 돌변하곤 했다. 우연히 몸이 닿기라도 하면 마치 리머리지 하우스에서처럼 가슴이 쿵쿵거렸다. 그녀의 얼굴에 피어나는 홍조를 볼 때마다 다시 선생과 학생이 되어 리머리지 언덕으로 돌아가 있는 듯했다.

로라는 종종 긴 상념과 침묵에 빠지곤 했는데, 마리안이 무슨 생각을 하냐고 물어도 말하려 하지 않았다. 나도 마찬가지였다. 그녀를 처음 만났던 별장에서 그렸던 로라의 수채화 초상화를 머릿속으로 그리며 깊은 생각에 잠기느라 일까지도 손 놓은 자신을 발견하고 놀라곤 했다. 마치 그 옛날, 로라를 생각하느라 페어리 씨의 작업을 못했던 것처럼 말이다.

상황은 그때와 달랐지만, 우리가 나눴던 그 황금 같은 시절의 어색한 느낌이 사랑과 함께 되돌아온 것 같았다. 이제 시간은 우리가 처음 기약했던 그날의 부서진 난파선을 거슬러 올라가 친숙했던 해변을 다시 거닐고 있었다.

만일 그녀가 다른 여자였다면 심중에서 갈팡질팡 품고 있던 결정적인 한 마디를 진작 했을 것이다. 그런데 지금 상황으로는 그럴 수 없었다. 로라는 혼자 설 수 없는 위치였고, 내 굳센 인내와 관대함에 의존하는 외로운 신세였다. 또한 그녀의 내밀한 감정을 너무 일찍 건드리는 건 아닐까 하는 두려움 때문에 꾹 참고 기다려야 했다.

무엇보다 시급한 건 우리 사이의 변화였다. 즉 앞날을 위해 내가 해야 할 그 말이 로라에게 큰 충격으로 다가가지 않도록 뭔가 변화가 선행되어야 했다. 겨울 내내 우리 셋 사이의 가정적인 분위기는 여전했지만 그녀와의 관계가 어색해질수록 뭔가 변화가 필요하다는 생각도 강해졌다. 내 마음에서 일어나는 동요를 뭐라고 꼬집어 설명할 수는 없었다. 그러나 지금껏 우리는 판에 박힌 단조로운 생활을 했다. 각자의 상태는 변했는데 살아가는 방식은 변함없다는 것이 더 나를 답답하게 만들었다. 특히 로라와의 어색한 관계가 그랬다.

내가 앞으로 그녀와 마리안에게 털어놓게 될 말의 충격을 완화시키기 위해서라도, 그 말이 우리 관계를 한층 더 친밀하게 만들 수 있도록 뭔가 변화가 반드시 필요했다.

나는 이런 목적으로 어느 날 아침, 긴 휴가를 떠나서 기분 전환을 하자고 제안했다. 생각 끝에 우리는 2주 동안 바닷가로 가기로 결정했다.

다음날 우리는 풀햄을 떠나 남쪽의 한 조용한 해안 도시로 향했다. 아직 이른 철이라 우리 외에는 관광객들이 거의 없었다. 텅 빈 절벽들과 해변과 내륙의 길들이 우리에게는 반가운 한적함을 선사했다. 공기는 온화했고, 언덕 위와 숲과 눈 아래 경치가 봄날의 빛과 그림자의 변화무쌍함 속에서 다채롭게 펼쳐졌다. 바로 아래에서 파도가 거세게 밀려와 끊임없이 부딪치고 솟구쳤다. 육지 식물들이 땅을 비집고 솟구쳐 오르듯 파도도 그칠 줄 모르고 오르내렸다.

나는 로라에게 먼저 내 뜻을 말하기 전에 우선 마리안에게 의견을 청하기로 했다.

도착한 지 사흘째 되는 날, 마침내 마리안과 단둘이 이야기할 좋은 기회가 생겼다. 우리가 서로를 바라보는 순간, 마리안은 내가 입을 열기도 전에 직관적으로 내 마음을 읽고는 특유의 솔직함과 활달함으로 먼저 말을 시작했다.

"아마 햄프셔에서 돌아오자마자 제게 했던 말을 한시도 잊지 않고 계셨겠지요. 저 역시 시간이 지나면 당신 입에서 다시 그 말이 나올 거라고 예상했고요. 우리의 작은 가정에도 이제 변화가 필요해요, 월터. 지금 이 상태로는 더 가기 어렵지요. 당신만큼 나도 그 점을 잘 알고 있어요. 로라도 비록 말은 안 하지만 그렇게 생각하고 있고요. 생각해 보세요. 우리가 이렇게 다시 컴벌랜드의 옛날로 돌아온 게 너무 신기하지 않아요? 지금 저 바닷가 파도 소리는 우리 집에서 듣던 파도 소리와 다를 바가 없군요."

"당시에도 당신의 조언이 나를 바른 길로 이끌어주었지요."

내가 침착하게 말했다.

"이제, 그것보다 더 필요한 조언을 받아야 할 때군요."

그녀는 과거를 돌이키는 내 말에 대답하는 대신, 그저 내 손을 꼭 쥐었다. 그녀는 깊은 감동에 젖어 있는 것 같았다. 우리는 나란히 창가에 앉아 있었다. 광활하게 펼쳐진 장엄한 바다가 찬란한 햇빛을 받아 빛나고 있었다.

"당신과 나의 신뢰 관계가 무엇이 되었건, 그것이 나를 어떤 결말로 이끌건, 로라의 행복은 곧 내 인생의 행복입니다. 내게는 아직 못 다한 막중한 임무가 있소. 공모자의 입에서 얻지 못한 음모의 자백을 백작에게서 받는 일입니다. 난 한시도 그 결심을 내 마음에서 지운 적이 없어요. 이곳을 떠날 때 어떤 결론을 내고 떠나건, 그 사실만큼은 결코 흔들림 없을 겁니다. 당신도 나도 백작을 궁지로 몰면 그가 어떻게 공격해 올지 모르고 있습니다. 다만 확실한 건 그에게는 나를 충분히 때려눕힐 힘이 있고, 그 힘을 로라를 통해서 내게 쓸 것이고, 더는 망설이거나 인정사정을 봐주지 않을 것이라는 점입니다. 그런데 지금 우리 사이에는 사회나 법이 인정하는 그 어떤 관계도 성립되지 않습니다. 만일 나와 로라 사이에 뭔가 법적이고 인정할 만한 관계가 성립되지 않는다면, 백작과 대항할 힘이나 필연성도 약해질 거요. 즉 싸울 명분도 이유도 약해진다는 겁니다. 그녀를 지키려면 우리의 관계가 지금보다 확실해야 합니다. 지금의 상태로서는 시작부터 불리합니다. 백작과 일전을 벌이려면, 로라가 바로 내 여인이라는, 다름 아닌 내 아내라는 당위성이 절대적으로 필요합니다. 어떻게 생각합니까, 마리안?"

"말할 필요도 없지요."

그녀가 대답했다.

"난 내 감정 때문에 이런 말을 하는 게 아닙니다."

내가 말을 계속했다.

"온갖 고난과 역경을 헤쳐 온 사랑을 위해서 이러는 것도 아닙니다. 그녀를 아내로 맞이하고 싶다는 뜻을 스스로 변호한다면 지금 말한 것이 그 이유의 전부입니다. 백작의 입으로 진실을 자백하게 하는 것만이 로라의 존재를 공개적으로 회복시키는 최후의 방법이라면, 지금 제가 원하는 이 결혼이 나 자신의 이기심에서 나온 것이 아님을 당신도 잘 알리라 믿습니다. 하지만 내 판단이 그릇될 수도 있지요. 이 방법 외에 더 안전하고 확실한 방법이 있을지도 모르지요. 그 동안 진심으로 그런 방법이 있을까 생각했지만 결국 찾지 못했소. 당신은 어떻습니까?"

"저도 그래요. 생각해 봤지만 허사였어요."

나는 말을 멈추지 않았다.

"아마 십중팔구 당신도 나와 똑같은 생각의 과정을 밟았을 겁니다. 이제 로라가 원래 모습으로 돌아왔으니 그녀를 데리고 리머리지로 가야 하는 건 아닐까, 거기서 마을 사람들과 학교 아이들로 하여금 그녀를 알아보도록 하는 건 어떨까? 필체를 감정 받는 건 어떨까? 만일 그랬다고 치죠. 그래서 사람들이 그녀를 알아보고 필체도 정확하다고 감정을 받았다고 해보지요. 이 두 경우가 과연 법정에서 사실적인 증거보다 큰 효력을 가질까요? 즉 이런 것들이 로라의 고모가 내밀 증언, 사망 증명서가 제시할 증거, 장례식과 묘비의 실체를 부인한 다음, 결국 페어리 씨로 하여금 그녀의 존재를 인정하고 다시 환대하도록 만들 수 있을까요?

천만에요! 그렇게 만들 수 있는 유일한 길은 그녀의 사망 사실에 심각한 의문을 던지게 하는 것뿐이오. 법정이 끝끝내 밝혀내려고 달려들 정도의 의문이어야 합니다. 지금까지 못 그랬지만 그 경우 결실을 맺기 위해서는 법적인 조사를 감당할 만큼 충분한 돈을 모아야 합니다. 게다가 페어리 씨의 편견이 전혀 근거 없다는 것을 밝히고, 백작과 그의 아내의 증언, 다른 모든 거짓 증언들을 체계적으로 반박해야 합니다. 사람들이 로라의 실체를 인정했더라도 그 로라가 앤 캐서릭이 아니라는 사실을 증명해야 하며, 로라의 필체가 정교한 솜씨로 갈고닦은 결과물이 아니라는 주장도 차단해야 합니다. 하지만 일단은 그 문제들을 해결했다고 치지요. 그 다음에 자문해 볼 점은 음모와 관련해 로라를 대상으로 첫 심리가 이루어진다면 그 결과가 어떨까 하는 것입니다.

우린 당연히 그 결과가 어떨지 잘 알고 있습니다. 그녀는 아직도 런던에서 일어난 일에 대해서는 아무것도 기억하지 못하니까요. 사적으로 조사한들, 공적으로 조사한들, 그녀는 자기 입장을 옹호할 능력이 전혀 없는 상태입니다. 마리안, 만일 이에 대해 나만큼 강한 확신을 가지지 않고 있다면 당장 내일 리머리지로 가볼 수도 있습니다."

"저도 당신만큼이나 잘 알고 있어요, 월터. 만일 우리에게 법정

비용을 충분히 충당할 돈이 있다고 해도, 결국 법으로 이긴다 해도, 그 지루한 법정 공방은 정말 견디기 힘들 거예요. 끝없는 법정 싸움은 이미 지칠 대로 지친 우리에게는 감당하기 벅찰 거예요. 리머리지에 가봤자 별 소용없다는 당신 말이 맞아요. 백작과의 마지막 기회를 노리는 것 외에는 다른 수가 없다는 말에도 저는 공감해요. 그런데 정말 백작의 자백이 사태를 해결할 수 있을까요?"

"충분하죠. 됩니다. 그걸로 로라가 런던까지 여행했던 잃어버린 시간을 되찾을 수 있을 겁니다. 나는 여전히 로라의 여행 날짜와 사망 날짜가 불일치한다고 확신합니다. 바로 그게 이 음모가 남긴 허술한 약점입니다. 우리는 그것을 통해 진실을 되찾아야 해요. 그 점만 밝혀내면 지금까지의 모든 거짓들도 산산조각 날 겁니다. 이게 바로 백작을 손아귀에 쥐어야 하는 이유입니다. 만일 백작으로부터 그 부분만 자백을 받을 수 있다면, 당신이나 나나 여한이 없게 될 겁니다. 만일 이 일에 실패한다면 로라가 당한 손해를 영원히 바로잡기 어려워질 겁니다."

"월터, 실패할까 겁이 나진 않나요?"

"감히 성공을 장담하지는 못하겠소. 마리안, 지금 내가 구구절절 말한 것도 그 때문입니다. 내 진심과 양심을 걸고 다시 말하지요. 로라의 앞날에 대한 희망이 점점 희미해지고 있소. 이제 로라의 지위와 재산은 이미 죄다 사라지고 없어요. 하지만 더 명백한 사실이 있소. 그녀가 원래의 위치를 회복할 마지막 기회가 바로 가장 지독한 원수인 이 남자의 손에 달려 있다는 점입니다. 지금 그 작자는 막강한 힘을 가지고 있고, 마지막까지 그렇게 막강한 힘을 가지고 남아 있게 될지도 모릅니다. 세상의 모든 기득권들이 그녀에게서 떠나버린 상태입니다. 앞으로 전개될 미래는 암담하고, 지금 말하는 것보다 더 험할 겁니다. 그녀의 명예와 지위를 되찾는 게 아예 불가능할지도 모릅니다. 그녀에게 남은 힘이라고는 오직 남편밖엔 없습니다. 바로 초라하고 가진 것 없는 그림 선생뿐이지요. 그녀의 남편만이 그녀를 위해 모든 것을 걸고 위험도 불사할 겁니다. 마리안, 그녀가 높은 자리에서 명예롭게 지낼 때 나는 한낱 가난한 그림 교사였습니다. 나는 그녀의 손을 지도했지요. 마리안, 이제는 그 손을 내 아내의 손으로서 쥐기를 바랍니다."

마리안의 연민에 가득 찬 두 눈이 내 눈과 마주쳤다. 나는 더는 말을 잇지 못했다. 가슴은 감정으로 북받쳤고, 입술은 떨리고 있었다. 나도 모르게 그녀의 동정을 얻고 싶은 강한 충동에 휩싸였다. 나는 서둘러 일어나서 방을 나가려 했다. 그러나 마리안이 함께 일어나더니 내 어깨에 손을 얹으며 나를 제지했다. 그녀가 말했다.

"월터, 지난번에 당신을 떠나보낸 건 두 사람 모두의 행복을 위해서였어요. 오늘은 여기서 기다려요. 내가 세상에서 가장 좋아하고 아끼는 친구로서 말이에요. 로라가 직접 와서 내가 지금 말한 것을 모두 말해 줄 때까지 기다려주세요."

그날 아침 리머리지에서의 고별 인사 이후, 처음으로 그녀가 내 이마에 입술을 맞추었다. 그 순간 참았던 눈물이 흘렀다. 그녀가 재빨리 고개를 돌리고 내가 일어났던 자리를 가리키고는 방을 급히 나갔다.

나는 혼자 방에 남아 인생의 일대 고비를 넘기고 있었다. 내 머리는 텅 비었고, 내 마음은 사랑스러운 모든 것들을 고통스러울 정도로 강렬하게 느끼고 있었다. 태양은 눈이 멀 정도로 밝게 떠올랐고, 서로를 좇으며 멀리서 날아오는 갈매기의 움직임은 내 얼굴을 향해 급속도로 달려드는 것만 같았다. 부드럽게 찰랑이는 파도 소리가 귓전을 천둥처럼 때렸다.

문이 열리고 로라가 혼자서 들어왔다. 리머리지에서 헤어지던 날에도 그녀는 저렇게 홀로 식당을 걸어 들어왔다. 천천히 그리고 머뭇거리면서 슬픔과 망설임으로 가득한 얼굴로 다가온 적이 있었다.

그런데 아니었다. 지금은 아니었다. 그녀는 환한 기쁨과 미소를 머금은 채 오랫동안 헤어져 있던 첫사랑에게 달려오듯이 나에게로 뛰어왔다. 그녀의 상냥한 두 팔이 나를 끌어안았다. 곧이어 그녀의 입술이 내 입술에 뜨겁게 닿았다.

"사랑해요!"

그녀가 속삭였다.

"이제 우리 사랑할 수 있는 거죠?"

그녀는 만족감에 가득 젖은 얼굴을 내 가슴에 묻었다. 그리고는 천진난만하게 말했다.

"결국 이렇게 행복해졌어요!"

열흘 후, 우리는 더 행복해졌다. 우리는 결혼했다.

4

이 진술은 흐름에 따라 진행되어야 하는 만큼, 부득이 이야기를 신혼 생활의 아침 대신 신혼의 끝으로 옮겨갈까 한다.

우리는 2주쯤 더 지나서야 런던으로 돌아왔다. 다가올 싸움의 그림자가 우리의 머리를 뒤덮고 있었다.

우리가 그토록 급하게 런던으로 돌아온 이유는, 조심스레 로라에게 그 핑계를 돌려야겠다. 백작의 존재를 확인해야 했기 때문이다. 존 우드 가의 임대 계약은 6월이면 끝나게 되어 있었고, 우리가 돌아온 건 5월이었다. 만일 백작이 재계약을 한다면(길게 설명할 수는 없지만 나는 그가 재계약을 하리라는 강한 예감이 들었다) 나를 피하지 않겠다는 뜻임이 분명했다. 그러나 예상과 달리 영국을 떠난다면, 최대한 그와의 대결을 위해 완전무장할 필요가 있었다.

너무 행복에 젖은 나머지, 그런 때도 있었다. 그토록 원하던 인생의 최종 목적인 로라의 사랑을 얻은 이상, 그냥 이 안락한 행복의 시간에 안주하고 싶다는 유혹을 느꼈다. 처음으로 내가 감당해야 할 위험의 크기와 내 불리한 상황에 두려움을 느꼈다. 그토록 기다렸던 기회이자 유일한 희망이었던 것이 역설적으로 내 행복에 대한 위협으로 변해서 나를 역습했다. 새롭게 펼쳐지기 시작한 우리의 이 달콤한 시간을 엄습하는 위협 말이다. 엄청난 노력과 시련 끝에 얻어낸 이 진정한 행복이 그로 인해 한 순간에 송두리째 뿌리 뽑힐지 모른다는 두려움이 덮쳐왔다.

그래, 인정할 건 인정하자. 잠시 동안 감미로운 사랑에 도취된 나는 진심으로 기다렸던 목표로부터 멀리 벗어나, 다가올 어두운 운명의 그림자를 지워버리고 싶어 했다. 로라는 순수한 마음에서 나를 그 험난한 길에서 벗어나도록 유혹했다. 하지만 같은 이유로 나를 그 길로 다시 돌려보냈다.

때로 그녀는 여전히 과거의 일을 꿈속에서 마주치곤 했다. 그 꿈들은 그녀가 평소에는 갈피를 못 잡고 고통스러워하는 부분들을 조각조각 보여주며 기억을 일깨웠다. 결혼한 지 2주쯤 지났을까, 밤에 그녀의 잠든 모습을 가만히 내려다보는데 그녀의 감은 두 눈에서 눈물이 흘러내렸다. 또한 입술에서 중얼거리는 소리가 흘러나왔는데, 블랙워터 파크를 떠났던 시절의 꿈을 꾸는 듯했다. 그 조용한 잠든 모습에서 터져 나온 호소가 불길처럼 내 마음을 뚫고 지나갔다. 바로 다음날 런던으로 돌아오면서 나는 내 결의를 열 배는 더 단단히 했다.

제일 먼저 알아야 할 건 백작이라는 남자의 정체였다. 지금까지 나는 그가 어떻게 살아왔는지 알 길이 없었다. 나는 내가 쥔 변변치 못한 자료만으로 그의 정체를 파악하기 시작했다.

먼저 프레더릭 페어리 씨의 진술(그해 겨울 내 지침을 받고 마리안이 확보한 것이었다)은 지금 내가 가지고 있던 목적에는 별 도움이 되지 않았다. 나는 그의 글을 읽으면서 클레먼츠 부인와의 만남을 통해 알게 된 내용들을 다시 곰곰이 짚어보았다. 앤 캐서릭을 런던으로 다시 돌아오게 만들 일련의 거짓말들을 말이다. 결국 그 때문에 앤은 음모의 희생양이 되고 말았다. 그런데 이때도 역시 백작은 온전히 자신을 드러내지 않았다.

다음으로 나는 블랙워터 파크로 여행했던 마리안에게 눈길을 돌렸다. 마리안은 내 요청에 따라 다시금 과거에 자신이 백작에게 느꼈던 호기심을 언급한 일기를 보여주고, 그와 관련해 발견한 특이한 내용들을 말해 주었다.

거기서 내 관심을 끈 부분은, 바로 그의 성격과 용모에 대한 언급이었다. 그녀는 그를 이렇게 묘사하고 있었다.

"과거 몇 년간 고국 땅을 밟지 못했던 것", "블랙워터 파크 근처 마을에 어떤 이탈리아 인이 살고 있지 않은지 무척 궁금해 했던 것", 나아가 그가 "온갖 종류의 소인이 찍힌 편지"들을 받았고, "공적인 것으로 보이는 봉인이 찍힌 편지"도 언급했다. 즉 그녀는 백작이 오랫동안 고국을 가지 못한 것을 정치적 추방과 연결 지으려 했다. 하지만 그 추정과 공적인 것으로 보이는 봉인이 찍힌 편지를 외국에서 받는 것과는 어울리지 않았다. 정치 망명객이 외국 우체국에서 그렇게 눈에 띠는 환대의 편지를 받는다는 것은 사실 모순이었기 때문이다.

일기장에 적힌 내용을 나의 추정으로 엮어가다 보니, 이전에는 생각해 보지 않았던 한 가지 결론에 다다랐다. 일전에 로라는 블랙워터 파크에서 마리안에게 이렇게 말한 적이 있었다. 백작부인이 문밖에서 들었던 내용, 즉 백작은 스파이라고 말이다.

당시만 해도 로라는 이 말을 백작이 자기에게 한 기분 나쁜 행동과 관련해 무심코 했다. 하지만 그의 정체를 밝히려는 노심초사 끝에 나는 그가 진짜 스파이일지 모른다는 의심을 굳혔다. 이 추정에서 보면, 그가 왜 지금껏 영국에 남아 있는지, 음모가 성공했는데도 불구하고 왜 떠나지 않고 있는지 충분히 설명할 수 있었다.

당시는 그 유명한 하이드파크에서 만국박람회가 열렸던 해다. 수많은 외국인들이 이 전시회를 보기 위해 영국으로 끊임없이 밀려들었다. 그런데 그중 수백 명을 넘는 남자들은 그들을 의심하는 본국의 정보원을 통해 암암리에 영국에서까지 추적을 당하고 있었다. 내가 추정하는 바로는, 백작 정도의 능력과 지위라면 평범한 외국인 첩자가 아닐 것이다. 그는 정부로부터 신임을 톡톡히 받고 있는 비밀리에 종사하는 정부 고위직일 것이며, 남자와 여자로 구성된 조직을 거느리고 있을 것이다. 그러자 블랙워터 파크에서 너무 시기적절하게 간호사 역할을 맡게 된 루벨 부인도 그가 거느리는 일원들 중에 하나라는 추론이 나왔다.

이 추정이 사실이라면 그를 공략하기도 한층 수월해졌다. 나는 그의 정체와 과거에 대해 지금까지 알게 된 이상의 정보를 누구를 통해 더 알 수 있을까 고민했다.

그러자 지금으로서는 그와 같은 나라 태생이 도움을 주기에 적합하다는 생각이 들었다. 이런 저런 궁리 끝에 내 머릿속에 한 사람이 또렷이 떠올랐다. 바로 나와 지독히도 절친하게 지냈던 그 작고 별난 친구, 페스카 교수였다.

* * * * *

페스카 교수는 내 이야기 속에서 너무 오래 언급되지 않아서 자칫 잊어버릴 뻔했다. 이런 이야기들은 사건의 전개 과정에 따라 관련 인물이 나타나는 것이 당연하다. 그들은 나타났다 사라진다. 그것은 내 개인적인 감정에 의한 것이 아니라, 사건이 그들을 호출했을 뿐이다.

이런 이유 때문에 페스카 교수뿐만 아닌 내 어머니와 여동생도 오랫동안 언급되지 않았다. 햄스테드 별장에 찾아갔던 일, 음모로 인해 로라가 정체성을 빼앗긴 뒤 내 어머니가 로라의 생존을 절대 믿지 않으려 했던 일, 나에 대한 애정이 강한 만큼 내 집요한 설득에도 완강히 내 말을 거부했던 어머니와 여동생의 태도, 그런 완고한 선입견 때문에 로라와의 결혼 사실을 차마 말 못하고 가슴에 묻어야 했던 내 고통, 이 모든 사소한 이야기는 전혀 언급되지 않았다.

이유는 간단했다. 사건의 전개상 그 일들이 그리 중요하지 않았기 때문이다. 내 가족들이 내게 실망감과 근심을 안겨줬다 해도 사건의 전개에는 아무런 영향을 미치지 못했다. 상황은 꾸준히 아무 동요 없이 내 가족들 곁을 지나쳐왔다.

그런 이유로 내가 리머리지에서 일자리를 잃은 후 다시 만나게 되었을 때, 페스카가 보여 준 형제애와 넘치는 위로의 말도 일체 언급하지 않았다. 더불어 내가 중앙아메리카로 떠나게 되었을 때 항구까지 마중을 나왔던 내 작고 인정 많은 친구의 의리, 런던에서 다시 만났을 때 펼쳐진 그 호들갑스런 재회의 기쁨에 대해서도 적지 않았다. 그가 나를 위해 보여준 그 진정한 우애에 보답하려 했다면, 적어도 훨씬 전에 이것을 약간이나마 언급했어야 도리일 것이다.

그는 내가 영국에 돌아온 뒤 나를 돕겠다고 했다. 물론 그는 내가 요구하면 모든 용기와 힘을 다해 도왔겠지만, 나는 선뜻 내키지 않아 그의 지원 없이 홀로 모든 조사를 해왔다.

이제 이 글을 보는 이들도, 시금까지 언급이 없었음에도 나와 그가 친분을 유지해 왔다는 것을 충분히 납득했을 것이다. 그는 인연을 맺은 이후 내게 늘 진실한 친구였고 늘 마음을 열 준비가 되어 있는 충정 어린 친구였다.

페스카에게 도움을 요청하기 전에, 내가 맞닥뜨리게 될 자가 어떤 종류의 인물인지 확인할 필요가 있었다. 지금까지 나는 한 번도 포스코 백작을 직접 본 적이 없었다.

마리안과 로라와 런던으로 돌아온 지 사흘째 되는 날 아침, 나는 그를 보러 혼자서 존 우드 가 포레스트 도로로 향했다. 시간은 10시에서 11시 사이였다. 날씨가 너무 좋아서 그가 산책을 나올지 모른다는 생각에서였다. 나는 벌건 대낮에 그가 나를 본다 해도 내 정체를 들키지 않을 것이라고 확신했다. 그가 나를 직접 본 것은 집까지 뒤를 쫓았던 한밤중의 미행 때문이었기 때문이다.

집의 창문은 모두 닫혀 있었다. 나는 걸음을 옮겨 천천히 집 옆으로 돌아 낮은 정원 담벼락 너머를 훔쳐보았다. 집 뒤 창문 하나가 활짝 열려 있고, 그 위로 망사로 된 가리개가 쳐져 있었다. 아무도 보이지 않았다.

순간 방 안에서 찢어지는 듯한 휘파람 소리에 이어 새들의 지저귀는 소리가 들렸다. 마지막으로 우렁차게 울려 퍼지는 낯익은 목소리도 들었다. 비록 처음 들었지만 마리안의 설명을 통해 그것이 누구의 목소리인지는 금방 알 수 있었다.

"자 이리 온, 내 귀여운 녀석들, 어서 손가락 위로 올라오너라. 올라와서 껑충 뛰어 걸음을 옮겨라. 위로 하나 둘 셋, 그렇지! 다시 아래로 하나 둘 셋, 그렇지!"

그는 블랙워터 파크에서도 그랬듯이 카나리아를 훈련시키고 있는 중이었다.

나는 그 자리에 발걸음을 멈추고 기다렸다. 그러자 새의 지저귐이 뚝 멈췄다.

"이리 와서 입맞춰주렴, 그렇지! 귀여운 녀석!"

굵직한 목소리가 다시 들렸다. 답례하듯 짹짹거리는 소리도 들렸다. 낮고 기름진 웃음, 1분쯤의 정적, 그런 뒤 문이 열리는 소리가 들렸다. 나는 몸을 돌려 왔던 길로 다시 발걸음을 돌렸다. 로시니의 오페라 〈이집트의 모세〉의 장엄한 멜로디가 당당한 저음으로 들려오다가 조용한 교외의 정적을 뚫고 울려 퍼졌다. 건물에 있는 정원 문이 열리고 닫혔다. 백작이 밖으로 나왔다.

그는 길을 건너 리젠트 공원의 서쪽 경계선을 향해 걸어갔다. 나는 그와 일정한 거리를 두고 그의 뒤에서 걸었다.

마리안은 일전에 그가 큰 키에 아주 뚱뚱하고, 눈에 띄는 화려한 복장을 하고 있을 것이라고 일러준 바 있었다. 하지만 그의 생기와 활력과 혈기에 넘치는 남성성을 언급한 적은 없었다. 그는 예순에 접어들었으면서도 마흔도 안 된 사람처럼 움직였다. 모자를 한쪽으로 약간 기울여 쓰고는 경쾌한 발걸음으로 거리를 활보하면서, 큰 지팡이를 휘젓고 혼자 뭔가를 흥얼거리고, 때때로 양 옆의 집과 정원들을 흐뭇한 눈으로 음미하면서 걸어갔다. 이곳에 처음 온 사람이라면 이 지역 전체가 그의 소유라고 말해도 의심하지 않고 순순히 받아들였을 만한 태도였다.

그는 결코 뒤를 돌아보지 않았다. 주변의 지나가는 행인들에게도 시선을 주지도 않았다. 간간이 거리에서 만나는 보모나 아이들에게만 선량하고 점잔 빼는 미소와 웃음을 지어 보였다. 그는 공원의 서쪽 테라스 바깥에 상점들이 모여 있는 곳에 이를 때까지 그렇게 계속 걸었다.

이곳에 이르자 그는 과자 상점 앞에서 걸음을 멈추더니 안으로 들어갔다. 그러더니 금빙 손에는 과일 파이 하나를 들고 다시 밖으로 나왔다. 식당 앞에는 오르간 연주자가 연주를 하고 있었고, 그 오르간 위에 깡마른 원숭이 한 마리가 초라한 모습으로 쭈그리고 앉아 있었다. 그 모습을 본 백작은 들고 있던 파이를 한 입 베어 문 다음 나머지를 원숭이에게 주었다.

"불쌍한 어린 것!"

이상할 정도로 부드러운 목소리로 그가 원숭이에게 말을 건넸다.

"무척 배가 고파 보이는구나. 인간애의 거룩한 이름으로, 내가 너에게 점심 한 끼를 주지!"

이 모습을 본 오르간 연주자도 손을 내밀고 그를 애타게 바라봤지만, 그는 냉소 어린 미소만 남기고 계속 걸음을 옮겼다.

우리는 아까보다 더 고급스러운 가게들이 들어선 거리에 도착했다. 백작은 다시 걸음을 멈추고 작은 안경 가게로 들어갔다. 그리고 잠시 후 손에 오페라글라스를 쥐고 밖으로 나왔다. 그는 몇 걸음 더 걸어가더니 음반 가게에 붙어 있는 오페라 포스터 앞에서 걸음을 멈추고 자세히 들여다보았다. 한참을 보더니 잠시 생각에 잠겼다가 옆을 지나가는 빈 마차를 향해 소리쳤다.

"오페라 극장으로!"

그는 마부에게 말하자마자 순식간에 마차를 타고 사라졌다.

나는 거리를 건너 포스터를 살폈다. 오페라는 그날 저녁 공연이라고 적혀 있었다. 백작이 오페라글라스를 사서 나온 것이나, 포스터를 유심히 살핀 것이나, 마부에게 소리친 걸로 볼 때, 그가 오늘 저녁에 뭘 할지 짐작이 가고도 남았다.

나와 내 친구 모두 그 극장에 어렵지 않게 들어갈 수 있었다. 극장 옆에서 무대그림을 그리는 친구가 있었는데 오래전부터 잘 알고 지내던 사이였기 때문이다. 드디어 페스카가 같은 나라 출신인 백작을 아는지 모르는지 확인할 기회가 온 것이다.

이것으로 그날 저녁 스케줄은 정해졌다. 나는 필요한 입장권을 구입한 다음 돌아오는 길에 페스카의 집에 쪽지를 남겼다. 7시 45분에 극장 앞에서 보자는 내용이었다.

내 키 작은 친구는 잔뜩 신이 나서는 단추에 꽃송이를 꽂고 마치

축제라도 즐기려는 듯 나타났다. 겨드랑이에 내가 지금껏 본 것 중 가장 큰 오페라글라스를 끼고 있었다.

"준비됐나?"

내가 물었다.

"그렇고말고."

친구가 대답했다. 우리는 극장으로 향했다.

5

페스카와 내가 극장 안으로 들어섰을 때는 오페라 도입부 음악이 막 끝나가고 있었다.

일층 끝 좌석 둘레에 빈 의자가 많았다. 내가 여기 온 목적에 가장 적합한 자리였다. 나는 일층 특별관람석 경계 부근까지 다가갔다. 백작을 찾았지만 그 위치에서는 보이지 않아서 통로로 다시 돌아오면서 무대 왼쪽을 유심히 살피며 지나갔다. 다시 백작이 눈에 띄었다.

그는 무대에서 약 12줄 정도 떨어진 특별석 세 번째 줄에 앉아 있었다. 나는 그와 같은 줄에 자리를 잡고, 페스카는 내 옆에 서 있었다. 그는 내가 왜 자기를 극장으로 데려왔는지 이유를 몰랐으므로 내가 무대 쪽으로 더 다가가지 않는 것에 퍽 놀란 눈치였다.

막이 오르고, 오페라가 시작되었다.

1막이 진행되는 내내 우리는 자리에서 움직이지 않았다. 오케스트라와 무대에 푹 빠진 백작은 우리에게는 시선도 주지 않았다. 그는 도니체티의 감미로운 선율 중에 단 하나도 놓치지 않을 기세였다. 주변 사람들보다 높은 좌석에서 심취한 채 앉아서는, 때로는 미소 짓고 흐뭇하게 그 큰 머리를 끄덕였다. 곡이 끝나갈 무렵마다 관객들이 갈채를 보내면(영국 관객들이 으레 그렇듯이) 그는 갈채에 이어지는 오케스트라의 감사 인사에는 아랑곳 않고 동정 어린 푸념의 표정으로 주변을 둘러보고는 자제를 부탁하듯 한쪽 손을 들곤 했다.

반대로 더 세련된 노래, 더 섬세한 음악이 연주될 때 갈채가 터지지 않으면 손에 꼭 끼는 검은 장갑을 낀 손을 부드럽게 부딪치면서 자신의 깊은 음악적 소양을 뽐냈다. 그럴 때면 시골에서 올라온 듯 혈기왕성하고 구릿빛 얼굴을 한 주변 관객들은 그가 하는 감탄과 행동을 흉내 내기 시작했다. 그날 밤 일등석에서 터져 나온 갈채는 바로 백작은 부드럽고 편안한 검은 장갑의 부드러운 박수에서 시작되었다.

그는 주변의 암묵적인 동의의 갈채를 즐기면서 자신의 음악적 향취를 마음껏 주변에 구사했고, 관객들의 동조를 탐욕스럽게 즐기고 있었다. 그의 얼굴에는 만족스러운 미소가 끊이지 않았고, 음악이 간간이 멈출 때마다 주변을 둘러보며 기특하다는 듯 고개를 끄덕였다.

"그렇지! 이 미개한 영국인들이 이제야 내게서 뭔가를 깨달기 시작했군. 여기서도, 저기서도, 어디에서든 나 포스코는 최고의 자리에서 너희들 위에 군림하고 있는 절대자야!"

그의 표정은 정확히 이렇게 말하고 있는 듯했다.

1막이 끝나는 커튼이 내려지자 관객들이 자리에서 일어나 주변을 둘러보았다. 바로 내가 기다려온 시간이었다. 페스카에게 그를 알아보겠는지 물어보려던 참이었다.

순간 그가 다른 관객들과 함께 자리에서 일어나 오페라글라스로 위엄 있게 관람석들을 둘러보았다. 처음에는 그는 우리를 등지고 있었다. 하지만 이내 우리 쪽으로 몸을 돌려 우리 머리 위의 관람석을 몇 분간 바라보았다. 그런 뒤 오페라글라스를 거둔 채 얼마간 다시 우리 쪽 관람석을 바라보았다. 절묘한 타이밍이었다. 그의 얼굴이 시야 가득 들어오는 순간, 나는 즉시 페스카의 주의를 그에게 돌렸다.

"자네 저 사람 아는지 한번 보겠나?"

내가 물었다.

"누구 말인가, 친구?"

"저 키 큰 남자, 얼굴을 우리 쪽으로 하고 서 있는 남자 말일세."

페스카가 발끝으로 서서 백작을 보았다.

"모르겠군."

교수가 말했다.

"저 키 크고 뚱뚱한 남자는 생면부지야. 유명한 사람인가? 자네는 왜 저 남자를 묻는 거지?"

"저 남자에 대해 자세히 알아야 할 이유가 있네. 저 사람도 자네나라 사람일세. 이름은 포스코 백작이네. 이름 들어봤나?"

"나는 모르겠군, 월터. 저 사람 이름도 안면도 말이야."

"정말 확실한가? 다시 보게. 자세히 좀 보라고. 극장을 나갈 때 내가 왜 이리 극성맞은지 다 말해 주겠네. 잠깐! 자네 여기 위로 올라오지. 더 잘 보이게 말일세."

나는 그를 극장 좌석 위로 올라오게 했다. 여기라면 그의 왜소한 체구가 백작의 눈에 띌 리도 없고 페스카도 걸림돌 없이 완벽히 백작을 살펴볼 수 있었다.

그런데 미처 알아차리지 못했던 내 옆의 마르고 머리숱이 적고 왼쪽 뺨에 흉터가 있는 남자가 페스카를 유심히 쳐다보았다. 페스카가 백작을 볼 때 그 남자의 시선도 조심스럽게 따라갔다. 나는 그제야 문득 이 남자가 우리 대화에 관심을 보이고 있다는 것을 알았다.

한편 페스카는 정면으로 마주보고 있는 커다랗고 듬직한 얼굴을 한 미소 띤 얼굴에 시선을 고정시키고 있었다.

"모르겠네."

그가 말했다.

"내 평생 저렇게 크고 뚱뚱한 얼굴은 본 적이 없네."

그가 말하는 순간, 백작의 시선이 아래로 내려와 우리에게 멈췄다. 순간 두 이탈리아 인의 시선이 동시에 마주쳤다.

몇 초 전까지만 해도 페스카의 확답을 통해 그가 백작을 모른다는 사실을 의심 없이 받아들였다. 그러나 그 직후, 나는 본능적으로 확신할 수 있었다. 백작은 페스카를 알고 있다는 사실을!

그는 페스카를 알고 있는 게 분명했다. 더 놀라운 건 그가 페스카를 두려워하고 있다는 것이었다! 그 악당의 얼굴에 안색의 변화가 뚜렷하게 나타났다. 한순간 누런 안색이 납빛으로 돌변했다. 그 얼굴색의 변화, 일순간에 석상처럼 굳어진 얼굴, 뚫어져라 바라보는 냉혹한 회색 눈동자의 은밀한 눈빛, 머리에서 발까지 철저히 굳어 버린 몸짓, 그것만으로도 모든 걸 알 수 있었다. 치명적인 두려움이 그의 몸과 영혼을 사로잡고 있다는 것을 말이다. 그 두려움의 진원지는 바로 페스카를 알아본 그 순간에서 시작되었다.

얼굴에 흉터가 있는 마른 남자도 여전히 우리 옆에 있었다. 그도 페스카로 인한 백작의 변화에 대해 나와 똑같은 추론을 하고 있는 것이 분명했다. 그는 외국인으로 온화한 신사처럼 보였고, 우리의 행동에 대해 보이는 관심은 전혀 공격적이지 않았다.

나는 백작의 표정 변화에 너무 놀라서 완전히 얼이 빠져 있었다. 이제 뭘 해야 할지 어리둥절하기만 했다. 페스카가 원래의 자리로 내려와 내게 말을 걸면서 멍한 나를 깨웠다.

"그런데 왜 저 친구가 저런 표정으로 날 쳐다보는 거지?"

그가 놀란 목소리로 말했다.

"저 친구 날 본 게 맞지? 내가 유명한가? 나는 모르겠는데, 저자는 어떻게 나를 아는 건가?"

나는 백작에게서 눈을 떼지 않았다. 페스카가 움직이자 백작도 그제야 얼어붙은 몸을 움직였다. 시야에서 페스카를 놓치지 않으려고 두리번거리면서 말이다.

갑자기 궁금해졌다. 만일 이 상황에서 페스카가 이 백작에게서 눈길을 거두면 어떤 일이 벌어질지 말이다. 나는 페스카에게 이층 관람석의 숙녀들 중에 그가 가르친 학생이 있는지 보라고 말했다. 페스카는 내 말에 그 큰 오페라글라스를 들고는 관람석 위층을 샅샅이 살피기 시작했다. 이 틈을 타 백작이 서둘러 관객들 틈을 비집고 실내 밖으로 빠져나갔다.

나는 재빨리 페스카의 팔을 붙잡은 채 그를 따라서 나가려고 했다. 페스카가 얼마나 놀랐는지는 상관없었다. 그때 옆에 있던 남자가 우리보다 앞서 밖으로 급히 나갔다. 나는 백작이 문밖으로 나가기 전에 길을 막으려던 참이었는데, 그가 갑자기 길을 막고 관객들을 피해 가는 바람에 우리는 뒤처지게 되었다. 우리가 극장 로비에 나왔을 때는 백작도, 얼굴 흉터가 있는 남자도 보이지 않았다.

"집으로 가세."

나는 무작정 말했다.

"페스카, 자네 집으로 가자고. 단둘이 이야기를 해야 하네. 단도직입적으로 말하겠네."

그러자 혼란 속에서 페스카가 소리쳤다.

"오, 하나님, 맙소사! 대체 무슨 일인가?"

나는 대답하지 않고 걸음을 재촉했다. 백작이 페스카를 보자마자 황급히 극장을 빠져나간 것으로 볼 때, 더 극단적인 행동을 할 수도 있었다. 이를테면 런던을 떠나 내 손아귀를 빠져나가는 것이다. 만일 백작에게 하루 정도만 더 여유를 줘도 앞날이 암담해질 것이 뻔했다. 게다가 우리보다 먼저 나간 그 흉터를 가진 남자도 분명 어떤 의도를 가지고 백작의 뒤를 쫓고 있었다.

나는 이 두 가지 의혹에 짓눌려 페스카에게 원하는 답을 충분히 해줄 시간이 없었다. 단둘이 그의 집에 있게 되자마자 백작을 쫓는 이유와 의도에 대해 솔직담백하게 속전속결로 말해 주었다. 그는 내 말을 들은 후 혼란 상태에 빠져들었다.

"친구, 내가 뭘 해줄 수 있겠나?"

그는 두 손을 모으고 나에게 하소연하듯 소리쳤다.

"대관절 어찌된 영문인가. 월터, 나는 그를 모르는데, 어떻게 자넬 도와줄 수 있나?"

"그는 자네를 알아. 그는 자네를 두려워 해. 그는 자네를 피하려고 극장을 떠났다고, 페스카! 어떤 이유가 있을 거야. 영국에 오기 전에 과거를 떠올려보게. 자네는 내게 말했던 것처럼 정치적인 이유로 이탈리아를 떠나지 않았나. 그 자세한 이유는 말해 주지 않았고, 나 역시 그 문제를 캐고 싶은 생각은 없네. 단지 알고 싶은 건 백작이 자네를 보자마자 도망간 게 혹시 자네의 과거 행적과 관련 있는 건 아닐까 싶네."

나를 놀라게 한 건, 내가 한 이 말에 백작의 얼굴처럼 그의 얼굴색도 변했다는 점이었다. 내 말에 붉은 혈색이 돌던 그의 얼굴이 백짓장처럼 하얗게 질렸다. 그는 온몸을 떨면서 천천히 내게서 물러났다. 말하는 목소리도 떨리고 있었다.

"월터, 자네 지금 나한테 무슨 질문을 하고 있는지 알기나 하나?"

그가 목소리를 낮추고 속삭이듯 말했다. 그리고는 나를 쳐다보았다. 마치 내가 우리 모두에게 위험한 무언가를 불쑥 들이밀었다는 표정이었다. 불과 1분도 안 되는 사이, 그는 내가 알던 천진난만하고 익살스럽고 특이한 성격의 페스카가 아닌 완전히 다른 인물로 변해 있었다. 너무도 판이해서 거리에서 마주쳐도 누구인지 몰랐을 것이다.

"본의 아니게 자네를 고통스럽게 했거나 충격을 줬다면 날 용서하게나."

나는 걱정스럽게 다독거렸다.

"그 백작이라는 작자의 손아귀에서 겪어야 했던 내 아내의 고통을 기억해 주게. 내 손으로 그에게서 자백을 받지 못하면 이 왜곡된 진실은 결코 밝혀지지 못하니, 그걸 알아주게나, 페스카. 이 모든 게 내 아내를 위한 것일세. 다시 한 번 용서해 달라고 부탁하겠네. 더 이상은 달리 할 말이 없네."

나는 자리에서 일어나 문 쪽으로 걸어갔다. 문에 도착했을 때 그가 나를 멈춰 세웠다.

"잠깐, 자네는 지금 나를 완전히 송두리째 흔들어놓았네. 자네는 모르지. 내가 어떻게 조국을 떠났고, 왜 떠났는지 말일세. 나를 좀 진정하게 해주게. 잠시 생각할 시간을 주게."

나는 앉았던 자리로 돌아왔다. 그는 방 안을 거닐기 시작했다. 어쩌다 불쑥 모국어로 혼잣말도 했다. 방 안을 몇 바퀴 돈 끝에 그가 갑자기 내게 오더니 부드러우면서도 결의에 찬 작은 손을 내 가슴에 얹었다.

그는 재차 말했다.

"자네 정녕 나 말고는 그 남자에게 접근할 방법이 없는 건가?"

"다른 방법이 없네."

나는 단호히 말했다. 그는 다시 나를 떠나 방문을 열고 밖을 조심스레 두리번거리더니 문을 닫고 돌아왔다.

"월터, 자네가 내 목숨을 구해 준 순간부터 나는 자네를 위해 존재하는 사람이라네. 자네가 흔쾌히 내 목숨을 받아준다고 했던 그 순간부터 내 목숨은 이미 자네 것이었네. 그래! 내 말은 빈말이 아닐세. 저 위에 신이 나를 지켜보시는 이상, 지금도 내 목숨은 자네 손에 있다네."

그가 떨리는 목소리로 뜨겁게 토하는 그 말 속에는 진심이 담겨 있었다.

"이걸 명심하게!"

그가 감정을 추스르려는 듯 나를 향해 손을 흔들면서 말했다.

"자네를 위해서 내가 지금 회고하려는 과거와 포스코라는 그 남자 사이에는, 적어도 내 마음에서는 어떤 연관관계도 없을 걸세. 만일 자네가 그 단서를 찾는다면, 제발 혼자 지니고 있게나. 부디 내겐 아무 말도 말게나. 나는 아무것도 모르고, 나는 순진하고, 앞으로 일어날 모든 일에 나는 전혀 아는 게 없도록 해주게. 지금처럼 말일세!"

그가 몇 마디를 머뭇거리며 연결성 없이 중얼거렸다. 그런 후 다시 말을 멈췄다.

나는 지금처럼 진지하고 심각한 상황에서 그가 늘 하던 우스개 같은 영어가 영 어울리지도 않거니와, 영어로는 그의 진의가 제대로 전달될 것 같지도 않았다. 그래서 그에게 이탈리아 어로 말해 달라고 제안했다. 나는 그와 오래 사귀면서 그의 모국어에 익숙해져 있었다. 또한 내가 궁금한 점이 있거나 확실히 뜻을 모를 때는 영어로 질문하겠다고 했다.

그는 내 제안을 받아들여서 유창한 이탈리아 어로 말하기 시작했다. 얼굴에 고스란히 드러나는 격한 감정과 과장된 몸짓과 거침없는 열변 속에서 나는 마침내 알게 되었다. 그러나 이 주제의 민감성과 내 친구의 요구에 따라 이 진술은 세심하게 압축하고 변경해서 언급할 것이다.

"자네는 내가 이탈리아를 떠난 동기에 대해 전혀 모르고 있네."

그가 말하기 시작했다.

"그게 정치적 추방이었다는 것 외에는 말이지. 만일 내가 정치범이라서 정부로부터 추방당했다면 내가 그 이유를 자네나 다른 사람들에게 말하지 못할 이유가 없겠지. 내가 그걸 숨기고 지낸 이유는 내가 정치범이 아니기 때문일세. 정부가 날 쫓아낸 게 아니기 때문이야. 자네도 들어서 알겠지만 유럽에는 대도시마다 정치 조직들이 산재해 있네. 이탈리아에 있을 때 나도 그런 조직체에 가담했고, 지금 영국에서도 그 조직체에 소속되어 있지. 내가 영국으로 온 것은 상부의 지시 때문이었네. 젊었을 때 나는 과도하게 열정적이었지. 나뿐만 아니라 다른 사람들까지 위태롭게 할 일도 마다하지 않았네. 그런 이유로 영국으로 이민을 가서 엄명을 기다리라는 지시가 떨어졌다네. 그래서 영국으로 와서 지시를 기다렸고, 지금도 기다리고 있네. 내일 당장 불려갈 수도 있고, 10년 후에 불려갈 수도 있겠지. 나는 아무래도 상관없네. 나는 이곳에서 학생들을 가르치면서 밥벌이를 하면서 그 지시를 기다리고 있지. 내가 속한 단체 이름을 만일 자네에게 털어놓게 되면, 이제 자네도 내가 자네에게 한 맹세가 진짜인지 아닌지 알게 될 걸세. 이제부터는 진짜로 내 목숨이 자네 손에 놓이게 될 테니까 말일세. 만에 하나 지금 내가 자네에게 말하는 이야기가 다른 누군가의 귀에 들어가는 날에는, 그날로 나는 죽은 목숨이야."

그는 다음 말은 내 귀에 대고 속삭였다. 이때 들은 내용들을 비밀로 부칠 생각이다. 따라서 그가 몸담은 조직체의 이름도 가명으로 적을 수밖에 없다. 지금부터 이야기 도중에 이 조직의 이름이 언급되어야 할 경우 그것을 '우혈단'이라고 부르면 그것이 페스카가 속한 정치 조직이라고 이해하면 된다.

"'우혈단의 목적은,"

페스카가 계속해서 말했다.

"다른 정치 단체와 별반 다를 게 없다네. 독재를 타도하고 민중권리를 주장하는 깃이야. 우혈단의 원칙은 딱 두 가지야. 어떤 이의 삶이 다른 이에게 도움이 되고, 그 삶이 도움은 아니라도 남에게 해만 주지 않는다면, 그는 그 인생을 누릴 권리가 있다는 것이 첫 번째야. 하지만 만일 그가 다른 사람의 안위를 괴롭히거나 해를 준다면, 바로 그 순간 인생을 누릴 권리를 박탈하는 거지. 게다가 그런 이에게서 살 권리를 박탈하는 것은 죄가 아닌 미덕으로 여겨지네. 내게는 이 조직체가 얼마나 가혹한 억압과 고통 속을 뚫고 일어섰는지 감히 말할 자격이 없네. 마찬가지로 아주 오래전에 자유를 쟁취한 자네 영국인들도 그 자유를 위해 얼마나 많은 피를 흘려야 했는지, 또 그 쟁취의 과정에서 얼마마한 극한의 투쟁과 고통을 감내했는지를 죄다 잊어버렸겠지. 그래서 우리처럼 국민이 노예가 되어버린 나라의 사람들이 얼마나 지독한 원한을 품어야 했는지를 말할 입장이 못 되네.

우리의 영혼에 박힌 이 사상은 너무 깊이 박혀 있어서 자네에게 설명이 불가능하네. 제발 은둔자를 그냥 내버려두게! 그를 비웃고 못 믿고 비웃어도 좋네. 그 안에 사무친 비밀스런 자아를 알고 나서 놀라움에 입을 다물지 않아도 개의치 않겠네. 그런 비밀스러운 자아는 나처럼 일상적으로 건실하고 존경을 받는 신사의 외양을 가진 이에게도 있을 수 있고, 때로는 나보다 운 나쁘고 더 강직하고 더 열정적이라 가난과 치사한 현실 속에서 살아갈 수밖에 없는 자들에게도 있을 수 있네. 그렇다고 함부로 우리를 판단하지 말게! 찰스 1세 시대만 해도 자네는 우리의 행동을 정의롭다고 생각했겠지. 그런데 이미 자유의 사치를 너무 오래 누려온 자네들은 이미 우리 행동에 대해 판단을 내릴 능력을 상실했네."

그의 본성 깊숙이 살아 꿈틀대는 한 마디 한 마디가 고스란히 절절한 감정을 싣고 터져 나왔다. 우리가 알고 지낸 이래, 그는 처음으로 자신의 감정을 있는 그대로 쏟아내고 있었다. 하지만 그의 목소리는 여전히 낮은 속삭임이었고, 이 고백이 새어 나갈 것에 대한 두려움이 여전히 그를 떠나지 않고 있었다.

"늘 그랬듯이,"

그가 다시 말을 이었다.

"지금까지는 자네도 우리 조직을 다른 조직과 비슷하다고 생각하겠지. 자네 영국인들로서는 이 조직의 목적을 무정부주의나 혁명 정도로 여기겠지. 나쁜 왕이나 질 나쁜 성직자들을 보는 즉시 없애야 할 위험한 맹수처럼 본다고 여기겠지. 그 점은 인정하네. 하지만 우혈단의 법칙은 지상 그 어느 단체들의 법칙과도 다르다네.

조직원들은 서로를 모른다네. 이탈리아에도 우두머리가 있고 해외에도 여러 명의 우두머리들이 있네. 각각의 우두머리들마다 비서관을 두고 있고, 이 우두머리와 비서관들만 조직원들의 신분을 알고 있지. 그러나 조직원들은 절대 서로가 누구인지 모른다네. 물론 통치자의 판단에 따라 어떤 정치적 목적으로 서로 알게 되는 경우가 있긴 하지만 말일세. 이런 보호 조치 때문에 입회 때 조직원들은 어떤 서약도 할 필요가 없네. 다만 비밀스런 표식으로 서로가 조직원임을 확인할 수 있지. 조직원들은 모두 그 표식을 몸에 지니고 있고, 그 표식은 죽을 때까지 지워지지 않는다네. 우리는 보통 사람처럼 일상생활을 하고 직장과 일터를 나가지만, 1년에 네 차례 명령이 떨어질 때 보고를 하도록 되어 있네. 우두머리나 비서관에게 말일세.

조직을 배신하거나 조직의 이익과는 별개의 이익을 위해 조직의 이익을 침해하는 일이 적발될 경우, 그 즉시 우리는 죽는 걸세. 우혈단의 원칙이지. 저 먼 나라에서 날아온 조직원의 손에 죽을 수도 있고, 오랫동안 조직원인 줄도 모르고 친구로 사귀다가 그의 손에 죽임을 당할 때서야 그가 같은 조직원이었다는 걸 알게 되는 경우도 있지. 죽음이 미뤄지는 경우도 있고 배신 즉시 처형당하는 경우도 있네. 첫 번째 우리의 임무는 어떻게든 기다리는 것이고, 두 번째 임무는 명령이 떨어졌을 때 거기에 순응하는 것이라네. 조직원 중 일부는 평생 기다리기만 하다가 명령 한 번 받지 못하고 죽는 경우도 있고, 반면 어떤 조직원은 입회 즉시 명령이 내려지는 경우도 있지. 자네가 알고 있는 나는 왜소하고 느긋하고 쾌활한 데다 눈앞에 윙윙거리는 파리 한 마리 못 죽일 사람일세. 하지만 젊은 시절의 나는, 차마 자네에게 말하기조차 두려운 격정 때문에 목숨도 불사할 충동으로 입회를 했네. 하지만 이제는 그걸 운명으로 받아들이고 있네. 나이가 들어 좀 더 깊은 눈으로 세상을 알고 좀 더 차가운 이성의 눈으로 들여다본들 이미 돌이킬 수 없는 길이 되고 말았네. 죽는 날까지 말일세. 이탈리아에 있을 때 나는 이 조직의 비서관으로 선출되었지. 그 때문에 모든 조직원들이 소환되어 우두머리를 대면하고 의무적으로 나와도 면담을 가졌다네."

나는 비로소 그의 말을 파악할 수 있었다. 지금 이 놀라운 고백이 그에게 어떤 끝을 가져오게 될지 말이다. 그는 말을 멈추고 나를 뚫어져라 쳐다보았다. 내 마음을 애써 읽으려는 듯 시선을 거두지 않았다.

"이미 자네는 나름대로 결론을 내렸구먼."

그가 입을 열었다.

"자네 얼굴에 쓰여 있네. 하지만 내게는 말하지 말게. 내게 자네 생각의 비밀을 말하지 말게나. 자네를 위해 내 남은 목숨을 모두 바치게끔 해주게나. 그러니 이제 이 주제는 여기서 끝내고 다시는 언급하지 마세."

그는 내게 답하지 말라는 사인을 보내고는 자리에서 일어나 겉옷을 벗기 시작했다. 그런 후 왼쪽 팔소매를 걷어 올렸다.

"자네에게 말했듯이 내 고백은 철저해야 하네."

그가 내 귀에 더 바짝 입을 대고 두 눈은 문 쪽을 응시하면서 속삭였다.

"나중에 뭔가 털어놓지 않은 게 있다는 이유로 내 맹세에 금이 가지 않도록 하겠네. 우리 조직원들에게는 조직원임을 나타내는 표식이 있다고 말했지 않나? 죽을 때까지 지워지지 않는 징표 말일세.

자네 눈으로 직접 보게."

그가 옷을 걷어 올린 팔을 들었다. 팔 상단 안쪽 살갗에 깊숙이 태워진 밝은 핏빛 낙인이 보였다. 낙인 모양이 어떤지는 언급하지 않겠다. 단지 원형이고 아주 작아서 동전으로도 쉽게 가려질 정도였다는 표현만으로도 충분하리라.

"여기 이 자리에 이 낙인을 가진 자는,"

그가 소매를 내리며 말했다.

"우혈단의 조직원일세. 배신을 한 조직원은 경우에 따라 그를 아는 우두머리나 비서관들을 통해 어렵지 않게 발각되지. 발각되면 죽는 거라네. 그 어떤 인간의 법도 그를 보호할 수 없네. 지금까지 자네가 듣고 본 걸 잘 기억하도록 하게. 자네 좋을 대로 결론을 내리게나. 자네 뜻대로 행동하고. 하지만 명심할 건 자네가 무슨 행동을 하든, 뭘 발견하든, 나에게는 말하지 말게. 아무것도! 생각할수록 나를 공포로 몰아넣는 이것들에서 나를 자유롭게 해주게. 그것까지는 내 책임이 아니니까.

이제 마지막으로 할 말이 있네. 독실한 크리스천의 이름으로, 신사로서의 명예를 걸고 말하는데, 만일 오페라 극장에서 자네가 지목한 자가 나를 알고 있다면 그건 그가 너무 변해 있거나 변장을 잘 해서 내가 알아보지 못한 게 분명하네. 그가 영국에서 무슨 목적으로 무슨 일을 하고 있는지 나는 아는 바가 없네. 오늘 저녁 이전까지 나는 그를 본 적도 없고, 그의 이름도 들어본 적이 없네. 이제 그만 말하겠네. 월터, 나를 혼자 있게 해주게나. 오늘 벌어진 일 때문에 마음이 무겁고 내가 한 말 때문에 몸이 떨린다네. 다시 만날 때 다시 예전의 나로 돌아와서 자네를 맞이할 수 있도록 나 자신을 좀 추슬러야겠네."

그는 의자에 풀썩 몸을 던지더니 내게서 고개를 돌리고 두 손으로 얼굴을 가렸다. 나는 그를 방해하지 않기 위해 조용히 문을 열었다. 그리고 그가 듣건 못 듣건 나지막하게 작별인사를 건넸다.

"오늘 들은 이야기는 내 가슴속 깊은 곳에 묻어둘 걸세. 오늘 자네가 내게 한 말이 다시 언급되지 않도록 할 걸세. 내일 오면 되겠나? 아침 일찍 9시면 괜찮겠나?"

"그러게, 월터."

그가 얼굴을 천천히 올리며 다시 영어로 말했다. 마치 그의 관심사가 다시 우리 둘 사이로 돌아온 것처럼 말이다.

"학생들을 가르치러 가기 전에 소박하게 아침식사나 함께 하세나."

"잘 자게, 페스카."

"잘 가게, 내 친구."

6

밖에 나오자마자 제일 먼저 떠오른 생각은 알게 된 정보로 즉각 행동에 나서는 길밖에 없다는 것이었다. 그날 저녁 곧바로 백작을 궁지로 밀어넣어야 했다. 만일 그 일을 내일까지 미룬다면 로라를 위한 마지막 기회가 사라질 위험이 컸다. 나는 손목시계를 봤다. 밤 10시였다.

백작이 왜 극장을 왜 급히 떠났는지는 의문의 여지가 없었다. 그날 밤 그가 달아나리라는 것도 두말 할 필요 없었다. 그는 런던을 떠날 것이 분명했다. 마치 그의 팔에 새겨진 징표를 내 눈으로 직접 보기라도 한 듯이 그 징표가 눈에 선했다. 우혈단에 대한 배신이 그에게 양심의 가책과 두려움으로 밀려들고 있었다. 페스카를 알아보던 그 눈초리에서 나는 그가 섬뜩하게 떨고 있음을 눈치챘다.

왜 페스카가 그를 알아보지 못했는지는 이해하기 쉬웠다. 백작 같은 사람이라면 발각될 경우에 대비해 모든 만반의 준비를 용의 주도하게 하고도 남았다. 공연 때 말끔히 면도한 그 얼굴은 아마 옛날 페스카가 지도했던 이탈리아 시절에는 턱수염으로 덥수룩했을 것이다. 짙은 갈색 머리는 가발일 테고, 이름도 가명인 것이 틀림없었다. 시간이 흘러 비대해진 몸도 단단히 한몫 했을 것이다. 이처럼 페스카가 그를 알아보지 못한 것에는 그야말로 수없는 이유가 있었다.

그렇다면 어떻게 백작은 페스카를 한눈에 알아봤을까? 말했듯이 페스카는 특이한 성격만큼이나 특색 있는 외모를 가진 인물이었고, 한 번도 그 외모를 바꾼 적이 없었다. 그러니 어디에 있던 페스카는 페스카일 뿐이었다.

또한 백작이 극장을 서둘러 나갔을 때 그 목적을 훤히 꿰뚫고 있다고 장담하는 것에도 이유가 있다. 내 두 눈으로 분명히 보았기 때문이다. 외모가 변했음에도 페스카에게 발각당할 수 있다는 점을 그가 여실히 느끼고 있다는 것을 말이다.

그는 지금 극도의 위협감을 느끼고 있을 것이다. 그날 밤, 그에게 직접 말할 기회가 있다면, 나도 당신이 처한 치명적인 위험을 잘 알고 있다고 말한다면 어떤 결과가 일어날까? 한 가지는 확실했다. 우리 둘 중 하나가 절대적으로 주도권을 쥐게 될 것이다. 즉 둘 중 하나가 필연적으로 상대의 목줄을 쥐고 마음껏 유린하게 될 것이다. 만일 이 상황이 내게 불리해진다면 그것은 전적으로 내 과오일 것이며, 그 반대라면 모두가 내 아내 로라의 보이지 않는 힘 덕분일 것이다.

내게 닥칠 위험은 오로지 하나였다. 백작이 내 입을 통해 이 사실을 듣고 내가 자기 목숨을 좌지우지할 수 있다는 것을 알게 된다면, 무슨 짓을 해서라도 나를 제거하려고 들 것이다. 때문에 절대로 먼저 그를 궁지로 몰아넣어서는 안 된다. 대신 유인책을 써야 했다. 그를 만나기 전에 먼저 덫을 놓아야 한다. 그래야 그도 내게 상당 부분을 의존하게 될 것이다. 그때 그를 꼼짝할 수 없게 만들어야 한다. 너무 앞서 나가서는 안 된다. 그를 내게 오도록 유인해야 했다. 그런 후에 독 안에 든 쥐로 만들어야 한다.

새로 입주한 집으로 돌아오는 동안, 이 생각이 찬란한 별처럼 생생하게 떠올랐다. 누구에게도 방해를 받지 않기 위해 내 열쇠로 손수 문을 열고 들어섰다. 현관에 등잔불이 켜져 있어서 그 불빛의 도움으로 발소리를 죽이며 내 작업실로 올라갔다. 절대적으로 로라나 마리안이 이 사실을 알기 전에 백작과 일대일로 만나야 했다.

나는 페스카에게 최대한 주의를 기울여 이렇게 편지를 썼다.

오페라 극장에서 내가 지목한 자는 우형단의 조직원이라네. 그는 조직을 배신했네. 즉각 내 말이 맞는지 확인하길 바라네. 그가 영국에서 어떤 이름으로 활동하고 있는지 자네도 알 걸세. 그의 주소는 존 우드 가, 포레스트 도로 5번지일세. 자네가 내게 가진 애정과 우정으로 다시 한 번 힘을 써주게. 인정사정 볼 것 없이 그를 처치하게. 나는 모든 위험을 감수해 왔고 모든 걸 잃었네. 이 일이 실패할 경우 그 대가로 내 목숨을 지불해야 한다고 해도 개의치 않겠네.

나는 서명을 하고 날짜를 적은 뒤 편지를 봉투에 넣고 봉했다. 봉투에는 이렇게 적었다.

내일 오전 9시까지는 이 편지를 개봉하지 말게. 그때까지 내게서 소식을 못 듣거나 내 얼굴을 보지 못하게 되면 9시 종소리가 울리는 즉시 봉투를 뜯게. 그리고 편지를 읽어보기 바라네.

나는 내 머리글자를 글 옆에 적고 다른 봉투에 넣은 뒤 페스카의 주소를 적었다. 이제 남은 건 이 편지를 어떻게 페스카의 집으로 가장 빨리 전달할지뿐이었다.

비로소 할 일을 다 했다. 만일 백작의 집에서 무슨 일이 벌어진다 해도, 그의 목숨만은 확실히 내 손아귀에 확보한 셈이었다. 어떤 상황에서도 백작이 도망가지 못하게 막는 건 페스카의 몫이었다. 이 점에 대해서는 일말의 의심도 없었다.

페스카는 내게 제발 자기가 더 이상 이 일에 대해 모르게 해달라고 간절히 원했다. 이것은 무엇을 의미할까? 그렇다. 자기 손으로 어떻게든 그를 죽일 수 있다는 것을 애써 감추고 있는 것이다. 제발 자신을 배신자를 죽여야 하는 상황으로 몰지 말아 달라는 것이다. 이것은 배신자를 죽여야 하는 게 명백한 자기 임무임을 역설적으로 피력한 것이다.

나는 내 얕막한 지식으로도 이 사실을 너무 잘 알았다. 기억에 떠오르는 몇 가지만 봐도 더 이상의 의혹은 없었다. 신문을 통해 런던과 파리에서 이런 경우가 벌어진 걸 몇 번이나 목격했던가. 낯선 외국인들이 흔할 정도로 자주 이 두 도시의 외진 골목길에서 주검으로 발견되었다. 암살자는 사라졌고 사건은 미궁으로 남겨졌다. 템스 강과 센 강에서 시체가 떠오르고, 그들을 죽인 이들의 흔적은 어디에서도 발견되지 않았다. 이 비밀스런 암살과 폭력의 원인은 정치 단체의 소행으로밖에 해석할 수 없었다.

나는 지금까지 나 자신을 감추고 글을 쓴 적이 없다. 지금도 마찬가지다. 만일 무슨 일이 벌어진다면, 페스카가 개봉하는 동시에 내 편지는 죽음으로 향하는 보증서가 될 것이다.

나는 일층으로 내려가서 집주인에게 편지를 전달할 심부름꾼을 부탁하려고 했다. 그런데 우연히 집주인도 계단을 올라오고 있어서 우리는 계단 위 복도에서 맞닥뜨렸다. 내 이야기를 듣자 집주인은 날렵한 자기 아들을 심부름꾼으로 추천했다. 나는 소년을 위층으로 데려가 편지를 건네주었다. 마차를 타고 페스카의 집으로 가서 직접 편지를 전달한 뒤 페스카로부터 편지를 잘 받았다는 전언을 받아오고, 도착 즉시 그 확인증을 내게 전해 줘야 한다고 말했다.

10시 30분이 다 되어가고 있었다. 집 주인의 아들이 편지를 전달하고 오는 데 20분 정도 걸릴 것이고, 그 후 존 우드 가로 가는 데도 20분 이상이 소요될 것이다.

그가 심부름을 떠나고 나는 작업실로 돌아와 물건들을 정리했다. 최악의 경우 쉽게 찾을 수 있도록 서류들을 정리했다. 서류들이 보관된 낡은 책상 서랍 열쇠는 봉투에 넣고 마리안의 이름을 적어두었다. 이 일을 마치고서 로라와 마리안이 나를 기다리고 있을 거실로 갔다. 처음으로 거실 손잡이를 잡은 손이 부르르 떨렸다.

거실에는 마리안 혼자였다. 그녀는 책을 읽고 있다가 내가 들어서자 놀란 표정으로 시계를 쳐다보았다.

"일찍 오셨네요?"

그녀가 놀란 듯이 말했다.

"오페라가 끝나기도 전에 나왔군요."

"그래요, 나나 페스카나 끝까지 볼 마음이 없었어요. 로라는 어디 있소?"

"두통이 심해서 차 한 잔 마시고 자리에 누워 있으라고 했어요."

나는 로라가 잘 자고 있는지 보고 오겠다는 핑계로 거실을 다시 나왔다. 순간 마리안의 눈빛이 달라졌다. 예리한 직감으로 내 마음을 누르는 부담감을 알아차린 것이다.

침실에 들어서서 희미한 불빛에 의지해 침대로 다가갔다. 아내는 이미 잠들어 있었다.

우리가 결혼한 지 아직 한 달도 되지 않았다. 그 얼굴을 보고 그녀가 내 베개를 안고 잠든 와중에도 내 이름을 중얼거리는 걸 듣는 순간, 나는 마음이 너무 무거워져서 모든 결심을 놓아버리고 그녀의 품 안에 눕고 싶었다. 그러나 침대 옆에 무릎을 꿇고 잠시 그 잠든 얼굴을 가까이 바라보았다. 너무 가까워서 그녀의 숨결이 내 얼굴에 닿았다. 나는 조용히 그녀의 손과 볼에 가벼운 입맞춤을 했다. 작별의 키스였다. 그리고 다시 문 앞에 서서 얼마간 그녀를 물끄러미 쳐다보았다.

"내 아내를 보살펴주소서!"

그렇게 속삭이고는 방을 나왔다.

마리안이 계단에서 둘둘 만 종이를 손에 쥐고 나를 기다리고 있었다.

"집주인 아들이 이걸 전해 주라는군요."

그녀가 나를 뚫어져라 보면서 말했다.

"문 앞에 마차도 기다리라고 해놓았어요. 당신이 그렇게 하라고 했다더군요."

"그래요, 마리안. 마차가 필요하오. 난 다시 나가 봐야 해요."

나는 그렇게 말하며 계단을 내려갔다. 그리고 거실로 들어가 탁자 위에 종이를 펼치고 읽었다.

자네의 편지는 잘 받았네. 자네가 말한 시간까지 자네가 나타나지 않으면, 정확히 종이 치는 시간에 편지를 열어보겠네.

나는 편지를 주머니에 넣고 문 쪽으로 향했다. 그때 마리안이 문 앞에서 나를 막더니 다시 나를 거실 안으로 밀어 넣었다. 나는 촛불이 환히 비치는 방 안으로 뒷걸음질을 쳤다. 그녀가 내 양팔을 꽉 쥐면서 내 눈을 뚫어져라 노려보았다.

"알겠어요!"

낮고도 강한 어조로 그녀가 속삭였다.

"오늘밤 그 마지막 기회를 노려볼 생각이군요."

"그래요, 마지막이자 최고의 기회요."

내가 속삭임으로 맞받았다.

"혼자서는 안 돼요! 월터, 제발 부탁이에요, 혼자선 안 돼요! 저랑 같이 가요. 내가 여자라는 이유 때문에 거절하지 마세요. 나도 가야 해요! 아니, 갈 거예요! 집 앞 마차에서 기다릴게요!"

이제는 내가 그녀를 붙잡을 차례였다. 그녀는 내 손아귀를 뿌리치고 문으로 먼저 갔다.

"정말 날 돕고 싶다면,"

내가 성급히 말했다.

"여기서 멈춰주시오. 그리고 아내와 같이 있어줘요. 제발 로라가 걱정하지 않고 일할 수 있게 해줘요. 그게 날 정말 도와주는 거요. 마리안, 이리 와서 작별의 키스를 해줘요. 내가 돌아올 때까지 기다릴 용기가 있다는 걸 보여줘요."

나는 그녀가 다시 말할 기회를 주지 않고, 문을 잡은 그녀의 손을 뿌리치면서 곧장 방을 빠져나왔다. 아래층에서 기다리고 있던 소년이 내가 계단을 내려오는 소리를 듣고 현관문을 열어주었다. 나는 잽싸게 마차로 올라타면서 마부에게 말했다.

"존 우드 가, 포레스트 도로로 가요."

나는 앞으로 몸을 기울이며 소리쳤다.

"15분 안에 도착하면 요금을 두 배로 주겠소."

"그러죠, 손님."

시계를 보았다. 11시였다. 1분도 낭비할 틈이 없었다.

마차의 신속한 움직임, 매순간 백작과 가까워지고 있다는 느낌, 마침내 그 어떤 장애물이나 방해도 없이 이 위험한 임무를 시작했다는 확신 등이 나를 걷잡을 수 없이 흥분시켰다. 나는 더 빨리 달리라고 마부에게 외쳤다. 그리고 존 우드 가를 지나자 벌떡 마차 안에서 몸을 일으켜 창밖으로 얼굴을 내밀고 운명의 장소로 다가가고 있는 것을 확인하려 했다.

존 우드 가를 지나 포레스트 도로로 접어들자 나는 마차를 세운 뒤 요금을 지불하고 마차를 보냈다. 그리고 문을 향해 걸음을 옮겼다.

내가 정원 출입문에 다가가는 순간, 또 다른 남자가 나와 반대 방향에서 다가오고 있는 것이 보였다. 우리는 거리의 가스등 아래에서 마주쳤다. 나는 그를 보자마자 즉시 누군지 알아차렸다. 머리숱이 적고 뺨에 흉터 자국이 있던 외국인이었다.

그 역시 나를 알아본 것 같았지만, 아무 말도 하지 않았다. 집 앞에서 멈추지 않고, 그냥 천천히 걸어 지나쳤다. 그저 우연히 지나치는 걸까, 아니면 오페라 극장에서 지금까지 백작을 따라온 걸까?

더는 신경을 쓸 겨를이 없었다. 그가 시야에서 사라지자 현관 초인종을 눌렀다. 시간은 이미 11시 20분이었다. 꽤 늦은 시간이었기에 잠자리에 들어 문을 열어줄 수 없다고 핑계를 댈 수도 있었다.

그런 상황에 대처하는 유일한 방법은 그냥 내 이름을 말해버리는 것뿐이었다. 그래서 문안인사 같은 것 없이 백작으로 하여금 이 늦은 시각이지만 내가 중대한 이유로 찾아왔음을 알게 하는 수밖에 없었다.

나는 밖에서 기다리는 동안 명함을 꺼내서 이름 밑에 "중요한 용무로 방문함"이라고 썼다. 다 쓰기도 전에 젊은 하녀가 미심쩍은 표정으로 무슨 일로 왔냐고 물었다.

"이 명함을 주인나리께 꼭 전해 주시면 고맙겠소."

명함을 건네주며 내가 답했다.

하녀의 머뭇거리는 태도로 보니 처음부터 백작의 이름을 대며 만나러 왔다고 했다면 십중팔구 명령대로 그는 집에 없다고 말했을 것이다. 그녀는 내 명함을 쥐고 갈팡질팡하는 모습이 역력했다. 그녀는 난감한 표정으로 나를 보더니 결국 명함을 가지고 집으로 들어갔다. 나는 정원에서 홀로 기다려야만 했다.

잠시 후 그녀가 다시 나타났다.

"주인나리께서 언짢아하십니다. 무슨 용무이신지 말씀해 주시겠어요?"

"나 역시 무척 불쾌하다고 전해 주시오."

나는 즉각 되받았다.

"그리고 용건은 주인 외에 다른 사람에게 말할 수 없는 거라고 말하시오."

다시 그녀가 돌아갔고, 다시 나타나 나를 안으로 안내했다.

나는 곧장 그녀 뒤를 따라갔다. 이제 나는 백작의 집 안에 있었다.

7

현관에는 등불이 없었다. 하지만 하녀가 위층으로 올라갈 때 썼던 촛불이 부엌에 있어서 거기에서 흘러나오는 희미한 불빛을 통해 한 노부인이 안쪽 방에서 소리를 죽이고 일층으로 나오는 것을 보았다. 그녀는 내가 처음 들어섰을 때부터 표독스러운 눈빛을 던지고는 말없이 천천히 위층으로 올라갔다. 인사를 했지만 대꾸조차 없었다. 마리안의 말로 짐작컨대 백작부인임이 분명했다.

하녀가 방금 전 백작부인이 떠난 방으로 나를 안내했다. 방으로 들어서자마자 백작과 정면으로 마주쳤다.

그는 여전히 정장 차림을 한 채 외투만 벗어서 의자에 걸쳐 놓은 모습이었다. 소매를 손목까지 말아 올려 손목이 드러났지만 더는 올리지 않았다. 한쪽 옆에는 여행용 가방이 놓여 있고, 다른 편에는 상자가 있었다. 책들과 서류들, 옷가지들이 바닥에 어지럽게 널려 있었다. 문 옆 탁자 위에는 익히 들었던 쥐 우리가 놓여 있고, 그 안에 흰쥐들이 있었다. 카나리아와 앵무새는 다른 방에 있을 것이다.

백작은 상자에 물건을 담다가 내가 들어가자 손에 서류들을 들고 일어섰다. 얼굴에는 오페라 극장에서 받은 충격이 가시지 않은 듯 당황한 빛이 여전히 서려 있었다. 살찐 두 뺨은 축 늘어졌고 차가운 회색 눈에는 경계심이 가득했다. 목소리와 표정, 태도 모두가 의심으로 얼룩져 있었다.

그는 내게 한 걸음을 앞으로 옮기고는 쌀쌀맞은 예의로 의자에 앉으라고 권했다.

"용무가 있어 오셨다고요?"

그가 먼저 말을 꺼냈다.

"대체 무슨 일인지 종잡을 수가 없군요."

나를 호기심 가득한 눈빛으로 눈 한 번 깜빡이지 않고 노려보는 것으로 보아 극장에서 나를 보지 못한 게 확실했다. 그는 제일 먼저 페스카를 봤을 것이고, 그를 보자마자 다른 이는 눈에 들어오지 않았을 것이다. 머릿속은 온통 페스카로부터 벗어나려는 일념뿐이었을 것이다.

내 이름을 보고, 내가 적대적인 목적으로 이 늦은 밤에 자기 집으로 찾아온 것을 눈치 챘을 것임에도, 내가 찾아온 진짜 이유는 알지 못하는 게 분명했다. 페스카에 대한 두려움이 그의 명성이 자자한 이성과 판단력을 단숨에 빼앗아간 것이다.

"오늘밤에 귀하를 여기서 뵙게 되어 천만다행이군요."

내가 입을 열었다.

"지금 막 여행을 떠나시려는 것 같으니 말입니다."

"선생의 용무와 내 여행과 무슨 상관이 있단 말입니까?"

"어느 정도는 있습니다만."

"어느 정도라니요? 내가 어디로 가는지나 아시오?"

"모릅니다. 하지만 왜 런던을 떠나시려는지는 알고 있습니다."

그는 순간 무슨 생각에서인지 나를 스치고 지나가서 문을 잠근 뒤 열쇠를 주머니 속에 넣었다.

"하트라이트 씨, 당신과 나는 오래전부터 너무도 잘 알고 있는 사이지요?"

그가 말을 내뱉었다.

"어찌됐건, 나라는 인물이 그대가 찝쩍거릴 위인이 아니라는 사실 정도는 알고 오셨지요?"

"아다마다요."

내가 대꾸했다.

"하지만 전 귀하를 사소한 일로 귀찮게 하려고 늦은 시간 이곳에 온 게 아닙니다. 생사가 걸린 문제로 왔다는 걸 분명히 밝혀야겠군요. 그리고 방금 잠근 저 문이 설사 열려 있고 당신이 무슨 수를 써서라도 나를 쫓아내려 해도, 나는 결코 저 문밖으로 나가지 않을 겁니다."

나는 방 안 더 깊숙이 걸어가 벽난로 앞에 깔아 놓은 융단 위에 서서 그와 정면으로 마주보았다. 그는 문 앞에 있던 의자를 끌어와 왼쪽 팔을 탁자 위에 걸치고 앉았다. 탁자가 흔들리자 우리 속에서 흰쥐들이 잠에서 깨어 부리나케 몸을 움직이면서 말끔하게 색칠한 철사 줄 사이로 주인 눈치를 살폈다.

"생사가 걸린 문제라고?"

그가 반복해서 혼잣말을 했다.

"그런 건 그대가 생각하는 것보다 훨씬 심각한 말인데……. 대체 무슨 뜻이오?"

"말한 대로입니다."

그의 넓은 앞이마에 굵은 땀방울이 솟았다. 왼손은 탁자 모서리를 더듬었다. 거기에는 서랍이 있었고 그 잠금장치 자물쇠에 열쇠가 꽂혀 있었다. 그의 손가락이 거기에 닿았다. 하지만 열쇠를 돌리지는 않았다.

"그렇다면 그대는 왜 내가 런던을 떠나려는지 이유를 안단 말이오?"

그가 말을 계속했다.

"괜찮다면 그 이유를 말해 보시오."

그가 말하면서 열쇠를 돌려서 서랍을 열었다.

"그 이상도 할 수 있습니다."

내가 되받았다.

"원하신다면, 그 이유를 직접 보여드릴 수도 있지요."

"어떻게 보여주시려나?"

"외투를 벗으셨으니,"

나는 기다렸다는 듯 대답했다.

"이제 왼쪽 소매를 올려 보시죠. 그 이유가 거기 새겨져 있으니까요."

그러자 극장에서 봤던 것과 똑같은 퍼런 납빛이 그의 얼굴을 스쳐 지나갔다. 무시무시한 안광이 그의 두 눈에서 발산되어 나를 정면으로 쏘아보았다.

그는 말이 없었다. 하지만 그의 왼손은 천천히 서랍을 열고 있었다. 그의 손이 슬그머니 서랍 안으로 들어갔다. 볼 수는 없었지만 육중한 물체가 서랍을 긁는 거친 소리가 들렸다. 다시 그 소리가 멈췄다. 일순 팽팽한 침묵의 긴장이 방 안을 가득 매웠다. 그 침묵은 너무 날카로워서 심지어 멀리 떨어진 내 귀에 흰쥐들이 철사 긁어대는 소리까지 들려올 정도였다.

이제 내 목숨은 실오라기처럼 위태로웠다. 나도 그 사실을 잘 알고 있었다. 이 결정적인 순간, 나는 백작의 마음으로 생각했고, 그의 손가락으로 더듬었다. 마치 그가 서랍 속에 숨긴 물건을 빤히 보고 있기라도 한 듯이 그것이 무엇인지 확신하고 있었다.

"잠깐만,"

내가 힘주어 말했다.

"당신은 이미 문을 잠그지 않았습니까. 보다시피 나는 움직이지 않고 있지요. 또 보시다시피 나는 빈손입니다. 잠깐만 기다리십시오. 드릴 말씀이 남았습니다."

"이미 충분히 할 만큼 했지."

그가 갑자기 평온을 되찾았다. 그 침착한 태도가 너무 소름끼치고 간담을 서늘하게 만들어 힘으로 윽박지르는 것보다 더 크게 내 신경을 긁었다.

"원한다면 내 생각을 잠시 얘기해도 되겠소? 지금 내가 무슨 생각을 하고 있는지 아십니까?"

"알 것 같군요."

"내 생각은,"

그가 태연스레 말했다.

"이 벽난로 주변에 당신 뇌수를 튀게 해서 이 방을 너저분하게 할지 말지 그것이외다."

그 순간 내가 손가락 하나라도 까딱했다면 그는 바로 그 생각을 행동으로 옮겼을 것이다.

"감히 충고하건대 그 전에 지금 내가 가진 글귀 두 줄을 당신이 읽어야 할 것 같은데요."

이 제안이 그의 호기심을 끈 것 같았다. 그는 고개를 끄덕였다. 나는 수첩에서 내 편지를 잘 받았다는 페스카의 답신을 꺼내서 그의 팔이 닿는 데까지 건네주고 다시 내 위치로 돌아왔다.

그가 큰 소리로 읽었다.

"자네의 편지는 잘 받았네. 자네가 말한 시간까지 자네가 나타나지 않으면, 정확히 종이 치는 시간에 편지를 열어보겠네."

같은 입장에서 다른 사람이었다면 이 글귀에 대해 캐물었을 것이다. 백작은 그러지 않았다. 단 한 번 읽는 것만으로도 내가 어떤 조치를 취했는지 알아차렸다. 마치 준비 과정에 내 옆에 있었던 것처럼 말이다. 그의 표정이 순식간에 변했다. 그는 서랍에 넣은 손을 천천히 다시 뺐다. 빈손이었다.

"서랍을 잠그지는 않겠소, 하트라이트 씨."

그가 다시 입을 열었다.

"아직은 당신 뇌수를 벽난로 주변에 튀게 할지 말지 말 안 하겠소이다. 허나 나는 공정한 사람이지요. 심지어 적에게도 말이오. 먼저 인정할 건, 당신이 생각보다는 훨씬 영리하다는 점이오. 요점을 말합시다, 선생! 내게서 원하는 게 있지요?"

"있지요. 그걸 얻으려고 합니다."

"대가를 바라오?"

"대가를 바라는 게 아닙니다."

그의 손이 다시 서랍 안으로 들어갔다.

"어허! 우리가 지금 다람쥐 쳇바퀴를 돌리고 있나. 당신의 똑똑한 머리가 다시 위기에 빠졌구려. 당신 목소리는 개탄스러울 정도로 부주의하군, 선생. 당장 목소리를 죽이시지! 지금 이 자리에서 당신 머리를 박살내는 게, 내게는 당신을 내보내는 것보다 안전하다는 걸 명심해야지. 당신은 지금 한심하게 죽은 내 친구 같은 사람을 상대하는 게 아니라는 정도는 잘 알고 있지요? 지금 포스코라는 사람과 일대일이라는 사실을 알지요? 만일 하트라이트라는 젊은이 스무 명이 내 안전한 곳으로 가는 돌계단이라면, 나는 전혀 개의치 않고 쾅쾅 밟아가며 갈 거요. 철두철미한 무관심, 넘보지 못할 냉정함이라는 내 우군을 두고 말이오. 나를 존경하길 바라오, 목숨이 아깝다고 여긴다면 말이오! 이제 당신이 입을 열기 전에 먼저 세 가지 질문을 던지겠소. 잘 들으시오. 이 면담에서 아주 중요한 거니까. 잘 대답하시오. 그 대답들은 나에게 꼭 필요합니다."

그가 오른손 손가락 하나를 치켜들었다.

"첫 번째 질문이오!"

그가 질문을 던지기 시작했다.

"당신은 정보를 가지고 여길 왔소. 그것이 진실이든 거짓이든 간에 말이오. 어디서 들었소?"

"답변하지 않겠습니다."

"괜찮소. 내가 알아낼 테니까. 만일 그 정보가 사실이라면, 내 말명심하시오. 만일 당신이 그 정보를 흥정거리로 만들 참이라면, 그게 당신을 판 것이건 당신 친구를 판 것이건 나중을 위해 지금 이상황을 잘 기억하겠소. 내 기억력은 지금껏 한 번도 날 실망시키지않았으니까. 자, 계속할까요?"

그가 두 개의 손가락을 들어올렸다.

"두 번째 질문! 당신이 나더러 읽어보라고 준 그 글귀에는 서명이없군요. 누가 썼소?"

"내가 절대적으로 신임하는 인물이자, 당신이 절대적으로 두려워하는 사람입니다."

이번 답변이 그에게 적잖은 충격을 주었다. 서랍 속에 감춰진 그의 왼손이 떨리는 소리가 귀에 들릴 정도였다.

"얼마나 남았소?"

그가 세 번째 질문을 한층 낮아진 목소리로 물었다.

"종소리가 울리고 편지가 개봉되기까지 시간이 얼마나 남았지?"

"당신이 내 용건에 화답할 시간은 충분합니다."

내가 힘을 주어 대답했다.

"좀 쉽게 설명해 보시게, 하트라이트 씨. 몇 시에 종이 울립니까?"

"9시입니다. 내일 아침."

"내일 아침 9시라고? 그렇군. 제대로 덫을 쳐놓았군. 여권이 통과되고 런던을 떠나기 전이지. 더 이른 건 아니오? 그건 즉시 확인가능하지. 당신을 여기에 인질로 잡아놓겠소. 그 전에 당신이 다시편지를 보내면 그때 풀어주면 되겠지. 그건 그렇고, 어디 한 번 당신 용건이나 들어봅시다."

"이제 듣게 될 겁니다. 간단하니 곧바로 말하지요 간단하지요. 내가 누굴 위해서 여기에 온 건지 아십니까?"

그가 지극히 침착한 얼굴로 미소를 지었다. 그리고 오른손을 제멋대로 휘저었다.

"그거야 식은 죽 먹기 아니겠소."

그가 조롱하듯 말했다.

"당연히 여자 문제겠지."

"내 아내를 위해서요."

그가 처음으로 솔직한 심정을 얼굴에 드러냈다. 멍한 놀라움의 표정이었다. 그 표정으로 나는 알 수 있었다. 내가 더는 그에게 위험한 인물로 비춰지지 않기 시작했다는 것을 말이다. 그는 서랍 문을 즉시 닫고 팔짱을 낀 채 비웃듯이 득의만만한 얼굴로 나를 응시했다.

"당신도 잘 알고 있을 겁니다."

나는 아랑곳 않고 계속 말했다.

"지난 긴 세월 동안 내가 조사를 위해 겪어야 했던 수많은 과정들을 말입니다. 그러니 그 명백한 사실을 내 면전에서 아무리 부인해도 소용없을 것입니다. 당신은 악랄한 음모의 공모자입니다. 그리고 1만 파운드를 손에 쥐기 위해 그 짓을 저질렀지요."

그는 아무 말이 없었다. 대신 얼굴이 갑작스레 잔뜩 흐려지면서 침울해졌다.

"돈은 가져도 됩니다."

내가 말했다. 그의 얼굴에 다시 환한 기운이 번졌다. 그는 놀라움에 점점 더 두 눈을 크게 뜨고 나를 바라보았다.

"내가 여기 온 건 사악한 범죄의 대가로 당신 손에 떨어진 돈 따위로 치욕스러운 거래를 하기 위해서가 아닙니다."

"그러지 맙시다, 하트라이트 씨. 당신네들의 그 시시한 도덕관은 영국에서나 먹히는 거요. 그런 건 그냥 당신이나 당신네 영국 사람들끼리 알아서 하시구려. 그 돈 1만 파운드는 작고한 페어리 씨가 내 훌륭한 아내에게 남긴 유산이올시다. 그 문제는 그렇게 정리합시다. 만일 그렇지 않다고 한다면 기꺼이 토론할 마음도 있소. 그런데 나처럼 고상한 감정을 가진 사람에게 그런 문제는 거북하기 그지없소. 그 문제는 그냥 넘어가는 게 좋겠소. 당신이 중요하다고 말한 용건으로 다시 화제를 돌립시다. 뭘 요구하는 거지요?"

"첫 번째로, 내 면전에서 당신이 벌인 음모에 대해 자백하기를 원합니다. 직접 글로 쓰고 서명해 주십시오."

그가 손가락 하나를 올렸다.

"좋소, 하나!"

그는 현실적인 인물다운 주의력을 되찾고 다시 손가락을 올렸다.

"두 번째는, 내 아내가 블랙워터 파크를 떠난 날짜와 런던으로 여행한 날짜에 대한 분명한 증거를 원합니다. 그것은 당신의 개인적인 증언에만 입각해서는 안 됩니다."

"알았소! 결국 아픈 곳을 손가락으로 찌르고 마는군."

그가 담담하게 대꾸했다.

"더 있소?"

"현재로서는 그게 다입니다."

"좋소! 당신은 요구를 말했소. 이제 내 요구를 들을 차례요. 당신이 좋을 대로 표현했듯이, 그 음모란 걸 인정하는 게 당신을 벽난로 깔개 위에 시체를 만들어 눕히는 것보다야 낫겠지. 당신이 내 조건을 받아들인다는 전제 하에서 당신 요구를 받아들이겠소. 요구한 진술은 써주겠소. 게다가 명백한 증거도 만들어주겠소. 지금 당신이 원하는 건, 아내가 런던에 언제 도착한다는 걸 적은 내 죽은 친구의 편지 같은 거겠지요? 그건 내가 줄 수 있소. 더불어 내가 런던으로 도착한 그녀를 역에서 데려오기 위해 고용한 마부의 신분도 알려줄 거요 그가 보관 하고 있는 등기부를 보면 날짜를 증명하는 데 큰 도움이 될 테니까. 설사 나를 태워준 마부는 별 소용이 못 된다 하더라도 말이오. 그런 것들은 해줄 수 있고, 할 것이오. 단 지금 말하는 조건하에서 말이오.

첫 번째 조건! 백작부인과 나는 우리가 원하는 때와 방식으로 그 어떤 방해도 받지 않고 이 집을 떠날 수 있어야 하오. 두 번째 조건! 당신은 내 대리인이 올 때까지 나와 여기 있어야 하오. 그는 내일 오전 7시에 업무를 처리하기 위해서 올 거요. 그러면 대리인 편으로 당신의 봉인된 편지를 가지고 있는 이에게 서한을 보내시오. 내 대리인 편으로 그 편지를 돌려보내라고 말이오. 그리고 당신은 내 대리인이 그 편지를 개봉하지 않고 가져올 때까지 나와 여기서 기다려야 합니다. 그런 뒤 내가 여기를 안전하게 나갈 수 있도록 30분을 더 기다리고, 그 뒤에는 자유의 몸으로 행동해도 좋소. 세 번째 조건! 지금 이 자리에서 범한 무례함에 대해 신사답게 사과의 편지를 보내시오. 안전하게 고국에 자리 잡으면 내 손으로 편지를 보낼 시기와 장소를 당신에게 전할 거요. 당신이 보낼 사과 편지는 내 가슴에 품은 칼 길이 정도는 되어야 할 거요.

이것들이 내 요구요. 내 요구에 응할지 않을지 말해 주시오. 된다, 안 된다 둘 중 하나를 말하시오."

이 즉흥적이고도 기묘한 결정은 선견지명을 가진 이의 교활함이요, 사기꾼의 허장성세였다. 이것이 잠시나마 나를 흔들리게 만들었다. 한 가지 의문이 들었다. 이 악랄한 인간을 무사히 풀어주는 대가로 로라의 신분을 확증할 증거물들을 얻는 게 과연 올바른 짓인가 하는 것이있다.

나는 잘 알고 있었다. 로라가 고향에서 만인이 보는 앞에서 정당하게 신분을 인정받고, 공개적으로 어머니의 묘비에 잘못 새겨진 기록을 지우는 것이 절대적으로 중요한 일이라는 것을 말이다. 또

345

한 나는 알고 있었다. 내 의도는 애초부터 복수심이 작용한 것인 만큼 어느 정도 한계가 있다는 점도.

그럼에도 나는 이 결정이 도덕적으로 결함이 있는지 없는지 잘라 말할 수가 없었다. 그러다가 퍼시벌 경의 죽음을 기억하자 비로소 답이 나왔다. 그때 그의 목숨을 구하려다가 그토록 벼르던 모든 응징의 결심들을 죄다 잊지 않았던가!

마찬가지로 나는 이 작자를 반드시 지금 응징해야 했다. 하지만 역시 인간의 한계는 있었다. 그에게 마땅히 천벌이 내려져야 한다는 확신도 퍼시벌 경의 죽음을 떠올리자 자신할 수가 없었다. 단순히 나를 피해 달아난다고 해서 이 자가 벌을 받지 않을 수 있을까?

물론 상대의 운명을 단단히 쥐고 있는 상황에서 그를 순순히 풀어주는 것은 쉬운 일이 아니었다. 하지만 나는 스스로를 희생하기로 했다. 양으로 만들어 모든 책임을 내게 전가시켜야 했다. 내 유일한 숭고한 가치인 로라의 행복과 진실을 수호하기로 결론 내렸다.

"당신의 제안을 받아들입니다."

내가 마침내 무거운 입을 열었다.

"단 한 가지 조건이 있습니다."

"뭡니까?"

그가 물었다.

"봉인된 편지에 관한 겁니다. 그 편지가 당신 손에 쥐어지면, 개봉하지 않고 내 앞에서 태워주길 바랍니다."

이것은 나와 페스카의 관계에 대한 증거를 없애기 위해서였다. 조직의 일에서는 단 하나의 빌미도 큰 화를 초래한다는 것쯤은 나도 알고 있었다. 페스카를 위해 절대적으로 필요한 조치였다.

"당신의 조건을 받아들이겠소."

그가 잠시 깊은 생각에 잠긴 뒤 무겁게 입을 열었다.

"논쟁할 가치도 없지. 내 손에 들어오는 순간 당장 없애겠소."

그가 그렇게 말하며 지금까지 나와 정면으로 마주보며 앉아 있던 의자에서 일어났다. 두 사람 사이에 팽팽했던 긴장의 무게를 죄다 날려버리려는 듯한 모습이었다.

"후우!"

사지를 요란하게 펴며 그가 큰 신음을 내뱉었다.

"이야기가 꽤나 뜨거웠소. 의자에 앉으시오, 하트라이트 씨. 앞으로 우리는 철천지 원수로 만나게 되겠지만, 지금은 신사답게 서로 정중하게 대합시다. 내가 내 아내를 부를 자유를 막지는 않겠지요?"

그가 잠근 문을 풀고 열었다.

"엘리너!"

그가 깊은 목소리로 아내를 불렀다. 표독스럽게 생긴 여인이 안으로 들어왔다.

"이쪽은 백작부인이고 이쪽은 하트라이트 씨요."

백작이 두 사람을 느긋하게 소개시켰다.

"나의 천사,"

백작이 아내에게 말을 건넸다.

"당신의 짐 꾸리는 시간을 내게 진한 커피를 한 잔 타주는 일에 나눠줄 수 있겠소? 오늘 하트라이트 씨에게 써줘야 할 중요한 서류가 있소. 그러니 사소한 실수가 없도록 멀쩡한 정신으로 있어야 한다오."

백작부인은 두 번 절을 했다. 한 번은 나에게 딱딱한 절을, 한 번은 남편에게 순종적인 절을 했다. 그런 뒤 방을 슬며시 빠져나갔다.

백작은 창문 옆 집필용 탁자로 향하더니 서랍에서 종이들과 깃펜들을 꺼냈다. 그리고는 탁자 위에 깃펜들을 쏟아 놓고 필요한 순서대로 쓸 수 있도록 가지런히 놓았다. 종이들도 형식에 맞게 뭉치째 잘랐다.

"이제 해볼까요?"

그가 어깨 너머로 나를 쳐다보며 말했다.

"글 쓰는 작업은 내 오랜 취미이자 특기지요. 사실 요즘 지성인들 치고 글재주 있는 이들 보기가 참으로 힘들지요. 다행히 나는 이 희귀한 능력과 재주를 타고 났소. 조상님께 무척이나 감사드릴 일이잖소? 선생은 어떠신지?"

커피를 기다리는 동안, 그는 방 안을 왔다 갔다 했다. 혼자 노래를 흥얼거리면서 뭔가 생각이 막힐 때면 손바닥으로 이마를 쳐가면서 육중한 몸을 움직였다. 내가 자신을 위기에 빠뜨렸음에도 긴장하지 않고 오히려 그 위기를 자기과시를 위한 받침대로 이용하는 그의 놀라운 호방함이 나를 경악하게 만들었다. 나는 그를 혐오하면서도, 위기상황에서 그가 빚어내는 어마어마한 위압감에 나도 모르게 감탄하고 말았다.

백작부인이 커피를 가지고 들어왔다. 그는 부인의 손에 감사의 입맞춤을 하고 부인을 문까지 안내했다. 그런 후 커피를 한 가득 따르고는 잔을 가지고 책상으로 갔다.

"커피 좀 드시겠소?"

그가 자리에 앉기 전에 내게 물었다.

나는 정중히 거절했다.

"저런! 내가 커피에 독이라도 탔단 말이오?"

그가 즐겁게 농을 건넸다.

"영국인의 지성은 그런대로 건전하지요."

그가 자리에 앉으며 말을 이었다.

"단 하나 치명적 결함이 있다면, 낯선 곳에서는 지나치게 경계한다는 거요."

그는 펜을 잉크에 담그더니 종이 한 장을 앞에 놓았다. 한 손으로 쿵 소리가 나게 책상을 내리친 다음 침을 삼켰다. 그리고 작업을 시작했다. 일사불란하게 빠른 솜씨로 줄마다 널찍한 여백을 두고 씩씩하게 써내려갔다. 불과 2분도 안 돼서 종이 한 장을 다 채웠다. 장을 채울 때마다 페이지 번호를 쓰고는 어깨 너머 방바닥으로 내던졌다. 맨 처음 깃펜이 다 닳자 그 펜 역시 어깨 너머로 던지고는 책상 위에 있는 다른 펜을 잽싸게 집었다. 한 장씩 쌓여 총 10장이 되고, 10장이 싸여 100장이 되었다. 그가 앉은 의자 주변을 하얀 종이들이 가득히 에워쌌다.

시간은 계속 흘러갔고, 나는 앉아서 그를 지켜보고, 그는 앉아서 계속 썼다.

그는 간간히 커피를 마시는 경우를 제외하고는 한 번도 글쓰기를 멈추지 않았다. 커피 잔이 비워질 때마다 이마를 손으로 치면서 다시 잔을 채우곤 했다. 1시를 알리는 괘종시계 소리가 울렸다. 2시 종이 울렸고, 3시 종이 울렸다. 여전히 종이들이 그의 주변을 차곡차곡 메웠다. 지칠 줄 모르는 펜대가 단 한 차례 쉼도 없이 굵직한 소리를 내며 부산히 움직였다. 어지럽게 널린 종이들이 계속 쌓여갔다. 4시가 되자, 느닷없이 그의 장황한 손짓이 눈에 들어왔다. 마지막으로 이름을 서명하는 신호였다.

"브라보!"

그가 소리쳤다. 그리고 마치 젊은이처럼 자리를 박차고 일어나서는 득의만만한 미소를 지으며 나를 바라보았다.

"끝났소, 하트라이트 씨!"

주먹으로 자기 넓은 가슴을 쿵 내려치면서 그가 호통치듯 말했다.

"끝났소. 읽으면 입이 딱 벌어질 거요. 지극히 흡족한 작업이었소. 할 얘기는 다 썼소. 하지만 인간 포스코는 여기서 끝내지 않지요. 이제부터 수정 작업이 시작될 겁니다. 수정하고 교정하고, 그걸 아주 감명 깊게 선생에게 읽어줄 거요. 자, 막 4시 종이 울렸소. 수정과 교정하고 읽는 데 4시부터 5시까지. 잠시 원기회복을 위해 휴식을 취하는 데 5시부터 6시. 마지막 최종 작업을 하는 데 6시부터 7시. 대리인이 와서 편지를 가져오는 데 7시부터 8시. 8시면 상황 종료. 어떻소, 대단한 계획이잖소?"

그는 말을 마치고 바닥에 털썩 주저앉았다. 주변에 그가 쓴 종이들이 그를 호위하고 있는 듯했다. 그는 종이들을 모아서 송곳으로 뚫고 끈으로 묶었다. 그런 뒤 앞 장에다 제목과 자기과시를 위한 작위들을 써넣었다. 그 다음에 다시 수정 작업을 했고, 마침내 내 앞에서 그 글을 큰 소리로 읽어주었다. 연극배우가 장황한 몸짓과 강렬한 목소리로 관객에게 호소하듯이 온갖 과장과 제스처를 동원했다. 잠시 후면 독자들도 그가 쓴 글을 읽게 될 것이다. 지금은 그가 쓴 글이 나를 만족시켰다는 정도만 말하겠다.

다음으로 백작은 이륜마차를 몰았던 마부의 주소를 써주고, 퍼시벌 경의 편지도 넘겼다. 햄프셔에서 보낸 편지의 날짜는 7월 25일이었다. 편지에는 글라이드 부인의 런던 여행이 7월 26일로 정해졌다고 적혀 있었다. 즉 퍼시벌 경의 편지에 의하면 로라는 사망 진단서가 그녀의 죽음을 공표했던 7월 25일까지 여전히 살아 있었다. 그리고 다음날 런던으로 출발한 것이다. 이제 마부에게서 여행에 대한 증언만 얻어내면 모든 게 완벽해지는 셈이었다.

"5시 15분이군요."

손목시계를 보면서 백작이 말했다.

"잠시 쉬어야 할 시간이군요. 알아차렸는지 모르겠지만 내 외양은 나폴레옹을 많이 닮았지요, 하트라이트 씨. 더불어 수면 시간을 자유자재로 조정할 수 있는 것도 그 불멸의 황제를 닮았고 말이오. 잠시 실례하겠소이다. 선생이 혹시 지루할까 염려되니 백작부인을 부르겠소."

그가 부인을 부른 이유는 자는 동안 내가 이 집에서 떠나지 못하게 감시하는 것임을 나 역시 백작만큼 잘 알고 있었다. 나는 별말 없이 그가 넘겨준 서류들을 묶는 데만 신경을 쏟았다.

차갑고 창백하고 여전히 독살스런 표정을 한 백작부인이 방으로 들어왔다. 백작이 손수 그녀가 앉을 의자를 마련했다. 그리고 그녀의 손에 두 번째로 입맞춤을 한 다음 소파에 가서 눕더니 채 3분도 지나기 전에 지상에서 가장 활력 넘치는 사람처럼 평온하고 달콤한 잠에 깊이 빠졌다.

백작부인은 탁자 위에 놓인 책 한 권을 집어 자리에 앉더니 빈틈없이 나를 노려보았다. 결코 잊지 않고 결코 용서하지 않겠다는 악의로 가득 찬 눈빛을 거두지 않았다.

"당신과 제 남편이 나누는 대화를 다 들었어요. 내가 만일 남편이었다면, 당신은 벌써 벽난로의 시체가 됐을 겁니다."

그녀는 그 말과 함께 시선을 거두고 책을 읽었다. 그때부터 남편이 깨어날 때까지 책에서 한 번도 눈을 떼지도 않고, 내게 말을 걸지도 않았다.

그는 정확히 한 시간이 지나자 눈을 뜨고 소파에서 일어났다.

"한결 개운하군."

그가 말했다.

"내 사랑하는 아내, 엘리너, 위층은 다 준비되었소? 물론 두말하면 잔소리겠지. 이 방의 물건 정리는 10분이면 충분하지. 거기다 여행복을 갈아입는데 10분이 더 걸리겠지. 이제 대리인이 오기 전에 남은 일이 있나?"

그가 방 안을 두리번거리다가 흰쥐가 있는 우리를 발견했다.

"아!"

그가 애처로운 탄식을 내뱉었다.

"마음이 찢어지는 마지막 고민거리가 여기 있구나. 내 가련한 녀석들! 내 품에서 자란 귀여운 자식들! 이 아이들을 어떻게 하면 좋을까? 당장 있을 곳도 없거늘. 지금부터는 끝도 없는 여행을 해야 하니. 짐이 적을수록 더 좋은데, 내 앵무새와 내 카나리아와 내 어린 쥐들, 이 녀석들을 누가 돌보나?"

그가 깊은 생각에 잠겨 방 안을 서성거렸다. 범죄를 고백하는 편지를 쓸 때는 조금의 평정심도 잃지 않았던 그가 애완동물처분 문제에서는 인생 최대의 고민을 만난 듯이 당황하고 우울해했다. 한참을 생각하던 그가 갑자기 다시 책상에 앉았다.

"생각이 났군."

그가 탄성을 질렀다.

"이 녀석들을 이곳의 광대한 동물들의 수도에 기증해야겠소. 내 대리인이 이 귀중한 녀석들을 런던 동물원에 내 이름으로 기증할 것이외다. 서류를 당장 써야겠소."

그는 글을 쓰면서 그것을 소리 내서 읽었다.

"기증 1호, 기막힌 깃털을 가진 앵무새, 그 자체로서 방문객들의 구미를 사로잡을 매력 덩어리. 기증 2호, 대적할 상대가 없는 활력과 기지로 똘똘 뭉쳐진 카나리아, 에덴에서 지내야 할 만큼 가치 있고, 리젠트 공원 정원에서 지낼 만한 가치가 충분한 새. 이 새들을 영국 동물학에 대한 존경의 뜻으로 포스코가 기증함."

펜이 또 한차례 요란한 소리를 냈고, 그의 현란한 사인 동작이 다시 한 번 허공을 휘저었다.

"백작님! 흰쥐를 빠뜨리셨어요."

백작부인이 황급히 말했다.

그 말에 그는 탁자에서 일어나 그녀의 손을 잡더니 자기 가슴에 얹었다.

"엘리너, 모든 인간의 결단에는 한계가 있는 법이라오."

그가 단호하게 말했다.

"나의 한계는 여기까지요. 내 흰쥐들과는 절대 떨어질 수 없소.

나와 함께 갈 것이오, 내 천사여. 이 녀석을 위층의 여행용 우리로 옮겨줘요."

"존경스러운 마음 씀씀이십니다."

그녀가 존경이 담긴 눈빛으로 남편을 올려다보며 말했다. 동시에 그 독살스런 눈빛을 내 쪽으로 던지고는 조심스럽게 우리를 들고 방을 나갔다.

백작이 시계를 보았다. 애써 마음의 평정을 잃지 않으려 했지만 점점 시간이 흐를수록 초조한 기색이 드러났다. 촛불은 이미 모두 꺼졌고, 새 아침의 햇살이 방 안을 가득 채우고 있었다. 문의 초인종이 울리고 대리인이 모습을 나타낸 것은 7시 5분이 지나서였다. 그는 검은 턱수염을 한 외국인이었다.

"여기는 하트라이트 씨, 여기는 루벨 씨입니다."

백작이 우리를 소개시켰다. 대리인은 생김새 하나하나가 '나는 스파이'라는 표시를 붙여놓은 듯했다. 백작이 대리인을 방 한구석으로 데려가더니 귀엣말로 몇 가지 지시를 내리고는 혼자 방을 나갔다. 나와 단둘이 남겨지자 루벨 씨는 지극히 공손한 태도로 내게 예정된 일을 지시할 것을 부탁했다.

나는 페스카에게 단 두 줄만 썼다. 밀봉한 편지를 이 수염 난 자에게 전달해도 좋다는 내용이었다. 나는 편지 겉봉을 쓴 뒤 그에게 건네주었다.

대리인은 자신의 고용인이 여행복으로 단단히 무장한 채 나타날 때까지 나와 같이 기다렸다. 백작은 대리인을 보내기 전에 편지 겉봉의 주소를 확인했다.

"내 이럴 줄 알았지!"

그가 어두운 표정으로 나를 돌아보며 말했다.

짐을 다 꾸린 백작은 앉아서 찬찬히 지도를 살폈다. 수첩에 필요한 내용을 적으면서 지나칠 정도로 자주 시계를 흘끔거렸다. 출발

시간이 다가올수록 그는 말이 없어졌다. 나와 페스카가 가까운 관계임을 확인한 뒤로, 더더욱 안전한 탈출을 위해 만전을 기하는 모습이었다.

8시가 조금 안 되어 루벨 씨가 밀봉된 편지를 가지고 다시 나타났다. 백작은 밀봉된 편지에 적힌 수취인 주소와 봉인을 확인한 뒤 촛불로 편지를 태웠다.

"내가 한 약속은 지킵니다."

그가 입을 열었다.

"그렇다고 하트라이트 씨, 이 문제가 여기서 끝난 건 아닙니다."

대리인은 자기가 타고 온 마차를 문 앞에 대기시켜 놓았다. 하녀들이 짐을 마차로 나르느라 바쁘게 움직이고 있었다. 백작부인은 얼굴을 완전히 베일로 가리고 흰쥐가 든 우리를 손에 쥔 채 계단을 내려왔다. 이번에도 내게 말을 던지거나 얼굴을 돌리지 않았다. 남편이 그녀를 마차로 이끌었다.

"저 복도까지 나를 따라오시오."

백작이 내 귀에 소곤거렸다.

"마지막으로 한 말씀 드리겠소."

나는 문 밖까지 나갔다. 대리인이 집 앞 정원에 서 있었다. 백작이 혼자 돌아오더니 나를 복도 안으로 몇 걸음 끌어당겼다.

"세 번째 조건을 명심하시오!"

그가 거칠게 속삭였다.

"당신 생각보다 훨씬 빠른 시간 안에, 반드시 당신의 무례함에 대해 사죄를 받고 말겠소."

그는 내 손을 쥐고 세게 비틀었다. 그리고는 문으로 돌아서더니 다시 걸음을 멈추고 돌아왔다.

"한 마디만 더,"

그가 은밀한 목소리로 말했다.

"마지막으로 할콤 양을 봤을 때 얼굴이 영 말이 아니었소. 그 존경스런 여인의 안위가 무척 걱정이오. 선생, 그녀를 잘 보살펴주시오! 내 가슴에 손을 얹고 엄숙하게 부탁하리다. 할콤 양을 잘 보살펴주시오!"

이 말을 마지막으로 그는 떠나가는 마차 속으로 그 육중한 몸을 우겨넣었다.

대리인과 나는 멍하니 서서 그가 사라지는 모습을 바라보고 있었다. 그 사이, 좁고 작은 길모퉁이에서 또 다른 마차 한 대가 나타났다. 그 마차는 백작이 지나간 길을 뒤쫓아 갔다. 마차가 열린 대문 앞을 지나갈 때, 마차 안에 탄 사람이 얼굴을 내밀었다. 바로 오페라 극장의 그 남자였다. 왼쪽 뺨에 흉터를 가진 바로 그 외국인!

"여기서 30분은 더 저와 함께 계셔야겠습니다."

대리인이 말했다.

"그럽시다."

우리는 다시 거실로 들어왔다. 나는 대리인에게 말을 걸거나 그의 말을 받아줄 기분이 아니었다. 나는 백작이 내 손에 쥐어 준 서류들을 풀었다. 그리고 이 끔찍한 공모를 주도하고 실행한 남자가 직접 쓴 음모의 가공할 실체들을 읽기 시작했다.

포스코 백작이 이어가는 이야기

1850년 여름, 나는 고국으로부터 막중한 임무를 받고 런던에 도착했다. 극비 인사들은 거의 비공식적으로 나와 접촉을 가지고 내 통제 아래에 있었다. 루벨 씨와 루벨 부인도 그 일원이다.

런던 교외에 자리를 잡고 임무 수행에 들어가기 전까지 몇 주의 여유 시간이 있었다. 여기서 질문을 하고 싶을 것이다. 그 임무란 게 대체 뭐였냐고 말이다. 그 궁금증에 나도 공감한다. 그런데 안타깝게도 상부의 명령 때문에 그 내용을 밝히지 못하는 점을 이해해 주시기 바란다.

나는 앞서 말한 몇 주의 여유 시간을 작고한 내 친구인 퍼시벌 글라이드 경의 대저택에서 보내기로 했다. 그는 아내와 이탈리아에서 막 돌아왔고, 나도 내 아내와 런던으로 온 참이었다. 영국은 정말이지 행복한 가정으로 가득한 나라다. 우리 또한 그런 가정적인 상황에서 입국했으니 그 얼마나 적절한 조화인가.

퍼시벌 경과 내 우정을 더욱 돈독하게 해준 일이 있었다. 둘 다 돈 문제로 시달리고 있다는 점이었다. 동병상련의 감정이 우리를 더 단단히 묶어준 셈이다. 우리는 둘 다 돈이 필요했다. 그것도 엄청난 돈이! 너무 절실했다. 돈에 시달리는 우리에게 딱한 동정심을 표하지 않을 교양인이 과연 이 세상에 있을까? 만일 있다면 그 작자는 철저히 아둔한 자일 것이다! 아니면 돈이 너무 많은 갑부든가 말이다.

이 돈 문제를 구체적으로 말하는 것은 영 내키지 않는다. 다만 로마의 권위와 위엄으로, 내 빈 지갑과 퍼시벌 경의 빈 주머니를 잔뜩 찌푸린 대중에게 공개하는 것으로 멈추겠다. 개탄할 재정 문제는 그 정도로 넘어가도록 하자.

그때 엄청난 신의 피조물이 저택에서 우리를 맞이했다. 내 가슴에는 '마리안'이라는 이름으로 아로새겨져 있지만, 쌀쌀맞은 상류층 사회에서는 '할콤 양'이라고 불리는 여인이었다.

말도 안 되는 일이었다! 나는 얼마나 빠른 속도로 그녀를 열렬히 우러르게 되었던가. 나이 예순에 열여덟 살 청년의 활화산 같은 정열로 그녀를 숭배했다. 내 타고난 감수성과 황금처럼 귀한 재능은 속절없이 그녀의 발치 아래 바쳐졌다. 나의 아내는 (불쌍한 천사여!) 나를 절대적으로 존경하지만, 그녀에 비하면 보잘것없는 존재에 불과하다. 이런 게 세상이다. 이런 게 남자다. 이런 게 사랑이다. 우리 인간이란 어차피 공연 상자 안의 꼭두각시에 불과하지 않은가?

전지전능하신 신이여, 제발 우리를 자연스럽게 움직이게 하소서! 미천하고 작은 무대에서 춤추는 우리가 부디 무대 위에서 떨어지지 않게 보살펴주소서!

이상 말한 것이 내 철학의 근본이다. 다시 원래 이야기로 돌아가겠다.

우리가 블랙워터 파크에서 보낸 상황에 대해서는 위대한 여인 마리안이 이미 자신의 일기장에 기록해 놓았다(이 고결한 여인을 이렇게 부르고자 하는 내 간절한 마음을 눈감고 넘어가 주시길). 몰래 읽게 된 그녀의 일기는 정말이지 입이 다물어지지 않을 정도였다. 단 한 치의 오차도 없이 모든 상황을 기록하고 있었다. 이 철두철미한 여인이 이미 밝혀낸 이야기를 내 펜으로 다시 쓰는 게 두려울 정도이다.

따라서 내 글은 그녀가 참담한 재앙에 빠진 날, 그녀가 병으로 앓아눕게 된 날부터 시작한다.

당시 상황은 여간 심각한 게 아니었다. 퍼시벌 경은 기한일까지 상당한 돈이 절실하게 필요했다(이 돈 문제는 나 자신과 친구를 위해 가급적 언급을 사양하겠다). 그런데 그 돈이 나올 구멍이라고는 그의 아내뿐이었다. 그 돈 역시 아내가 죽기 전까지는 한 푼도 마음대로 쓸 수 없었다.

그 정도만 해도 좋지 않은 상황이었다. 그런데 상황을 악화시키는 문제가 있었다. 바로 퍼시벌 경의 사적인 비밀이었다. 아무리 가까운 친구라 해도 서로 존중하고 지켜 줘야 할 영역이 있는 법이라, 나로서는 친구의 비밀을 상세히 알 길이 없었다. 기껏 아는 것이라고는 앤 캐서릭이라는 여자가 인근 마을에 숨어 있으며, 그녀가 글라이드 부인과 몰래 내통하고 있다는 사실, 그로 인해 퍼시벌 경을 파멸로 몰아갈 수 있는 비밀이 폭로될 상황이었다는 것 정도다.

결론은 하나였다. 비밀을 결단코 막는 것이었다. 퍼시벌 말로는 그의 아내가 입을 열거나 앤 캐서릭을 찾지 못하게 될 경우 그는 파멸하게 될 것이라고 했다. 그가 죽은 목숨이라면 내 돈은 어찌 되겠는가? 간 크기로 둘째라면 서러워할 나였지만, 그 생각에 미치자 전율하지 않을 수 없었다.

나는 정신의 모든 초점을 앤 캐서릭을 찾는 데 집중했다. 우리 돈 문제는 중요한 사안이긴 해도 얼마간 늦출 수 있었지만, 이 여자를 찾는 일은 절대 미룰 수 있는 성질의 것이 아니었다.

나는 그녀를 직접 본 적은 없었다. 단지 그녀가 글라이드 부인과 똑같이 생겼다는 해괴한 말만 들었을 뿐이다. 이 말이 또한 그녀를 한시바삐 찾아야겠다는 불같은 성미에 기름을 끼얹었다. 여기에

다 더욱 나를 재촉한 것은 그녀가 정신병원에서 탈출했다는 사실이었다.

글라이드 부인과 똑같은 외모를 가졌고 정신병원을 탈출했다는 이 두 사실에, 내 머리는 거대한 상상 덩어리를 만들기 시작했다. 그랬다. 바로 바꿔치기였다. 글라이드 부인과 앤 캐서릭의 이름, 지위, 그리고 운명을 바꿔치는 것이다. 이 가공할 상상은 실로 끔찍하다는 표현 이상의 것이었지만, 이것으로 3만 파운드를 거머쥐고, 퍼시벌 경의 비밀이 영구히 함몰된다고 생각해 보라!

실수라고는 해본 적이 없는 내 본능이 즉각 발휘되었다. 지난 상황들을 돌아볼 때, 앤 캐서릭은 호숫가 보트 창고 주변에 다시 나타날 것이 분명했다. 따라서 내가 직접 그 장소를 감시해야 했다. 나는 관리인인 마이컬슨 부인에게 그곳에서 책을 읽으며 소일할 거라고 미리 말해 두었다. 내게는 하나의 규칙이 있는데, 일체의 의혹도 남기지 않는 것, 시기적절한 허심탄회한 말로 타인의 의심을 사전에 차단하는 것이다.

마이컬슨 부인은 나를 철저하게 믿고 있었다. 이 기품 있는 미망인은 신앙심으로 넘쳐흐르는 여자였다. 지긋한 나이에 그토록 순박하게 내 한 마디에 쉽게 넘어가는 걸 보고, 나는 내가 지닌 풍부한 인품으로 그녀를 완전히 내편으로 만들었다.

직접 보초를 선 보람이 있었다. 앤 캐서릭은 아니었지만 그녀의 보호자가 나타난 것이다. 그녀도 마찬가지로 내 단순한 말에 무한징한 믿음을 보였다. 덕분에 나는 전혀 힘들이지 않고 그녀와 앤 캐서릭의 처지를 알 수 있었다. 역시 내 천성은 여러모로 위력적인 것이 틀림없다.

앤 캐서릭을 찾았을 때, 그녀는 잠들어 있었다. 나는 그녀와 글라이드 부인의 닮은꼴에 전기 충격을 받은 것처럼 놀라고 말았다. 그녀를 직접 보기 전까지만 해도 윤곽만 잡혀 있던 희미한 상상 덩어리가 그녀의 용모를 보고 나자 아주 구체적으로 정리되었다.

그러나 나는 본래 측은한 모습 앞에서는 쉽게 무너진다. 눈앞에서 고통 받는 한 여인의 모습을 보니 여지없이 마음이 약해졌다. 나는 그녀를 도와야겠다고 즉시 마음먹고 기운을 북돋는 약을 처방해 런던으로 여행할 만한 충분한 기력을 되찾게 해주었다.

이 시점에서, 나는 유감스러운 오해 한 가지를 항변하려고 한다.

내 인생의 황금기는 의학과 화학 공부에 전념했던 시간이었다. 특히 화학은 더 깊이 알고 파고들수록 엄청난 진리와 무한정한 위력으로 나를 사로잡았다. 거듭 강조하거니와, 화학자들은 마음만 먹으면 인간의 운명을 좌지우지할 수 있다. 이 부분에 대해서는 좀 더 설명할 필요가 있겠다.

흔히들 마음이 세상을 움직인다고 말한다. 그런데 마음은 무엇이 지배하는가? 바로 육체다. 이 부분에서 내 말을 경청하기 바란다. 그렇다면 몸은 무엇으로 조종될까? 바로 세상에서 가장 전능한 힘을 가진 화학자의 손이다.

내게 화학을 달라. 그러면 셰익스피어가 〈햄릿〉을 구상하고 집필을 위해 몸을 반듯이 세우고 글을 쓸 때, 나는 그가 먹는 음식에 조금의 가루약을 뿌려 그의 신체 활동을 통제하고 그의 지적 능력을 비틀어놓을 수 있다.

결국 그의 펜은 처참한 횡설수설만 쏟아놓아 종이만 모독하게 될 것이다. 같은 조건에서 우리의 걸출한 위인 뉴턴도 보자.

단언컨대 머리 위로 사과가 떨어졌을 때, 인류에 길이 남을 중력의 법칙을 발견하는 대신 그저 떨어진 사과나 우적우적 씹어 먹고 말았을 것이다.

네로 황제를 볼까? 그의 저녁식사가 소화되기도 전에 그를 역사상 가장 자상한 황제로 바꿀 수 있다. 우리의 위대하신 알렉산더

대왕은? 아침에 삼킨 가루약 때문에, 그날 오후 길이 남을 전투에서 적군을 보자마자 걸음아 날 살려라 줄행랑을 칠 것이다.

내 신성하고 거룩한 모든 명예를 걸고 말하는데, 인류에게 진정 다행스러운 것은 지구상 대부분 화학자들이 지독히도 해롭지 않은 인격체라는 점이다. 대중들 중에 다수는 그저 상점을 운영하면서 사는 존경할 만한 아버지들이다. 그리고 그들 중에 소수는 자신의 강의에 도취된 철학자들이다. 또한 또 다른 소수는 불가능이라는 환영에 빠져 인생을 허비하는 몽상가들, 아니면 야망이라 해봤자 고작해야 옥수수대 높이만 한 돌팔이들이다.

그런데 문제는 바로 이 형편없는 나부랭이들에게 인간 사회가 맡겨진다는 점이다. 반대로 무한대의 위력을 지닌 화학은 가장 보잘것없고 시시한 노예로 전락했다.

이 자리에서 무슨 설교냐고? 무슨 생뚱맞은 웅변이냐고?

왜냐하면 내 행동이 잘못 해석되었기 때문이다. 내 동기가 잘못 이해되었기 때문이다. 내 화학적 능력을 앤 캐서릭에게 악용했고, 할 수만 있었다면 위대한 마리안까지 희생양으로 삼았을 것이라는 주장이 당연히 받아들여지기 때문이다.

거 참 해괴망측한 어림짐작 아닌가(곧 밝혀지겠지만)! 내 모든 관심은 앤 캐서릭이라는 여자를 살리는 데 집중되어 있었다. 마리안에 대한 근심 걱정은 오로지 단 하나, 그저 면허만 갖고 있는 멍텅구리 의사 손에서 어떡하면 그녀를 구할까 하는 것뿐이었다. 그 아둔한 의사가 얼마나 한사코 내 의견을 무시했던가. 그러다가 런던에서 내과 의사들이 오고 나서야 백기를 들지 않았던가.

나는 이 딱 두 경우에만 어쩔 수 없이 내 화학적 지식의 도움을 받았다. 물론 이 경우에도 내가 쓴 화학 물질이 누구에게 해를 끼치지 않았던 건 물론이다.

첫 번째는 블랙워터 파크에서 마리안이 여인숙으로 가는 걸 미행할 때였다(나는 그녀에게 들키지 않기 위해 마차 뒤에 숨어서 멋진 동작으로 완벽하게 몸을 가렸다). 그때 나는 지상에서 둘도 없는 내 아내의 손을 빌려 존경하는 나의 적수가 쫓겨난 하녀에게 맡긴 두 개의 편지 중에 하나를 복사하고 다른 하나는 가로채야 했다. 이때 편지가 하녀의 가슴팍에 숨겨져 있어서 부득이하게 화학의 도움을 받지 않을 수 없었다. 그래야 아내가 마음 놓고 편지를 꺼내서 읽고 다시 봉해 원위치에 돌려놓을 것 아닌가.

두 번째 경우도 같은 화학 물질을 사용했는데, 글라이드 부인이 런던에 도착했을 때였다(이 부분 역시 조만간 언급될 것이다). 그 경우를 제외하고 나는 결코 화학의 도움을 받지 않았다. 그 어떤 위기상황이나 곤경에서도 내 타고난 능력만 발휘했을 뿐이다. 내 능력은 이미 잘 알려져 있다. 나는 화학자가 아닌 남자가 되기를 원했고, 그 길을 택해 걸어왔다.

더 이상의 분노를 자제하는 내 관대함에 대해 여러분도 최소한의 예의를 표하길 바란다. 일갈하고 다시 하던 이야기로 돌아가겠다.

나는 클레먼츠 부인에게 퍼시벌 경을 피하는 최상의 방법은 런던으로 가는 것이라고 제안했고, 그 부인은 내 제안을 감격스럽게 받아들였다. 나는 역에서 두 사람을 만나 배웅하겠다고 약속까지 하고는 홀가분한 마음으로 블랙워터 파크로 돌아왔다. 아직 남은 일을 해치우기 위해서였다.

첫 번째 할 일은 내 아내의 숭고한 헌신을 활용하는 것이었다. 나는 클레먼츠 부인에게, 런던에 도착하면 앤의 안위를 위해 글라이드 부인과 연락을 취하게끔 주소를 알려달라고 말했다. 하지만 그것만으로는 안심할 수 없었다. 내가 없을 때 클레먼츠 부인이 내 속셈을 헤아리고 의심을 품을 수도 있었다. 즉 주소를 적어 보내지 않을 가능성을 완전히 배제해서는 안 됐다.

그렇다면 두 여인이 탄 열차에 같이 타서 비밀리에 두 사람의 런던 집 주소를 알아낼 사람이 누구겠는가? 당연히 부부지간 아니겠는가. 백작부인 말고 누가 그 일을 한단 말인가.

아내에게 이 일을 맡기기로 결정한 뒤, 나는 여행의 목적을 두 가지로 명확히 했다. 주소를 알아내는 것 외에 다른 한 가지를 더했다. 바로 간호사를 구하는 일이었다. 이 간호사는 환자뿐만 아니라 내게도 헌신적인 인물이어야 했다. 다행히도 이 일을 훌륭히 수행할 인물이 런던에 살고 있었다. 존경하는 루벨 부인이었다. 나는 그녀에게 편지를 썼고, 아내가 그 편지를 전하기로 했다.

나는 약속한 날짜에 클레먼츠 부인과 앤 캐서릭을 역에서 만났다. 나는 두 사람을 공손히 배웅했고, 나의 아내도 같은 열차로 공손히 떠나보냈다. 그날 늦은 밤, 아내가 모든 임무를 나무랄 데 없이 수행하고 블랙워터 파크로 돌아왔다. 루벨 부인을 데려오고, 클레먼츠 부인이 사는 곳 주소도 가져왔다.

나중에 밝혀졌지만 이 조치는 사실 불필요했다. 클레먼츠 부인이 시간에 맞춰 자기 주소를 편지로 알려왔기 때문이다. 만에 하나를 위해 나는 그 편지를 버리지 않고 보관했다.

같은 날, 나는 의사와 짧은 면담을 가졌다. 나는 오로지 마리안의 건강을 위하는 마음으로 그의 처방에 불만을 터뜨렸다. 그런데 무능한 사람이 늘 그렇듯, 이 의사 역시 고집불통이었다. 나는 그래도 울분을 토하지 않았다. 구체적인 목적을 두고 시비를 가리게 될 때까지 싸움을 미뤄둘 필요가 있었다.

내가 두 번째로 한 일은 블랙워터 파크를 떠나는 것이었다. 다가올 일에 대비해 런던에 살 곳을 마련해야 했다. 그 외에도 가정사였긴 하지만, 페어리 씨와도 일종의 거래를 할 필요가 있었다. 원하는 집을 존 우드 가에서 찾고, 컴벌랜드의 리머리지에서 페어리 씨를 만났다.

나는 이미 마리안의 편지를 통해 그녀가 이미 페어리 씨에게 편지를 썼다는 사실을 잘 알고 있었다. 글라이드 부인의 결혼생활이 원만치 않으니 글라이드 부인이 방문할 때 일정 기간 휴식을 취할 수 있도록 받아들여달라는 요청이었다. 나는 페어리 씨에게 마리안의 요청을 자비롭게 받아들여줄 것을 제안했다. 그것은 내 일의 성공을 위해서나 글라이드 부인의 쾌유를 위해서나 절실히 필요한 조치였다. 다시 말해 삼촌의 초청이 도착해 글라이드 부인이 혼자 블랙워터 파크를 떠나도록 만드는 일이 내게는 필요했다. 그래야 글라이드 부인이 하룻밤을 런던의 고모 집에서 보낼 수 있었기 때문이다.

　그렇게 하려면 삼촌의 충고가 반드시 필요했다. 나는 그것을 목적으로 페어리 씨를 방문했다. 그의 면전에서 말을 시작하자 이 신사 양반은 현저히 몸과 정신이 무너졌다. 그 기회를 놓칠 내가 아니었다. 나는 에너지를 마음껏 발산하며 그를 공황 상태로 몰아붙였다. 얼마 가지 않아 결판이 났다. 그는 허겁지겁 백기를 들었고, 나는 그 긴급한 충고의 편지를 마침내 거머쥐었다. 정리하자면, 나는 페어리 씨에게 갔노라, 보았노라, 그리고 이겼노라!

　블랙워터 파크로 돌아오자마자 나는 끝내 그 멍청한 의사의 어리석은 치료가 마리안을 위험에 빠뜨리고 나아가 병을 발진티푸스 전염병으로까지 전이하게 만들었다는 걸 알았다.

　내가 돌아온 날 글라이드 부인은 한사코 언니를 간호하겠다고 병실로 들어가겠다고 고집했다. 그녀와 나는 전생에 무슨 악연이라도 있는지 아무 친근감이 없었다. 그녀는 나를 스파이라고 부르며 용납 못할 독설을 퍼부었다. 그녀는 나나 퍼시벌 경에게나 방해물에 불과했지만, 그럼에도 아량을 발휘해 그녀가 전염병에 감염되도록 내 손으로 몰지는 않았다. 마찬가지로 굳이 욕을 먹으면서까지 그녀의 감염 위험을 막지도 않았다. 만일 그녀가 정말 전염병에라도 걸렸다면 공들여 매만지고 있던 복잡한 매듭도 일시에 끊어져 만사가 해결되었을 것이다. 지금 생각해도 나는 천성적으로 인정 많은 신사이자 남자 중에 남자인 게 틀림없다. 어쨌건 의사가 그녀의 출입을 막았고, 그녀는 방에 들어가지 못했다.

이전에 나는 줄곧 런던에서 의사를 불러야 한다고 주장한 바 있었고, 그때서야 이 주장이 받아들여졌다. 런던의 의사는 도착하자마자 내 견해와 일치하는 진단을 내렸다. 병세는 치명적이었다. 우리는 우리가 사랑하는 환자가 닷새만 더 버텨주기를 바라고 있었다.

당시 나는 한 차례 런던행 오전 열차를 타고 블랙워터 파크를 떠났다. 존 우드 집의 마지막 계약을 해야 했고 클레먼츠 부인이 거주지를 이전했는지도 확인해야 했으며, 루벨 부인의 남편과 한두 가지 문제와 관련해 해결할 문제가 남아서였다.

그리고 그날 밤 다시 돌아왔다. 닷새 후, 의사는 이윽고 내 소중한 보배 마리안이 모든 위험으로부터 벗어났으며 남은 건 세심한 간호밖에 없다고 발표했다. 드디어 때가 왔다. 더는 의사의 치료가 필요하지 않았으므로 나는 그 멍청하기 짝이 없는 의사에게 미뤘던 분노를 터뜨리기로 했다. 많은 사람들이 나와 마찬가지로 그가 물러나야 한다는 입장을 표했다(사전에 퍼시벌 경에게 이 일에 간섭하지 말라고 일러두었기에 그도 모르는 척했다).

나는 입에 담을 수 없는 온갖 분노와 비난의 독설을 퍼부었다. 그 무차별 난타에 그의 옹고집도 강풍에 날리는 신문지처럼 순식간에 사라졌다.

다음 제거 대상은 하인들이었다. 이 문제 역시 퍼시벌 경을 교육시켜야 했다(이 친구에게는 끊임없는 도덕적 자극이 필요하다). 마이컬슨 부인은 주인으로부터 저택의 하인들을 정리해야 한다는 말을 듣고는 굉장한 충격을 받은 듯했다. 우리는 한 사람을 제외하고 모든 하인들을 나가게 했다. 아둔함으로 온 몸을 단장한 그 하녀는 우리가 뭘 하는지 몰랐고, 따라서 아무 방해도 되지 않았다.

다 정리하고 나니 마이컬슨 부인만 남았는데, 그녀 역시 어렵지 않게 쫓아냈다. 안주인의 휴양지를 알아보라고 심부름을 시켜 먼 지역으로 보냈기 때문이다.

이제 일을 벌이는 데 모든 요건이 충족되었다. 글라이드 부인은 신경쇠약으로 방 안에 꼼짝도 못하고 있었다. 덩치 큰 멍청이 하녀도 밤에는 주인마님을 돌보느라 방에 갇혀 있었다. 마리안도 비록 빠르게 회복되고 있었지만 여전히 루벨 부인의 간호 하에 방에서 나오지 못하고 있었다. 나와 나의 아내, 그리고 퍼시벌 경 이 셋을 제외하면 이 넓은 저택에 생명체라고는 없었다. 모든 요건이 갖춰 졌으므로 나는 장기판의 두 번째 말을 움직였다.

이번 조치는 글라이드 부인을 꼬드겨 그녀 혼자 블랙워터 파크를 떠나게 만드는 일이었다. 언니가 먼저 컴벌랜드로 떠났다는 구실 말고는 그녀 스스로 이 집에서 떠나게 만들 방법이 없었다. 이를 사실처럼 믿게 하기 위해 우리는 환자를 저택의 사용하지 않는 방으로 옮겨야 했다. 칠흑처럼 어둡고 정적이 감도는 밤, 나와 아내, 그리고 루벨 부인이 이 일을 감행했다(퍼시벌 경은 이 일을 하기에는 너무 침착하지 못해 믿을 수가 없었다). 그야말로 극적인 흥분과 미묘한 죄악감 이 교차하는 숨 가쁜 순간이었다.

우리는 이미 아침에 이동 가능한 나무판자 위에 침대를 만들어놓은 차라, 환자를 아주 편안히 침대에 눕힌 채 이동할 수 있었다. 이 때는 약물도 필요 없었다. 우리의 소중한 마리안은 회복기의 깊은 수면에 취해 있어 아무 동요도 느끼지 못했다. 엄청난 근력을 가진 나는 가장 무거운 침대 윗부분을 잡았고, 아내와 루벨 부인이 아랫부분을 잡았다. 나는 지상에서 가장 다정한 아버지의 조심성으로, 가장 애틋한 연인의 애정으로, 그 소중하고 귀한 짐을 날랐다. 우리가 행한 심야의 이 극적인 광경을 그려줄 현대의 렘브란트는 어디 있는가? 참으로 안타까운 일이다! 이 일생일대 최고의 장면을 그림으로 담지 못하다니 이 얼마나 미술사에 길이 남을 통탄할 노릇인가. 이런 귀한 장면을 작품에 담지 못하다니! 렘브란트는 블랙워터 파크 그 어느 주변에도 없었으니 말이다.

다음날 아침, 아내와 나는 런던으로 떠났다. 마리안은 블랙워터 파크의 깊은 은둔처에 루벨 부인과 함께 남겨두었다. 루벨 부인은 군말 없이 며칠에 걸친 환자의 은둔에 동의했다.

떠나기 전, 나는 퍼시벌 경에게 페어리 씨가 조카딸에게 보내는 초청장을 주면서(컴벌랜드로 오는 도중 런던에서 하루를 숙박하라는 조언이 담긴 편지 말이다) 내 소식을 듣는 즉시 편지를 부인에게 보여주라고 단단히 일렀다. 또한 퍼시벌 경으로부터 이전에 앤 캐서릭이 있던 정신병원의 주소와 도망쳤던 환자의 복귀를 알리는 편지도 함께 손에 쥐었다.

일전에 런던을 방문하면서 나는 조촐하게나마 런던의 집이 주인을 맞이할 수 있도록 조치를 다 해놓은 상태였다. 덕분에 나는 런던에 도착하자마자 세 번째 행동에 돌입할 수 있었다. 앤 캐서릭을 수중에 넣는 일이었다.

여기에서는 날짜가 무척 중요했다. 내게는 감성적 인간과 실무적 인간의 상반된 면모가 공존한다. 그래서 날짜에 관해서라면 그 누구보다 확실하게 기억한다.

1850년 7월 24일 수요일, 나는 우선 클레먼츠 부인을 유인하기 위해 아내를 마차에 태워 보냈다. 런던에서 글라이드 부인이 편지를 보냈다고 말함으로써 클레먼츠 부인을 쉽게 속일 수 있었다. 클레먼츠 부인은 아내가 탄 마차에 동승했고, 런던 길가에서 홀로 마차 안에 버려졌다. 아내는 잠시 가게에 살 물건이 있다는 핑계를 대고 유유히 빠져나와 집으로 돌아와 손님을 맞이할 준비를 했다.

더 이상의 추가 설명이 불필요하겠지만, 하인들에게 '글라이드 부인'으로 알려진 손님이었다.

한편 나는 앤 캐서릭에게 전할 쪽지를 들고 다른 마차를 타고 아내의 마차를 따라갔다. 글라이드 부인이 런던에서 하룻밤을 클레먼츠 부인과 보내려 하는데, 앤 캐서릭도 같이 있었으면 한다는 내용이었다. 바깥에서 그녀를 안내해 줄 사람이 기다리고 있는데, 그는 일전에 햄프셔에서 그녀가 퍼시벌 경의 손아귀에서 벗어나도록 도와준 선한 신사라고 덧붙였다.

그리고 그 '선한 신사'는 이 쪽지를 거리의 소년에게 전달시킨 뒤 집에서 조금 떨어진 곳에서 대기했다. 그리고 앤이 집 앞으로 나오는 순간 그 훌륭한 신사는 마차 문을 열고 기다리고 있다가 한 치의 오차도 없이 그녀를 마차 안으로 빨아들였다. 마차는 눈 깜박할 사이에 사라졌다(이 일련의 연속된 행동들은 얼마나 기막힌 한 편의 드라마인가).

포레스트 거리로 오는 도중에 앤 캐서릭은 아무 두려움도 내비치지 않았다. 마음만 먹으면 나처럼 자상한 아버지로 변하는 사람이 세상에 또 있을까? 이때도 나는 지극한 아버지의 모습이었다. 하지만 그녀가 믿고 따라올 무슨 권리가 내게 있었는가? 그저 몸에 기력을 북돋아줄 약을 처방해 주고, 퍼시벌 경의 위험에 대해 조언을 해줬을 뿐이었다.

나는 그 은덕에 너무 안이하게 의존했다. 정신지체아들의 본능을 너무 얕잡아 보았다. 확실한 건 그녀가 집 안에 들어섰을 때 느끼게 될 실망감을 누그러뜨릴 만한 조치를 마련했어야 한다는 점이다.

내가 거실로 그녀를 안내했을 때, 낯선 백작부인 외에는 아무도 없다는 걸 깨달은 그녀가 격한 발작을 일으켰다. 강아지가 어떤 보이지 않는 냄새를 맡고 짖어대듯이 의혹의 냄새를 맡았다 할지언정, 그렇게까지 막무가내일 줄은 몰랐다. 제지하려 했지만 허사였다. 물론 그 불안감은 어느 정도 달랠 수 있었을 것이다. 하지만 그녀를 오래 괴롭혀온 심장 질환은 어떤 심리적 진정제로도 해결될 수 없었다. 그녀가 예기치 않은 발작을 일으키는 모습을 보고 나는 형언할 수 없는 두려움에 휩싸였다. 앤의 몸에 강한 충격이 가해진 것이다. 그런 상태라면 우리 면전에서 언제 비명횡사할지 모르는 상황이었다.

근처에 사는 의사를 급히 호출해 '글라이드 부인'에게 즉각 응급 조치가 필요하다고 알렸다. 다행스러운 건 그가 매우 유능한 의사였다는 점이다. 나는 의사에게 내 손님이 현재 머리가 매우 혼란스러운 상태에다 망상에 시달리고 있다고 언급해 두었다. 그리고 내 아내 외에는 누구도 환자의 방에 드나들지 못하게 조치를 취했다.

그 불쌍한 여인은 너무 병세가 심각해서 발설의 위험도 없었다. 다만 우려했던 건, 이 가짜 글라이드 부인이 진짜 글라이드 부인이 런던에 도착하기도 전에 죽게 될지도 모른다는 사실이었다.

나는 오전에 급히 루벨 부인에게 편지를 썼다. 26일 금요일 저녁에 우리와 합류하라는 내용이었다. 그리고 퍼시벌 경에게도 편지를 썼다. 아내에게 급히 삼촌의 편지를 보여주고 26일 심야열차로 서둘러 런던으로 보내라고 말이다.

돌아보면, 앤 캐서릭의 상태가 급작스럽게 악화되면서 모든 일이 건곤일척에 놓이게 되었다. 즉 당초 계획보다 빨리 글라이드 부인을 수중에 넣어야 했다. 이렇게 불확실한 뿌연 안개 속에서 내가 갈 방향은 어디인가? 오로지 운명과 의사의 손에 매달릴 수밖에 없었다.

나는 그야말로 캄캄한 암흑 속에 놓여 있었다. 그나마 다행스러운 건 그 절박한 상황에서도 통제력을 잃지 않고 혼수상태에 빠진 여인을 '글라이드 부인'이라고 호칭할 수 있었다는 점이다. 생각하면 신기할 정도다. 기념비적인 그날, 나 포스코는 졸지에 개기일식에 갇혀버린 꼴이 되고 말았다.

앤 캐서릭은 악몽 같은 밤을 보냈다. 깨어날 때는 기진맥진했지만 시간이 흐르자 놀라울 정도로 기력을 되찾았다. 그녀의 기력과 함께 내 정신도 활기를 찾았다. 루벨 부인과 퍼시벌 경으로부터는 다음날 26일 오전까지 아무 소식도 없었다.

나는 그들이 사고가 나지 않은 다음에야 내 지시를 따를 것이라 믿으면서 기차역에서 글라이드 부인을 태우고 올 마차를 예약하기 위해서 나갔다. 그리고 장부에 예약 기록이 적힌 걸 확인한 뒤 루벨 씨와 일을 논의하기 위해 그의 집을 찾았다.

더불어 나는 진짜 글라이드 부인의 정신장애를 증명해 줄 두 명의 신사까지 찾아두었다. 그중 한 사람은 개인적으로 잘 아는 사이였고, 다른 한 명은 루벨 씨가 소개한 인물이었다.

그들은 보잘것없는 양심의 가책 따위는 걷어치울 줄 아는 거침없는 인물들이었다. 잠시의 망설임과 주저가 있었지만, 결국 두 사람은 나를 믿기로 했다.

이 같은 일련의 조치들을 신속히 처리하고 집으로 돌아왔을 때는 5시가 지나고 있었다. 돌아왔을 때 앤 캐서릭은 죽어 있었다. 즉 그녀는 25일에 죽었고, 글라이드 부인은 26일까지 런던에 도착하지 못하는 셈이었다.

사태를 되돌리기에는 늦은 상황이었다. 게다가 의사는 내 수고를 덜어준답시고 손수 관청에 가서 사망 날짜와 시간을 사망 등기부에 적어버렸다. 그때까지만 해도 난공불락이었던 내 원대한 계획에 흠집이 생긴 것이다. 이제는 그 어떤 노력으로도 25일이라는 치명적인 날짜를 바꿀 수 없었다.

나는 이 상황에서도 남자답게 미래를 바라보았다. 결국 퍼시벌 경과 내 이익 모두가 위태로운 상황에 놓이긴 했지만, 마지막까지 가보는 것 외에는 별 도리가 없었다. 나는 내 침착성을 오직 한 곳으로만 집중시키면서 마지막 행동을 차근차근 실행했다.

26일 새벽, 글라이드 부인이 그날 자정 열차로 출발한다는 퍼시벌 경의 편지가 도착했다. 루벨 부인도 편지를 보내 그날 저녁에 자기도 런던으로 온다고 밝혔다. 가짜 글라이드 부인을 죽은 채로 남겨두고 3시에 역에 도착할 진짜 글라이드 부인을 마중하기 위해 런던 역으로 출발했다. 마차 좌석 밑에는 앤 캐서릭이 입고 온 옷가지들을 숨겨 놓았다. 그 옷들은 살아 있는 여인이 죽은 여인으로 부활하는 데 쓰일 운명이었다. 얼마나 기막힌 상황들인가. 나는 이런 재미있는 이야기를 영국의 로맨스 작가에게 제공하고 싶다. 아니면, 프랑스의 소재 기근에 허덕이는 극작가들에게 제공하고 싶다.

글라이드 부인은 기차역에 있었다. 인파가 들끓고 무척 소란스러워서 짐을 찾는 데 생각보다 많은 시간이 걸렸다. 마차를 타고 역을 빠져나오자마자 그녀가 던진 첫 질문은 언니에 대한 소식이었다. 나는 궁리 끝에 이왕이면 가장 편안한 거짓말을 해주자고 마음먹었다. 그래서 언니는 내 집에서 잘 지내고 있다고 대답했다. 그 상황에서 내 집은 존 우드 가가 아닌 레스터 광장 근처의 건물이었고, 루벨 씨가 차지하고 있었다. 그는 우리를 현관에서 맞이해 주었다.

나는 방문객을 위층의 안쪽 방으로 데리고 갔다. 아래층에는 두 명의 의료진이 기다리고 있었다. 환자를 진단하고 내게 획인서류를 만들어주기 위해서였다.

나는 언니가 곧 올 것이라는 말로 글라이드 부인을 진정시킨 후, 내 친구들을 그녀 앞에 한 명씩 소개시켰다. 그들은 형식상의 절차를 간단하면서도 시적으로, 그리고 진지하게 이행했다.

그들이 방을 나가자마자 나는 즉시 안으로 들어갔다. 그리고 일거에 '할콤 양의 건강 상태'에 충격적인 문제가 생겼다는 전혀 다른 발언을 함으로써 그녀를 최악의 곤경으로 빠뜨렸다.

결과는 예상대로였다. 글라이드 부인은 일시에 공포로 질려서 몸을 가누지 못했다. 이때 나는 두 번째이자 마지막으로 화학의 도움을 받았다. 약물을 투여한 물 한 잔, 각성제 용 소금 한 병으로 그녀를 혼돈과 충격에서 벗어나게 해주었다. 늦은 밤 약간의 약물이 그녀를 평온한 휴식 속에서 잠들게 했다.

루벨 부인이 제 시간에 맞춰 도착했다. 그녀는 능란한 솜씨와 침착함으로 글라이드 부인의 옷을 벗긴 뒤, 다음날 아침에는 앤 캐서릭의 옷으로 몸에 꼭 맞게 갈아입혔다.

낮에는 환자의 의식이 반쯤 깨어 있는 상태로 유지했다. 솜씨 좋은 의료진은 예상보다 빨리 정신이상 환자에게 필요한 감금 지시문을 발급해 주었다.

그날 저녁, 루벨 부인과 나는 부활한 '앤 캐서릭'을 데리고 정신병원으로 갔다. 다들 그녀를 보자 놀라운 기색이었지만 의심하지는 않았다. 감금 지시문과 각종 증명서들, 퍼시벌 경의 편지, 닮은꼴의 얼굴, 옷차림, 환자의 혼란스러운 정신 상태 등 모든 게 완벽했다.

일이 끝나자 나는 지체 없이 루벨 부인과 함께 가짜 '글라이드 부인'의 장례식을 준비 중인 내 사랑스러운 부인을 돕기 위해 집으로 돌아왔다. 진짜 '글라이드 부인'의 의복과 짐들은 내가 다 가지고 있었기 때문이다. 나중에 이 물건들은 장례식용 짐마차에 실려 컴벌랜드로 갔다. 나 역시 깊은 애도를 표하는 상복 차림으로 장례식에 참석했다.

이 놀라운 사건들과 놀라운 상황들에 대한 나의 진술은 여기서 끝을 맺겠다. 리머리지 가에서 행한 내 사소한 사전 조치는 이미 다 알 것이다. 그렇게 내 계획은 감쪽같이 성공했고 그 결과 나는 금전적 어려움에서 완전히 벗어날 수 있었다.

이 자리에서 꼭 밝혀야 할 게 하나 있다. 내 마음 속에 한 가지 약점만 없었더라면 내 계획에 실수라곤 없었을 것이라는 점이다.

마리안에 대한 내 치명적인 숭배심은 그녀가 동생을 탈출시켰을 때 아무 대응도 할 수 없도록 만들었다. 충분히 나를 방어하고 지킬 수 있었음에도 나는 위험을 감수했고, 글라이드 부인의 신분을 철저히 말살했다는 것에만 지나치게 의존했다. 나는 그만 방심했다. 마리안이나 하트라이트가 글라이드 부인의 정체를 주장하려 들게 되면 신분 사기를 저지르려 한다는 공개적인 오명을 뒤집어쓰게 될 것이며, 그래서 그들의 주장이 신빙성 없는 헛소리로 낙인찍히리라고 믿었던 것이다. 즉 그들이 나와 퍼시벌 경을 위태로운 상태로 몰아넣는다는 것은 어림 반 푼어치도 안 되는 일이라고 생각했다.

내 첫 번째 실수는 이처럼 상황 전개를 너무 순진하게 믿었다는 점이다. 두 번째 실수는 글라이드 부인의 탈출을 방기하고 하트라이트를 손아귀에서 놓쳐 퍼시벌이 그 고집의 대가를 치르게 한 것이다. 요약하자면, 이 심각한 위기상황에서 나는 자신에게 충실하지 못했다. 통탄할 만한, 포스코답지 않은 실수였다. 그 원인은 뭔가. 내 가슴에 여전히 생생한 모습으로 숨 쉬면서 나를 통제할 수 없게 만드는 마리안! 그녀야말로 내 인생에서 처음이자 마지막 약점이었다.

나이 예순의 나이에, 감히 고백하려고 한다. 우리 젊은이들이여! 그대들의 연민을 간절히 호소하노니 마리안, 이제 나를 위해 한 방울 눈물을 흘려주오. 그대를 마음에 품었던 내 영혼에 입맞춤을 해주시오.

이제 한 마디만 더, 나에 대한 독자들의 궁금증을 풀어주려 한다.

아마 호기심 많은 이들은 지금까지의 진술에서 크게 세 가지 궁금증에 애가 탈 것이다. 이제 그걸 정리해서 답을 하겠다.

첫 번째 질문, 도대체 무엇 때문에 내 아내는 무조건적으로 나를 신봉하고, 맹목적으로 내 계획에 순종하고, 전적으로 내 지시를 따랐을까?

이 질문에 대한 답은 내 성격을 언급하는 것만으로도 족할 것이다. 이렇게 묻고 싶다. 세계사를 통틀어 나 같은 감성과 이성, 합리성과 사회적 지위와 교양을 갖춘 남자에게, 그를 위해 자기 전부를 내던질 헌신하는 여성 한 명 없다는 것이 상식이나 경험으로 볼 때 있을 수 있는 일인가?

나는 지금 영국에서 이 글을 쓰고 있으며, 영국에서 결혼했다는 것을 잘 기억하고 있다. 영국은 남편의 일에 대해 아내가 독립적인 의견을 말할 수 있나? 절대 그렇지 않을 것이다. 오히려 의무가 있다면, 남편에게 무한대의 사랑을 주고 헌신하고 존경심을 지니는 것이다.

이것이 바로 내 아내가 한 일이다. 남편을 존경하고 싶어서 존경했고, 순종하고 싶어서 순종했으며, 사랑을 받고 싶어서 남편의 바라는 대로 했을 뿐이다. 지상의 모든 도덕적 품위를 걸고 장담하건대, 나는 아내가 내게 바친 그 모든 열정과 애정을 높이 산다. 영국의 아내들이여, 백작부인을 위해 최소한의 경의를 표하기 바란다.

두 번째 질문이다. 만일 앤 캐서릭이 죽지 않았다면 그녀를 어떻게 했을 것인가? 그럴 경우를 대비해 나는 그녀가 영원히 평온한 휴식을 취할 수 있는 대자연의 품을 준비했다. 인간들의 세속적인 감옥이 아닌 깊은 자연의 품에서 말할 수 없을 정도로 피폐하고 마모된 몸과 마음을 회복시켜주려고 했다. 비록 영원히 그 안에서 살아야 하겠지만, 그녀로서는 얼마나 다행스럽고 행복한 도피인가.

세 번째 질문은, 모든 상황을 곰곰이 돌이켜볼 때 내 행위가 과연 비난을 받아 마땅한가 하는 것이다. 내 모든 기력을 모아서 말하건대, 결코 그렇지 않다. 나는 누구보다도 신중하고 조심스럽게 불필요한 범죄와 오명을 피해 왔다.

만일 내가 마음만 먹었더라면 능숙한 화학적 지식으로 얼마든지 글라이드 부인의 목숨을 빼앗았을 것이다. 그럼에도 나는 개인적인 감내와 고생을 치르면서까지 인간성을 충실히 지켰다. 빼앗기 손쉬운 그녀의 목숨 대신에, 빼앗기 어려운 그녀의 신분을 가져갔다.

부디 무슨 짓인들 못했을까 하는 관점에서 나를 봐주기를 바란다. 내가 실제로 한 행동은 상대적으로 얼마나 순수했나. 내 능력으로 행할 수 있었던 일에 비해, 내가 실제로 한 행동들은 어찌 보면 차라리 미덕이라고 봐야 하지 않을까?

내가 서두에 밝혔듯이, 이 진술은 놀라운 기록물이 될 것이다. 기대만큼 결과물에 만족한다. 내 이 열렬한 최후 진술을 내가 영원히 떠나는 이 나라에 바치는 마지막 기증물로 받아주기 바란다. 이것은 충분한 가치가 있을 것이다. 기회가 오면 소중한 가치가 될 것이라 믿어 의심치 않는다.

—포스코

월터 하트라이트가 맺는 이야기

1

백작이 쓴 글의 마지막 장을 덮었을 때, 포레스트 거리에 머물기로 한 30분이 훌쩍 지나 있었다. 루벨 씨가 손목시계를 보더니 꾸벅 인사를 했다. 나는 그 즉시 그 대리인을 빈집에 두고 떠났다.

그 뒤로 나는 그 남자나 그의 아내에 대한 소식을 한 번도 듣지 못했다. 그들은 악행과 기만의 어두운 샛길에서 몰래 나와 우리 길을 살금살금 가로질러 건넌 뒤, 다시 어디론가 종적도 없이 사라져 버렸다.

포레스트 거리를 떠난 지 15분이 지나 다시 집으로 돌아왔다.

로라와 마리안에게 내 필사적인 모험이 어떻게 끝났고, 다음 가야 할 길이 무엇인지 일일이 말해 주기는 어려울 것 같았다. 그래서 상세한 세부 설명은 그날 오후에 하기로 하고 다시 존 우드 가로 갔다. 기차역에 로라를 마중 나가기 위해 고용했다는 마부를 만나기 위해서였다.

내 손에 든 주소가 이끈 곳은 포레스트 도로에서 약 4백 미터 떨어진 '활기에 넘친 마구간'이라는 이름을 가진 마구간이었다. 그곳의 주인은 존경할 만한 교양인으로 내가 피치 못할 집안 사정으로 마차 장부를 보고 싶다고 하자, 거드름 피우지 않고 즉각 흔쾌히 응해 주었다.

나는 장부를 넘겼다. 1850년, 7월 26일 날짜에 다음과 같은 주문 내용이 적혀 있었다.

포레스트 도로 5번가, 새벽 2시, 포스코 백작에게 이륜마차(존 오언)

나는 질문을 던져 존 오언이 마부였다는 걸 알아냈다. 내가 그를 요청하자, 누군가 마구간에서 일하고 있는 그를 부르러 갔다.

"혹시 지난 7월에 포레스트 도로 5번가에서 어떤 신사 분을 마차에 태우고 워털루 다리 역까지 간 것을 기억합니까?"

내가 물었다.

"글쎄요, 선생. 정확히 그랬다고 말은 못하겠습니다만."

"그렇다면 태웠던 신사 분은 기억나나요? 외국인에다 키가 무척 크고 몸집이 아주 뚱뚱했는데요?"

내 말에 그의 안색이 환해졌다.

"그래요, 그분은 기억납니다, 선생님! 지금까지 본 사람 중에 가장 뚱뚱했지요. 게다가 내가 태운 손님 중에 가장 무거웠고요. 맞아요, 그분은 기억이 납니다, 선생. 포레스트 도로에서 떠나 확실히 기차역까지 모시고 갔지요. 앵무새가 창가에서 비명을 지르고 그랬죠. 그 신사 분은 유난히 부인의 짐을 찾느라 허둥댔습니다. 제가 눈을 크게 뜨고 짐 상자를 찾았더니 봉사료를 두둑하게 줬지요."

짐 상자를 찾았다! 이 말을 듣자 로라가 말해 준 런던의 도착 장면이 떠올랐다. 그녀가 말하길 백작과 함께 있던 남자가 짐을 찾아줬다고 했다. 그가 바로 이 사람이었다.

"그 부인은 봤습니까?"

내가 물었다.

"어떻게 생겼었지요? 젊었나요, 나이가 들었던가요?"

"글쎄요, 선생. 워낙 주변이 복잡하고 서로 밀고 당기고 소란스러워서 정확히 얼굴은 기억 못하겠습니다. 이름은 기억나는데……."

"이름을 기억한다고요!"

"네, 선생님. 그분 성함이 글라이드 부인이었습니다."

"얼굴 생김새는 기억이 안 나는데, 어떻게 이름은 기억하는 겁니까?"

마부는 이 질문에 겸연쩍은 미소를 짓더니 쑥스러운 듯 발을 이리저리 움직였다.

"솔직히 말씀드리면,"

그가 다시 입을 열었다.

"그때 결혼한 지 얼마 되지 않았거든요. 제 아내의 처녀 때 이름이 그 부인의 성함과 같았지요, 선생. 그 이름을 부인이 직접 말했어요. 제가 '짐에 성함이 짐에 적혀 있습니까요, 부인?' 하고 물었더니 '네' 하고 부인이 대답했죠. '제 이름이 적혀 있어요. 글라이드 부인이에요.' '이런!' 전 혼자 똑같다고 생각했지요. 하지만 그게 언제였는지 확실히 알 수가 없군요. 1년 전 일 같기도 하고 아닌 것 같기도 합니다. 하지만 뚱뚱한 신사 양반과 그 부인의 이름은 확실하다고 장담할 수 있습니다."

그가 시간을 기억하지 못하는 건 대수롭지 않았다. 장부에 적힌 날짜야말로 확실한 증거물이었기 때문이다.

순간적으로 이 부정 못할 증거물로 당장 음모의 실체를 만천하에 공개하고 싶었다. 좀 더 침착하지 못했다면, 그 자리에서 마구간 주인을 구석으로 데리고 가서 장부와 마부의 증언이 어디에 쓰이고 왜 필요한지 신나게 떠들었을 것이다.

나는 주인과 마부를 얼마간 데리고 가겠다고 말한 뒤, 마부가 일을 못할 경우의 손실액에 대한 거래를 제시하고 합의를 보았다. 또한 장부의 해당 페이지도 사본을 뜬 다음 사본이 원본과 같다는 주인의 친필 사인을 받았다. 또한 존 오언을 사흘 동안 임시로 고용하고, 필요하면 연기할 수 있다는 협의를 마쳤다. 그리고 '활기찬 마구간'을 떠났다.

이제 필요한 모든 서류들을 확보했다. 지방 호적담당관이 직접 작성한 사망등기부 사본과 퍼시벌 경이 백작에게 보낸 날짜가 적힌 편지도 수첩에 안전하게 보관되어 있었다.

이 모든 증거 서류들과 새롭게 얻은 마부의 증언을 가지고, 마침내 나는 카일 변호사의 사무실로 걸음을 옮겼다. 내 목적 중에 하나는 그에게 내가 그동안 했던 일들을 말하는 것이었다. 그리고 또 다른 목적은, 내일 오전 리머리지 가로 아내를 데리고 가서 만인 앞에 그녀가 로라라는 걸 인정받고 삼촌도 다시 그녀를 환대하게 만들겠다는 것을 그에게 알리기 위해서였다. 길모어 씨가 없는 상황에서, 그가 그 현장에 가족변호사로서 참여할 것인지는 카일 씨의 결정에 맡기겠다고 다짐했다.

카일 씨가 얼마나 놀랐는지는 말하지 않겠다. 더불어 그가 내게 어떤 의견을 피력했는지도 굳이 말할 필요가 없을 것이다. 한마디로 그는 즉시 우리를 따라 컴벌랜드로 가겠다고 했다.

우리는 다음날 일찍 기차를 탔다. 로라와 마리안과 카일 씨와 내가 같은 객차에, 존 오언과 카일 씨 사무실의 직원이 다른 객차에 몸을 실었다.

리머리지에 도착하자마자 우리는 먼저 토드 코너의 농장으로 향했다. 나의 일관된 주장은 로라가 공개적으로 페어리 씨의 조카딸로 인정받기 전까지는 절대 삼촌 집에 들어가서는 안 된다는 것이었다. 착한 토드 부인은 우리가 컴벌랜드에 온 목적을 듣고 처음에는 당혹감을 느꼈지만 곧 정신을 차리고 우리가 머무를 숙박 문제를 의논했고, 남편에게 마부 존 오언은 농장에서 머무는 동안 그에게 잡일을 시켜달라고 했다. 이렇게 사전 조치들을 마무리하고 나와 카일 변호사는 리머리지 가로 출발했다.

페어리 씨와 나눈 이야기의 전모는 다 밝히지 않겠다. 그 대화를 떠올릴 때마다 역겨운 감정이 치솟아 분노와 경멸 없이는 회고하기 힘들기 때문이다. 생각만 해도 머리가 혼미해지고 그에 대한 반감으로 피가 끓는다. 그냥 간단히 내 임무를 무난히 수행했다고만 해두겠다.

페어리 씨는 처음에는 예의 습관적인 술수로 우리를 멀리하려고 했다. 하지만 우리는 그가 면담 초입에서 매번 써먹는 공손을 가장한 무례함을 모른 척 넘겨버렸다. 철저히 무시하기로 작정하고 그를 만났으므로 일말의 동정심도 없었다. 그가 우리 얘기에 자신이 얼마나 심한 충격을 받았고 그 때문에 생명이 얼마나 위태로운 상태에 있는지 부디 헤아려달라고 요청했음에도 대꾸조차 하지 않았다. 나중에 그는 아이처럼 징징대고 훌쩍거리며 애원했다.

"그 아이가 죽었다는 소식을 들었는데, 어떻게 그 아이가 살아 있다고 믿을 수 있었겠소? 부디 평온을 되찾을 시간을 조금만 주면 기꺼이 내 조카딸을 반갑게 맞아들이겠소이다. 내가 얼은 무덤에 묻히길 바라는 건 아니지요? 그렇죠? 그렇다면 너무 서두르지 맙시다."

그러고는 기회가 닿을 때마다 이 말을 되풀이했다. 나는 매섭고 단호하게 그를 몰아붙였다.

"자, 남은 건 양자택일뿐입니다. 지금 당장 조카따님을 정식으로 인정하겠습니까, 아니면 만인이 보는 법정에서 로라의 신분이 인정되었을 때 그 결과를 책임지겠습니까? 그것만 결정하면 모든 게 끝납니다."

이 말에 그는 카일 변호사에게 하소연하기 위해 고개를 돌렸다. 그러자 카일 씨 역시 단호하게 지금 이 자리에서 결정하는 게 최선의 방법이라고 친절하게 말해 주었다.

그리고 빨리 결정 내릴수록 더 빨리 진정과 휴식을 취할 수 있다는 말에, 느닷없이 그는 더 이상 이런 고문을 참지 못하겠다고 외치더니 급기야 원하는 대로 해주겠다고 천명했다.

나와 카일 씨는 아래층으로 내려와 논의 끝에 공식 편지를 써서 잘못된 장례식에 참석했던 마을의 모든 이들에게 전달하기로 했다. 페어리 씨의 이름으로 내일 오전 리머리지 가로 한 사람도 빠짐없이 참석하라고 말이다.

또 다른 편지도 같은 날 썼다. 칼라일에 사는 조각가에게 쓴 편지로, 비문을 지우려고 하니 같은 날 리머리지 묘지로 사람을 보내달라고 했다. 카일 씨는 페어리 씨에게 편지들을 읽어주고 그의 친필 사인을 얻기 위해 리머리지 가에서 밤을 보내기로 했다.

우리는 남은 시간 동안 농장에서 음모에 대한 진술문을 알기 쉬운 문체로 쓰기 시작했다. 로라의 죽음을 확신하는 부분에 대해서는 반박 진술을 덧붙이기도 했다. 나는 이 진술문을 다음날 대중 앞에서 낭독하기 전에 미리 카일 씨에게 보여주었다. 또한 진술문 낭독이 끝나기 전에 증거물들이 공개되어야 한다는 점에도 의견 일치를 보았다.

이러한 사항들이 정리되자 카일 씨는 애써 로라의 재산 문제로 화제를 넘기려고 했다. 하지만 그 주제는 가장 듣고 싶지도, 논하고 싶지도, 알고 싶지도 않은 내용이었다. 나는 그로 인해 우리의 순수한 애정이 얼룩질 수 있다는 거부감을 느꼈다. 그래서 그 문제는 내가 개입할 문제가 아니라고 양해를 구했다.

밤이 다가오자 마지막 할 일이 남았다. 앤 캐서릭의 무덤에 새겨진 비문의 사본을 만들어 그것이 지워지기 전에 '묘비 진술'을 확보하는 것이었다.

그날이 왔다. 로라가 다시 한 번 리머리지의 친숙한 식당으로 들어가는 날이었다. 나와 마리안이 그녀를 대동하고 식당으로 들어가자 모두가 자리에서 일제히 일어났다.

그녀의 모습을 본 사람들의 얼굴에는 충격과 놀라움이 가득했다. 그들 사이로 탄식의 중얼거림이 퍼져 방 안을 가득 메웠다. 약속한 대로 페어리 씨도 자리에 와 있었다. 그 옆에는 카일 씨가 있었고, 바로 뒤에는 하인이 향수 약병과 향수로 흠뻑 적신 흰 손수건을 양손에 들고 서 있었다.

나는 먼저 페어리 씨에게 그가 승인한 권위를 이임받아 내가 이 자리에 서게 된 것을 확언해 달라고 요청하면서 행사를 시작했다. 내 말에 그는 양팔을 좌우로 쭉 뻗어 카일 씨와 하인의 부축을 받으며 몸을 일으키더니 말했다.

"여기 하트라이트 씨를 소개합니다. 다들 알다시피 나는 쇠약한 환자니 이분 기력이 충천하신 하트라이트 씨가 기꺼이 나를 대신해 말할 것입니다. 내용이 너무 기가 막히니 이분의 말을 잘 경청하기 바랍니다. 그리고 제발 좀 떠들지 마시오!"

그는 이렇게 말하고는 다시 조용히 앉았고, 약병의 진정제를 묻힌 손수건에 얼굴을 묻었다.

뒤이어 음모의 폭로가 시작되었다. 나는 서두를 짧막하고 간결하게 말했다. 내가 이곳에 온 것은 우선 옆에 앉은 아내가 작고한 필립 페어리 씨의 딸이라는 점을 공표하고, 리머리지 교회 무덤의 장례식은 다른 여인의 장례식이었다는 점을 확고한 증거를 들어 증명하며, 어떻게 이런 일이 일어났는지 설명하기 위해서라고 했다.

그런 뒤 곧장 음모의 진술문을 일사천리로 읽어 내려갔다. 다만 음모의 동기인 돈 문제에 관해서는 천천히 자세히 읽었다. 내 진술과 퍼시벌 경의 비밀에 관한 복잡한 상황이 혼란스럽게 얽히지 않게 하기 위해서였다.

그렇게 음모의 고백을 다 읽어준 다음, 나는 청중들에게 묘비에 새겨진 사망 날짜가 25일이라는 점을 상기시켰다. 사망등기부를 증거물로 제시한 뒤 날짜를 확실히 확인시켰다. 그런 뒤 퍼시벌 경이 25일에 쓴 편지를 읽어주었다. 거기에는 26일에 그의 아내가 햄프셔에서 런던으로 간다는 언급이 담겨 있었다. 그런 후 그녀를 런던에서 마차에 태운 마부의 진술을 통해 그녀의 여행 사실을 확인시켰고, 그녀가 지정한 날짜에 여행을 했다는 '활기찬 마구간'의 거래 기록부도 제시했다.

다음은 마리안이 직접 나서서, 자신이 언제 어떻게 동생을 정신병원에서 만났고 어떻게 그녀를 구출했는지를 진술했다. 이 모든 것이 끝날 무렵, 나는 청중들에게 퍼시벌 경의 사망 사실과 내 결혼 사실을 선서하고 발표를 마쳤다. 내가 자리에 앉자 카일 씨가 일어나, 이 집안의 가족변호사로서 지금껏 보아온 가장 명백한 증거들을 통해 로라가 죽지 않았다는 내 진술이 입증되었다고 확언했다. 그가 말하는 도중 나는 아내를 껴안고 자리에서 일으켜 모든 사람들이 그녀의 모습을 생생히 잘 볼 수 있도록 했다.

"여러분은 같은 생각이십니까?"

나는 청중 쪽으로 몇 걸음을 옮긴 뒤 아내를 가리키며 물었다.

이 질문의 힘은 가히 폭발적이었다. 방 맨 뒤쪽에 앉아 있던 가장 연장자로 보이는 사람이 일어났다. 그러자 순식간에 나머지 사람들을 지휘했다. 나는 지금도 그의 얼굴을 생생히 기억한다. 정직해 보이는 구릿빛 얼굴과 은빛 머리칼을 가진 그 노인은 창문 아래 걸상 위로 올라서더니 무거운 채찍을 휘두르며 환호를 이끌어냈다.

"저기 우리 마님께서 살아 계시오! 여전히 사랑스러운 애정으로 우릴 보고 있어요. 하나님, 그녀를 축복하소서!"

그의 말에 청중들도 환호성으로 답했다. 거듭 반복되는 그 환호는 내가 들었던 것 중에 가장 감미로운 음악이었다. 마을의 노동자들과 학교 아이들이 잔디밭에 모여 있다가 우리 환호성을 듣고 그

함성과 한 목소리를 냈다. 농부의 아내들이 로라의 주위를 에워싸더니 앞 다투어 악수를 청했다. 아내에게 힘내라고, 울지 말라고 애원하면서 정작 자신들의 눈물은 참지 못했다. 아내는 이 소동에 당황한 눈치가 역력했다. 나는 급기야 그녀를 데리고 간신히 문으로 빠져나와 마리안에게 맡겼다. 우리를 한 번도 실망시킨 적 없는 마리안은 이번에도 침착한 용기로 우리를 도왔다.

문 앞에 혼자 남게 된 나는, 나와 아내의 이름으로 모두에게 감사의 마음을 전하고 함께 묘지로 가자고 제안했다. 그래서 직접 우리 눈앞에서 잘못된 비문이 사라지는 것을 보자고 말했다.

모두 집을 나와서 무덤 주위를 둘러쌌다. 비석 조각가가 보낸 일꾼이 우리를 기다리고 있었다. 모두가 숨을 죽인 가운데 강철이 대리석을 치는 소리가 귓전을 때렸다. '로라, 글라이드 부인'이라는 세 단어가 완전히 지워질 때까지 모두가 침묵 속에서 꼼짝 않고 기다렸다.

이윽고 거대한 안도의 한숨이 터져 나왔다. 음모의 마지막 족쇄가 로라에게서 풀려난 것을 다들 느끼고 있는 것 같았다. 그리고 인파는 빠져나가기 시작했다. 비문이 다 지워지기까지는 제법 오랜 시간이 걸렸다. 마침내 단 한 줄만 그 자리에 다시 새겨졌다.

앤 캐서릭, 1850년 7월 25일.

나는 카일 씨와 작별인사를 하기 위해 이른 저녁 서둘러 리머리지 가로 돌아왔다. 카일 씨와 그의 직원, 그리고 마부 존 오언도 야간열차를 타고 런던으로 돌아갔다.

그들이 떠나자마자 페어리 씨의 무례한 전갈이 도착했다. 그는 아까 마을 사람들의 환호성에 얼이 반쯤 나가 부리나케 방을 나갔다.

전달된 내용은 축하와 함께 자기 집에서 하룻밤을 보낼 예정이냐고 묻는 질문이었다. 나는 즉시 답변을 보냈다. 우리가 귀댁을 방문한 유일한 목적이 이루어졌고. 내 집 말고는 다른 어떤 집에서도 묵을 계획이 없다고 말이다. 그러니 우리를 다시 보거나 우리 목소리를 다시 듣게 될 염려는 꽁꽁 묻어둬도 된다고 답했다.

우리는 그날 밤 토드네 농장으로 돌아갔다. 그리고 다음날 아침 마을 사람들의 진심어린 애정과 호의 속에서 런던으로 돌아왔다.

열차 안에서 컴벌랜드의 모습이 점점 멀어져갈 때, 이제는 끝난 이 긴긴 싸움 첫 순간의 참담함이 머릿속에 떠올랐다. 가만히 생각하니 참으로 기묘했다. 우리에게 모든 희망을 앗아가 버렸던 궁핍이, 지금 생각하니 진정한 성공의 일등공신이라는 생각이 들었다. 나는 가난 때문에 모든 사건들을 몸소 해결해야 했다. 만일 풍족해서 법의 손에 모든 걸 맡겼다면 그 결과는 어땠을까? 카일 씨가 말했듯이 승리할 가능성은 희박했을 것이다. 오히려 이후에 벌어진 일들을 보면 실패했을 것이 분명했다.

법은 내가 캐서릭 부인을 만나는 것을 결코 허용하지 않았을 것이다. 또한 법은 내가 페스카의 도움을 받아 백작으로부터 고백을 받아내는 걸 막았을 것이다.

2

이야기를 끝내려면 아무래도 두 가지 사건을 추가적으로 언급해야 할 것 같다.

긴 억압과 고통에서 벗어난 해방감이 아직 익숙지 않았던 어느 날, 내게 목판화 일을 알선해 주었던 친구로부터 연락을 받았다. 그의 고용인이 새롭게 발견한 프랑스 작품 하나를 검토해 달라고 의뢰했다고 한다. 그 일은 내 친구가 가진 기술적인 안목을 필요로

하는 것이었고, 고용인은 그 작품이 얼마나 가치가 있을지 알고 싶어 안달이 난 상황이었다. 그런데 친구는 자기는 지금 일감에 치여 지내느라 시간이 나지 않고, 그래서 나더러 대신 가줄 수 없냐고 부탁했다.

나는 그 제안을 감사하는 마음으로 흔쾌히 받아들였다. 만일 이 임무를 제대로 수행하면, 유명 신문사의 평생직을 보장받을 수도 있었다. 그때는 단지 일감이 있을 때만 고용되는 계약직에 불과했기 때문이다.

나는 지시사항을 전달받은 뒤 다음날 오전에 떠나기 위해 짐을 꾸렸다. 다시 한 번 떨어지게 될 로라를 마리안의 보호에 맡기고 나니, 아내와 내 마음에 한 가지 생각이 스쳐갔다. 물론 우리 둘 다 이 문제를 한두 번 생각한 건 아니었다. 하지만 이번에는 그 강도가 달랐다. 바로 마리안의 앞날에 대한 것이었다. 과연 우리 이기심을 채우기 위해 그녀의 관용과 희생을 당연히 받아들일 권리가 우리에게 있을까? 차라리 이제 우리를 잊고 그녀 자신을 생각하라고 말하는 게 우리의 의무이자 고마움의 표시는 아닐까?

나는 떠나기 전, 잠시 마리안과 단둘이 남았을 때 이 문제를 꺼내려고 했다. 말을 꺼내기가 무섭게 마리안은 내 손을 잡고 내 입을 다물게 만들었다.

"지금까지 우리 셋은 모든 힘든 과정을 함께 겪어왔어요."

그녀의 목소리는 부드러웠다.

"그러니 죽음이 우리를 갈라놓을 때까지, 우리 사이에 헤어짐은 있을 수 없어요. 내 애정과 내 사랑은 월터, 로라 그리고 당신과 함께 있어요. 벽난로에 아이들의 목소리가 재잘거릴 때까지 조금만 기다려요. 내가 그 아이들에게 말을 가르칠 거예요. 그리고 그 아이들이 아빠와 엄마에게 맨 처음 하게 될 말은 이거죠. '이모랑 떨어지면 못살아요!'"

파리까지의 여행은 혼자 몸이 아니었다. 고심 끝에 페스카가 나와 함께 가기로 결심했다. 그는 오페라 극장 사건 뒤로 원래의 명랑한 성격을 잃어버렸고, 그래서 일주일 동안의 휴가를 통해 기분을 바꾸고 싶어 했다.

나는 파리에 도착한 지 나흘 만에 맡겨진 직무와 보고서 작성까지 마쳤다. 마지막 하루는 페스카와 함께 시내 관광과 여흥의 시간을 가지기로 했다.

우리가 묵었던 호텔이 꽉 차서 그와 나는 같은 층에서 묵을 수가 없었다. 그래서 내 방은 이층에, 페스카는 삼층에 있었다. 마지막 날 아침, 나는 페스카가 외출 준비를 마쳤는지 보려고 그의 방으로 올라갔다. 계단 끝자락에 도착하는 순간 페스카의 방문이 약간 열려 있는 것이 보였다. 그리고 분명 페스카의 손이 아닌 길고 섬세하며 긴장한 손이 약간 열린 문을 쥐고 있었다. 동시에 페스카가 낮은 목소리로 자기 나라 말로 간절히 말하는 소리를 엿들었다.

"이름은 기억해요, 하지만 얼굴은 누군지 몰랐습니다. 당신도 오페라 극장에서 보지 않았소. 모습이 너무 변해서 나는 그를 알아보지 못했습니다. 경위서를 작성하라면 하겠소. 그보다 더한 것도 하라면 기꺼이 하겠소!"

"그 정도면 됐습니다."

다른 목소리가 말했다. 문이 활짝 열리고 예의 그 머리숱 적고 뺨에 흉터가 난 신사, 일주일 전에 포스코 백작의 마차를 뒤쫓았던 그 신사가 밖으로 나왔다. 내가 길을 비켜주자 그는 머리를 숙여 답례를 표했다. 그의 얼굴은 눈에 띄게 창백했고, 계단을 내려갈 때는 넘어지지 않으려는 듯 난간을 꽉 쥐었다.

나는 페스카의 방으로 들어갔다. 그는 소파에 잔뜩 움츠린 채 앉아 있었다. 내가 다가가자 반사적으로 내게서 멀어지려고 했다.

"내가 괜히 온 건가?"

내가 엉거주춤 서서 말했다.

"친구와 함께 있는 줄 몰랐네."

"친구가 아닐세."

페스카가 간청하듯 말했다.

"저 사람은 오늘 처음이자 마지막으로 보는 걸세."

"뭔가 나쁜 소식이라도 전했는가?"

"끔찍한 소식이야, 월터! 런던으로 돌아가세. 여기 있으면 안 돼. 여기 온 게 잘못이야. 젊은 시절의 실수가 지금까지도 나를 짓누르고 있네."

그렇게 말하면서 그는 얼굴을 벽으로 돌렸다.

"이렇게 오랜 세월이 지났는데도 그것들이 나를 괴롭히고 있네. 나는 이렇게 잊으려고 애쓰는데, 그들은 나를 잊으려 하지 않는단 말일세!"

"미안하네만 오후가 될 때까지는 여길 못 떠나네."

나는 그를 다독거렸다.

"그 동안 나가서 바람이라도 쐬지 않겠나?"

"아니, 여기서 기다리겠네. 꼭 오늘 돌아가야 하니. 제발 부탁일세."

나는 오후에는 함께 꼭 런던으로 돌아갈 수 있을 것이라고 그를 안심시킨 뒤 방을 나왔다.

전날만 해도 우리는 노트르담 사원에 가기로 했다. 그곳은 프랑스의 수도에서 우리가 가장 가보고 싶어 했던 곳이다. 나는 어쩔 수 없이 혼자 성당을 향해 떠났다.

강변을 따라 노트르담으로 가는 도중, 나는 그 무시무시한 파리의 시체 공치소를 지나게 되었다. 엄청난 수의 사람들이 문 앞을 가득 채우고 있었다. 분명 공치소 안에서 대중들의 흥미를 끄는 일이 벌어지고 있는 게 틀림없었다.

만일 군중 외곽의 두 남자와 한 여인의 이야기가 내 발길을 붙잡지 않았더라면 나는 그냥 그곳을 지나쳐 성당으로 직행했을 것이다. 그들은 지금 막 공치소 안을 보고 나오는 중이었다. 그리고 옆 사람들에게 시체에 대해 설명하고 있었다. 몸집이 거대하고, 왼쪽 팔에 이상한 문신이 새겨져 있다는 것이다.

그 말을 듣는 순간, 나는 본능적으로 걸음을 멈추었다. 열려진 문 틈으로 페스카의 떨리는 목소리를 들었던 일, 낯선 자가 방을 나와 몹시 초조한 모습으로 호텔을 빠져나갔던 일이 떠올랐다. 내 귀를 흔든 사람들의 우연한 속삭임이 생각지도 못한 진실을 보여주고 있었다.

아마 나의 복수가 아닌 또 하나의 복수가 운명의 대상을 찾아 극장에서 그의 집까지 뒤쫓았을 것이다. 그리고 그것이 런던에서 파리까지 그를 따라온 것이다. 그리고 정확히 백작이 저지른 행위의 대가로, 그의 목숨을 도려냈다. 극장에서 내가 페스카를 향해 그를 지목한 순간, 옆에서 한 남자가 귀를 기울이며 우리와 함께 그를 바라본 순간, 백작의 운명은 이미 결정된 것이다.

나는 마음속으로 투쟁의 순간들을 떠올렸다. 그와 일대일로 마주 섰던 때, 그가 빠져나가기까지의 긴박했던 순간들, 그 생각들이 내 몸과 마음을 동시에 떨게 했다.

나는 서서히 인파에 떠밀려 시체 공치소의 구경꾼과 시체를 갈라 놓은 거대한 유리벽 쪽으로 다가갔다. 그러다 맨 앞줄까지 다가갔고 거기서 유리벽 안을 볼 수 있었다.

그가 거둬가는 사람 없는 신원미상의 사망자로, 프랑스 대중들의 경박한 호기심에 사지를 드러낸 채 조용히 누워 있었다. 추악한 재능과 비정한 범죄로 점철된 한 인간의 종말이 쓸쓸히 누워 있었다. 죽음의 초월적 평온을 누리면서, 넓고 단호하고 거대한 얼굴은 지극한 위엄마저 느끼게 만들었다. 옆에 있던 한 프랑스 여인이 손을 치켜들며 탄성을 질렀다.

"오, 정말 잘생긴 얼굴이잖아!"

그를 죽음으로 내몬 상처는 정확히 심장 위에 꽂힌 날카로운 칼이었다. 다른 외상의 흔적은 왼쪽 팔 부분을 제외하면 없었다. 내가 페스카의 팔에서 징표를 확인했던 바로 그 자리에, T라는 글자가 칼로 깊숙이 새겨져 있었다. 그것은 우혈단의 문신을 지우기 위한 자국이었다.

시신의 몸에 걸쳐진 옷가지는 그가 다가오는 위협을 잘 알고 있었음을 보여주었다. 그것은 프랑스 공예가들이 입는 옷이었다. 그는 그 옷으로 자신을 숨겨왔던 것이다. 나는 일부러 잠시간 유리벽 너머를 바라보았다. 그 이상은 보지 않았고 더는 쓸 말도 없다.

페스카와 다른 소식통으로부터 얻어낸 그의 죽음과 관련된 몇 가지 사실을 이 자리에서 언급해 두는 게 좋겠다.

그의 시신은 센 강에서 발견되었다. 이미 내가 묘사했던 모습 그대로였고, 이름, 지위, 거주지 등을 파악할 수 있는 단서는 아무것도 없었다. 그를 죽인 범인도 흔적을 남기지 않았다. 게다가 어떤 상황에서 죽임을 당했는지도 전혀 알아낼 수 없었다.

이 암살의 비밀은 나처럼 여러분도 스스로 짐작하기 바란다. 얼굴에 흉터가 있는 그 남자는 우혈단 조직원일 것이며, 백작의 시신 왼팔에 새겨진 T는 이탈리아 어로 '배신자'라는 단어의 첫 글자이며, 모든 정황으로 볼 때 우혈단이 냉정한 규율에 따라 그를 처리했으리라는 것이 내 추측이다. 이상으로 포스코 백작의 죽음에 대해 내가 아는 것은 다 말했다.

내가 그의 시체를 본 다음날, 익명의 편지를 받은 그의 아내가 찾아와 그의 신원을 확인했다. 그의 시신은 백작부인의 손으로 파리 근교의 공동묘지에 묻혔다. 지금까지도 그의 아내는 항상 새로운 화환을 그의 묘비에 놓아둔다. 현재 백작부인은 베르사유에서 철저히 은둔하고 있다. 백작이 죽은 지 얼마 지나지 않아, 그녀는 남편의 전기를 출간했다. 하지만 그 작품에는 그의 진정한 모습이나 그가 행했던 비밀스런 음모에 대한 언급은 전혀 없었다. 그저 백작의 가정적 덕성을 찬양하는 글귀들과 그의 탁월한 재능에 대한 현란한 수사, 이루 헤아릴 수 없는 작위들을 열거하는 내용이 대부분이었다. 그의 죽음에 대해서는 마지막 페이지에 짤막하게 이렇게 묘사되었을 뿐이다.

그의 일생은 귀족의 명예와 사명을 위해 바쳐진 올곧은 신념의 길이었다. 신의 신성한 섭리를 따라 신의 뜻에 따라 바쳐진 순교자의 길이었다.

3

파리에서 돌아온 후 여름과 가을이 지났다. 그 동안 여기에 기록할 만한 중요한 일은 없었다. 우리는 소박하고 단순한 생활을 이어갔기에 내가 일정하게 버는 수입만으로도 살아가는 데 부족함이 없다.

다음 해 2월, 우리의 첫 아이가 태어났다. 아들이었다. 내 어머니와 여동생, 그리고 베시 부인이 이 아이의 세례식에 참석했다. 클레먼츠 부인도 내 아내를 돕기 위해 와 있었다. 마리안이 아이의 대모가 되었고, 페스카와 길모어 씨가 대부가 되어 주었다.

여기서 잠깐 언급할 게 하나 있다. 1년 후 영국으로 돌아온 길모어 씨는 내 요청으로 이 진술을 작성하는 것을 적극적으로 도와주었다. 그의 진술은 순서상으로는 앞부분에 실렸지만, 시간적으로 보자면 가장 나중에 확보한 것이다.

이제 이 책에서 언급해야 할 마지막 사건이 남았다. 우리의 아들 월터가 생후 6개월이 되었을 때 일어난 일이다.

당시 나는 일하고 있던 신문사의 다음 회 삽화를 그리기 위해 아일랜드에 나가 있었다. 약 2주 정도의 출장이었는데 아내와 마리안과 정기적으로 서신을 주고받았고, 이곳저곳 다녀야 했던 사흘만 연락을 중단했다.

마지막 일을 끝내고 밤에 런던으로 출발해 다음날 아침에 집에 도착해 보니, 어이없게도 집에 아무도 없었다. 아내와 마리안과 아들이 내가 돌아오기 전날 집을 떠난 것이다.

아내가 하인에게 남긴 쪽지를 읽고, 내 놀라움은 더 커졌다. 쪽지에는 그들이 리머리지 가로 갔다는 내용이 적혀 있었다. 그리고 설명도 없이 귀환하는 즉시 리머리지로 오라는 청만 있었다. 놀라운 사실이 나를 기다리고 있으며, 전혀 걱정거리는 아니니 염려는 말라고 했다. 이상이 쪽지 내용의 전부였다.

아침 열차를 탈 수 있을 만큼 이른 시간이라 같은 날 오후, 나는 리머리지에 도착했다.

아내와 마리안은 나를 깜짝 놀라게 할 생각으로 이전에 내가 작업실로 쓰던 방에서 나를 기다리고 있었다. 내가 작업할 때 늘 앉던 그 의자에는 마리안이 앉아 있었고, 아이가 그녀의 무릎 위에서 사탕과자를 열심히 빨고 있었다. 로라는 내가 곧잘 사용했던 작업용 탁자 곁에 서 있었다. 내가 그녀를 위해 선사한 작은 그림첩을 나를 향해 활짝 펼쳐들고 서 있었다.

"도대체 무슨 일로 여기 와 있는 거요? 페어리 씨도 알고 있소?"

마리안이 페어리 씨가 죽었다는 말로 내 말을 잘랐다. 발작으로 쓰러진 뒤 영영 일어나지 못했다는 것이다. 카일 씨가 그의 사망 사실을 즉시 두 여인에게 통보했고, 즉시 리머리지 가로 가볼 것을 권했다.

나는 희미하게나마 지금 상황이 가져올 엄청난 변화를 감지했다. 내가 확연히 그 사실을 깨닫기 전에, 로라가 먼저 말을 꺼냈다. 여전히 내 얼굴에 남아 있는 놀라운 표정을 즐기기라도 하듯 내게 바짝 다가왔다.

"여보, 꼭 우리가 여기 불쑥 내려온 이유를 설명해야 하나요? 그러기가 두려워요. 그러면 우리가 지금껏 지켜왔던 과거를 언급하지 말아야 한다는 규율을 어겨야 하거든요."

"그럴 필요까지 있겠니?"

마리안이 말을 이어받았다.

"미래만 얘기해도 분명하고 흥미롭게 설명할 수 있잖아."

그녀가 자리에서 일어나 아이를 번쩍 들어 올렸다. 아이는 신이 나서 허공에서 발을 구르고 기뻐서 소리를 질렀다.

"월터, 이 아드님이 누구신지 혹시 알아요?"

그녀가 두 눈 가득 행복에 겨운 찬란한 눈물을 머금고 물었다.

"너무 당황스러운 일이라 제대로 말할 수가 없군요."

내가 대답했다.

"그 아이가 내 아들이라는 사실밖에는."

"아들이라고요!"

옛날 우리가 처음 만났을 때의 그 당당한 호쾌함과 편안한 쾌활함으로 그녀가 소리쳤다.

"땅이나 조금 있는 귀족처럼 그렇게 심드렁하게 말하기예요? 내가 이 빛나는 아이가 누구냐고 물었을 때, 지금 당신께서 어떤 지위에 서게 됐는지 알고 답하신 건가요? 절대 모를 거예요!

자, 그럼 제가 귀한 두 분을 서로 소개해 드리지요. 이쪽은 그 아버지인 월터 하트라이트 씨, 다른 한 분은 그 아드님이신 월터 하트라이트 2세입니다. 두 분은 이 리머리지의 위대한 상속자이십니다."

그녀의 이 마지막 말로 내 이야기는 모두 끝이 났다. 손에 쥔 펜이 떨리고 있다. 몇 달간의 길고도 행복했던 작업이 끝났다. 마리안은 우리의 훌륭한 천사였다. 그러니 마리안의 이 말을, 우리의 길고도 다사다난했던 이야기를 끝맺는 말로 정하도록 하겠다.

– 끝 –

작 품 소 개

1

〈흰옷을 입은 여인〉은 최초의 선정소설로 널리 알려진 작품이다. 선정소설은 가정소설의 심리적 사실주의와 고딕소설의 공포와 스릴을 교묘하게 결합한 빅토리아시대의 대표적 소설 양식을 뜻한다.

이 책의 저자 콜린스는 추종자들인 메리 엘리자베스 브래던, 찰스 리드, 엘렌 우드, 그리고 브라우튼 등과 함께 등장인물에게 극한적인 경험을 선사하는 소설 기법을 사용해 독자들을 가공할 충격 속으로 몰아넣었던 작가이다. 황폐하고 음습한 성채를 배경으로 펼쳐지는 고딕소설의 공포감을 빅토리아시대의 현대적인 중 · 상류사회의 거실과 정원으로 자연스레 옮겨놓은 것이다.

이 선정소설들에서는 살인, 정신이상, 이중 결혼생활 같은 어두운 이야기들이 빅토리아시대의 영지, 새롭게 등장한 교외 저택을 배경으로 전개된다.

선정소설 작가들은 영국을 온갖 음흉한 사건들이 벌어지는 곳으로 묘사하곤 했다. 존경 받는 영국 귀족이 재산을 차지하려고 아내를 집 안에 감금하고, 겉보기에는 겸손과 도덕이 넘치는 젊은 아내가 남편을 우물 속에 빠뜨려 죽인다. 또한 방금 결혼한 신부가 신혼여행 중에 남편에게 독을 탄 레몬주스 잔을 건넨 뒤 건배를 하며 첫날밤을 자축한다.

사실 이런 선정적인 범죄 이야기는 저급한 대중잡지 애독자들이나 좋아할 법하다. 그러나 이 선정소설들의 목적은 명확하다. 평범한 영국 가정의 닫힌 문 뒤에 우리가 상상할 수 있는 모든 살인과 참혹한 범죄, 정신병이 숨겨져 있음을 폭로하는 것이다. 헨리 제임스는 이렇게 말했다.

"콜린스는 미스터리 중에서도 가장 의문스러운 미스터리를 다른 곳도 아닌 바로 우리의 집 안에 버젓이 들여놓았다."

이에 대해 콜린스는 또 다른 표현을 사용했다. "집이라는 비밀 극장"의 무대 위에서 불길하고 사악한 가족 드라마가 상연되고 있다고 말이다.

그의 소설에서 가정은 더 이상 안락한 공간이 아니다. 그곳은 폭행, 살인, 몸과 정신의 고통이 침입하는 곳이다. 실로 그의 소설은 복잡한 가정사로 점철되어 있다. 〈흰옷을 입은 여인〉에는 의심스러운 귀족과 음흉한 이탈리아 백작, 흰쥐, 독극물, 나약한 우울증 환자, 콧수염을 가진 부인 등이 모여 있다. 〈가여운 미스 핀치(Poor Miss Finch, 1872)〉에서는 남미 혁명당원, 맹인 여주인공, 잔인한 독일 안과 의사, 그리고 일란성 쌍둥이(쌍둥이 중 하나는 스스로 질산은을 마시고 쓸쓸히 죽어간다) 같은 인물들이 한 지붕 아래에서 생활한다.

〈법과 여인(The Law and the Lady, 1875)〉은 남장한 하녀와 다리 없는 주인 사이의 불협화음을 다루고 있다. 이 소설에 등장하는 남자 주인은 두 손을 사용해 집 안 이곳저곳을 기어 다니다가, 그도 아니면 휠체어를 타고 거칠게 집 안을 휘젓고 다니면서 자신은 셰익스피어이자 나폴레옹이라고 열변을 토한다. 마찬가지로 〈흰옷을 입은 여인〉의 등장인물들에게도 집이라는 공간은 이상한 질병, 살인의 위협, 미치광이로 취급 받을 수 있는 위험이 도사린 곳이다.

즉 콜린스와 그와 함께 했던 선정소설 작가들은 조지 엘리엇, 엘리자베스 개스켈, 마가렛 올리펀트 같은 작가들이 소설 속에서 '알 수 없는 것'으로 규정했던 영역을 '알 수 있을 법한' 인간 집단, 또는 최소 '알기에는 너무 위험한 곳' 정도로 재설정하는 데 성공했다. 그리고 독자들은 이 글들을 읽으며 이 같은 소설적 장치들에 놀라게 되는 동시에 희열감을 느끼는 자신을 발견하게 된다.

선정소설의 등장은 빅토리아시대 소비문화의 발달과 밀접한 연관이 있다. 근대 초기 유흥산업의 부흥을 불러온 사회적·경제적 변화는 선정소설에도 깊은 영향을 미쳤다. 이 무렵에는 잡다한 기계류와 소비재에 대한 소비 욕구가 커지고, 대중들을 위한 쇼가 전국 언론들의 공공 캠페인의 힘을 얻어 규모 크고 듬직한 사업거리로 부상하던 시기였다. 방대한 규모의 오락에 열광했던 빅토리아시대 대중들도 흔쾌히 선정소설에 심취했다. 〈흰옷을 입은 여인〉이나 엘리자베스 브래던의 〈오들리 부인의 비밀(Lady Audley's Secret, 1862)〉, 그리고 우드의 〈이스트 린(East Lynne, 1861)〉 등이 전국 순회 도서 사업에서 짭짤한 성공을 거두는 동안, 대중들은 거리낌 없이 모여 즐겁고 선정적인 구경거리에 흥청거렸다. 새로운 오락 기술들, 예를 들어 통 안에서 움직이는 그림 장치, 회전하는 화면판, 모형관, 기타 여러 기계들이 새로운 볼거리를 제공했고, 이 기계들을 보기 위해 돈을 지불한 관객들은 어리둥절하면서도 즐거운 만족감을 누릴 수 있었다.

예를 들어 프랑스의 외줄타기 곡예사였던 찰스 블론딘은 아슬아슬한 죽음의 외줄타기를 시연하곤 했는데, 술 취한 상태로 갑옷을 입고 눈을 감은 채 외줄을 타면서 그 외줄 위에 난로를 굴리고 그 위에 오믈렛까지 요리했다. 요리한 오믈렛은 그곳에 모인 군중들이 사서 먹었다.

사실 이런 묘기들은 요즘 눈으로 보면 조잡하고 졸렬하기 짝이 없지만, 당시에는 유명인사들에게까지 인기를 얻었던 덕에 1850~1860년대에 걸쳐 엄청난 성공을 거두었다. 기술 함양이라는 미명하에 돈을 지불하고 모인 군중들에게 짜릿한 스릴을 안겨주면서 말이다(심지어 별도로 돈을 지불하면 자기가 좋아하는 곡예사들을 집으로 불러 쇼를 감상할 수도 있었다).

또한 소위 '선정 드라마(교묘한 무대기술을 이용해 과장되게 쓴 웅장한 멜로드라마)'도 런던 사람들의 환호와 박수를 받았는가 하면, 심지어 빅토리아 여왕도 인공 급류에 휘말린 익사 직전의 주인공을 보기 위해 두 번이나 극장을 방문할 정도였다. 싸구려 신문들은 선정적인 사건들로 지면을 채웠고, 그 영향력이 심지어 〈타임〉지 표지 인물까지 좌지우지할 정도였다.

이처럼 어른들이 교수형 사건에 얽힌 시시콜콜한 사연들, 독극물 사건들, 타인의 파경을 다룬 흥미 만점의 이야기들에 흠뻑 빠져 있는 동안, 아이들도 저질 공포 선정소설을 탐독했다. 그런 소설들은 대개 삼류 무명작가들이 썼는데 피에 굶주린 노상강도, 탐정들, 해적 같은 인물들이 등장했다.

〈흰옷을 입은 여인〉 역시 빅토리아시대의 선정적인 상품들의 인기에 힘입어 큰 인기를 끌며 소비되었다. 이 소설의 줄거리는 저녁식탁 위에 항상 뜨거운 주제로 올랐고, 다음 회에는 어떤 결말이 나올지 내기까지 벌어질 정도였다.

당시 콜린스는 독신남성들로부터 소설 속 여주인공의 모델이 누구냐는 질문이 담긴 편지를 엄청나게 받았는데, 대부분은 여주인공 마리안 할콤에게 청혼하는 내용이었다.

게다가 당시 번창했던 상품 판매업도 이 소설의 인기를 돈벌이로 전환시킨 일등공신이 되었다. 이 소설의 열혈 독자들은 매일 '흰옷을 입은 여인' 향수를 뿌리고 '흰옷을 입은 여인' 망토와 챙 달린 모자를 쓰고, 다양한 '흰옷을 입은 여인' 왈츠를 췄다. 당시 차기 총리로 예정되었던 윌리엄 글래드스턴조차 이 소설을 때맞춰 읽으려고 예정된 연극 관람까지 취소할 정도였다.

시인인 에드워드 피츠제럴드는 이 책을 무려 다섯 번이나 정독했으며, 심지어 자신의 청어잡이 배 이름을 이 소설의 등장인물인 용감한 여인 마리안 할콤의 이름을 따서 지을 것인지 진지하게 고민했다고 한다. 윌리엄 새커리 역시 이 소설에 빠져 온종일 아무 일도 못했다고 털어놓는가 하면, 앨버트 왕세자 역시 이 소설의 열렬한 애독자로서 귀족 가문 중에 가장 신임하는 조언자인 스토크머 백작에게 이 소설의 사본을 보내기도 했다. 나아가 에밀 포거스가 번역한 이 소설을 탐독한 한 프랑스 작가는 너무 심취한 나머지 콜린스에게 넋을 잃은 찬탄의 편지를 보내기도 했다. 이 소설이 〈올디 이어 라운드(All the Year Round)〉라는 잡지에 연재되는 내내, 다음회가 배포되는 날이면 군중들이 잡지사 건물 주변에 장사진을 쳤다. 극장 주인들은 서둘러 이 소설을 표절하거나 각색한 작품을 무대에 올리곤 했는데, 당연히 이것은 콜린스를 불쾌하게 만들었다.

또한 이 소설의 존경스러운 남자 주인공 월터 하트라이트에 넋이 나간 독자들이 갓 태어난 자신의 아들 이름을 '월터'라고 짓는 바람에 소설 속 월터는 살아 있는 인물로 되살아나게 되었다. 주요 악역들도 명성을 얻었는데, '포스코'라는 이름은 제일 인기 좋은 고양이 이름이 되었고, 몇 년 후 오스카 와일드의 대학 시절 별명이 되기도 했다. 이후 이 소설은 단 한 번도 절판된 적이 없을 만큼 인기 높은 대중들의 필독서가 되었다.

이 소설은 줄거리 상에 정신이상과 광기를 다루면서 읽는 사람에게도 정신적 강박과 심기증을 선사한다. 극도의 신경과민에서 느껴지는 즐거움과 농시에 육체적 충격까지 받게 되는 것이다. 이 소설은 철저하게 독자들을 흥분시키기 위해 씌어진 만큼 숨을 멎게 만들고, 심장을 뛰게 만들고, 페이지를 넘길수록 열병에 걸린 듯 체온

이 올라가게 만든다. 콜린스의 친구인 에드먼드 예이츠가 언급했듯이 수많은 얼음 조각이 등에 꽂히는 듯한 '등골을 오싹하게 만드는' 지점으로 전속력으로 멈추지 않고 달려간다.

또한 이 소설은 가히 혁명적이라고 할 만한 구조를 이용해 거침없이 치고 오른다. 콜린스는 전지전능한 해설자의 냉정하고 차분한 목소리를 통해 사건을 적절히 통제함으로써 독자들이 거리를 두고 사건을 들여다볼 수 있는 일반적인 소설과는 달리, 등장인물들로 하여금 어떤 해설자의 도움도 없이 스스로 법정에 선 목격자처럼 말하도록 한다.

절제의 맛을 아는 냉소주의자 제인 오스틴이나 대단한 웅변가인 찰스 디킨스, 치열한 철학자인 토마스 하디의 글은 해설자가 등장해 독자들을 다독인다. 그러나 이 소설은 인물과 적당한 거리를 유지할 만한 장치가 없어서 독자는 등장인물들의 경험에 아찔할 정도로 밀착하게 된다. 이야기가 전개되는 동안 인물들은 기습적인 공격을 받거나 독약을 마시고, 감쪽같이 속으며, 자신도 모르게 공포 속에 갇히는데, 정신적 고통에 시달리는 등장인물들의 주관적 설명이 독자를 인물들의 불편한 처지로 끌어오는 것이다. 예를 들어 조용히 몰락하는 마리안 할콤이나 월터 하트라이트처럼, 독자들은 텅 빈 의문투성이의 페이지 속에 갇혀 다음 이야기가 진행될 때까지 옴짝달싹할 수 없게 된다. 또한 소설을 보호하는 그 어떤 해설자의 도움도 없는 만큼 심지어 등장인물이 독자에게 거짓말을 하는 것까지 허용된다.

포스코 백작의 증언은 분명히 거짓인 부분이 있다. 그렇다면 월터는 어떨까? 그의 설명에는 교묘하게 조작된 실수나 고의적인 누락, 자기합리화가 없다고 확신할 수 있을까? 설명이 서술자의 입맛대로 호도되거나 제삼자의 개입으로 편파적으로 조작되고 있다 한들 그걸 우리가 어떻게 알아차릴 수 있겠는가?

형식주의 비평가인 츠베탕 토도로프는 '서스펜스 소설'을 다음과 같이 정의한 바 있다. "소설 속 화자는 자신의 객관성을 포기한다. 그리고 다른 인물들의 세계 속에 뒤섞인다."

그런데 선정소설에서는 독자들조차 소설 속 인물이나 사건들로부터 안전하지 못하다. 선정소설에 대해 확고한 적대감을 가졌던 소설가이자 비평가인 마가렛 올리펀트는 〈블랙우즈 에든버러 매거진(Blackwood's Edinburgh Magazine)〉에 기고한 글에서, 달빛 밝은 런던 거리에서 이루어진 앤 캐서릭과 월터 하트라이트의 유명한 만남에 대해 이렇게 썼다.

"이 이야기 속 주인공들이 겪었던 것과 다를 바 없이, 우리에게 이 충격은 느닷없는 것, 깜짝 놀랄 만한 것, 예기치 않은 것인 동시에 도저히 이성적으로 납득하기 힘든 것이다."

그녀는 이러한 충격들이 "신비스러운 스릴"을 주고, "독자들은 이 스릴을 거부할 수 없게 된다."고 주장했는데, 이런 방향감각 상실과 비슷한 혼돈의 순간들은 전류가 통과하듯 독자들의 마음을 파고들어 감전시킨다.

그런데 이채로운 건 '선정소설'이라는 용어는 정작 이 부류에 속한다고 여겨진 소설가들 사이에서는 일찍이 사용되지 않았다는 점이다. 이 용어는 보수적 신문과 잡지 등에서 널리 퍼뜨린 일종의 경멸적인 이름이었다. 그들은 이 소설들의 히스테리적인 해설이야말로, 영국 소설의 건전한 몸뚱이를 프랑스 소설에서 수입한 병적인 것들로 감염시키는 행위라고 주장했다. 예를 들어 〈데일리 텔레그래프(Daily Telegraph)〉의 한 편집 작가는 〈흰옷을 입은 여인〉을 프랑스 소설의 타락을 맹비난했던 어느 구절과 연관시켜 다음과 같이 비난했다.

"대다수의 프랑스 소설을 보면 어떤 부분은 간통으로, 어떤 부분은 흥청망청하는 쾌락으로 가득 차 있고, 나머지 부분들은 결투로 얼룩져 있다."

이런 입장에서 보면 〈흰옷을 입은 여인〉은 영국의 전통적 가정문화를 비방하고 영국 고유의 문학적 취향을 타락시키겠다는 협박일 따름이다. 올리펀트는 이와 관련해 〈블랙우즈(Blackwoods)〉에 다음과 같은 글을 썼다.

"주간 연재라는 매우 강력한 흥분제, 종종 그리고 빠르게 반복되면서 입맛을 돋우는 상황, 사람을 깜짝 놀라게 만드는 사건들을 필수적으로 갖춘 채, 대부분을 병든 것으로 만들어 버리는 환각제, 그래서 더 강한 내성의 항생제를 원하게끔 만드는 어둡고 음습한 소설, 콜린스가 교묘하게 만들어놓은, 아무 설명 없이 짜놓은 공들인 흔적이 역력한 이것들에 대해, 그에게 열광하는 사람들은 그 어떤 일말의 이성적 분별력도 가지지 못하고 있다."

하지만 콜린스는 이런 비평에 냉정하게 답했다.

"모두가 알다시피, 둔감한 자들은 이미 오래전부터 이런 식으로 단정하지 않았는가? 소설을 쓰는 행위는 문학하는 행위 중에서 가장 저급한 것이고, 소설을 읽는 행위는 위험한 사치이자 시간을 허비하는 짓이라고들 말이다."

비록 1860년대를 통과하면서 선정소설의 정당성에 대한 논란이 요란했고, 한때 〈오들리 부인의 비밀〉이 영국 가판대를 휩쓸다시피 했을 때는 더 요란한 논란이 벌어졌지만, 이는 선정소설을 지나치게 심각한 견지에서 받아들인 결과가 아닐까 싶다. 선정소설을 논하려면 이를 비난하는 행위에 대해서도 논의가 필요하다. 다시 말해 올리펀트는 물론, 콜린스와 브래던의 소설을 "신경과민에 설교하는 것"이라고 혹평한 성직자 헨리 롱그빌 멘셀 등의 비난조 글들이 판에 박은 것처럼 거듭되었다는 점도 마땅히 논란의 도마 위에 올라야 한다는 뜻이다.

또 그 즐거움이 지나치게 신경과민적인 것일지라도, 선정소설은 엄연히 엄청난 수의 빅토리아시대 독자들이 즐겨 읽었던 소설이다. 또한 독자들은 선정소설이 건강에 해롭다고 열변하는 비평가들의 언사를 오히려 가벼운 재미거리로 받아들였다는 점도 간과해서는 안 된다.

즉 선정소설가들이 독자들의 마음에 불러일으킨 히스테리를 즐겁고 가벼운 기분으로 평하는 편이 이 장르에 대한 그 시대의 반응을 짐작하는 훨씬 유익한 길일 것 같다. 설령 선정소설가들이 죄악이나 광기, 학대, 또는 법의 무능에 지나치게 탐닉했다 한들, 그 탐닉이 대다수의 빅토리아시대 사람들에게 즐거움을 안겨주었다는 것만큼은 부인할 수 없는 사실이니 말이다.

따라서 전통적 가치만 강조하는 〈블랙우즈〉 같은 잡지에서 볼 수 있는 지루하고 시무룩한 엄숙주의로 선정소설을 힐난하는 글보다는, 선정소설을 가장행렬에 열광하며 밤을 새우는 관중들에 비유한 가벼운 비난의 글들이 나을지도 모른다. 게다가 그 글들도 정말 선정소설을 힐난하려고 쓴 것인지, 선정소설을 혹평하는 자들을 겨냥한 조소인지는 알 수 없다.

심지어 올리펀트조차도 신간 잡지였던 〈선정주의시대(Sensation Times)〉의 발행에 대한 〈펀치(Punch)〉의 다음과 같은 깔끔한 서평에 높은 점수를 준 바 있다. 마찬가지로 우리도 선정소설에 대해 나름의 공정함을 유지하자. 굳이 이것에 질색할 필요까지는 없을 것이다.

"이 잡지는 다음과 같은 주제에 대부분의 지면을 할애할 것이다. 마음을 괴롭히는 것, 소름을 돋게 만드는 것, 머리카락을 곤두서게 하는 것, 신경계에 엄청난 충격을 가하는 것, 전통적 도덕관을 허물어뜨리는 것, 대중들로 하여금 지루한 산문체적인 일상으로부터 관심을 돌리게 만드는 것…… 선정소설은 프랑스의 가장 인기 있는 작가들까지 동원해 지금껏 상상하지 못한 온갖 잔혹한 행위들을 다루면서 이 새로 등장한 잡지에 확실한 특징을 안겨줄 것이다. 그래서 상당한 자금이 기부금 명목으로 '악을 저지하기 위한 사회(Society for the Suppression)'로 전달될 것이다. 물론 이것은 선정소설의 '다음 회에 계속……'이 철저하게 안전을 보장받는다는 조건에서만 가능하다."

2

[주의: 이 소설의 비밀스러운 사연들을 굳이 알고 싶지 않다면 이 부분은 소설을 다 읽고 난 후에 읽어야 한다.]

윌리엄 윌키 콜린스, 메리 엘리자베스 브래던, 엘렌 우드, 찰스 리드, 로다 브라우튼……

이 다섯 이름들은 거의 혁신적이라고 말할 수 있는 대단한 문학 풍조의 변혁을 이끈 주요 인물들로서 사적인 면에서나 직업적인 면에서나 많은 접촉점을 가지고 있었다. 특히 찰스 디킨스까지 더해지면 더더욱 그렇다.

〈흰옷을 입은 여인〉, 〈월장석(The Moonstone, 1868)〉, 리드의 〈하드 캐쉬(Hard Cash, 1863)〉는 모두 디킨스의 정기간행물을 통해 발표된 작품들이다. 또한 우드는 리드의 작품을 자신의 간행물에 연재한 바 있다. 나아가 디킨스와 콜린스의 우정은 리드와 브래던 사이의 관계와 유사하다. 리드는 브래던과 오랫동안 깊이 있는 서신을 나눴는데, 심지어 자기 소설을 그녀에게 헌납한 적도 있었다. 브래던은 콜린스를 '확고부동한 (자신의) 문학적 아버지'로 간주했고, 그녀 스스로도 자신의 소설 〈오들리 부인의 비밀〉의 상당 부분이 〈흰옷을 입은 여인〉의 플롯에 의존하고 있다고 인정한 바 있었다.

당시 브래던, 디킨스, 콜린스는 선정주의의 원조라 일컬어지는 에드워드 불워리튼과 좋은 관계를 맺고 있었다. 불워리튼은 한때 브래던에게 사적으로 찍어서 모아둔 편집광자들의 사진을 보여줘 그녀를 흥분시키는가 하면 자신의 아내 로시나를 무모하게 감금하려 든 전력이 있었는데, 이런 사건들이 그의 잘 알려진 선정소설들을 낳는 데 적지 않은 기여를 했다는 게 주지의 여론이다.

브래던은 브라우튼의 열렬한 애독자이자 편집자로서, 브라우튼의 소설 〈꽃으로 피어나다(Cometh up as a Flower, 1867)〉를 자신의 내연남 존 맥스웰 소유의 잡지 〈템플 바(Temple Bar)〉에 싣기도 했다. 콜린스의 소설 〈두 운명(The Two Destinies, 1871)〉도 여기서 발표되었다. 극지대를 다룬 멜로드라마인 콜린스의 〈더 프로즌 딥(The Frozen Deep, 1856)〉이 리바이벌 발표되던 첫날 밤, 1866년 10월 21일, 디킨스, 콜린스, 브래던 그리고 리드는 올림픽 극장의 바에 함께 앉아 있었다. 경영주 호레이스 위건의 관리 하에 디킨스와 콜린스가 리허설을 지휘하는 연극 개정판이 무대에 올랐기 때문이다.

리드는 브래던과 간간히 적지 않은 대화를 나누었는데, 그의 일기에는 "나와 대화하던 도중 그녀가, 내게 헌정할 소설의 줄거리를 완성했다고 말했다."고 적혀 있다.

〈흰옷을 입은 여인〉은 이 장르의 중심 작품으로, 에드먼드 예이츠는 1871년에 "이 소설은 전 세계 문명 언어로 번역되어 만천하에 널리 알려졌다"고 회고한 바 있고, 연이어 "이 작가를 단숨에 유럽 작가들 중에서 맨 앞자리"에 위치시켰다고 썼다. 이 찬사는 하나의 신화로 널리 퍼졌고, 콜린스를 가장 정확히 알았던 전기 작가 캐서린 피터스의 말을 빌리자면 "미처 이 책을 읽을 준비가 안 된 독자들 앞에 혜성처럼 나타나 그 마음속에 싸열음을 일으켰다."

콜린스는 잘 알려진 인물은 아니었지만, 그렇다고 그저 그런 인물도 아니었다. 그는 1824년에 저명한 풍경 화가이자 영국왕립미술원의 일원인 윌리엄 콜린스의 아들로 태어나 1838년 영국에 정착할 때까지 영국과 이탈리아를 오가며 어린 시절을 보냈다. 또한 영국 북부에 위치한 기숙학교를 졸업한 후 잠시 녹차 사업에 손을 대는가 하면, 에드먼드 안트로부스 밑에서 견습 생활도 했다. 아버지 뒤를 따라 미술계로 나가려는 마음도 없지 않았던 것이다. 실제로 그는 1849년 영국왕립미술원의 여름 전시회에 입선한 적도 있었다. 그리고 비록 단명하긴 했지만 법률가의 길에도 발을 들여서 1846년에는 법학원에 입학 허가를 받고 1851년에는 변호사로 발령 받기도 했지만 실제로 변호사 업무를 한 건 아니었다.

이런 상황에서 소설은 그가 남몰래 품은 열정이었으며, 그의 첫 번째 노력은 고딕소설과 불워리튼의 역사소설의 영향 아래에서 마침내 결실을 보았다. 1844년 그는 피에 굶주린 폴리네시안의 사랑을 그린 〈이올라니(Iolani, 1844)〉를 세상에 내보냈다가 퇴짜를 맞았다. 이어서 1846년에는 불워리튼의 〈폼페이 최후의 날(1834)〉을 모델로 한 역사 멜로드라마 작업에 착수했지만, 다음해 2월에 아버지가 심장질환으로 사망하면서 그마저도 중단되었다. 콜린스는 정성을 다해 유명인사였던 아버지에 대한 회고록에 전념했고, 글을 다 쓴 후에야 다시 자기 책으로 돌아올 수 있었다.

결국 이 소설은 벤틀리가 받아들여 1850년에 출판되었다. 그에게 작게나마 명성을 안겨주고 게다가 디킨스와 인연의 끈을 닿게 해준 것도 이 소설이었다. 콜린스는 일생을 통틀어 찰스 디킨스와 가장 깊은 우정을 나누었다.

그러다가 적당한 성공, 그리고 일부 작품에 대한 과분한 비평이 그를 전업작가의 길로 발 딛게 만들었다. 그는 3권의 소설을 더 발표했다. 〈바질(Basil, 1852)〉, 〈하이드 앤 시크(Hide and Seek, 1854)〉, 그리고 〈죽은 비밀(The Dead Secret, 1857)〉이었다. 또한 디킨스의 정기 간행물인 〈하우스홀드 워즈(Household Words)〉와 〈올 디 이어 어라운드〉에도 단편소설과 칼럼들을 게재했다.

디킨스는 1859년 4월 30일부터 11월 26일까지 〈두 도시 · 이야기〉를 연재하는 동안, 자신의 〈올 디 이어 어라운드〉의 정기적인 헤드라인 일부를 콜린스의 〈흰옷을 입은 여인〉에 전적으로 일임했다. 그러나 이 두 작가는 직업적인 것 이상으로 깊은 친분을 나누었다. 두 사람은 함께 휴가를 즐기면서 파리를 유람하고, 아마추어 연극 작품과 불워리튼의 코미디 작품에서 함께 연기 재능을 시험하기도 했다. 그러다가 1857년에는 컴벌랜드를 도보로 여행하면서 겪은 즐거운 여행담을 담은 〈두 명의 게으른 견습공의 게으른 여행〉을 공동으로 펴냈다.

이 둘은 성적인 비밀도 공유했다. 콜린스는 디킨스가 아내에게 성적으로 불만족스러워 한다는 것, 그리고 친구와 열아홉 살이었던 여배우 엘렌 테넌과의 관계도 알고 있었다. 디킨스 역시 콜린스의 가장 중요한 비밀이었던 캐롤린 그레이브스라는 여인에 대해서 혼자만 알고 있었다.

캐롤린 그레이브스가 어떤 여성이었는지는 알려진 바가 거의 없다. 이는 빅토리아시대 때는 인간의 존재(특히 여자의 경우는 더욱 그랬지만)가 얼마나 흔적 없이 사라지거나 제거될 수 있는지를 뚜렷이 보여준다. 그녀는 자기는 귀족 집안의 딸이고 남편 로버트 그레이브스는 재력 있는 신사라고 주장했다. 하지만 그녀는 목수의 딸에 남편은 채석공 집안의 속기사였다. 캐롤린은 자신의 어린 딸 해리엇과 1858년부터 콜린스와 함께 살기 시작했는데, 1868년부터 1871년 사이의 별거 기간, 나아가 1864년 콜린스가 마샤 루드라는 둘째 아내를 두었음에도 여생을 함께 했다.

한편 리드의 정부 여배우 로라 세이무어처럼 캐롤린 그레이브스도 세상 사람들에게는 콜린스의 가정부로 알려져 있었다. 그녀는 사교 장소에 콜린스와 동행하는 법이 없었고 두 사람이 어떻게 만났는지도 알려진 바가 없었다. 다만 둘 다 1856년 여름에 토트넘 코트 거리에서 떨어진 하숙촌에서 살았던 것으로 보건대 아마 이 무렵 서로 알게 되었을 가능성이 크다. 증거는 없지만 두 사람의 만남이 월터 하트라이트와 앤 캐서릭과의 극적인 만남에 영감을 주었으리라는 추측들도 무성했다.

이와 관련한 재미있는 일화가 하나 있다. 이 일화는 어쩌면 두 사람의 이야기를 환상으로 격하시킬 위험도 있지만, 사실상 그 환상이라는 것도 확실한 게 아니다. 일화 내용은 J. G. 밀레이스가 화가인 그의 아버지 존 에버렛 밀레이스의 회고록에서 쓴 것으로 다음과 같다.

1850년대 달 밝은 여름 밤, 콜린스와 그의 동생 찰스 콜린스는 어머니가 연 파티에 참석했던 밀레이스를 집까지 배웅하기 위해 길을 안내하고 있었다. 그런데 갑자기 근처 어느 주택 정원에서 터져나온 비명에 대화가 뚝 끊겼다. 미처 움직이기도 전에 정원의 철문이 열렸고, 그 문을 통해 "달빛 아래 은은히 빛나는, 길게 늘어뜨린 흰 드레스를 입은 젊고 아름다운 여인의 모습"이 등장했다. 그녀는 세 남자 쪽으로 달려오더니 잠시 주춤했다. 그리고는 "간청과 공포가 뒤섞인 표정으로 잠시 동안 움직이지 않았다." 그런 후 갑작스레 제정신을 차린 듯 다시 어둠 속으로 마구 달려갔다.

"저토록 아름다울 수가……!" 밀레이스는 그 이상 할 말을 잃고 말았다. 콜린스는 조금도 망설이지 않고 그녀를 향해 달려가며 말했다. "저 여자가 누구이고, 무슨 문제가 있는지 꼭 알아야겠어." 동행자들은 남아서 그가 돌아오길 기다렸지만 헛수고였다. 그리고 다음날 만났을 때, 콜린스는 그 모험담 얘기를 꺼냈다. 애써 알아낸 사실은, 그가 그 전날 밤의 사랑스러운 도망자를 따라잡았고 그녀로부터 살아온 인생과 갑자기 도망을 치게 된 이유를 들었다는 것뿐이었다.

그녀는 좋은 배경과 지위를 가진 한 가문의 소녀였는데, 우연찮게 로젠트 공원 근처에 사는 남자의 손에 운명을 맡기게 되었다고 했다. 그녀는 거기에서 몇 달간 남자의 협박에 시달리며 감금을 당했다. 그럼에도 그에게는 사람 혼을 빼놓는 마력 같은 힘이 있어 감히 도망칠 엄두도 내지 못했다. 마침내 그녀는 죽음을 불사하고 그 짐승으로부터 필사적인 탈출을 감행했는데, 그 남자가 손에 갈퀴를 쥐고 목을 잘라버리겠다고 고함을 치며 쫓아왔다고 했다. 그 다음 이야기도 무척 흥미롭지만, 여기서 자제하는 편이 좋을 듯하다.

그 이야기는 1895년에 다시 세간에 오르내렸다. 그러나 신빙성 있는 출처는 없고, 단지 조지 두 모리에르가 1894년에 쓴 글에 콜린스 소설의 그 유명한 장면들과 함께 언급되었을 뿐이다. 두 모리에르의 소설에는 세 화가가 악한의 최면술에 걸린 한 젊은 여자와 사랑에 빠지는 이야기가 등장하고, 이 소설은 밀레이스의 회고록만큼이나 큰 인기를 끌었다. 그리고 정확한 증거가 없음에도 찰스 콜린스와 결혼한 케이트 디킨스는 이 흰옷을 입은 여자가 정말 캐롤린 그레이브스라고 믿었다고 한다.

한편, 화가인 헨리에타 와드도 콜린스가 어디에서 영감을 얻었는지 알고 있다고 주장했다. 그녀는 콜린스의 평생의 지우였던 에드워드 와드와 열네 살 때 약혼했는데, 콜린스에게 그 유명한 소설의 줄거리를 제공한 사람은 자신이라고 말했다. 콜린스의 초기 전기 작품 중에 하나를 쓴 작가인 누엘 파르 데이비스도 다음과 같이 적고 있다.

"어느 날 헨리에타는 그에게 코핀 부인이 어떻게 성신적 공황 상태에 빠졌는지를 말해 주었다. 그녀는 유령처럼 흰옷을 입고 바깥에 나가곤 했다. 어둑해질 무렵에는 공동묘지에서 놀고 있는 아이들을 겁에 질리게 만들었다. 콜린스는 햄스테드 히스를 따라 집으로 돌아오면서 코핀 부인과 캐롤린을 교차시키며 생각에 빠졌고, 한때 캐롤린을 유령이라고 생각했다. 이 두 가지 사실과 히스의 음산한 배경이 아마도 그의 마음속에 그 소설의 기본 뼈대를 세웠을 것이다."

다시 돌아와, 이 일화들이 매력적인 이유는 아마 여러 추측들의 각축전 때문이 아닐까 싶다. 클라이드 K. 하이더는 그중 가장 그럴듯하게, 이 소설의 원천으로 프랑스 뉴게이트 캘린더인 모리스 메잔의 범죄 기록 책자를 꼽았다. 콜린스가 1856년 파리의 책 가판대에서 이걸 집어 드는 걸 목격했다는 것이다. 실제로 콜린스는 이 작품을 통해 프랑스의 범죄 사건을 다룬 소설적인 기사들을 찾아낸 뒤 그것들을 디킨스의 간행물인 〈하우스홀드 워즈〉에 기고한 적이 있었다. 1858년 9월 18일부터 10월 2일까지 게재한 〈독이 든 식사〉가 대표적이다:

이는 피로 얼룩진 짧은 이야기로, 어느 하녀가 급하게 푸딩을 만들다 실수로 비소를 타서 집 주인에게 살인 누명을 쓰게 된다는 줄거리였다. 이 글은 콜린스가 가장 입맛을 다신 이야기로서, 이 연재물은 이렇게 끝을 맺고 있다.

고문 의자가 그녀를 기다리며 열려 있었다.

메잔의 26권짜리 범죄 기록 책자들은 분명히 당시 콜린스가 쓰고자 했던 화약고의 도화선이 된 듯하다. 특히 메잔이 기록한 한 부인의 이야기는 〈흰옷을 입은 여인〉의 가장 중요한 플롯을 구성하는 데 큰 기여를 한 것으로 보인다. 잠깐 보면 다음과 같다.
1764년에 한 여자가 결혼을 하고, 1787년에 과부가 된다. 아버지가 죽자 남동생이 아버지 재산을 독차지하기 위해 음모를 꾸며 어머니를 재정적 어려움에 빠뜨린다. 그러자 언니가 그녀에게, 남동생과 유산 문제를 해결하라고 설득한다. 결국 그녀는 친구에게 편지를 쓴다. 집을 떠나 파리로 가서 집안의 유산 문제를 해결하겠다고 말이다. 그리고 하인들과 함께 1787년 12월 파리로 출발한다.

그녀는 여행 도중 올리언스에서 멈춘다. 예전에 종종 머물렀던 조카 집이다. 그런데 이상하게도 조카는 그녀를 받아들이지 않고 다른 친척 집으로 가라고 한다. 그녀는 친척 집으로 가서 융숭한 대접을 받는다.

다시 여행을 떠나려는데 그때 친척이 강가로 소풍을 가자고 제안한다. 마차를 타고 가는 도중 이번에는 친척이 코담배를 주며 피워보라고 한다. 그걸 피우는 순간, 극심한 두통이 찾아와 마차를 돌려 집으로 돌아가 침실에 눕게 된다.

며칠 후, 그녀가 의식을 되찾은 곳은 파리 교외에 위치한 어느 정신병원이다. 그녀의 과거와 진실을 모르는 병원 사람들은 그녀의 거센 항의를 정신이상의 징후로 간주한다. 편지는 빼앗기고 얼마 후 남동생이 그녀를 사망 신고한다. 이어서 그녀는 남동생이 자기 몫의 재산까지 가로챘다는 것을 알게 된다.

하지만 어렵사리 친구에게 편지를 전하게 되고, 친구가 찾아와 힘겹게 그녀의 퇴원 승낙을 얻어낸다. 그리고 퇴원하자마자 그녀가 입원할 때 입었던 흰 드레스를 돌려준다.

그러나 하녀들이 그녀의 신분을 일관된 목소리로 증언했음에도, 남동생은 다시 공모를 해 재판을 몇 년이나 연기한다. 결국 그녀는 재산과 신분을 되찾지 못한 채 1817년, 가난으로 굶주려 죽고 만다.

이 이야기는 〈흰옷을 입은 여인〉을 최고의 작품으로 만든 모든 요소들을 포함하고 있다. 멀쩡한 사람을 광인으로 바꿔버린 가공할 음모, 의사의 손아귀 안에 쥐락펴락 당하는 나약함, 실험용 동물처럼 너무 쉽게 존재 자체가 지워지고 은폐되는 실상, 합법적 절차로 지위와 정체성까지 잃게 된 한 여자의 추락, 생명을 위협하는 질병과 위험의 장소로 둔갑한 가정이라는 장소, 콜린스의 뇌관을 강타한 소설에 왜 정신이상이라는 주제가 필요했는지는 이 강렬한 요소들로 미루어 짐작할 수 있다.

1850년대 후반기의 지배적인 필법은 샬롯 M. 영이나 마가렛 올리펀트와 같은 작가들이 쓴 가정소설이었다. 이 장르가 추구하는 심리적 사실주의는 소설의 내면성과 영속성에 대한 표준 구조, 나아가 소설가의 자질을 측정하는 표준 척도로 여겨졌다.

콜린스는 이러한 사실주의를 유지하고 싶다는 욕망과 동시에 즐거운 불안감을 원했다. 신경을 긁어대는 해설자의 등장도 이런 상충된 욕구에서 기인했다. 자극적인 감정을 깨우는 이 파격적이고 충격적인 해설들은 동시대 문단에 인간 정체성의 본질은 무엇이고 정신병리학이란 무엇인가에 대한 뜨거운 논쟁을 불러 일으켰다.

등장인물들에게 극한의 경험을 겪게 하기 위해서는 그들의 마음과 육체에 깊은 손상을 입힐 수밖에 없었다. 묘기 쇼가 간담을 서늘하게 만드는 스릴을 합리화하기 위해 생물과학에 의존했듯이, 선정소설 역시 등장인물들의 충격적이고도 틀에서 벗어난 성격을 정당화시키기 위해서는 의학에 기댈 수밖에 없었던 것이다.

또한 콜린스 자신도 그런 질병들과 거리가 멀지 않았다. 1850년대 후반에는 소설과 그의 실제 신경병이 묘하게 일치를 이루기도 했다. 그의 편지를 보면 그의 질환이 어떠했는지 생생히 알 수 있는데, 그는 자신의 은행 관리자인 찰스 와드에게 이렇게 고충을 털어놓았다.

"요즘 사타구니에 난 종기로 심한 고통을 앓고 있습니다."

이 편지는 그가 〈흰옷을 입은 여인〉 집필을 위해 1859년 8월 머물렸던 곳에서 쓴 것이었다.

"그리고 이 종기를 짜줄 의사를 기대하면서 이 글을 씁니다. 하나님, 살펴주소서. 이 병은 영영 완치될 것 같지 않습니다."

이 치명적 고통은 하필이면 그가 가장 왕성하게 창작 활동을 할 때 찾아왔다. 병명은 관절 통풍이었다.

"이 통풍은 내 뇌를 부수고 있네."

한번은 가까운 친구이자 사회주의 신문 편집장인 에드워드 피고트에게도 이런 편지를 보냈다.

"마음은 청명한데 신경의 고통은 이루 말할 수가 없네."

이 병은 그의 눈까지 공격해 급기야 〈월장석〉을 쓸 때는 구술을 받아써 줄 대필가의 도움을 받아야 할 정도였다. 게다가 그가 질러대는 비명소리가 얼마나 끔찍했던지 대필가가 도망가서 새로 구해야 할 정도였다.

콜린스의 신경증은 아편과 알코올로 제조한 환각을 일으키는 칵테일 종류 때문이었으리라 추측된다. 이 칵테일 약제사 조제실을 통해서만 입수할 수 있는 특수 환자용 약으로, 1859년 콜린스의 주치의가 된 프란시스 칼 비어드가 콜린스의 통풍 치료를 위해 처방하기 시작했다.

그리고 10년 후 콜린스는 중증의 아편중독자가 되었고, 친구들에게 끊임없이 환영에 시달리고 있다고 실토했다. 기이한 모습의 살아 있는 유령과 입술 양쪽에 길고 날카로운 어금니가 나온 괴물 같은 푸른빛의 여자에게 둘러싸여 지낸다는 것이다. 한 저녁 만찬 자리에서 어느 유명한 외과의사는 콜린스가 매일 복용하는 약의 양이 그 만찬에 참석한 사람들을 다 죽일 수 있을 만큼 지나치다고 말하기도 했다.

그러나 화학 작용이 만들어낸 망상과 극심한 신경질환은 그를 고통 속에 빠뜨리는 한편 귀중한 경험을 선사했다. 그의 소설에서 의학적 구성은 굉장히 중요한 요소다. 그의 소설들은 이상한 질병이나 질환으로 고통 받는 인물들로 가득하다. 〈가여운 미스 핀치〉에 등장하는 간질병 환자나 선천성 맹인, 또 다른 소설에서 등장하는 신경질적 혐오를 느끼는 인물, 유전적인 편집광 등등.

그리고 〈흰옷을 입은 여인〉에 등장하는 프레더릭 페어리는 "남자처럼 보이려고 남자 옷을 입은 신경 세포 다발"로서, 자신이 시들어가는 오페라 여주인공이라는 자의식을 가진 사람이다. 그는 월터와의 면담 때 이렇게 절규한다.

"제발 날 용서해 주시오!", "그런데 제발 목소리 좀 낮춰주겠소? 신경 세포들이 엉망인 상태에서 조금이라도 목소리가 크면 뭐라 말할 수 없이 고통스럽군요."

그러나 가장 중요한 인물은 바로 제목에서 언급한 '여인', 아니 흰옷을 입은 '두 여인'이다. 한 여인은 자기 의지와 상관없이 정신병원에 갇힌 앤 캐서릭, 또 한 여인은 강제로 신분이 바뀐 글라이드 부인이다.

콜린스가 신경질환 덕에 손쉽게 쌓아올린 이 이야기는 1858년에서 1860년까지 세간의 이목을 집중시키며 새로운 공포의 길을 열었다. 바로 '미치지 않았어도 정신병원에 갇힐 수 있다는 공포'였다.

3

1850년대 말 영국에서 소위 '정신이상자들의 공황'이라고 불리는 일련의 사태가 일어났다. 의사들의 미심쩍은 진단 결과로 잘못 정신이상자로 분류된 이들이 정신병원에 갇힌 사건이었다. 1871년 콜린스와 예이츠의 인터뷰는 이 혼란이 〈흰옷을 입은 여인〉을 완성하는 데 결정적 기여를 했음을 잘 보여준다.

"그는 〈올 디 이어 라운드〉에 낼 소설을 위한 새롭고 강렬한 아이디어를 찾으려고 갖은 애를 쓰던 차였다. 그때 우연찮게 정신병원에 엉뚱하게 감금된, 소문인지 사실인지 모를 한 사건에 대해 글을 써달라는 편지가 날아들었다. 그는 여기에 엄청난 아이디어가 숨어 있음을 직감하고 범인을 바꿔치기한 죄를 다룬 프랑스의 한 재판 사건을 떠올렸다. 뭔가가 그의 뇌리를 강하게 스쳤다. 정신병원 의사와 협조해 정신병자를 바꿔치기하는 이야기야말로, 바로 그가 애써 찾고 있던 새롭고도 강렬한 아이디어였다."

여기에 콜린스의 관심을 사로잡은 그 사건에 대한 자세한 내용은 쓰여 있지 않다. 하지만 1858년 여름 무렵 개개인들, 신문들, 또는 '억울한 정신이상자들을 위한 모임' 같은 단체들로부터 정신이상 진단 남용에 대해 철저히 조사해 달라는 문의 요청이 빗발치면서, 결국 이 모든 스캔들의 진상규명을 위한 위원회가 결성되었다.

더불어 염려했던 대로, 빅토리아 여왕 역시 피린증이라는 유전적 뇌질환으로 병석에 있다는 소문이 파다하게 퍼졌다. 또한 여왕의 할아버지인 조지 3세도 같은 질환으로 고통 받았다는 사실도 알려졌다.

앞서 언급했듯이 앨버트 왕세자는 〈흰옷을 입은 여인〉의 사본을 스토크머 백작에게 전한 바 있었는데, 알려진 바로 그는 "완전히 겁먹은 채로" 여왕의 몸 안에 잠재된 "유전 질병"이 자신에게도 해를 미칠까 두려워했다고 한다. 게다가 싸구려 신문들도 정신이상자 보호소들이 몇 명인지 파악조차 어려운 멀쩡한 사람들을 가두고 있는데 대부분 금전적 문제 때문이라는 소문에 부채질을 했다.

그렇다면 당시 이 사건은 정말로 정신과 의료진늘이 골칫거리를 없애려는 사악한 가족들과 결탁한 결과였을까? 의사인 앤드류 스컬, 샤롯 멕켄지, 그리고 니콜라스 허베이가 쓴 글을 보자.

"진상규명위원회는 국민들을 안심시켜야 한다는 무거운 짐을 지고 있다. 하지만 여러 관점에서 이 임무를 수행하는 건 불가능하다는 사실이 입증되었다. 우선 환자가 정신이상인지 아닌지의 경계선이 뚜렷하지 않을뿐더러, 그런 모든 판단을 재단하는 자체가 도덕적·사회적 문제를 몰고 오기 때문이다.

즉 정기적인 진찰을 통해 결과가 명확해지듯이, 정신이상이냐 아니냐에 대한 의사의 근거도 다 그럴 만한 이유를 가지고 있다. 즉 의사의 눈으로 보면, 정신이상을 괴벽이나 부도덕함과 구별한다는 것 자체가 별 의미 없는 일이다. 이러한 실상으로 인해 일반인들이 진단에 의문을 가지는 것도 당연하다. 그런데 정신과 의사들은 점점 목소리를 높이고 있다. 인간이 미쳤느냐 아니냐의 판단은 오로지 전문가만이 내릴 수 있는 판단이요, 이 문제에 대해 이러쿵저러쿵 시비를 거는 문외한들은 심정적으로 불법행위자들이라고 말이다.

그럼에도 여전히 남는 문제는, 많은 사람들의 의문을 낳는 근본적인 뿌리가 바로 그 '전문가들'이라는 사람들의 판단 동기와 판단 능력에 있다는 점이다."

〈흰옷을 입은 여인〉에서도 등장인물이 집안 문제로 정신병원에 갇힌 것인지, 정확한 진단에 의한 것인지 두 의견이 팽팽한 평행선을 그리며 부딪친다. 그런데 존 서덜랜드가 그의 책 〈작가들, 발행인들, 독자들〉에서 주장했듯이 정신병 진단, 골치 아픈 가족을 제거하려는 음모에 대한 의문은 콜린스 바로 근처에서도 벌어지고 있었다.

당시 디킨스와 콜린스는 최초의 백작이자 디킨스의 정기 간행물의 정기 기고자인 불워리튼의 작품을 함께 공연하면서 오랜 우정을 더 굳건히 한 바 있었다.

이 작품은 1851년 5월 16일, 데번쉬어의 공작 저택에서 화가와 작가협회의 지원을 받아 무대에 올랐는데, 〈펀치〉의 편집인인 마크 레먼, 정신과협회의 사무총장 존 포스터, 영국 영주의 개인 정신병원의 공동 소유주인 로버트 페니도 함께 출연했다. 그때 디킨스는 경찰에게 저택 경비를 철저히 해달라고 부탁했다. 불워리튼의 전 아내 로시나의 협박 때문이었다.

그녀는 공연 첫날 밤, 공연을 관람하러 온 빅토리아 여왕과 왕세자를 살해하겠다고 공개적으로 단언한 바 있었다. 로시나는 1836년 남작이었던 불워리튼과 원수처럼 헤어진 뒤 연일 모욕적인 편지를 그와 그의 친구들, 심지어 언론에까지 보내면서 그를 못살게 굴었다.

그녀의 분노는 남편이 열아홉 살 난 딸인 에밀리의 임종 자리에 그녀가 오는 걸 막으면서 극에 달했다(에밀리는 콜린스의 소설 〈바질〉의 마가렛처럼 허름한 런던의 하숙집에서 장티푸스로 죽었다).

이윽고 1858년 6월, 로시나는 가장 악독한 짓을 저질렀다. 불워리튼이 그의 선거구인 허드포드에서 대중연설을 하고 있을 때 단상으로 올라가 딸을 죽인 애비라느니, 간통을 했다느니, 최소한의 생활비조차 주지 않는 철면피이자 짐승만도 못하다느니 온갖 욕설을 퍼부은 것이다. 지금과 마찬가지로 당시에도 공공연히 국회의원 염문설이 떠돌던 때라 불워리튼은 거의 쫓겨나다시피 관중들의 야유와 성난 비난을 피해 도망쳐야 했다. 그럼에도 놀랍게도 그는 재신에 성공했다.

이 사건 이후, 불워리튼은 두 남자를 비밀리에 고용해서 로시나를 브랜드포드에 있는 정신병자 보호소에 강제로 입원시켰다. 당시 그녀는 공식적으로 정신이상자 판정을 받았는데 그녀를 담당했던 존 코놀리아 L. 포브스 위슬로는 영국에서 가장 권위 있는 정신과 의사로서, 포브스는 〈심리의학과 정신이상 잡지〉의 편집장이자 법정 정신의학 설립자였다. 또한 이상주의적 개혁가로서 정신의학의 길을 걷기 시작한 콜로니 역시 대부분의 영국 정신이상자 보호소에서 하나의 표준 규격으로 사용하던 수갑, 감금 의자, 나사로 된 입마개를 없애려고 부단히 노력해 명성을 높여가다가, 1859년에 들어 갑자기 누구보다도 보수적으로 돌변해서는 통제 불능의 여자들, 침울한 여자들, 제멋대로 행동하고 사악한, 가정의 통제를 무시하는 여자들의 정신병원 보호를 강력히 주장하기 시작했다. 심지어 그는 여자로서 가질 수밖에 없는(그것 없이는 여자로서의 정체성마저 잃게 될) 열정마저도 단속해야 한다고 주장하던 차였다. 이후 리드는 자신의 소설에서 그를 불안정한 정신과 의사로 묘사하면서 공격하기도 했다.

이처럼 불워리튼은 지독하게도 말 안 듣는 전 아내의 입을 어떻게 해서든 틀어막기 위해 애썼으며, 특히 로시나의 유괴에 대한 언론보도를 차단하기 위해 갖은 방법을 다 썼다. 〈펀치〉의 레먼에게 사건을 눈감아 달라고 부탁하는가 하면, 〈타임〉의 편집장인 친구에게도 이 일을 모른 척해 달라는 청탁을 했다.

하지만 다른 언론들은 그의 압력과 회유에 굴복하지 않았다. 결국 로시나의 정신이상 판결을 내린 의사 콜로니와 윈슬로는 만천하에 폭로된 이 스캔들로 인해, 어쩔 수 없이 로시나의 정신을 재진단하지 않을 수 없었고, 결국 그녀가 정상임을 공식 인정하게 되었다.

당시 정신이상자 취급 부서의 국장으로 있었던 브라이언 프록터도 그녀의 두 번째 진단 자리에 동석했는데, 그는 이 유명인사들 중에서 로시나가 존경했던 유일한 인물이었다. 그는 〈흰옷을 입은 여인〉을 공식적으로 헌정 받은 사람이자, 의문의 여지없이 이 소설의 병상에 관한 디테일한 내용들을 제공한 인물이었다. 또한 절친한 친구 윌리암 터컬리에게 아내의 조울증에 대해 조언을 준 인물이기도 했다.

콜린스가 소설에서 멀쩡한 아내를 정신병원에 입원시킨 나이 들고 심술궂은 남작을 등장시킨 것은 로시나의 마음을 만족시키기에 충분했다. 그래서 로시나는 콜린스에게 편지를 썼다. 문학사에 길이 남을 극악무도한 인물의 소스를 기꺼이 제공할 뿐 아니라 자기 경험에서 나온 모든 소설 재료들을 주겠노라고 말이다.

"그 남자는 살아 있어요."

그녀는 편지에 이렇게 썼다.

"그리고 제 눈에서 한 번도 벗어난 적이 없지요. 그는 바로 내 남편입니다."

당연히 불워리튼은 콜린스에게 "쓰레기 중에 쓰레기"라고 이 소설을 신랄하게 비난하는 편지를 보내고 이를 내팽개쳤다. 하지만 그는 흥미롭게도 예측 불가능의 여주인공이 프랑스 정신병원에 감금된다는 내용이 담긴 〈오들리 부인의 비밀〉은 극찬을 서슴지 않았다. 당시 불워리튼과 함께 살았던 발행인 제임스 맥스웰의 아내가 아일랜드의 정신병원에 갇혀 있었는데, 그 때문인지도 모를 일이다.

사실 콜린스는 정신이상자와 정상인의 경계를 허물고 그와 관련된 가정의 음모를 드러내서 독자들을 공포의 도가니로 몰아넣은 최초나 최후의 소설가는 아니었다. 헨리 콕튼 역시 자신의 글을 통해 말했듯이, 우리는 "누구나 어느 한 순간 법적 도움을 받을 여지 없이 감금되고 억압되어 제정신이 아닌 상태로 내몰릴 수 있다." 사실 윌리엄 길버트의 〈정신병원〉 같은 소설 내부에 있는 불안의 맥박도 콜린스의 그것과 크게 다르지 않다.

게다가 〈흰옷을 입은 여인〉은 사회소설도 아니었다. 비록 소설 속에서 재판 과정을 다루고는 있지만, 결코 외면적으로 법 개정을 촉구하지 않는다. 단지 가정을 모든 범죄의 가능성이 내재된 곳이라고 말할 뿐이다. 바로 그곳에서 남편이 아내에게 약을 먹이고, 그녀의 법적 신분을 강탈하고 정신병원에 감금시킨다고 말할 뿐이다. 그것도 단지 빚을 갚으려는 목적으로 말이다. 또한 하인들이나 가족들은 매수되고 책략에 이용당하고, 법은 그러한 과정을 샅샅이 뒤지지 못하는 무력함을 드러낸다고 말한다.

마리안과 월터는 로라가 감금에서 벗어나도록 하는 데 성공하지만, 그것은 결코 법의 보호가 아닌 범죄의 묵인과 매수에 의한 것이다. 법정의 정의가 이긴 것이 아니라 한 개인의 사투가 승리를 거둔 것뿐이다. 바로 이 때문에 소설 속 해설자는 사건들을 자기 입으로 말할 자격을 보장 받는다.

무엇보다 해설자의 모호한 행위들은 이 책에서 배어나오는 불안과 불편함의 강력한 원동력이다. 월터는 퍼시벌 경이 웰밍헴 교회의 불길 속에서 죽도록 만든다. 전지전능한 화자의 개입이 전혀 없는 상황에서 그의 설명 모두가 진실이라고 믿을 수 있을까? 그는 정말 남작을 구할 수 없을 만큼 무력했을까? 월터는 진정으로 점잖은 신사였을까?

포스코 백작의 죽음은 더 불길하다. 월터와 마리안 할콤은 백작의 악행에 대한 객관적이고 뚜렷한 물증도 없이 정황 증거에만 의존한다. 월터는 경찰서를 찾지 않음으로써 법을 무시한다. 대신 친구인 페스카 교수를 통해 더 잔인한 권위 집단인 이탈리아 혁명당원과 암살단, 일종의 마피아에게 자기는 못할 더러운 행위를 청탁한다. 페스카 교수가 포스코 백작의 신분을 확인한 이상, 폭력 집단이 그를 따라잡는 것은 시간 문제였을 것이다. 충분히 짐작했듯이, 우리는 얼마 지나지 않아 백작의 흉물스러운 시체가 파리의 시체 공시소에서 발견되었다는 소식을 듣게 된다. 그 무렵 월터는 로라와 결혼해서, 퍼시벌 경이 그랬듯이 그녀의 재산을 마음껏 누리는 중이었다. 월터는 과연 명랑 쾌활한 그의 이름이 상징하는 삶에 얼마나 걸맞게 행동한 걸까?

〈흰옷을 입은 여인〉을 읽어 내릴수록 우리는 점점 더 확신할 수 없는 미궁 속으로 빠져든다. 등장인물들이 법적인 대응을 포기하는 순간, 법정 재판이나 소설 속 화자의 진실성 같은 어느 쪽에도 치우치지 않는 균형들이 극적으로 붕괴되기 때문이다.

바로 이것이 누가 진정한 범인이고 죄를 범한 집단인지 밝혀진 뒤까지도 이 소설을 손에서 놓지 않고 반복해서 읽게 되는 이유다. 이 소설의 증언들이나 고백들은 어찌 보면 진실과 거짓을 뒤섞은 것들이고, 진실과 허위가 교묘하게 범벅된 모호함의 극치다. 거짓들이 버젓이 나열되고, 하나의 확인된 내용은 다른 내용에 의해 뒤집힌다. 어쩌면 우리 손에 넘겨진 이 소설에 대해 언급한 기록물 뭉치들만이 로라 글라이드 사건의 진정한 진실일지도 모른다.

하지만 이 소설의 결론에서도 언급되듯이, 이 역시 탁자 밑으로 다리를 쭉 뻗은 벼락출세한 미술 교사 출신 신문사 편집장들이 내민 방어용 속임수는 아닐까?

〈흰옷을 입은 여인〉을 다 읽고 나면, 이제는 그 어떤 소설도 내부적 모순 없이 독자를 이해시키는 깔끔한 작품이라고 안심할 수 없게 된다. 이제 우리는 그 어떤 소설 속 화자의 말도 그대로 받아들일 수 없게 된 것이다.

브론테 자매 컬렉션

현대문화센타에서만 만나실 수 있습니다

빌레트(전 2권)

샬럿 브론테 지음/ 안진이 옮김

19세기의 사회적 제약 속에서 '여자가 한 남자의 아내로 살아가며 자유로운 삶을 추구하는 것이 가능한가?'
라는 시대를 앞선 문제의식을 던지는 〈빌레트〉는, 샬럿 브론테의 자전적 소설인 동시에
탄탄한 줄거리와 탁월한 심리묘사로 독자들을 매료시키는 최후의 걸작이다.

폭풍의 언덕

에밀리 브론테 지음/ 안진이 옮김

여성 특유의 섬세함과 돋보이는 서정성으로 셰익스피어의 리어 왕과 비교되는 폭풍의 언덕
음산하고 황량한 요크셔의 황야를 배경으로 악마적이라고 할 정도로 난폭한 인간의 애증을,
3대에 걸친 특이한 성격의 일가족이 펼치는 사랑과 증오와 복수를 강력한 필치로 묘사하고 있다.
고전(古典) 중의 3대 비극으로도 일컬어진다.

제인 에어(전 2권)

샬럿 브론테 지음/ 서유진 옮김

태어나자마자 부모를 잃게 된 제인 에어, 반항적인 기질을 타고난 그녀는 온갖 구박을 당하는 어린 시절을 보낸 뒤,
불우한 소녀들을 교육하는 로우드 기숙학교에 보내진다.
열여덟 살의 숙녀로 성장한 제인은 가정교사로 첫 걸음을 내딛게 되고,
그곳에서 저택의 주인이며 추남이지만 폭풍 같은 열정의 소유자인 로체스터를 만나게 된다.

아그네스 그레이

앤 브론테 지음/ 문희경 옮김

일인칭 화자의 목소리를 통해 위선적인 인간군상을 명쾌하면서도 익살스럽게 기록함으로써
빅토리아 시대의 여성과 계층문제를 사실적으로 다루고 있다.
특히 교육수준이 높아 자존심이 강하지만 하녀와 다를 바 없는 처우를 받아야 했던
가정교사의 고뇌가 이 작품 속에 고스란히 담겨 있다.

제인 오스틴 컬렉션

영국 BBC의 '지난 천 년간 최고의 문학가' 조사에서 셰익스피어에 이어 2위를 차지했던 제인 오스틴.
현대문화센타는 오스틴의 모든 작품을 만날 수 있습니다.

오만과 편견

사랑이 시작될 때 남자들은 '오만'에 빠지기 쉽고 여자들은 '편견에' 곧잘 빠진다는데……
아름답고 총명한 엘리자베스와 무뚝뚝해 보이지만 내면은 섬세하고 자상한 성격의 다아시,
그들의 오만과 편견 그리고 사랑의 행보는 어떻게 될 것인가.

엠마

엠마는 자신이 주변 사람들을 엮어주는데 천부적인 소질이 있다고 믿는다. 천진난만한 그녀는 친구와 이웃들의 삶에 감 나라 배 나라 사사건건 참견하면서
정작 자신이 사랑에 빠졌다는 사실은 깨닫지 못한다. 〈엠마〉는 사랑과 결혼에 관한 한 편의 놀라운 희극으로 평가받는 작품이다.

이성과 감성

거센 폭풍우에도 흔들리지 않는 지성의 표상 엘리너, 사랑하는 사람을 통째로 삼켜버려야만 작성이 풀리는 정열의 화신 메리앤.
서로 다른 삶의 방식을 통해 진실한 사랑을 찾아가는, 이성과 감성에 관한 두 자매의 고도의 역전 드라마가 펼쳐진다.

설득

한 번 헤어졌던 연인들이 8년 후 다시 만나면서 겪게 되는 복잡다단한 감정의 곡선을, 얽히고 설킨 남녀의 미묘한 감정선의 파장을
꼼꼼하면서도 무척 클래식하게 잘 그려내고 있다. 제인 오스틴의 여섯 작품 중에서 마지막 작품이다.

노생거 사원

그녀 특유의 아이러니와 유머, 그 시대 문학가들에 대한 풍자가 곁들여진 〈노생거 사원〉은 사랑과 결혼, 재산을 추구하는 젊은이들에 대한
흥미로운 주제를 담고 있다. 원제는 〈수잔〉인데, 완성된 지 13년 동안 방치되어 있다가, 후에 〈노생거 사원〉으로 개작되어 출간되었다.

맨스필드 파크 (전 2권)

가난하지만 예리한 지성이 넘치는 여주인공 패니는 맨스필드의 부유한 친척 집에서 지내고 있다.
어느 날 매력적인 크로퍼드 남매가 등장해 곧 삼각관계를 형성하고, 한편 맨스필드 파크는 간통과 배반의 소용돌이에 휘말리게 된다.

흰옷을 입은 여인 2

초판 1쇄 인쇄일 | 2014년 1월 21일
초판 1쇄 발행일 | 2014년 1월 28일

지은이 | 윌리엄 윌키 콜린스
옮긴이 | 이주현
교열 | 주영하
발행처 | 현대문화센타
발행인 | 양장목
출판등록 | 1992년 11월 9일
등록번호 | 제3-448호
주소 | 경기도 고양시 일산동구 백석동 1449-5
대표전화 | 031-907-9690~1 팩시밀리 | 031-813-0695
이메일 | hdpub@hanmail.net
ISBN 978-89-7428-391-9 (04840)
        978-89-7428-389-6 (세트)

이 도서의 국립중앙도서관 출판시도서목록(CIP)은 e-CIP홈페이지(http://www.
nl.go.kr/ecip)와 국가자료공동목록시스템(http://www.nl.go.kr/kolisnet)에서
이용하실 수 있습니다.(CIP제어번호: CIP2014001045)